로즈웰 가는길

로즈웰 가는길

THE ROAD TO ROSWELL

코니 윌리스 장편소설

최세진 옮김

아작

로즈웰 가는 길
START!

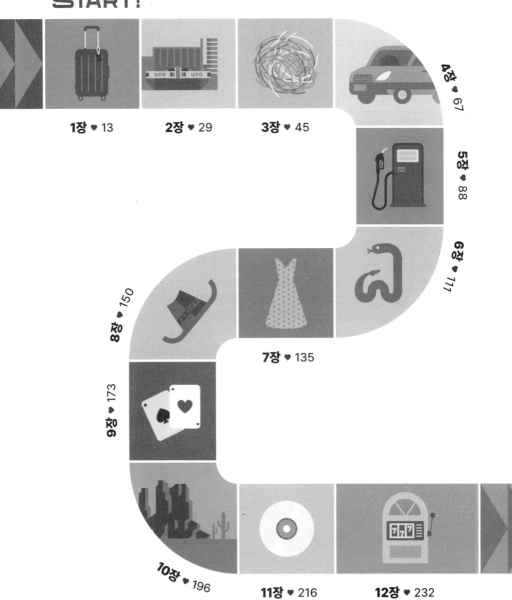

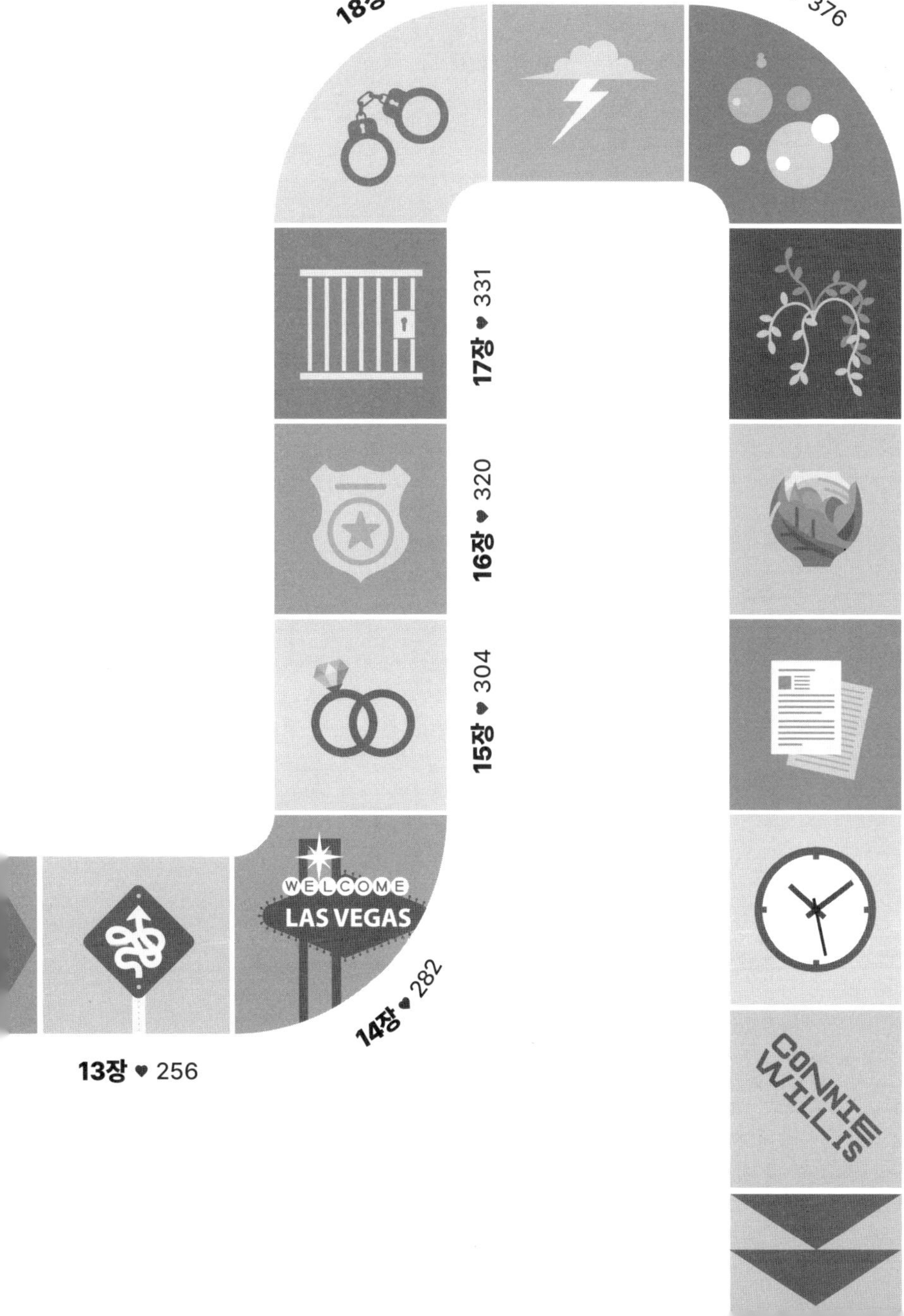
WELCOME
LAS VEGAS
CONNIE WILLIS

엘리너 캐머론, 로버트 A. 하인라인, 레이 브래드버리,
존 윈덤, 데이먼 나이트, 그리고 외계인에 대한
제 관심을 자극했던 모든 SF 작가에게 감사드립니다.

그리고 로즈웰 추락 사건을 한번 보더니 "저건 기상 풍선이야."
라고 말했던 잭 윌리엄슨과 프레데릭 폴에게도
감사의 마음을 전합니다.

우주 어딘가에 지적 생명체가 존재한다는 가장 확실한 징표는,
우리와 접촉하려는 시도가 한 번도 없었다는 사실이다.

— 빌 워터슨

낯선 사람들에게 친절하게 대하라.

— 〈서부의 규칙(The Code of the West)〉

"뭐 좀 물어봅시다. 만약 당신이 외계인이라면, 전 세계 어디든
갈 수 있을 텐데, 굳이 로즈웰을 선택하겠습니까?"

— 드라마 〈로즈웰(Roswell)〉

1장

폴: 그래, 뭐, 그건 자살 행위야. 친구라는 건 그럴 가치가 없어.

호기: 젠장, 네가 뭘 알아? 친구가 있었던 적이나 있냐?

— 〈버지니안(The Virginian)〉

프랜시가 앨버커키 공항에서 내렸을 때, 공항 대기실에 세리나는 없었다. 그러나 '최초의 접촉 위원회—UFO 축제에 오신 것을 환영합니다'라고 적힌 팻말을 든 남자가 있었다.

UFO 축제? 세리나는 자기 결혼식이 UFO 축제와 같은 시기에 진행될 거라는 이야기를 한 적이 없었다. '로즈웰에서 열리는 건 아닐 거야.' 프랜시가 희망적으로 생각했다. 하지만 당연히 로즈웰이었다. 로즈웰이 아니라면 대체 어디에서 UFO 축제가 열리겠는가?

그리고 마치 그 사실을 확인시켜주듯, 스타트렉 제복을 입고 스팍의 귀를 단 두 녀석이 허겁지겁 달려와서, 전신 은색 쫄쫄이를 입고 아몬드 모양의 커다란 검은 눈에 코가 없는 회색 외계인 가면을 쓴 세 번째 녀석을 환호하며 맞이했다.

'이 결혼식에 함께 오자고 테드를 설득하지 못해서 천만다행이야. 그레이엄이 함께 왔더라면 더 안 좋았을 거야.' 프랜시는 직장에서 만나는 남자마다 누가 됐든 이 결혼식에 함께 참석해달라고 설득했었다. 그나마 옆에 남자가 있어야 세리나가 프랜시에게 남자를 엮어주려 시도하지 않을 것이기 때문이었다. 하지만 결혼식이 열리는 장소를 말하면 다들 여지없이 거절했다.

"로즈웰? UFO 덕후들이 잔뜩 모여 있는 곳이잖아요?" 그레이엄이 말했다.

"왜 로즈웰에서 결혼식을 하죠? 친구가 거기 살아요?" 테드가 물었다.

"아니요, 내 친구는 피닉스에 살아요. 그냥 로즈웰에서 결혼식을 하는 거예요."

"왜요?" 그레이엄이 물었다. "제정신인 사람이 로즈웰에 왜 가겠어요?" 그래서 프랜시는 어쩔 수 없이 세리나가 바로 그런 UFO 덕후와 결혼한다고 털어놓을 수밖에 없었다. 그 시점이 되자, 두 사람 모두 동행하기를 거부하는 정도를 넘어서 프랜시가 그 결혼식에 가는 것도 미친 짓이라고 했다.

"그래도 난 가야 해요." 프랜시가 그들에게 말했다. "세리나는 가장 친한 친구이고, 신부 들러리를 서달라는 부탁까지 받았거든요. 대학 신입생 때 룸메이트였어요. 정말 끈끈한 사이였죠."

"끈끈한 사이요? 〈청바지 돌려 입기(The Sisterhood of the Traveling Pants)〉 같은 뭐 그런 사이였나요?" 그레이엄이 말했다.

"아니요." 프랜시가 방어적으로 대답했다. "그렇진 않았지만, 세리나에게 빚진 게 많아요. 신입생 때 그 친구가 내 목숨을 구해줬거든요." 프랜시는 자신이 처음 투손에 있는 대학에 도착했을 때, 아는 사람 하나 없는 상태에서 뉴잉글랜드로 돌아가고 싶은 향수병에 시달리고 남서부 지역의 더위와 황량함에 충격받아 첫 비행기를 타고 집으로 돌아가려 했는데, 세리나가 어떻게 자신을 말렸는지 설명하려 노력했다. 세리나는 프랜시에게 대학 캠퍼스를 구경시켜주고, 사람들을 소개해주고, 회전초와 하벨리나와 변경주선인장이 무엇인지 가르쳐주고, 캠퍼스에 방울뱀이 없다고 설득했다. (방울뱀이 있었다면 프랜시는 분명히 비명을 지르며 코네티컷으로 돌아가버렸을 것이다.) 그리고 2주 후 프랜시가 고등학교 시절부터 만났던 남자친구와 헤어져 울고 있을 때, 세리나가 곁에 앉아 "너에게 전혀 안 어울리는 놈이었어."라며 다독여주었다.

"세리나는 정말 끝내주는 친구였어요. 인정 많고, 재미있고…."

"하지만 우주에서 온 외계인이 어쩌고 하는 헛소리들을 믿는다면 제정
신은 아니네요." 그레이엄이 말했다. "당신은 어떤지 모르겠지만, 오랜 룸
메이트든 아니든 또라이는 피해야 한다는 게 내 신조예요."

테드가 고개를 끄덕였다. "대학교 2학년 때 새가 자신을 감시한다고
믿는 룸메이트가 있었어요. 그 친구 결혼식에 갈 때는 아무도 모르게 갈 거
예요."

"세리나는 또라이가 아니에요." 프랜시가 항의했다. "그저 약간… 별나
고, 남자친구가 생각하는 대로 따라가는 경향이 있을 뿐이죠."

'그리고 남자 취향이 끔찍하지.' 프랜시가 속으로 덧붙였다. 끔찍한 정도
이상이었다. 프랜시가 세리나를 처음 만났을 때, 세리나는 가미가제 베이
스 점퍼와 사귀고 있었는데, 그 남자친구는 세리나와 함께 그랜드캐니언에
서 다이빙하고 싶어 했다. 세리나의 남자 취향은 그 후로도 전혀 개선되지
않았다.

세리나는 총기류를 수집하는 생존주의자를 사귀었고, 공기와 긍정적
생각만으로 생존할 수 있다고 믿는 호흡주의자와도 사귀었다. 무당과 약혼
한 적도 있었다. 다음에는 폭풍 추적자와 약혼했었다.

"그 결혼식에 가지 말아야 할 이유가 더 늘었네요. 당신이 결혼식에 가
면, 친구가 그 남자와 결혼하는 걸 묵인하는 셈이 되잖아요." 그레이엄이 말
했다.

테디가 고개를 끄덕였다. "확실히 공모자가 되는 거죠. 친구를 말리고
싶어서 결혼식에 가는 게 아니라면 말이죠."

그러자 그레이엄이 말꼬리를 물었다. "그래서 말리려고 가는 거죠, 그
렇지 않나요? 주례가 '지금 말하든가, 영원히 입을 다물어주십시오'라고 할
때 극적인 작전을 펼치려는 거예요, 그렇죠?"

프랜시가 그렇지 않다고 주장했다. 그리고 세리나는 언제나 스스로 정
신을 차리고 생각을 바꾸었기 때문에, 프랜시가 군이 그만두라고 설득할

필요가 없었다고 설명하려 했지만, 그들은 프랜시의 말을 믿지 않았고 들으려 하지도 않았다. 세리나가 폭풍 추적자와 약혼했을 때도 그런 일이 일어났었다. "그 남자는 토네이도를 모험이라고 생각해. 오즈의 마법사나 뭐 그런 것처럼 말이야." 세리나가 프랜시에게 말했다. "하지만 토네이도는 위험하잖아! 내가 자기와 함께 토네이도로 곧장 들어가길 바란다니까!"

프랜시가 했던 일이라고는, 세리나가 스스로 설득되어 결혼식을 취소하는 동안 가만히 곁에 서 있는 것뿐이었다. 하지만 그런 일이 일어나려면, 프랜시가 곁에서 세리나의 의심에 귀를 기울여주고 옳을 일을 하고 있다는 확신을 주어야 했다. 세리나는 자신이 프랜시를 수없이 구해줬듯이, 자기가 끔찍한 결정을 내렸을 때 프랜시가 상담사이자 지원군이 되어주리라 믿었다. "친구는 서로 도와야 하는 거잖아요, 그렇지 않나요?" 프랜시가 테드와 그레이엄에게 물었다.

"그렇죠, 하지만 한계가 있잖아요." 테드가 말했다. "다음에 그 친구가 연쇄 살인범과 결혼하기로 마음먹었을 때, 당신이 그만두라고 말렸는데, 그 살인범이 당신을 쫓아오면 어떻게 할래요?"

"세리나는 연쇄 살인범과 결혼하지 않을 거예요."

"내가 해줄 수 있는 조언은, 일이 생겨서 못 간다고 그 친구에게 말하라는 겁니다." 그레이엄이 말했다.

"그래요, 다리나 뭐 그런 게 부러졌다고 하세요." 테드가 덧붙였다.

"그럴 수 없어요. 세리나를 그냥 버려둘 수는 없어요. 걔한테는 내가 필요해요."

"알았어요." 그들이 말했다. "그렇지만 이게 완전히 재앙으로 판가름 났을 때, 울며불며 우리를 찾지는 말아요."

'어쩌면 정말로 그렇게 될지도 모르겠네.' 프랜시가 대기실을 둘러보며 생각했다. 세리나는 어디에 있을까? 분명히 공항에 기다리고 있다가 프랜시를 차에 태워 로즈웰로 데려갈 거라고 했었다. "그래야 우리가 이야기를 나눌 기회가 생겨." 세리나가 그렇게 말했었다. 프랜시는 세리나가 벌써 결혼에 관한 생각을 바꾸기 시작했다는 신호로 받아들였다. '그래서 대체

어디 있는 거야?'

프랜시가 문자를 보냈다. "어디야?"

대답이 없었다. '세리나는 우리가 수화물 찾는 곳에서 만나기로 약속했다고 생각하는 건지 몰라.' 프랜시는 기내용 가방을 짊어지고 에스컬레이터로 내려가 수화물 찾는 곳에 세리나가 있는지 확인했다.

세리나는 없었다. 그러나 UFO 축제에 가는 사람들이 많이 있었다. 그렇다, 축제는 로즈웰에서 열린다. 그 사람들의 티셔츠에 모두 그렇게 적혀 있었다. 그리고 그것만으로는 부족하다는 듯 다들 월요일 밤에 일어난 UFO 목격 사건에 관해 이야기를 나누고 있었다.

"어디라고요?" 은색 미니드레스를 입고 초록색으로 몸을 분장한 여자가 물었다.

"로즈웰 서쪽이요. 혼도 바로 외곽에 있는 커다랗고 뭉뚝한 붉은 바위산 근처래요." 티셔츠를 입은 남자가 말했다.

"혼도 근처에 붉은 바위산이 있었나요?" 초록색 여자가 말했다.

"나도 몰라요. 사람들이 그러네요. UfosAreReal.net에 떴어요."

프랜시는 세리나에게 다시 문자를 보내고, 다른 수화물 컨베이어 벨트를 확인한 후, 혹시 차에서 기다리는지 확인하기 위해 공항 터미널 밖으로 걸어 나갔다.

거기에도 없었다. 프랜시는 세리나를 지나쳤을까 봐 수화물 찾는 곳으로 다시 돌아가 확인한 다음, 세리나에게 전화를 걸었다. "어디야?" 세리나가 전화를 받자 프랜시가 물었다.

"로즈웰이야." 세리나가 쩔쩔매는 목소리로 말했다. "정말 미안해. 마중 나가려고 했는데, 온갖 문제가 생긴 데다, 아직도 너에게 입힐 드레스를 못 찾아왔는데, 여긴 축제와 독립기념일 준비로 완전히 동물원이 따로 없어. 그래서 러셀의 들러리에게 널 데려와달라고 부탁했어. 그 사람의 이름은 래리야. 너에게 완벽하게 어울리는 남자지."

'그럴 리가.' 프랜시가 생각했다. 세리나가 프랜시에게 소개해주는 남자에 대한 취향은 자기 남자를 고를 때만큼이나 엉망이었다. 세리나가 폭풍 추적자와 결혼 직전까지 갔을 때, 프랜시에게는 유령 사냥꾼을 소개해주려고 했다. 그 남자는 유령 마을에서 전자기파 탐지기를 들고 시간을 보내며, 범죄자들의 유령을 찾고 심령체를 채취했다고 주장했다. 그래서 프랜시가 그토록 필사적으로 남자 동료를 데려오려 했던 것이다.

"래리는 완전 섹시해." 세리나가 말했다. "키가 188센티미터인데, 대화를 나눠보면 정말 재미있어. 지금까지 외계인과 근접 조우를 세 번 했고, 두 번 납치당했대. 외계인 납치에 대한 책도 썼어.《외계인 납치에 대비한 생존자 안내서》."

"그래서 그 사람을 만나려면 어디로 가야 해?" 프랜시가 말하며, 수화물 찾는 곳에 키 크고 피부색이 짙고 잘생긴 사람이 있는지 살펴봤지만, 수화물을 기다리는 사람은 스타트렉 제복을 입고 스팍 귀를 한 10대 청소년 세 명밖에 없었다. "그 사람이 또 납치된 건 아니지, 그런 거야?"

"아니야." 세리나가 말했다. "그저께 밤에 가능성이 있는 UFO 목격 사례가 나왔다고, 그거 확인하러 갔어."

'맙소사, 그레이엄과 테드가 내 제안을 거절해서 정말 다행이야.' 프랜시가 생각했다. '이런 이야기를 끝도 없이 듣고 있었겠네.'

"유감스럽지만, 네가 차를 대여해서 와야 할 것 같아. 정말 미안해."

'나는 전혀 유감스럽지 않아.' 프랜시가 생각했다. 외계인에게 끌려 올라가 신체 조사를 당하지 않는 요령을 알려줄 멍청이와 차 안에서 세 시간을 함께 보내고 싶지 않았다. "괜찮아. 지금 바로 차를 대여하러 갈게. 잠깐만…." 프랜시가 렌터카 사무실을 향해 걸어가며 말했다.

앨버커키에 있는 사람이 모조리 차를 빌리러 온 게 분명했다. 줄이 끝도 없이 길었다. 하지만 적어도 이 줄에 있는 사람들은 상대적으로 평범해 보였다. 프랜시는 할머니처럼 보이는 여성 뒤에 줄을 서며 세리나에게 말했다. "좋아. 줄 섰어. 로즈웰까지 어떻게 가야 해?"

"앨버커키에서 동쪽으로 I-40 도로를 타고… 뭐라고?" 세리나가 말했다. 분명히 다른 사람에게 하는 소리였다. "왜 안 돼?"

세리나가 잠시 말을 멈췄다가, 다시 말했다. "프랜시? 미안해. 나중에 다시 전화해도 될까?"

"그래." 프랜시가 말했다. 그리고 줄의 길이를 보며 속으로 덧붙였다. '앞으로 여기 한참은 서 있어야 할 것 같아.'

"알았어, 안녕." 세리나가 전화를 끊었다.

앞에 서 있던 할머니가 뒤를 돌아보며 말했다. "본의 아니게 로즈웰로 가는 방법을 묻는 소리를 들어버렸네. 그쪽도 UFO 축제에 가나요?"

"아니요, 저는…." 프랜시가 말했다.

"이런, 축제에 가봐요." 할머니가 말했다. "매년 추락 기념일 7월 8일에서 가장 가까운 주말에 축제가 열리지요."

"그 날짜는 틀렸어요. 외계인은 8일에 추락한 게 아니에요." 할머니 앞에 있던 한 중년 남자가 말했다. "6일에 추락했어요. 신문에 보도된 게 8일이고요."

"축제에 여러 종류의 발언자와 토론자들이 나오거든요." 할머니가 계속 말했다. "외계인을 들것에 묶어서 병원 들것 달리기 시합도 해요. 물론 진짜 외계인들은 아니지요."

'당연히 그렇겠죠.' 프랜시가 생각하며, 이 줄에 서게 만든 세리나를 저주했다. 프랜시를 또 어떤 상황에 밀어 넣을지 누가 알겠는가?

"박람회장에서는 불꽃놀이도 열립니다. 비행접시가 추락했던 J. B. 포스터 목장 방문도 하고요." 남자가 말했다.

"정부가 추락 사건을 은폐했어요." 줄에 서 있던 다른 누군가가 덧붙였다.

남자가 고개를 끄덕이며 말했다. "작년에 사람들이 너무 많이 참석해서, 올해는 축제 기간을 하루 더 늘렸답니다. 올해의 주제는 '외계인 납치'예요."

"내 손자가 납치당했었지요." 할머니가 말했다. "이느 닐 밤에 손자가 '트루스오어컨시퀀스'로 차를 타고 가는데, 이상하게 쉭 하는 소리가 들리고 이상한 불빛이 보이더래요. 그리고 몸을 마비시켜서 저항할 수 없게 만들더니, 광선으로 차에서 우주선으로 끌어 올렸대요. 외계인들이 코에 바늘을 꽂아 두뇌에 칩을 인식했어요."

남자가 고개를 끄덕였다. "저희 옆집 사람도 납치됐어요. 다리에 칩을 이식한 흉터가 있죠."

프랜시가 줄의 앞쪽을 간절한 마음으로 바라봤지만, 전혀 줄어들지 않았다.

"축제에 꼭 와요. 기꺼이 안내해줄게요." 할머니가 말했다.

"죄송하지만, 전 못 가요. 여기 결혼식 때문에 왔거든요. 제가 신부 들러리라서요." 프랜시가 말했다.

"하, 정말 멋지네요!" 할머니가 말하자, 줄의 저쪽 앞에 서 있던 여자가 말했다. "조카가 작년에 이 축제에서 결혼했어요. 모든 하객이 회색인으로 차려입었죠."

"회색인이요?" 프랜시가 어리둥절한 표정으로 말했다.

"E.T. 같은 외계인이에요."

"외계인은 세 가지 종류가 있습니다." 남자가 설명했다. "회색인은 은빛 피부에 큰 머리, 아몬드 모양의 눈이 달린 외계인인데 영화에서 봤을 거예요. 그리고 파충류 렙틸리언은 회색인보다 안 좋은데, 지구를 정복하려고 해요. 그리고 금성인이 있어요. 키가 크고 금발이며 겉으로 보기엔 인간 같지만, 뭔가 잘못된 느낌이 들기 때문에, 그들이 외계인이라는 걸 알 수 있죠. 금성인을 보면 소름이 끼칠 겁니다."

"우리에게는 다른 행성에서 온 것들을 두려워하는 본능이 있기 때문이죠." 두 번째 여성이 박식한 투로 말했다. "외계인 공포증이라고 해요. 우리는 다른 행성에서 온 무언가를 마주하면 무의식적으로 공포와 혐오를 느끼죠."

"결혼식에 다들 분장 의상을 입고 가나요?" 할머니가 끼어들어 물었다.

"아니요." 프랜시가 대답했다. 그때 세리나가 했던 말이 떠올랐다. "네 드레스가 마음에 쏙 들 거야." 괴상한 머리 장식을 하지 않을 거라고는 말하지 않았다. 외계인 가면을 쓰지 않을 거라는 말도 없었다.

"조카의 결혼식은 UFO 박물관에서 열렸어요. 비행접시 앞에서 했죠." 여자가 말했다.

"차로 로즈웰까지 얼마나 걸리는지 아시나요?" 프랜시가 화제를 돌리려고 물었다.

"세 시간이요." 옆집 사람이 납치된 남자가 말했다.

"혼자 운전해서 가려는 건 아니지요?" 할머니가 걱정하는 얼굴로 물었다. "납치 사건의 절반 이상이 차에 혼자 있을 때 일어났거든요."

"그리고 그저께 밤에 UFO가 목격됐어요." 조카가 결혼했다는 여자가 말했다. "영상으로 찍었대요." 그러자 첫 번째 남자가 즉시 휴대전화를 꺼내 타이핑하기 시작했다.

"어두워진 후에 운전해서 갈 건 아니지요?" 할머니가 프랜시에게 물었다.

'그건 이 줄이 얼마나 걸리느냐에 달렸지.' 프랜시가 생각했다. "네. 차를 대여하는 대로 바로 떠날 거예요. 하지만 걱정할 필요는 없을 것 같아요…."

"그럼, 이거 보세요." 남자가 말하며 프랜시에게 휴대전화를 들이밀었다.

그 영상은 차의 창문이 약간 내려진 상태에서 촬영된 게 분명했다. 영상은 어둠을 보여주다가, 흐릿한 불빛이 순간적으로 지나갔다. 확실히 UFO였다. 아니면 비행기, 혹은 지나가는 헤드라이트. 그것도 아니면 손전등을 든 아이일 수도 있겠다.

그러나 다른 사람들은 모두 그 영상에 매우 깊은 인상을 받은 모양이었다. "작년 축제 마지막 날 목격됐던 것과 똑같네요." 로즈웰에서 조카가 결혼한 여자가 말하자, 외계인의 종류를 설명해준 남자가 사려 깊게 고개를 끄덕였다.

"UFO는 항상 축제 기간에 나타나요. 우리가 외계인에 대해 생각할 때 감지하기 때문이에요. 외계인은 텔레파시 능력이 있거든요." 남자가 말했다.

"저건 UFO가 아니에요." 조카가 결혼했다는 여자 앞에 서 있던, 머릿결을 곧게 늘어뜨린 직모의 남자가 다가와 프랜시의 어깨 너머로 영상을 보고 말했다.

'다행이다.' 프랜시가 생각했다. '당신이야말로 온전한 정신의 한 줄기 햇살이에요.'

"나를 납치했던 우주선과 전혀 안 닮았어요." 그 직모의 남자가 말했다.

"그 우주선에는 빨간 불빛이 빙 둘러 있었어요."

"외계인들이 당신에게 무슨 짓을 했어요?" 첫 번째 여자가 물었다.

"모르겠어요. 어느 밤 자정 무렵에 라스크루시스로 차를 몰고 가고 있었는데, 갑자기 차가 멈추더라고요. 딱 그 이야기처럼요. 그래서 나는 기름이 다 떨어졌나보다 생각했죠. 그런데 연료 계기판을 보니까 반쯤 남은 거예요. 차의 엔진만이 아니라 헤드라이트와 휴대폰도 꺼져버렸어요. 그리고 그때 거대하게 빛나는 이 붉은 구체들을 봤죠. 그게 내가 기억하는 마지막 장면이에요."

'아, 다행이다.' 프랜시가 마침내 움직이기 시작한 줄을 희망적으로 바라보면서 속으로 말했다.

"그다음에 내가 기억하는 건…." 그 남자가 계속 말했다. "아침이었는데, 픽업트럭이 고랑에 빠져 있다는 사실이었어요. 그래서 뮤폰(MUFON), 즉 'UFO 공동 네트워크(Mutual UFO Network)'에 연락했더니…." 남자가 프랜시를 위해 단어를 풀어서 설명해줬다. "확실히 패턴에 맞는다고 그러더라고요. 외계인들은 언제나 혼자 운전해서 가는 사람을 납치한대요."

여자가 의기양양한 표정으로 프랜시를 바라봤다. "들었죠? 차를 빌리는 건 관두고, 우리 중 한 사람과 같이 타고 가는 게 좋을 거예요."

'내 눈에 흙이 들어가기 전에는 안 돼.' 프랜시가 생각했다. "고맙습니다." 프랜시가 말했다. "정말 친절하시네요. 그렇지만 로즈웰에 도착한 후에 차가 필요한 일이 있어서요. 그리고 보니 친구에게 전화하기로 약속했던 걸 깜빡했네요. 대신 제 자리 좀 봐주실 수 있나요?"

"물론이지요." 할머니가 말했다. 프랜시는 구석으로 가서 세리나에게 전화를 걸었다.

"아직 출발 안 했지?" 세리나가 전화를 받자마자 물었다.

"응. 아직 렌터카 사무실에 줄 서 있어. 결혼식 때 내가 분장 의상 같은 거 입어야 하는 건 아니지?"

"분장 의상이라니?" 세리나가 어리둥절한 말투로 물었다.

'오, 다행이다.' 프랜시가 생각했다.

"옷 이야기가 나와서 말인데, 네가 로즈웰에 도착하면 이 드레스를 입어봐야 해. 마지막으로 몸에 맞게 고쳐야 할지도 모르잖아. 네가 그 드레스를 빨리 봤으면 좋겠어. 완벽하게 아름다운 드레스거든."

그래, 세리나가 폭풍 추적자와 결혼할 뻔했을 때도 프랜시의 들러리 드레스를 보고 그렇게 말했었다. 그 드레스는 홀치기 염색하고 20센티미터 길이의 장식술이 달린 악몽 그 자체였다. 하지만 적어도 분장 의상은 아니라고 세리나가 확인해주었다.

"최대한 빨리 갈게. 렌터카 줄이 많이 길지만, 차를 받자마자 바로 떠나면…."

"그거 말인데." 세리나가 말했다.

'아, 이런.' 프랜시가 생각했다.

"러셀이 네가 거기에서 출발할 때 다른 손님을 한 명 태워서 올 수 있는지 물어봐달래. 본래는 러셀이 가서 데려올 생각이었는데, 지금 래리의 연락을 기다리는 중이라서 그래. 그리고 네가 벌써 도착했으니까, 내 생각에는…. 그 사람은 워싱턴 D.C.에서 오는데, 비행기가 1시 42분 도착 예정이라서 오래 기다리지 않아도 돼. 이름은 헨리 헤이스팅스고, 그 사람이 탄 델타 항공편 번호가…."

"또 네가 꾸민 일은 아니지, 그런 거야?" 프랜시가 말을 자르고 끼어들었다.

"헨리랑 너를?" 세리나가 말했다. "아니야. 헨리는 FBI에서 일해. 음침하고 항상 양복을 입고 다니는 유형의 남자야. 러셀이 외계인과 비밀리에 협력하는 정부가 로즈웰 추락 사건을 어떻게 감추었는지 조사하다가 헨리를 만났어."

"그래서 헨리라는 사람이 러셀에게 정부가 감췄다고 밀해줬어?"

"아니." 세리나가 말했다. "헨리는 러셀에게 모든 게 말도 안 된다고, 외계인 같은 건 존재하지 않고, 미국 정부가 은폐한 건 공군이 수행하던 '냉전 프로젝트'밖에 없다고 했어."

세리나가 헨리를 소개해줄 만한 남자로 생각하지 않은 게 당연했다. 헨리는 너무도 제정신이고, 이성적인 사람 같았다.

"러셀은 헨리가 부정하는 게 정부의 은폐에 참여하고 있다는 증거라고 생각해. 그래서 헨리에게서 진실을 끌어내기 위해 결혼식에 초대한 거야."

'그리고 헨리는 이 결혼식에 올 정도로 멍청한 사람인 거야?' 프랜시가 생각했다. 헨리에게 주었던 평가 점수를 낮췄다. 그러다 더 이야기를 나눌 여유가 없다는 사실이 떠올랐다.

"내가 그 사람을 태워서 갈게." 프랜시가 말했다. 헨리가 러셀과 함께 가면 차 안에 갇혀 세 시간 동안 정부의 은폐에 대한 강도 높은 신문을 받겠지만, 내가 데려가면 적어도 그런 고통에서 구해줄 수 있을 것 같았다. "비행기 편명이 어떻게 돼?"

"429편이야. 휴대폰 번호는….."

"잠깐만, 쓸 걸 찾을게." 프랜시가 말하며 서둘러 줄로 돌아갔다. 그리고 손으로 글을 쓰는 흉내를 내자, 할머니가 펜과 UFO 축제 유인물을 건네주었다.

"감사합니다." 프랜시가 작게 말했다. "좋아, 세리나, 불러줘."

"헨리는 워싱턴 D.C.에서 출발하는 델타항공 429편을 타고 올 거야. 도착 시간은 1시 42분. 휴대폰 번호는 202에… 뭐라고?"

프랜시는 먹먹하게 들리는 남자의 소리와 세리나의 소리를 들을 수 있었다. "하지만 꽃은 포함되지 않았잖아!"

먹먹한 소리가 더 들리더니, 세리나가 다시 전화로 돌아왔다. "가봐야겠어. 헨리와 연결되면 바로 전화 줘. 안녕."

"잠깐만!" 프랜시가 말했다. "휴대폰 번호를 줘야지."

"아, 맞다." 세리나는 휴대폰 번호를 알려준 후 전화를 끊었다.

프랜시는 유인물 뒷면에 휘갈겨 쓴 번호를 휴대폰에 입력한 다음, 할머니에게 유인물을 돌려주었다. "아냐, 아냐. 혹시 축제에 가볼 여유가 생길지도 모르니까, 그냥 가져가요. 마음이 바뀌어서 우리 중 한 명이랑 같이 타고 가면 정말로 좋을 텐데." 할머니가 말했다.

다행히, 바로 그때 할머니 차례가 되어 카운터로 갔고, 다른 사람들이 납치와 UFO 목격 이야기를 다시 시작하기 전에 두 번째 직원이 나타나 프랜시가 카운터로 갔다.

경차, 소형, 중형, 대형 카테고리의 항목의 모든 차가 대여된 상태였다. "예약을 하셨어야죠." 상담원이 타이르듯 말했다. "7월 4일 독립기념일 주말과 UFO 축제가 겹쳐서 정신없이 바쁘거든요."

"그럼, 비행접시는 어때요?" 프랜시가 물었다.

"아뇨, 비행접시는 한 대도 보유하고 있지 않습니다." 상담원이 진지한 얼굴로 말했다. "남은 건 하루 385달러의 렉서스 LS와 432달러의 메르세데스-벤츠 G550뿐입니다. 메르세데스에는 열선 시트가 있습니다."

'7월의 앨버커키에서 딱 필요한 차네.' 프랜시가 생각했다. 하지만 둘 다 감당하기 힘들었다. "더 저렴한 차는 없나요?"

"제가 말씀드렸잖아요, 미리 예약을 하셨어야 한다고요." 상담원이 타이핑하며 말했다. "아, 잠깐만요. 방금 반납된 지프 랭글러가 있네요. 하루 51달러입니다."

"그 차로 할게요." 프랜시가 말하며 상담원에게 신분증과 신용카드를 건네주었다. "최대한 빠르게 처리할 방법이 있을까요? 비행기 편으로 오는 사람을 마중 나가야 해서요."

"당연히 있죠." 상담원이 말했다. 그리고 프랜시가 서명할 사고/책임/키 교체 보험, 긴급 출동 서비스, 주유소 선불 구매 양식을 내밀었다. 프랜시는 서명하고 신용카드로 결제했다. 상담원이 서명할 영수증과 뉴멕시코 도로 지도를 건네줬다.

"괜찮아요. 휴대폰이 있으니까요." 프랜시가 말했다.

"지도를 가져가는 게 좋을 겁니다. 뉴멕시코에는 전파가 닿지 않는 지역이 많거든요." 상담원이 말했다.

'난 로즈웰 외에는 아무 데도 안 갈 거야.' 프랜시가 생각했다. 하지만 빨리 끝낼 수 있다면 뭐라도 좋았다. 그래서 지도를 받았다.

하지만 아직도 서명해야 할 서류가 네 개나 더 있었고, 상담원이 키를 건네주었을 때는 1시 45분이 거의 다 된 시간이었다. 프랜시는 먼저 헨리 헤이스팅스를 만난 후에 차를 받는 게 낫겠다고 판단했다. 그래서 가방을 움켜잡고 다시 위층으로 올라가 '출발 및 도착' 전광판을 확인하며 헨리의 비행기가 착륙했는지 확인했다.

아직 도착하지 않았다. 그 비행기 편에는 '연착'이 깜빡이며, 2시 15분이라는 새로운 도착 시간이 게시되었다. 어련하려고.

하지만 30분만 연착되었으므로, 뭔가 먹을 기회였다. 뉴욕 라과디아 공항에서 말라비틀어진 베이글과 커피를 먹은 이후 아직 아무것도 먹지 못한 상태였다. 프랜시는 세리나에게 새로운 도착 시간을 문자로 보낸 다음, 위층으로 올라가 카페에 일인용 테이블을 요청하고, 메뉴판에 있는 플라우타, 카르네 아사다, 치미창가를 봤다. 대학에 입학하기 전에는 들어본 적도 없는 음식들이었다. 세리나가 어떤 음식인지 가르쳐주고, 도스 에키스와 샹그릴라 같은 술을 소개해줬었다. 줄에 서 있을 때라면 그런 술이 도움이 되었을 것이다. 그러나 지금은 운전도 해야 하고, 외계인 납치 사건이 대체로 술에 절어서 일어난 듯한 느낌이 들었으므로, 마시지 않는 게 나을 것 같았다.

프랜시는 치킨 타코와 아이스티를 주문하고, 세리나에게 전화해 비행기가 연착되었다고 말했다.

"아, 이런. 너한테 꼭 해줘야 할 말이 있어." 세리나가 말했다.

"무슨 얘긴데?" 프랜시는 세리나가 '러셀은 미친놈이야. 그런 놈이랑 결혼 못 하겠어.'라고 말해주길 바라며 물었다. 하지만 세리나가 한 말은 "걱정하지 마. 네가 올 때까지 기다릴 수 있을 것 같아."였다.

"최대한 빨리 갈게." 프랜시가 약속했다. "러셀의 친구를 데리고, 곧장 로즈웰로 출발할게."

프랜시는 전화를 끊고 밖으로 나가 다시 전광판을 확인했다. 이제 그 비행기는 2시 35분 도착으로 바뀌었다. 프랜시는 타코가 막 도착한 자신의 테이블로 돌아갔다.

옆 테이블의 여자도 주문했던 타코를 받았다. "본의 아니게 로즈웰에 간다는 이야기를 들었어요." 여자가 말했다. "당신도 UFO 축제에 가나요?"

"아니요." 프랜시는 대답했다. 그리고 타코를 한 입 베어 물며, 여자가 적당히 분위기를 파악하기를 바랐다.

"아, 꼭 가보세요." 여자가 프랜시의 테이블로 옮겨와 앉으며 말했다.

"W. 체임버스 노들러가 축제에 올 거예요. 《우리 안의 침입자》라는 책을 쓴 사람이에요. 지금 이 순간 우리 주변에 외계인이 존재하고 있다는 내용이죠."

'그 외계인들이 UFO 덕후로 위장했을 거야.' 프랜시가 생각했다. 그리고 여기서 빠져나가기 위해 타코를 게걸스럽게 먹었다.

"그 외계인들은 침략을 위한 첨병이에요. 지구를 점령해서 우리를 모두 노예로 만들려는 계획이죠. 노들러는 외계인들이 UFO 축제 기간에 맞춰 침공 시기를 잡았을 것으로 생각해요. 축제가 시작되면 모든 UFO 연구자가 바빠져서 무슨 일이 일어나고 있는지 알아채지 못할 테니까요."

"음." 프랜시가 말했다. "정말 흥미로운 이야기지만, 제 친구의 비행기가 도착하지 않았는지, 안내판을 확인하러 가봐야겠어요."

"그럴 필요 없어요. 여기에서 휴대폰으로 모두 확인할 수 있어요. 어느 항공사의 어떤 항공편이에요?"

프랜시는 말해주지 않을 좋은 핑계가 떠오르지 않았다. "델타항공, 429편이요."

여자가 휴대폰을 두드렸다. "그 비행기는 3시 32분에 올 거예요. 로즈웰 서쪽에서 목격된 UFO에 관해 이야기해줄 시간이 충분하다는 뜻이죠. UFO는 월요일 밤에 목격됐어요. 노들러는 그걸 1차 침공이라고 생각해요."

여자가 다시 휴대폰을 두드리는 동안 프랜시는 계산하기 위해 카페를 둘러보며 웨이트리스를 찾았지만 허사였다.

"이게 누들러가 찍은 영상이에요." 여자기 말했다. 그리고 프랜시에게 영상을 보여줬다. 이번에는 의심할 여지 없이 달이 떠오르는 사진처럼 보였다. "물론, 이건 정찰선일 뿐이에요. 순양전함은 아니죠. 비행기처럼 보이게 위장한 거예요."

웨이트리스를 찾았지만 보이지 않았다. 프랜시는 지갑에서 20달러 지폐와 5달러 동전을 꺼내 테이블 위에 올려놓고 가방을 들며 여자에게 말했다. "대화 즐거웠습니다." 그리고 대기실로 도망가 도착 안내판으로 걸어갔다.

429편의 도착 시간은 이제 5시 45분으로 늦춰졌다. 프랜시가 세리나에게 전화했다.

"비행기가 또 연착됐어." 프랜시가 말했다. "5시 45분에 온대. 그래도 계속 기다릴까?"

"아니, 방금 전화할 참이었어. 헨리가 조금 전에 러셀에게 문자를 보냈어. 직장에서 일이 생겨 늦은 항공편을 탈 거래. 야간 비행기. 그래서 자기 데리러 오지 말래. 차를 빌리겠대."

'그건 그 남자의 생각이고.' 프랜시가 생각했다.

"그러니까 넌 바로 와도 돼. 와서 어떻게 해야 할지 나 좀 도와줘." 세리나가 말했다.

"뭘 도와줘?" 프랜시가 말했다. '제발, 러셀에 대해 도와달라고 말해.'

"결혼식장이 문제야." 세리나가 목소리를 낮춰 말했다. "러셀은 완전히 기대에 부풀어 있어. 나도 우리가 운이 좋은 건 알겠는데…. 아, 이런, 너라면 이 상황에서 어떻게 해야 할지 알 거야. 그러니까 최대한 빨리 와줘. 끊을게."

"잠깐만." 프랜시가 말했다. "아직 네가 어디에 있는지 말 안 해줬어."

"아…." 세리나가 말했다. "우리는 UFO 박물관에 있어."

2장

로즈웰이 아니면 죽음을.

— 자동차 범퍼 스티커

렌터카 회사의 셔틀버스를 타기 위한 줄과, 차를 몰고 주차장에서 나오는 줄이 렌터카 사무실 앞에 서 있던 줄만큼이나 길었다. 프랜시가 공항에서 빠져나왔을 때는 3시가 넘어버렸다. '이제 앨버커키를 빠져나가려면 한 시간은 걸릴 거야.' 프랜시가 생각했다.

그러나 차는 몇 분 만에 앨버커키를 벗어나, 덤불로 뒤덮인 샌디아산맥으로 향했다. 세리나가 로즈웰까지는 세 시간이 걸린다고 했다. '좋았어.' 프랜시가 바짝 마른 산맥의 좁은 협곡을 따라 달렸다. '로즈웰에 6시까지는 도착해야 해.' 산맥의 정상에서 차를 세우고, 세리나에게 6시까지 가겠다고 문자를 보냈다. 그리고 산줄기를 내려가기 시작하자, 눈 아래로 평원이 펼쳐졌다.

프랜시는 서부에서 얼마나 멀리까지 보이는지 잊고 있었다. 긴 남색 그림자가 드리워진 황토색 사막이 한없이 뻗어나가, 북쪽에 줄지어 있는 푸른 산맥과 동쪽의 낮은 담황색 산마루까지 이어졌다.

프랜시는 한여름의 하늘이 얼마나 아름다운지도 잊고 있었다. 여름이면 조지아 오키프가 그린 듯한 하얀 구름이 점점이 흩어져 있거나, 수 킬로미터 길이로 늘어진 비행운이 떠 있었다. 혹은 오늘처럼 구름 한 점 없이 맑고 푸른 하늘이 펼쳐지는 때도 있었다.

'몬순은 아직 시작이 안 된 모양이구나.' 프랜시가 생각했다. 너무 안타까운 일이었다. 프랜시는 언제나 몬순에 발생하는 우뚝 솟은 뇌우를 좋아했다. 하지만 7월 말까지는 몬순이 시작되지 않는다는 사실이 기억났다.

그리고 그때까지는 구름 한 점, 혹은 UFO가 보이지 않았다.

그런데 프랜시가 로즈웰을 향해 남쪽으로 방향을 틀었을 때, 서쪽에 거대한 구름이 보였다. 그 구름은 아직 모루처럼 꼭대기가 평평하게 깎여나간 형태가 아니고 성장하는 도중이라서 부풀어 오른 하얀 구름 덩어리였다. 마치 푸르른 하늘 바다를 항해하는 한 척의 쾌속선 같았다. 그 구름은 로즈웰로 가는 도로로 곧장 향하는 것처럼 보였다.

'그러지 않으면 좋겠는데.' 프랜시가 생각했다. 저 구름이 보기에는 아름답지만, 폭우가 쏟아지면 운전하기 힘들 수 있다. 게다가 프랜시는 이미 늦은 상태였다. 그리고 구름 아래로 보이는 흐릿한 회색은 비를 의미하는 게 분명했다.

하지만 프랜시는 운이 좋았다. 몇 킬로미터 더 나아가자 도로가 급격히 동쪽으로 꺾였다. 그리고 본이라는 작은 마을을 지날 무렵 폭풍이 서쪽으로 멀어졌다. 그래서 프랜시가 풍력 발전 단지를 지날 때는 발전기의 날개가 거의 움직이지 않을 정도였다. 풍력 발전기는 높고 하얀 보초병처럼 생긴 기둥에 비행기 프로펠러 같은 날개들이 달려 있었다.

도로는 다시 남쪽으로 향했다. 프랜시는 폭풍우를 맞을 각오를 하며 남쪽으로 내려갔는데, 구름은 여전히 서쪽 저 멀리에 있었다. 그리고 저 뇌우만 움직이는 것 같았다. 대략 시속 30킬로미터 정도의 속도였다. 둘러봐도 다른 구름은 눈에 들어오지 않았다. 앞쪽에 펼쳐진 하늘은 완벽하게 맑았다. 도로는 노간주나무와 졸참나무로 덮인 길고 곧은 언덕을 내려간 후, 잎이 날카로운 유카와 마른 풀이 점점이 박힌 평원으로 이어졌는데, 가끔 물이 마른 계곡이나 바퀴 자국이 깊이 난 흙길들이 나왔다.

그 길들은 어딘가로 연결되는지 알 수 없었다. 그리고 흙길과 고속도로에는 프랜시가 탄 차 외에는 아무것도 없었다. 가끔 바람에 날려 도로를 가로지르는 하얗게 말라붙은 회전초 덤불뿐이었다. 오가는 차가 전혀 없었고, 드물게 보이는 울타리나 목장의 대문 외에는 사람이 있다는 흔적이 전혀 보이지 않았다.

프랜시는 토마호크 목장과 코튼우드 골짜기, 그리고 드라이워시 도로 표지판을 지나쳤다. 고속도로에는 여전히 아무도 없었기 때문에, 프랜시는 운전하면서 세리나에게 전화해도 안전할 것 같았다. "어디야?" 세리나가 울부짖듯 말했다. "지금쯤이면 도착할 줄 알았는데."

"방금 '드라이워시 도로'를 지났어." 프랜시가 말했다.

"아, 잘됐다. 네가 거의 다 왔다는 뜻이야. 이제 시내로 들어와서, 계속 285번 도로를 타고 내려와. 그럼, 중심도로가 나올 거야. 중심도로로 돌려서… 뭐라고? 잠깐만." 세리나가 말했다. 누군가가 말하는 소리가 들리고, 다른 목소리, 남자 목소리가 대답했다. "아니, 내일 오전 9시까지는 안 막아."

세리나가 다시 전화로 돌아왔다. "축제 때문에 중심도로를 막는다는데, 러셀은 내일 아침까지는 막지 않을 거라고 하네. 중심도로를 따라 시내로 들어와. 나는 UFO 박물관에서 결혼식 준비 중이야. 박물관은 그 도로의 오른쪽에 있고, 앞쪽에 영화관처럼 커다란 파란색 간판이 있어서 쉽게 찾을 거야. 간판에 거대한 외계인 머리가 그려져 있어. 입구에서 결혼식에 왔다고 하면 입장료를 안 내도 돼… 뭐?" 세리나가 말했다. "잠깐만." 세리나가 다른 사람에게 말하는 소리가 들렸다. "이런, 그걸 다른 장소로 옮길 방법은 없을까?"

세리나가 다시 전화로 돌아왔다. "미안해. 아무튼 최대한 빨리 와줘." 세리나가 목소리를 낮췄다. "박물관 직원들과 조금 문제가 있어. 버클리 목사님이 5시에서 6시 사이에 오셔서 예식을 검토하고, 우리가 서야 할 위치 등등 모든 사항을 살펴보실 거야. 네가 목사님을 만나보면 좋겠어."

'버클리 목사님? 의외로 평범하게 진행되는 것 같아서 다행이네.' 프랜시가 생각했다.

"버클리 목사님은 은하 진리 교회의 고위 성직자셔. 금성과 토성, 아테리움 식스의 존재들과 텔레파시로 연락하고 지내시는데, 정말 흥미로운 분이야." 세리나가 말했다.

'어련하시겠니.' 프랜시가 생각했다.

"목사님께 너에 대해 이야기해드렸더니, 빨리 만나고 싶으시대."

'그레이엄과 테드의 말이 맞았어. 여기 오지 말았어야 했어.' 프랜시가 생각했다. 그리고 지금이라도 사무실에서 급한 전화가 와서 즉시 비행기로 돌아가야 한다고 말하기엔 너무 늦은 건가 고민했다.

'아니면 세리나에게 내가 외계인에게 납치되었다고 할 수 있지 않을까?' 프랜시가 생각했다. 렌터카 줄에 서 있던 사람들의 말에 따르면, 대체로 한적한 도로에서 혼자 운전하던 사람들이 외계인에게 납치된다고 했다. 그리고 결혼식이 끝난 후 세리나에게 로즈웰로 가는 길에 눈부신 하얀빛을 봤는데, 그게 마지막 기억이라고 말해도 좋을 것이다.

하지만 그러면 세리나는 그따위 헛소리를 믿는 남자와 결혼할 것이다. 안 돼, 프랜시는 세리나를 버리고 떠날 수 없었다. 세리나는 대학 입학 첫 주에 프랜시가 포기하지 않도록 지켜줬으며, 2학년 때 사귀었던 불쾌한 남자애로부터 구해줬었다.

"뭐, 그럼, 덮어줄 수 있나요?" 세리나가 누군가에게 물었다. "프랜시, 있잖아, 난 가봐야겠어. 6시에 보자."

하지만 세리나는 UFO 축제로 인해 발생한 혼잡을 고려하지 않았다. 로즈웰에 가까워질수록 교통량이 늘어나더니, 도시 입구 표지판을 지날 무렵에는 차가 완전히 꽉 막혔다. 표지판에는 '로즈웰—남서부의 낙농 중심지'라고 적혀 있었다. 어리석게도 마치 이 도시가 그렇게 알려지길 바라는 듯했다.

'난 그렇게 생각하지 않아.' 프랜시가 생각했다. 그리고 이 도시의 주민들도 그렇게 생각하지 않는 게 분명했다. 백여 미터 떨어진 곳에 설치되어 있는 다른 표지판에는 외계인과 추락한 우주선이 올려져 있고 '세계 UFO

의 수도 로즈웰에 오신 것을 환영합니다'라고 적혀 있었다. 그리고 도시에 들어서자 고속도로를 가로지르는 보라색과 녹색의 거대한 현수막에 '로즈웰의 UFO 축제에 오신 것을 환영합니다! 목요일부터 일요일까지! 진실은 바로 여기에 있습니다!'라고 적혀 있었다.

프랜시의 지프는 카니발 놀이기구 부품이 실린 트레일러 뒤에서 옴짝달싹 못 했다. 옆 차선에는 '아무도 믿지 말라'는 문구가 새겨진 검은 풍선과 녹색 외계인 풍선이 가득한 픽업트럭과 푸드트럭이 있었다.

거리에는 프랜시가 서부의 도시에서 볼 거라 기대했던 가게들이 줄지어 있었다. 주유소와 패스트푸드 가게, 월마트 등. 하지만 모두 UFO 축제에 맞춰 장식되어 있었다. 맥도날드 간판은 '지구 밖에서 온 빅맥'을 알렸다. 스타벅스는 '우주 캐러멜 프라푸치노'를 광고하고, 타코벨의 간판에는 '외계인을 환영합니다'라고 적혀 있었다. 월마트는 '근접 조우 본부—최초의 접촉에 필요한 모든 물건이 있습니다'라고 안내했고, 쉘 주유소는 '우주여행 가시는 분들은 여기에서 연료를 보충하세요'라고 광고했다.

UFO 추락 현장 관광, UFO 우주 유영, 외계인 애완동물 퍼레이드 등을 선전하는 표지판이 있었다. 그리고 'UFO가 추락했던 장소를 관광하세요. J.B. 포스터 목장을 방문하세요.' '진짜 외계인과 셀카를 찍으세요!'라고 적힌 표지판도 있었다. 시내에 가까워지자 가로등에 달린 타원형 전등에 검은색 아몬드 모양의 눈이 달려 있었다.

세리나의 말이 반은 맞았다. 중심도로는 폐쇄되지 않았다. 하지만 차선 하나가 막혀 있었다. 그리고 그 차선에선 사람들이 외계인 페이스 페인팅, 외계인 야구 모자, 작은 녹색 외계인, 녹색 칠리 브리토, 외계인 침공 대응팀 본부 등의 텐트와 부스를 세우느라 분주했다.

프랜시가 UFO 박물관을 찾았다. 극장처럼 생긴 간판에는 '국제 UFO 박물관 및 연구 센터'라고 적혀 있었고, 거대한 녹색 외계인 머리가 그려져 있었으며, 외계인 모양의 풍선들이 여기저기에 달려 있었다. 하지만 주차할 곳이 없었다. 프랜시는 몇 블록 더 차를 몰고 갔다가 크게 한 바퀴 돌아보고, 공영 주차장 표지판을 따라가서 시립 주차장으로 갔지만 그곳도

만차였다.

몇 블록 떨어진 주택가까지 가서야 교회 건너편에 주차할 공간을 찾았다. 교회에는 '주일 오전 11시 예배: UFO는 사탄의 악령들이 조종한다'라는 광고판이 붙어 있었다. 시간은 거의 저녁 6시 30분이었다. 가방을 차에 두고 갈까 고민했지만, 박물관에서 저녁 식사 등을 하러 간다면, 가방을 가지러 여기까지 돌아와야 할 것 같았다.

프랜시는 가방을 어깨에 걸치자마자 후회했다. 남서부의 7월 초저녁이 얼마나 더운지 잊고 있었다. 가방을 짊어지고 중심도로에 도착했을 때는 온몸이 땀에 젖고 목이 바짝 탔다.

중심도로는 간이 판매대와 '외계인 문신은 여기서', '우주 버거', 'E.T. 선라이즈 엑스트라 테킬라' 같은 현수막을 설치하는 사람들과 외계인 퇴치제, UFO 키 링, 범퍼 스티커, 자석, 마우스 받침대, 커피잔, 쿠키 항아리, 비니 베이비 봉제 인형, 야구 모자 그리고 '뉴멕시코―납치의 땅', '로즈웰에 추락한 외계인은 51구역에 있다'가 새겨진 티셔츠, 흉측하게 보이는 형광 녹색의 아이스크림과 솜사탕 같은 것들을 판매하는 가판대를 설치하는 사람들로 붐볐다.

박물관 밖에는 입장을 기다리는 줄이 있었고, 안에도 또 다른 줄이 있었다. 프랜시가 마침내 앞쪽으로 뚫고 가서 결혼식 참석자라고 설명하자, '진실은 저 너머에' 티셔츠를 입은 티켓 판매원이 관리자에게 확인받은 후, 블라우스에 붙일 노란색 스티커를 주며 말했다. "그 사람들은 뒤쪽에 있어요."

프랜시는 스티커를 붙이고 뒤쪽을 향해 걸어가며, 액자에 담긴 신문 스크랩, 크롭서클 사진, 1947년 UFO 추락 사고 잔해 전시물(수상하게도 기상 풍선 파편처럼 생겼다), 녹색 액체로 가득 찬 플렉시 유리 튜브에 떠 있는 외계인(수상하게도 〈인디펜던스 데이〉에 나온 외계인처럼 생겼다), 미국 UFO 목격 지도를 지나 시멘트 바닥의 넓은 공간으로 갔다.

한쪽에는 외계인 부검 입체 모형이 있고, 다른 쪽에는 SF 영화 포스터들이 벽 가득히 붙어 있었다. 그리고 앞쪽에는 실물 크기의 추락한 비행접시 모형이 있었는데, 비행접시 옆에 은색 외계인 네 명이 서 있었다. 큰 머리와 마르고 길쭉한 팔다리에 알루미늄 포일 목걸이를 한 외계인들은 초등학교 4학년짜리가 만든 것 같은 수준이었지만, 그 앞에 서 있는 사람들은 전혀 개의치 않는 것 같았다. 사람들이 그 모습을 보며 "우후", "아하" 감탄사를 연발했다. 한 여자가 말했다. "꼭 진짜 같아요!" 그리고 휴대폰으로 사진을 찍다가, 비행접시의 윗부분이 갑자기 열리면서 쉭쉭 증기를 내뿜자, 그들은 진짜 외계인이 나타나는 줄 알았다는 듯 펄쩍 뛰었다.

세리나는 그 군중 속에 있지 않았다. 프랜시는 그 뒤에 다른 방이 더 있는지 궁금했다. 프랜시가 뒤쪽으로 향해 걸어가기 시작했는데, 중간쯤 갔을 때 세리나와 한 남자가 '출입 금지'라고 적힌 문에서 나왔다. 남자는 수염을 덥수룩하게 길렀고, '진정하고, 조사하라'가 적힌 티셔츠를 입고 있었다. 세리나가 남자에게 열심히 말하고 있었는데, 두 사람이 말다툼하고 있는 것 같았다.

'부디 버클리 목사가 아니길.' 프랜시가 생각했다. "세리나!" 프랜시가 부르자, 세리나가 새된 소리를 지르며 달려왔다.

"드디어 왔구나! 희망을 포기하려던 참이었어! 어떻게 된 거야? 버클리 목사님을 최대한 오래 붙잡아 두려고 했는데, 목사님은 '외계인과의 대화'에 관한 강의가 있어서 가셨어."

"미안해." 프랜시가 말했지만, 세리나는 듣지 않았다.

세리나가 물었다. "박물관을 찾는 데 어려움은 없었어? 어디에 주차했어?"

"나는…." 프랜시가 말하기 시작했지만, 세리나는 벌써 고개를 돌려서 수염이 덥수룩한 '진정하고, 조사하라' 남자를 향해 말하고 있었다. "이 친구가 내가 말했던 프랜시예요."

'아, 안 돼. 설마 이 사람이 약혼자야?' 프랜시가 생각했다. "당신이 러셀이군요." 프랜시가 미소를 지으며, 악수하기 위해 앞으로 걸어갔다.

"아냐. 이쪽은 박물관에서 결혼식을 담당하는 P.D.야." 세리나가 말했다. "러셀은 방금 전화 받으러 밖으로 나갔어. 비행접시에서 나는 증기 소리 때문에 통화를 할 수 없어서." 세리나가 사람들 너머 박물관 입구 쪽을 바라보며 설명했다. "네가 빨리 러셀을 만나면 좋겠어! 아, 다행이다. 저기 오네." 세리나가 키 크고 대단히 잘생긴 남자를 맞으러 급하게 갔다. 세리나가 러셀에게 반한 이유는 쉽게 알 수 있었다.

"프랜시, 이 사람이 러셀이야." 세리나가 러셀과 팔짱을 끼고, 그를 사랑스럽게 바라보며 말했다.

'이런, 안 돼, 세리나는 아직 정신을 못 차렸구나.' 프랜시의 가슴이 철렁했다.

"러셀, 이쪽은 프랜시…."

"만나서 정말 반갑습니다, 프랜시. 당신이 얼마나 좋은 친구였는지 세리나에게 들었습니다." 러셀이 말했다.

러셀의 말투는 지극히 편안하고 정상적으로 들렸다. 어쩌면 프랜시가 생각했던 것처럼 부적절한 사람이 아닐지도 몰랐다.

"저기, 세리나, 난 여기에 있을 수 없어." 러셀이 세리나를 돌아보며 말했다. "아까는 래리 전화였어. 도시 서쪽에서 또 다른 UFO가 목격됐대. 혼도 근처야. 확인하러 가봐야겠어."

그렇게 희망은 사라졌다.

"아, 지금 바로 가야 해? 래리가 당신 대신 확인해주면 안 될까?" 세리나가 말했다. "장식이…."

"당신이 상황을 이해 못 해서 그래." 러셀이 말했다. "일주일에 두 번씩이나 목격됐잖아! 게다가 이번 목격도 첫 번째와 거의 같은 장소에서 발생했어."

수염이 덥수룩한 P.D.가 점잔을 빼며 고개를 끄덕였다. "그들은 언제나 기념일쯤에 오죠. 우리를 감시하려는 겁니다. 목격자들이 동영상도 찍었나요?" P.D.가 러셀에게 물었다.

"모르겠어요. 확인해봐야겠네요." 러셀이 세리나를 바라보며 말했다. "가능한 한 빨리 돌아올 테니까, 함께 저녁 먹으러 갈 수 있을 거야. 괜찮지?" 러셀이 세리나의 볼에 뽀뽀하고, 말했다. "만나서 반가웠어요, 프랜시." 그리고 박물관 입구를 향해 달려갔다.

"올 때 래리도 데려와." 세리나가 러셀을 향해 외쳤다. 그리고 프랜시를 향해 돌아섰다. "너한테 래리를 꼭 소개해주고 싶어. 너에게 완벽하게 잘 어울리는 남자야. 래리도 러셀처럼 UFO 착륙에 대한 전문가야. 둘이서 함께 책도 쓰고 있어."

"저도 책을 쓰고 있죠." 수염이 덥수룩한 남자가 말했다. 《그들이 여기 있다─로즈웰의 외계인 착륙과 그들이 지구에 온 이유》."

"외계인들이 지구에 왜 온 건가요?" 프랜시가 호기심에 물었다.

"우리를 다 죽이려고 왔죠." 남자가 유쾌하게 대답했다. "그리고 우리를 좀비로 만들어서….."

세리나가 말을 자르고 끼어들었다. "조명을 장식으로 사용해도 된다고 하셨죠?"

"조명의 종류에 따라 다르죠. 뒤쪽에 몇 가지 있어요." P.D.가 말하고 '출입 금지'가 적힌 문으로 고개를 숙이며 나갔다.

P.D.가 나가자마자 세리나가 프랜시의 팔을 붙잡고 말했다. "네가 와줘서 너무 기뻐. 너에게 할 이야기가 있어."

"무슨 이야기?" 프랜시가 말했다. 다시 희망이 꿈틀거렸다.

"저거 말이야." 세리나가 손을 흔들어 외계인 부검 입체 모형을 가리켰다. "저것 봐! 난 외계인에 둘러싸여 결혼하고 싶지 않아! 특히 죽은 외계인이라니." 세리나가 그쪽으로 걸어갔다. 백화점 남자 마네킹 두 개가 있었는데, 하나는 의사처럼 실험용 가운을 입었고, 다른 하나는 회사원처럼 검은 양복에 중절모를 썼다. 그 두 마네킹은 수술용 마스크를 쓰고, 들것에 실려 있는 비쩍 마른 회색 외계인을 쳐다보며 서 있었다.

"저건 누구를 나타내는 마네킹이야?" 프랜시가 양복을 입은 회사원을 가리키며 물었다.

"맨 인 블랙이야." 세리나는 그 정도면 설명이 충분하다는 투로 대답했다. "저게 나를 빤히 쳐다보고 있는 상태에서 결혼식을 할 순 없어." 세리나가 외계인을 가리키며 말했다.

"그 앞에 가림막 같은 걸 하면 안 돼?"

세리나가 고개를 저었다. "내가 벌써 물어봤어. P.D.는 러셀이 서명한 계약서에 포함된 것이라서 가리면 안 된대. 다른 결혼식에서는 다들 좋아했고, 어떤 이들은 일부러 넣어달라고 요구했다는 거야. 한 신부는 부케를 던지지 않고 외계인 사체의 손에 쥐여주기도 했대. 하지만 그건 정말…."

"엽기적이라고?"

"그래! 그런데 그게 다가 아니야. 박물관에서는 저 포스터들도 내리면 안 된대." 세리나가 영화 〈그들(Them!)〉, 〈괴물(The Thing from Another World)〉, 〈화성 침공(Mars Attacks!)〉 포스터들을 가리키며 말했다. "포스터를 가릴 수도 없어. 결혼식을 진행할 때 비행접시에서 증기를 뿜어내는 것도 중단시킬 수 없대. 내가 미리 현장을 살펴보지는 못했지만, 러셀이 완벽할 거라고 장담했었어. 그런데 지금 여기를 봐! 그리고 박물관에서는 자기들의 허락을 받지 않고는 이 공간의 어떤 것도 변경해선 안 된다고 했어. 제단에 꽃을 놓는 것도 비행접시의 조망을 가리기 때문에 안 된대! 그런데 다른 예식 장소를 찾기에는 너무 늦었어. 결혼식은 사흘 후 토요일인데, 축제 때문에 도시의 다른 모든 장소가 예약을 마쳤어. 어떻게 하면 좋을까, 프랜시? 이 난장판에서 나를 구해줄 사람은 너밖에 없어!"

'익숙한 상황이네.' 프랜시가 생각했다.

"결혼식을 축제 이후로 연기하면 안 돼?" 프랜시가 물었다. '아예 취소하면 더욱 좋고.'

"안 돼. 러셀은 3일에 결혼식을 하는 게 중요하대. 그때 비행접시가 추락했거든."

"6일에 추락한 건 줄 알았는데." 프랜시가 공항에서 사람들이 했던 말이 떠올라서 말했다.

"아냐. 6일은 사람들이 잔해를 발견한 날이야. 실제로는 3일에 추락해서 우주선 안에 있던 외계인들이 죽었어."

'어렵하겠어.' 프랜시가 생각했다. "그러면 야외에서 결혼식을 하는 건 어때?"

세리나가 고개를 저었다. "러셀은 원래 UFO 추락 사고 현장에서 결혼식을 하고 싶어 했는데, 네가 방울뱀을 너무 무서워하기 때문에 안 된다고 내가 말했어."

"방울뱀이 있다고?" 프랜시는 주르르 미끄러지며 기어가는 파충류를 생각만 해도 몸이 부들부들 떨렸다.

"러셀의 말로는 없대. 1947년 이후로 추락 현장에 방울뱀이 나타난 적이 없다고 했어. 뱀은 외계인의 존재를 감지하고는 그 근처에 가지 않는대. 설령 뱀이 나타나더라도, 네가 뱀을 무서워하는 것보다 뱀이 너를 더 무서워할 거랬어."

'그건 말도 안 돼.' 프랜시가 생각했다.

"하지만 알아보니까, 어쨌든 추락 장소는 예약이 안 된대. 축제 기간 내내 관광 예약이 꽉 찼더라고."

"나는 공원 같은 곳을 생각하고 있었어." 프랜시가 조심스럽게 말했다.

세리나가 고개를 저었다. "러셀은 UFO가 뇌우를 일으킨다고 했어. 첫 번째 로즈웰 추락 사고와 소코로 추락 사고 밤에 뇌우가 쏟아졌어."

'러셀에게 내가 봤던 뇌우에 대해 말하지 않은 게 다행이네.' 프랜시가 생각했다. 뇌우 이야기를 해줬다면, 러셀은 방금 들은 목격담이 진짜라고 확신했을 것이다.

프랜시가 휴대폰을 들여다봤다. "날씨 채널의 토요일 일기 예보는 맑고 화창해. 뇌우가 쏟아질 가능성은 없어." 프랜시는 세리나가 볼 수 있도록 휴대폰을 건네줬다.

세리나가 휴대폰을 돌려줬다. "그건 날씨 채널이 외계인을 믿지 않기 때문이야."

'안 믿길 바라야지.' 프랜시가 생각했다.

"그리고 폭풍우가 치면 내 드레스가 망가지잖아. 아, 그러고 보니 아직 네 들러리 드레스를 안 보여줬구나!"

세리나가 뒤쪽으로 뛰어가더니 굽이 높은 은색 샌들과 옷 가방을 들고 돌아왔다. "네 마음에 들 거야."

세리나가 들것에 누워 있는 외계인 사체 위에 가방을 내려놓고 옷 가방의 지퍼를 열며 말했다. "정말 특별한 드레스야. '압생트 미광'이거든."

프랜시는 숨을 참고 기도했다. '세리나가 정말로 일을 저지른 건 아니겠지. 제발, 부디 끔찍하지 않기를.' 그런데 '압생트 미광'이라는 게 앞서 거리에서 봤던 아이스크림이나 솜사탕의 '형광 녹색'을 가리키는 다른 말이라는 사실을 제외하면, 예상보다 나쁘지 않았다. 스커트를 부풀어 오르게 하는 둥근테도 없었고, 주름 장식도 없었으며, 장미꽃 장식도 없었다. 넓고 깊게 파인 목라인과 스커트가 길게 내려오는 수수한 공주 스타일의 드레스였다.

"주머니도 달렸어!" 세리나가 스커트에 세로로 입구가 달린 주머니를 보여주며 쾌활하게 말했다. "휴대폰이나 립스틱, 자동차 키 같은 걸 넣을 수 있어. 자, 입어봐." 세리나가 프랜시를 화장실로 보냈다.

스커트 부분이 너무 길다는 점만 제외하면 몸에 완벽하게 맞았고, 주머니는 휴대폰을 넣을 수 있을 만큼 컸다. 프랜시는 휴대폰을 오른쪽 주머니에 넣고, 입고 있던 티셔츠와 청바지를 가방에 집어넣은 후, 세리나에게 보여주려고 밖으로 나왔다. "치마가 약간 길어…."

"네가 운동화를 신고 있어서 그래." 세리나가 프랜시를 비행접시 모형 가장자리에 앉히더니 굽이 높은 샌들을 신어보게 했다.

"봤지, 딱 맞잖아." 프랜시가 일어서자 세리나가 말했다. "하지만 그게 끝이 아니야. 통로를 따라 내려가면…." 어디선가 음악이 흘러나와 세리나가 말을 멈췄다. 드라마 〈엑스 파일〉의 주제곡이었다.

"미안, 내 전화야." 세리나가 말하며, 주머니에서 휴대폰을 꺼내 확인했다. "러셀이야." 세리나가 휴대폰을 귀에 가져다 댔다.

"뭐? 말도 안 돼! 원래 추락했던 곳에서 가까운, 도시 서쪽에 착륙한 게 확실하대!" 세리나가 프랜시에게 흥분한 목소리로 말했다. "세 명의 다른 사람이 영상을 찍었어. 뭐라고…?" 세리나가 러셀에게 말했다. "채널5에 영상이 있어! 한 대가 추락한 것 같대!" 세리나가 프랜시에게 말하고, 다시 전화에 귀를 기울였다. "아, 하지만 모두 함께 저녁을 먹을 수 있길 바랐는데. 그리고 당신이 박물관 사람들에게 결혼식 준비에 대해 말해줘야 해. 그 사람들은….”

다시 잠시 듣고만 있던 세리나가 방어적으로 말했다. “당연히 나도 그게 얼마나 중요한 일인지 알아!”

세리나가 다시 휴대폰에 귀를 기울였다. 프랜시는 러셀이 외치는 소리를 들을 수 있었다.

“이건 논란의 여지가 없는 증거를 얻을 기회라고! 하지만 우리가 정부보다 먼저 도착해야만 가능해! 늦으면 정부가 첫 번째 추락 때 그랬던 것처럼 모든 걸 덮어버릴 거야!”

러셀의 말에 귀를 기울이는 사람은 프랜시만이 아니었다. 추락한 UFO 모형의 사진을 찍던 사람들이 다가와 귀를 세우고 속삭였다. “어디라고 했지?” 그리고 휴대폰에 타이핑하더니 찾아낸 정보를 서로 보여주었다.

“하지만 프랜시를 그냥 버려두고 갈 수는 없어.” 세리나가 말했다. “프랜시를 모텔로 데려가야 해. 그리고 지금 결혼식 문제를 해결하지 않으면, 시간이 없어서….”

휴대폰으로 검색하던 사람이 말했다. “70번 도로를 타고, 로즈웰 서쪽 38킬로미터 지점이랍니다.” 사람들이 일제히 빠져나갔다. 전화를 끊었을 때 방에 남아 있는 사람은 세리나와 프랜시뿐이었다.

“네가 가야 하는 거면, 내가 혼자 모텔을 찾아서 갈 수 있어. 그리고….”

“안 돼.” 세리나가 단호히 말했다. “이곳을 결혼식에 어울리게 만들 방법을 찾기 전에는 아무 데도 가지 않을 거야.” 그리고 P.D.를 찾으려고 ‘출입금지’ 문을 향해 걸어갔다.

P.D.가 검은색 전구와 형광등 몇 개를 들고 막 나오는 참이었다. “이건 어떤가요?”

“아뇨, 아뇨, 아니에요. 내가 말한 건 반짝이 전구였어요.” 세리나가 말했다.

“반짝이 전구요?” P.D.가 어리둥절한 표정으로 말했다.

“네, 있잖아요, 크리스마스트리에 줄줄이 다는 전구 같은 거요. 그걸 천장에 걸고 싶어요.” 세리나가 몸짓으로 그 모습을 표현했다. “그리고 저 문과 비행접시 주변에도요."

"내가 먼저 확인해야 합니다." P.D.가 미심쩍은 말투로 말했다. "박물관의 승인이 없는 상태에서는 이 공간에 대한 어떤 변경도 불가능해요. 우리는 박물관의 무결성을 보존해야 합니다."

'들것 위에 죽은 외계인의 배가 열려 있는데, 무결성을 걱정한다고?' 프랜시가 생각했다.

"그 전구를 가지고 있나요?" P.D.가 물었다. "내가 승인할 수 없는…."

"내 차에 있어요. 가서 가져올게요." 세리나가 말했다.

"얼마나 걸릴까요? 내가 박물관을 닫아야 해서…."

'UFO 착륙 지점에 가려는 게 뻔해.' 프랜시가 생각했다. '우리가 전등을 가지고 돌아오기 전에 박물관 문을 닫고 가버릴 게 틀림없어.'

"내가 가서 가져올게, 세리나. 너는 여기에 다른 준비 사항에 관해 이야기를 나누고 있어." 프랜시가 말했다.

"아, 그렇게 해줄래, 프랜시?" 세리나가 말했다. "고마워!" 그리고 자동차 키를 가지러 갔다.

프랜시는 들러리 드레스와 하이힐을 먼저 갈아입을 수 있는지 물어볼까 고민했지만, P.D.가 벌써 벽에 걸린 E.T. 시계를 초조하게 바라보며 오만상을 찌푸리고 있었다.

"네 차가 어디에 있어?" 프랜시가 물었다. '내 차만큼 멀리 주차되어 있지는 않아야 할 텐데.'

"여기에서 남쪽으로 한 블록, 동쪽으로 한 블록 반쯤 가면 사거리에 있어." 세리나가 프랜시에게 차 키를 건네며 말했다. "검은색 SUV, 링컨 내비게이터야. 반짝이 전구는 뒷좌석에 있어. 네가 가줘서 고마워. 또 한 번 내 목숨을 구해준 거야!"

"그러려고 온 거야." 프랜시는 말했다. 그리고 서둘러 박물관을 통과해서 거리로 나갔다.

바깥 거리는 이전보다 훨씬 시원했다. 해가 지기 시작한 데다, 거리를 가득 메우고 있던 사람들의 무리가 사라져버렸기 때문이었다. 가판대의 설치를 마친 노점상 두서너 명만 남아 있었고, 모퉁이 근처에서 관광객 몇 명이 모여 이야기를 나누고 있었다. 당연히 UFO 추락으로 추정되는 사건에 관한 대화였다.

"갈 거야?" 한 명이 물었다.

"모르겠어." 젊은 여자가 대답했다. "영화 〈우주 전쟁(War of the Worlds)〉에서 우주선을 보러 갔다가 모두 튀겨지던 장면이 머릿속에서 떠나질 않아."

"나는 그건 걱정이 안 돼." 카우보이모자를 쓴 노인이 말했다. "라이플총이 있거든. 스미스앤웨슨 권총도 있고."

프랜시는 서둘러 그들을 지나쳐 길을 건너갔다. 그리고 긴 치맛자락을 치켜올리며 다음 블록으로 가면서 잠깐 시간을 내서 운동화로 갈아신었다면 좋았을 거라는 생각이 들었다.

프랜시는 인도를 따라 걸어가며 대각선 방향으로 건너편에 주차된 차들을 바라봤다. 거기에 있는 차들은 죄다 검은색 SUV였다. 프랜시는 내비게이터를 찾기 위해 할 수 없이 도로로 나가 차들의 뒷부분을 살펴봤다.

링컨 내비게이터가 세 대나 있었다. 그리고 모두 러셀이나 세리나가 붙였을 법한 범퍼 스티커가 붙어 있었다. '아무도 믿지 말라' 그리고 '비행접시를 보면 브레이크를 밟고 안전띠를 착용하라—외계인이 차에서 당신을 빨아들이기 어렵게 만든다'. 프랜시는 어느 게 세리나의 차인지 알기 위해 키 리모컨을 눌렀다.

블록 끝에 있는 차의 불빛이 깜빡이는 게 눈에 들어왔다. 그 차에는 '우리는 혼자가 아니다' 범퍼 스티커가 붙어 있었다. 프랜시가 뒷문을 열고 몸을 숙여 비닐봉지를 찾았다. 봉지는 못 찾았지만, 앞쪽 조수석 바닥에 흰색 줄이 엉켜 있는 게 보였다.

'저게 반짝이 전구라면….' 프랜시가 뒷문을 닫고 운전석 쪽의 앞문을 열며 생각했다. '절대로 못 풀 거야.'

프랜시가 운전석 너머로 몸을 기울였다. 다시 보니, 전선이 엉킨 게 아닌 것 같았다. 오히려 로즈웰로 오는 길에 봤던 회전초 덤불처럼 보였다.

'어쩌다 회전초가 세리나의 차에 들어갔을까?' 프랜시는 궁금했다. 그때 회전초의 가지 하나가 움직였다.

'맙소사.' 프랜시가 생각했다. '외계….' 그리고 도망치려 몸을 돌리기도 전에, 촉수가 빛의 속도로 튀어나와 프랜시의 허리를 올가미처럼 휘감았다.

3장

"사람이 도망칠 수 없는 일들이 있어."

— 〈역마차(Stagecoach)〉

프랜시가 차 문을 열고 외계인을 멍하니 쳐다본 순간, 외계인의 촉수가 뱀이 공격하는 속도로 튀어나와 프랜시의 발과 무릎, 가슴, 목을 휘감더니 잡아당겨 운전석에 앉히고, 양손으로 운전대를 움켜쥔 자세로 꼼짝하지 못하게 만들었다.

'마비됐다.' 겁에 질린 프랜시가 생각했다. '공항에서 봤던 그 여자가 외계인에 납치되면 움직일 수 없게 된다던 말이 정말이었어.' 곧 프랜시는 움직일 수 없는 이유가 넝쿨처럼 보이는 무언가가 자기 손을 운전대에 묶어놓았기 때문이라는 사실을 깨달았다.

하지만 그게 아니었다. 프랜시의 손을 붙잡고 있는 것은 오른쪽의 조수석 위에 앉아?(서?) 있는 외계인의 덩굴처럼 생긴 촉수 두 개였다. 박물관의 UFO 추락 모형에 있던 어린아이 같은 몸에 큰 머리, 검은 아몬드 같은 눈을 가진 외계인과는 전혀 닮지 않았지만, 이게 외계인이라는 사실에는 의심의 여지가 없었다.

이 외계인은 눈도 없고 몸통도 없었다. 그냥 중심의 한 점에서 수십 개

45

의 뱀 같은 촉수가 모든 방향으로 뻗어 나왔다. '메두사의 뱀으로 된 머리카락 같아.' 프랜시가 생각했다. 하지만 그것은 올바른 비유가 아니었다. 만일 저 촉수가 뱀이었다면, 그 뱀 두 마리가 프랜시의 손목을 휘감거나, 아니 건들기만 했어도, 프랜시는 이미 겁에 질려 죽어버렸을 것이다.

그것들은 오히려 회전초에서 사방으로 뻗어 자라난 가지처럼 보였고, 프랜시의 손목을 감싸고 있는 것은 녹색이 아니라는 점만 제외하면 덩굴처럼 보였다. 그리고 회전초처럼 새하얀 색이었다. 하지만 이건 회전초가 아니라, 외계인이었다. 그러나 로즈웰이나 다른 곳에서 봤던 외계인들과는 전혀 다르게 생겼다.

하지만 바로 그랬기 때문에, 프랜시는 이게 진짜 외계인이라고 생각했다. 누구도 평범한 회전초를 보며 외계인을 떠올리지는 않을 것이다. 뭐랄까, 프랜시는 뭔가 완전히 이질적인 것을 보고 있다는 느낌을 강렬하게 받았다. 지구 밖 우주에서 온 무언가. 그렇다면 렌터카 줄에 서 있을 때 한 여자가 말했던 것처럼, 인간이 외계인을 볼 때 느낀다던 '외계인 공포증'을 프랜시가 느껴야 한다는 의미였다.

프랜시는 그런 느낌이 없었다. 그렇다고 겁이 나지 않는다는 의미는 아니었다. 프랜시는 무서웠다. '맙소사, 내가 외계인에게 납치되다니!' 프랜시가 생각했다. '어떻게 이런 말도 안 되는 일이!'

그러나 동시에 프랜시는 화가 치밀었다. 이것은 외계인이 실제로 존재한다는 의미였고, 러셀과 그 모든 UFO 덕후들이 옳았다는 것을 의미하기 때문이었다. 그리고 이렇게 난폭하게 납치된 사실에 분노했다.

외계인이 이 납치를 계획한 게 분명했기 때문에 분노했다. 그것?(그?)은 자유롭게 움직이는 덩굴 같은 촉수로 운전대와 뒷유리창을 가리키더니, 다시 프랜시의 손을 가리켰다. 주차 공간에서 후진으로 빠져나가길 원하는 게 명확했다.

그것은 설령 프랜시가 할 수 있더라도 절대로 해서는 안 되는 일이었다. 모든 호신술 수업에서 납치범을 따라가지 말라고 가르친다. 납치범은 피해자가 도움을 받을 수 없는, 멀리 떨어진 외딴 장소로 데려가려 하기 때문이다. 이 경우 그 장소는 비행접시가 될 수도 있다. 아니면 다른 행성일 수도 있다. 그렇다면 지시를 따르지 않고, 납치범이 차 키를 손에 넣지 못하도록 최대한 멀리 던지거나, 차 밑에 손이 닿지 않는 곳에 넣어야 한다.

그런데 프랜시는 세리나의 키가 어디에 있는지조차 생각나지 않았다. '외계인이 나를 붙잡을 때 차 밖의 땅바닥에 떨어뜨렸으면 좋겠는데.' 프랜시가 생각했다. 그때 공항에서 만났던 여자가 외계인에겐 텔레파시 능력이 있다고 했던 말이 기억났다. 그래서 프랜시는 키를 떨어뜨렸다는 생각을 마음속에서 지우려 노력했지만, 이 외계인이 프랜시의 생각을 엿듣는 듯한 징후는 보이지 않았다.

'다행이다.' 프랜시가 생각했다. 그리고 납치되었을 때 또 어떻게 해야 하는지 기억해내려 애썼다.

도움을 요청해야 한다.

그러나 프랜시가 비명을 지르기 위해 입을 열자마자, 다른 촉수덩굴이 덕트 테이프 너비만큼 납작하게 입을 가로막고 조였다.

'맙소사, 내 목을 조르겠어!' 프랜시가 생각하며, 진심으로 비명을 지르기 시작했지만, 먹먹한 웅얼웅얼 소리밖에 나오지 않았다. 프랜시가 다시 시도하자, 재갈이 인정사정없이 조이기 시작했다.

"비명 안 지를게. 약속해." 프랜시가 재갈을 통해 말하려 했지만, 이는 잘못된 행동이었다. 촉수가 더욱 꽉 조여왔다.

프랜시는 외계인에게 이해했다는 사실을 보여주기 위해 고개를 끄덕이고, 완전히 침묵하고, 움직임을 완전히 멈췄다.

'이제 어떡하지?' 프랜시는 미친 듯이 생각했다. 도움을 요청할 수도 없고, 도망갈 수도 없었다. 그리고 세리나가 무슨 일이 일어났는지 궁금해서 확인하러 올 때까지 이 외계인이 프랜시를 여기 그냥 앉아 기다리도록 내버려 두지는 않을 것이다. 특히 외계인이 운전대를 더욱 자주 가리키고, 그때마다 손목에 묶어놓은 덩굴을 지혈대처럼 더욱 조이는 걸 보면 말이다. 이 외계인이 혈액 순환을 완전히 차단해버리기 전에 뭔가 조치를 해야 했다.

프랜시가 입을 막은 재갈을 통해 말하려 하자, 놀랍게도 외계인이 입에서 촉수를 제거해주었다.

"차로 어딘가에 데려가주길 바라는 거지?" 외계인이 촉수를 치우자마자 프랜시가 말했다. "하지만 네가 나를 묶고 있으면 그럴 수 없어."

외계인은 이해하지 못한 게 분명했다. 다시 앞유리창과 핸들을 가리키며 프랜시의 손목을 감싸고 있는 촉수를 더욱더 조였다.

"그만! 이걸 풀어주지 않으면, 너를 차에 태워서 데려갈 수가 없다니까!" 프랜시가 소리쳤다. 프랜시의 말투 때문인지, 아니면 손을 풀려는 필사적인 시도 때문인지 몰라도, 오른쪽 손목과 손을 감고 있던 촉수를 풀고, 앞유리창을 맹렬히 가리켰다. 마치 "이제 운전해."라고 말하는 것 같았다.

"못 해." 프랜시가 운전대 옆에 있는 시동 장치를 가리키며, 키 구멍에 키를 꽂는 시늉을 했다. "차 키가 없어." 프랜시는 외계인이 이해하지 못하면 어떻게 해야 할지 고민했다.

하지만 외계인은 이해했다. 그는 프랜시의 손목을 감고 있던 촉수로 키 구멍을 이리저리 만지는 것 같더니, 촉수를 가느다랗게 해서 그 안으로 집어넣었다. 그리고 잠깐의 시간 동안, 프랜시는 외계인이 그 촉수를 키로 사용할까 봐 겁이 났다. 하지만 외계인은 키 구멍에서 촉수를 빼더니 다른 대여섯 개의 촉수와 함께 차의 바닥을 이리저리 더듬었다. 키를 찾는 게 틀림없었다.

프랜시의 손 하나는 이제 자유롭게 움직일 수 있었다. 프랜시가 외계인에게 키가 밖에 있다고 설득해서, 외계인이 키를 찾아 밖으로 나가도록 한다면, 프랜시의 다른 손을 풀어줘야 할 것이다. 그러면 조수석 문을 통해 기어나갈 수 있을 것이다.

"네가 나를 붙잡을 때 키를 떨어뜨린 것 같아." 프랜시가 말하며 옆 창문을 가리키고, 시동 장치를 가리킨 후, 다시 창밖을 가리켰다. "바깥." 반복해서 말했다. 프랜시로서는 다행스럽게도, 외계인은 프랜시를 지나쳐 촉수를 뻗어 문을 열었다.

하지만 외계인은 프랜시를 처음 붙잡았을 때처럼 재빨랐다. 외계인은 문을 열자마자 촉수를 뻗어 키를 잡아채 안으로 넣고 문을 닫았다. 프랜시는 움직일 새도 없었다. 외계인이 시동 장치에 키를 꽂았다.

'제발 잘못된 키를 꽂아라. 제발 맞는 키를 못 찾아라. 제발 외계인이 제대로 된 키를 찾기 전에 누군가 와서 구해주세요.' 프랜시가 백미러로 거리를 훑으며 생각했다. 하지만 이 블록에는 사람이 전혀 없었다. 그리고 외계인은 지금 세리나의 비행접시 장식을 포함해서, 키 링에 달린 모든 물건을 꽂아보고 있었다.

외계인은 프랜시에 대해 완전히 잊어버린 것 같았다. 키가 구멍에 맞지 않자, 프랜시의 왼손을 감고 있던 촉수도 풀고 그쪽으로 가져가 키를 꽂는 작업을 도왔다.

양손이 자유로워진 지금이야말로 확실히 탈출할 기회였다. 프랜시가 조용히 손을 내려 문손잡이를 잡고 발로 문을 밀려고… 진작 알아챘어야 했던 사항을 깨달았다. 프랜시의 양발이 자동차 페달에 단단히 묶여 있었다. 한 발은 가속 페달, 한 발은 브레이크에.

그리고 외계인은 올바른 키를 찾은 게 분명했다. 키가 딸깍하며 제자리로 찾아가는 소리가 들렸다. '제발 저 외계인이 자동차를 출발시키려면 키를 돌려야 한다는 사실을 알아채지 못하게 해주세요.' 프랜시가 기도했지만, 그 소원도 이뤄지지 않았다.

외계인의 촉수가 키를 돌려 시동을 걸었다. 엔진이 요란한 소리를 내며 살아나자, 외계인이 그 즉시 프랜시의 왼손을 운전대에 다시 묶더니, 단호하게 앞유리창을 가리키고, 프랜시를 가리켰다.

'외계인은 내가 기어를 넣어야 한다는 사실을 몰라.' 프랜시가 생각했다. 프랜시가 외계인에게 그 사실을 설명해주지 않는 한 차가 출발할 수 없다는 의미였다. 모든 호신술 수업에서 "어떤 상황에서도 납치범을 따라가서는 안 된다."라고 했다. 일단 고립된 장소로 들어가면, 구조될 가능성이 사라지기 때문이다. 그런데 프랜시가 외계인에게 차를 운전하는 방법을 보여주면, 외계인이 더 이상 프랜시가 필요하지 않다고 판단해서 놓아줄지도 모른다. 아니면 촉수로 프랜시의 목을 휘감아서 졸라 죽인 후 시체로 버릴 수도 있다. 그래서 가장 좋은 방법은 그냥 이대로 여기 앉아 있는 것이었다.

하지만 호신술 교사들은 외계인에게 납치된 적이 없었던 게 틀림없다. 프랜시가 움직이지 않자, 외계인이 프랜시의 오른손을 다시 묶더니, 양손과 양발의 결박을 서서히 조이기 시작했다. 그리고 프랜시가 시간을 끌고 있다는 사실을 알고 있으며, 이 상황을 더 이상 참을 생각이 없다는 것을 보여주듯, 프랜시의 가슴을 쿡쿡 찔렀다.

"나는 자동차가 어떻게 작동하는지 몰라." 프랜시가 외계인에게 말했다. "이건 내 차도 아니야. 내 친구의 차라고. 그리고 그가…." 프랜시는 '그녀'보다 '그'가 더 위협적으로 들릴 거라고 생각했다. "네가 이 차를 훔친 사실을 알아채면, 정말 화를 낼 거야."

촉수가 계속 조여졌다.

"알았어, 알았어. 하지만 이 차를 후진해야 하는데, 내가 묶인 상태에서는 그럴 수 없어." 프랜시가 오른쪽 손목과 발을 흔들며 설명하자, 오른손을 묶고 있던 촉수가 풀렸다.

하지만 오른손과 발만 풀렸다. 외계인은 프랜시의 왼쪽 손목을 꽉 붙잡고 있었다. 프랜시는 기어를 후진에 넣고 주차 공간에서 후진했다.

'이제 어떡하지? 중심도로로 차를 몰고 가자.' 프랜시가 생각했다. 중심도로에는 사람들이 있을 것이다. 기어를 넣고 중심도로를 향해 차를 돌렸다.

프랜시는 안전벨트의 경고음을 잊고 있었다. 차를 앞으로 몰고 나가기 시작하자마자 성가신 고음의 삑삑 소리가 울리기 시작했고, 그 즉시 외계인이 미쳐 날뛰었다.

프랜시가 곧바로 브레이크를 밟고 멈췄지만, 그 소리는 계속 울렸다. 외계인은 촉수를 거칠게 휘두르면서 마치 두 손으로 양쪽 귀를 막으려는 사람처럼 동그랗게 말렸다. 그래서 잠깐 동안 프랜시는 도망갈 기회라고 생각했다. 하지만 외계인은 미친 듯이 몸부림치는 와중에도 프랜시의 왼쪽 손목을 놓지 않았다. 외계인이 너무 꽉 움켜잡아서, 손이 완전히 잘려 나가겠다는 생각이 들 정도였다.

"하지 마. 이건 그냥 안전벨트 경고음이야." 프랜시는 삑삑 소리보다 크게 고함을 치고, 안전벨트를 아래로 당기며 외계인에게는 어떻게 벨트를 채워야 할지 고민했는데, 운전석의 벨트를 슬롯에 끼우자마자 경고음이 끊어졌다. 외계인이 너무 가벼워서 조수석은 안전벨트 경고음이 울리지 않았다는 의미였다. 혹은 외계인이라는 존재 자체가 프랜시의 상상력이 빚어낸 산물일 수도 있었다.

하지만 상상의 산물이라기에는 너무도 생생했다. 외계인이 몸부림을 멈추고 프랜시의 왼쪽 손목을 놓아줬을 때, 손목에 붉은 자국이 있었다.

프랜시는 다시 중심도로를 향해 출발했다. 그 즉시 외계인의 촉수 하나가 튀어나와 프랜시의 오른쪽 손목을 다시 묶고, 두 번째 촉수가 미친 듯이 옆 창문을 두드렸다. 북쪽으로 가라는 뜻이었다.

"도로가 나올 때까지는 그쪽으로 갈 수 없어. 우리는 블록 한가운데에 있잖아." 프랜시가 설명하자 외계인이 창문을 두드리던 행동을 멈추었고, 오른쪽 손목을 감았던 촉수가 물러났다. 하지만 중심도로는 서쪽으로 두 블록 떨어진 곳이었다. 프랜시가 첫 번째 사거리에 도착했을 때 북쪽으로 방향을 돌리지 않으면 외계인이 어떻게 할까?

외계인은 알아채지 못한 것 같았다. 외계인이 방향을 가리키는 촉수가 조수석 창문에 찰싹 달라붙어 있었다. 프랜시는 외계인이 북쪽의 뭔가를 보고 있다고 짐작했다.

프랜시가 그쪽을 힐끗 봤을 때, 하얀 불빛이 번쩍하는 게 눈에 들어왔다. '저건 불꽃놀이야.' 프랜시가 생각했다. '아무튼 또 다른 UFO의 착륙은 아니길 바라자.'

'이제 나도 러셀이나, 공항에서 봤던 그 사람들처럼 이상하게 말하기 시작했어.' 프랜시가 속으로 말했다. '당연히 불꽃놀이지. 7월 4일 독립기념일 주말이잖아.' 렌터카 줄에 있던 남자가 박람회장에서 불꽃놀이가 열릴 거라고 했었어.

그게 무엇이었든 외계인은 그 모습에 정신이 팔려서, 프랜시가 중심도로로 접어들어 외계인 머리 모양의 가로등과 외계인으로 장식된 축제 가판대의 표지판 아래를 달리고 있다는 사실을 알아차리지 못했다. 그런데 가판대들과 거리가 완전히 텅 비어 있었다.

'다들 어디로 간 거야?' 프랜시는 궁금했다. 그들도 프랜시처럼 납치되어서, 지금 외계인들을 차에 태우고 그들이 원하는 곳으로 가고 있는 걸까? 아니면 모두 증발해버렸나?

아니다. 갑자기 증발했다는 징후는 전혀 없었다. 열린 문이나 도로 한가운데 버려진 차, 보도 바닥에 그을린 흔적 같은 게 전혀 없었다는 뜻이다. 프랜시가 지나친 푸드 트럭과 가판대들은 모두 꼼꼼하게 닫혀 있었고, 해치가 올라가거나 블라인드가 내려져 있었다. UFO 박물관에는 '휴관'이라는 안내판이 붙어 있었다.

'사람들은 모두 불꽃놀이에 갔을 거야. 아니면 로즈웰 서쪽으로 가서 러셀과 신랑 들러리와 함께 추락한 UFO와 탑승자를 찾고 있을지도 몰라.' 프랜시가 생각했다.

'그놈은 바로 여기 있어, 이 멍청이들아.' 프랜시는 말하고 싶었다.

거리에 순찰차가 없는 걸 보면, 경찰들도 거기에 간 게 틀림없었다. 정말로 한 대도 없었다. '어쩌면 UFO 추락에 관한 신고 전화를 받느라 모든 경찰이 경찰서에 있는지도 몰라.' 프랜시가 생각했다. 경찰서를 가리키는 표지판의 화살표를 보고 차의 방향을 돌리려 하자, 촉수가 튀어나와 프랜시의 손목에 감기더니 운전대를 휙 잡아당겨 똑바로 돌려놓았다.

"알았어, 알았다고." 프랜시가 말했다. "이 길로 쭉 가라는 거잖아. 알았어." 그리고 잠시 후 물었다. "나를 그렇게 휙휙 움직이지 말고, 어디로 가는 건지 말로 해주면 안 될까?"

대답 대신, 그게 대답인지도 모르겠지만, 외계인이 앞유리창의 앞쪽, 즉 북쪽을 가리켰다.

프랜시는 중심도로를 계속 따라가며 벽돌로 지어진 법원과 UFO 축제 현수막, 맥도날드와 쉘 주유소를 지났다. 연료가 거의 다 떨어진 상태이길 바라며, 연료 계기판을 힐끗 내려다봤더니, 아직 4분의 1 이상 남아 있었다. 내비게이터는 연비가 얼마나 될까? 외계인이 프랜시를 데리고 가는 곳이 어디든 그곳까지 가기에 충분할 것 같았다.

앞쪽 저 멀리서 또다시 하얀 불빛이 깜빡였다. 저것은 불꽃놀이가 아닐 수도 있었다. 도로에 박람회의 표지판이 있었는데, 그 화살표가 동쪽을 가리키고 있었기 때문이었다. 그렇다면 저 불빛은 무엇이었을까? 외계인의 비행접시가 이 외계인에게 방향을 알려주기 위해 쏘아 올린 조명탄이었을까? 아니면 침공이 곧 시작될 것이라는 신호였을까?

둘 다 아니었다. 잠시 후 불빛이 다시 깜빡였을 때, 프랜시는 그게 도시 북쪽으로 멀리 떨어진 곳에 있는 뇌우에서 번쩍이는 번갯불이라는 사실을 알아챘다. '오늘 오후에 봤던 그 뇌우일 거야.' 프랜시가 생각했다. 안도의 한숨을 내쉬며, 자신을 도와줄 수 있는 사람을 찾는 데 집중했다.

아무도 없었다. 그리고 차는 빠르게 로즈웰의 북쪽 가장자리에 도착했다. 외계인과 함께 도시 밖으로 나가는 것은 프랜시가 가장 원하지 않는 일이었다. 정말 황량했다. 그리고 이제 30분 정도만 지나면 어둠이 내려올 것이다.

'이제 뭔가 해야 해.' 차가 창고를 지나고, '로즈웰―남서부의 낙농 중심지' 표지판을 지날 때 프랜시가 생각했다. 하지만 뭘 하지? 갑자기 차를 멈추고, 창문을 내려 차 키를 덤불 속으로 던져버리고, 달려 나가야 할까? 프랜시는 창문을 끝까지 내리지도 못할 것이다.

380번 국도와 만나는 교차로에 도착했다. 오른쪽 차선 위의 표지판에는 '동쪽―포탈레스 144킬로미터', 왼쪽 차선 위에는 '서쪽―혼도 88킬로미터'라고 적혀 있었다.

UFO가 목격된 곳은 도시 서쪽이니, 아마도 다들 거기로 갔을 것이다. 거기에는 외계인 우주선도 있겠지만, 프랜시를 도와줄 수 있는 사람들도 있을 것이다. 프랜시가 차를 왼쪽 차선에 세우고, 왼쪽 방향지시등을 켰다.

촉수 하나가 튀어나와 프랜시의 발을 휘감더니, 브레이크 페달을 세게 눌렀다. 차가 덜컹거리며 급정거했다.

외계인은 서쪽으로 가고 싶지 않은 게 분명했다. "좋아, 그럼." 프랜시가 말했다. "어느 쪽으로 가고 싶은지 말해줘."

프랜시는 외계인이 차에 타고 있던 내내 그랬던 것처럼 북쪽을 가리킬 거라 예상했지만, 그러지 않았다. 외계인의 촉수가 흔들리며 앞유리창을 가로질러 조수석 옆유리창으로 갔다가 뒷유리창으로 이동했다. 그리고 뒷유리창을 따라 까닥까닥 위아래로 움직이다, 끝부분을 말아서 옆유리창으로 갔다가, 다시 앞유리창으로 돌아왔다. 무언가를 찾고 있는 게 분명했다. 뭘까? 외계인을 태워줄 모선의 불빛?

눈에 보이는 유일한 불빛은 멀리 떨어진 뇌우 구름이 번쩍이는 것뿐이었는데, 이제 날이 어두워지고 있어서 구름의 내부 전체가 빛났다. 그리고 옆길에서 나와 북쪽으로 돌아가는 픽업트럭의 빨간 후미등이 보였다. 왜, 아, 왜, 왜 이쪽으로 오지 않은 거야. 하지만 도로에 다른 사람도 있다는 징후였다.

외계인이 방향을 가리키는 촉수가 앞유리창으로 돌아와 트럭이 사라진 방향을 가리킨 것을 보면, 외계인도 트럭의 후미등을 본 게 틀림없었다.

프랜시가 로즈웰로 올 때 지나쳤던 기나긴 텅 빈 사막을 떠올리며 주저하자, 외계인이 앞유리창을 성마르게 두드리더니 기어를 가리키고 프랜시의 손을 향해 움직이기 시작했다.

"알았어, 갈게." 프랜시가 기어를 넣고 방향지시등을 끄고, 285번 도로를 따라 북쪽으로 향하면서, 본까지 몇 킬로미터였는지 떠올리려 애썼다. 그리고 북쪽에서 오는 차를 만나면 어떻게 할지 궁리했다. 반대편 차선에 차가 보이자마자 라이트를 깜빡이고, 그 차선으로 들어가 차를 세운 후 경적을 세게 울리며 그 차가 제때 멈출 수 있기를 기도할 것이다. 만일 멈추지 못하더라도 에어백이 외계인을 납작하게 찌부러뜨릴 것이다.

엄청나게 좋은 계획은 아니었지만 성공할 수도 있다. 다만, 후미등이 벌써 거의 보이지 않을 정도로 멀리 가버린 픽업트럭을 제외하고는 도로에 다른 차가 하나도 없다는 게 문제였다.

"나를 어디로 데려가는 거야?" 몇 킬로미터를 달린 후 프랜시가 물었다.

대답이 없었다. 외계인의 촉수는 여전히 앞유리창에 붙어 있었다.

"네가 말을 해주면, 내가 어디로 가는지 알게 되니까, 그곳에 좀 더 빨리 도착할 수도 있어."

외계인의 촉수가 앞유리창을 두드렸다.

"아니, 나도 그건 알아." 프랜시가 말했다. "내 말은, 어디가 목적지냐는 거야. 앨버커키? 산타페? 네 우주선?"

반응이 없었다.

"우주선이 추락해서 네가 빠져나왔다가, 이제 다시 돌아가려는 거야?"

여전히 반응이 없었다.

"있잖아, 이렇게는 도망갈 수 없을 거야." 프랜시가 말했다. "내 친구들이 나를 찾을 거라고. 내 친구 세리나에게 곧 돌아갈 거라고 말해뒀거든. 세리나가 엄청나게 걱정할 거야. 내가 돌아가지 않으면, 경찰에 신고할 거야." 그러고는 외계인이 경찰이라는 단어를 모를 거라는 생각이 들어서 덧붙였다. "정부, 책임자, 당국 말이야."

'하지만 먼저 나한테 전화하겠지.' 프랜시는 주머니에 휴대폰이 있다는 사실을 깨달았다. 방금까지는 세리나가 전화해주길 기도했었지만, 이제는 전화하지 않기를 간절히 바랐다. 외계인에게 휴대폰이 있다는 사실을 알리고 싶지 않았기 때문이었다. 이 차가 어딘가에 멈춘다면, 전화해서 도움을 청할 수 있을 것이다. 하지만 세리나가 지금 전화해서 벨이 울리면…

전화는 오지 않았다. 그리고 반대편에서 오는 차량도 없었다. 한번은 프랜시가 빨간 불빛을 보고 후미등일지도 모른다고 생각했지만, 몇 킬로미터 더 달리자 북쪽 먼 곳에 있는 방송탑 위에서 깜빡이는 비행기 경고등이라는 사실이 분명해졌다.

이제는 지평선에 낮게 깔린 뇌우에서 가끔 깜빡이는 번개와, 해가 지면서 서쪽에서 보이는 분홍색 저녁놀만이 유일한 빛이었다.

프랜시는 도로를 가로지르며 굴러가는 회전초 덤불을 보며 속도를 늦췄다. 그리고 혹시 저것도 외계인인지 궁금했지만, 프랜시와 함께 있는 외계인은 그 회전초에 전혀 관심이 없었고, 가끔 도로 옆에 있는 회전초에도 관심이 없었다. 차가 지나갈 때 그 회전초들이 채찍질하며 달려들지 않은 걸 보면, 진짜 회전초인 게 틀림없었다.

프랜시는 북쪽으로 얼마나 멀리 왔는지 알 수 없었다. 드라이워시 도로와 코튼우드 골짜기는 오래전에 지났다. 로즈웰을 출발한 후 최소한 45분은 지났고, 본까지는 적어도 한 시간 정도 더 가야 했다.

'우리는 정말로 외떨어진 곳으로 나왔구나.' 프랜시가 생각했다. '그리고 점점 어두워지고 있잖아.' "넌 진짜 큰일 났어." 프랜시가 외계인에게 말했다. 이는 전형적인 '내적 감정의 투영'의 사례라고 할 수 있을 것이다. 그런 용어가 있는지는 모르겠지만, "납치는 연방 범죄야, 알지?"

물론 외계인은 모른다. 외계인이 처음에 납치했을 때 프랜시의 말에 반응하는 것처럼 보이긴 했지만, 프랜시는 자신이 하는 말을 그가 과연 이해하고 있는지 확신할 수 없었다. 만일 이해할 수 있다면, 외계인은 지금 프랜시의 말에 주의를 기울이지 않고 있었다. 대시보드 위에 올려놓았던 외계인의 촉수가 다시 돌아다녔다. 앞유리창을 가로질러 조수석 쪽 창문으로 갔다가 다시 대시보드로 돌아왔다.

혹시 빨간 후미등을 자기 우주선의 불빛으로 착각한 걸까? 그래서 이제 불빛이 시야에서 사라지자 어느 방향으로 가야 할지 모르는 걸까?

아니다, 외계인은 올바른 지점을 찾고 있을 뿐이었다. 외계인의 촉수가 튀어나와 프랜시의 발을 감아쥐었는데, 이번에는 멈추려는 게 아니라 속도를 늦추기 위한 것이었다. 그리고 두 번째 촉수가 오른쪽의 좁은 길을 가리켰다.

그 길은 산쑥 무더기 사이로 구불구불하게 이어지다 낮은 언덕으로 올라가는 비포장도로였는데, 언덕 너머는 보이지 않았다. '이 길로 가면, 고속도로에서 전혀 보이지 않게 돼. 이쪽으로 가면 이 외계인에게 완전히 휘둘리게 될 거야.' 프랜시가 생각했다.

프랜시가 그 길을 지나치기 위해 가속 페달을 세게 밟았지만, 효과가 없었다. 외계인이 여러 개의 촉수를 펼쳐 가속 페달에 있는 발을 떼어내고, 브레이크 페달이 있는 발을 누르면서 운전대를 돌려, 눈 깜짝할 사이에 비포장도로로 들어가 동쪽으로 향해 갔다.

"이러면 안 돼!" 프랜시가 항의했다. 다른 납치 피해자들이 살해당하기 직전에 하는 말과 똑같이 들린다는 생각이 들었다. "난 결혼식에 가야 한다고!"

외계인은 관심이 없었다. 외계인은 프랜시에게 도랑을 넘어가도록 지시

했다. 수백 미터를 가다가 구식 풍차와 녹슨 물탱크를 지났다. 프랜시에게
는 보이지 않았지만, 근처 어딘가에 소가 있다는 의미였다.

'그래서 이쪽으로 온 건가?' 프랜시는 궁금했다. '소를 절단하려는 건
가?' 하지만 1킬로미터 정도 지난 후 산쑥밭에 서 있는 소 몇 마리를 지나
쳤는데도 외계인은 프랜시를 멈추게 하거나 속도를 늦추도록 하지 않았다.
그는 꾸준히 앞을 가리켰다.

'어쩌면 이게 목장으로 이어진 길일지도 몰라. 목장에는 나를 도와줄 수
있는 사람이 있겠지.' 프랜시가 생각했다.

하지만 2킬로미터 정도 더 가자 비포장도로가 거친 흙길로 바뀌더니,
곧 한 쌍의 바퀴 자국으로 바뀌었다. "정말 이 길로 가고 싶은 거 맞아?" 프
랜시가 외계인에게 물었다.

대답은 없었다.

바퀴 자국 사이에 마른 풀이 무성한 것을 보면, 1년 넘게 아무도 이용하
지 않은 길인 게 분명했다. 그 길로 차를 몰고 가는 동안 자동차 하부가 긁
히는 소리가 들렸다. '몇 달 넘게 내 시체를 찾지 못할 거야.' 프랜시가 생각
했다. '찾는 거 자체가 가능하긴 하려나.'

"우리 잘못된 길로 가고 있는 것 같아." 프랜시가 말했다.

여전히 반응이 없었다. 외계인은 줄곧 촉수로 앞유리창을 가리키며, 길
에 완전히 집중하고 있었다.

저 정도로 집중한 상태라면, 프랜시가 느닷없이 브레이크를 밟은 후에
외계인이 붙잡기 전에 차에서 뛰어내려 도망칠 수 있지 않을까? 아니, 외
계인은 프랜시가 채 10미터도 가기 전에 촉수를 휘둘러 올가미를 씌워서
다시 끌고 올 것이다.

'하지만 외계인이 나를 못 찾으면 도망칠 수 있어.' 프랜시가 속으로 말
했다. 그것은 외계인이 프랜시가 어디로 갔는지 볼 수 없을 정도로 어두워
질 때까지 기다려야 한다는 의미였다. 그리고 뒤에 숨을 수 있을 정도로 큰
덤불이나 바위들이 있는 곳이어야 했다.

이미 고속도로에서 너무 멀어져 돌아가긴 힘들겠지만, 세리나에게 전

화할 수 있을 만큼 오래 숨는 것은 가능할 것이다.

외계인은 어떤 종류의 마감 시간을 앞둔 게 분명했다. 만일 프랜시가 충분히 잘 숨을 수 있다면, 외계인은 프랜시 찾는 것을 포기하고 차를 이용해 어디든 가버릴 것이므로, 해가 뜰 때까지 기다렸다가 고속도로로 가서 도움을 받으면 될 것이다.

그런데 여기는 바위도 없고 덤불도 없었다. 풀과 흙, 30센티미터 높이의 산쑥만이 끝없이 펼쳐져 있었고, 이제 정말 어두워지기 시작했다. 프랜시가 헤드라이트를 켜려고 손을 뻗자 덩굴손이 튀어나와 손을 막았다.

"아야! 이것 봐. 네가 E.T.처럼 손가락 끝으로 불빛을 비춰 길을 보여줄 게 아니라면, 헤드라이트를 켜야 해."

덩굴손이 느슨해지지 않았다.

"좋아, 알았어." 프랜시가 말했다. 그리고 어둠 속에서 길을 보기 위해 몸을 앞으로 기울였다. "그럼, 네가 손가락을 켜줘." 그리고 차 안에서 빛이 나오고 있다는 사실을 깨달았다.

프랜시는 빛나는 촉수를 보게 될 거라 예상하며 외계인을 힐끗 돌아봤지만, 그는 조수석에 그대로 앉아 있었다.

"뭐지…?" 프랜시가 말하며 아래를 내려다보고, 빛나고 있는 게 자신이라는 사실을 깨닫고는 공포에 질렸다.

끔찍한 잠깐의 시간 동안, 프랜시는 외계인이 자신에게 무슨 짓을 했다고 생각했다. 그러다 곧 이것이 세리나가 얼핏 말했던 드레스의 '특별한' 속성이라는 사실을 깨달았다. 이 드레스는 불이 켜졌다. 뭐, 정확히 말하면 불이 켜진 것은 아니었지만, 어두워서 잘 보이지 않는 길을 바라보다가 아래를 내려다보면 야광 불빛이 분명하게 보였다.

그렇다면 프랜시가 차에서 도망쳐 어딘가에 숨는다는 계획은 불가능해졌다. 프랜시의 드레스는 등대나 마찬가지였다. 하지만 하벨리나와 코요테가 돌아다니는 저 들판에서 드레스를 벗어버리고 속옷만 입은 채 도망칠 수도 없었다. 게다가 선인장도 있었다. 방울뱀도 있고. '엄청 고마워, 세리나.' 프랜시가 생각했다.

외계인이 촉수 끝으로 프랜시의 빛나는 드레스의 치마 부분을 머뭇거리며 만지더니, 마치 겁에 질려 움찔하듯 재빨리 물러났다.

"알아, 끔찍하지." 프랜시가 말했다. "E.T.의 손가락 농담은 미안해. 달리 변명할 여지가 없네."

외계인은 대답하듯 촉수들을 더 많이 내밀어 드레스의 천을 만졌다. 프랜시는 외계인이 드레스에 몰두한 틈을 이용해 차의 헤드라이트를 켰다. 이번에는 외계인이 끄지 않았다. 다행이었다. 이제 밤이 완전히 내려앉아서, 프랜시가 볼 수 있는 것이라고는 헤드라이트가 비추는 좁은 빛의 터널 속의 바퀴 자국뿐이었다. 이제 그 바퀴 자국조차 점점 희미해져서 더욱 알아보기 힘들어졌다.

"길이 끝나가는 것 같아." 프랜시가 말하며 차를 멈췄다.

외계인이 성마르게 앞유리창을 두드리며 앞으로 가라고 신호했다. "이제 길이 없어." 프랜시가 말했다. "계속 가면 바위 같은 것에 부딪혀서 차축이 부러질 거야."

외계인이 촉수로 계속 앞쪽을 가리키며 프랜시의 손목을 감은 촉수를 조이고, 또 다른 촉수를 가속 페달을 밟고 있는 발을 향해 움직였다.

"알았어, 알았다고. 가면 되잖아." 프랜시가 말했다. 그리고 느리게 조심조심 1킬로미터 정도를 갔을 때, 외계인이 멈추라고 신호했다. 하지만 프랜시는 이유를 알 수 없었다.

비행접시도 없었고, 비행접시가 착륙해서 그을린 흔적도 없었으며, 머리 위로 빨간색이나 파란색, 초록색 불빛도 없었다.

외계인이 절단할 소조차 없었다. 차의 헤드라이트가 닿는 저 멀리까지 흙과 마른 풀, 드문드문 흩어져 있는 산쑥 무더기뿐이었다.

프랜시가 운전하는 동안 외계인은 손목을 묶고 있던 밧줄을 조금씩 느슨하게 하더니 완전히 풀어주었다. 프랜시는 차가 멈췄으니 이제 외계인이 다시 감아줄 거라고 반쯤 예상했지만, 그러지 않았다. '내가 도망칠 곳이 없다는 걸 아는 거야.' 프랜시가 생각했다.

"왜 여기에서 멈췄어?" 프랜시가 물었다.

외계인이 시동 장치를 두드리며, 프랜시에게 시동을 끄라고 신호했다.

"들어봐, 내가 널 여기까지 데려다줬잖아." 프랜시가 말했다. "이제 날 보내줘. 너에 대해 아무에게도 말하지 않을게. 맹세해! 결혼식에 갈 수 있게 그냥 보내줘." 프랜시가 간청했다. "친구에게 내 도움이 필요하단 말이야."

외계인이 다시 시동 장치를 거칠게 두드렸다. 그래도 프랜시가 반응하지 않자, 직접 키를 붙잡고 돌려서 껐다.

그들은 그 즉시 한 치 앞도 안 보이는 어둠 속으로 빠져들었다. 오직 프랜시의 드레스만 계속 빛을 내고 있었다.

그러나 야광 드레스는 야광봉과 달리 빛을 발산하지 않아서 앞을 보는 데 도움이 되지 않았다. 오히려 프랜시의 눈이 어둠에 적응하는 데 방해만 될 뿐이었다. 한참이 지난 후에도, 운전대나 계기판조차 보이지 않았다. 외계인도 안 보였다. '외계인이 내게 촉수를 가져다 대면, 비명을 지를 거야.' 프랜시가 외계인이 있던 어둠 속을 바라보며 생각했다.

그러나 프랜시의 몸을 건드리는 느낌은 없었다. 잠시 후 조수석 문이 딸깍 열리더니, 외계인이 차 밖으로 굴러 내려가면서(혹은 떨어지면서) 땅에 부딪히는 소리가 들렸다. 외계인이 차 문을 닫는 소리는 들리지 않았다. 눈이 어둠에 약간 적응하자, 문이 열린 채로 있는 게 보였고, 차에서 50여 미터 떨어진 지점으로 천천히 굴러가서 멈춘 외계인의 모습을 알아볼 수 있었다.

외계인의 촉수는 어느 정도 멀리까지 닿을까? '50미터까지 뻗지는 못할 거야.' 프랜시가 속으로 말하며, 몸을 기울여 조수석 문을 거의 닫고, 시동을 걸기 위해 손을 뻗었다.

그러나 시동 장치의 키 구멍이 비어 있었다. '저게 키를 가져갔구나.' 프랜시가 씁쓸하게 생각했다. '당연히 그랬겠지.'

어쨌든 프랜시는 차를 뒤졌다. 조수석과 바닥, 좌석 아래를 더듬었지만, 키는 없었다.

'저놈이 가져갔어.' 프랜시는 땅에 움직이지 않고 앉아 있는(서 있는?) 외계인을 쳐다봤다. 지금 외계인은 무엇을 하는 것일까? 프랜시를 조사하거나 죽일 장비를 준비하는 걸까? 아니면 그들을 데리러 오라는 신호를 모선에 보내는 걸까? 하지만 외계인은 프랜시가 볼 수 있는 신호등이나 조명탄, 레이저를 사용하지 않았다. 촉수도 움직이지 않는 것 같았다.

프랜시는 앞유리창을 통해 별이 점점이 장식된 어두운 하늘을 올려다봤지만, 아무런 움직임도 보이지 않았다. 깜박이며 빛나는 불빛도 없고, 느리게 움직이는 우주선이 별빛을 가리는 그림자도 없고, 심지어 별똥별조차 없었다.

프랜시의 눈이 드디어 어둠에 적응해서 그들이 있는 지형의 윤곽을 알아볼 수 있었다. 지금껏 지나온 길과 똑같았다. 평평한 땅에 산쑥과 회전초, 마른풀 포기들만 드문드문 보였다. 폭풍과 번개는 사라졌다. 하늘은 사방으로 맑고, 별들이 흩뿌려져 있었다.

도망갈 곳도, 숨을 곳도 없었다. 전선을 뜯어 연결하는 것 외에는 시동을 걸 방법이 없었는데, 프랜시는 어떻게 하는지 몰랐다. 그 외에 어떤 방법이 남아 있을까?

휴대폰. 여기까지 전파가 닿을 수만 있다면.

프랜시의 운을 고려하면 안 될 가능성이 컸지만, 시도해볼 가치는 있었다. 프랜시가 외계인이 앉아 있던 곳을 쳐다봤다. 그는 여전히 그 자리에서 움직이지 않고 땅바닥에 앉아 있었다. 프랜시는 주머니에서 휴대폰을 살그머니 꺼내 왼손으로 옮긴 후 전원을 켰다. 화면의 불빛이 외계인에게 새어나가지 않도록 몸으로 막고 조심스럽게 옆으로 내려놓았다. 막대 두 개가 보였다.

'부디 이걸로 충분해야 할 텐데.' 프랜시가 여전히 움직이지 않는 외계인을 바라보며 생각했다. 외계인이 어느 쪽을 보고 있는지 알 수 있으면 좋겠다는 생각이 들었다. 차 문을 열린 채로 두면, 프랜시가 휴대전화를 귀에 댈 때 외계인이 불빛을 보거나 말하는 소리를 들을 수 있을 것 같았다. 프랜시는 외계인이 보지 못하는 어딘가로 가야 했다.

'차 뒤로 가자.' 프랜시가 생각했다. 휴대폰을 주머니에 다시 넣고, 안전벨트를 풀다가 딸깍하는 소리에 움찔했다. 외계인에서 눈을 떼지 않고 문을 밀어서 조심스럽게 열었다.

외계인은 꿈쩍도 하지 않았다.

프랜시는 문을 조금 더 열어놓고 잠시 기다리다 밖으로 나왔다. 그리고 몸을 숙여 손과 무릎으로 바닥을 짚고, 문을 밀어서 닫힌 것처럼 보이도록 했다.

외계인이 보고 있긴 한 걸까. '잠이 든 건지도 몰라.' 프랜시는 희망적으로 생각했다. 그리고 눈에 띄지 않게 낮은 자세를 유지하며 차 옆을 따라 천천히 뒤쪽으로 갔다. 차 뒤에 도착했을 때, 외계인이 아직도 그 자리에 있는지 확인하기 위해 범퍼 너머를 슬쩍 봤다. 외계인은 지평선에 검은 윤곽만 보이는 상태로 움직이지 않고 있었다. 프랜시는 뒷바퀴 옆에 쪼그려 앉아 휴대폰의 잠금을 해제했다. 이제는 막대가 하나뿐이었다.

'제발 이걸로 충분해야 할 텐데.' 프랜시가 기도하며 911을 눌렀다. 그리고 외계인이 벨 소리를 듣지 못하도록 귀에 대고 양손으로 꽉 눌렀다.

"911입니다." 여자 목소리가 사무적으로 말했다. 프랜시는 안도감으로 몸의 힘이 쭉 빠졌다. 외계인이 침입해서 모든 사람을 증발시킨 것은 아니었다. "응급 상황이 아니라면 전화를 끊고, 경찰서로 전화하세요."

'아, 이건 확실히 응급 상황이야.' 상담원이 경찰서 번호를 나열하는 동안 프랜시가 생각했다.

"어떤 응급 상황인가요?" 상담원이 물었다.

"납치당했어요." 프랜시가 속삭였다. "제가…."

"무슨 말인지 잘 안 들립니다." 상담원이 말했다. "더 크게 말해줄 수 있나요?"

"아뇨." 프랜시가 속삭였다. "납치됐다고요."

"납치범이 함께 있나요?"

"아뇨. 납치범은 떨어져 있어요…. 저는 납치범이 볼 수 없는 차 뒤에서 통화 중이에요. 하지만 저는 그가…."

"당신이 갈 수 있는 안전한 장소가 있나요? 가게나, 주유소 같은?"

"아뇨. 우리는 로즈웰 북쪽 사막 한가운데에 있어요. 그리고 아무튼 납치범은 제가 도망치게 놔두지 않을 거예요. 그는….”

“로즈웰이요?” 상담원의 말투가 살짝 바뀌었다. 프랜시는 상담원이 다른 사람과 말하는 소리를 들을 수 있었지만, 무슨 말을 하는지는 거의 알아듣지 못했다. 프랜시는 몇 마디를 알아챘다. “또야.” 상담원이 전화로 다시 돌아왔다.

“납치범을 묘사해줄 수 있나요?”

“네, 납치범은 회전초처럼 생겼고, 덩굴이나 촉수 같은 걸 가지고 있어서, 그걸 채찍처럼 휘두를 수….”

“촉수요.” 상담원이 말했다. 그리고 다른 사람에게 소리쳤다. “내가 또 왔다고 했잖아.”

“젠장. 이번이 다섯 번째야. 난 UFO 축제를 증오해.” 남자가 말하는 소리가 들렸다.

“이건 제가 지어낸 이야기가 아니에요.” 프랜시가 다급하게 속삭였다. “맹세해요. 이 외계인이 저를 붙잡아서….”

“납치했겠죠.” 상담원이 말했다. “알아요. 경찰에 허위 신고하는 행위는 징역형과 1천 달러의 벌금형에 처할 수 있는, 기소가 가능한 범죄라는 사실을 알고 계십니까?”

“허위 신고 아니에요.” 프랜시가 항의했다. “미친 소리처럼 들린다는 거 알아요. 하지만 저는 정말로….”

“그리고 경찰 회선을 붙잡고 실제 응급 상황에 있는 다른 시민이 신고하는 것을 방해하는 행위는 중범죄입니다.” 상담원이 말했다. “만약에 진짜로 납치 사건이 발생해서, 그 피해자가 저희에게 연락을 못 하게 된다면 어떨까요?” 상담원이 분노를 참지 못하고 물었다. “친구들에게 다시 이런 짓을 시도하면 전부 다 감옥에서 밤을 보내게 될 거라고 전해주세요!” 그리고 전화를 끊었다.

‘그래, 상담원이 이렇게 반응하는 것도 당연해.’ 프랜시가 생각했다. ‘외계인에게 납치당했다고 말하면서 뭘 기대한 거야? 총을 가진 남자에게 납치됐다고 했어야지.’

이제 어떡하지? 다시 전화할까? 아니다, 전화번호를 알아볼 것이다. 상담원은 이미 화가 난 상태였다. '그 사람들이 두 번째 전화라고 믿어주겠어?'

세리나. 세리나는 프랜시를 믿을 것이다. 적어도 러셀은 믿을 것이다. 그리고 어쩌면 그들은 경찰을 설득할 수 있을지도 모른다. 혹은, 직접 외계인을 보려고 힘차게 달려올 가능성이 더 컸다. 그것도 괜찮을 것이다. '지금 이 상황에서는 어떤 도움이라도 좋아. 아무리 미친 짓이라도 다 받아들일 수 있어.' 프랜시가 생각했다.

프랜시는 차의 반대편으로 기어가 살그머니 주위를 둘러봤다. 외계인은 여전히 같은 자리에 앉아있었다. 다행이다. 프랜시는 본래 있던 곳으로 기어가 세리나에게 전화했다.

"안녕, 세리나예요." 세리나가 말했다.

'아, 다행이다.' "세리나, 프랜시야." 프랜시가 속삭였다. "문제가 생겼어. 내가…."

"저는 지금 여기에 없습니다. 삐 소리가 나면 메시지를 남겨주세요."

'맙소사, 결국 착륙 지점을 찾으러 나간 모양이구나.' 프랜시는 생각하며, 영원히 울리지 않을 것 같은 삐 소리를 기다렸다.

삐 소리가 나자, 프랜시가 말했다. "세리나, 프랜시야. 내가…."

"메시지함이 가득 찼습니다." 자동 음성이 말했다.

'안 돼애애!' 프랜시는 휴대폰을 뒤져 러셀의 전화번호를 찾았다. 하지만 당연하게도 없는 게 확실했다. 고속도로 순찰대의 전화번호도 없었다. 프랜시가 가진 전화번호의 주인들은 모두 3백 킬로미터나 떨어진 곳에 있었다. 하지만 그들이 로즈웰 경찰서에 전화해서 프랜시가 진실을 말하고 있다고 설득할 수 있을 것이다. 프랜시는 테드의 번호로 전화했다. 테드가 받았다. 하지만 음악과 웃음소리에 묻혀 그의 목소리가 거의 들리지 않는 걸 보면, 술집에 있는 게 분명했다. 테드도 프랜시의 말을 거의 알아듣지 못했다. "프랜시, 뭐라고요?" 테드가 소리쳤다. "크게 말해요. 난 들리…. 있잖아요, 가봐야겠어요. 내일 전화할게요." 그리고 끊었다.

프랜시가 그레이엄에게 전화했다. "말하지 않아도 알겠어요. 내가 이번

여행은 재앙이 될 거라고 경고했잖아요."

'한마디로 요약하면 그렇지.' 프랜시가 생각했다. "있잖아요, 그레이엄." 프랜시가 다급하게 속삭였다. "외계인에게 납치됐어요. 미친 소리처럼 들리는 거 알아요. 하지만 외계인이 나를 납치해서 사막 한가운데로 차를 몰게 했다고요. 그러니까 당국에 연락해서…."

"정확히 얼마나 마신 거예요?" 그레이엄이 물었다.

"마시다뇨?" 프랜시가 말했다. "아무것도 안 마셨어요…."

"어련하겠어요." 그레이엄이 웃으며 말했다. "뭐, 그 미친 친구랑 처녀 파티라도 간 거예요?"

"아니요! 진지하게 하는 말이라고요. 나 좀 도와줘요…."

"그러고 싶지만, 내 우주선이 지금 수리 중이라서요. 좋은 시간 보내요. E.T.에게 저 대신 안부 전해줘요!" 그레이엄이 웃으며 전화를 끊었다.

'이제 어떡하지?' 프랜시가 생각했다. 외계인에게 납치됐을 때 누구에게 연락하지? 최초의 접촉 위원회? 아니면 은하 진리 교회?

'FBI.' 프랜시가 생각했다. 그리고 공항에서 마중 나가기로 했던 헨리 헤이스팅스를 떠올렸다. 세리나는 헨리가 야간 비행기를 타고 올 거라고 했다. 하지만 아직 출발하지 않았다면, 헨리가 FBI에 전화해서, FBI가 여기에 있는 부서로 연락하게 할 수 있을 것이다. 다행히 프랜시는 헨리의 번호를 휴대폰에 저장해두었다. 프랜시는 헨리라는 이름을 입력하고 통화 버튼을 눌렀다.

그의 전화가 울렸다. 다시 울렸다. '벌써 비행기에 탄 모양이네.' 프랜시가 생각했다. 그런데 헨리가 전화를 받더라도 뾰족한 수가 없었다. 현실은 〈엑스 파일〉과 달랐다. FBI가 경찰보다 프랜시를 믿어줄 가능성은 전혀 없었다. 그리고 세리나의 말로는 헨리가 외계인을 믿지 않는다고 했다.

'상관없어.' 프랜시가 생각했다. '헨리가 이곳에 와서 내가 사라졌다는 사실을 세리나로부터 알게 되면, 무슨 일이 발생했다는 사실을 깨닫고 당국에 신고할 거야. 그리고 헨리가 FBI에서 일한다는 것은, 그가 수색을 시작하기에 완벽한 위치에 있다는 뜻이야.'

프랜시가 실종됐다는 사실을 세리나가 알아차려야 했다. 하지만 세리나가 아직도 러셀과 함께 소위 그 착륙 지점에 있다면 어쩌지?

하지만 헨리가 도착할 즈음에는 세리나가 UFO 박물관으로 돌아갈 것이다. 그리고 프랜시는 달리 전화할 사람이 없었다. 헨리가 받지 않는다면….

"여보세요." 사무적인 남자 목소리가 말했다.

'아, 다행이다.' 프랜시가 생각했다. "여보세요! 저는…."

"헨리 헤이스팅스의 전화입니다. 메시지를 남겨주세요."

'메시지를 남기라고.' 프랜시가 씁쓸하게 생각했다. '당신이 이 메시지를 받을 땐 이미 너무 늦을 거야. 나는 신체 조사를 받거나, 절단되거나, 다른 행성으로 끌려가겠지.'

그래도 프랜시는 시도해야만 했다. '제발 메시지함이 꽉 차지 않아야 할 텐데.' 프랜시가 생각했다. 삐 소리가 나자마자 이야기를 시작했다.

"저는 프랜시 드리스콜입니다. 세리나의 친구예요. 세리나의 결혼식 때문에 로즈웰에 왔는데, 외계인에게 납치됐어요. 완전히 미친 소리처럼 들리겠지만, 제가 세리나의 차에 무언가를 가지러 왔을 때, 외계인이 붙잡고 강제로 차에 태워서, 사막 한가운데로 운전시켰습니다." 프랜시는 낮게 속삭이면서, 메시지가 종료되기 전에 모든 이야기를 끝내기 위해 재빨리 말을 이어갔다.

"차는 검은색 내비게이터, 차 번호는…." 프랜시가 차 뒤쪽으로 기어가서 번호판을 봤다. "뉴멕시코 CJE-500이에요. 우리는 북쪽…."

어디에선가 촉수 하나가 쏜살같이 날아와 프랜시의 손목을 감았다. 두 번째 촉수가 허리를 감싸고, 세 번째 촉수는 휴대폰을 움켜잡았다.

"하지…." 프랜시가 말했지만, 이미 외계인이 던진 휴대폰이 빙글빙글 돌며 어둠 속으로 멀리 날아가고 있었다.

4장

"이런, 다른 승객이 생긴 모양이네요."

— 영화 〈역마차〉에서 링고 키드의 대사

'그리고 이제 납치범이 분노에 휩싸여 피해자를 죽이는 부분인 건가.' 구조의 마지막 희망이었던 휴대폰이 빙글빙글 회전하며 결코 찾을 수 없는 어둠 속으로 날아가는 모습을 보면서 프랜시가 생각했다. 그리고 다가올 일에 대비해 마음을 다잡았다.

하지만 외계인은 아까처럼 프랜시를 붙잡아 차에 태웠을 뿐이었다. 이번에는 운전대가 아닌 운전석에 묶었는데, 촉수들을 붕대처럼 납작하게 펴서 의자에 묶인 죄수처럼 감쌌다.

조수석 문은 아직도 열려 있었다. 프랜시의 몸을 감싼 촉수가 차 밖으로 늘어져 땅 위로 쭉 이어져 외계인까지 닿았다. 외계인은 마치 전혀 움직이지 않은 것처럼 예전 그 자리에 고요히 앉아 있었다.

프랜시가 몸부림쳐서 붕대에서 빠져나갈 수 있는지 시도해봤지만, 그 즉시 단단하게 조여졌다. 아무 데도 갈 수 없었다.

그리고 아무도 프랜시를 구하러 오지 않았다. 'FBI 요원에게 내가 어디에 있는지부터 말했어야 했어.' 프랜시가 후회했다. 중요한 건 그게 아니었다. 헨리는 응급 상담원이나 그레이엄보다 프랜시를 더 믿지 않을 것이다. 그리고 세리나는 프랜시가 실종됐다는 사실조차 모르고 있다. 설령 세리나가 UFO 추락 지점을 찾으러 갔다가 돌아와서 프랜시가 사라졌다는 사실을 파악하고 경찰에 신고한다고 해도, 실종으로 간주되려면 최소 24시간이 지나야 한다. 그때쯤이면 외계인이….

프랜시를 어떻게 할까? 외계인이 프랜시를 죽일 의도였다면, 이미 충분히 기회가 많았다. 혹시 자기 상관이 여기 올 때까지 기다리는 게 아니라면 말이다. 혹시 외계인이 저기에 앉아서 하는 게 그걸까? 모선을 타고 도착할 자기 상관을 기다리는 건가?

밤이 깊어져 갔다. 프랜시는 한참 동안 자신이 어떻게 해야 했었는지, 그리고 세리나를 얼마나 실망하게 할지 생각했다. 결혼식에 가서 러셀과 결혼하지 않도록 세리나를 설득하는 도움을 주지 못하는 것도 문제지만, 설사 간신히 도망치더라도 외계인에 대한 러셀의 신념이 미쳤다고 세리나에게 말할 수 있을까? '이제 나는 그 분야에 대해 부정할 근거가 없어. 그리고 결혼식은 사흘 남았어.'

하지만 세리나는 프랜시가 오지 않았다면 결혼식을 하지 않았을 거라고 했다. '세리나의 그 말이 진심이었으면 좋겠어. 그리고 경찰을 설득해 나를 구하러 와주면 좋을 텐데.'

'저 외계인이 여기서 하고 있는 게 바로 그거 아닐까?' 갑자기 생각이 떠올랐다. '외계인의 비행접시가 추락해서, 지금 구조를 기다리고 있는 건가?'

프랜시가 하늘을 올려다보며 움직이는 불빛이 있는지 살펴봤지만 아무것도 없었다. 외계인은 아직도 그 자리에 꼼짝하지 않고 앉아 있었다. '어쩌면 잠이 들었을지도 몰라.' 프랜시가 생각하고, 손을 움직였다.

그 즉시 촉수가 조여왔다. 그렇다면, 아니다, 아직 깨어 있다. 어쩌면 촉수가 무의식중에 조였을지도 모른다. 그런 경우라면 빠져나가려 시도하지 않는 게 더 나을 것이다. 보아뱀처럼 죽을 때까지 짓누를 수도 있으니.

아니면 얼어 죽을 수도 있다. 사막의 밤은 7월에도 매우 쌀쌀했으며, 약간 열린 조수석 문으로 들어오는 공기가 차가웠다. 하지만 프랜시를 감싼 붕대는 마치 담요 같았다. 따뜻하고 졸렸다.

'그게 바로 외계인이 원하는 거야.' 프랜시가 생각했다. '내가 잠들길 기다렸다가 조사하거나 임신시키거나, 뭐가 됐든 외계인들이 하는 그런 짓을 할 거야.'

하지만 그건 말도 안 되는 생각이었다. 외계인은 언제든 프랜시에게 무슨 짓이나 할 수 있었지만, 지금껏 한 짓이라고는 여기까지 데려와서 휴대폰을 빼앗은 것뿐이었다. 그리고 프랜시가 도망치려 시도하지 않는 한 가까운 미래에 무슨 짓을 하지는 않을 것 같았다. 그래서 프랜시는 모선이 도착할 때까지는 잠을 자려 노력하는 게 차라리 나을 것 같았다.

프랜시가 눈을 떴을 때 아침인 걸 보면, 짐작이 맞았던 게 틀림없었다. 사막은 이른 새벽에 옅은 갈색을 띤 보라색이었다. 그리고 눈길이 닿는 한 멀리까지 평평했다. 목장이나 울타리도 보이지 않았다. 어디에도 동물의 흔적은 없었다.

아직도 똑같은 자리에 앉아 있는 외계인만 빼고. '기다리고 있는 게 누군지 몰라도 안 왔네.' 프랜시가 생각했다. 하지만 그때 다른 생각도 떠올랐다. 경찰도 안 왔다. FBI도 안 왔고.

'그래서 이제 어떡하지?' 프랜시는 궁금했다. '하루 종일 여기 앉아 있을 건가?'

프랜시는 그러지 않기를 바랐다. 배고프고 갑갑한 데다 화장실에 가야 하는데, 이렇게 묶인 상태로는 스트레칭조차 할 수 없었다.

잠시 후, 프랜시를 감싸고 있던 촉수가 풀리며 움츠러들더니, 외계인이 차를 향해 굴러오기 시작했다. 프랜시는 몸을 앞으로 기울이고 고개를 들어 하늘을 올려다보며, 혹시라도 차 위에 우주선이 떠 있는 게 아닌지 겁이 났지만, 북서쪽에 깃털 같은 황금빛 구름 한 줄만 있을 뿐 아무것도 보이지 않았다.

외계인이 조수석에 앉으며 촉수로 문을 쾅 닫고 단호하게 앞유리창을 가리키는 걸 보니, 뭔가를 발견했거나 날이 밝아져서 방향을 잡은 게 분명했다.

"그래, 너도 좋은 아침." 프랜시가 말했다.

외계인은 다시 앞유리창을 쿡쿡 찔렀다.

"키가 없으면 아무 데도 갈 수 없어." 프랜시가 시동 장치를 가리키며 말하자, 외계인이 총알처럼 빠른 움직임으로 어딘가에서 키를 꺼내 시동 장치에 꽂고 돌렸다. 시동이 걸렸다.

"어디로 가?" 프랜시가 물었다.

외계인이 앞유리창을 가리킨 다음 뒤쪽을 가리켰다.

"돌아가자는 거야?" 프랜시가 물었다. 외계인이 반복해서 가리키자, 프랜시는 산쑥과 유카 몇 포기를 짓밟으며, 그들이 왔던 길로 SUV를 돌렸다.

"이제 어디로 갈까?" 프랜시는 외계인이 어제 그들이 왔던 길로 가주기를 바랐는데, 정말로 그렇게 했다. 외계인이 가리키는 대로 갔더니, 바퀴자국이 끝나고 비포장도로가 나타났다. 풍차와 물탱크를 지나 소 떼에 둘러싸이더니 곧 고속도로가 나왔다.

프랜시가 남쪽으로 방향을 틀기 시작하자, 즉시 촉수가 손과 운전대를 감싸며 세웠다. 그리고 두 번째 촉수가 단호한 몸짓으로 북쪽을 가리켰다.

"우주선을 찾는 거면, 그쪽이 아니야." 프랜시가 말했다. "우주선은 다른 쪽에 있어." 프랜시가 남쪽을 가리켰다. "내 친구들이 로즈웰 서쪽에서 우주선이 착륙하는 걸 목격했어. 너에게 보여줄 수 있어."

외계인은 계속 북쪽을 가리키며, 운전대를 세게 잡아당겼다.

"나는 북쪽으로 못 가." 프랜시가 다시 시도했다. "난 로즈웰로 돌아가야 해. 친구들이 걱정할 거야." 그러나 효과가 없자, 다시 말했다. "넌 이해하지 못할 거야. 나는 결혼식에 가야 해. 세리나에겐 내 도움이 필요해. 결혼식에 가는 게 내 의무야."

그것도 효과가 없었다. 외계인은 프랜시가 북쪽으로 방향을 틀 때까지 꽉 잡았다. 그리고 프랜시가 갑자기 U턴을 시도할 때를 대비해 운전하는 내내 계속 붙잡고 있었다.

"지금 나를 어디로 데려가려는 거야?" 프랜시는 대답을 듣지 못할 것을 알면서도 물었다. 역시나 대답이 없었다. "어디로 가든 너무 멀지 않은 곳이어야 해. 곧 휘발유가 떨어질 테니까."

거짓말이었다. 연료 계기판에는 아직 탱크의 8분의 3이 남아 있었지만, 외계인이 그 사실을 알아차리지 못하길 바랐다. "그리고 난 화장실도 가야 해. 음식도 필요하고. 음식을 안 먹으면, 너를 위해 운전해줄 수 없어."

대답은 없었다. 하지만 프랜시는 이제 진짜 도로로 돌아왔으니 곧 구조되길 바랐다. FBI 요원이 메시지를 받지 못했더라도, 세리나는 로즈웰 경찰에 실종 신고를 했을 테니, 경찰이 실종자 전국 수배령을 내렸을 것이다. 어젯밤에 외계인들이 전면적으로 침공을 시작해서 프랜시를 구출해줄 사람이 한 사람도 남아 있지 않은 상태만 아니라면.

하지만 만약 침공이 시작됐다면, 머리 위로 공군 제트기가 날아다니고, 지평선에 연기가 피어오르고, 멀리서 폭발하는 소리가 들리지 않았을까?

하지만 오늘 아침은 고요하고 맑았으며, 새벽에 보았던 금빛 뭉게구름이 지금은 북서쪽 지평선에 하얗게 떠 있는 것 외에는 화창했고, 하늘은 연기 한 줄기 없이 푸르렀다.

어느 쪽으로도 마을의 흔적이 보이지 않았지만, 언젠가는 나타날 것이다. 아니면 길가의 주유소 같은 곳이라도 나올 것이다.

'그곳에 도착하면, 건물로 돌진해야지. 그리고 외계인이 에어백에서 벗어나려 낑낑대는 동안, 나는 건물로 뛰어 들어가 사람들에게 911에 연락하라고 할 거야.' 프랜시가 생각했다.

하지만 마을도, 주유소도 없었고, 사막으로 이어지는 비포장도로도 없었다. 비행기 그림과 '항공기 순찰 지역'이라는 문구가 적힌 표지판을 지나쳤다. 그러나 얼핏 헬리콥터 소리가 들리는 것 같았지만, 비행기는 전혀 보이지 않았다. 프랜시가 앞으로 몸을 기울여 앞유리창 위로 올려다봤지만, 아무것도 보이지 않았다.

모두 어디로 가버린 걸까? 이 지역이 본래 인적이 드문 곳이긴 해도, 자동차 몇 대 정도는 지나다녀야 했다. 아니면, 적어도 고속도로에서 일하는 노동자들과 깃발을 들고 신호하는 사람 정도는 있어야 했다. 매해 이맘 때면 언제나 도로 공사를 진행해서, 공사 구역을 만나지 않고는 20킬로미터도 가기 힘들었다. 지금쯤이면 공사하는 사람들과 마주쳤어야 했다. 뉴멕시코주의 모든 사람이 강제로 차에 태워져 비행접시까지 운전해 가서 외계인들의 고향 행성으로 유괴된 게 아니라면, 그리고 어떤 이유에서든 그 외계인이 비행접시를 주차해둔 곳을 잊어버린 게 아니라면 말이다.

아니, 그럴 리 없다. 이 외계인은 어디로 가는지 분명히 알고 있었다. 갈림길을 여러 번 지나쳤지만, 그는 모두 무시하고 앞의 텅 빈 도로를 계속 가리켰다.

아니, 완전히 텅 빈 도로는 아니었다. 길가에 남자 한 명이 보였다. 남자는 청바지와 파란색 데님 셔츠를 입고, 카키색 더플백을 옆의 바닥에 내려두었다. '아, 다행이다.' 프랜시가 생각했다. '아직 납치되지 않은 사람이 남아 있었구나.'

그러나 프랜시가 차를 세우면 남자도 납치될 것이다. 외계인이 프랜시를 붙잡았던 것처럼 남자도 붙잡으면, 두 사람 모두 인질이 될 것이다. 그리고 그 남자가 프랜시를 구할 수 있을 것 같지도 않았다. 남자는 사방에 차도 보이지 않는 이 외딴곳에 혼자 있었다. 히치하이커였다. 남자는 프랜시의 차를 보자마자 허겁지겁 일어나더니, 더플백을 집어 들고 손을 들어 히치하이커의 전통적인 자세인 엄지를 내밀었다.

'당신은 이 차를 타면 안 돼. 절대로, 절대로 안 돼.' 프랜시가 생각하며, 외계인이 아직 히치하이커를 발견하지 못했는지 확인하려고 힐끗 쳐다봤다.

하지만 어떻게 프랜시가 그것을 정확히 알 수 있겠는가? 외계인은 표정이 없는 것 같은데, 따지고 보면 얼굴도 없었다. 그리고 대시보드 위에 올려놓은 외계인의 촉수도 그 남자가 저기에 있다는 사실을 안다는 징후를 전혀 보여주지 않았다. 그 촉수는 여전히 곧장 앞쪽을 가리키고 있었다.

다행이다. 그렇다면 프랜시는 그 남자를 바로 지나칠 수 있었다. 프랜시가 가속 페달의 발을 세게 밟았다.

남자가 도로로 걸어 나왔다. 프랜시는 외계인을 다시 쳐다봤다. 그리고 앞을 돌아봤을 때, 남자가 팔을 격렬하게 흔들며 프랜시에게 신호를 보내는 모습이 눈에 들어왔다.

"거기서 비켜!" 프랜시가 소리쳤다. "비키라고!" 하지만 남자는 그 자리에서 물러나지 않았다.

차의 방향을 돌릴 여유가 없었다. 프랜시가 브레이크를 밟자, 외계인이 바닥에 굴러떨어졌다. 차가 남자와 너무 가까운 거리에서 덜컹거리며 멈췄기 때문에, 프랜시는 자신이 결국 남자를 치고 말았다고 생각했다.

그러나 남자는 활짝 웃고 있었다. 남자가 더플백을 집어 들기 위해 허리를 숙이자, 프랜시가 불안한 눈빛으로 조수석 바닥에 떨어져 있는 외계인을 내려다봤다. 외계인은 움직임이 없었다. 프랜시가 외계인을 기절시킨 걸까? 아니면 사고로 외계인을 죽인 걸까?

남자가 차를 향해 걸어왔다. 프랜시가 창문을 올려서 닫기 위해 더듬거리며 버튼을 찾았지만, 움직임이 빠르지 못했다. 남자가 벌써 열린 조수석 창문으로 몸을 기울이고 있었다.

"고맙습니다." 남자가 말했다. "잠깐 동안 당신이 멈추지 않으려는 줄 알았어요. 진짜로 멈추지 않고 지나갔다면, 아마 막막했을 거예요. 독수리 떼가 모여들기 시작했거든요." 남자가 다시 웃었고, 프랜시는 그가 자신과 비슷한 또래라는 사실을 알아챘다. 남자의 머릿결은 밀짚색의 덥수룩한 금발이었고, 코는 햇볕에 탄 상태였다.

"정말 감사해요." 남자가 말했다. "그건 그렇고, 제 이름은 웨이드입니다. 웨이드 피어스." 남자가 문손잡이로 손을 뻗었다. "제가 가려는…."

"안 돼요! 열지 마세요…." 프랜시는 외계인이 듣지 못하도록 목소리를 낮추고, 문을 잠그기 위해 잽싸게 몸을 기울였다. "태워줄 수 없어요. 미안하지만, 다른 사람의 차를 얻어 타세요."

"다른 사람의 차요? 그게 무슨 말인가요, 다른 차라뇨? 오전 내내 여기에 서 있었지만, 한 대도 안 지나갔다고요!"

프랜시가 차에 기어를 넣으려고 손을 뻗었다.

"여기가 얼마나 더운지 아세요?" 웨이드가 창틀을 움켜잡으며 말했다. "다른 차가 오기 전에 목이 말라 죽을 거예요! 그리고 독수리 이야기도 농담이 아니에요…."

차가 출발하지 않았다. 브레이크를 밟다가 시동이 꺼진 게 분명했다.

"보세요." 웨이드가 차창에 기대어 말했다. "탈옥한 범죄자나 연쇄 살인마 같은 놈일까 봐 두려워하는 거라면, 난 그런 사람 아니에요."

프랜시가 키를 돌려봤지만, 엔진이 헛돌았다.

'제발 시동 좀 걸려라.' 프랜시가 간절하게 다시 시도했다.

"그리고 내가 당신에게 수작을 걸까 봐 걱정하는 거라면, 그러지 않을게요. 약속해요." 웨이드가 창틀에서 손을 떼며 항복하는 자세를 취했다. "그냥 다음 동네까지만 태워주세요."

"그럴 수 없어요." 프랜시가 힘없이 말하며, 다시 시동을 걸려고 했다.

"저기요⋯." 웨이드가 말했다. "왜 태워주기 싫어하는지 이해가 안 되네요. 당신이 멕시코 같은 곳에서 불법 이민자를 데려오는 것 같은 안 좋은 일에 관여하는지도 모르겠지만, 설령 그렇더라도 다른 사람에게 말하지 않겠다고 약속할게요."

'불법 이민자라니.' 프랜시가 씁쓸하게 생각하며, 아직도 움직임이 없는 외계인을 내려다봤다.

실수였다. 프랜시가 잠깐 내려다보는 찰나, 웨이드가 손을 뻗어 잠긴 문을 풀고, 문을 열려고 했다.

"안 돼!" 프랜시가 소리를 지르며, 몸을 날려 문을 붙잡아 막았다. "차에서 떨어져! 여기 외계인이 있어. 외계인이⋯."

하지만 웨이드는 그 말을 듣지 않았다. 그는 문을 열고, 고개를 숙이며 더플백을 내려놓으려 했다. 외계인 위에.

"그만! 하지 마! 도망쳐!" 프랜시가 울부짖었다. 그리고 동시에 여러 가지 일이 일어났다. 더플백이 뒷좌석으로 날아갔다. 웨이드가 "대체⋯?"라고 말하며, 조수석으로 휙 끌려 들어왔다. 문이 쾅 닫혔다. 프랜시의 발이 본인 의지와 상관없이 가속 페달을 세게 밟았다. 내비게이터가 시속 130킬로미터 속도로 총알처럼 달려 나갔다.

몇 분 동안 프랜시가 할 수 있는 일이라곤 차가 도로를 벗어나지 않도록 하는 것뿐이었다. 그리고 마침내 웨이드를 슬쩍 쳐다볼 수 있는 여유가 생겼는데, 그는 거미의 먹잇감처럼 조수석에 묶여 있었고, 입을 가로막은 납작한 촉수 때문에 헛되이 소리를 지르고 있었다.

"미안해요. 난 경고하려고 노력했어요." 프랜시가 말했다. "풀려고 하지 마세요. 도망치려고도 하지 마세요. 이 외계인은 정말 빠르거든요."

외계인은 확실히 빨랐다. 이번에 프랜시는 말 그대로 제일 앞자리에 앉아 외계인이 얼마나 눈부시게 빠른 속도로 움직일 수 있는지 지켜봤다. 외계인의 촉수가 채찍질하듯 빠른 속도로 튀어나와, 웨이드를 차에 쑤셔 넣는 것만이 아니라, 좌석에 묶고, 창문들을 올리고, 시동을 걸고, 가속 페달 위에 있는 프랜시의 발을 밟았다.

안전벨트 경고음이 시끄럽게 울렸지만, 외계인은 이제 그 소리에 어느 정도 적응한 모양이었다. 그렇지 않았다면 아마 차를 박살 냈을 것이다. 그러나 외계인은 여전히 그 소리에 신경을 쓰는 것 같았다. 그래서 프랜시는 차를 적당한 속도로 감속시키고 올바른 차선으로 되돌아가자마자(여전히 다른 차는 보이지 않았지만), 웨이드 쪽을 힐끗 바라보며 손을 뻗어 안전벨트를 채워서 소리를 중지시킬 수 있을지 확인했는데, 외계인이 그를 좌석에 단단히 묶어놓기 위해 납작한 촉수를 너무 많이 사용한 탓에, 벨트를 꽂을 구멍조차 보이지 않았다. 결국 프랜시는 경고음이 저절로 꺼지는 종류이기를 바랄 수밖에 없었다.

그렇지 않았다. "저건 안전벨트 경고음이야." 외계인이 알아들을 리는 없었지만, 프랜시가 설명했다. "이 사람이 안전벨트를 매지 않았기 때문에, 저런 소리가 나는 거야. 이 사람이 안전벨트를 맬 수 있도록 네가 풀어줘야 해. 그리고 웨이드, 말하려고 하지 마세요. 당신이 입을 닫으면 재갈을 풀어줄 거예요. 적어도 나한테는 그렇게 했어요."

웨이드가 고개를 끄덕이며 침묵했다.

"이 사람을 놔줘." 프랜시가 외계인에게 말했다. "도망치지 않을 거야." 그리고 잠시 후 외계인이 촉수를 풀었다.

"최선을 다해 도망가지 않을게요." 재갈이 풀리자마자 웨이드가 중얼거리더니, 프랜시를 향해 말했다. "왜 차에 외계인(alien)이 있다고 경고하지 않았어요?"

"했어요. 당신이 안 들었지!"

"당신은 차에 외국인(alien)이 있다고 했잖아요, 외계인(alien)이 아니라! 왜 '외계인 납치다!'나 '화성인이다!'라고 소리를 지르지 않았어요? 아니면, 그냥 지나쳐버렸으면 차라리 낫잖아요."

"당신이 차 앞에 섰잖아!" 프랜시가 화가 나서 말했다. "내가 어떻게 했으면 좋았겠어요? 그냥 당신을 차로 치어버렸어야 했나요?"

"나를 피해서 갈 수도 있었잖아요. 아니면 뭔가 이상한 일이 벌어지고 있다고 경고라도 해줬어야죠."

"내가 경고했잖아요. 도망치라고 했잖아요."

"인디아나 존스의 채찍질 때문에 피할 겨를이 없었어요. 그런 말이라도 해주지 그랬어요."

"나도 그럴 겨를이 없었으니까요. 그리고 나라면 그렇게 소리 지르지 않을 거예요. 당신이 소리를 질러대면, 외계인이 그 입에 또 재갈을 물릴 텐데, 이번에는 풀어달라고 하지 않을 거예요." 프랜시가 말했다.

"당신이 모르실까 봐 말씀드리는데, 아직 나를 안 풀어줬어요." 웨이드가 묶인 상태에서 벗어나려 애쓰며 말했다.

"그리고 나라면 그런 짓도 하지 않을 거예요. 움직이면 더 단단하게 묶거든요." 프랜시가 말했다.

"좋네요." 웨이드가 묶인 상태에 몸을 맡기고 긴장을 풀며 말했다. "인디아나 존스가 우리를 어디로 데려가는 건가요?"

프랜시가 놀란 눈으로 웨이드를 바라봤다. 프랜시는 자기가 그랬듯이, 웨이드도 납치되어 제정신이 아닐 거라 생각했는데, 그는 놀라거나 겁먹은 기색이 전혀 없었고, 오히려 즐거워하는 것 같았다. "그래서 어디로 데려간대요?" 웨이드가 다시 반복해서 물었다.

"몰라요."

"모른다니 그게 무슨 말이에요? 운전은 당신이 하고 있잖아요."

"이 사람이 안전벨트를 맬 수 있도록 풀어줄래?" 프랜시가 아직도 울리는 안전벨트 경고음보다 큰 소리로 외계인에게 소리치자, 촉수가 즉시 느슨해지더니 뒤로 물러났다.

"고마워요." 웨이드가 팔과 다리를 문지르며 말했다. "외계인이 내 혈액순환을 막기 시작하던 참이었어요." 그리고 앞유리창 너머의 풍경을 봤다. "그래서 지금 어디로 가고 있는 건가요? 저 외계인의 비행접시?"

"몰라요." 프랜시가 말했다. "외계인이 방향을 가리키면, 그 방향으로 운전하는 것뿐이에요. 안전벨트 좀 매줄래요? 그 소리 때문에 미치겠어요."

"그래야죠." 웨이드가 손을 뻗어 벨트를 잡았다. "하지만 이게 아니라 외계인에게 납치당한 상황에 대해 더 화를 내야 하는 거 아닌가요?" 안전벨트 버클을 밀어 넣자 삐 소리가 멈췄다. "저거, 외계인 맞죠?"

"그런 것 같아요." 프랜시가 대답했다. "외계인이 아니라면 대체 뭐겠어요?"

"모르죠." 웨이드가 고개를 돌려 골똘히 외계인을 쳐다보며 말했다. "지역 농업 박람회에 출품한 외국 채소일 수도 있잖아요? 아니면 사막 문어 같은 건 아닐까요?"

프랜시가 고개를 저었다. "그런 건 없어요. 게다가 문어는 촉수가 여덟 개밖에 안 되잖아요. 그런데 저 외계인의 촉수는 적어도 쉰 개 이상이에요."

"그 이상일 수도 있어요." 웨이드가 외계인을 흥미롭게 바라보며 말했다. "미국 남서부 버전 메두사는 어때요? 아니면 뱀으로 만든 회전초는?"

"절대로 뱀은 아니에요." 프랜시가 단호하게 말했다.

"당신이 어떻게 알아요?"

"내가 뱀을 끔찍하게 무서워하거든요. 그리고 촉수가 움직이는 방식이 뱀이 움직이는 것과 달라요. 속도는 빠르지만 덩굴손이 움직이는 방식과 비슷해요. 그래서 내가 납치당할 때 두렵지 않았던 것 같아요. 무슨 말이냐면, 외계인이 해치거나 죽일까 봐 두려워하긴 했지만…."

"당신은 어디에서 외계인에게 납치당했어요?"

"로즈웰에서요. 친구의 차에 뭔가를 꺼내려고 왔는데, 외계인이 차 안에 숨어 있다가 당신이 붙잡혔을 때처럼 사로잡혔어요."

"로즈웰이라…." 웨이드가 중얼거렸다.

"왜 그러세요? 로즈웰에서 무슨 일이 일어났는지 알고 있나요?"

"아니요." 웨이드가 말했다. "하지만 내 차가 고장 났을 때, 로즈웰에 가던 길이었어요. 로즈웰에서 열리는 UFO 축제요."

"축제에 가던 중이었다고요?" 프랜시가 말했다. 웨이드가 외계인에게 겁을 먹지 않은 이유를 알 수 있었다. 그는 러셀과 같은 종류의 UFO 덕후였다.

"내가 축제에 참여하는지 묻는 건가요?" 웨이드가 물었다. "난 일하러 가는 길이었어요." 프랜시가 '무슨 일을 하냐'고 질문을 던지기 전에, 그가 물었다. "당신이 납치당하는 모습을 본 사람이 있나요?"

"아뇨, 주변에 아무도 없었어요. 비명을 지르려고 했지만…."

"나한테 했듯이, 촉수로 입을 막았겠죠." 웨이드가 말하며 고개를 끄덕였다. "당신을 다치게 했나요? 아니면 성추행 같은 건?"

"그러지 않았어요."

"정말로 괜찮은 거 맞아요?" 웨이드가 진심으로 걱정하는 목소리로 말했다.

"난 괜찮아요." 프랜시가 말했다. "내가 도망치려 할 때, 당신에게 했듯이 올가미를 씌워서 묶었어요. 그리고 손목을 촉수로 조였지만 해치려는 의도는 없었던 것 같아요. 그저 자신이 원하는 걸 하게 만들려는 거였어요.

"그게 뭔데요?"

"로즈웰 북쪽으로 데려가라."

"그 일이 벌어지는 상황을 본 사람이 아무도 없었다고요?"

프랜시가 고개를 저었다. "거리에 아무도 없었어요." 그리고 로즈웰 서쪽에서 목격된 UFO에 대해 말해줬다.

"일단 고속도로로 나온 후에는 어땠어요?" 웨이드가 물었다. "그 후에 당신을 본 사람이 있었나요?"

"한 명도 없었어요. 다른 사람들도 모두 납치된 건 아니겠죠?"

"그건 아니에요. 내 차가 퍼지기 전 도로에서 차를 여러 대 봤고, 본에서는 주유하는 사람들도 있었어요."

"아, 다행이네요." 프랜시가 안도하며 말했다. 하지만 전면적인 침공이 없었다면, 왜 경찰은 프랜시를 찾으러 오지 않는 걸까? 지금쯤이면 세리나가 분명히 경찰에 신고했을 텐데.

"그래서 그다음에는 어떻게 됐어요?" 웨이드가 물었다. "이 인디가 그 뒤로 계속 운전하게 시켰나요?"

"아뇨." 프랜시는 외계인이 차를 멈추게 하더니, 우주선과 연락 같은 걸 하러 갔었다는 이야기를 해줬다. "주머니에 휴대폰이 있어서 911에 연락하려고 했는데, 응급 상담원이 내 말을 믿지 않아서 FBI에 있는 사람에게 전화했어요…."

"그러면, 우연히 당신 휴대폰에 FBI 요원의 번호가 있었다는 건가요?"

"아뇨. 세리나가 나한테 줬어요."

"세리나가 누구예요? FBI에서 일하는 분인가요?"

"아뇨, 아까 말했던 친구예요. 내가 친구의 차에 뭔가를 가지러 왔다고 했었잖아요. 이 차가 그 친구 세리나의 차예요."

"아, 그래서 FBI 요원에게 전화를 했군요. 그 사람은 뭐래요?"

"그 사람은 전화를 안 받았어요. 메시지를 남겼지만, 아마 상담원처럼 장난 전화라고 생각했겠죠."

"다른 사람은 연락이 닿았나요? 가족은요? 친구는? 남자친구는?"

"남친은 없어요. 직장 동료 두 명에게 전화를 걸었는데, 한 명은 제 이야기를 듣기도 전에 끊었고, 다른 한 명은 내가 취했다고 생각했어요. 그러고는 다른 사람에게 전화할 기회가 없었죠. 외계인이 내가 뭘 하고 있는지 알아채고 채찍 같은 촉수로 내 손에서 휴대폰을 낚아채 사막 한가운데 어딘가로 던져버렸거든요."

"그렇다면 외계인은 당신이 다른 사람과 연락하는 것을 원하지 않는 게 분명하네요." 웨이드가 말했다.

"외계인이 휴대폰의 용도를 알았다면 그렇게 봐야겠죠. 어쩌면 그걸 무기로 생각했을 수도 있어요." 프랜시는 주저하며 웨이드에게 휴대폰을 가지고 있는지 묻고 싶었지만, 물어보지 않는 게 나을 것 같았다. 그들이 무슨 말을 하고 있는지 외계인이 이해한다면, 그 휴대폰도 빼앗아버릴 수도 있기 때문이었다.

"외계인이 휴대폰을 던져버리기 전에 다른 사람에게 연락할 수는 없었나요?" 웨이드가 물었다.

"네. 세리나에게 전화했지만 받지 않았어요. 그리고 메시지함이 꽉 차서 메시지를 남길 수도 없었어요."

"그렇다면 당신이 납치당했다는 사실을 아는 사람이 사실상 아무도 없는 거네요."

"맞아요." 프랜시가 말했다. 프랜시는 곧 기병대가 들이닥쳐 그들을 구해줄 가능성이 없어졌으므로 웨이드가 당황할 거라 예상했지만, 그는 다른 생각에 빠져 있었다.

"인디가 당신에게 어디로 데려다달라고 요구하는 것 같아요?" 웨이드가 외계인을 고갯짓으로 가리키며 물었다. "당신의 말에 따르면 비행접시는 로즈웰 서쪽에 착륙했으니, 비행접시 쪽으로 가는 건 분명히 아닌 것 같고요. 거기가 아니라면 어디로 가는 걸까요?"

"모르겠어요. 어쩌면 UFO가 한 대 이상 착륙해서, 외계인이 다른 우주선과 연락을 시도하고 있지만, 그 우주선이 어디에 있는지 모르는 것일 수도 있어요."

"아니면, 그의 우주선이 추락하는 도중 탈출하는 바람에, 그 우주선이 지금 어디에 있는지 모를 수도 있죠." 웨이드가 말했다. "문제는, 왜 당신을 납치했는가예요. 그냥 차를 훔쳐서 직접 우주선을 찾으러 가면 되지 않았을까요?"

"모르겠어요. 내 짐작에는 외계인이 운전하는 방법을 몰라서 그런 것 같아요. 어쩌면 촉수가 페달 같은 걸 누를 정도로 무겁지 않을 수도 있고."

"어쩌면…."

웨이드가 말을 멈췄다. 외계인이 프랜시의 팔을 톡톡 두드렸다.

"무슨 일이야?" 프랜시가 물었다.

외계인이 앞유리창을 가리키더니 조수석 창문을 가리켰다. 그래서 웨이드는 촉수가 닿지 않도록 뒤로 물러나야 했다. "차를 돌릴까?" 프랜시가 물었다. "어디로?" 앞쪽에 로즈웰의 역사를 간략하게 적어놓은 안내 표지판이 있었다. "저 표지판에서 멈출까?"

"어쩌면 휴가를 즐기러 온 건지도 모르죠." 웨이드가 말했다. "인디가 관광객이라면 옐로스톤 공원이나 그랜드캐니언으로 데려가주길 원할지도 몰라요. 그게 아니라면…."

"쉿." 외계인이 다시 팔을 두드리자 프랜시가 말했다. "지금 당장 길에서 벗어나라고? 이 들판으로? 그렇게는 못 해. 울타리가 있잖아."

외계인이 더욱 단호하게 앞유리창을 두드렸다.

"알았어, 알았어. 차를 돌릴게. 웨이드, 혹시 도로에서 빠져나갈 수 있는 곳이 보이나요?"

"앞에 비포장도로가 있어요." 웨이드가 말하며 가리켰다.

손글씨로 '시머론 목장 13킬로미터'라고 쓰인 표지판을 지나 비포장도로로 우회전했다.

"옐로스톤 공원 가설은 취소할게요." 웨이드가 말했다. "이 길이 UFO가 추락한 곳으로 이어질 수도 있어요." 그러나 불과 백여 미터 지난 후에 외계인이 프랜시에게 언덕 꼭대기에서 길가에 세우라고 손짓했다.

어젯밤의 들판과 똑같아 보였지만, 바위가 더 많고 시야가 탁 트여 있었다. 이곳에서는 사방이 멀리까지 잘 보였다. 그런데 눈에 띄는 게 아무것도 없었다. 목장도 없고, 풍차도 없고, 다른 도로도 없었다. 오로지 적갈색의 흙과 광활한 하늘만 있었다. 아까 지평선에 있던 구름은 사라졌다. 하늘은 맑고 구름 한 점 없이 푸르렀다.

프랜시가 차를 세웠다. 그 즉시 외계인이 조수석 문을 열더니, 수많은 촉수를 끌고 우르르 웨이드를 넘어서, 운전대와 기어에 촉수를 단단히 묶고 차에서 내렸다. 그리고 문을 열어둔 채 들판으로 굴러가, 언덕 꼭대기까지 올라가서 멈추더니, 그 자리에서 꼼짝하지 않고 서/앉아 있었다.

"대체 뭘 하는 거예요?" 웨이드가 물었다.

"몰라요." 프랜시가 대답했다. "어젯밤과 오늘 아침에도 같은 행동을 했어요. 내 생각엔 모선과 연락을 시도하는 것 같아요."

"그럴 수도 있겠네요." 프랜시는 웨이드가 왜 이 모든 일을 그렇게 침착하게 받아들이는지 또다시 궁금해졌다. 웨이드는 칠면조처럼 묶여 있는 것에 대해 특별히 화를 내지도 않았다. "그가 왜 모선과 연락을 못 하는지 궁금하네요."

"나도 몰라요." 프랜시가 말했다. "모선도 추락했나 보죠. 아니면 여기가 신호가 잡히지 않는 지역일 수도 있고요. 휴대폰이 안 터지는 지역처럼 말이에요." 프랜시가 목소리를 낮췄다. "혹시 더플백에 휴대폰이 있는 건 아니죠, 있나요?"

"미안해요. 가방 안에 있는 건…." 웨이드가 촉수에 묶이지 않은 손을 뻗어서 뒤쪽에 있는 가방을 가져와 지퍼를 열며 말했다. "더러운 빨래뿐이에요. 그리고 이거랑." 그가 한 무더기의 소책자를 꺼냈다.

"그게 뭐예요?"

"납치 방지 보험이에요." 웨이드가 소책자 한 권을 프랜시에게 건네며 말했다. "10달러라는 아주 아주 저렴한 가입비로 50만 달러 상당의 보장을 받을 수 있습니다."

프랜시가 소책자를 펼쳤다. 가장자리를 따라 장식무늬가 새겨져 있고, 금색 문양이 양각으로 찍혀 있는 진짜 보험증서처럼 보였다.

"납치, 외계인의 신체 조사, 추적 장치 이식, 외계인 임신의 경우 전액 보장됩니다." 프랜시가 보험증서를 읽었다. 그리고 고개를 들어 웨이드를 바라봤다. "다른 말로 하면, 사기꾼이군요."

"내가 사기꾼이라고요?" 웨이드가 소책자를 더플백에 다시 넣고 지퍼를 잠그며 말했다. "절대로 아닙니다. 이건 합법적인 보험증서예요. 지금까지 수백 명에게 팔았지만, 단 한 명의 보험 가입자도 외계인에게 납치된 사례가 없었어요."

"지금까지는 그랬겠죠." 프랜시가 언덕 위에 앉아 있는 외계인을 가리키며 말했다.

"난 당신에게 보험을 팔지 않았잖아요."

"그렇다면, 당신은 UFO에 관한 온갖 이야기들을 믿지 않는다는 거네요." 프랜시가 말했다.

"지금의 상황에서는 조금 어려운 질문이군요." 웨이드가 고갯짓으로 인디를 가리키며 말했다. "그렇지만, 그래요. 안 믿었어요." 그러자 프랜시는 안도감을 느꼈다.

"아무튼 휴대폰이 없어서 미안해요." 웨이드가 더플백을 다시 뒷좌석 바닥에 내려놓으며 말했다. "하지만 여기에서 통화가 가능할지도 의문이에요." 그가 외계인을 내다봤다. "어젯밤에도 외계인이 지금처럼 저런 곳에 앉아 있었다고 했죠? 하늘을 올려다보고 있었나요?"

"몰라요. 눈은커녕 머리가 어디에 있는지조차 알 수가 없어서요."

"하지만 볼 수는 있잖아요."

"맞아요." 프랜시는 드레스가 환해졌을 때 인디가 어떻게 반응했었는지 떠올리며 대답했다.

"알았어요. 그렇다면 인디가 신호를 보내려 하는데, 아무도 대답을 안 하는 거군요." 웨이드가 인디를 잠시 더 바라보며 말했다. "혹시 인디가 당신과 소통하려고 시도한 적이 있나요?"

"촉수로 가리키는 거 말고요?"

"네, 당신과 대화를 시도했나요? 꼭 영어로 주고받은 대화가 아니라도. 〈스타워즈(Star Wars)〉의 추바카가 낑낑대는 소리나 R2D2가 삑삑거리는 소리 같을 수도 있겠죠. 아니면 〈미지와의 조우(Close Encounters)〉에서처럼 음정일 수도 있겠고요."

프랜시가 고개를 저었다. "아무 소리도 안 냈어요."

"정말요? 하지만 인디가 당신의 말에 반응하는 걸 보면, 소리를 듣지 못하는 건 아니라는 사실을 알 수 있어요." 웨이드가 외계인을 미심쩍은 눈초리로 바라봤다. "어쩌면 말을 못 하는 건지도 모르겠네요. 성대 같은 기관이 없을 수도 있고요."

"아니면 입이 없거나."

"그렇죠." 웨이드가 얼굴을 찡그리며 말했다. "하지만 저 외계인도 어떻게든 의사소통을 해야 해요. 지각 있는 생명체는 모두 의사소통 수단을 가지고 있잖아요."

"내가 만났던 여자는 외계인이 텔레파시를 한다고 했어요."

"텔레파시 같은 건 존재하지 않아요."

"글쎄요, 아마 한 시간 전이었으면, 당신은 외계인 같은 건 존재하지 않는다고 했을걸요."

"그건 완전히 다른 문제예요. 혹시 말을 못 한다면…." 웨이드가 계속 말했다. "수화를 사용하는 건지도 몰라요. 혹시 미국 수화를 할 줄 아세요?"

"아뇨, 못 해요. 하지만 수화할 때 어떻게 보이는지는 알아요. 그는 그런 동작을 한 적이 없어요. 그냥 온종일 가리키기만 해요."

"어쩌면 그게 인디의 소통방식일 수도 있어요." 웨이드가 말했다. "가리키기. 그리고 당신에게 운전을 시키는 것은 '당신의 지도자에게 데려다주세요.'라는 뜻일지도 몰라요."

"아뇨." 프랜시가 단호하게 말했다. "인디는 내게 어디로 가라고 지시하기만 했어요. 내 제안은 철저히 무시하고요."

"어쩌면 아직 우리와 대화할 방법을 찾지 못한 것일 수도 있죠." 웨이드가 신중하게 말했다. "당신이 하는 말을 알아듣는 건 확실하죠?"

"잘 모르겠어요. 어떤 때는 그런 것 같은데, 또 어떤 때는 그렇지 않아요. 내가 결혼식에 참가해야 하니까 로즈웰로 돌아가야 한다고 말했지만, 완전히 무시했어요."

"결혼식이요?" 웨이드가 물었다. "이제야 이해가 되네요. 난 당신이 평소에도 그렇게 차려입는 건 아닐까 걱정했어요."

"그렇지 않아요." 프랜시가 무뚝뚝하게 말했다. "내 친구 세리나가 결혼하는데, 내가 신부 들러리예요. 그 일 때문에 여기 로즈웰에 온 거고요."

"그 내용을 인디에게 설명했나요?"

"나는 노력했지만, 이해한다는 징후는 전혀 없었어요."

"어쩌면 신부 들러리가 뭔지, 혹은 결혼식이 뭔지 모를 수도 있어요." 웨이드가 말했다.

"그렇다면 우리가 그에게 계속 말하고, 설명해야 하는 건가요?"

"그건 아니에요." 웨이드가 말했다. "우리가 해야 할 일은 저 외계인에게서 벗어날 방법을 찾는 거죠."

"그렇지만…."

"내가 생각하기에 우리가 해야 할 일은 이거예요. 주유소가 눈에 띄면 차의 기름이 거의 다 떨어졌다고 말하는 겁니다…."

"그건 사실이에요. 기름이 4분의 1밖에 안 남았어요."

"그래요?" 웨이드가 몸을 기울여 연료 계기판을 봤다. "좋아요. 그러면 인디가 혹시 텔레파시를 하더라도, 당신이 거짓말을 할 필요가 없어지네요. 아무튼 인디를 설득해서 주유를 위해 차를 세우게 하고, 내가 그의 주의를 분산시킬 테니, 그동안 당신은 가게 안으로 들어가 점원에게 911에 전화해 달라고 말하세요."

"왜 내가 그렇게 하도록 인디가 가만 놔둘 거라고 생각하세요? 당신이 도망치려고 했을 때 인디가 어떻게 하는지 봤잖아요." '그리고 어젯밤에 내가 도망치려 했을 때도.' 프랜시가 마음속으로 덧붙였다. "그리고 당신은 어떡할 건가요? 인디가 당신을 붙잡고 운전시키면?"

"그러면 당신이 경찰을 기다렸다가 지금까지 일어난 일과 우리가 간 방향을 말해줘야죠."

"그런데 왜 나죠? 내가 인디의 주의를 돌릴 테니 당신이 들어가는 건 어때요?"

"인디는 당신을 더 신뢰하기 때문에, 올가미를 씌워 차로 다시 끌고 올 가능성이 나보다 적어요. 그리고 우리 중 한 사람만 도망칠 수 있다면, 당신이 도망쳐야 해요. 당신은 결혼식에 가야 하잖아요. 당신은 가야 할 곳이 있지만, 난 없어요. 나를 기다리는 사람은 아무도 없어요."

"알았어요." 프랜시가 마지못해 대답했다. "하지만 인디가 나를 차에서 내리지 못하게 하면 어떡하죠? 아예 차를 멈추지도 못하게 하면요?"

"그건 닥쳤을 때 어떻게든 해보죠. 알파 센타우리로 끌려갈 위험을 감수하고 싶지 않다면, 최소한 시도라도 해야 해요. 그리고 이게 우리가 가진 유일한 계획이에요. 다른 계획을 세울 시간도 없잖아요."

"왜요?"

"인디가 돌아오고 있으니까요." 웨이드가 언덕을 향해 고갯짓했다. 인디가 굴러서 내려오고 있었다. "여기도 신호가 안 닿는 구역인 모양이네요."

인디가 차로 굴러들어와 웨이드의 무릎 위를 지나 센터 콘솔에 자리를 잡더니, 고속도로를 가리켰다. 그리고 다시 남쪽을 가리켰다. "어쩌면 당신을 납치한 것에 대한 생각을 바꿔서, 로즈웰로 데려가기로 결정한 건지도 모르겠네요." 웨이드가 말했다. 하지만 거의 즉시 인디가 북동쪽으로 이어지는 도로를 가리켰다.

"그러면 이제 어쩌죠?" 프랜시가 말했다.

"이제 이 길에 주유소가 있기를 바라야죠. 그리고 그동안 의사소통을 위해 노력해보죠. Sprechen Sie Deutsch, Indy?(독일어 할 줄 알아요, 인디?)" 웨이드가 말했다.

대답이 없었다.

"Parlez-vous français?(프랑스어 할 줄 알아요?)" 웨이드가 물었다.

반응이 없었다.

"클라아투 바라다 니크토." 웨이드가 말했다.

"그건 어디 말이에요?" 프랜시가 물었다.

"영화 〈지구가 멈추는 날(The Day the Earth Stood Still)〉에서 외계인이 한 말이에요. '제발 우리를 파괴하지 마세요'라는 뜻이죠."

"아, 대단하네요." 프랜시가 비꼬듯이 말했다.

웨이드는 모른 척했다. "혹시 영어 외에 다른 언어를 아는 게 있나요?"

"고등학교에서 스페인어를 조금 배웠어요." 프랜시가 잠깐 운전대에서 눈을 떼고 말했다. "Indy, habla español?(인디, 스페인어 할 줄 알아?)" 프랜시가 물었다. 하지만 인디는 그 말에도 반응하지 않았다.

"А ты говориш по русски?(러시아어 할 줄 아나요?)" 웨이드가 물었다.

여전히 대답이 없었다.

"Мы спасены." 웨이드가 말했다.

"그건 무슨 영화에 나오는 말이에요?" 프랜시가 물었다.

"아니에요." 웨이드가 대답했다. "러시아어예요. '우리는 구원받았다'라는 뜻이죠."

"우리가 구원받았다고요?"

"넵." 웨이드가 앞의 커다랗고 누렇게 빛바랜 표지판을 가리키며 말했다. "앞에 주유소가 있잖아요."

5장

"좋은 아침이라고 인사하지 마. 총으로 쏴버릴 거야."

― 〈맥린턱!(McLintock!)〉

"좋았어요." 웨이드가 인디를 힐끗 쳐다보며 속삭였다. 인디는 앞길에 온 신경을 집중하고 있는 것 같았다. "계획을 알잖아요. 당신이 인디에게 화장실에 가야 한다고 말하고, 안으로 들어가 점원에게 911에 전화해달라고 하는 동안, 내가 주의를 분산시킬게요. 점원에게 유괴당했다고 하세요. 외계인에게 납치당했다고 하지 말고요. 외계인에 대해서는 한마디도 하지 마세요."

"알아요." 프랜시는 어젯밤 911 상담원의 반응을 떠올리며 말했다.

"탈옥한 죄수에게 유괴당했는데, 가까스로 도망쳤다고 해요. 점원에게 고속도로 순찰대에게 연락해주라고 하세요."

"그런데 점원이 당신을 유괴범으로 생각하면 어떡하죠?" 프랜시가 물었다. "이 지역 사람들은 전부, 특히 이렇게 외따로 떨어져 있는 편의점 직원은 총을 가지고 있잖아요. 그 점원이 당신을 쏘려고 하면 어쩌죠?"

"어쩐지 그건 문제가 될 것 같지 않아요." 웨이드가 인디를 향해 고갯짓하며 속삭였다. 인디는 여전히 그들의 대화에 주의를 기울이는 것 같지 않았다.

"그럴 경우 납치 피해자가 한 명 더 생긴다는 게 문제겠네요." 프랜시가 말했다.

"당신이 몇 킬로미터 떨어진 곳에서 유괴범으로부터 도망쳐 여기까지 걸어왔다고 하면, 그런 일이 일어나지 않을 거예요. 그러나 당신은 유괴범이 당신을 찾으러 올 것 같아 두려워요. 그래서 점원이 최대한 빨리 경찰을 불러야 하는 거죠."

"점원이 내 이야기를 믿지 않으면요?"

"그럼, 당신이 직접 911에 전화하세요."

"난 돈이 없어요. 납치당할 때 지갑을 갖고 있지 않았거든요."

웨이드가 청바지 주머니를 뒤져 동전을 한 움큼 꺼냈다. "여기요."

"인디가 나나 점원이 전화를 사용하지 못하게 막으면 어쩌죠?"

"당신이 전화하기 전에 점원에게 문을 잠그게 하고, 경찰이 올 때까지 당신과 점원은 냉동고로 들어가 있으세요."

'그런데 주유소만 있고, 편의점이 없어서 안으로 들어갈 수 없으면 어쩌지?' 프랜시가 고민했지만, 잠시 후 주유소와 편의점이 모두 분명하게 눈에 들어왔다. 편의점의 창문에 쿠어스 맥주와 말보로 담배, 복권 광고가 도배되어 있었고, 외부에 주유기가 세 개 있었다.

"저기 봐요!" 웨이드가 큰 소리로 말했다. "우리 기름을 넣어야 하나요?"

"네." 프랜시가 대답했다. "거의 다 떨어졌어요. 그리고 난 화장실에 가야 해요. 먹을 것도 좀 가져와야겠어요. 배고파 죽겠어요." 그건 사실이었다.

"그럼, 잠시 멈추는 게 좋겠네요." 웨이드가 말했다. 프랜시는 조심스럽게 도로를 벗어나 주유소로 차를 몰면서, 인디가 운전대와 자신을 붙잡고 도로로 다시 되돌릴 상황에 대비했다.

인디는 그러지 않았다. 그래서 프랜시는 건물 앞이나 다른 주유기에 다른 차들이 서 있지 않아서 안심하며, 조심스럽게 첫 번째 주유기에 차를 댔다. 적어도 여기에 차를 세우면 다른 사람이 납치되지는 않을 것이다.

"아뇨." 웨이드가 속삭였다. "편의점 문에서 가장 먼 곳으로 가세요. 점원이 인디를 발견하지 못하도록 해야 해요. 인디가 점원을 발견해서도 안 되고."

프랜시가 고개를 끄덕였다. 그리고 마지막 주유기로 차를 몰고 가 세우고 시동을 끈 다음, 언제든 인디가 손목을 붙잡을 수 있다고 생각하면서 주유구 뚜껑 레버로 손을 뻗었다.

인디는 그러지 않았다. 하지만 웨이드가 문을 열고 나가기 시작했을 때, 즉시 촉수가 튀어나와 그의 허리와 손, 발을 움켜쥐었다.

"이봐, 잠깐만." 웨이드가 말했다. "인디, 〈레이더스(Raiders of the Lost Ark)〉에서 하던 채찍질을 나한테 다 보여줄 필요는 없어. 나는 그냥 휘발유를 넣으려는 거야. 휘발유." 웨이드가 대시보드의 연료 계기판을 가리키며 반복했다. "연료야. 연료가 없으면, 네가 가려는 곳으로 데려다줄 수 없어. 집에 가려면 네 우주선으로 돌아가야 하잖아?" 웨이드가 우주선이 하늘로 솟아오르는 흉내를 냈다. "쉬잉! 네 우주선에도 연료가 있어야 하잖아, 그렇지? 연료? 추진제? 그게 없으면, 우주선도 갈 수 없을 거야."

이번에는 우주선이 털털거리며 땅으로 떨어지는 몸짓을 했다. "연료." 웨이드가 차를 가리킨 후 다시 주유기를 가리켰다. "휘발유. 그래야 차가 달릴 수 있어. 자, 내가 어떻게 작동하는지 보여줄게." 그러자 인디가 촉수를 웨이드의 몸에서 떼어내, 그가 차 밖으로 내리도록 놔두더니, 주유기까지 따라갔다. 인디가 그의 말을 어느 정도는 이해한 게 틀림없었다.

웨이드가 가면서 프랜시를 돌아보며 입 모양으로 말했다. "가세요." 그래서 프랜시는 조용히 문을 열고 살그머니 나와 편의점의 유리문을 향해 재빨리 걸어갔다.

"이게 기름 주입구 뚜껑이야." 프랜시가 문에 도착했을 때 웨이드가 말하는 소리가 들렸다. "이걸 돌려서 풀고, 안에… 아니, 다시 끼우면 안 돼! 휘발유를 넣으려면 열어야 해."

프랜시는 버저가 없기를 기도하며 유리문을 열었다. 버저는 없었지만, 문에 매달려 있던 종소리가 요란하게 울렸다.

프랜시는 황급히 문을 닫고, 돌려서 잠글 수 있는 잠금장치를 찾았다.

그런 잠금장치는 없었고, 열쇠를 꽂을 수 있는 구멍만 있었다. 점원에게 문을 잠가달라고 부탁해야 했다. 프랜시는 배가 고프다는 생각을 애써

참으며 칩과 음료수, 육포, 캔디바를 서둘러 지나 계산대로 향했다.

계산대에 아무도 없었다. "여보세요?" 프랜시가 더 큰 소리로 외쳤다. "여보세요! 아무도 없나요?"

대답이 없었다. 프랜시가 계산대에 몸을 기대 뒤쪽을 보려 했지만, 아무도 보이지 않았고 뒷문도 보이지 않았다. 점원이 화장실에 간 모양이었다.

프랜시가 서둘러 화장실로 향했는데, 남자 화장실과 여자 화장실 모두 문이 열려 있었다. 프랜시는 점원을 찾아야 한다는 것을 알았지만, 지금이 화장실을 사용할 수 있는 유일한 기회일지 모른다는 생각이 들었다. 금방이라도 프랜시가 사라진 사실을 인디가 알아채고, 촉수로 프랜시를 차로 끌고 갈지도 모른다. 그리고 프랜시는 화장실을 보자 볼일이 얼마나 급했는지 떠올랐다.

프랜시는 화장실로 달려가 볼일을 보고, 손을 씻다가 세면대 위의 거울을 보는 실수를 저질렀다. 프랜시는 확실히 납치 피해자처럼 보였다. 머리는 헝클어지고, 마스카라가 번져 있었다. 인디가 두 번이나 프랜시를 강제로 차에 태우느라 생긴 멍과 긁힌 자국이 팔에 여기저기 있었다. 차 옆의 흙바닥에 웅크리고 앉아 있던 탓에 드레스 자락도 더러웠다. 웨이드는 프랜시를 보자마자 뭔가 잘못되었다는 사실을 알아챘어야 했다.

'웨이드는 왜 알아채지 못했던 걸까?' 프랜시는 의아하게 생각하며, 손가락으로 머리를 쓸어 넘기고, 물을 적신 종이 타월로 얼굴을 닦은 후, 드레스에 묻은 얼룩을 톡톡 두드렸다. 그리고 그때 생각이 떠올랐다. '닦지 않는 게 낫지 않을까?' 곤경에 처했다고 점원을 설득해서 911에 신고하도록 하려면, 닦지 않는 게 나을 것 같았다.

하지만 그러려면 점원을 찾아야 했다. 프랜시가 화장실에서 돌아왔을 때까지도 점원은 돌아오지 않았다. 웨이드가 인디의 주의를 영원히 다른 데로 돌릴 수는 없다. 공중전화를 이용해야 한다. 이 주유소에 공중전화가 있다면 말이다.

있었다. 앞유리창의 한쪽 구석에 공중전화가 있었다. 하지만 '고장'이라는 표지가 붙어 있었고, 프랜시는 그 이유를 알 수 있었다. 수화기가 없었다.

프랜시는 창문에 붙어 있는 맥주와 담배 광고 사이로 외계인이 무엇을 하고 있는지 조심스럽게 내다봤다. 인디는 주유기의 주유건을 잡고 있었는데, 웨이드가 주유하는 방법을 알려주려 했지만, 인디는 계속 주유건을 주유기에 다시 걸어놓았다. 그렇다면 아직은 괜찮았다.

프랜시가 계산대로 돌아가서 소리쳤다. "여보세요! 누구 없나요?"

대답이 없었다. '틀림없이 밖에서 담배를 피우고 있을 거야.' 프랜시가 생각하며, 뒷문이 어디에 있는지 찾아봤다.

편의점 앞문의 종이 딸랑딸랑 울리기 시작했다. 프랜시가 당황하며 생각했다. '인디다!' 하지만 아니었다. 검은 티셔츠에 카고 반바지를 입고, 머리를 짧게 자른 키 작은 남자였다. 남자의 차가 밖에 세워져 있는 게 보였다. 남자는 프랜시를 처다보지도 않고, 청량음료 냉장고로 걸어가면서 도리토스 한 봉지를 집어 들었다.

이제 남자가 가까워지자 그의 티셔츠에 그려진 비행접시와 '나는 믿는다'라는 문구가 프랜시의 눈에 들어왔다. 프랜시가 남자에게 현재 상황을 설명하면, 그가 정말로 진지하게 받아들일 수도 있다는 뜻이었다.

'하지만 저 사람이 그러지 않을 위험을 감수할 수는 없어.' 그리고 웨이드가 외계인이나 납치에 대해서는 아무 말도 하지 말라고 했었다.

"안녕하세요, 실례하지만…." 프랜시가 말했다. "휴대폰 좀 빌릴 수 있을까요? 전화를 해야 해서요. 중요한 전화거든요." 남자가 경계하는 표정을 보이자, 프랜시가 덧붙였다. "그건 그렇고, 내 이름은 프랜시예요."

"난 라일이에요. 하지만 내가 좀 바빠서요. 점원에게 부탁하면 안 될까요?"

"점원을 찾을 수가 없네요. 내가 도착했을 때 아무도 없었어요. 잠깐만 빌려주세요. 빨리 사용하고 돌려줄게요."

남자는 프랜시의 요청을 못 들은 척했다. "뒤쪽은 봤나요?"

"아뇨. 내가 소리쳤는데…."

라일이 구매할 물건을 한 아름 가득 안고 프랜시를 빠르게 지나쳐 계산대 뒤쪽으로 들어가 소리쳤다. "누구 없어요?"

라일이 돌아왔다. "점원이 없네요. 뒷문 밖은 가봤어요?"

"거기도 없어요."

"이상하네! 사람들은 그렇게 그냥 허공으로 사라져버리지 않아요." 라일이 프랜시를 날카로운 눈빛으로 바라봤다. "납치된 게 아니라면요. 혹시 여기 오는 길에 뭐 본 거 없나요? 하늘에 특이한 불빛이라던가? 아니면 이상한 물체는?"

"못 봤어요." 프랜시가 대답했지만, 라일은 듣지 않았다.

"난 그게 착륙한 장소가 여기라는 걸 알고 있었어요." 라일이 흥분한 목소리로 말했다. "다들 UFO가 혼도 근처 서쪽에 착륙했다고 확신했지만, 난 그게 단지 사람들의 주의를 돌리는 것이라는 사실을 알아챘다고요. 외계인들은 항상 비밀리에 착륙하는데, 내가 어젯밤에 이 방향에서 불빛을 봤거든요."

'그건 번개였어.' 프랜시가 속으로 말했다. '만약 그들이 몰래 착륙했다면, 불빛을 내지 않았겠지.' 프랜시가 말했다. "그게 무슨 말이에요?"

"어젯밤에 목격된 UFO에 대해 말하고 있는 거였어요. 그게 점원을 납치한 게 분명해요." 라일이 프랜시의 구겨진 드레스와 헝클어진 머리카락을 처음 본다는 듯 바라봤다. "그 상처들은 어쩌다 생겼어요?"

"나는…."

"난 어쩌다 생겼는지 알아요. 외계인들이 당신 몸에 감시 장치를 심은 거예요. 당신도 납치됐었죠, 그렇지 않나요?"

'이 사람이 내 말을 믿지 않을까 봐 걱정했던 건 쓸데없는 생각이었네.' 프랜시가 생각했다. 하지만 이제는 그가 분명히 믿을 거라는 걸 알면서도 그다지 안심이 되지 않았다. 특히 그가 이렇게 말하자 더욱 신뢰가 가지 않았다. "제4종 근접 조우를 한 거죠, 그렇지 않나요?"

"뭐라고요?" 프랜시가 되물었다.

"하이넥의 단계예요." 라일이 말했다. "앨런 하이넥은 외계인 접촉에 대해 각기 다른 수준의 단계를 만들었어요. UFO를 눈으로 목격하는 것은 제1종 근접 조우, 물리적 영향이 있으면 제2종, 외생 목격은 제3종…."

"외생이요?"

"외계 생물체요." 라일이 대답했다. "납치는 제4종으로서, 그들의 우주선으로 데려가서 조사하는 거예요. 내 블로그 AliensAmongUs.net에 가면 모든 정보를 찾아볼 수 있어요. 외계인들이 우주선으로 데려갔을 때 당신에게 뭐라고 하던가요? 설마 우리의 방어 능력에 대한 기밀을 알려준 건 아니죠, 그랬나요?"

"아뇨. 내 말은, 난 절대로…."

"외계인들이 우리의 핵무기에 대해 물어보던가요? 외계인들은 핵무기 때문에 지구에 온 게 분명해요. 그들은 핵무기를 손에 넣어서 우리를 쓸어버린 후에 지구를 점령하고 싶어 하거든요."

'아, 세상에나, 세리나 약혼자만큼이나 미친 사람이구나.' 프랜시가 생각했다. '그렇다면 이 사람이 주유소에 외계인이 있다는 사실을 알아채선 안 돼. 무슨 짓을 할지 누가 알겠어.'

"이거 봐요." 프랜시는 라일을 진정시키려 애쓰며 말했다. "아무도 지구를 점령하지 않았고, 아무도 납치되지 않았어요."

"그렇다면, 그 긁힌 자국들은 어디에서 생겼나요?" 라일은 대답을 기다리지 않고 계속 말했다. "기억 안 나죠, 그렇죠? 당신은 운전하다가 갑자기 이상한 불빛을 봤는데, 그 후 몇 시간 뒤 이곳에 도착할 때까지 아무것도 기억나지 않는 거예요. 잃어버린 시간 동안 무슨 일이 있었는지 전혀 기억나지 않죠?"

'시간이 없어.' 프랜시는 이미 너무 오래 여기에 머물렀다. 금방이라도 프랜시가 사라진 사실을 인디가 눈치채면 찾으러 올 수도 있는데, 아직 911에 연락하지 못했다.

"난 불빛을 본 적이 없어요." 프랜시가 다급하게 말했다. "아무것도 못 봤어요. 당신이 무슨 말을 하는 건지 모르겠어요. 제발 그냥 휴대폰을 1분만 빌려주면…."

"당신이 아무것도 못 봤다고 생각하는 건 외계인들이 당신의 기억을 지웠기 때문이에요. 그들은 정신과 시간을 조종할 수 있거든요. 외계인들은 시간을 확장하거나 수축해서, 당신이 납치되었을 때와 돌아온 때 사이의 시간이 전혀 지나지 않도록 할 수도 있어요."

"그건…."

"그 절개된 상처들을 봐요. 외계인이 감시 제어 장치를 이식한 부위라고요." 라일이 프랜시의 상처를 가리켰다. "그게 바로 증거…."

"아뇨, 이건 증거도 아니고, 절개된 것도 아니에요. 난 외계인 우주선에 끌려가지 않았어요. 내 차에서 유괴당한 거라고요! 유괴범에게서 도망쳐서 여기까지 걸어왔어요. 그래서 경찰에 신고하기 위해 당신 전화가 필요해요."

라일이 프랜시에게 너그러운 미소를 지었다. "그냥 당신이 생각하기에 그렇다는 거잖아요. 당신이 입고 있는 옷을 봐요. 그게 납치됐었다는 증거예요. 그 드레스의 색은 지구에서 발명된 게 아니에요. 외계인들이 당신의 옷을 벗기고, 우주선의 수술대 위에 올려서 당신을 조사했어요. 그러고 나서 그 드레스를 당신에게 입혀서 길가에 버린 거라고요."

라일이 도리토스와 콜라를 왼손으로 옮기고, 오른손으로 프랜시의 팔을 잡으며 말했다. "자, 당신이 불빛을 처음 봤던 곳이 정확히 어디인지 나에게 보여줘요." 그리고 프랜시를 문 쪽으로 밀기 시작했다.

"안 돼!" 프랜시가 저항하며 말했다. "밖으로 나가면 안 돼요!"

"왜 안 되죠?" 라일이 프랜시를 향해 몸을 돌렸다. "외계인이 지금 저기 밖에 있는 거죠, 그렇죠?" 라일이 말했다. "오, 맙소사! 이거 대박이다!" 라일은 프랜시의 팔을 놓고, 주머니에서 휴대폰을 꺼냈다. "이건 외계인을 볼 수 있는 기회야! 내가 직접 근접 조우를 할 수 있는 기회라고! 어떤 종류였어요, 회색인이었나요?"

"아뇨. 당신은 이해 못 해요. 당신이…."

"걱정하지 말아요. 외계인들이 광선을 쏴서 끌어올릴 만큼 비행접시에 가까이 가지 않을 거예요." 라일이 말을 하며 휴대폰을 켰다. "하지만 사진을 찍어야 해요. 우리가 오래전부터 기다려온 게 바로 이거라고요. 외계인이 존재한다는 진짜 증거요!" 그리고 프랜시가 말리기 전에, 라일은 문을 당겨 열어서 종소리가 시끄럽게 울렸다. 그리고 휴대폰을 들었다.

"그러지 마…." 프랜시가 말했지만, 이미 너무 늦었다. 차 옆에 서서 주유건을 주유구에 꽂고 있던 웨이드가 불안한 얼굴로 종소리가 울리는 문 쪽을 돌아봤다.

프랜시는 웨이드가 인디를 내려다보며 붙잡는 것까지 봤지만, 이미 너무 늦었다. 문이 휙 열리며, 종소리가 요란하게 울리고, 라일의 휴대폰이 호를 그리며 주유기와 도로를 넘어 길 건너의 잡초 사이로 날아가고, 도리토스와 콜라가 그 뒤를 따랐다. 콜라병은 사방으로 갈색 거품을 뿜어내며 날아갔다.

라일이 비명을 지르는 동안, 여러 개의 촉수가 라일과 프랜시를 휘감고, 차의 문들을 열고, 라일을 뒷좌석에, 프랜시를 조수석에 집어 던지고, 문들을 모두 쾅 닫았다.

인디가 웨이드를 차로 휙 잡아당기는 동시에 그의 발을 감아쥐고 가속페달을 누른 게 분명했다. 타이어가 새된 소리를 내더니, 어느새 주유소를 벗어나 고속도로로 올라가서 북쪽으로 내달렸다. 안전벨트 경고음이 삑삑 울어댔다.

'주유기 호스는 어떻게 됐지?' 프랜시는 궁금했다. 주유건이 지금까지 작동하면서 뱀처럼 꿈틀거리며 휘발유를 사방으로 뿜어내고 있을까 봐 걱정되었다. 프랜시가 돌아보기 위해 자리에 앉은 채로 몸을 돌렸다.

"잠겼어요." 웨이드가 프랜시의 생각을 읽고 말했다. "자동 차단 기능 덕분이죠. 적어도 주유소에 불이 나는 건 걱정하지 않아도 돼요."

"인디, 속도 줄여!" 웨이드가 뒷좌석을 향해 소리쳤다. 인디는 라일 옆자리에 굴러가 앉아 있었다. "지금 너무 빨라. 네가 우리를 다 죽이겠어." 그러자 놀랍게도 인디가 꽉 잡고 있던 웨이드의 발을 풀어주어서, 웨이드가 목숨을 덜 위협하는 속도로 늦출 수 있었다. 그리고 프랜시와 웨이드는 안전벨트를 착용할 수 있었다.

그러나 뒷좌석에서 들려오는, 겁에 질려 낑낑대는 소리는 멈추지 않았다. 인디에게서 최대한 멀리 떨어진 뒷좌석 맨 구석에 웅크리고 앉은 라일이 횡설수설 소리를 질러대고 있었다. "아, 세상에! 말도 안 돼! 대체 저게 뭐야?"

"외계인이야." 웨이드가 말했다.

"외계인이라고? 우주에서 온 외계인?" 라일이 차의 옆을 마구 긁으며 인디에게서 벗어나려 발버둥쳤다. "맙소사!"

'아까는 근접 조우하고 싶다더니.' 프랜시가 생각했다. "나라면 그러지 않을 거야." 인디가 웨이드에게 했던 짓을 떠올리며, 프랜시가 크게 말했다. 인디의 촉수 몇 개가 벌써 떨고 있었다.

"소리를 지르면 인디가 화를 낼 거야."

하지만 라일은 그런 말에 귀를 기울일 상태가 아니었다. "저놈 치워!" 라일이 미친 듯이 차 옆을 긁어대며 소리쳤다. "나를 잡아먹을 거야! 맙소사!"

"잡아먹지는 않을 거야." 프랜시가 말했다.

"아냐, 먹을 거야." 라일이 인디의 촉수를 거칠게 때렸다.

"하지 마." 프랜시가 말했다. "그러면 인디가…."

외계인은 이미 시작했다. 인디는 촉수로 라일의 팔을 감아 휘두르지 못하게 막은 후, 양 옆구리에 붙여서 묶어버렸다.

"오, 맙소사!" 라일이 소리쳤다. "이 외계인이 나를 영화 〈신체 강탈자의 침입(Body Snatchers)〉에서처럼 고치로 감싸고 있어! 나를 복제 인간으로 만들 거야!"

"인디는 복제 인간으로 만들지 않아." 프랜시가 말했다. "제발 소리 그만 질러. 계속 그렇게 소리를 질러대면 인디가…."

"오, 맙소사!" 라일이 새된 소리를 냈다. 라일의 목소리는 거의 유리를 깰 수 있는 정도의 높이에 도달했다. "내 머리를 감고 있어!"

인디가 납작한 촉수를 라일의 입과 턱, 이마에 처덕처덕 감아서 이집트 미라처럼 만들어버렸다. 이제 라일은 공포로 휘둥그레진 눈과 코만 겨우 보였다.

결박이 너무 단단해서 라일은 꿈틀거리지도 못했다. 하지만 먹먹해진 소리로 여전히 고음의 비명을 지르고 있었다.

"비명 그만 질러." 프랜시가 말했다. "상황을 더 나쁘게 만들고 있잖아." 프랜시가 안전벨트를 풀고, 경고음이 울리는 것을 무시하며, 몸을 돌려 좌석 위로 무릎을 꿇고 올라가 라일을 똑바로 바라봤다. "잘 들어, 넌 진정해야 해." 프랜시가 경고음 소리보다 크게 소리쳤다. "그러지 않으면, 인디가 절대로 놓아주지 않을 거야. 널 해치지 않아. 단지 시끄러운 소음이 인디의 성질을 건드려서 이러는 거야." 하지만 라일은 너무 정신이 나가서 프랜시의 말을 알아듣지 못하는 게 분명했다. 라일의 꽥꽥거리는 소리가 더 커지고, 더 높아졌다.

"제기랄." 웨이드가 말했다. "도대체 저렇게 시끄럽게 떠들어대면, 나보고 어떻게 운전을 하라는 거야? 인디, 어떻게 안 될까⋯."

"그러지 말아요." 프랜시가 말했다. "그러면 인디가⋯."

인디는 벌써 움직이기 시작했다. 납작한 촉수로 라일의 입을 추가로 덮어서, 그의 소리를 속삭이는 수준으로 작게 만들었다.

"고마워, 인디." 웨이드가 말했다. "도저히 생각을 못 하겠더라고요. 아까 무슨 일이 있었던 거예요? 당신은 911에 신고하고, 경찰이 올 때까지 점원과 함께 냉동고에 들어가 있기로 했잖아요."

"편의점에 냉동고가 없었어요." 프랜시가 몸을 돌려 다시 자리에 앉으며 말했다. "점원도 없었고요."

프랜시는 다시 안전벨트를 채워 경고음을 중단시켰다. 덕분에 소리 지를 필요가 없어졌다. "저 사람은 내가 편의점에 있을 때 가게로 들어온 손님일 뿐이에요. 이름은 라일이에요. 어젯밤에 착륙한 외계인을 찾고 있었어요."

"뭐, 외계인을 제대로 찾았네요." 웨이드가 백미러로 라일을 힐끗 보며 말했다. "어쨌거나 경찰에는 연락했죠?"

"아뇨. 공중전화가 망가져 있었어요. 그래서 라일에게 전화를 빌려 써도 되냐고 물었더니, 나한테 무슨 일이 일어났는지 알고 싶어 했고, 내가 유괴당했었다고 말했지만, 라일은 즉시 내가 외계인에게 납치당했던 것으로 결론을 내리더니, 밖으로 나가 UFO 사진을 찍겠다고 우겼어요. 그 후에 어떻게 됐는지는 당신도 봤죠."

"휴대폰은 어떻게 됐어요? 아직도 저 사람이 가지고 있나요?"

프랜시가 고개를 저었다. "인디가 빼앗아서 손이 닿지 않는 곳으로 던져버렸어요."

"그렇다면, 우리는 원점으로 돌아갔고, 걱정해야 할 사람만 하나 더 늘어났다는 뜻이네요. 당신과 저 사람이 끌려오는 상황을 본 사람이 있나요?"

프랜시가 고개를 저었다.

"다행이네요."

프랜시가 얼굴을 찌푸렸다. "경찰에 알리고 싶은 거 아니었어요?"

"난 당신이 경찰에게 신고해서, 경찰이 당신을 데리러 오기를 바랐어요. 그런데 이름이 뭐든, 아무튼 저 사람에게 무슨 일이 일어났는지 봤잖아요." 웨이드가 손짓으로 뒷좌석을 가리켰다. "고속도로 순찰대가 우릴 쫓아오면, 인디가 그들을 묶어서 뒷좌석에 던져 넣을 가능성이 큰데, 이 차는 지금도 공간이 넉넉하지 않아요. 이런 일이 계속되면, 우리에겐 더 큰 보트가 필요할 거예요."

프랜시가 고개를 끄덕였다. "되도록 화장실이 내장된 보트로요. 앞으로 주유소에 들르게 해줄지도 의문인 상황이니까요."

"그러게요. 그리고 조리실도 있는 것으로. 배고파 죽겠어요."

'당신이 배가 고프다고?' 프랜시가 생각했다. '어제 오후부터 아무것도 먹지 못한 사람은 나란 말이야.'

"편의점에 있는 동안 육포 좀 먹지 않았나요?" 웨이드가 물었다. "아니면 캔디바 몇 개라도?"

"못 먹었어요." 프랜시가 말했지만, 웨이드는 흘려들었다.

웨이드가 백미러를 뚫어져라 바라봤다. "우리 뒤에는 아무도 없어요." 그가 잠시 후 덧붙였다. "번쩍이는 불빛도 없고요. 그리고 점원이 아무것도 보지 못했다면…."

"그렇지만 아무도 타고 있지 않은 라일의 차와 바닥에 떨어진 주유건을 점원이 보면, 무슨 일이 일어났을 거로 생각해서 경찰에 신고할 거예요. 그러면 라일을 실종자로 수배하겠죠." 프랜시가 반박했다.

웨이드가 고개를 가로저었다. "내 짐작에는 점원이 가게를 돌봐야 할 시간에 자리를 비웠다는 사실을 인정하고 싶지 않아서 아무것도 하지 않을 것 같아요. 라일이 누군가에게 어디로 가고 있는지 말하지 않는 한… 라일, 말했어?" 웨이드가 뒷좌석을 향해 소리쳤다. "다른 사람에게 네가 어디로 가는지 말했냐고."

"라일은 대답할 수 없잖아요, 잊었어요?" 프랜시가 말했다. "지금 입에 재갈이 물려 있어요. 하지만 아무에게도 말하지 않았을 게 확실해요. UFO를 처음으로 발견한 사람이 되고 싶어 했거든요."

프랜시가 이렇게 말하자, 뒷좌석에서 끽끽대는 소리가 다시 시작됐다.

"인디, 풀어줘." 웨이드가 말했다. "우리에게 뭔가 말하려는 거야."

프랜시는 인디가 웨이드의 말을 들을 거라고는 생각하지 않았다. 그런데 인디가 라일의 입을 가로막은 납작한 촉수를 뺐다. 라일은 또다시 횡설수설 떠들어대기 시작할 것 같은 얼굴이었다.

"소리 지르지 마." 웨이드가 백미러로 라일을 바라보며 말했다. "또 소리를 지르면, 인디가 그 즉시 촉수로 네 입을 틀어막을 거야. 진정하고 조용히 말해야 해."

"인디는 널 해치지 않을 거야." 프랜시가 말했다.

"당신들이 그걸 어떻게 알아!" 라일이 소리쳤다. "영화 〈에이리언(Alien)〉처럼 내 목구멍에 촉수를 집어넣으면, 곧 가슴이 터져서…."

"인디는 네 가슴을 터뜨리지 않을 거야." 프랜시가 말했다. 웨이드도 말했다. "영화를 너무 많이 봤네." 하지만 라일은 듣지 않았다.

"여기서 꺼내줘!" 라일이 격렬하게 꿈틀거리며, 묶여 있는 상태에서 벗어나려 몸부림쳤다. "이걸 잘라줘요! 칼 있는 사람 없어요?"

"아무도 안 자를…." 프랜시가 말하기 시작했다.

"인디를 해치려고 하면, 더 화나게 만들 뿐이야." 웨이드가 부드럽게 말했다. "그러면 인디가 정말로 조였을 때 어떻게 되는지 보여줄걸."

"그래도 뭐라도 하라고요!" 라일이 소리쳤다. "불은 어때요? 이놈을 불태울 성냥 같은 거 가진 사람 없나요? 아니면 물은 어때요? 〈싸인(Signs)〉에서는 물로 외계인을 죽일 수 있었어요. 외계인에게 물을 부으면 피부에

화상을 입었거든요."

"〈싸인〉도 영화라는 점을 지적해도 될까?" 웨이드가 말했다. "게다가 완전히 비논리적인 영화잖아. 물을 극도로 두려워하고, 물에 녹을 수 있는 종족이 표면의 4분의 3이 물인 행성을 침공 대상으로 골랐다는 게 말이 돼?"

"그래서 미국 남서부에 착륙한 거예요." 라일이 의기양양하게 말했다. "여긴 물이 없으니까요. 이놈에게 던질 물이나 콜라 같은 거 없나요? 최소한 그런 걸로 이놈을 죽일 수 있는지는 확인할 수 있잖아요."

"없어." 웨이드가 말했다. "그리고 내가 너라면, 인디에게 신체적으로 해를 입히겠다는 말을 그렇게 떠들어대지 않을 거야. 인디는 네가 하는 말을 아주 잘 이해하거든."

라일은 그런 가능성을 생각해보지 못한 게 분명했다. 라일이 겁에 질린 얼굴로 좌석에 몸을 딱 붙이며 움츠러들었다.

"좋아." 웨이드가 말했다. "이제 거기까지는 이해가 된 거지. 라일, 네가 이쪽으로 왔다는 사실을 누가 알아?"

"아무도 몰라요." 라일은 여전히 인디를 경계하며 말했다. "내가 사람들에게 UFO 불빛을 봤다고 말하면, 그들이 먼저 선수를 쳤을 테니까요."

"불빛이라니?" 웨이드가 말했다. "그게 무슨 소리야?"

"라일은 로즈웰 북쪽에서 불빛을 봤다고 했어요. 하지만 그건 번개였어요." 프랜시가 말했다.

"아, 그렇겠죠." 라일이 빈정거리는 투로 말했다. "그 불빛은 번개나 늪지대 가스, 아니면 금성이었을 거예요. 항상 그렇게들 말하죠. 그건 분명히 UFO였어요. 외계인이 바로 여기에 있잖아요. 그리고 그 편의점의 점원도 납치된 게 분명해요. 외계인들이 우주선으로 데려간 거라고요."

"그걸 네가 어떻게 알아?" 웨이드가 물었다.

"그게 외계인들이 하는 일이니까!" 웨이드의 경고에도 불구하고 라일이 목소리를 높여 말했다. "외계인들은 사람들을 납치해서 모선으로 데려가 끔찍한 실험을 해요. 지금 우리를 데려가는 곳이 바로 그 모선이고, 거기에 도착하면 우리를 수술대 위에 올려놓고 조사할 거라고요…."

"아무도 너에게 조사 같은 걸 하지 않을 거야." 프랜시가 말했다.

"그런데 난 그 조사라는 게 뭔지 대체 모르겠어." 웨이드가 말했다. "무슨 말이냐면, 왜 빛보다 빠르게 여행할 수 있는 선진적인 문명이 은하계를 가로질러 여기까지 먼 길을 와서 원주민에게 성추행이나 하는 걸까?"

"그들이 외계인과 인간의 이종 교배를 원하기 때문이에요." 몸짓을 할 수 없는 라일이 고갯짓으로 프랜시를 가리키며 말했다. "외계인들은 그들의 정자로 여성에게 임신시켜서, 외계인과 인간의 교배종을 키우는 사람으로 사용하려고…."

"라일에게 재갈 물려, 인디." 웨이드가 말했다. 하지만 인디는 그 말을 이해하지 못했거나, 외계인과 인간의 교배종에 대해 더 듣고 싶었던 모양인지, 라일의 말을 막으려는 움직임을 보이지 않았다.

"교배종들은 인간과 똑같이 생겼지만, 실제로는 지구로 파견된 외계인으로서 우리를 염탐해서 침략하기 위한 정보를 고향 행성으로 전송하고 있어요."

"그러면 너는 인디가 그걸 하려고 지구에 왔다고 생각하는 거야? 지구를 침공하려고?" 웨이드가 물었다.

"당연히 그것 때문에 여기 온 거죠. 〈인디펜던스 데이(Independence Day)〉의 외계인들처럼 지구를 점령하려고 온 거예요."

"그것도 영화잖아." 웨이드가 말했다. "점령하는 것 말고도 인디가 지구에 올 이유는 다양하게 많을 거야."

"하나만 말해봐요."

"좋아. 지구에 지적 생명체가 살고 있는지 확인하기 위해. 우리가 은하계의 다른 행성들에 위협이 되는지 감시하기 위해. 우리에게 은하 연합에 가입하라고 요청하기 위해. 핵전쟁이나 지구온난화의 위험에 대해 경고하기 위해. 지난번 왔을 때 비디오 대여점에서 빌린 비디오테이프를 돌려주기 위해. 왜 UFO 덕후들은 항상 외계인 침공에 그렇게 집착하는 거지?"

"우리가 아는 한, 외계인들이 적어도 75년 이상 지구를 침공하기 위해 노력해 왔으니까요." 라일이 대답했다. "외계인들은 우리를 몰래 감시하고,

납치하고, 기지를 건설하고….”

“그중에 증거를 제시할 만한 게 있어?” 웨이드가 물었다. “외계인 기지를 실제로 본 적 있어? 아니면 UFO를 본 적 있어?”

“사진은 수백 장이나 있어요….”

“모두 가짜야. 나는 물적 증거를 말하는 거야.”

“1947년 로즈웰 북서쪽 J.B. 포스터 목장에 추락한 UFO는 어때요? 우리에겐 잔해가 있어요. 공군이 그 잔해와 외계인들을 51구역 비밀 기지로 가져갔잖아요.”

“그건 기상 풍선이었어.” 웨이드가 말했다. “아니, 여러 개의 기상 풍선을 테이프로 묶고, 그 위에 음파 탐지기를 올린 거라고 말하는 게 더 맞겠네.” 웨이드가 고개를 돌려 프랜시를 바라보며 말했다. “그건 공군의 냉전 비밀 프로젝트였어요. 풍선을 소련 상공에 띄워 지상 핵실험을 탐지하려던 거였죠. 그래서 그 사실을 알리고 싶지 않았기 때문에, 풍선이 추락했을 때 공군은 사실을 은폐하고 사람들이 UFO로 생각하도록 내버려뒀던 거예요.”

“사람들이 그렇게 믿길 바라는 거죠.” 라일이 말했다. “그건 UFO였어요. 그리고 안에 외계인들이 있었어요. 추락 현장을 발견했던 목장 직원 맥 브래즐이 외계인을 봤다니까요. 그리고 로즈웰의 장의사는 당시 UFO 추락 직후 공군이 그에게 전화해서 어린아이 크기의 관이 몇 개나 있는지 물었고, 공군과 이야기를 나누기 위해 비행장에 갔다가 죽은 외계인 한 명을 부검하는 모습을 봤다고 증언했어요.”

‘UFO 박물관에 전시된 외계인 부검 전시물이 보여주려던 게 그 상황이었구나.’ 프랜시가 생각했다.

“아까는 공군이 외계인들을 51구역으로 데려갔다고 했잖아?” 웨이드가 말했다.

“그랬죠.” 라일이 말했다. “장의사가 부검하는 모습을 목격한 이후에 51구역으로 옮긴 거예요. 장의사는 확실히 외계인이었다고 했어요.”

“그래, 음, 그 장의사는 자신이 실제로 부검을 본 건 아니라고 말한 적도 있어.” 웨이드가 말했다. “그 장의사가 공항 간호사와 사귀고 있었는데, 그

간호사가 장의사에게 그런 이야기를 했다는 거야. 그래서 기자들이 간호사와 인터뷰하고 싶다고 하자, 장의사는 간호사가 대서양에서 추락 사고로 사망했다고 했어. 기자들이 1947년에는 그런 추락 사고가 없었다고 지적하자, 장의사는 간호사가 수녀가 되었다고 했지." 웨이드가 프랜시를 돌아보며 말했다. "편리하게도 침묵의 서약을 한 수녀였죠."

"장의사는 실제로 일어난 일을 기자들에게 말할 수 없었기 때문이에요. 외계인들이 그 간호사를 납치해서 고향 행성으로 데려가 노예로 삼아버렸기 때문이죠. 외계인이 사람들을 납치하는 이유가 그거예요. 노예로 만들려는 거라고요. 외계인은 먼저 임신시킨 다음 노예로 삼아요. 그리고 피를 빨아먹죠."

"그건 〈괴물(The Thing)〉에 나오는 거잖아." 웨이드가 지적했다. "또 영화네."

"아까는 외계인과 인간의 교배종 아기를 임신시키기 위해 사람들을 납치한다며?" 프랜시가 말했다.

라일은 그 말을 못 들은 척했다. "지금 이렇게 미라처럼 묶여 있는데, 어떻게 나한테 외계인이 존재한다는 증거를 내놓으라고 요구할 수 있어요? 저 외계인이 증거예요. 외계인이 지구에 왔잖아요. 우리는 사람들에게 경고해야 해!" 라일이 울부짖으며 목소리를 높였다. "너무 늦기 전에, 외계인들이 우리를 다 죽이기 전에 침공을 알려야 한다고!"

그 소리가 인디에게 너무 심했던 게 분명했다. 인디가 라일의 입에 재갈을 다시 채웠다. 그리고 라일이 벗어나려 하자, 다른 촉수로 몸을 한 겹 더 감았다.

"인디!" 프랜시가 말했다. "라일을 풀어줘!"

"프랜시의 말을 무시해." 웨이드가 말했다. 프랜시가 그를 노려봤지만, 웨이드가 덧붙였다. "우리에겐 이게 더 나아요."

그리고 웨이드가 목소리를 낮춰 말했다. "우리가 은하계에 위험한 존재인지 판단하기 위해 인디가 지구에 온 거라면, 침략과 노예화, 살육에 대한 말은 적게 할수록 좋아요. 우리를 폭력적인 종족으로 생각하도록 만드는 총알을 제공하면 안 되잖아요."

"그렇다면 '총알'이라는 단어도 사용하면 안 되죠." 프랜시가 말했다.

"그러네요." 웨이드가 프랜시를 보고 웃었다. "그리고 인디에게 우리의 신체를 조사하고 당신을 임신시킨다는 아이디어도 제공하면 안 되죠. 소를 절단하는 것도요."

웨이드가 길가의 소 떼를 향해 고갯짓하며 말했다. "그것도 도저히 이해가 안 돼요. 왜 선진적인 문명이 그 먼 은하계를 가로질러 여기까지 와서 저렇게 무해한 소를 고문하는 걸까요? 그들에겐 절단할 만한 순진한 생물체가 없는 걸까요? 그리고 대체 왜 지구에 온 걸까요? 우리는 우주적인 규모로 보면, 이 동네처럼 인구가 많지 않은 은하계의 하찮은 나선팔의 별 볼 일 없는 지역에 있어요. 은하계의 도쿄나 파리 같은 지역으로 갈 수 있는데, 굳이 지구처럼 덜떨어진 초라한 행성에 올 이유가 없잖아요."

"하지만 외계인들은 여기 왔어요. 적어도 인디는 왔죠." 프랜시가 말했다.

"그래요. 문제는 왜 왔느냐는 거예요." 웨이드가 말했다.

라일이 뒷좌석에서 희미하게 소리를 질렀다.

"그리고, 아니야, 인디는 침략자가 아니야, 라일." 웨이드가 말했다. "만일 인디가 침략자였다면 정말 나쁜 놈이었겠지. 첫째, 인디는 목적지에 가기 위해 차를 얻어 타야 했어. 그리고 둘째, 인디는 그 목적지가 어디인지 잘 모르는 것 같아. 그리고 무기도 전혀 가지고 있지 않아."

뒤에서 더 크게 꽥꽥대는 소리가 들렸다. "라일이 당신의 말에 동의하지 않는 것 같네요." 프랜시가 말했다.

"알았어. 네 말이 맞아. 인디에게도 무기가 있어. 하지만 군대를 물리치거나 지구를 파괴하는 무기가 아니라, 겨우 몇 사람을 납치하는 정도잖아."

비명이 더 들렸다. 그건 해석하기 쉬웠다. 라일은 이렇게 말하고 있는 게 분명했다. "당신들은 몰라! 저 외계인에게 죽음의 광선이 있을 수도 있다고. 아니면 원자 폭탄이 있을지도 몰라."

프랜시는 그 말이 사실일 수도 있다고 생각했지만, 인디가 침략자라고는 생각되지 않았다.

하지만 그렇다면 인디는 왜 지구에 온 걸까? 정부에 경고하거나, 지구와 무역 관계를 맺기 위해 온 것은 아니었다. 만일 그런 목적이었다면, 뉴멕시코가 아니라 워싱턴 DC나 뮌헨, 베이징 같은 곳에 착륙했을 것이다. 그리고 그 지역의 언어를 구사할 수 있었겠지.

"인디는 뭔가를 찾는 건지도 몰라요. 뉴멕시코주에 뭐가 있죠?" 프랜시가 말했다.

"로즈웰이요." 웨이드가 즉시 대답했다. "UFO 축제, UFO 박물관…."

"난 진지하게 말하는 거예요."

"모르겠어요." 웨이드가 말했다. "칼즈배드 동굴? 차코 캐넌? 세계에서 가장 큰 고추?"

뒷좌석에서 들려오던 웅얼거리는 소리가 히스테리 수준으로 높아졌다. "그 문제에 대해 라일에게 좋은 생각이 있나 봐요." 프랜시가 말했다. "인디, 라일을 놔줘. 이야기를 나눠야겠어."

인디가 라일을 감고 있던 촉수를 풀고, 납작한 촉수를 서서히 빼서 라일의 옆자리에 힘없이 내려놓았다. 하지만 언제라도 다시 라일의 입을 막을 준비가 되어 있다는 듯 아직도 납작한 상태를 유지했다.

"좋았어, 라일." 웨이드가 백미러로 라일을 바라보며 말했다. "인디가 왜 여기로 왔다고 생각해?"

"1947년 로즈웰에 추락한 UFO를 되찾아가기 위해서요." 라일이 인디의 촉수를 경계하듯 쳐다보며 말했다. "정부에서는 데블스 타워 내부의 비밀 정부 기지에 UFO를 숨겨놨어요."

"데블스 타워?" 웨이드가 말했다. "그건 〈미지와의 조우〉에 나온 장면이잖아. 또 영화네. 아까는 51구역에 있다며?"

"그랬었죠. 정부가 옮겼어요. 51구역에도 비밀 기지가 있어요. 라이트-패터슨 공군기지에도 하나 있고요. 18번 격납고 아래에 있죠."

프랜시는 인디가 라일의 말에 어떤 반응을 보이는지 지켜봤지만, 라일이 말하는 장소의 이름을 알거나 들어본 적이 있다는 기미는 보이지 않았다.

"데블스 타워는 와이오밍에 있고, 라이트-패터슨 공군기지는 오하이오에 있는데, 인디는 뉴멕시코에 착륙했잖아." 웨이드가 논리적으로 반박했다.

"뉴멕시코에도 비밀 기지가 있어요." 라일이 말했다. "아즈텍에도 하나 있고요. 1948년에 로즈웰에 추락했던 것보다 큰 UFO가 아즈텍에 착륙했는데, 거기에서 사체 열여섯 구가 발견됐어요."

"그건 사기였어." 웨이드가 말했다.

"정부가 사람들이 그렇게 생각해주길 바라는 거죠." 라일이 말했다. "정부는 70년 넘게 외계인과 비밀리에 협력해왔어요. 그런 일을 하려고 '맨 인 블랙'이 있는 거예요. 맨 인 블랙은 외계인의 존재를 대중에게 숨기는 임무를 수행하는 극비 정부 기관이죠. 사람들이 외계인의 존재를 증명하지 못하도록 증거를 수거해가요. 하지만 아즈텍에 UFO가 착륙하는 모습을 목격한 사람들이 있었어요. 사일러스 뉴튼과…."

"레오 A. 게바우어." 웨이드가 말했다. "그 사람은 UFO에서 외계인의 금속을 가져와서 기름과 금을 찾는 장치를 만들었다고 주장했어. 그 괴상한 외계 금속은 알루미늄으로 밝혀졌고, 모든 일이 두 사람이 꾸민 사기로 판명됐지."

"당신은 어떻게 그렇게 많이 알아요?" 프랜시가 물었다.

"늘 다른 사기꾼들이 뭘 하는지 파악하면서 그들의 아이디어를 훔치려고 노력하거든요." 웨이드가 활짝 웃으며 대답했다. 그리고 백미러로 라일을 바라보며 말했다. "넌 그보다 괜찮은 아이디어를 생각해내야 할 거야."

"알았어요." 라일이 마지못해 대답했다. "그럼 샌 오거스틴 평원의 추락 사고는요? 그건 사기가 아니었어요." 라일이 프랜시를 향해 말했다. "바니 바넷이라는 목장주가 트럭을 몰고 가다가 길가에 귀가 없고 커다란 검은 눈이 있는 외계인이 서 있는 모습을 봤어요. 외계인을 트럭에 태웠는데, 그 외계인이 고장난 UFO로 데려갔죠."

"그건 UFO가 아니었어." 웨이드가 말했다. "추락한 AT-6 경공격기였고, 외계인 히치하이커에 대한 바니 바넷의 주장은 완전히 거짓말로 밝혀졌어. 하지만 설령 그게 사기가 아니었다고 하더라도, 인디가 우리를 데려가려는 곳은 아니야. 아즈텍도 마찬가지고. 둘 다 전혀 다른 방향이잖아.

아즈텍은 서쪽에 있고, 샌 오거스틴 평원은 남쪽에 있는데, 우리는 지금 북쪽으로 가고 있어. 그럼, 인디는 우리를 어디로 데리고 가는 걸까? 조사 본부 말고 또 있을까?"

"인디는 우리를 이송 지점 중 하나로 데려가는 건지도 몰라요."

"이송 지점이라니?" 프랜시가 물었다.

"지구의 레이 라인이 교차하는 곳인데….."

"레이 라인?"

"레이 라인은 피라미드나 스톤헨지 같은 역사적인 구조물들을 이어서 만들어낸 선이에요." 웨이드가 말했다. "'지구의 에너지'가 흐른다고 알려져 있죠. 완전히 말도 안 되는 헛소리예요."

"헛소리 아니야!" 라일이 화난 목소리로 말했다. "레이 라인은 진짜로 존재하고, 라인들이 교차하는 곳에 다차원 영역이 생겨서, 외계인의 우주선이 한 차원에서 다른 차원으로 통과할 수 있다고요. 바로 그래서 외계인의 우주선을 레이더로 추적하기 어려운 거예요. 콜로라도와 뉴멕시코, 유타, 애리조나가 만나는 네거리에 이송 지점이 있어요."

"글쎄, 인디가 우리를 데려가는 곳은 거기가 아니야." 웨이드가 말했다.

"당신이 어떻게 알아요?"

"이 길이 조금 전에 동쪽으로 방향이 바뀌었거든."

길은 급격하게 방향을 틀어서, 동쪽으로 지평선까지 뻗어 있는 철로를 건넌 후, 그 철로를 따라가고 있었다. "여기서 동쪽으로 가면 어디가 나오지?" 웨이드가 물었다.

"동쪽이면… 플로리다의 걸프 브리즈 기지가 나와요." 라일이 말했다.

"플로리다?" 프랜시가 말했다.

"네, 거기에서 비행접시가 수십 번 목격됐어요. 그중 하나는 사진도 있어요!"

"그런데 그 사진을 찍은 남자가 지하실에 60센티미터짜리 비행접시를 가지고 있다는 사실이 드러났지. 어쨌거나, 플로리다는 너무 멀어. 여기서 동쪽으로 적당한 거리에 있는 곳을 말해줘. 이 길에 또 뭐가 있어?"

'아무것도 없어.' 프랜시가 생각했다. 동쪽으로 방향을 돌린 이후 목장도 없고, 교차로도 없었다. 그리고 프랜시가 유일하게 본 표지판에는 45킬로미터 떨어진 소필로테만 적혀 있었다.

"텍사스의 마파가 있어요." 라일이 말했다. "마파의 불빛 알죠?"

"아니." 프랜시가 대답했다. "그게 뭔데?"

"자동차 헤드라이트예요." 웨이드가 말했다.

"마파의 불빛은, 마파의 동쪽 지평선에서 춤을 추는 불가사의한 불빛이에요." 라일이 말했다. "한 방향으로 움직이다가 다른 방향으로 움직이고, 그러다 사라져버리죠."

"그건 차이나티산의 지그재그 도로를 올라가는 자동차에서 나온 헤드라이트야."

"아니에요, 그 불빛들은 우주선이에요." 라일이 말했다. "외계인들이 차이니티산 아래에 비밀 기지를 가지고 있어서 거기에서 사라지는 거라고요."

"마파는 너무 멀어." 웨이드가 말했다. "더 가까운 곳은 없어?"

라일이 잠시 생각하더니 말했다. "홉스에서 유명한 목격이 있었어요. 밤에 네 남자가 시골길을 따라 차를 몰고 가다가 빨간 불빛의 줄을 봤어요. 그리고 곧 차의 시동이 꺼졌죠. 그들은 휘발유가 떨어졌나 보다 생각했지만, 차에서 내렸더니 UFO가 머리 위에 떠 있었대요."

"휘발유가 떨어졌다는 이야기가 나와서 말인데, 기름과 가스와 금을 찾을 수 있는 장치에 대해서 말해준 거 기억나죠?" 웨이드가 말했다.

"아즈텍 추락 사기꾼들이 팔러 다녔다는 거요?" 프랜시가 물었다.

"네, 그거요. 지금 당장 진짜 장치가 하나 있으면 좋겠어요."

"왜요?" 프랜시가 놀란 표정으로 물었다. "무슨 일이에요?"

웨이드가 연료 계기판을 가리켰다. 바늘이 E를 가리키고 있었다.

"내가 편의점에 있는 동안 당신이 차에 기름을 넣기로 했잖아요."

"그리고 당신은 경찰에 신고하기로 했었죠." 웨이드가 말했다. "당신이 사라진 사실을 인디가 눈치채지 못하게 하느라 바빴어요."

"그렇지만 우리가 끌려 나올 때, 당신은 주유하고 있었잖아요…."

"주유건을 막 집어넣은 참이었어요. 출발하기 전에 2리터도 채 못 넣었어요."

"기름이 떨어지기 전에 얼마나 갈 수 있을 것 같아요?"

"모르겠어요. 대부분의 자동차는 계기판이 바닥으로 떨어져도 대체로 잔량이 조금 남아 있는데, 내비게이터는 몰아본 적이 없어서요. 대충 15킬로미터에서 25킬로미터 정도?"

프랜시가 주변을 풍경을 둘러봤지만, 눈길이 닿을 수 있는 저 멀리까지도 집은 한 채도 보이지 않았고, 목장으로 이어지는 흙길조차 보이지 않는 텅 빈 사막이었다. "아까 지난 표지판에 소필로테가 45킬로미터 떨어져 있다고 적혀 있었어요." 프랜시가 말했다.

"30킬로미터 정도는 갈 수 있을 거예요." 웨이드가 말했다. "운이 따라준다면요."

그들에겐 운이 없었다. 1킬로미터 남짓 지났을 무렵 엔진이 콜록거리더니 서버렸다.

웨이드가 다시 시동을 걸자, 몇 미터 더 이동해서 고속도로의 갓길에 세울 수 있었지만, 차는 완전히 멈췄다.

6장

친구에게 당신이 필요할 때 곁에 있어줄 것

— 〈서부의 규칙〉

차가 멈추는 순간, 라일이 뒷문 손잡이를 잡았다. 그러자 인디가 더욱 빠른 속도로 라일의 손목을 잡았다.

"나라면 도망치려고 하지 않을 거야." 프랜시가 말했다. "인디가 널 다시 감아버릴걸." 그러자 라일이 뜨거운 난로를 만지기라도 한 것처럼 화들짝 놀라 손을 뒤로 뺐다.

웨이드는 아직도 다시 시동을 걸려고 애쓰고 있었지만, 아무 일도 일어나지 않았다.

"휘발유가 완전히 떨어졌어요." 웨이드가 말했다.

"아니요, 휘발유가 떨어진 게 아니에요." 라일이 긴장한 목소리로 말했다. "그들이 여기에 있는 거라고요." 고개를 돌려 뒤쪽 창문으로 하늘을 내다보며 말했다. "비행접시의 자기장이 자동차의 전기 시스템을 차단한 거예요. 바니와 베티 힐에게 일어난 일이 바로 이거예요. 그들의 차가 멈추고, 헤드라이트와 계기판의 불빛이 꺼진 다음, 외계인이 그들을 납치했어요."

웨이드가 말했다. "우린 이미 납치됐는데, 또 납치될 리가 없잖아."

"발전소 직원의 트럭에도 그런 일이 일어났었어요….."

"그건 〈미지와의 조우〉에 나오는 장면이잖아." 웨이드가 말했다. "넌 영화를 너무 많이 봐." 웨이드가 손짓으로 앞유리창 너머의 하늘을 가리켰다. "너도 봤잖아. 비행접시는 보이지 않아."

"그건 외계인들이 은폐 장치를 사용하기 때문이에요."

프랜시가 하늘을 올려다봤다. 구름 한 점 보이지 않는 텅 빈 푸른 하늘이 펼쳐져 있었다. 그들의 차가 멈춘 장소도 텅 비었다. 집도 없고, 풍차도 없고, 목장으로 이어질 만한 도로도 없고, 울타리조차 없었다. 앙상한 사막 버드나무를 제외하면 그늘도 없었다. 나무 아래에는 빈 위스키병과 맥주 캔들이 놓여 있었다.

도로 밖에는 불그스름한 흙과 마른 잡초들이 펼쳐져 있는데, 왼쪽으로는 모래 언덕이 솟아 있고, 그 뒤로 백여 미터 떨어진 곳에는 황토색 사암이 꼭대기가 평평하게 솟아 있었으며, 그 아래에 낙석들이 떨어져 있었다.

"내 말을 믿어. 휘발유가 다 떨어졌어." 웨이드가 말했다. "휘발유." 그는 인디에게 말하고 있었다. 인디는 앞쪽의 도로를 가리켰다. "연료, 석유, 휘발유. 네가 사람들을 모조리 붙잡아서 차에 태우고 굉음을 내면서 출발하기로 마음먹었을 때, 내가 차에 넣으려고 했던 게 그거야."

인디는 웨이드의 손을 꽉 붙잡아 시동 장치로 끌고 갔다. "가"라고 말하는 동작이 분명했다.

"갈 수 없어." 프랜시가 말했다. "차에 휘발유가 없어." 프랜시가 연료 계기판을 가리키며 고개를 절레절레 흔들었다. "휘발유가 없다고."

인디가 촉수를 더 꽉 조였다.

"아야!" 웨이드가 소리치며, 시동 장치에 있는 키를 돌려서 보여줬다. 엔진이 털털거리는 소리가 났다. "봤지?" 웨이드가 말했다. "휘발유가 없다니까."

인디가 더 세게 조였다.

"그만!" 프랜시가 소리쳤다. "그건 웨이드의 잘못이 아니야. 휘발유가 떨어졌단 말이야. 놓아줘!" 그러자 놀랍게도 인디가 웨이드의 손을 놓더니,

마치 어깨를 으쓱하는 듯한 몸짓을 꿈틀하고는, 촉수 두 개로 문손잡이를 감싸서 문을 열고, 밖으로 굴러 나갔다.

"저놈이 우리를 죽일 거야!" 라일이 뒷좌석에서 울부짖었다. "우리가 명령을 따르지 않았으니까 죽음의 광선으로 우리를 증발시킬 거라고!"

"인디는 우리를 쏘지 않을 거야." 인디가 잡초 사이로 굴러가는 모습을 보면서 프랜시가 말했다.

"그러면 저게 지금 뭘 하려는 건데?"

"기름 좀 가져다달라고 자동차 서비스협회에 전화하려는 거야." 웨이드가 말했다.

"아냐, 그렇지 않아. 저놈은 지금 모선에 연락하려는 거라고." 라일이 울부짖었다. "광선으로 우리를 수술실로 끌어올려서 조사하려는 거라니까!"

프랜시는 라일의 말을 무시하고, 인디를 바라봤다. 인디는 언덕 꼭대기에 도착해 전처럼 앉아 있었다. "인디는 어젯밤에도 작은 언덕을 굴러 올라갔었어요." 프랜시가 생각에 잠긴 말투로 말했다. "혹시 자기 우주선을 찾으려는 걸까요?"

"그럴 거예요." 웨이드가 말했다. "아니면, 우주선이 어디에 있는지 실마리를 얻을 수 있는 상징물을 찾는 것일 수도 있죠."

"저놈이 하고 있는 짓은 그게 아니야!" 라일이 소리쳤다. "신호를 보내고 있는 거라고! 저것 봐!" 라일이 차에서 뛰어내리며 하늘을 가리켰다. "저기에 있어! 모선이다!"

"저건 매야." 웨이드도 차에서 내리며 말했다.

"매 말고, 저기 말이야!" 라일이 소리치며 완전히 텅 빈 하늘을 가리켰다. "놈들이 은폐 장치를 써서 안 보이는 거라고! 어떻게 좀 해봐!"

"정확히 뭘 어떻게 하라는 거야?" 웨이드가 라일에게 물었다. "우리는 문명사회에서 멀리 떨어져 있는데, 휘발유도 떨어졌어."

"내가 뭘 하라고 하겠어?" 라일이 신경질적으로 말했다. "탈출하라고! 지나가는 차를 잡아!"

"50킬로미터 전부터 차는 한 대도 못 봤어." 웨이드가 말했다. "그리고 우리가 지나가는 차를 세우면, 인디가 그 차에 탄 사람들도 납치할 거야. 그런데 우리 차는 이미 사람이 너무 많잖아."

"그러면 걸어서라도 탈출해야지." 라일이 말했다.

"걸어서?" 웨이드가 말했다. "여긴 사방에 아무것도 없고, 우리가 방금 지나친 표지판에 따르면 다음 마을은 여기서 45킬로미터 떨어져 있어."

"상관없어." 라일이 말했다. "나는 외계인에게 과학 실험에 이용당할 때까지 여기에 앉아 기다리지 않을 거야. 난 여기에서 나갈래!" 라일이 씩씩거리며 고속도로로 나갔다.

"잠깐만!" 프랜시가 차 문을 열고 내리며 말했다.

"쉿." 웨이드가 인디를 힐끗 보며 말했다. 인디는 여전히 언덕 위에 꼼짝하지 않고 앉아 있었다. "어쩌면 인디가 눈치채지 못할 수도 있어요."

"하지만 라일이 이 열기 속에서 45킬로미터를 걸어갈 수는 없어요." 프랜시가 말했다. "게다가 물도 없잖아요."

"그렇죠. 라일은 3킬로미터쯤 가다가 그 사실을 깨닫고 돌아올 거예요. 그때까지는 죽음의 광선이나 살인마 외계인 이야기를 듣지 않아도 되잖아요." 웨이드가 뒷좌석에서 더플백을 꺼내 사막 버드나무로 가져갔다. 발로 빈 위스키병과 맥주캔들을 옆으로 치우고, 나무 아래에 가방을 깔고 앉았다. "그리고 인디의 촉수가 얼마나 멀리까지 뻗어나가는지도 보고 싶어요." 웨이드가 길을 걸어가기 시작한 라일을 흥미로운 눈길로 바라보며 말했다.

그에 대한 해답은 적어도 200미터는 뻗어나간다는 것이었다. 언덕 꼭대기에서 꼼짝하지 않고 있던 인디가 어느 순간 갑자기 촉수를 뻗었다. 낚싯줄처럼 튀어나온 촉수가 라일의 양팔을 잡아채서 다시 차 안에 집어넣었다. 그리고 차 문을 쾅 닫은 후 촉수가 물러갔다. 인디는 다시 언덕 꼭대기에 움직이지 않고 앉아 있었다.

"와우!" 웨이드가 감탄했다. "두 사람이 도망치는 동안 내가 인디의 주의를 분산시키려던 계획은 시도해보기도 전에 실패했네요."

"그러네요." 프랜시가 말했다. "그럼, 이제 어쩌죠? 여기에 계속 있을 수는 없어요. 당신은 어떤지 모르겠지만, 난 배고파요. 어제 오후부터 아무것도 못 먹었거든요. 우리에겐 음식도 없고 물도 없는데, 곧 비가 내릴 것 같지도 않잖아요." 프랜시는 매가 아직도 선회하고 있는, 구름 한 점 없는 하늘을 올려다봤다. "벌써 뜨거운데, 오후가 되면…."

"그러게요." 웨이드가 말했다. "어떻게든 물과 음식을 구해야 해요. 어쩌면 다음에 오는 차량이 푸드트럭일 수도 있어요. 아니면 그 차에는 내비게이터에 다 태우지 못할 정도로 사람이 많아서, 인디가 몇 사람을 남겨놔야 할지도 모르죠. 그래서 당신을 놔두고 가면, 당신이 다음 차를 세워서…."

"그리고 당국에 신고할까요?"

"당신 친구 세리나에게도 연락하고요. 그러면 친구가 데리러 와서, 당신은 결혼식에 참석할 수 있을 거예요."

"그런데 왜 인디가 다른 사람이나 나를 버리고 떠날 거라고 생각하세요? 남은 사람들을 차 위에 묶어서 싣고 갈 수도 있잖아요?"

"그러네요." 웨이드가 말했다. "그럼 어떻게 하면 좋을까요?"

"모르겠어요. '경찰에 신고하세요'라고 적힌 표지판을 만들까요?"

웨이드가 얼굴을 찌푸렸다. "뭐로 만들죠?"

"모르겠어요. 차 안에 우리가 사용할 만한 게 있을지도 몰라요." 프랜시가 내비게이터를 향해 걸어갔다. 웨이드는 따라가지 않고 그대로 앉아 있었는데, 프랜시가 어깨 너머로 소리쳤다. "그것 말고도, 라일이 괜찮은지 확인하고 창문도 열어줘야 해요. 차 안은 정말 더울 거예요."

"알았어요." 웨이드는 그대로 앉아 있었다. "어쩌면 그 하찮은 탈출 시도 덕분에 라일에게 약간의 이성이 생겼을지도 모르겠네요."

그렇지 않았다. "웨이드에게서 이상한 점 못 느꼈어요?" 프랜시가 차에 다가가자, 라일이 창문 너머로 말했다.

인디는 차 문을 잠그고, 이전보다 더 철저하게 라일을 묶어서, 그의 얼굴에서 땀이 줄줄 흘러내리고 있었다.

"인디, 문 열어줘!" 프랜시가 외계인에게 소리쳤다. "그리고 라일 풀어줘!"

인디는 언덕 위의 그 자리에서 움직이지 않고, 라일의 손목을 문손잡이에 묶어놓은 채로 차 문을 열어줬다. 인디가 그렇게 한 것이 차라리 다행일 수도 있었다.

프랜시가 창문을 내리려고 차의 시동을 켜다가 휘발유가 떨어진 게 기억이 나서, 라일이 묶여 있는 문을 제외한 세 문을 열었다.

"그 문도 열어줄까?" 프랜시가 라일에게 물었다.

"아뇨." 라일이 앞으로 몸을 숙이며 말했다. "웨이드에게 수상한 점 못 알아챘어요?"

"어떤 거?" 프랜시가 표지판으로 사용할 물건을 찾느라 뒷좌석의 바닥을 살펴보며 말했다.

"웨이드는 겉으로 보이는 모습과 다른 사람 같아요. 납치당하는 것을 두려워하지 않고, 외계인에게 명령을 내리면, 외계인이 복종하잖아요…."

"그건 그다지…."

"그리고 UFO를 믿지 않는다고 주장하면서도, 로즈웰과 아즈텍, 마파의 불빛에 대한 모든 이야기를 알고 있어요."

"으음." 프랜시가 앞좌석 밑을 확인하면서 말했다. 하지만 세리나가 가져다달라던 반짝이 전구들 외에는 아무것도 없었다.

"웨이드는 어떻게 만났어요?" 라일이 계속 물었다. "인디가 당신을 납치할 때 같이 있었나요?"

"아니." 프랜시는 인디가 전날 저녁에 자신을 어떻게 잡았는지, 그리고 오늘 아침에 웨이드가 어떻게 잡혔는지 설명했다. "웨이드는 히치하이크를 하고 있었어."

"당신이 지나갈 때 마침 웨이드가 허허벌판 한가운데에 우연히 있었다는 게 이상하지 않아요?"

"웨이드의 차가 고장 났대."

"그 차를 실제로 봤나요?"

"아니."

"그러면 웨이드가 당신에게 진실을 말한 건지 아닌지 어떻게 알아요? 웨이드가 거기에서 당신과 외계인이 오기를 기다리고 있었던 게 아니라는 걸 어떻게 알아요?"

"기다린다고…? 왜?"

"왜냐하면…." 라일이 목소리를 낮추고 프랜시 쪽으로 몸을 기울이며, 비밀리에 음모를 꾸미듯 말했다. "맨 인 블랙 요원이니까요."

'영화를 너무 많이 봤구나.' 프랜시가 생각했다. "그 사람은 아니야…."

"그게 아니라면, 외계인일 거예요. 렙틸리언. 그놈들은 인간처럼 변장할 수 있거든요. 그 사람을 믿으면 안 돼요!" 라일이 말했다. 그리고 프랜시가 차에서 멀어지기 시작하자, 뒤에서 프랜시를 향해 소리쳤다. "아무도 믿지 마! 이건 음모야!"

"음모라니 무슨 소리예요?" 프랜시가 나무로 돌아오자, 웨이드가 물었다.

"라일은 당신이 렙틸리언이라고 생각해요."

"제기랄." 웨이드가 손가락을 튕기며 말했다. "녀석에게 들켜버렸네."

프랜시가 여전히 언덕 위에서 꼼짝하지 않고 앉아 있는 인디를 올려다봤다. "인디가 하는 일이 뭔지 몰라도 끝나간다는 신호는 없던가요?"

"없어요." 웨이드가 말했다. "앉아 있는 게 나을 거예요." 웨이드는 프랜시가 더플백 위의 옆자리에 앉을 수 있도록 옆으로 살짝 옮겼다. "여기에 한참 있어야 할지도 모르잖아요." 프랜시가 앉자 웨이드가 말했다. "생각을 해봤는데요, 인디가 찾는 게 우주선이 아닐 수도 있어요."

"라일이 말했던 지하 기지를 찾는다고 생각하세요?"

"아니요, 하지만 인디가 누군가와 만나려는 건지도 몰라요. 아니면 지구에 뭔가를 가지러 왔을 수도 있고요."

"아까 지구에는 외계인이 원하는 게 없을 거라고 하지 않았나요?"

"네, 뭐, 내가 틀렸을 수도 있잖아요. 인디가 가지러 온 게 무엇이든, 자기네 행성에는 존재하지 않는 거겠죠."

"소 같은 거요?" 프랜시가 건소하게 말했다.

"아뇨. 약용 식물이나 희토류 원소처럼 공급이 부족한 것들 말이에요. 지구에서는 헬륨과 스칸듐, 네오디뮴이 전 세계적으로 부족하잖아요. 언젠가 우리가 그것들을 구하기 위해 다른 행성에 갈 수도 있을 것 같아요."

"그럴 수도 있겠네요." 프랜시가 인디를 응시하며 막연히 말했다. "나는 인디의 입장이 되어, 어떤 경우에 인디처럼 행동하게 될지 생각해봤어요."

"그래서요?"

"만약 내가 낯선 곳에서 어딘가로 간절히 가야 하는데, 현지인들과 의사소통이 되지 않고, 그들의 운송 수단을 작동시키는 방법도 모른다면, 누군가를 납치해서 나를 데려가게끔 시도해볼 것 같아요."

"그렇다면 당신은 인디가 절망적인 상황에 맞닥뜨렸다고 생각하는 거군요." 웨이드가 말했다. "그 이유에 대해서는 생각해둔 가설이 있나요?"

"아뇨. 아마 자신의 우주선으로 돌아가야 하거나, 어떤 특정한 시간까지 어떤 장소로 가야 하거나, 아니면 우주선을 타고 다른 어딘가로 가던 도중에 추락하는 바람에 다른 승무원이 다쳐서 의학적인 도움을 받아야 하는 상황처럼 일종의 최종 시한 같은 게 있는 것이 아닐까 싶어요."

"그랬다면 신부 들러리가 아니라 의사를 납치하지 않았을까요?" 웨이드가 눈살을 찌푸리며 말했다. "어쩌면 인디는 도망치는 중인지도 몰라요."

"도망이라고요? 우주선을 훔쳤거나 은행강도 짓을 해서, 은하계 경찰이나 누군가가 쫓고 있다는 뜻인가요?" 프랜시가 여전히 햇볕 아래 꼼짝도 하지 않고 앉아 있는 인디를 바라보며 말했다. "인디는 범죄자처럼 보이지 않아요."

"네, 뭐, 연쇄 살인범 테드 번디도 그랬죠."

"내가 기억하기에 테드 번디는 히치하이커로 위장해서 젊은 여성들에게 차에 태워달라고 했었어요."

"알았어요. 그러면 인디가 범죄자가 아니라고 가정해보죠. 하지만 인디가 어떤 범죄를 목격해서, 나쁜 놈들이 그 사실을 알아채고 지금 그의 입을 막기 위해 쫓고 있는 걸 수도 있어요."

"하지만 그런 경우라면, 이렇게 온종일 멈춰 있지 않고 최대한 빠르게 멀리 달아나려 하지 않을까요?"

"뭐, 엄밀히 말해서, 이번엔 인디가 멈춘 게 아니에요." 웨이드가 말했다. "우리 기름이 떨어져서 멈췄잖아요, 기억하죠? 하지만 당신의 말이 맞아요. 나쁜 놈이 아무리 덜떨어졌어도 지금쯤이면 우리를 따라잡았을 거예요.

그렇다면 당신의 추측이 맞을지도 모르겠네요. 인디가 누군가를 도와주기 위해 필사적으로 어딘가로 가고 있다는 가설 말이에요."

"그렇다면, 우리는 도망치거나 당국에 신고하지 말고, 인디를 도와줘야 할까요?"

"아니요." 웨이드가 단호하게 말했다. "첫째, 절망적인 사람은 절망적인 짓을 해요. 가야 할 곳으로 우리가 데려다주지 못하면, 인디가 무슨 짓을 할지 몰라요. 그리고 인디가 쫓기고 있는 것으로 드러날 경우, 그놈들이 우리에게 무슨 짓을 할지도 알 수 없어요. 둘째, 우리는 당신을 결혼식에 데려가야 해요. 결혼식이 언제죠?"

"토요일이에요." 프랜시가 대답했다. "그리고 내가 그 결혼식에 가는 건 정말 중요해요."

"그렇다면 당신이 꼭 참석할 수 있도록 해야겠군요."

"어떻게요?" 프랜시가 물었다. "우리는 휘발유가 떨어졌잖아요, 기억하죠?"

"아, 네." 웨이드가 얼굴을 찡그렸다. "여기 더 앉아 있다간 목말라 죽을 것 같아요. 아니면 열사병으로. 차에서 골판지와 매직펜 찾을 때 물은 못 봤나요? 혹시 뒷부분도 봤어요?"

"아뇨." 프랜시가 차로 가서 뒤 트렁크의 매트를 들어 그 아래를 확인해 봤지만, 잭과 예비 타이어 외에는 아무것도 없었다. 프랜시는 뒷문을 닫고 웨이드가 있는 곳으로 갔다.

"잠깐만요." 라일이 말했다. "돌아와요." 프랜시가 돌아가자, 라일이 속삭였다. "방금 웨이드가 더플백을 열어서 뭔가를 꺼내는 걸 봤어요. 아마 렙틸리언의 레이저총일 거예요. 우리를 죽일 준비를 하는 거라고요."

프랜시는 예의상의 대꾸조차 하지 않았다. 그리고 다시 웨이드에게 걸어갔다. "차 안에는 물도 없고, 음식도 없어요."

"내 더플백 안에도 아무것도 없네요." 웨이드가 말했다. "방금 확인했어요." 그리고 다시 더플백을 깔고 앉으며, 아직도 머리 위를 맴돌고 있는 매를 흘겨봤다. "저게 독수리가 아니면 좋겠네요."

"오, 맙소사!" 라일이 소리쳐서, 두 사람이 동시에 차를 돌아봤다. 라일이 격렬하게 창밖을 가리키며 소리쳤다. "그놈이 돌아오고 있어!"

프랜시가 고개를 돌려 인디를 바라봤다. 인디가 언덕을 굴러 내려왔지만, 차로 돌아오지는 않았다. "더 멀리 바위들이 튀어나와 있는 곳으로 가고 있어요. 언덕이 높지 않아서 중요한 지형이 잘 보이지 않았나 봐요." 프랜시가 말했다.

"아니면 침략 함대에 신호를 보내기에 높지 않았나 보죠." 라일이 말했다.

"뭐, 뭘 하려는지 몰라도, 저 바위들 위에서 하는 건 위험할 거예요." 웨이드가 손으로 눈부신 햇살을 가리며 말했다. "대체로 저렇게 돌출된 바위들에는 방울뱀들이 많거든요."

"방울뱀이요?" 프랜시가 온몸을 부르르 떨며 소리쳤다. 그리고 본능적으로 발아래를 내려다봤다.

"네." 웨이드가 말했다. "방울뱀은 바위 위에서 햇볕을 쬐는 걸 좋아해요."

인디는 방울뱀을 본 적이 없을 것이므로, 그게 위험한지도 모를 것이다. "이런, 세상에, 인디는 방울뱀에 독이 있다는 걸 모를 거예요." 프랜시가 큰 소리로 말했다. "자기를 죽일 수 있다는 것도 모를 거라고요!"

"잘됐네!" 라일이 차에서 소리쳤다. "뱀이 인디를 죽이면, 우리는 도망칠 수 있어!"

프랜시는 라일의 말을 무시했다. "인디, 거기 가지 마!" 프랜시가 소리쳤다. "돌아와!"

하지만 외계인은 땅 위로 노출된 바위를 향해 계속 굴러갔다.

"인디에게 경고해야 해요!" 프랜시가 소리치며 뛰기 시작했다.

"경고한다고?" 라일이 차에서 외쳤다. "뭘 하려는 거야? 저놈은 우리의 적이야!"

인디가 바위에 도착했다. "인디!" 프랜시가 소리쳤다. "바위에서 내려와! 독 있는 뱀이 있어!" 하지만 인디는 뱀이나 독이 뭔지 모른다는 사실이 떠올랐다. "뱀은 네 촉수처럼 생겼지만 위험해!"

프랜시가 인디를 향해 갔지만, 인디는 프랜시의 목소리를 들었거나 봤다는 낌새가 전혀 없었다. "뱀에는 송곳니가 있어!" 프랜시가 소리쳤다. 그리고 인디가 송곳니가 뭔지도 모를 거라는 생각이 들었다. "송곳니는 날카롭고, 찌르는 이빨이야. 그걸로 너를 죽일 수 있어! 뱀들이…." 그때 불길한 차르르 소리가 들렸다.

프랜시는 그 자리에 우뚝 멈춰 서서 아래를 내려다봤다. 발치 바로 앞에 갈색 흙과 구별이 되지 않아 잘 보이지 않는 뱀 한 마리가 똬리를 틀고 경고하듯 꼬리를 흔들며 고개를 치켜들었다. 인디의 촉수를 볼 때는 느껴보지 않았던 공포와 혐오가 몰아치며 프랜시를 마비시켰다.

"웨이드…." 프랜시가 떨리는 목소리로 말했다.

"움직이지 말아요!" 웨이드가 지시하며 프랜시를 향해 달렸다. 하지만 그는 너무 멀리 떨어져 있었다.

뱀은 이미 고개를 뒤로 당겨 공격할 준비를 하고 있었다. 일단 뱀의 공격이 시작되면, 인디의 채찍질하는 촉수처럼 빠르고 막을 수 없을 것이다.

프랜시의 유일한 희망은 완벽하게 가만히 있는 것뿐이었다. 조금이라도 움직이면….

아, 안 돼. 인디가 프랜시를 향해 굴러 내려왔다.

'오지 마!' 프랜시는 소리를 지르고 싶었지만, 그러면 방울뱀의 공격을 불러들일 것이다. '그 자리에 가만히 있어.' 프랜시는 인디에게 텔레파시 능력이 있기를 바라며 그에게 생각을 보냈다. '절대로 움직이지 마.'

그러나 인디는 프랜시가 있는 방향으로 계속 굴러왔다. "멈춰!" 프랜시가 소리치자, 방울뱀이 공격했다.

끔찍한 잠깐의 순간 동안, 프랜시는 자신이 물렸다고 생각했다. 곧 프랜시는 인디의 촉수 하나가 정강이를 스치며 방울뱀을 가로막고 붙잡았다는 사실을 알아차렸다.

"하지 마!" 프랜시가 울부짖었다. "뱀이 물 거야!" 인디가 촉수의 끝부분을 라일의 입에 재갈을 물릴 때처럼 펼쳤는데, 이번에는 거의 투명한 거품처럼 보일 정도로 얇게 펼쳐서 뱀을 완벽하게 감쌌다. 거품 안에 갇힌 뱀이 잠깐 보였는데, 곧 인디가 뱀을 멀리 던졌다. 방울뱀은 허공에서 몸부림치며 들판으로 떨어지더니 그들에게서 도망갔다.

"인디, 괜찮아?" 프랜시가 인디를 들어 올려 뱀을 던진 촉수로 손을 뻗으며 물었다.

"거기에서 나와요, 프랜시!" 웨이드가 프랜시를 향해 달려오며 소리쳤다. "방울뱀은 한 마리만 나오는 법이 없거든요. 주변에 여러 마리가 있을 거예요!"

프랜시가 인디를 꼭 붙잡고 주변의 땅을 내려다봤지만, 뱀은 보이지 않았다. 방울뱀 꼬리가 울리는 소리도 들리지 않았다.

웨이드가 프랜시에게 도착했다. "괜찮아요?" 그가 물었다. "방울뱀에게 물렸어요?"

"아뇨…."

"확실해요?" 웨이드는 무릎을 꿇고, 프랜시의 치마를 끌어 올려 다리에 구멍 난 곳이 없는지 확인했다.

"안 물렸어요." 프랜시가 주장했다. "난 인디가 걱정돼요." 프랜시는 인디의 촉수를 잡고 살펴보기 시작했다. "인디, 뱀에게 물렸니?"

"일단 여기에서 빠져나간 후에 물어보세요." 웨이드가 말하며, 프랜시를 차 쪽으로 재촉했다.

흙바닥으로 돌아오자마자, 프랜시는 인디를 웨이드에게 안겨주고 촉수를 하나하나 살펴보면서 물린 상처를 찾았지만, 아무런 흔적도 보이지 않았다. 사실 프랜시는 어떤 흔적을 찾아야 할지 몰랐다. 부은 부분? 빨갛게 된 부분? 그런 것은 인간이 뱀에게 물렸을 때 나타나는 징후였다. 외계인의 증상은 완전히 다를 수도 있다. 그래도 각 촉수를 차례로 살펴봤지만, 색이 바뀌거나 인디의 태도 변화는 보이지 않았다. 인디는 아무렇지 않은 것 같았다.

"인디를 물 시간이 없었을 거예요. 아마 방울뱀은 자기가 뭐에 공격당했는지도 몰랐을걸요. 인디가 정말 빨랐어요!"

"알아요." 프랜시가 말했다. '아, 천만다행이다.' 프랜시가 웨이드에게서 인디를 건네받았다. "네가 내 목숨을 구했어, 인디."

"당신도 인디의 목숨을 구했어요." 웨이드가 말했다. "인디가 빠르긴 하지만, 당신이 경고하지 않았다면, 위험하다는 사실은 고사하고 거기에 방울뱀이 있다는 사실을 알아채기도 전에 물렸을 수도 있어요."

"그랬다면 우리가 그놈에게서 어떻게 도망갈지 고민할 필요도 없었겠지." 차에서 라일이 분개해서 소리쳤다.

웨이드는 그 소리를 무시했다. "인디, 넌 프랜시에게 빚을 졌어. 프랜시가 너를 위험한 상황에서 구해줬잖아."

"그리고 이제 그놈이 우리를 위험한 상황으로 몰아넣을 거야." 라일이 말했다. "그놈을 돕기 위해 손가락 하나도 까딱하지 말았어야 했어!"

프랜시가 라일을 노려봤다. "네 생각은 안 궁금해. 한마디만 더 하면, 인디한테 네 입에 다시 재갈을 채우라고 할 거야." 프랜시가 말했다. "인디, 날 지켜줘서 고마워." 프랜시가 인디의 머리가 어디에 있는지 알았다면, 그 이마에 입을 맞췄을 것이다.

인디가 내려가려고 몸을 꿈틀거렸다. 프랜시가 인디를 다시 땅에 내려놓자, 인디는 다시 돌출된 바위를 향해 굴러갔다. "인디는 한마디도 알아듣지 못한 게 분명해요." 웨이드가 말했다.

"알아요." 프랜시가 말하며 인디를 따라가기 시작했다. "인디, 다른 뱀들이 더 있을 거야!"

웨이드가 프랜시를 막았다. "인디는 뱀을 알아서 처리할 수 있다고 증명했어요." 웨이드가 프랜시의 팔을 붙잡으며 말했다. 웨이드가 그 말을 하는 동안, 인디가 던진 두 번째 뱀이 꿈틀거리며 들판으로 날아가는 모습이 프랜시의 눈에 들어왔다. 이어서 세 번째 뱀이 날아갔다. "오히려 방울뱀들에게 경고를 해줘야 할 것 같은데요."

인디는 더 이상 뱀을 던지지 않고 바위 꼭대기에 올라 몇 분 동안 앉아있다가, 갑자기 빠르게 차를 향해 굴러 내려오며 그들에게 차에 타라고 몸짓했다.

인디는 차에 올라탄 후, 프랜시의 무릎 위를 넘어서 차량 중간 부분에 자리를 잡았다. 그리고 문들을 닫고, 앞유리창을 가리켰다.

"또 시작이네." 웨이드가 중얼거렸다.

"인디, 우린 못 가." 프랜시가 말했다. "말했잖아, 휘발유가 떨어졌어."

프랜시가 연료 계기판을 가리켰다. "봤지? 비었어. 휘발유가 없다고. 자, 내가 보여줄게. 웨이드, 주유구 레버를 당겨줘요." 웨이드가 몸을 굽혀 레버를 당길 때 프랜시가 차에서 내렸다.

인디는 즉시 촉수를 펼쳐 프랜시를 다시 차 안으로 끌어들이려 했다. "도망치려는 거 아니야." 프랜시가 속으로 라일을 저주하며 말했다. "너한테 보여주고 싶은 게 있어. 이리 와." 프랜시가 손짓하자, 인디가 프랜시의 손목을 놓아주고 차에서 굴러 내렸다.

프랜시는 인디를 운전석 옆으로 데려가서, 주유구 덮개를 끝까지 열고, 뚜껑을 돌려 열었다. "이게 기름통이야." 프랜시가 말했다. "웨이드가 주유소에서 보여줬던 거 기억나지? 여기에 휘발유, 즉 연료를 넣어야 차가 가는 거야. 하지만 지금은 기름이 없어."

인디가 촉수 하나를 주저하며 주유구에 넣더니, 곧 끝까지 집어넣었다.

"봤지? 휘발유가 없어." 프랜시가 말했다.

인디가 촉수를 빼냈다.

"엔진은 휘발유가 있어야 작동해. 연료 말이야. 그건…." 프랜시가 설명을 시작하다가, 자신이 휘발유가 어떻게 작동되는지 모르고 있다는 사실을 깨달았다.

"웨이드! 자동차가 어떻게 움직이는지 인디에게 설명해줄 수 있나요?"

웨이드가 고분고분 차에서 내려 보닛을 들어 올렸다. "좋았어. 이게 실린더야. 그 안에는 피스톤이 있어서…."

"그런 이야기 해주지 마!" 라일이 차 뒷좌석에서 소리쳤다. "저놈이 우리의 기술을 훔치러 지구에 온 걸 수도 있잖아!"

"은하계 여행을 마음대로 할 수 있는 외계인 종족이 지구까지 내연기관 설계도를 훔치러 왔을 것 같지는 않아." 웨이드가 말했다. 그리고 인디에게 차의 작동 원리를 계속 설명했지만, 인디는 듣고 있다는 기색이 전혀 없었다.

대신, 인디는 점화 플러그, 앞유리창 와이퍼액이 든 통, 흡기 매니폴드 등 엔진의 여러 부분을 무작위로 쿡쿡 찌르고, 촉수로 크랭크실 아래와 배터리, 엔진 블록을 덩굴처럼 감았다.

"인디가 지금 뭘 하는 거예요?" 프랜시가 물었다.

"모르겠어요." 웨이드가 대답했다.

"추적 장치를 심는 거예요." 라일이 뒷좌석에서 의견을 덧붙였다. "모선이 우리를 찾아내 조준해서 파괴할 수 있게 하려는 거죠."

"인디는 추적 장치를 심는 게 아니야." 프랜시는 인디가 뭘 하고 있는지 전혀 이해되지 않았지만, 그렇게 말했다. 인디의 촉수가 엔진의 부품 주변을 빠르고 능숙하게 미끄러지며 탐색했다. 그리고 곧 촉수를 다 빼더니, 마지막 촉수로 보닛을 받치고 있는 지지대를 빼서 보닛을 내리고, 주유구 뚜껑을 돌려서 닫고, 웨이드와 프랜시에게 차에 타라고 몸짓한 후, 자신도 차에 올라탔다. 그리고 시동 장치를 가리키고, 앞유리창 밖의 도로를 가리켰다.

"대단하네." 웨이드가 중얼거렸다. "우리가 한 말을 하나도 이해를 못했어요."

인디가 웨이드의 손목을 촉수로 감싸 키 쪽으로 이끌었다.

"이 차는 못 가, 인디." 프랜시가 난감한 표정을 지으며 말했다. "기름이 없잖아."

인디가 웨이드의 손목을 꽉 잡았다.

"아야!"

"인디에게 다시 보여줄 수밖에 없어요." 프랜시가 말했다.

"인디가 내 팔의 혈액 순환을 완전히 차단하기 전에 알아듣기를 바랄 뿐이에요. 아야! 알았어, 알았다고." 웨이드가 말했다. 그리고 시동 장치에 꽂아놓은 키를 돌렸다.

차의 시동이 걸렸다.

프랜시가 웨이드의 얼굴을 한 번 보고, 고개를 숙여 연료 계기판을 확인했다. 여전히 비어 있는 상태였다.

인디는 웨이드의 손목에 감았던 촉수를 풀고, 앞유리창을 집요하게 가리켰다.

"연료 탱크에 휘발유가 조금 남아 있던 걸까요?" 프랜시가 물었다.

"아뇨." 웨이드가 대답하고, 차를 몰기 시작했다. 차가 고속도로로 올라갔다. "그래요, 어쩌면… 조금 있었을지도 모르겠네요. 그런 경우라면, 400미터 정도 간 후에 그 지겹고 복잡한 과정을 또 치러야겠죠."

하지만 45킬로미터 떨어진 소필로테에 도착할 때까지도 차는 계속 달렸다. 소필로테는 무너진 벽돌 건물과 버려진 주유소로 이루어진 동네였다. "놀랍지도 않네요." 웨이드가 말했다. "소필로테가 스페인어로 독수리라는 뜻이거든요."

"다행히 여기까지 걸어와서 유령 마을이라는 사실을 알게 되는 사태를 당하지는 않았네요." 프랜시가 말했다.

"인디에게 고맙다는 뜻이죠?" 웨이드가 말했다. "인디가 물을 포도주로, 아니 공기를 휘발유로 바꿨어요."

"정신으로 바꾼 거예요." 라일이 좌석에서 앞으로 몸을 기울이며 말했다. "외계인은 텔레파시 능력이 있어요. 그래서 정신으로 물체를 움직일 수 있는 거예요."

프랜시가 그 말을 무시하고, 웨이드에게 물었다. "인디가 새로운 종류의 연료 같은 걸 만들었다고 생각하세요?"

"아니면, 연료가 없어도 작동할 수 있도록 엔진을 개조했을 거예요." 라일이 말했다. "외계인은 인간의 행동을 조종할 수도 있어요. 인간이 외계인을 막으려 하면 심지어 자살하게 만들 수도 있어요."

"그건 〈로즈웰〉 이야기잖아." 웨이드가 말했다. "TV 드라마."

하지만 라일은 계속 떠들었다. "외계인은 우주선을 보이지 않게 만들고, 사람들이 납치되었다는 사실을 잊게 만들 수도 있어요. 시간도 마음대로 바꿀 수 있고요."

프랜시는 웨이드가 "넌 영화를 너무 많이 보는 게 분명해."라고 말할 거라 예상했지만, 그는 아무 말도 하지 않았다. 웨이드는 생각에 잠긴 채 운전하며 앞길만 응시했다.

"아니면…." 라일이 계속 말했다. "〈스타워즈〉에서처럼 물체를 끌어당기는 견인 광선을 차에 연결해서, 우리를 비밀 지하 기지로 끌어당기고 있는 건지도 몰라요."

"우리는 견인 광선에 끌려가고 있는 게 아니야." 프랜시가 말했다.

"화학운에 의해 최면에 걸렸기 때문에 그렇게 생각하는 거예요."

'라일에게 화학운이 뭔지 물어보지 않을 거야.' 프랜시가 생각했다. 하지만 물어볼 필요도 없었다. 라일은 프랜시의 질문이 없어도 바로 설명했다.

"외계인들은 하늘에서 환각제를 떨어뜨려 우리에게 최면을 걸고, 외계인의 존재를 인식하지 못하게 만들어요. 당신은 그게 비행기에서 생긴 비행운이라고 생각하겠지만…."

"인디, 라일의 입 좀 다시 막아줘." 프랜시가 말하자, 그 즉시 외계인이 대시보드에 올려두고 방향을 가리키던 촉수를 라일 쪽으로 움직였다.

"알았어요. 당신이 알고 싶지 않다면야…." 라일이 말했다. 그리고 잠잠해졌다. 그들은 몇 킬로미터를 조용히 갈 수 있었다.

그러다 웨이드가 입을 열었다. "생각을 해봤는데, 라일과 방울뱀에게 일어난 일을 보면, 우리는 인디에게서 탈출하지 못할 것 같아요. 인디는 너무 빨라요. 설령 우리가 어찌어찌 경찰에 신고하더라도, 경찰까지 납치당할 거예요. 아니면 우리 모두 총을 맞겠죠. 경찰이 총을 쏘지 않고 우리의 말을 믿더라도(그럴 거라고는 생각하지 않지만), FBI를 부르겠다고 고집을 부릴 거예요. 그리고 당신의 생각이 맞는 것 같아요. 인디에겐 일종의 마감 시간이 정해져 있는 것 같은데, 공권력이 개입하면 절대로 제시간에 도착하지 못할 거예요."

"아까 절박한 사람은 절박한 짓을 한다고 하지 않았나요?" 프랜시가 물었다. "그래서 인디가 가야 할 곳으로 데려다주지 못하면 무슨 짓을 할지 모른다면서요?"

"우리는 인디가 위험하지 않다는 걸 알잖아요." 웨이드가 말했다. "인디는 위험한 존재가 아니라는 사실을 증명했어요. 첫째, 당신의 생명을 구했고, 둘째, 라일을 죽일 이유가 충분했음에도 죽이지 않았어요."

"저놈이 당신의 생명을 구한 유일한 이유는, 당신의 몸 안에 외계인과 인간의 교배종을 심기 위해서예요." 라일이 말했다.

"내 말이 무슨 뜻인지 알겠죠?" 웨이드가 프랜시에게 말했다. "인디는 성자의 인내심을 가진 게 확실해요. 우리가 인디를 도와야 한다는 당신의 말이 맞아요."

"저놈을 돕는다고?" 라일이 뒷좌석에서 빽 소리 질렀다. "저놈이 하려는 게 지구 침략이면 어떡할 거야? 지구를 파괴하는 거라면? 저놈이 지구를 폭파하는 걸 도와줄 거야?"

"인디가 어디로 가려는 건지 알아낼 수 있다면…." 웨이드가 흔들림 없이 차분하게 말했다. "부상당한 승무원을 도와주거나 인디가 하려는 일을 마칠 수 있도록, 제시간 안에 그 장소로 인디를 데려다줄 수 있어요. 그러면 인디가 고마워하며 우리를 풀어줄 거예요."

"당신 같은 사람들을 가리키는 단어가 있어!" 라일이 소리쳤다. "반역자!"

"그리고 FBI가 나타나면, 우리가 그들에게 무슨 일이 진행되고 있는지 설명해서 인디를 쏘지 못하게 막을 수 있어요."

"당신은 이 행성의 반역자야!" 라일이 새된 소리를 질렀다. "자신의 종족을 배신한 반역자라고!"

"게다가, 우리는 이 작은 녀석에게 신세를 졌잖아요." 웨이드가 주장했다. "어쨌거나 당신을 구해줬으니까요. 나라면 곤란한 처지가 되었을 때 누군가가 도와주길 바랄 거예요."

"음흠." 프랜시가 미심쩍은 투로 말했다. "그러니까 마음에서 우러난 선한 의도로 인디를 도와주고 싶다는 거죠? 인디의 무연료 자동차가 자동차 산업에 혁명을 일으켜 당신을 부자로 만들어줄 거라는 사실과는 전혀 상관이 없고요?"

"당연히 상관없죠." 웨이드가 눈을 뎅그렇게 뜨고 프랜시를 바라보며 말했다. "당신이 나를 의심하다니 믿기지 않네요. 나는 순전히 인디를 돕고, 또 지구온난화 문제를 해결하기 위해 이 일을 하려는 거예요. 그렇지만, 이

봐요, 내가 의도와 무관하게 곁가지로 돈을 조금 벌 수 있다면, 그것도 잘못된 건 아니잖아요? 어쨌거나 내가 로즈웰에 가서 납치 방지 보험을 팔지 못하게 된 것은 인디의 잘못이에요. 아무튼 인디를 신고하는 문제에 대해 우리에겐 선택의 여지가 전혀 없어요. 인디가 우리를 풀어주지 않겠다는 의사를 분명하게 밝혔으니, 우리가 도망가게 놔두지 않겠죠. 하지만 우리가 인디를 도와주면, 이 일이 더 빨리 끝나서 당신도 제시간에 맞춰 결혼식에 갈 수 있을 거예요."

"당신의 계획에 한 가지 문제가 있어요." 프랜시가 말했다. "우리가 당국에 알리지 않더라도, 그들이 이미 우리를 찾고 있을 거예요. 지금쯤이면 분명히 세리나가 경찰에 신고했을 테니까요. 우리를 찾는 실종자 수배를 내릴걸요."

"그러면, 일단 경찰을 피해야겠네요."

"우리가 그렇게 하도록 인디가 놔둘까요?" 프랜시가 미심쩍은 표정으로 말했다.

"걱정하지 마세요." 웨이드가 말했다. "지금까지 인디는 주로 샛길로 갔잖아요. 뉴멕시코는 고속도로 순찰대가 순찰해야 하는 도로가 수천 킬로미터에 이르는 거대한 주예요."

"그렇지만 세리나가 이 차에 대해 설명하고, 차 번호도 알려줬을 거예요."

"그러면 다음에 차를 세울 때 번호를 바꾸죠."

"뭐로요?"

"물을 건너면, 진흙으로요. 혹시 인디가 다른 주유소에 차를 세울 수 있게 해주면 덕트 테이프로, 아니면 사람들이 많고, 우리가 눈에 잘 띄지 않는 큰 장소에 세우는 게 좋겠어요. 특히 당신은 그 드레스 때문에 눈에 잘 띄잖아요."

"당신이 드레스에 대해 모르는 사실이 있어요." 웨이드가 의아한 표정을 지으며 쳐다보자, 프랜시가 말했다. "이 드레스는 어두워지면 밝은 빛이 나요."

웨이드가 고개를 절레절레 흔들며 웃었다. "물론 그렇겠죠. 당신도 알겠지만…" 웨이드는 말을 시작했다가 멈추더니, 다시 이어서 말했다. "그렇다면 다른 옷을 사야겠네요. 어쩌면 인디를 설득해서 티셔츠와 편한 신발을 파는 큰 마트에 들를 수도 있을지 몰라요."

"주유소에서 그런 일이 있었으니, 과연 인디를 설득해서 어딘가에 세울 수 있을지 의문이에요." 프랜시가 말했다. "그런데 방금 '당신도 알겠지만' 다음에 하려던 말이 뭐예요?"

"네? 아, 아무것도 아니에요. 그냥 뭐든 잘못될 수 있다는 이야기였어요. 당신의 드레스처럼 말이에요. 의도와 상관없이, 당신은 경찰의 눈에 잘 띄는 드레스를 입고 있고, 그 주유소의 점원은 평소와 달리 계산대를 비워두고 사라졌잖아요."

"인디는 당신의 희망대로 샛길로만 갈 생각이 없는 것 같아요." 프랜시가 앞유리창으로 보이는 고속도로 진입로 표지판을 가리키며 말했다.

"고속도로를 가로질러 지나가고 싶은 걸지도 모르죠." 웨이드가 희망적으로 말했다. 하지만 인디의 촉수는 고속도로로 올라가라고 지시했다.

"안 돼, 인디." 프랜시가 말했다. "우리는 좁은 길로 가야 해. 큰길로 가면 경찰이 너를 붙잡아서, 네가 가려는 곳으로 못 가게 할 거야. 그러니까 다음 출구에서 좁은 길로 나가야 해." 그러나 프랜시의 말은 전혀 효과가 없었다. 인디는 계속 서쪽을 가리켰다.

"괜찮아요." 웨이드가 고속도로로 올라가며 말했다. "고속도로에서 큰 마트를 찾을 가능성이 더 크거든요. 저거 보여요? 내가 뭐랬어요." 웨이드가 노란색 광고판을 가리키며 말했다. 그 광고판에는 32킬로미터 앞에 있는 썬더버드 마트에 들르라고 적혀 있었다.

프랜시는 웨이드가 고속도로를 이용해야 하는 상황을 왜 심각하게 걱정하지 않는지 의아했다. 고속도로에는 상대적으로 교통량이 많은데, 그중에는 특히 고속도로 순찰대에 연락이 가능한 무전기를 장착한 세미트레일러가 많다. 그리고 그들 중 많은 수가 경찰 무선을 청취하고 있다. 지금쯤 그들은 세리나 차에 대한 지명 수배 소식을 들었을 것이다.

그러나 웨이드는 썬더버드 마트의 광고판에만 온통 관심을 기울이고 있었다. "저것 봐요!" 웨이드가 청록색 보석이 박힌 은목걸이 사진과 '진품 터키석!'이라는 문구를 가리켰다.

"터키석 목걸이로 뭘 하게요?" 프랜시가 물었다.

"목걸이 말고요." 웨이드가 말했다. "그 밑에 봐요." 웨이드가 다음 광고판을 손가락으로 가리켰는데, 거기에는 '진품 인디언 모카신!'이라고 쓰여 있었고, 술 장식과 구슬이 달린 실내화 사진이 있었다. "맨 아래를 보세요."

"27킬로미터 전방?"

"아뇨, 그 옆에요. '관광버스 환영.'"

"관광버스를 훔칠 건가요?"

웨이드가 믿기지 않는다는 표정으로 프랜시를 쳐다보며 말했다. "아뇨, 우리가 왜 관광버스를 훔치겠어요?"

"더 큰 차량이 필요하다고 했잖아요."

"아뇨, 관광버스를 환영한다는 말은 저 마트의 공간이 크고 차들이 많다는 뜻이고, 이 차가 사람들의 눈에 잘 띄지 않을 거라는 의미예요."

'그건 인디가 납치할 사람들이 많다는 뜻이기도 하지.' 프랜시가 생각했다. '그러면 우리에겐 더 큰 보트가 필요할 거야.'

"그리고 마트가 크면, 번호판을 조작할 수 있는 덕트 테이프도 있을 거예요. 그리고 음식도." 웨이드가 말했다.

"외계인이 우리를 멈추게 하지 않을걸요." 라일이 뒷좌석에서 말했다. "그래서 저놈이 엔진을 개조한 거라고요. 그래야 우리가 휘발유를 주입하기 위해 멈추는 상황을 이용해 탈출할 수 없을 테니까!"

"쉿." 웨이드가 말했다. "인디, 우리가 저 앞에서 잠시 차를 멈춰야 해. 프랜시가 차는 연료가 없으면 움직이지 않는다고 말했던 거 기억하지? 그런데 인간도 연료가 필요해."

"저놈한테 그런 이야기하지 마!" 라일이 흥분해서 말했다. "저놈이 엔진에 했던 짓을 우리 내장에도 하면 어떡할 거야? 아니면 우리 배 속에 뭔가를 심으면? 영화 〈에이리언〉처럼."

"인디는 우리 몸에 아무것도 심지 않아." 프랜시가 말했다.

"말했듯이…" 웨이드가 인디에게 이어서 말했다. "인간도 연료가 필요해. 음식이라는 건데, 그게 없으면 인간은 작동하지 않아. 알겠지?" 웨이드가 운전대에서 한 손을 떼 다음 광고판을 가리켰다. 그 광고판에는 프랜시의 침샘을 자극하는 베이컨과 달걀이 담긴 접시 사진이 있었다. "음식."

인디의 유일한 반응은 촉수로 앞유리창을 쿡쿡 찌른 것뿐이었다.

"당신이 설득해봐요, 프랜시." 웨이드가 말했다. "인디에게 음식을 구하기 위해 마트에 들러야 한다고 말해줘요. 보세요, 저 위에 아이스크림 사진이 담긴 광고판이 있으니까 이용해보세요."

"네, 그런데 '아이스크림, 10센트'라고 적혀 있네요." 프랜시가 말했다. "저 광고판은 50년은 됐을 거예요. 소필로테처럼 유령 마을이 아니라, 아직 영업 중인지 어떻게 알아요?"

"유령 마을은 아니에요." 웨이드가 다음 광고판을 가리켰다. 거기에는 '와이파이 무료'라고 적혀 있었다. "아직 영업 중이에요."

"하지만 주유소처럼 텅 비어 있으면 어떡할 거예요?" 라일이 물었다. "외계인에게 전부 납치당한 거라면요? 아니면 〈우주 전쟁〉에서처럼 다 죽여버렸으면?"

"그러면 신발값은 안 내도 되겠네." 웨이드가 대답했다. 그리고 프랜시에게 말했다. "인디에게 차를 세워야 한다고 말해줘요. 나보다 당신의 말을 잘 이해하는 것 같으니까요."

프랜시는 자신이 없었지만, 그래도 말했다. "인디, 우리가 음식을 먹지 못하면 너를 도와줄 수 없어. 네가 가고 싶어 하는 곳으로 태워다줄 수 없어."

프랜시가 핫도그 사진이 있는 다음 광고판을 가리켰다. "인간 음식."

반응이 없었다.

"우리는 멈춰야 해. 우리는 음식을 먹어야 해." 프랜시가 말했다. 다음 광고판에 피자 한 조각 같은 게 있길 바랐지만 그렇지 않았다.

그 광고판에는 나바호족의 냄비 사진과 '진품 인디언 도자기'라는 글이 적혀 있었고, 다음 광고판에는 '불꽃놀이!'라고 적혔다. 그 뒤로 카치나 인형, 카우보이 부츠, 66번 국도 기념품, 깨끗한 화장실을 알리는 광고판이 연이어 등장했다. 마트까지 1킬로미터가 남았을 때, 마침내 김이 모락모락 나는 커피잔 사진이 있는 광고판이 프랜시의 눈에 들어왔다. 엄밀히 말해 커피는 음식이 아니었지만, 음식이어야만 했다.

"음식!" 프랜시가 말했다. "제발 멈춰!" 그래도 인디가 반응을 보이지 않자, 프랜시가 계속 말했다. "도망치거나 다른 사람과 연락하지 않겠다고 약속할게. 우리는 먹을 것만 구하면 돼." 인디가 촉수를 움직여 마트로 들어가는 갈림길을 가리킨 것을 보면, 프랜시의 절박함이 전달된 게 분명했다. 그 길의 옆에는 거대한 화살표 그림과 함께 '어서 오세요!'라는 문구가 적힌 광고판이 있었다.

웨이드는 인디가 마음을 바꾸기 전에 갈림길로 빠졌다. "당신은 천재예요." 웨이드가 마트로 향하는 길로 들어서며 말했다. "당신에게 키스라도 해줄 수 있을 것 같아요! 인디가 설득될 거라고는 생각도 못 했어요."

웨이드가 주차장에 차를 세웠다. 그의 짐작이 옳았다. 썬더버드 마트는 평평한 지붕 위에 커다란 썬더버드 카치나가 세워진 거대한 붉은색 건물이었는데, 건물 앞에 십여 대의 주유기가 있고, 승용차, 캠핑카, 관광버스가 표시된 넓은 주차장이 있었으며, '황금 카지노의 도시'라고 새겨진 버스에서 노인들이 내리고 있었다.

하지만 그 버스와 기름을 넣고 있는 세미트레일러, 그리고 마트 앞에 주차된 두 대의 차량을 제외하고는 그 넓디넓은 주차장이 텅 비어 있었다. 웨이드는 마트의 옆문 앞에 차를 세웠다. "이게 좋은 아이디어라고 생각하세요?" 프랜시가 버스 승객들을 가리키며 말했다. 버스에서 내린 노인들도 그 옆문으로 향하는 것 같았다. "인디가 붙잡을지도⋯."

"당신 말이 맞아요." 웨이드가 말했다. 그리고 차를 마트의 앞문과 옆문 중간 지점으로 옮겼다.

웨이드가 차의 시동을 껐다. "자, 이제 난 먼저 들어가 음식을 좀 사고, 당신이 눈에 띄지 않게 입을 만한 게 있는지 알아볼게요. 그 후 당신이 들어가 화장실을 쓰세요."

"나도 같이 갈래요." 라일이 말했다. 웨이드가 반대하자, 라일이 말했다.

"나도 화장실에 가야 한다고요."

"알았어. 함께 들어가자." 웨이드가 말했다. 그러고는 버스의 노인들이 건물로 들어가고 있는 주차장의 맨 끝을 바라본 후 차의 문을 열었다. "최대한 빨리 다녀올게요, 프랜시." 웨이드가 차에서 내렸다.

그 순간 촉수가 튀어 나가 웨이드의 손목을 움켜잡았다.

7장

"지구에 오신 것을 환영합니다."

— 〈인디펜던스 데이〉

"이번엔 또 뭐야?" 웨이드가 당황한 얼굴로 프랜시를 바라보며 말했다.

"인디는 주유소 사건 이후로 우리를 믿지 않아요." 프랜시가 말했다. "인디, 웨이드 씨를 놔줘야 안으로 들어가서 음식을 가져올 수 있어." 하지만 인디는 촉수를 풀지 않았다.

"웨이드 씨는 도망치려는 게 아니야. 내가 약속할게." 프랜시가 말했다.

인디는 촉수를 더 조였다.

"인디가 나는 마트 안으로 들어가게 해줄 거예요." 프랜시가 말했다.

웨이드가 고개를 저었다. "안 돼요. 그 드레스는 눈에 너무 잘 띄어요." 웨이드가 인디에게 말했다. "알았어. 인디, 함께 가자. 하지만 나를 차로 끌어당기면 안 되고, 촉수 하나만 가야 해."

"그렇지만 차 문을 열어놓을 순 없어요." 프랜시가 말했다. 그러자 인디가 웨이드의 손목을 놓더니, 창문을 통해 촉수를 내밀어 다시 붙잡았다. 이 모든 과정이 번개 같은 속도로 이루어졌다. 프랜시는 웨이드가 곧장 마트로 들어갈 거라 예상했지만, 그는 생각에 잠긴 얼굴로 인디를 바라보고 있었다.

"인디는 우리가 하는 말을 알아듣는 게 분명해요. 아니면 적어도 당신이 하는 말은요." 웨이드가 말했다.

"그 말은 사람들의 신체를 조사하고, 해체하는 얘기는 그만하는 게 낫다는 뜻이야, 라일." 프랜시가 말했다.

라일이 차에서 내리자, 인디가 즉시 창문으로 다른 촉수를 내밀어 그의 손목에 감았다.

"나한테는 너무 눈에 띈다면서요." 프랜시가 두 사람을 향해 말했다. "외계인 촉수를 손목에 감고 마트에 들어가면 안 돼요." 그런데 그들이 옆문으로 걸어가자, 촉수가 낚싯줄처럼 가늘게 변해서 보이지 않게 되었다. 프랜시는 그들이 마트로 들어가며 문을 닫으면 어떻게 될지 걱정됐지만, 문제가 되지 않을 게 분명했다. 낚싯줄은 문 밑으로 깔릴 수 있을 정도로 가늘었고, 카지노 버스에서 내려서 이제 그 문에 도착한 노인들이 밟아도 까딱없을 정도로 튼튼했다.

'사람들이 발에 걸려 넘어지지 말아야 할 텐데.' 프랜시가 생각했다. 그러나 노인용 보행기를 짚고 걸어가는 노인도 아무 일 없이 촉수 위를 지나갔고, 덩치가 큰 곱슬머리 할머니도 별 탈 없이 지나갔다.

프랜시는 그 뒤로 사람들이 줄지어 들어가는 모습을 지켜봤다. 하와이 셔츠를 입은 마른 대머리 할아버지, 파란색 양복에 휴스턴 애스트로스의 야구 모자를 쓴 할아버지, 날염된 실내복을 입고 금속편으로 장식된 주사위 두 개를 새긴 밀짚모자를 쓴 자그마한 백발 할머니.

정부 로고가 새겨진 황갈색 차량이 주차장으로 들어왔다. 그리고 잠시 후 카키색 제복을 입고 선글라스를 쓴 두 남자가 차에서 내려 프랜시를 향해 걸어왔다.

'아, 안 돼.' 프랜시가 생각했다. 그들이 차 옆을 지나 마트 옆문으로 갈 때, 프랜시는 인디를 밀어서 바닥으로 떨어뜨리고 자신도 몸을 낮췄다. '고속도로 순찰대거나 이민세관집행국 요원들일 거야.' 프랜시는 웨이드와 라일이 노란 썬더버드 마트 봉지를 들고 옆문으로 나오는 모습을 보고 안심했다.

"당신 옷이에요." 웨이드가 풀이 죽은 목소리로 말했다.

"무슨 일이에요?" 프랜시가 물었다. "번호판을 위장할 덕트 테이프는 없던가요?"

"네." 웨이드가 대답했다. "그리고 지도도 없었어요. 점원은 내가 무슨 말을 하는지도 못 알아듣더라고요. 나한테 왜 휴대폰을 사용하지 않느냐고 묻더라니까요. 내가 찾을 수 있는 지도라고는 '뉴멕시코에서 할 수 있는 재미있는 일'이라는 이 어린이용 지도뿐이었어요." 웨이드가 봉지에서 지도를 꺼냈다.

"음식은 어땠어요? 음식을 팔던가요?"

"네. 하지만 라일 때문에 못 샀어요. 라일이 남자 화장실 거울에 비누로 '도와주세요! 외계인에게 납치됐어요!'라고 쓰고 있는 걸 잡았거든요. 다른 짓을 하기 전에 마트에서 끌고 나올 수밖에 없었어요." 웨이드가 라일을 뒷좌석에 밀어 넣었다.

"외계인들이 지구를 점령하는 꼴을 가만히 서서 보고 있지는 않을 거야!" 라일이 말했다.

"라일 묶어, 인디." 웨이드가 외계인에게 지시했다. "프랜시, 옷 갈아입어요." 웨이드가 봉지를 가리켰다.

"잠깐만요. 당신이 나오기 직전에 경찰 몇 명이 안으로 들어가는 걸 봤어요." 프랜시가 말했다.

"나도 봤어요." 웨이드가 말했다. "그 사람들은 경찰이 아니라 국경 순찰대예요. 그들이 찾는 건 외계인이 아니라 외국인이죠."

"하지만 우리에 대한 수배가 내려져 있다면, 그들도 통보받지 않았을까요?"

"그럴 수도 있겠네요." 웨이드가 말했다. "그러니까 그들이 그 신부 들러리 드레스를 발견하기 전에 갈아입으세요."

"신부 들러리…." 프랜시가 무심하게 말하며 봉지를 열었다. 봉지 안에는 짧은 데님 반바지와 핫핑크 탱크톱, 구슬 장식이 달린 청록색 모카신 한 켤레가 들어 있었다.

"그 신발 말고는 낚시용 장화와 슬리퍼뿐이었어요." 웨이드가 미안한 표정을 지으며 말했다. "그런데 우리가 다시 사막으로 가게 된다면…."

프랜시가 탱크톱을 꺼냈다. 모조 다이아몬드가 박힌 비행접시 그림과 '외계인에게 납치됐는데, 내가 가진 거라곤 이 끔찍한 탱크톱뿐이야'라는 문구가 적혀 있었다.

"이게 내 드레스보다 눈에 덜 띈다고 생각하세요?"

"네. 실제로 외계인에게 납치된 사람은 그런 옷을 입고 돌아다니지 않을 테니까요. 스카프도 하나 사 왔어요. 그걸로 머리를 뒤로 묶으면 실종자 인상착의와 달라질 거예요." 웨이드가 말했다. 프랜시가 드레스를 벗지 않자 물었다. "뭘 기다리세요? 갈아입어요."

"거기서 멍하니 서서 쳐다보고 있는데, 갈아입으라는 건가요?" 프랜시가 말했다. "가서 먹을 거나 사와요. 라일도 데려가고요."

"그래서 라일이 국경 순찰대에게 '도와주세요!'라고 외치도록 놔두라고요? 말도 안 돼요." 하지만 프랜시가 계속 노려보자, 웨이드가 말했다. "인디에게 라일의 눈을 가리라고 하면 어떨까요?"

"안 돼요. 국경 순찰대가 나와서 라일을 보고 무슨 일이냐고 물어보면 어떡해요?"

"알았어요." 웨이드가 말했다. "하지만 서둘러요. 여기서 나가야 하니까요. 인디, 라일을 풀어줘." 웨이드가 차로 와서 라일의 문을 열었다. "다시는 도망칠 생각하지 마. 안 그러면 인디에게 말해서 널 영원히 묶어버릴 거야." 웨이드가 라일을 차에서 끌어 내렸다. 인디가 다시 라일의 손목에 촉수를 감았다. 웨이드가 라일의 팔을 꽉 붙잡고 마트 옆문으로 향했다.

그들이 마트로 향하자마자, 프랜시가 드레스를 벗으려고 팔을 등 뒤로 돌렸다. 지퍼에 손이 닿지 않았다. 뒷목의 지퍼가 너무 낮은 탓이었다. 프랜시가 옆으로 손을 뻗어봤지만, 여전히 닿지 않았다.

"웨이드, 잠깐만요!" 프랜시가 열린 창문을 통해 외쳤다. "지퍼 좀 내려줘요." 웨이드가 돌아오자, 프랜시가 앉은 채로 몸을 틀어 그를 향해 등을 돌리고, 뒷목에서 머리카락을 들어 올렸다.

웨이드가 창문으로 몸을 넣었다. "엉뚱한 생각 마, 인디." 웨이드가 프랜시의 지퍼를 내렸다. "됐어요. 더 필요한 건 없나요?"

"없어요." 프랜시가 머리카락을 내리며 말했다. "가세요."

웨이드가 라일의 팔을 다시 붙잡고 마트 옆문으로 사라졌다. 그들의 뒤로 카지노 버스를 타고 온 승객 몇 명이 더 들어갔다. 프랜시는 그들이 보행기를 짚으며 모두 마트 안으로 들어갈 때까지 기다렸다가, 재빨리 주위를 둘러보고 다른 차량이 들어오는지 확인한 후, 탱크톱을 집어 들고 어깨 위로 드레스를 벗었다.

그때 촉수가 회오리바람처럼 몰아치며 프랜시의 어깨와 목을 마구 때렸다. 프랜시는 갑작스러운 공격을 받고 깜짝 놀랐다.

"인디! 왜 그래…? 그만!" 프랜시가 본능적으로 손을 들어 인디의 채찍을 막으며 말했다. "뭐 하는 거야?" 하지만 인디는 프랜시의 말을 듣지 않았다.

인디가 막무가내로 격렬하게 휘두른 촉수가 사방으로 날아다니며, 따가운 채찍이 되어 몰아쳤다. "인디, 뭐가 문제야?" 프랜시가 소리치며, 드레스를 잡아당겨 철썩철썩 때리는 촉수로부터 얼굴과 몸을 보호하려 애썼다.

'납치당한 사람들이 외계인한테 신체를 조사당했다고 생각하는 게 당연해.' 프랜시가 생각했다. 라일이 이 상황을 보지 않은 게 다행이었다.

"왜 이래?" 프랜시는 인디의 주의를 끌기 위해 촉수를 붙잡으려 애쓰며 소리쳤다. "무슨 일인지 말해줘. 어디 아프니? 다쳤어? 뭔가 무서운 걸 본 거야? 괜찮아! 아무도 널 해치지 않아!"

그러자 인디는 더욱 광란의 몸부림을 쳤고, 덩굴손들이 서로 감기며 엉키고 얽혔다. 인디는 말 그대로 스스로 매듭을 묶고 있었다. 불쌍한 녀석. '오, 맙소사.' 프랜시가 생각했다. '아까 방울뱀에 물린 것 때문에 이제 죽어가고 있는 거야!'

"그 뱀이 너를 물었어? 어디에 물린 거야?" 프랜시가 말하며, 날아다니는 촉수를 보려고 애쓰다가, 문득 촉수들이 무작위적으로 움직이는 게 아니라는 사실을 깨달았다.

촉수들은 프랜시의 가슴과 드레스를 겨냥하고 있었다. 인디는 미친 듯이

드레스 윗부분을 끌어 올리고, 벌어진 지퍼의 양쪽을 잡아 붙이려고 밀었다. 지퍼가 다시 벌어지자 촉수로 감싸서 제자리에 붙잡아두려 했다.

'인디는 드레스를 다시 입히려는 거야.' 프랜시가 생각했다. 그리고 약간 히스테릭하게 생각했다. '제발 이 끔찍한 드레스를 좋아한다고 말하지 말아줘. 난 지금껏 네가 앞선 문명에서 왔다고 생각했단 말이야.'

"알았어, 알았다고. 다시 입을게." 프랜시가 말했다. 그리고 드레스에 팔을 다시 집어넣으려 했지만, 인디가 촉수를 미친 듯이 움직이며 프랜시의 손에서 드레스의 몸통 부분을 빼앗아 몸에 밀어대서 도저히 입을 수가 없었다.

"인디, 네가 옷을 놓지 않으면 내가 다시 입을 수 없어." 프랜시가 인디의 촉수에서 드레스의 몸통 부분을 잡아빼며 말했다.

인디는 촉수를 사방으로 휘저으며 드레스의 천을 프랜시의 피부에 다시 붙이려고 필사적으로 노력했다.

'오, 맙소사!' 프랜시가 갑자기 깨달았다. '인디는 이 드레스가 내 몸의 일부라고 생각하는 거야.'

인디는 지금까지 프랜시가 드레스를 입고 있는 모습밖에 못 봤다. 그래서 드레스가 프랜시의 일부분이며, 피부가 벗겨진 것으로 생각한 것이다. "아니야, 인디. 아니야." 프랜시가 말했다.

"이것은 내 피부가 아니야. 이건 그냥 드레스야. 난 안 다쳤어. 괜찮아. 이건 내 옷이야."

인디는 아직도 프랜시의 가슴에 드레스의 몸통 부분을 다시 붙이려 애쓰며, 양쪽에서 덩굴손으로 감아 드레스를 프랜시에게 묶으려 했다.

'인디는 옷이라는 걸 본 적이 없는 게 틀림없어.' 프랜시가 생각했다. "이건 옷이야. 우리는 옷을 입어." 프랜시가 인디에게 보여줘야 했다. 그래서 탱크톱과 데님 반바지를 들어 올렸다. "봤지? 옷이야."

아무런 반응이 없었다. 인디는 프랜시에게 드레스를 다시 입힐 수 없다는 괴로움 때문에, 스스로 촉수를 얼기설기 엮어서 매듭을 지었다.

인디는 프랜시가 말하려는 관련성을 이해하지 못한 게 분명했다. 그런데 옷을 처음 본 인디가 이 상황을 어떻게 이해할 수 있겠는가. 탱크톱과 반바지는 드레스와 전혀 다르게 생겼다. 그리고 프랜시에게는 인디에게 보여줄 다른 드레스가 없었다.

웨이드의 더플백. 웨이드가 입고 있는 셔츠와 비슷한 다른 셔츠를 보여주면, 인디는 웨이드가 입었던 옷이라는 것을 알아보고 관련지어 이해할지도 모른다. 프랜시는 더플백을 집어 들고 지퍼를 열어 뒤지기 시작했다.

그래, 다행히 셔츠가 있었다. 웨이드가 마트에 들어갈 때 입은 옷과 똑같았다. 프랜시가 그 셔츠를 꺼내서 인디가 날리는 촉수를 막아내며 티셔츠를 보여주었다. "봤지? 옷이야. 이건 웨이드의 피부가 아니야. 옷이라고. 우리 몸의 일부가 아니야. 서로 다른 거야."

인디는 휘몰아치는 촉수를 멈추지 않았다. 하지만 셔츠의 소매를 만져보기 위해 앞으로 촉수를 뻗었다. 그리고 채찍질이 조금 느려지는 것 같았다.

"그래, 이건 웨이드의 셔츠야. 옷이라고." 프랜시가 치마를 만졌다. "그리고 이건 내 드레스야. 내 옷. 우리가 옷을 입는 건…." '아냐, '다치지 않게 보호하기 위해서'라는 말은 하지 않는 게 나을 것 같아.'

"몸을 덮기 위해서야." 프랜시가 말을 맺었다. "그리고 더러워졌기 때문에 벗는 거야." (웨이드의 셔츠는 완벽하게 깨끗해 보이긴 했지만.) "다른 옷을 입고 싶어서 벗기도 해."

인디가 채찍을 마구 휘두르던 짓을 멈추더니, 드레스의 몸통 부분을 놓고 탱크톱을 만지기 시작했다.

"우린 상황에 따라 다른 옷을 입어." 프랜시가 드레스를 엉덩이까지 끌어내리고 몸을 이리저리 움직여 벗은 후 손에 들고 말했다. "봐, 난 안 다쳤어. 난 괜찮아. 이게 내 몸이야." 프랜시는 자기 몸통의 맨살을 가리키며 말하고, 드레스를 가리켰다. "이건 옷이야."

프랜시는 굽이 높은 샌들을 벗어서 가리킨 다음, 자신의 맨발을 가리켰다. "이건 옷, 이건 몸."

프랜시는 속옷까지 이야기하지는 않았다. 지금은 그 이야기까지 할 시간이 없었다. "이 옷은…." 프랜시가 인디에게 드레스를 내밀며 말했다. "결혼식에 갈 때 입는 옷이야. 그리고 이 옷은⋯." 탱크톱과 반바지를 들어 보이며 말했다. "너와 함께 차를 타고 갈 때 입는 옷이야."

프랜시가 반바지를 입었다. 터무니없이 짧고 꽉 끼었다. '인디가 옷을 피부라고 생각하는 것도 당연해.' 프랜시가 핫핑크 탱크톱으로 손을 뻗으며 생각했다. 탱크톱도 반바지만큼이나 꽉 끼고 너무 짤막했다. 차라리 웨이드의 셔츠를 입는 게 나을 것 같았다. 그러나 인디가 겉으로는 자신의 설명을 이해하는 것처럼 보이더라도 감히 시도하기는 힘들었다. 인디가 또 무엇을 이해하지 못했을지 어떻게 알겠는가? 어쩌면 인디는 프랜시가 웨이드로 변했거나, 웨이드를 잡아먹었다고 생각할지도 모른다.

프랜시는 웨이드의 셔츠를 더플백에 다시 넣고 신발로 손을 뻗다가 멈췄다. 인디의 거친 채찍질이 다시 시작되었기 때문이었다.

'아, 이번엔 또 뭐지?' 프랜시가 생각했다. 이번에 촉수를 휘두르는 것은, 인디가 당황했을 때 촉수를 휘두르다가 얽힌 매듭을 풀려는 시도라는 사실을 프랜시가 알아차렸다. 하지만 인디의 시도는 효과가 없었다. 오히려 상황을 악화시킬 뿐이었다.

"하지 마." 프랜시가 신발을 내려놓고, 인디를 무릎 위로 끌어당기며 말했다. "자, 어디 보자."

인디의 촉수는 어찌할 수 없을 정도로 얽힌 상태였다. "내가 풀어줄게. 가만히 있어." 프랜시가 가장 큰 매듭을 붙잡고 덩굴손을 조심스럽게 풀었다. 가끔 세게 당길 때마다 인디가 움찔하는 것을 보면, 촉수가 인디의 몸의 일부분이라는 사실은 의심의 여지가 없었다. 그러나 인디는 아무런 소리도 내지 않았다.

'인디는 소리를 낼 수 없는 게 분명해.' 프랜시가 생각했다. 만일 인디가 소리를 낼 수 있었다면, 프랜시가 옷을 벗었을 때 틀림없이 비명을 질렀을 것이다. 인디는 그때 분명히 히스테리를 일으켰었다. 하지만 채찍질하는 촉수가 공기를 가르는 휭휭 소리와 프랜시의 피부를 철썩 때리는 소리 외에는 아무런 소리도 내지 않았다. '그러면 인디는 우리와 어떤 방식으로 의사소통을 할 수 있을까?'

매듭을 다 푸는 데 몇 분이 걸렸다. "자, 다 끝났어." 프랜시가 말했다. 먼저 더플백에 있는 웨이드의 셔츠 위에 드레스와 하이힐을 넣었다. 그리고 웨이드가 사다준 분홍색 스카프를 집어 들었다. 프랜시가 뒷머리를 묶자, 그 즉시 인디가 다시 퍼덕거리기 시작했다.

"아냐, 아니야." 프랜시가 말했다. "그만 해!" 프랜시는 머리카락을 가리켰다. "몸." 스카프를 인디에게 내밀며 말했다. "옷. 알겠어?"

이해하지 못한 게 분명했다. 프랜시는 다시 인디에게 장황한 설명을 늘어놓아야 했다. 그 과정이 너무 오래 걸려서, 웨이드가 차 문을 열 때까지도 프랜시는 머리를 묶고 있었다.

웨이드는 햄버거 봉지와 음료를 받친 종이 쟁반을 들고 있었다. "옷 입는 데 왜 이렇게 오래 걸렸어요?" 웨이드가 음료를 건네며 말했다.

"다 이야기하자면 길어요." 프랜시가 스카프를 묶으며 말했지만, 웨이드는 듣지 않았다. 그의 눈은 열린 더플백을 보고 있었다.

"내 가방으로 뭘 한 거예요?" 웨이드가 물었다.

"국경 순찰대에게 납치 방지 보험을 팔고 있었어요. 어떻게 생각하세요?" 프랜시가 대답했다. "인디에게 옷이라는 개념을 설명하느라 가방을 열었어요. 내가 드레스를 벗으려고 했을 때 인디가 기겁했거든요. 내가 피부를 벗기거나 자해 같은 걸 한다고 생각하는 것 같았어요."

"아…." 웨이드가 말했다. "라일, 외계인이 소를 절단한다는 네 가설도 이렇게 날아갔네." 웨이드가 프랜시 너머로 손을 뻗어 더플백의 지퍼를 잠갔다. "당신이 마트에 갈 차례예요. 당신이 없는 동안 라일과 나는 번호판에 뭘 할 수 있을지 볼게요."

"결국 덕트 테이프가 있던가요?"

"아뇨. 하지만 마스킹 테이프와 매직펜이 있었어요. 화장실에 가려면 서두르는 게 좋아요." 웨이드가 문으로 향하는 두 백발 여성을 고갯짓으로 가리켰다.

프랜시가 고개를 끄덕이고, 웨이드가 사 온 신발을 신으려 허리를 굽혔는데, 라일이 입을 헤 벌리고 탱크톱을, 아니 탱크톱이 가리지 못한 부

분을 응시하는 모습이 눈에 들어왔다. "돈 좀 줘요." 프랜시가 웨이드에게
말했다.

"왜요?"

"내 몸에 맞는 탱크톱을 사려고요."

"우리에겐 시간이 없어요." 웨이드가 말했다. "게다가, 그나마 그 옷이
그중 가장 나았어요. 다른 옷은 죄다 '나를 올라타요, 카우보이' 같은 게 쓰
여 있거든요."

"그러겠죠." 프랜시가 말하며, 돈을 달라고 손을 내밀었다.

웨이드가 프랜시에게 20달러를 건넸다. "이제 가세요."

프랜시가 갔다. "아무튼 멋져요." 웨이드가 프랜시가 가는 방향을 보며
소리쳤다. "화장실은 카우보이 부츠를 지나 건물 저쪽 구석에 있어요. 그
리고 당신이 샤워할 때까지 기다릴 시간이 없어요."

'어디서 샤워를 한다는 거야? 화장실 세면대에서?' 프랜시는 빠른 걸음
으로 뜨거운 포장도로를 가로지르며 생각했다. 그런데 프랜시가 다쳤을까
봐 인디가 공황 상태에 빠져 허둥거리며 걱정하던 일과, 엉켰던 촉수를 다
시 풀어주며 보낸 짧은 시간 때문에, 이제 인디가 프랜시를 신뢰한다고 생
각했다면 착각이었다. 마트의 문까지 채 절반도 가기 전에 매듭이 풀린 덩
굴손 하나가 뛰어나와 프랜시의 손목을 감아쥐었다.

하지만 촉수는 프랜시가 입고 있는 옷보다는 눈에 잘 띄지 않았다. 프
랜시가 인디에게 붙잡히지 않은 손으로 할머니들을 위해 문을 잡아주었지
만, 할머니들은 못마땅한 표정으로 쳐다볼 뿐이었다. 그리고 할머니들이
버스를 놓치지 않으려면 서둘러야 한다는 이야기를 나누다가 "요망한 년!"
이라고 작게 말하는 소리를 분명히 들었다.

할머니들은 전혀 서두르지 않았다. 프랜시가 문을 붙잡고 있는 동안 할
머니들이 아주 천천히 문을 통과했다. '빨리, 빨리.' 프랜시가 화장실 표지
판을 간절한 눈으로 바라보며 생각했다. 웨이드는 나바호 담요와 구슬이
장식된 벨트, 전미 총기협회 범퍼 스티커, 그림엽서, 장난감 활과 화살 세
트, 카우보이모자, 붉은 고추를 주렁주렁 달아놓은 줄, 마노로 만든 책꽂

이 가게들이 가득한 복도를 가로질러 지나야 한다고 말해주지 않았다. 방울뱀 재떨이와 방울뱀 가죽 부츠, 여행용 방울뱀 머그잔, 방울뱀 크리스마스 장식물은 말할 것도 없다. 하지만 다행히 화장실로 가는 방향에는 버스에서 내린 세 할머니 외에 아무도 없었다.

프랜시는 할머니 한 명을 알아봤다. 주사위가 그려진 밀짚모자를 쓴 작은 할머니였다. 그 할머니는 금속편으로 장식된 카드 그림과 '오늘 밤 행운의 아가씨가 되세요'라는 슬로건이 적힌 토트백을 들고 있었고, 가슴 부분에 '라스베이거스가 아니면 죽음을'이라는 구호가 적힌 티셔츠를 입은 다른 할머니와 이야기를 나누고 있었는데, 그 할머니는 옷 선반들 사이를 지나 화장실이라고 적힌 문을 향해 걸어가고 있었다.

'저 많은 옷 중에는 이 탱크톱보다 나은 옷이 있을 거야.' 프랜시가 생각했다. 하지만 먼저 해야 할 일이 있었다. 프랜시는 화장실로 가는 가장 빠른 길, 혹은 인디의 구속띠를 고려했을 때 가장 빠른 길로 나아갔다. 아메리카 원주민의 선캐처나 롱혼 벨트 버클에서 시간을 끌고 싶지 않았다. 원통형 불꽃놀이 제품에서도. 이 마트에는 방울뱀 기념품보다 불꽃놀이 제품이 훨씬 더 많았다.

그런데 인디의 촉수가 손목에 단단히 묶여 있는데도, 모퉁이를 돌고 옷가게 사이를 지나는 동안 덩굴손이 여유 있게 늘어나 마치 전혀 묶이지 않은 것처럼 움직일 수 있었다.

프랜시가 마침내 화장실에 도착했다. 수 킬로미터는 걸어간 것 같았다. 여자 화장실이라고 표시된 문 옆에 샤워실이라고 적힌 문이 있었다. 그제야 웨이드의 말이 이해됐다. 그의 말에도 불구하고, 프랜시는 잠시 그곳에 서서 비누로 간단히 씻고 헹구기만 하는 식으로 최대한 빠르게 샤워하는 건 어떨지 계산했다.

'아냐, 괜히 위험을 감수하지 말자.' 프랜시가 결심했다. 인디의 촉수에 물이 닿으면, 프랜시가 옷을 벗었을 때처럼 기겁할지도 모를 일이었다. 아니면, 라일이 이야기했던 영화 속의 외계인처럼 인디에게 물이 독이 될 수도 있었다. 게다가 젖은 채로 이 짧은 옷들을 다시 입을 수 있을지도 확실치 않았다. 거기에 더해, 프랜시는 샤워한 후 새 티셔츠를 살 시간이 없었다. 이보다 덜 꼴사나운 반바지도.

프랜시는 화장실에서 볼일을 마친 후, 방울뱀 구역을 서둘러 지나 옷 가게로 갔다. 티셔츠들을 뒤적거리며 몸을 좀 더 가릴 수 있고, 지금 입고 있는 옷보다 덜 야한 옷을 찾기 시작했다.

프랜시는 웨이드에게 사과해야 할 것 같았다. 프랜시가 발견한 모든 셔츠는 지나치게 화려하거나 외설적이었는데, 많은 경우 둘 다였다. 게다가 형광색에 모조 다이아몬드가 박혀 있거나, 남부 동맹 깃발이 새겨져 있거나, 공격하는 방울뱀이 그려져 있거나, 자동 소총이 그려져 있었다. 그리고 웨이드가 말했던 '나를 올라타요, 카우보이!', 그리고 '할리 데이비슨 여자들은 오토바이 위에서 한다', '섹시한 아가씨', '하룻밤 사이에 완전히 감춰야 한다면 ― 맨 인 블랙'이 있었다.

하와이 셔츠도 두 줄이 있었는데, 별로 나은 건 없었다. 그 셔츠들에 그려진 맥주병, 나체 여성, 사냥칼, 좀비 등 그 어떤 것도 인디에게 설명하고 싶지 않았다. 그리고 그 옷들 너머의 옷걸이에는 할리 데이비슨 민소매 검은 가죽 재킷이 잔뜩 있었다.

분명히 어딘가에는 다른 셔츠가 있을 것이다. 프랜시가 가게 앞쪽을 살펴보다가, 경찰관 두 명이 문 바로 안쪽에 서서 주변을 둘러보는 모습이 눈에 들어왔다. 그 두 사람은 국경 순찰대원이 아니었다.

프랜시는 티셔츠와 카우보이모자를 아무거나 집어 들고, 탈의실이라고 적힌 문으로 향하다가, 주사위가 그려진 밀짚모자를 쓴 백발의 할머니와 마주쳤다.

"내가 아가씨의 의견을 좀 물어봐도 될까요?" 할머니가 프랜시를 선인장이 가득한 판매대로 데려가며 말했다. "어떤 걸 사야 할지 모르겠어요." 할머니가 선인장 두 개를 집어 들었다. "어떤 게 더 좋아 보여요?"

"전 모르겠어요." 프랜시가 말했다. 경찰관들과 두 사람 사이에 높은 선글라스 진열대가 서 있었다. 프랜시는 얼굴을 가릴 수 있어서 감사했다. 그리고 말을 걸고 있는 할머니도 자신을 숨겨줘서 고마웠다. 이렇게 다정하고 순진해 보이는 할머니와 함께 있는 사람을 누가 의심하겠는가?

프랜시가 인디에게 묶인 손을 자연스럽게 뒤로 감추며 말했다. "둘 다 좋아 보여요."

"그렇죠." 할머니가 말했다. "이건 꽃이 피었지만, 이건 천년초지요. 쥐의 귀처럼 크고 둥근 잎이 마음에 들어요. 가시만 없으면 좋을 텐데. 아가씨는 어느 쪽이 나은 것 같아요?"

"으음." 프랜시는 애매한 표정을 지으며, 선글라스 진열대를 슬쩍 돌아봤다. 경찰들이 아직도 문 옆에 서 있었다. 그중 한 사람이 다른 사람에게 뭔가를 말하더니, 두 경찰이 프랜시가 있는 방향으로 저벅저벅 걸어오기 시작했다.

"난 결정을 내리는 게 서툴러요." 할머니가 말했다. "다들 그렇게 말하지요. '율라 메이는 게임을 할 슬롯머신을 고르는 데만 한 시간은 걸려.' 그 친구들의 말이 맞아요. 내가 비교해볼 수 있게 그 선인장을 들고 있어볼래요?" 할머니가 물었다. 그리고 프랜시가 대꾸하기도 전에, 율라 메이는 프랜시가 들고 있던 티셔츠와 카우보이모자를 잡아채서 선글라스 진열대 옆에 내려놓고, 선인장 두 개를 들이밀었다.

'부디 할머니가 인디의 촉수를 알아채지 못하셔야 할 텐데.' 프랜시가 간절히 기도하며 선인장을 받았지만, 할머니는 선인장에 온 신경을 집중하고 있었다.

"이 화분이 더 마음에 드네요." 할머니가 눈을 가늘게 뜨고 선인장들을 바라보며 말했다. "그렇지만 색은 이게 더 마음에 들어요."

"그 사람들이 이쪽으로 갔어." 경찰 한 명이 말했다. 프랜시는 심장이 멎을 것 같았다. 옆문을 힐끗거리며 도망쳐야 할지 고민했지만, 프랜시의 양손에는 선인장이 있었고, 할머니가 도망갈 길을 막고 있었다. 인디의 촉수가 천년초의 가시에 설린다면…

"젠장, 놈들이 벌써 멀리 내뺐어." 다른 경찰관이 말했다. 프랜시의 심장이 다시 뛰기 시작했다. 경찰들은 프랜시가 아니라 화장실 쪽으로 가며, 율라 메이와 프랜시에게 눈길 한 번 돌리지 않고 지나쳤다.

율라 메이가 아직도 말을 하고 있었다. "그래서 친구들에게 천천히 결정하고 싶다고 했어요. 카지노에서처럼 말이에요. 난 카지노에 자주 가지만, 처음 본 슬롯머신에 바로 가서 앉지 않아요. 운이 좋은 기계인지 확인을 해야지요. 이 선인장들도 그렇게 천천히 고르고 싶지만, 내가 시간이 없네요. '15분 안에 돌아오지 않으면, 당신을 태우지 않고 떠날 거예요'라고 제리가 말했거든요. 제리는 우리 버스 운전사예요. 그 말은 허튼소리가 아니에요. 예전의 운전사 라울은 늘 모든 사람이 탑승했는지 확인하고, 빠진 사람이 있으면 기다렸지요."

경찰관들이 사라졌다. '그렇다면 경찰들이 다시 돌아오기 전에 나도 사라져야 해.' 프랜시가 생각했다. "할머니는 천년초를 사시는 게 맞을 것 같아요." 프랜시가 말했다. 촉수에 잡히지 않은 손에 들고 있던 게 천년초였기 때문에 그렇게 말했다.

하지만 율라 메이는 아직도 이야기하고 있었다. "라울은 어떤 노인들은 빨리 움직이지 못한다는 사실을 알고 있었기 때문에 그런 사정을 배려했지만, 제리는 그러지 않아요. 15분만 있다가 문을 닫고 가버린다니까요."

경찰이 곧 다시 나타날지 모른다. '경찰이 나를 발견하거나, 율라 메이 할머니가 내 손목에 묶인 촉수를 발견하기 전에 떠나야 해.' 프랜시가 손목을 내려다봤다가, 인디의 촉수가 더 이상 감겨 있지 않다는 사실을 알아채고 깜짝 놀랐다.

언제 사라진 걸까? 그리고 이건 무슨 의미일까? 인디에게 무슨 일이 생긴 걸까? 밖에 다른 경찰들이 있었나? 그 경찰들이 웨이드가 번호판을 바꾸는 모습을 본 걸까? 아니면 혹시 인디를 본 걸까?

"던 씨는 우리랑 항상 같이 가는 사람인데 전립선에 문제가 있어요." 율라 메이가 계속 말했다. "그래서 늘 화장실에서 오래 걸리는데, 지난주에 제리는 던 씨를 내버려두고 그냥 가버렸지 뭐예요. 그래서 던 씨는 택시를 타고 집으로 가야 했지요. 사회보장 수표를 절반이나 쓰고…."

"저는 가봐야겠어요." 프랜시는 선인장들을 율라 메이에게 불쑥 내밀고, 수 킬로미터에 달하는 상점들을 가로질러 옆문으로 쏜살같이 달려갔다. 만일 경찰들이 웨이드를 체포하려 하고, 인디가 경찰이 웨이드를 해친다고 생각해서, 촉수를 마구 휘둘러대면 어쩌지? 만일 경찰들이 총을 가지고⋯.

프랜시가 문을 밀어 열며 주차장으로 뛰어나갔다.

경찰은 흔적도 없었다.

차의 흔적도 없었다.

8장

"좀 더 큰 배가 필요하겠네요."

― 〈죠스(Jaws)〉

프랜시는 뜨거운 포장도로 위에서 내비게이터가 주차돼 있던 자리를 바라보며 한참 동안 서 있었다. 자동차가 사라질 리는 없었다. 하지만 사라졌다.

'나를 버리고 떠나버렸어.' 프랜시가 생각했다. 프랜시를 마트로 보낸 것은 함정이었고, 인디를 당국에 넘기지 않고 가려는 목적지에 도착할 수 있도록 도와주겠다던 웨이드의 말은 모두 속임수였다. 그리고 웨이드가 이 마트에 들른 것은 번호판을 위장하고 프랜시의 옷을 갈아입히기 위해서가 아니라, 프랜시를 버리고 인디를 로즈웰로 데려가 UFO 축제에 전시하려는 것이었다. 그래서 프랜시가 마트 안으로 무사히 들어가 인디의 촉수에서 벗어나자, 웨이드가 내비게이터를 타고 떠나버린 것이다.

하지만 그런 일이 일어나는 건 불가능했다. 프랜시는 인디의 촉수가 닿는 거리를 벗어나지 않았기 때문에 계속 묶여 있던 상태였다. 그리고 웨이드가 하는 짓을 인디가 봤다면, 그가 차를 몰고 떠나지 못하도록 막았을 것이다.

웨이드에게 무슨 일이 일어난 게 아닐까? 아니면 그들 모두에게. '국경 순찰대다.' 프랜시가 생각했다. 심장이 두근거리기 시작했지만, 국경 순찰대의 차는 원래 있던 자리에 여전히 주차되어 있었고, 두 순찰대원은 아직 마트 안에 있었다. 그리고 카지노 버스 승객들은 아무 일도 없었다는 듯 버스에 올라타고 있었다. 만약 노인들이 체포 장면을 봤다면, 이 주변에 서서 그 사건에 관해 이야기를 나누고 있지 않았을까?

어쩌면 국경 순찰대나 경찰이 알아보지 못하도록 웨이드가 건물의 다른 쪽으로 차를 몰고 갔을지도 모른다.

프랜시가 건물의 앞쪽으로 달려가 보니 고속도로 순찰대 차량에서 세 칸 떨어진 곳에 내비게이터가 주차되어 있었다. 웨이드는 대체 무슨 생각으로 저기에 세워둔 걸까? 경찰은 이제라도 건물에서 나올 수 있었다.

'여기를 떠나야 해.' 프랜시가 생각하며 차의 문을 활짝 열었다. "당신 때문에 깜짝 놀랐잖아요." 프랜시가 말했다. "내 생각에는….'

내비게이터에는 아무도 없었다. 웨이드가 사 온 음식 봉지가 아직도 뒷좌석에 그대로 놓여 있었다. 커피가 담겼던 종이 접시가 뒤집혀 있었고, 커피가 온 좌석에서 흘러내렸다.

'오, 안 돼.' 프랜시가 생각했다. 고속도로 순찰차가 한 대가 아니었나 보다. 경찰들이 그들을 연행해서 차에 태워 간 것이다.

하지만 어떻게? 인디는 저항하지 않고 순순히 잡혀갈 녀석이 아니었다. 인디는 우리를 잡을 때처럼 경찰들을 붙잡았을 것이다. 경찰이 총으로 인디를 쏘지 않았다면 말이다.

'하지만 그랬다면 내가 총소리를 들었을 거야.' 프랜시는 공황에 빠지지 않으려 애쓰며, 혼잣말을 했다. '아니면 사이렌 소리라도.'

프랜시는 차 안으로 몸을 집어넣어 무슨 일이 일어났는지 실마리를 찾았다. 시동 장치에 키가 없었다. 프랜시가 바닥과 앞좌석 아래를 확인했지만, 거기에도 키가 없었다. 웨이드가 차 키를 가져갔다는 뜻이었다.

하지만 더플백은 가져가지 않아서, 뒷좌석 바닥에 놓여 있었다. 가방의 지퍼가 반쯤 열려 있었다. 웨이드가 체포될 거라는 사실을 깨닫고 인디를 더플백에 숨긴 걸까? 프랜시는 차에서 더플백을 꺼내 보닛 위에 올려놓고 지퍼를 끝까지 열었다. 웨이드의 파란 셔츠는 가방 안에 있었지만, 프랜시의 들러리 드레스와 신발은 없었다. 경찰이 뒤진 게 틀림없었다. 그렇다면 인디가 더플백 안에 있을 리가 없었다. 하지만 아무튼 프랜시는 인디가 아래에 숨겨져 있는지 확인하기 위해 웨이드의 셔츠와 납치 방지 보험증서를 꺼냈다….

"아가씨? 아가씨?" 좀 전에 막 돌아 나온 건물의 모퉁이에서 목소리가 들려와서, 프랜시가 깜짝 놀라 고개를 들었다.

율라 메이였다. 어떤 선인장을 사야 할지 물어보던 할머니. 그 할머니는 '오늘 밤 행운의 아가씨가 되세요'가 적힌 토트백을 들고 있었으며, 프랜시에게 선인장을 건넬 때 가져갔던 티셔츠와 카우보이모자를 들고 있었다. "이걸 가게에 두고 갔어요." 할머니가 소리치며 잰걸음으로 차에 다가왔다.

"하, 아가씨를 찾아서 정말 기뻐요." 할머니가 숨을 몰아쉬며 말했다. "산 물건들을 놓고 갔더라고요."

'그 물건들은 내가 산 게 아닌데.' 프랜시가 당황했다. 서둘러 웨이드의 셔츠를 더플백에 다시 집어넣고 지퍼를 잠갔다. '이걸 받으면 절도죄로 체포될 수 있어.'

프랜시가 불안한 얼굴로 율라 메이 뒤쪽을 쳐다봤다. 성난 점원이 마트 모퉁이를 돌아오는 모습이 보일 것만 같았다. 경찰과 함께 올 게 틀림없었다. 하지만 카지노 버스와 거의 비슷한 크기의 거대한 검은색 캠핑카 한 대가 주유기를 향해 느릿느릿 움직이고 있을 뿐이었다.

"여기요." 율라 메이가 티셔츠와 카우보이모자를 내밀며 말했다. "너무 미안하지 뭐예요. 내가 아가씨에게 물건을 내려놓게 했잖아요. 난 물건을 잃어버리는 게 얼마나 쉬운 일인지 잘 알거든요. 한번은 '시티 오브 골드 카지노'의 블랙잭에서 딴 인형을 놓고 나온 적도 있었지요. 분홍색 치와와였는데, 얼마나 귀여웠게요. 신분증 태그용 포커칩이 달려 있었어요."

"버스를 타야 하지 않으세요?" 프랜시가 절박한 목소리로 말했다. "버스에 승객들이 타는 걸 봤거든요."

"아, 시간이 아직 있어요." 율라 메이가 태평하게 말했다. "그래서, 아무튼, 내가 지갑에서 뭘 꺼내면서 치와와 인형을 슬롯머신에 올려두고는…."

'이 할머니를 보내야 웨이드와 인디에게 무슨 일이 일어났는지 알아낼 수 있어.' 프랜시가 머리를 마구 굴렸다. 그리고 율라 메이를 보낼 유일한 방법은 옷을 사지 않았더라도 일단 받는 것이었다.

"고맙습니다." 프랜시가 모자와 티셔츠를 받으며 말했다. "정말 고마워요." 프랜시는 옷을 뒷좌석에 내려놓고, 더플백을 집어 들며 말했다. "하지만 제가 조금 바빠서요…."

율라 메이는 프랜시의 말을 듣고 있지 않았다. "그러고는 버스를 타고 집에 반이나 갈 때까지도 치와와 인형을 잊고 있었지 뭐예요." 할머니가 수다를 풀었다. "그래서 다음 날 카지노에 도착하자마자 물어봤지요. 어머나, 세상에!"

"왜요?" 프랜시가 놀라며 물었다.

"저 캠핑카요." 율라 메이가 검은색 캠핑카를 가리키며 말했다. 옆 부분에 선홍색 페인트로 '무법자'라고 칠해놓은 캠핑카는 주유기가 있는 곳으로 들어가고 있었다. "저 캠핑카는 절대 저기로 못 들어가요." 할머니가 주유기 지붕을 가리켰다. "차가 너무 높잖아요."

캠핑카 운전자도 그 사실을 깨달은 것 같았다. 차가 서서히 멈추더니, 옆문이 열리고 두 단의 금속 계단이 포장도로 위로 펼쳐졌다.

"아, 다행이다." 율라 메이가 말했다. "운전사가 누군가를 내보내 높이를 확인하게 시킨 모양이네요." 열린 문에서 촉수 무리가 쏟아져나왔다.

프랜시는 다른 때와 정확히 똑같이 촉수에 사로잡혀서, 계단을 건드리지 않고 캠핑카로 끌려 들어갔는데, 그 과정이 너무 빨라서 무슨 일이 벌어지고 있는지 생각할 겨를조차 없었다. 하지만 프랜시가 불그스름한 카펫에 얼굴을 처박고, 캠핑카의 앞쪽 바닥에 놓인 웨이드의 더플백 위로 꼴사납게 엎어진 상태로 떨어진 걸 보면, 이번에는 인디가 거리를 잘못 판단했거나 캠핑카의 움직임 때문에 살짝 밀린 게 틀림없었다.

"프랜시, 괜찮아요?"

웨이드의 목소리를 들었을 때 프랜시에게 가장 먼저 떠오른 것은 순수한 기쁨이었다. 그리고 '내가 십 대처럼 출싹거린 대가를 치르는구나.'라고 속으로 생각했다. '웨이드는 너를 버리고 떠나지 않았어.' 프랜시가 들떠서 생각했다. '웨이드가 돌아왔어!' 말도 안 되는 생각이었다. 프랜시를 획 잡아당겨 차에 태운 것은 인디였고, 웨이드는 아무것도 하지 않았다. 그러므로 웨이드를 보고 너무 기뻐하는 것은 바보 같은 짓이었다.

"괜찮아요?" 웨이드가 프랜시 옆에 쪼그려 앉으며 다시 물었다.

"아니요." 프랜시가 팔꿈치를 짚고 몸을 일으키며 말했다. "마트 밖으로 나와서 차가 없어진 걸 보고는 당신이 날 버리고 떠난 줄 알았어요…."

"절대 그러지 않아요." 웨이드가 말했다. 프랜시는 또다시 바보 같은 행복감이 밀려오는 게 느껴졌다.

"그 차를 다른 사람이 알아보지 못하게 만들기 위해 최선을 다할 생각이었는데, 국경 순찰대가 금방이라도 마트 문으로 나올 상황에서 그렇게 하는 건 그리 좋은 계획이 아니라는 생각이 들어서 차를 다른 자리로 옮겼어요. 그런데…."

캠핑카가 후진하다가 다시 덜컹한 후 주차장을 빠져나가자, 웨이드가 중심을 잃고 프랜시도 다시 철퍼덕 엎어졌다. "그런데 내가 번호판을 조작하려고 마스킹 테이프를 꺼냈을 때…." 웨이드는 캠핑카가 고속도로로 진입하는 동안 무게 중심을 잡으려 애쓰며 말했다. "인디는 우리가 다른 차로 옮겨 타는 게 낫겠다고 판단했던 모양이에요."

"캠핑카로요?" 프랜시가 믿기지 않는다는 표정을 지으며 말했다. "옆에 '무법자'라고 휘갈겨 쓴 차로요? 이걸 타면 우리가 어떻게 눈에 잘 안 띄게 되는 거죠?"

"인디는 글을 못 읽는 것 같아요." 웨이드가 말했다. 프랜시는 웨이드를 만난 이후 처음으로 그의 목소리에서 불안감이 느껴졌다. 웨이드는 외계인에 납치당하고, 휘발유가 완전히 떨어진 상황도 아무렇지 않게 받아들였지만, 이제는 걱정스럽고 불안해 보였다.

'웨이드는 우리가 고속도로 순찰대에 잡힐 거라고 생각하는 게 틀림없어. 그리고 이 낡은 캠핑카로는 경찰들을 따돌리기 힘들 거야.' 프랜시가 생각했다.

"인디는 어디에 있나요?" 프랜시가 웨이드에게 물었다.

"앞쪽에 있어요." 프랜시가 일어설 수 있도록 도와주려고 웨이드가 손을 내밀었다. "안타깝게도, 사전에 인디가 라일이나 내게 자신의 작은 계획에 대해 알려주지 않았기 때문에, 모든 것들을 차 안에 놔두고 왔어요. 그런데 어쩐 일인지 인디가 당신의 들러리 드레스만은 챙겨왔더라고요." 웨이드가 진심으로 속상한 표정을 지으며 말했다. "우리 점심이랑 내 더플백도 그 차에 놔두고 왔어요."

"당신의 더플백은 이제 그 차에 없어요." 프랜시가 말했다. "바로 여기에 있거든요." 프랜시가 웨이드의 손을 잡으며 말했다. "내가 깔고 엎드려 있었어요."

"정말요?" 웨이드가 프랜시를 당겨 일으켜 세우며 말했다. 그는 가방을 집어 들더니, 프랜시를 끌어안았다. 가방도 함께. "정말 다행이에요! 걱정했어요…. 당신은 정말 멋진 사람이에요!"

"내가 아니라 인디에게 감사하세요." 프랜시가 배를 문지르며 말했다.

"인디가 나를 붙잡았을 때, 이야기를 나누고 있었는데…." '아, 이런, 맙소사. 할머니!' 프랜시는 율라 메이를 까맣게 잊고 있었다.

"웨이드." 프랜시가 다급하게 말했다. "문제가 생겼어요. 인디가 나를 차로 끌고 올 때, 내가 다른 사람과 이야기를 나누고 있었거든요. 할머니가 그 상황을 봤다면, 경찰에 신고할 거예요. 마트에 경찰이 둘이나 있었다고요. 할머니가 경찰들에게 말하면…."

"안 그럴 거예요." 웨이드가 캠핑카 뒤편의 술 장식이 달린 양가죽 소파를 가리키며 말했다. 율라 메이는 토트백을 방패처럼 움켜쥐고 소파에 앉아 있었다. 할머니는 경계하는 표정이었지만, 겁에 질린 것 같지는 않았다.

'할머니가 차로 끌려올 때 인디를 못 봤다는 뜻일 거야. 그렇다면 할머니에게… 뭔가… 이야기해주고, 아무런 피해 없이 카지노 버스로 돌아가게 할 수 있을지도 몰라.' 프랜시가 생각했다.

"할머니." 프랜시가 할머니에게 다가가며 말했다. "정말 죄송해요. 이건 모두 실수였어요. 저희가 버스로 모셔다드리고…."

"버스요?" 웨이드가 끼어들었다.

"네. 할머니는 '시티 오브 골드 카지노' 버스 승객이세요."

"맙소사. 그 사람들이 할머니가 실종된 사실을 알아채고 경찰에 신고했을 거예요!" 웨이드가 말했다.

"쉿! 당신은 우리가 무슨 납치범이라도 되는 것처럼 말하고 있잖아요." 프랜시가 율라 메이의 옆에 앉으며 말했다. "할머니, 우린 범죄자가 아니에요."

"그럼, 당신들은 뭐예요?" 율라 메이가 물었다. "FBI인가요?"

"FBI요?" 프랜시가 말하며 웨이드를 올려다보자, 웨이드도 프랜시만큼이나 당황한 얼굴이었다.

"FBI요?" 웨이드가 똑같이 말했다.

"그래요." 율라 메이가 웨이드에게 말했다. "법무부. FBI. 분명히 나에게 약을 먹였거나, 전기 충격기를 쐈거나…."

"아뇨, 이 사람은 FBI가 아니에요." 프랜시가 말했다. "불행하게도 잘못된 시간에 잘못된 장소에 서 있던 사람일 뿐이에요. 할머니처럼요." 프랜시는 그 말이 마치 율라 메이가 범죄 현장을 목격했으니 이제 그들이 제거해버리겠다는 것처럼 들릴 수 있다는 사실을 뒤늦게 깨달았다.

"제가 하려던 말은, 인디가 할머니를 실수로 데려왔다는 거예요." 프랜시가 말했다. "인디가 데려오려던 건 저였어요. 걱정하지 마세요. 다 괜찮을 거예요. 제가 인디에게 할머니를 다시 모셔다드리라고 할게요." 프랜시가 일어섰다. "인디가 앞쪽에 있다고 했죠?" 프랜시가 웨이드에게 물었다.

"네." 웨이드가 말했다. 그리고 고갯짓으로 캠핑카 앞쪽을 가리켰다. "이 차의 주인에게 가야 할 방향을 알려주고 있어요."

"차 주인이요?" 프랜시가 말했다. "아, 안 돼. 설마 인디가 그 사람도 납치한 건 아니겠죠?"

"유감이지만, 납치했어요. 그리고 인디가 두 사람 중 한 명이라도 놓아주려 할지 의문이에요."

"라일은 어디 있어요?" 프랜시가 물었다.

"차 주인과 함께 앞쪽에 있어요."

상황이 점점 더 나빠지고 있었다. "라일이 차 주인에게 인디에 대해 온갖 미친 소리를 할 거예요."

"어쩔 수 없었어요. 인디가 당신을 차 위로 잡아당길 때 다치지 않게 해야 했고, 누군가는 차 주인과 함께 있으면서 그가 겁에 질려 주유기로 돌진하지 않도록 막았어야 했으니까요. 그리고 아무튼 우리에겐 라일과 그의 음모론보다 시급한 문제가 있어요."

웨이드가 프랜시를 캠핑카의 주방으로 데려갔다. 냉장고와 전자레인지, 접이식 작은 식탁, 그리고 나바호족 담요가 덮인 긴 의자가 식당 부스처럼 식탁을 둘러싸고 있었다. 웨이드가 목소리를 낮춰서 속삭였다. "여기에 있는 저 할머니가 실종되었다는 사실을 누군가 알아채기까지 얼마나 남았을지 알아야 해요. 당신이 납치되는 모습을 아무도 못 봤다면 말이죠. 그 상황을 본 사람이 있나요?"

"없는 것 같아요. 난 아무도 못 봤고, 주유소에도 다른 차들은 없었거든요."

"그리고 마트의 그 방향에는 창문이 없었죠." 웨이드가 말했다. "다행이에요." 웨이드가 아직도 토트백을 움켜쥐고 앉아 있는 율라 메이를 향해 고갯짓을 했다. "그런데 할머니가 납치되는 모습을 아무도 보지 않았다고 해도, 버스 운전사는 할머니가 실종됐다고 신고할 거예요. 지금 당장 고속도로에서 빠져나가야 해요." 웨이드가 운전석 쪽으로 갔다.

"아니, 잠깐만요." 프랜시가 웨이드의 팔을 잡으며 속삭였다. "할머니 말로는 버스 운전사가 제시간에 버스로 돌아오는 문제에 대해 몹시 까다롭게 굴고, 승객이 정해진 시간까지 돌아오지 않으면 그냥 버려두고 출발한다고 했어요. 할머니는 예전에도 그런 일이 일어났었대요." 프랜시는 화장실에서 늦게 돌아온 할아버지 이야기를 해주었다.

"운전사가 할머니를 찾으러 마트에 가지 않을 거라는 이야기죠?"

"네."

"버스는 어디에 있었어요? 운전기사나 버스에 타고 있던 다른 승객이 납치되는 상황을 봤을까요?"

"아뇨, 버스는 마트 옆의 모퉁이를 돌아서 저 뒤쪽에 주차되어 있었어요."

"버스에 할머니의 친구가 있을까요?"

"잘 모르겠지만, 할머니가 카지노에 자주 가신다고 했으니까 아마 있을 거예요."

"뭐, 그러면 알아봐야죠. 내가 이 가방을 숨기고, 인디를 설득해서 고속도로에서 빠져나가도록 해볼게요. 혹시 누가 봤을지도 모르니까요. 그리고 당신은 할머니가 놀라지 않도록 해주세요." 웨이드가 더플백을 집어 들고 캠핑카 뒤쪽으로 갔다.

"그런데 왜 가방을 숨겨야…." 프랜시가 말을 시작했을 때, 캠핑카가 다시 좌우로 크게 흔들려서 벽을 붙들 수밖에 없었다. 몸의 중심을 잡고 나니, 웨이드는 이미 사라지고 없었다.

프랜시는 아직도 토트백을 움켜쥐고 앉아 있는 율라 메이에게 다가갔다. "유괴가 연방 범죄라는 건 알지요?" 율라 메이가 비난하듯 말했다.

"알아요." 프랜시가 말했다. "하지만 이건 정확히 말해서 유괴가 아니에요. 그 버스에 혹시 아는 분이 계시나요?"

율라 메이는 대답하지 않았다. 할머니는 입술을 오므리고 정면을 응시했다.

프랜시가 다시 물었다. "카지노에 함께 가는 분이 계신가요? 할머니가 돌아오지 않았다는 사실을 알아채고 경찰에 신고할 만한 분이 있을까요?"

율라 메이는 여전히 대답하지 않았다. 대답 대신, 프랜시에게 물었다. "인디가 책임자인가요?"

"네, 하지만 할머니가 생각하는 방식은 아니에요. 인디는…."

"당신도 인질로 잡혀 있지요." 율라 메이가 말했다. 그리고 프랜시 쪽으로 몸을 기울였다. "내 가방에 후추 스프레이가 있어요." 할머니가 속삭였다. "그게 도움이 될 것 같으면…."

"아니요!" 프랜시가 말했다. "그러시면 안 돼요…."

"왜 안 되지요? 그 사람이 무장(arm)했나요?"

'무장이라니?' 프랜시가 신경이 곤두서서 생각했다. '아, 그래, 확실히 무장하긴 했지. 수없이 많은 팔(arm), 팔, 팔, 팔을 가지고 있으니까.'

"아니면 아가씨가 그놈들하고 무슨 관계라도 있는 건가요?" 율라 메이가 속삭였다. "그래서 경찰이 우릴 쫓아올까 봐 두려워하는 거지요? 그래서 버스에 있는 누군가가 나를 실종으로 신고할지 알고 싶은 거지요?"

"그럴 분이 있나요?" 프랜시가 물었다.

"글쎄요. 아가씨가 이 인디라는 사람과 한편인 것 같으니 뭐라고 말해주기 힘드네요."

"인디는 사람이 아니에요." 프랜시가 말했다. "인디는…." 이걸 설명해줄 적당한 방법이 없었다. 프랜시는 율라 메이에게 사실을 말해줬을 때 움직이고 있는 캠핑카에서 밖으로 몸을 날리기라도 할까 봐, 차 문과 율라 메이 사이에 자리를 잡고 앉았다. "인디는 외계인이에요. 지구 밖의 우주에서 왔어요. 인디가 저와 웨이드, 그리고 라일이라는 사람을 납치했어요. 그리고 이제 할머니와 이 캠핑카의 운전사까지 납치한 거죠."

프랜시는 율라 메이가 비명을 지를 거라 예상했다. '외계인이라고?' 하지만 할머니는 그러지 않았다. "아가씨가 외계인에게 납치당했다면 경찰을 피하려고 하지 않았겠지요. 오히려 경찰이 와서 구조해주길 바랐을 거예요."

"무슨 말씀인지 알아요. 저희도 처음엔 그랬어요." 프랜시가 말했다. "하지만 곧 인디가, 그 외계인이 무언가를 찾고 있다는 사실을 알게 됐어요. 저희는 그게 우주선일 거라고 짐작해요. 자기 우주선으로 돌아가려고 애쓰고 있는 거죠. 그래서 우리는 인디를 도와주려고 해요. 만일 당국에서 인디를 잡으면, 그들은…."

율라 메이가 고개를 저었다. "아가씨는 꼭 월터스 씨처럼 말을 하네요. 월터스 씨는 가끔 버스에서 나와 함께 앉아 가는데, 다른 행성에서 온 외계인과 접촉했던 적이 있다고 주장했어요. 그리고 자기 텔레비전을 통해 외계인들과 대화한다고 주장하기도 했죠. 치매에 걸렸거든요."

"저기요." 프랜시가 말했다. "제 말이 믿기지 않으시겠지만, 제가 한 말은 모두 사실이에요." 프랜시가 캠핑카 뒤쪽을 바라봤다. 웨이드는 어디로 간 걸까? 프랜시는 웨이드가 도와주길 바랐다. 하지만 그는 어디에서도 보이지 않았다.

"제 말이 미친 소리처럼 들리겠지만…." 프랜시는 다시 시도했다. "저를 믿어주셔야 해요. 할머니가 말씀하셨던 FBI에 저희가 잡히지 않는 게 정말 중요해요. 그러니까 버스에 함께 탄 사람 중에 실종 신고를 할 만한 사람이 있는지 알려주세요. 제발요."

율라 메이는 프랜시를 바라보지 않았다. 할머니는 돌아오는 웨이드를 보고 있었다. "당신이 와서 다행이에요." 프랜시가 말했다. "할머니에게 인디에 대해 말씀드렸지만, 믿지 않으세요."

"나라도 안 믿을 거예요." 웨이드가 유쾌하게 말했다. "꽤 미친 소리 같다는 걸 인정해야 해요."

프랜시가 웨이드를 뚫어져라 쳐다봤다. 웨이드의 태도가 완전히 바뀌었다. 아까까지 보였던 불안한 기색이 완전히 사라지고, 평온한 분위기가 돌아왔다. 더플백 안에 뭐가 있었던 걸까? 진정제? 대마초?

하지만 웨이드가 약에 취한 것 같지는 않았다. 마치 '무법자' 캠핑카를 탈취하고, 노파를 납치하고, 경찰에 쫓기는 게 아무런 문제도 아니라고 결심한 듯 그저 차분했다. "당신이 이해를 못 한 모양인데요…." 프랜시가 말했다. "할머니가 우리를 범죄자라고 생각한다고요. 그러니까 당신이… 지금 어디 가는 거예요?"

"앞쪽이요." 웨이드가 운전석 칸막이 쪽으로 걸어가며 대답했다. "다음 샛길로 나가야 한다고 이야기하려고요."

"하지만 할머니는 어떡하고요?" 프랜시가 물었다.

"고속도로에서 빠져나간 후에 눈에 띄지 않는 곳에서 처리할 거예요."

"눈에 띄지 않는 곳에서…." 율라 메이가 웨이드의 말을 반복했다. "처리한다고…?"

"할머니를 협박하려고 하는 말이 아니에요." 프랜시가 서둘러 할머니를 안심시켰다. "웨이드는…." 거대한 캠핑카가 덜컹거려서 웨이드가 거의 주저앉을 뻔했다.

웨이드가 벽을 붙잡고 몸을 지탱한 후, 문의 창문을 통해 밖을 내다봤다. "내가 말하기도 전에 인디가 앞서 나간 모양이네요. 벌써 샛길로 빠졌어요." 웨이드가 말했다.

프랜시가 자리에서 일어나 창문으로 갔다. 캠핑카는 노간주나무와 피뇬소나무가 빽빽하게 들어찬 모래 언덕을 따라 구불구불 이어지는 흙길을 달리고 있었다.

캠핑카가 작고 짙은 노간주나무로 둘러싸인 평평한 공터에 멈췄다. "고속도로에서 눈에 띄지 않는 곳으로 나온 건가요?" 프랜시가 웨이드에게 물었다.

"모르겠어요." 웨이드가 대답하며 뒤쪽 창문을 내다봤다. "그러네요. 주변 풍경을 보니, 우리가 방금 지난 흙길에서도 보이지 않을 것 같아요."

"아, 잘됐네요." 프랜시가 말하며 율라 메이를 돌아봤다. 할머니는 토트백을 뒤지고 있었다.

"조심해요! 할머니는 후추 스프레이를 가지고 있어요!" 프랜시가 소리치며, 할머니의 손을 붙잡았다.

율라 메이가 더 빨랐다. 할머니가 후추 스프레이를 꺼내 노즐을 웨이드에게 겨눴다.

그러나 인디가 두 사람보다 더 빨랐다. 캠핑카의 앞쪽에서 촉수 하나가 날아와 율라 메이의 손에서 후추 스프레이를 낚아채는 동안, 다른 촉수가 문 걸쇠를 잡고 문을 열어서 첫 번째 촉수가 노간주나무를 향해 후추 스프레이를 던질 수 있도록 해주었다. 문이 닫히자, 두 촉수는 마치 줄자를 집어넣을 때처럼 튕겨서 돌아갔다.

"어머나, 세상에!" 율라 메이가 가슴에 손을 얹고 말했다. "방금 그게 뭐였어요?"

"인디예요." 프랜시가 대답했다. "죄송해요. 미리 경고해드렸어야 하는데." 하지만 율라 메이는 그 말을 듣고 있지 않았다. 할머니는 그들을 향해 굴러오는 인디를 바라보고 있었다.

"어머나, 세상에. 아가씨의 말이 사실이었네요. 외계인이잖아요." 율라 메이가 말했다.

"유감스럽지만 그렇죠." 웨이드가 말했다. "할머니, 인디를 소개해드릴게요. '인디'는 인디아나 존스를 줄인 이름이에요." 하지만 율라 메이는 웨이드의 말을 듣고 있지 않았다.

할머니가 인디를 골똘히 바라봤다. "정말 빠르네요." 할머니가 중얼거렸다. "내 생각에 인디는…."

"인디는 할머니를 해치지 않을 거예요." 프랜시가 말했다.

"그건 모르는 일이죠." 라일이 앞쪽에서 다가오며 말했다. 그 뒤로 청바지에 카우보이 부츠를 신고 팔자수염을 기른, 키가 크고 마른 반백의 남성이 따라 나왔다.

"인디가 아직 우리를 죽이지 않았다고 해서, 앞으로도 죽이지 않을 거라는 보장은 없어요." 라일이 말했다.

"조용해." 프랜시가 말했다. "인디, 계속 이렇게 사람들을 납치하면 안돼." 하지만 인디는 프랜시의 말을 듣지 않았다. 인디는 문으로 굴러가 문을 열고, 밖으로 굴러 나갔다. "인디!" 인디가 노간주나무 사이로 굴러가자, 프랜시가 소리쳤다.

"어머나, 세상에." 율라 메이가 말했다. "어디로 가는 거야?"

"모선에 연락해서 표본을 더 수집했다고 보고하러 가는 거예요." 라일이 말했다. "그리고 다른 표본을 더 수집하는 동안 우리를 가두어놓기 위해 캠핑카를 납치했다는 사실도 말하겠죠."

"이건 캠핑카가 아니오." 콧수염 남자가 으르렁거렸다. "서부 마차지."

"그리고 인디는 모선에 연락하러 나간 게 아니야. 그냥 방향을 확인하러 간 거야." 프랜시가 말했다.

"당신이 그걸 어떻게 알아?" 라일이 말했다. "저놈이 '저녁 준비됐어! 와서 먹어! 캠핑카에 있어!'라고 말하는 게 아닌지 당신이 어떻게 아느냐고?"

"내가 말했잖소. 이건…." 콧수염 남자가 말했다.

"캠핑카가 아니라 서부 마차죠." 웨이드가 차분하게 말했다. "그리고 환

대해주셔서 저희가 얼마나 고마운지 모릅니다. 조셉 아저씨, 우리 일행을 더 소개해드릴게요. 여기는 프랜시 드리스콜, 그리고 음, 죄송하지만, 할머니, 제가 성을 모르겠네요."

"티즈데일." 율라 메이가 말했다.

"그리고 율라 메이 티즈데일 부인." 웨이드가 말했다.

"부인 아니에요. 미혼이에요." 율라 메이가 말했다.

"만나서 반갑소, 프랜시." 조셉이 카우보이모자의 창을 손가락으로 문지르며 말했다. "그리고 미스 티즈데일." 조셉이 고개를 숙이며 말했다.

"어머나, 세상에." 율라 메이가 안절부절못하며 말했다. "그렇게까지 격식을 차릴 필요는 없어요. 그냥 편하게 율라 메이로 불러주세요."

"이렇게 만나게 되어서…."

"여기가 무슨 사교장인 줄 알아요?" 라일이 역겹다는 듯이 말했다. "우리는…."

"라일의 말이 맞아요." 웨이드가 끼어들었다. "우린 심각한 문제를 논의해야 합니다." 웨이드가 주변을 둘러봤다. "우리 모두가 함께 앉을 만한 곳이 있을까요?"

"당연히 있지." 조셉이 말했다. "밖에 설치할 수 있는 테이블이 있소."

"아니요." 웨이드가 말했다. "안에 머무르는 게 좋을 것 같아요. 서둘러 떠나야 할 수도 있으니까요. 부엌에 있는 테이블은 어때요?"

"취사 마차 말이오?" 조셉이 말했다. "조금 초라한 테이블이긴 하지만, 덧판을 댈 수 있소. 잠깐이면 될 거요."

"아뇨, 그 상태로 괜찮아요." 웨이드가 말했다. "우리 모두 그대로 둘러앉을 수 있어요." 웨이드가 주방으로 안내했다.

"숙녀분들 커피 좀 드시겠소?" 조셉이 물었다. "제가 토끼보다 빨리 만들어드릴 터이니."

"아뇨, 괜찮아요." 율라 메이가 다소곳한 목소리로 말했다. "혹시 차는 없는가요?"

"유감스럽게도 없습니다."

'아쉽네. 차가 딱 적당할 것 같은데.' 프랜시가 생각했다. '어쨌거나 〈이상한 나라의 앨리스〉에 나오는 미친 모자 장수의 다과회 같잖아.'

"아니면 먹거리를 후다닥 만들어볼 수 있소."

'먹거리라니.' 프랜시는 아직 아무것도 먹지 못했다는 사실을 떠올리고는 간절한 마음으로 생각했다. "그게 좋을⋯."

"먹거리라고요?" 라일이 버럭 소리를 질렀다. "어떻게 이런 상황에서 음식 생각을 할 수가 있어요? 여러분은 지금 외계인에게 납치되었고, 그 외계인이 알 수 없는 어딘가로 우리를 데려가고 있다고요⋯."

"그게 바로 우리가 이야기해야 할 문제야." 웨이드가 테이블에 자리를 잡고 앉으며 말했다. "라일, 앉아. 아저씨도 앉으세요. 우리의 새로운 동료분들에게 어떤 일이 벌어지고 있는지 설명해드릴게요."

사람들이 긴 의자에 다닥다닥 붙어 앉았다. 그리고 웨이드가 지금까지 일어났던 일과 인디를 돕기로 결정한 이유를 간략하게 설명했다.

"인디는 무언가를 찾고 있는 게 분명합니다. 그리고 마감 시간이 있는 게 분명해요⋯." 웨이드가 설명했다.

"계속 '분명하다'라고 말하는 걸 보니까, 당신도 모른다는 뜻이오?" 조셉이 물었다.

"네. 아직 인디와 직접 소통할 방법을 못 찾아서⋯."

"하지만 인디는 우리가 말하는 내용을 이해해요." 프랜시가 말했다.

"사실, 그것조차 확신하기는 힘듭니다. 우리는 인디의 행동과 손짓에 따라 움직일 거예요." 웨이드가 말했다.

"수화로군." 조셉이 고개를 끄덕이며 말했다. "영화 〈식스 건 트레일(Six Gun Trail)〉과 〈윈체스터 73(Winchester 73)〉에 나오는 아메리카 원주민의 몸짓 언어 같은 거네."

"그렇죠." 웨이드가 대답했다. "그런데 우리가 인디를 우주선으로 데려가기 전에 당국이 따라잡으면, 인디는 우리를 붙잡았던 것처럼 그들을 붙잡으려 할 것이고, 그러면 인디가 왜 여기에 있는지 우리가 설명하기도 전에 그들이 총을 쏠까 봐 걱정됩니다."

조셉이 고개를 끄덕였다. "〈살인 누명(The Sagebrush Trail)〉에서 치리카와족 추장의 아들이 사라진 문제로 전쟁이 일어나기 전에 그 아들을 찾아 돌려보내려는 것과 같군. 당신은 보안관과 부하들이 나타나기 전에 래쉬 라루*를 추장에게 데려가려는 거로군."

"네. 저희를 도와주시겠어요?"

"물론이오!" 조셉이 말했다. "난 줄곧 뭔가 신나는 일이 일어나길 바라고 있었소."

'아, 안 돼.' 프랜시가 생각했다. '덕후가 한 명 더 늘었어. 지금도 충분히 많은데.'

"나는 개척 시대의 거친 서부를 보기 위해 여기로 여행을 왔는데, 지금까지 내가 본 거라곤 월마트와 상점가뿐이었소. 여러분이 처음으로 뭔가 흥미진진한 조짐을 보여준 거요."

"할머니는 어떠세요?" 웨이드가 물었다.

"괜찮은 것 같아요." 할머니가 다소곳하게 말했다. "법을 어긴다는 게 싫긴 하지만…."

"우리는 법을 어기지 않아요." 조셉이 말했다. "다만 살짝 돌아가는 거요. 가끔은 법을 어겨서라도 무해한 가축을 도와줘야 할 때가 있는 거잖습니까."

"무해하다고요!" 라일이 소리를 질렀다. "저놈을 도와주는 게 결과적으로 지구를 정복하고 모든 인류를 죽이려는 짓을 도와주게 될 건지 어떻게 알아요? 저놈은 외계인이라고요!"

"링고 키드는 범죄자였지만, 나쁜 놈은 아니었네." 조셉이 반박했다. "그리고 위급한 상황에서 승객들을 구해준 것도 링고 키드였고…."

"도대체 무슨 소리를 하는 거예요?" 라일이 따졌다.

"〈역마차〉 말일세." 조셉이 말했다.

라일이 멍하니 조셉을 바라보며 말했다. "역마차라뇨? 무슨 역마차?"

---

* 20세기 중반 서부영화에서 채찍질로 유명했던 배우. 본명은 알프레드 라루였는데, 채찍질이 유명해지며 생긴 별칭이 '래쉬 라루'. 〈래쉬 라루〉 시리즈가 11편 만들어지기도 했다.

"설마 〈역마차〉를 한 번도 안 봤다는 말은 아니겠지? 존 웨인을 몰라? 존 포드는? 다른 사람들은 어떻소?"

"전 봤어요." 프랜시가 말했다.

율라 메이는 고개를 가로저었다.

"여러분도 그 영화는 봐야 하오." 조셉이 말했다. "지금까지 나온 서부 영화 중 최고의 작품이오. 오페라 하우스에 DVD가 있지." 조셉이 자리에서 일어나기 시작했다.

웨이드가 조셉을 말렸다. "역마차에 함께 탄 한 무리의 사람들에 관한 영화예요. 로드스버그로 가는 역마차였죠, 맞나요?"

"그렇소. 코만치족이 뒤에서 쫓아오는데, (율라 메이를 가리키며) 단정하고 예의 바른 기병대의 아내도 있고, (프랜시를 가리키며) 술집 아가씨도 있지요."

'다른 옷을 찾아서 입어야 해.' 프랜시가 웨이드를 노려보며 생각했다.

"그리고 겁쟁이 위스키 판매원은 온종일 겁에 질려 있고⋯." 조셉이 계속 말하며 라일을 가리켰다. "난 낡은 역마차를 모는 반백의 마부인 것 같군."

"그러면 저는 무법자인 건가요? 링고 키드?" 웨이드가 물었다.

"이런, 아니지, 저 외계인이 긴 생가죽 채찍을 가진 링고 키드요. 촉수로 존 웨인처럼 소총을 잘 휘두를 수 있을 것 같지 않소?"

"그러면 저는 어떤 역할로 보이시나요? 황금 심장을 가진 도박꾼인가요, 은행 돈을 횡령해서 달아난 은행원인가요?"

"둘 다 아니오. 당신은 승객을 보호하기 위해 마차에 탄 보안관에 더 가까운 것 같소."

"그래요?" 웨이드가 그렇게 말했지만, 즐거워 보이지 않았다. 프랜시는 웨이드가 왜 자신이 보안관처럼 보이냐고 조셉에게 물어볼 거라 짐작했지만, 그러지 않았다. "그래서 아저씨는 이 캠⋯ 서부 마차를 역마차라고 생각하시는 건가요?" 웨이드는 대신 이렇게 물었다.

"그렇소. 그리고 경찰이 코만치족인 거요. 우리는 어떻게든 그들을 따돌려야 하지."

웨이드가 고개를 끄덕였다. "그리고 승객들을 안전하게 데려가야 하고요."

"어떻게 생각하시오, 맬러리 부인?" 조셉이 율라 메이에게 물었다. "기병대 아내의 이름이오. 역마차에 탑승하실 건가요?"

"할머니에겐 선택의 여지가 없잖아요, 그렇지 않나요?" 라일이 심술궂게 말했다. "우리에겐 선택의 여지가 전혀 없다고요. 모두 인디의 포로니까요."

"라일의 말이 맞소." 조셉이 유쾌하게 말했다. "인디는 6개월 된 암소를 묶을 때보다 더 깔끔하게 나를 올가미로 잡았다오. 인디의 채찍질은 래쉬 라루보다 훨씬 빠르다고 장담할 수 있소. 우리에겐 도망칠 기회가 전혀 없었어. 영화 〈수색자(The Searchers)〉의 상황과 똑같아." 그리고 멍한 눈으로 바라보는 라일에게 믿기지 않는다는 표정으로 말했다. "설마 〈수색자〉도 안 본 건 아니겠지?"

"못 봤어요. 이 일과 영화가 대체 무슨 상관이 있는지 모르겠어요." 라일이 대답했다.

"어린 소녀가 코만치족에게 납치됐는데, 소녀도 도망칠 방법이 없었어." 웨이드가 설명하자, 조셉이 그를 향해 미소를 지었다.

"도망친다는 말이 나와서 말인데, 혹시 마트에서 아저씨를 본 사람이 있나요?" 웨이드가 물었다.

"없었소. 차를 막 세우던 참이었거든."

"다행이네요. 그렇다면 아무도 아저씨의…." 웨이드가 잠시 멈칫했다. "'무법자'를 찾을 사람이 없을 테니까요."

"제정신인 사람이라면 캠핑카를 도주용 차량으로 사용하지 않겠죠." 라일이 말했다. "우리는 다른 사람을 앞질러 도망갈 수가 없어요."

"이 차는 캠핑카가 아니라니까!" 조셉이 호통쳤다. "서부 마차라고 했잖은가. 그리고 이 귀여운 암망아지가 보기보다는 빠르다는 사실을 알아두게. 맞바람만 불지 않으면 시속 65킬로까지 달릴 수 있다고…."

"좋은 소식이네요." 웨이드가 말했다. "하지만 우리가 굳이 다른 사람을 앞질러 도망갈 일이 있을지 의문이에요. 아무도 우리를 찾지 않고, 뉴멕시코는 넓은 주라서 고속도로 순찰대가 순찰해야 할 도로가 어마어마하게 길 거든요. 아저씨는 어떠세요? 오늘 밤에 가지 않으면 누가 실종신고를 하지 않을까요? 머무르기로 한 캠프장 같은 곳에서?"

조셉이 고개를 저었다. "무법자는 캠핑장에 갈 필요가 없소. 사막이나 협곡, 외딴 목초지 아무 데나 주차할 수 있거든. 이 차는 완벽하게 자급자족할 수 있소. 물과 태양광, 전기 시스템, 부품들까지. 내가 이 여행을 출발할 때 일정에 얽매이지 않겠다고 맹세했었지. 평생을 마감과 일정에 쫓기며 살았 거든."

"그러면 이제 은퇴하신 건가요?" 프랜시가 물었다.

"아니오. 그냥 잠시 쉬는 거지. 드디어, 첫 휴가라오. 회사의 방침대로라면 이번 휴가를 못 가졌을 텐데, 항상 가보고 싶었던 곳을 한 번도 보지 못하고 죽는다는 게 너무 아쉬웠소. 나는 언제나 서부 영화를 무척 좋아했기 때문에, 이 무법자를 구입해서 서부 영화에서 보았던 모든 장소를 직접 가보기로 마음먹었소."

"집을 팔아 캠핑카를 산 친구가 나도 한 명 있지요." 율라 메이가 말했다.

"그러면 정기적으로 연락하는 사람은 없나요?" 웨이드가 물었다.

"딸뿐이오. 매주 딸에게 엽서를 한 통씩 보내서, 내가 잘 지낸다고, 절벽에서 떨어지거나 아파치족에게 잡혀가지 않았다고 소식을 전하기로 했소. 딸은 내가 미쳐서 이러는 거로 생각하거든."

"마지막으로 엽서를 보내신 게 언제인가요?" 웨이드가 끈질기게 물었다.

"어제요. 그리고 딸에게 보낼 우표는 넉넉하게 사놨소. 지금까지 다지 시티와 툼스톤에 들렀는데, 여러분이 길을 막았을 때는 세도나에 갈 계획이었소. 〈최후의 포장마차(The Last Wagon)〉와 〈부러진 화살(Broken Arrow)〉을 촬영한 곳이지. 그다음에는 모아브와 모뉴멘트 밸리로 가려고 했소. 존 포드 감독이 〈역마차〉와 〈아파치 요새(Fort Apache)〉를 거기에서 촬영했거든."

"그러면 적어도 일주일은 따님이 아저씨를 찾지 않겠네요. 잘됐어요. 직장은 어떤가요? 근무하시는 회사와 정기적으로 연락하고 있나요?"

"이런, 아니오. 회사에 연락하면 돌아오라고 설득하려 할 거요."

"그러면 상사나 회사 대표가 아저씨에게 연락을 시도하다가 안 되면 놀라지 않을까요?"

"아주 난리가 날 거요." 조셉은 웨이드가 뭔가 재미난 이야기를 했다는 듯 웃으며 말했다. 프랜시는 조셉이 정말로 휴가인 건지, 아니면 〈역마차〉의 은행원처럼 회사 자금을 몰래 챙겨 도망친 건지 궁금해졌다.

조셉이 다음에 한 말을 보면 프랜시의 생각이 얼굴에 드러난 모양이었다. "프랜시, 무척 피곤해 보이오. 내가 커피 좀 끓여줘도 되겠소? 진짜 카우보이 커피요. 존 웨인이 〈진정한 용기(True Grit)〉에서 커피 찌꺼기와 달걀 껍데기 같은 걸 넣어 마셨던 거랑 똑같지. 볼이 쑥 들어가 핼쑥해 보여서 말이오."

'맞아요. 피곤해요.' 프랜시도 그렇게 생각했지만, 웨이드가 프랜시를 보며 고개를 가로저었다. "아뇨, 고맙습니다만, 괜찮아요."

"할머니는 어떠세요?" 웨이드가 물었다. "할머니가 사라진 사실을 알아채고 경찰에 신고할 만한 사람이 있나요?"

"우리 옆집에 오르테가 부인이 살긴 하는데, 딸을 만난다며 트루스오어컨시퀀스에 갔어요. 아마 이번 주 내내 거기에 있을 거예요."

"카지노 버스에는 누구 없나요?"

율라 메이가 고개를 저었다. "내 친구 아이다는 이번에 못 왔어요. 좌골 신경통이 도져서 오래 앉아 있기 너무 힘든 상태거든요. 그리고 다른 친구 밀드레드는 트리플 슬롯 날에만 가지요."

"월터스 씨는요?" 프랜시가 물었다. 율라 메이가 프랜시를 멍하니 쳐다보자, 프랜시가 설명했다. "외계인과 만났다고 말한 사람이요."

"아, 워터스 씨요. 안 왔어요. 그 사람은 월요일과 수요일에만 가는데, 어쨌거나 기억하지 못할 거예요. 치매가 있으니까요."

"버스 운전사는 어떤가요?"

"그 사람이요?" 율라 메이가 비웃듯 콧방귀를 뀌었다. "그 사람은 버스 전체가 납치되어도 알아채지 못할 거예요. 그리고 설사 눈치챘다고 해도, 나는 매일 같은 카지노에 가지 않아요. 다양한 카지노에 가는 걸 좋아하지요." 그리고 그 말을 듣고 뭔가 생각에 잠긴 웨이드를 보며 말했다. "난 도박하러 가는 게 아니에요. 사람들과 어울리려고 가는 거지요. 카지노에 가면 좋은 사람들을 만날 수 있거든요. 뷔페도 먹을 수 있고요."

"그러면 혹시 카지노에서 할머니를 찾을 사람은 없나요?" 웨이드가 물었다.

"아, 이런, 없어요. 전혀 없어요." 율라 메이가 너무 열정적으로 부정하니까, 프랜시는 할머니가 말하지 않은 뭔가가 있는 게 아닐까 궁금해졌다.

"두 분은 휴대폰이 있나요?" 웨이드가 물었다.

조셉은 고개를 가로저었고, 율라 메이가 말했다. "내 조카가 하나 사준다고 했었는데, 내가 사용은커녕 켜는 법도 모른다고 말해줬었어요."

"할머니가 오늘 밤에 집으로 돌아가시지 않으면, 그 조카가 걱정할까요?"

율라 메이가 고개를 저었다. "조카는 펜실베이니아에 살아요."

웨이드가 조셉에게 물었다. "아저씨의 캠… 서부 마차에 GPS 시스템이 있나요? GM의 온스타 시스템 같은 거요."

"없소. 서부 개척자 킷 카슨과 버펄로 빌이 지도만으로 충분했듯이, 나도 지도면 충분하오."

"혹시 차에 컴퓨터가 있나요?"

"없소."

"뒤에 텔레비전이 있던데, 그건 어떤가요? 인터넷으로 연결해서 스트리밍으로 영화를 보는 건가요?"

"아니오. 난 영화를 전부 DVD로 소장하고 있소. 20세기 초 윌리엄 S. 하트의 작품들부터 올해 나온 것까지 모든 서부 영화를 다 가지고 있지."

"그리고 차에는 식료품도 실려 있겠죠?" 웨이드가 냉장고를 힐끗 쳐다보며 말하자, 프랜시가 생각했다. '제발, 제발, 그렇다고 대답해주세요. 배고파 죽겠어요.'

"그렇소." 조셉이 말했다. "이틀 전에 식료품 쇼핑을 했소. 그리고 무법자에는 화장실과 샤워실도 있다오."

'샤워라니.' 프랜시가 생각했다. '화장실까지.' 그런데 차의 기름이 떨어진 후 웨이드와 나눴던 대화가 떠올라서 얼굴을 찡그렸다. 프랜시가 조심스럽게 창밖의 인디를 내다봤다. 인디는 모래 언덕 위에 앉아 있었다.

"우리에게 필요한 건 여기 다 있소. 침대와 담요, 그리고 필요하다면 옷도 있지." 조셉이 프랜시를 보며 말했다. "구급상자도…."

"구급상자요?" 웨이드가 걱정스러운 목소리로 말했다. "고혈압이 있다고 하셨는데, 그 때문에 처방약을 드시는 건가요? 할머니는 어떠세요?"

프랜시는 처방약을 조제하기 위해 약국에 들러야 한다는 생각은 해보지 않았다. 그러면 경찰이 곧장 그들을 찾아올 것이다.

"여행을 출발하기 직전에 3개월 치의 약을 받아놨소." 조셉이 말하자, 율라 메이도 말했다. "난 만약에 대비해 항상 약을 가지고 다녀요." 할머니가 토트백을 두드렸다.

"다행이네요. 약이나 음식 때문에 멈출 필요는 없겠네요." 웨이드가 말했다.

"그리고 무법자에서는 여덟 명까지 잘 수 있소. 급할 때는 열 명도 잘 수 있지." 조셉이 문을 향해 손짓했다. "래쉬 라루는 다른 사람들을 납치하는 경향이 있소?"

"우리가 멈추지 않을 때는 괜찮아요. 그런데 멈출 필요가 없을 것 같네요." 웨이드가 대답했다.

"기름을 안 넣어도 된다면 그렇지. 래쉬 라루가 나에게 올가미를 씌웠을 때, 막 기름을 넣으려던 참이었소." 조셉이 말했다.

"기름이 얼마나 남았나요?" 웨이드가 물었다.

"반쯤 남았을 거요. 하지만 길에서 벗어나자마자 위스키를 마셔대는 카우보이처럼 휘발유를 마구 들이켠다는 사실이 무법자의 유일한 단점이오. 1리터로 1.7킬로밖에 못 가."

"전혀 문제없습니다. 오늘은 아저씨에게 운이 좋은 날이에요." 웨이드가 활짝 웃으며 말했다.

"인디의 기술이 휘발유 자동차에만 효과가 있다면 이야기가 다르죠. 아저씨의 서부 마차는 경유를 쓰죠?" 프랜시가 물었다.

"그렇소."

웨이드의 웃음이 싹 가셨다. "젠장. 죄송해요. 할머니, 제가 욕을 하려던 건 아니었어요…. 이 차가 경유를 쓸 거라는 생각을 못 했거든요."

"하지만 그냥 주유소에서 기름을 넣으면 안 되겠소?" 조셉이 물었다. "인디를 아무도 볼 수 없는 뒤쪽에 두면 되잖소. 돈은 문제없소. 나한테 비자 카드가…."

"신용카드를 쓰면 안 됩니다." 웨이드가 날카롭게 말했다. "ATM도 안 돼요. 당국이 우리를 추적하는 데 사용할 수 있거든요. 현금을 사용해야 합니다."

"글쎄, 그러면 현금이 많이 필요할 거요. 무법자를 채우려면 2백 달러가까이 들거든."

"그렇다면 인디의 기술이 경유차에서도 통하길 바라는 게 낫겠네요." 웨이드가 말했다.

"그런데 만약 안 되면 어떡하고요?" 라일이 물었다.

"우리가 처음으로 기름을 넣기 위해 주유소에 들렀을 때, 당국이 우리의 위치를 알아내 쫓아오면 게임 끝인 거지."

"〈장렬 제7기병대(They Died with Their Boots On)〉하고 똑같네." 조셉이 즐겁게 말했다.

"장렬이 어쨌다고요…?" 율라 메이가 긴장해서 말했다.

"서부 영화요. 커스터 장군의 최후의 전투에 대한 작품이지." 조셉이 설명했다.

9장

"내가 싫어하는 게 있다면,
바로 역마차를 타고 아파치의 영토를 가로질러 달리는 겁니다."

— 〈역마차〉

"커스터 장군처럼 끝장나기 싫으면 움직여야 하지 않겠소?" 조셉이 테이블에서 일어나며 말했다.

"인디가 준비될 때까지는 움직일 수 없어요." 웨이드가 말했다.

"우리는 인디가 어느 방향으로 갈지 결정할 때까지 기다릴 수밖에 없어요." 프랜시가 설명했다.

"인디에게 서둘러달라고 하면 안 되는 거요?"

"안 됩니다." 웨이드가 말했다. 프랜시가 문을 열고 내다보며 인디가 돌아올 기색이 있는지 살폈다. 인디는 여전히 늦은 오후의 햇살을 받으며 미동도 없이 앉아 있었다.

"그러면 그동안 우리는 뭘 하지?" 조셉이 물었다. "그냥 여기에 앉아 기다려야 하는 거요?"

"아뇨." 웨이드가 말했다. "저에게 무법자를 운전하는 방법을 가르쳐주시면, 아저씨가 피곤할 때 교대해드릴게요."

"그거 좋은 생각이오." 조셉이 대답했다. "먼저, 모든 설비가 어디에 있는지 보여주겠소. 저쪽이 마부칸이고….” 조셉이 캠핑카의 운전석을 가리켰다. “우리가 있는 이 부분은 취사 마차요.”

조셉은 뒤쪽으로 사람들을 이끌고 가면서 물건들을 가리켰다. “여기가 숙소. 이 소파가 침상으로 변신하지. 여섯 명이 잘 수 있고, 여기 뒤쪽에는 소파 두 개와 접이식 테이블이 하나 더 있소.”

캠핑카는 프랜시가 짐작했던 것보다 훨씬 컸으며, 구석구석이 서부 개척 시대의 기념품으로 장식되어 있었다. 마부칸의 문 위에는 롱혼 수소의 머리뼈, 옆문 위에는 소총, 그리고 마차 바퀴와 낙인찍는 쇠도장, 올가미 밧줄, 박차 등이 장식되어 있었다.

‘분명히 썬더버드 마트에서 샀을 거야.’ 프랜시가 생각했다. 하지만 다시 보니, 싸구려 장식품들이 아니었다. 부속품과 가구, 마차와 소몰이와 물소떼의 그림 등 모든 게 비싸 보였다. 그중에는 진짜 레밍턴처럼 보이는 것도 있었다. 조셉이 이 차를 ‘서부 마차’라고 부르는 것은 그저 하는 농담이 아니었다.

“어머나, 세상에, 정말로… 멋지네요.” 율라 메이가 프랜시가 생각하고 있던 말을 뱉었다.

“무법자는 정말로 괜찮은 가격에 샀소.” 조셉이 말했다. “화장실은 여기, 샤워실은 여기. 그리고 여기는….” 조셉이 문을 통해 뒤쪽의 넓은 방으로 안내했다. “옛날 서부 개척지의 마을에 있던 극장의 이름을 따서 ‘오페라 하우스’라고 부르고 있소.” 조셉은 대형 평면 TV와 DVD가 줄지어 배치된 벽을 마주 보고 있는, 나바호족 담요로 덮인 푹신한 안락의자 두 개를 과장된 몸짓으로 가리켰다. “이게 내가 수집한 영화들이오. 해리 캐리와 톰 믹스가 출연한 무성 영화부터 지금까지 만들어진 서부 영화는 거의 다 가지고 있소.”

“〈카우보이와 외계인(Cowboys and Aliens)〉도 있나요?” 라일이 물었다. “외계인들이 인류를 실험하러 지구에 왔다가 몰살당하는 영화예요.”

‘인디가 밖에 있어서 다행이야. 라일이 다른 말을 하기 전에 웨이드와 이야기해야겠어.’ 프랜시가 생각했다.

"아니. 〈카우보이와 외계인〉은 없네. 하지만 글렌 포드 주연의 〈카우보이(Cowboy)〉와 존 웨인 주연의 〈11인의 카우보이(The Cowboys)〉는 있지." 조셉이 그 DVD들을 들어 올렸다. "그리고 진 오트리 주연의 〈노래하는 카우보이(The Singing Cowboy)〉도 있고."

"지금 운전 교육 가능하신가요?" 웨이드가 물었다.

"두말하면 잡소리지." 조셉이 말했다. 그리고 율라 메이와 라일을 앞쪽으로 데려가며 휴대용 침구가 수납된 곳을 가리켰다. 웨이드가 그 뒤를 따라갔다.

"잠깐만요." 프랜시가 다른 사람들의 눈에 띄지 않게 웨이드를 오페라 하우스로 다시 끌어당겼다. "할 말이 있어요." 프랜시가 나바호 담요로 덮인 안락의자의 팔걸이에 앉았다.

"캠핑카 때문이에요." 프랜시가 목소리를 낮추고 말했다. "인디가 왜 이 캠핑카를 납치했는지 생각해봤어요."

"이건 캠핑카가 아니에요." 웨이드가 웃으며 프랜시의 말을 바로잡았다. "아저씨의 말을 들었잖아요. 이건 서부 마차예요. 인디가 버펄로 빌 같은 것보다 조금 작은 차를 납치했더라면 좋았을 거라고 생각하는 거죠? 인디가 고속도로 순찰차나 카지노 버스를 납치하지 않은 걸 다행으로 생각하세요."

"그래요. 그런데 내가 말하려는 건 그게 아니에요. 인디가 왜 이 차를 납치했느냐는 이야기를 하려는 거예요. 당신이 더 큰 보트가 필요할 거라고 말했을 때, 내가 화장실과 샤워실이 있는 게 더 좋겠다고 말했던 거 기억해봐요."

"네. 그게 왜요?"

"인디가 이 캠… 서부 마차를 납치한 건 내가 원한다고 말했던 차와 일치하기 때문일 거라는 생각이 들어요. 즉, 우리가 말하는 내용을 인디가 이해한다는 뜻이죠. 그러니까 인디가 주변에 있을 때 말을 조심해야 해요."

"'라일의 목을 졸라버리고 싶다' 같은 말을 할 때 조심해야 한다는 거죠?"

"네. 인디가 말을 그대로 받아들여서, 그렇게 할 수도 있어요."

"그러면 왜 안 되나요…?"

"진지하게 말하는 거예요. 당신이 라일에게 말해서 인체 조사나 침략, 인류 멸종 같은 이야기를 그만하라고 하세요. 인디가 라일의 말을 진지하게 받아들일 경우, 우리에 대해 어떤 인상을 받게 될지 어떻게 알겠어요? 게다가 라일은 율라 메이 할머니도 겁주고 있잖아요."

"정말요?" 웨이드가 말했다. "나는 할머니가 상당히 침착하고 차분해 보인다고 생각했거든요. 사실, 할머니는 약간 너무 침착하고 차분해 보여요."

"그게 무슨 말이죠?"

"방금 외계인에게 납치된 자그마한 할머니치고는 반응이 조금… 절제되어 있잖아요."

"혹시 할머니가 라일처럼 비명을 지르고 히스테리를 부려주길 바라는 건가요?"

"그건 아니지만, 할머니가 적어도…."

"할머니가 당신에게 후추 스프레이를 뿌리려고 했잖아요."

"하지만 그건 우리가 범죄자 집단이고, 경찰이 우리를 쫓고 있다고 생각했을 때였죠. 인디를 봤을 때는 그러지 않았어요…."

"그냥 유난히 용감한 할머니인지도 모르죠."

"그럴 수도 있겠죠." 웨이드가 말했다. "아니면…."

"아니면 뭐요?"

"아무것도 아니에요. 신경 쓰지 마세요. 돌아가서 이 보트를 운전하는 방법을 배우는 게 좋겠어요."

"서부 마차라고요." 프랜시가 반사적으로 말했다. "그래도 라일에게 이야기할 거죠?"

"네." 웨이드가 앞쪽으로 돌아가며 대답했다.

"냉장고에 있는 건 마음껏 먹어도 좋소. 전자레인지는 여기." 조셉이 말하고 있었다. "아, 좋소." 조셉이 웨이드를 보며 말했다. "갑시다."

웨이드가 운전대가 있는 앞쪽 구역, 즉 조셉이 마부칸이라 부르는 곳으로 갔다. 조셉이 그 뒤에 따라오며 말했다. "샤워하고 싶은 사람은 머리 위의 수납장에 수건이 있소. 그리고 TV 리모컨은 안락의자 사이의 탁자 위에 있고."

"대단하네요." 라일이 비꼬는 투로 말했다. "외계인들이 우리를 몰살시키러 올 때 리모컨이 엄청난 무기가 되겠어요." 하지만 라일이 뒤쪽으로 걸어간 몇 분 후, 프랜시는 TV가 켜지는 소리를 들었다.

"걱정하지 마세요." 프랜시가 율라 메이에게 말했다. 할머니는 라일이 있는 쪽을 초조하게 바라보고 있었다. "외계인은 우리를 몰살시키지 않을 거예요. 인디는 착해요. 제 목숨도 구해줬어요." 프랜시가 할머니에게 방울뱀 이야기를 해줬다. "라일의 말은 듣지 마세요. 라일은 SF 영화를 너무 많이 봐서 그래요."

율라 메이는 반응이 없었다. 할머니는 토트백을 뒤적이고 있었다.

"또 후추 스프레이를 찾으시는 건 아니죠?" 프랜시가 물었다.

"아니, 내 카드를 찾아요." 율라 메이가 카드 한 벌을 꺼냈다. "솔리테어 게임을 하면 긴장이 풀리거든요." 할머니가 테이블 위에 카드를 펼치기 시작했다. "아가씨는 가서 샤워를 하든 뭘 하든 할 일을 해요. 난 괜찮아요."

'내가 해야 할 일은 라일에게 몰살이나 침략 이야기를 그만하라고 말하는 거야.' 프랜시가 뒤쪽으로 향했다.

"라일?" 프랜시가 불렀다. "할 말이 있어."

대답은 없고, 텔레비전이 웅웅거리는 소리만 들렸다. '아, 안 돼.' 프랜시가 오페라 하우스의 문을 열며 생각했다. '뒤쪽 창문으로 기어나가서 경찰에 신고하러 갔으면 어쩌지?' 하지만 라일은 도망치지 않았다. 그는 푹신한 안락의자의 좌판을 밟고 올라서서 위쪽에 있는 캐비닛을 들여다보고 있었다.

"뭐 하는 거야?" 프랜시가 물었다.

"증거를 찾고 있어요."

"무슨 증거?"

"조셉 아저씨가 렙틸리언이라는 증거요."

'아, 이런…'

"콧수염과 카우보이 부츠는 변장일 뿐이에요." 라일이 말했다. "그리고 서부 영화 촬영지를 관광하는 것은 남서부 지역을 돌며 우리를 염탐해서 침략을 준비하는 거라고요."

"아저씨는 렙틸리언이 아니야." 프랜시가 말했다.

"그러면 인디가 납치했을 때, 왜 겁을 먹지 않았을까요?"

라일이 캐비닛에서 베개와 담요를 꺼내며 물었다. "아저씨는 마치 매일 일어나는 일인 것처럼 행동했어요." 라일은 침구를 다시 욱여넣고 캐비닛 문을 쾅 닫더니, 옆의 문을 열었다. "그리고 인디를 돕겠다는 웨이드의 계획에 왜 그렇게 빨리 동의한 걸까요?"

"너도 조셉 아저씨가 하는 말을 들었잖아. 아저씨는 모험을 좋아하는데, 우리의 상황이 영화 〈역마차〉와 비슷하다고 생각해."

"사람들이 하는 말을 다 믿지는 마세요." 라일이 청바지 더미를 훑어보며 말했다. "그리고 겉모습만 보고 판단해서는 안 돼요. 사람은 항상 겉으로 보이는 것과 달라요. 때로는 아예 사람이 아닐 때도 있다고요."

"율라 메이 할머니도 거기에 포함되니? 할머니도 렙틸리언이야?"

"할머니요? 아뇨, 그 할머니는 정직해요. 그 할머니가 다른 사람들과 함께 카지노 버스에서 내리는 걸 내가 봤거든요. 하지만 조셉 아저씨는 확실히 렙틸리언이에요. 그 사람의 눈을 봐요. 가까이에서 보면 눈동자에 얇은 깜박막을 볼 수 있어요. 그리고 당신의 남자 친구 웨이드의 눈에서도 깜박막이 보일걸요."

"웨이드는 내 남자 친구가 아니야. 렙틸리언도 아니고." 프랜시가 대답했다.

"그럼, 웨이드의 더플백은 어디 있죠?" 라일이 카우보이 셔츠 더미를 뒤지기 시작하며 말했다.

"모르겠어. 웨이드가 어딘가에 넣어둔다고 했어."

"글쎄요, 캐비닛과 서랍을 다 뒤졌지만, 여기엔 없어요. 웨이드가 더플백을 얼마나 아끼는지 알잖아요. 아무도 못 건드리게 하죠. 그건 가방 안에 자기 허물을 넣어두었기 때문에…."

"허물?"

"렙틸리언은 며칠마다 인간의 형태를 벗어요. 방울뱀이 허물을 벗는 것처럼 피부가 벗겨지죠. 그걸 어딘가에 숨겨놨을 거예요. 모선과 통신할 때 사용하는 장치도 갖고 있을 테고, 우리가 잠든 사이에 이식할 칩과 조사기구도…."

"웨이드의 더플백에는 어떤 조사기구도 없었어." 프랜시가 말했다.

'하지만 웨이드는 더플백 안에 뭔가를 가지고 있었어.' 프랜시는 웨이드의 셔츠를 인디에게 보여주며 '옷'이라고 설명하기 위해 더플백을 열었을 때 웨이드가 당황하던 모습과, 이 차로 납치될 때 더플백을 가져왔다고 말하자 그가 얼마나 기뻐했었는지를 떠올렸다.

"아하, 당신도 웨이드가 렙틸리언이라고 생각하는 거죠. 얼굴에 다 보여요." 라일이 말했다.

"웨이드는 렙틸리언이 아니야." 프랜시가 단호하게 말했다. "그 사람도 너나 나처럼 납치됐잖아."

"그랬을까요? 당신이 지나갈 때 웨이드가 준비하고 기다린 건 아닌지 어떻게…?"

라일이 말을 멈추고, 귀를 기울였다. "그들이 돌아오고 있어요." 라일이 말했다. 그리고 셔츠를 다시 캐비닛에 집어넣고 문을 닫은 후 안락의자에서 뛰어내렸다. "우리가 그들의 정체를 간파했다는 사실을 그들이 알게 되면 우리를 죽일 거예요. 이 일에 대해서는 아무 말도 하면 안 돼요."

"아, 그래, 날 믿어. 절대로 말 안 할게." 프랜시가 말했다. "너도 그 사람들이 지구를 장악하고 우리를 몰살할 거라는 말을 하지 마. 가축의 절단이나 납치당한 사람에 대한 신체 조사, 비밀 지하 기지 같은 이야기도 하지 말고. 그 사람들이 렙틸리언이라면, 네가 그들의 계획에 대해 알고 있다는 사실을 알려주면 안 되잖아."

"그렇네요." 라일이 얼굴을 찡그리며 말했다. 프랜시는 라일이 예전에 외계인은 마음을 읽을 수 있다고 말했던 사실을 잊어버렸길 바랐다.

라일이 "좋은 생각이에요."라고 덧붙인 것을 보니 잊은 게 분명했다. 그리고 라일은 앞장서서 주방으로 돌아갔다. 조셉과 웨이드가 오고 있다는 라일의 말은 틀렸다. 주방에는 율라 메이 혼자 솔리테어 게임을 위해 카드를 펼쳐놓고, 손에 든 카드를 바라보고 있었다.

"뭐 먹을거리 좀 만들어줄까요?" 율라 메이가 프랜시에게 물었다. "샌드위치 같은 거?"

'네, 배고파 죽겠어요.' 프랜시가 생각했다. "괜찮아요. 그냥 계세요." 프랜시가 대답하고 냉장고를 열었다. 살라미와 치즈를 찾았다. 그리고 살라미를 통째로 게걸스럽게 먹어 치우지 않으려 노력하며, 샌드위치를 만들어 반으로 잘랐다.

"아, 이젠 샌드위치까지 만드는 거예요?" 라일이 말했다. "다들 대체 왜 이러는 거예요? 우리는 외계에서 온 외계인에게 납치당했다니까요. 그리고 그 외계인이 바로 이 순간에도 인류 전체를 몰살할 음모를 계획하고 있을지도 모른다고요!"

'몰살에 대해 말하지 말라고 설득한 것도 다 헛수고였네.' 프랜시가 생각했다. 하지만 너무 배가 고파서 라일을 말릴 기력이 없었다. 프랜시는 샌드위치를 한 입 베어 물고 냉장고를 열어 우유를 찾았다.

"그런데 할머니는 우리가 무슨 가족 휴가라도 온 것처럼 행동하고 있잖아요!" 라일이 율라 메이에게 말했다. "어떻게 아무것도 안 하고 가만히 앉아 있을 수가 있어요?"

"할머니가 아무것도 안 하고 계신 건 아니야." 웨이드가 조셉을 데리고 앞쪽에서 돌아오며 말했다. "할머니는 유서 깊은 생존 전략을 실행하고 계신 거야."

"생존 전략이라고요? 솔리테어 게임이?" 라일이 따졌다.

"그렇지." 웨이드가 프랜시의 샌드위치 반쪽을 움켜잡으며 말했다. "네가 들어본 적이 없다는 사실이 오히려 놀랍네. 사방에 아무도 없고, 구조의 희망도 없는 외딴곳에 혼자 있다고 가정해봐. 네가 앉아서 솔리테어 게임을 시작하면, 누군가가 곧장 다가와서 검은색 9에 빨간색 8을 놓으라고 훈수할 거야."

프랜시와 조셉이 웃음을 터뜨렸다.

"재미없어요!" 라일이 말했다. "게다가 당신은 아무도 우리를 찾지 않기를 바라지 않았나요?"

"웨이드 씨는 농담을 한 거야, 라일." 프랜시가 말했다.

"그래요, 뭐, 외계인이 우리를 가두고 실험하기 시작해도, 그렇게 재미 있을지 보자고요. 가만히 앉아서 아무것도 안 한 걸 후회하게 될 거예요."

"우리는 아무것도 하지 않고 있는 게 아니야." 웨이드가 말했다. "인디가 우리를 어디로 데려가려는 건지 알아내기 위해 돌아왔어." 웨이드가 조셉에게 물었다. "지도가 있다고 하셨죠?"

"그렇지. 모든 종류의 지도가 다 있소. 이 여행을 시작하기 전에 잔뜩 사놨거든. 요즘엔 눈보라 속에서 잃어버린 개보다 지도를 찾는 게 더 어렵다오. 이젠 다들 GPS를 가지고 있어서 아무도 지도를 안 쓰잖소. 그래서 골동품 가게에 가서 구해야 했지. 뭐가 필요하시오?"

"우선 뉴멕시코의 도로 지도가 필요해요." 웨이드가 말하자 조셉이 뒤쪽으로 갔다.

프랜시가 샌드위치를 더 만들었다. 그리고 찬장에서 감자칩 한 봉지를 발견하고, 식탁 위에 함께 올려두었다. 그 즉시 라일이 샌드위치를 움켜잡더니 크게 한 입 베어 물었다.

"저 에이스 위에 다이아몬드 2를 놓을 수 있어요." 라일이 율라 메이에게 훈수하는 모습을 보고, 프랜시가 웃음을 삼켰다.

"찾았소." 조셉이 접힌 지도 몇 장을 들고 돌아왔다. 율라 메이가 카드를 거둬들이고, 다들 각자의 접시를 들어서, 조셉이 지도를 펼칠 수 있도록 했다.

조셉이 테이블 위로 몸을 기울였다. "여기가 썬더버드 마트요." 조셉이 지도를 가리켰다. "그리고 여기가 우리가 지금 있는 곳인 것 같군."

"그리고 여기가 내가 자주 가는 카지노 '스톰 메사'예요." 율라 메이가 덧붙였다.

"인디가 저를 붙잡은 곳이 여기예요." 웨이드가 말하며 가리켰다. "그리고 여기에서 라일을 낚아챘죠." 웨이드가 본의 남쪽 지점을 손가락으로 가리켰다. "그런 후 우리는 북쪽으로 여기까지 갔다가, 동쪽으로 여기까지 갔어요. 거기에서 우리 차의 휘발유가 떨어졌죠. 그리고 나서 남쪽으로 갔다가 서쪽으로 돌아가 마트에 들렀고, 거기에서 인디가 아저씨에게 서쪽으로 가자고 해서 여기까지 갔다가 북쪽으로 왔어요. 라일, 여기서 북쪽에는 어떤 UFO 출몰지가 있어?"

"둘체." 라일이 곧바로 대답했다. "아출레타 메사 아래에 비밀 연구소가 있어요." 라일이 지도를 살펴봤다. "여기예요. 뉴멕시코에서 콜로라도로 넘어가는 주 경계선의 바로 북쪽. 파고사 스프링스에서 가까워요."

"거긴 너무 멀어. 더 가까운 곳은 없어?" 웨이드가 물었다.

"최근 몇 년 동안 에스파뇰라에서 여러 번 목격됐어요." 라일이 대답했다. "그리고 타오스에서도 엄청 많이 목격됐는데, 항상 도로 바로 위에 붉은 구체가 수없이 떠다니고 그 뒤를 눈부신 하얀 빛이 따라갔어요."

"로즈웰은 어디에 있소?" 조셉이 물었다. "거기가 40년대에 UFO가 추락했던 곳 아닌가?"

"거기는 이미 가봤어요. 인디가 프랜시 씨를 잡은 곳이 거기죠." 웨이드가 대답했다.

"아, 그렇군. 그러면 51구역은 어디요? 거기도 뉴멕시코 아닌가?"

"아뇨. 네바다예요." 웨이드가 대답했다.

"거길 보려면 다른 지도가 필요하겠군." 조셉이 말했다.

"아뇨, 51구역은 너무 멀어요." 웨이드가 반대했지만, 조셉이 그새 두 번째 지도를 펼치기 시작했다. "이건 남서부 전체 지도요." 조셉이 뉴멕시코 지도 위에 펼치며 말했다. "자, 51구역이 어디라고 했소?"

"여기입니다." 웨이드가 라스베이거스 북쪽의 한 지점을 가리키며 말했다. "만약에 그런 게 존재한다면 그렇다는 말이에요. 51구역이라는 건 존재하지 않아요. 설령 존재한다고 해도, 로즈웰에서 1,100킬로미터 이상 떨어져 있어요. 인디가 거기에 가려 했다면, 라스베이거스나 리노에 착륙했겠죠."

"꼭 그렇지는 않아요." 라일이 말했다. "외계인들은 한 기지에서 다른 기지로 순식간에 이동하는 기계를 가지고 있거든요. 콜로라도와 뉴멕시코, 유타, 애리조나가 만나는 네거리에 한 대가 있어요. 인디가 우리를 거기로 데려가서 51구역으로 순간이동시킬 수 있어요."

웨이드가 고개를 가로저었다. "인디에게 순간이동 기계가 있었다면, 프랜시를 납치해서 거기로 데려가는 대신 애초에 그 기계를 사용했겠지."

"인디의 우주선에 기계가 없었나 보죠. 아니면 우주선이 추락했을 때 고장이 났을 수도 있고." 라일이 말했다.

"〈붉은 메사의 카우보이(Riders of the Red Mesa)〉랑 비슷하군." 조셉이 말했다. "텍스의 말이 다리를 다치는 바람에, 제시간에 유마에 도착해 교수형을 막으려면 보안관의 말을 훔칠 수밖에 없었지."

"그리고 51구역은 인디가 가기에 논리적인 장소예요." 라일이 말했다. "로즈웰 추락 사고 후 정부가 UFO와 외계인을 데려간 곳이니까요. 정부가 붙잡은 UFO는 모두 거기로 가져갔어요."

"그게 정말이에요?" 율라 메이가 물었다.

"아니요." 프랜시가 말했다. "인디가 우리를 51구역으로 데려가려 했다면, 먼저 서쪽으로 데려갔을 거예요, 그렇죠?" 프랜시가 I-40번 도로를 따라 서쪽으로 가다가 I-93번 도로를 타고 북쪽으로 가는 경로를 가리켰다.

"모뉴멘트 밸리는 어때요?" 라일이 물었다. "나바호족은 수백 년 전부터 UFO를 목격했다고 알려져 있어요. 엄청나게 빠른 속도로 하늘을 가로지르는 이상한 흰색 불빛을 목격했죠. 그리고 내가 아까 말했던 신비한 붉은 구체도요. 나바호족은 모뉴멘트 밸리를 '하늘의 바위'라고 해요." 라일이 지도 위로 몸을 숙였다. "모뉴멘트 밸리가 어디예요?"

"그건 상황에 따라 다르지." 조셉이 말했다.

"상황에 따라 다르다니, 무슨 말이에요?" 웨이드가 날카롭게 물었다.

"무슨 뜻이냐면, 본래는 여기에 있어야 하는데…." 조셉이 애리조나 북부의 한 지점을 가리키며 말했다. "영화에서는 여기저기로 움직이거든."

"움직인다고요?" 라일이 기대하는 목소리로 물었다. "움직인다는 게 무슨 뜻이에요?"

"그러니까, 〈역마차〉에서는 모뉴멘트 밸리가 투손과 로드스버그 사이에 있소." 조셉이 애리조나 남쪽의 주 경계선을 가리켰다. "그리고 〈서부 개척사(How the West Was Won)〉에서는 애리조나 남서부에 있고, 〈수색자〉에서는 텍사스 서부, 그리고 〈백 투 더 퓨처(Back to the Future)〉 마지막 편에서는 자동차 극장 한가운데에 있잖소."

"그랬죠. 그리고 제가 기억하기로 〈델마와 루이스(Thelma and Louise)〉의 주인공들은 미주리주에서 멕시코 국경으로 출발했어요." 웨이드가 말하며 두 곳을 직선으로 이었다. "그런데 마지막에는 여기 있는 그랜드캐니언에 도착해요. 영화에서는 지리에 전혀 신경을 쓰지 않는다는 의미죠."

"아니면…." 라일이 음침하게 말했다. "그게 실제로 다른 장소에 있었다는 뜻일 수도 있죠. 외계인이 옮긴 걸 수도 있다고요."

"그래. 외계인들이 수십만 톤에 달하는 오래된 사암 지층을 옮겼을 거야."

"외계인들은 우리가 상상도 못 하는 형태의 에너지를 가지고 있어요." 라일이 말했다. "외계인이 프랜시의 차에 무슨 짓을 했는지 보세요. 기름 없이도 달릴 수 있게 만들었잖아요. 그리고 내가 작년에 UFO 축제에서 만났던 사람은 벽을 뚫고 외계인의 우주선까지 공중으로 떠오르는 경험을 했어요. 외계인들이 그런 짓을 할 수 있다면, 모뉴멘트 밸리도 옮길 수 있을 거예요."

"그게 왜 그렇게 연결되는…." 프랜시가 말하기 시작했지만, 라일은 듣지 않았다.

"외계인들은 납치했던 사람들을 풀어준 후 아무도 자신들을 찾을 수 없게 하려고 그런 짓을 하는 걸 수도 있어요."

"아니면 납치된 사람들의 이야기를 완전히 우스꽝스럽게 만들려고 그런 걸 거야." 웨이드가 말했다.

"맞아요." 라일은 웨이드가 비꼬려고 하는 소리라는 사실을 전혀 알아차리지 못한 채 말했다. "미주리에서 납치됐던 남자가 있어요. 그 사람은 무슨 일이 있었는지, 자신이 어떻게 소코로 외곽 도로에 가게 되었는지 전혀 기억하지 못했지만, 외계인이 수술대 위에서 자기 몸을 조사하던 모습과, UFO 창문 밖으로 붉은 사막과 탁상지, 삐죽삐죽 솟은 붉은 사암 꼭대기를 봤던 상황에 대한 꿈을 꾸기 시작했어요. 그 남자는 외계인들이 그들의 행성으로 데려갔다고 했지만, 아마 모뉴멘트 밸리였을 거예요."

"아니면, 〈수색자〉를 보다가 잠들어서 그 모든 것들을 상상했는지도 모르지." 웨이드가 말했다.

하지만 라일은 그 말을 듣지 않았다. "혹시 〈수색자〉 DVD 있나요?" 라일이 조셉에게 물었다.

"있지. 그렇지만 나는…."

"어디에 있어요? 뒤쪽에?" 라일이 묻자 조셉이 고개를 끄덕였다. 라일이 DVD를 찾으러 뒤쪽으로 갔다.

"라일이 저렇게 야단법석을 떨게 만들 생각은 없었소." 조셉이 말했다. "모뉴멘트 밸리가 그렇게 많은 영화에 등장했던 이유는 존 포드 감독이 그 풍경을 좋아했기 때문이고, 나바호족과 말들을 많이 고용해서 영화에 등장시켰기 때문이오. 라일의 머릿속에 미친 아이디어를 넣을 의도로 한 말은 아니었소."

"걱정하지 마세요. 아저씨가 말하기 전에 이미 미친 아이디어가 머릿속에 가득 차 있던 사람이에요." 웨이드가 말했다.

'내 생각엔 라일이 침략이나 인체 조사에 대해 떠들어대는 것보다는 차라리 모뉴멘트 밸리가 돌아다니는 이야기를 하는 게 나을 것 같아.' 프랜시가 속으로 말했다. 조셉은 영화를 수백 편 가지고 있었다. 라일은 영화 〈수색자〉를 찾아보며 한동안 정신없는 시간을 보낼 수 있을 것이다.

'이제 인디만 돌아오면 출발할 수 있을 텐데.' 프랜시가 생각했다.

"인디가 마무리한다는 징후는 없나요?" 웨이드가 프랜시에게 물었다.

프랜시가 창밖을 내다보며 말했다. "없어요."

"젠장." 웨이드가 말했다. "썬더버드 마트에서 조금 더 멀리 떠나면 긴장이 좀 풀릴 것 같아요. 거기에서 누군가가 무슨 일이 벌어졌는지 봤다면…."

프랜시는 웨이드에게 카우보이모자와 티셔츠의 값을 치르지 않았다는 이야기를 해야 하나 망설이며 입술을 깨물었다. 만약 율라 메이가 그 물건들을 집어 들고 달려 나가는 상황을 점원이 봤다면….

"웨이드…." 프랜시가 막 입을 열었을 때, 인디가 갑자기 몸을 일으켜 언덕 아래로 굴러 내려오기 시작했다.

"인디가 와요!" 프랜시가 소리쳤다. 율라 메이는 인디가 후추 스프레이를 빼앗았던 것처럼 카드도 빼앗을 거로 생각했는지 서둘러 카드를 치우기 시작했다. 하지만 인디는 할머니를 지나쳐 캠핑카 앞쪽으로 곧장 굴러갔다.

웨이드가 인디를 막아섰다. "기다려." 웨이드가 말했다. "네가 먼저 해야 할 일이 있어."

"내 차에 기름이 떨어졌을 때 기억나지, 인디?" 프랜시가 말했다. "음, 이 차도…." 프랜시가 캠핑카의 벽을 손으로 두드렸다. "네가 해결하지 않으면 기름이 떨어질 거야."

인디는 잠시 그 자리에 앉아 있다가 앞쪽으로 굴러갔다.

"우리가 하는 말을 인디가 이해한다는 당신의 가설이 틀렸네요." 웨이드가 말했다.

"꼭 그렇지는 않아요." 프랜시가 말했다. "어쩌면 조셉 아저씨를 데리러 간 건지도 모르잖아요. 이 차의 보닛을 여는 방법을 아는 사람이니까." 잠시 후 인디가 조셉을 데리고 다시 나타났는데, 촉수 하나는 그의 손목에, 다른 촉수는 그의 허리에 감고 있었다.

"인디가 뭘 하려는 거요?" 조셉이 물었다.

"아저씨를 모선으로 데려가 수술을 하려는 거예요." 뒤에서 나타난 라일이 말했다.

"아뇨, 그게 아니에요." 프랜시가 말했다. "엔진을 고칠 수 있도록 보닛을 열어달라는 거예요."

"안에서 열면 되오." 조셉이 말했다.

"인디, 아저씨를 놔드려. 그래야 아저씨가 마부칸으로 돌아가 보닛을 열어주시지." 프랜시가 말하자, 인디가 촉수들을 풀었다. "아저씨, 가서 보닛을 열어주세요. 인디, 넌 웨이드 씨와 나를 따라와."

프랜시가 인디를 밖으로 데려가서 캠핑카 앞쪽으로 이끌었다. 보닛이 차의 문처럼 반쯤 열려 있었다. '부디 인디가 내 말을 이해해야 할 텐데, 그리

186

고 인디가 뭘 하는지는 몰라도 디젤 엔진에서도 작동되어야 할 텐데.'

그랬다. 인디는 1, 2분 정도 커다란 엔진을 만지작거리며 촉수를 이리저리 꼬아대더니, 다시 캠핑카 안으로 들어가서 앞쪽으로 굴러갔다. 웨이드가 그 뒤를 따라갔다. "썬더버드 마트에서 최대한 멀리 떠나고 싶어요." 웨이드가 프랜시에게 말했다. "설령 밤새워 운전하는 일이 있더라도요."

'인디가 그렇게 하도록 놔둘까?' 프랜시가 언덕을 가로지르며 길어지기 시작한 그림자를 바라보며 생각했다. 몇 시간 후면 날이 어두워질 텐데, 어젯밤에 인디는 밤새도록 앉아 있었다. 인디가 또 그러면 어떡하지?

"정말 잘 생겼지요, 그렇지 않나요?" 율라 메이가 테이블에서 말했다. 할머니는 지도가 덮여 있지 않은 테이블의 끝부분에서 솔리테어 게임을 다시 시작해서, 손에 든 카드를 한 번에 한 장씩 훑어보고 있었다. 스페이드 퀸, 다이아몬드 6, 하트 5.

"누구요?" 프랜시가 어두워지는 하늘을 바라보며 물었다. 지평선 위로 분홍색 구름이 한 줄로 늘어서 있었다. "조셉 아저씨요?"

"아니요, 웨이드." 율라 메이가 말했다. "그 사람이 하는 일이 뭐라고 했지요?"

"웨이드 씨는 사기꾼이에요." 프랜시가 말했다.

"사기꾼이라고요? 정말?" 율라 메이가 말했다. 프랜시는 할머니가 오히려 안심하는 것 같다는 느낌을 받았다. 라일이 할머니에게 웨이드가 렙틸리언이라는 이야기를 한 게 틀림없다.

"뭐, 어쨌거나, 웨이드는 아주 잘 생겼어요." 율라 메이가 말했다. "좋은 신랑감이에요. 이 늙은이가 젊었을 땐 그렇게들 말했지요." 율라 메이가 잠시 말을 멈추고, 테이블에 있는 카드들을 바라봤다. 할머니의 손에는 스페이드 5가 있었다. "그렇지 않나요?"

"다이아몬드 6 위에 스페이드 5를 놓을 수 있어요." 프랜시는 그렇게 말하고, 라일을 확인하러 갔다.

라일은 서부 영화를 보고 있었다. "이거 봐요." 라일이 흥분한 목소리로 말하며, 카우보이 한 명이 모뉴멘트 밸리의 주황색과 붉은색의 뭉툭한 꼭

대기와 뾰족한 바위산 사이를 달리고 있는 텔레비전 화면을 가리켰다. "저 장면은 세도나에서 촬영했는데, 거기도 UFO 목격으로 유명한 곳이죠. 레이 라인 때문이에요. 인디가 우리를 저기로 데려가는 게 확실해요." 그리고 라일은 취사 마차로 가서 지도를 본 후 율라 메이에게 10 위에 하트 9를 올릴 수 있다고 말했다.

프랜시가 라일과 이야기를 나누는 동안 날이 점점 어두워지기 시작했다. 하늘은 빠르게 어둑해지며 연보랏빛을 띤 청색으로 변해가고, 수평선 위에 있던 구름은 어두워져 회색이 되었다. 프랜시는 마부칸으로 가서 인디가 다시 차를 멈추려는 기미를 보이는지 확인했다. 하지만 인디는 조셉과 웨이드 사이의 콘솔 위에 앉아서 대시보드 위에 촉수를 올려놓고 흔들림 없이 앞쪽을 가리키고 있었다.

프랜시가 취사 마차로 돌아갔다. 라일이 율라 메이에게 네바다 지도에서 51구역을 가리키며 설명하고 있었다. "보이죠. 저기에 외계인 고속도로가 있는데, 거기에 검은 우편함이 있어요. 사람들이 UFO를 목격한 곳이 거기예요. 고속도로 남쪽에 꿈의 나라가 있어요."

"꿈의 나라?" 율라 메이가 물었다.

"네. 파라다이스 목장, 51구역. 로즈웰 추락 사고의 외계인들이 비밀리에 정부와 협력하고 있는 곳이죠."

프랜시는 샌드위치를 하나 더 만들어 손에 들고, 사람들이 자리를 비운 사이 샤워를 하러 뒤쪽으로 갔다. 수건을 꺼내려 수납장을 열었을 때, 목욕 수건 더미 뒤에 숨겨진 웨이드의 더플백이 눈에 들어왔다. 프랜시는 라일이 한 말을 떠올리며 가방을 쳐다봤다. 말도 안 되는 렙틸리언의 물건은 아니겠지만, 웨이드는 프랜시가 인디에게 셔츠를 보여주기 위해 더플백을 열었을 때 낚아채 갔고, 이 캠핑카로 납치될 당시 더플백을 가지고 왔다고 했을 때 지나치게 기뻐했다….

프랜시는 앞쪽을 재빨리 돌아본 뒤 가방을 집어 들고 화장실로 가져가서 문을 잠그고 지퍼를 열었다.

더플백 안에는 옷가지 몇 벌과 납치 방지 보험증서, 20×25센티미터 크기의 UFO 사진들, '아무도 믿지 말라'고 적힌 밝은 녹색 야구 모자. 칫솔, 면도기, 데오도란트 스틱 외에는 아무것도 없었다.

'그러면 뭘 찾을 수 있을 거라고 기대한 거야? 우주총? 벗겨진 렙틸리언 허물? 모뉴멘트 밸리?' 프랜시가 생각했다.

프랜시는 더플백을 다시 가져다놓고, 수건들을 가방 앞에 쌓은 후 하나만 가져왔다. 그리고 샤워했다. 샤워실이 너무 좁아서 몸을 돌리기조차 힘들었지만, 천국이 따로 없었다.

몸이 깨끗해지니 너무나 좋았다. '고마워, 인디.' 프랜시가 옷으로 손을 뻗으며 생각했다. 다른 옷을 입고 싶었다. 신부 들러리 드레스가 있긴 했지만, 언젠가 지도를 보며 조셉에게 길을 안내해줘야 할 경우, 캠핑카의 운전석을 환하게 비춰서 고속도로 순찰대에게 발견될 위험을 감수하고 싶지 않았다. 인디가 프랜시를 캠핑카로 끌어당길 때, 율라 메이가 가져왔던 티셔츠를 손에 쥐고 있었더라면 좋았을 것이다.

프랜시가 몸을 비비 꼬며 반바지와 탱크톱을 입고(그 좁은 공간에서 쉽지 않은 일이었다) 샤워실을 나오자, 밖은 거의 어두워진 상태였다. 율라 메이는 오페라 하우스에서 〈역마차〉를 보며 꾸벅꾸벅 졸고 있었다. 라일은 취사마차에서 스튜 한 그릇을 비우는 중이다.

프랜시는 옆걸음으로 라일을 지나, 조셉과 웨이드가 어떻게 하고 있는지 보려고 마부칸으로 갔다.

"웨이드에게 운전석을 막 넘기려던 참이었소. 잠이 쏟아져서 말이지." 조셉이 말했다.

인디도 졸린 모양이었다. 조셉이 캠핑카를 멈추자, 인디의 촉수가 잠에서 깬 사람처럼 꿈틀하더니, 조셉의 손목과 발목을 감쌌다. "우아, 이런, 래쉬!" 조셉이 말했다. "그냥 운전을 교대하려고 멈춘 걸세."

"인디, 조셉 아저씨 놔줘." 프랜시가 말하자 인디가 촉수를 풀었다.

조셉이 자리에서 일어났다. 웨이드가 운전석에 앉으며 말했다. "프랜시, 여기 남아서 지도 보면서 길 안내를 해줄래요? 혹시 너무 피곤한 상태인가요?"

"아뇨, 안 피곤해요." 프랜시가 말하며 조수석에 앉았다.

"좋아요. 인디를 즐겁게 해주세요." 웨이드가 말했다.

"즐겁게 해준다고요?"

"네, 우리가 지나가는 표지판을 설명해주세요."

"왜요?"

"근거는 없지만, 썬더버드 마트 표지판을 보여줬을 때 인디가 이해했던 것 같았어요. 그리고 이제는 모든 표지판을 촉수로 가리키고 있어요."

"인디가 가고 싶은 곳의 이름을 찾고 있는 건 아닌가요?"

"그럴 수도 있겠죠. 하지만 도로 주행거리 표지판만이 아니라, 중앙선 침범 금지 표지판, 위그왐 모텔 간판, 그리고 조지아 오키프의 구름 그림이 그려진 미술관 광고판도 알고 싶어 했어요. 미술관이 무엇인지 설명하느라 엄청 힘들었죠."

"하지만 조지아 오키프 미술관은 산타페에 있지 않나요?" 프랜시가 묻자, 웨이드가 고개를 끄덕였다. "북쪽으로 가는 거 아니었어요?" 프랜시가 다시 물었다.

"네, 하지만 그 당시에는 서쪽으로 가고 있었어요. 인디는 이리저리 오락가락하면서 방향을 가리키고 있어요."

인디가 촉수 하나를 프랜시의 손목에 감고, 다른 촉수로 옆 창문에 다가오는 표지판을 가리켰다. '펑크 난 타이어를 수리해야 하나요? 페르디도 토니의 빅오 타이어'를 읽어줬다. 그리고 한 시간 동안 '펑크 난 타이어'와 '소프트 아이스크림'과 '승인된 차량'이 뭔지 설명해줘야 했다. 그리고 설명의 사이사이에 인디의 지시에 따라 자갈길과 흙길, 포장도로를 돌아다니고, 너무 어두워져서 표지판이 잘 보이지 않을 때까지 그런 설명을 계속해야 했다. 날이 완전히 어두워지자, 인디가 몸을 말아 프랜시에 기대었다. 그리고 정면을 가리키는 촉수 하나를 제외하고 모든 촉수가 축 늘어졌다.

"잠들었나요?" 웨이드가 물었다.

"그런 것 같아요."

"좋았어요." 웨이드가 프랜시에게 지도와 볼펜형 플래시를 주며 말했다. "여기가 어디인지 알 수 있겠어요? 인디가 너무 자주 방향을 바꿔서, 완전히 길을 잃어버렸어요. 아마도 산타로사와 투컴캐리 사이의 동쪽 어디쯤인 것 같아요. 마지막으로 본 표지판에는 '페르디도 60킬로미터'라고 쓰여 있었어요."

프랜시가 인디를 깨우지 않으려 조심하며 지도를 펼쳤다. 그리고 플래쉬로 지도를 비춰 마을을 찾았다.

"우리가 동쪽으로 가는 게 확실해요?"

"아니요."

프랜시가 지도를 더 살펴보고 지나는 카운티 도로 표지판 몇 개를 살펴봤지만, 소용이 없었다. "미안해요. 여기가 어디인지 모르겠어요." 프랜시가 말했다.

"정부에서도 우리의 위치를 모르면 좋겠네요. 중요한 사실은 우리가 썬더버드 마트에서 몇 킬로미터 떨어진 거리에 있다는 점이에요. 비록…." 웨이드가 프랜시를 향해 웃으며 말했다. "우리가 그 거리를 제대로 모르긴 해도, 어쩌면 곧장 마트로 돌아가고 있는지도 몰라요. 아니면, 라일이 계속 말했던 인디의 모선으로 곧장 가고 있는 건지도 모르죠."

"라일에게 그런 이야기를 하지 말라고 했나요…?" 프랜시가 인디를 내려다봤다. 인디가 방향을 가리키는 촉수가 대시보드에서 떨어져 바닥까지 축 늘어져 있었다. 인디가 잠든 게 분명했지만, 어쨌든 프랜시는 목소리 낮춰 속삭였다. "인디 주변에서 신체 조사나 가축 절단, 외계인들이 지구로 와서 우리를 쓸어버릴 거라고 이야기하는 거 말이에요."

"네, 그리고 당신의 예상대로 진행됐어요. 인디에게 라일을 다시 묶으라고 이야기하지 않는 한 멈추지 않을 거예요. 미안해요."

"괜찮아요." 프랜시가 말했다. "외계인이 어떤 행성으로 가서 모든 사람을 쓸어버릴 거라는 이야기로, 라일이 인디를 겁주지 않길 바라는 것뿐이에요." 프랜시가 다시 인디를 내려다봤다. "말이 나와서 말인데, 인디가 지구에 온 이유에 대해 생각해봤어요."

"그래요?"

"우리는 영화들처럼 지구를 침략하거나, 지구를 구하거나, 자기네 행성을 구하는 것 같은 대단한 이유 때문일 거라고 계속 생각했지만, 우리 짐작이 틀렸고 뭔가 사소한 일 때문에 온 거라면 어떨까요?"

"사소한 일이요?"

"좀 더 개인적인 일이요." 프랜시가 말했다. "무슨 말이냐면, 우리를 봐요. 우리 중에 뉴멕시코를 폭파하거나 구하기 위해 여기에 온 사람은 없잖아요. 당신과 라일은 UFO 축제에 가려고 왔고, 조셉 아저씨는 서부 영화 촬영지를 방문하러 왔고…."

"당신은 결혼식에 참석하러 왔죠."

'난 제시간에 참석하지 못할 거야.' 프랜시가 생각했다.

"그렇죠." 프랜시가 대답했다. "우리는 각자의 개인적인 이유로 왔어요. 〈역마차〉의 승객들처럼요. 그들은 모두 로드스버그로 가야 할 개인적인 이유가 있었죠. 기병대 중위의 아내는 남편을 만나러 가는 중이었고, 은행원은 도주하는 중이었고, 링고 키드는…."

"인디는 자기 형을 죽인 놈에게 복수하러 지구에 온 건가요?"

"아뇨. 네? 내 말은, 인디가 은하계 수준의 거대한 임무가 아니라 개인적인 이유로 왔을 것 같다는 거예요."

"그렇다면 그 이유가 뭐라고 생각해요?"

"난 모르죠."

"재밌네요." 웨이드가 말했다. "개인적인 이유라면 알아내기가 쉽지 않다는 거 알잖아요. 훨씬 더 어려워요."

"알아요." 프랜시가 말했다. "그것보다 더 안 좋아요. 상황은 언제나 보이는 것과 다르니까요. 난 결혼식에 가려고 온 게 아니었어요. 사실은 그 결혼식을 막으려고 왔어요."

프랜시는 웨이드에게 세리나가 미친놈들에게 약하다는 사실과, 그런 남자들과 결혼하지 않도록 말리는 자신에게 의지하고 있다는 사실을 이야기했다.

"그리고 율라 메이 할머니는 사실 도박하러 카지노에 가는 게 아니에요.

실은 뷔페를 드시러 가는 거죠." 프랜시가 말했다.

"그럴 수도 있겠네요. 아닐 수도 있고요." 웨이드가 말했다.

프랜시는 그 말을 못 들은 척했다. "그러니까 인디가 지구에 온 표면적인 목적을 알아낼 수 있다고 해도, 그게 전부가 아닐 수도 있어요. 인디는 전혀 다른 이유로 지구에 왔을지도 몰라요. 율라 메이 할머니처럼 말이에요."

"당신 말이 맞아요. 그리고 보이는 게 언제나 전부가 아니라는 말도 맞아요." 웨이드가 말했다.

"할머니에 대한 거요?"

"네, 그리고…." 웨이드가 말을 멈추고, 어두워지는 앞쪽의 도로를 말없이 응시했다.

"그리고 뭐요?"

"아무것도 아니에요. 신경 쓰지 마세요. 우리는 인디가 지구에 오게 된 모든 이유를 생각해봐야 해요. 전에 이야기했던 도망자 이론도 있고, 추락한 친구를 찾는다는 설도 있고, 또… 잠깐만요, 생각이 떠올랐어요. 지구에 보물찾기하러 온 거예요.

인디는 환하게 불이 들어오는 드레스와 UFO 덕후, 외계인 납치 방지 보험증서, 캠핑카, 절단된 소, '나는 외계인에게 납치됐는데, 가진 거라곤 이 끔찍한 탱크톱뿐이야'라는 문구가 새겨진 티셔츠를 수집해야 해요. 그것들을 모아서 모선으로 먼저 가져가는 외계인이 상을 받는 거죠."

"그럼 다른 사람들은요?"

"신체 조사를 받는 거죠."

하지만 인디가 몸을 웅크린 채 프랜시에게 기댄 상태로 캠핑카의 어두운 운전칸에 앉아 있고, 옆자리에는 웨이드가 앉아 있고, 무법자에서 뻗어나간 헤드라이트 불빛 두 줄기와 계기판의 녹색 눈금만이 유일한 불빛인 지금으로서는 그런 문제나 다른 문제를 고민하기 힘들었다. 프랜시는 인디에게 붙잡힌 이후 처음으로 느긋하고 안전하다고 느껴졌고, 졸음이 쏟아지는 느낌이 들었다. 프랜시가 하품을 했다.

"괜찮아요." 웨이드가 말했다. "자고 싶으면 자도 돼요. 외계인이 나타나면 깨워줄게요."

"경찰이 나타나도…." 프랜시가 똑바로 앉으며 말했다. "졸리지 않아요." 하지만 프랜시는 자신도 모르게 졸았던 모양인지, 무언가가 무릎을 건드렸을 때 깨어났다.

"하지 마, 인디." 프랜시가 졸린 목소리로 중얼거리며 촉수를 털어내려 했다.

"프랜시." 웨이드가 속삭였다. 프랜시는 그제야 자기 무릎을 두드린 사람이 웨이드라는 사실을 깨달았다.

"무슨 일이에요?" 프랜시가 눈을 깜빡이며 물었다. 아직 어두웠다. "무슨 일 있어요?" 프랜시가 몸을 똑바로 일으켜 앉으려 했다.

"쉿. 인디를 깨우지 말아요." 웨이드가 외계인을 향해 고갯짓하며 말했다. 인디는 아직도 몸을 웅크린 채 프랜시에 기대어 있었는데, 온몸이 단단한 공처럼 동그랗게 말렸고, 방향을 가리키던 촉수도 바닥에 축 늘어져 있었다.

"무슨 일이 있어요?" 프랜시가 속삭였다.

"봐요."

웨이드가 앞유리창을 가리켰다. 2차선 도로의 저 멀리 앞쪽에 빨간 불빛이 줄지어 있었다. 자동차의 후미등처럼 보였지만 훨씬 더 컸다. 적어도 스무 개 이상의 빨간 불빛이 울타리나 울타리 기둥 높이로 그들 앞의 도로를 가로지르며 이어져 있었다.

그들이 좀 더 가까이 다가가자, 불빛 몇 개가 사라졌다. 그러다 곧 다시 나타났다. "저게 뭐죠?" 프랜시가 물었다. "항공기 경고등인가요?"

웨이드가 고개를 저었다. "항공기 경고등이라고 보기에는 너무 낮아요. 그리고 너무 많아요."

"방금 나타난 건가요?" 프랜시가 앞으로 몸을 기울이고 그 불빛들을 응시하며 물었다.

"네. 아니, 아니요. 언덕 위로 올라오니까 저 불빛들이 있었어요."

눈에 보이는 것은 그 불빛들뿐이었다. 저 멀리 지평선까지 마을을 나타내는 불빛도 보이지 않았고, 목장을 나타내는 흩어진 하얀 불빛도 보이지 않았다. 오로지 동그란 빨간 불빛들만 보였는데, 그들이 차를 몰고 그 불빛을 향해 가는 동안 더 많은 불빛이 나타났다.

"저게 뭐죠?" 프랜시가 속삭였다.

"모르겠어요." 웨이드가 속삭이며 대답했다. 그리고 붉은 불빛 수십 개가 더 나타났다.

10장

"자, 이것이 바로 제가 말하는 근접 조우입니다."

— 〈인디펜던스 데이〉

간간이 깜빡이는 불빛들은 단순한 불빛이 아니었다. 빛나는 붉은 구체였다. '라일이 모뉴멘트 밸리에서 사람들이 봤다고 했던 그 불빛이야.' 프랜시가 생각했다.

'말도 안 되는 생각은 하지 말자.' 프랜시가 스스로를 타일렀다. '완벽하게 논리적인 설명이 있을 거야.' "혹시 철도 신호등 아닐까요?" 프랜시가 웨이드에게 물었다.

웨이드가 고개를 저었다. "우리는 불과 몇 킬로미터 앞에서 철로를 건넜어요. 이렇게 가까운 곳에 철로가 또 있을 리가 없어요. 게다가 철도 신호등으로 보기에는 너무 높아요."

웨이드의 말이 맞았다. 프랜시가 처음 불빛을 보았을 때는 울타리 정도의 높이로 보였지만, 점점 가까워지자 그보다 훨씬 높아 보였다. 하지만 어둠 속에 비교할 수 있는 게 없었기 때문에, 정확히 얼마나 높은지는 알 수 없었다.

그리고 얼마나 멀리 떨어져 있는지도 알 수 없었다. 프랜시가 불빛들을 처음 봤을 때는 수백 미터 정도라고 짐작했었지만, 그 후 몇 킬로미터를 달려왔는데도 불빛은 전혀 가까워지지 않는 것 같았다. "여기가 어딘지 알아요?" 프랜시는 저 불빛들이 무엇인지에 대한 단서가 될 수 있기를 바라며 속삭여 물었다. 하지만 웨이드가 다시 고개를 저었다.

"아뇨. 근처에는 마을이 전혀 없어요. 그건 확실해요. 우리가 마을 근처에 있었다면, 지평선에서 불빛을 볼 수 있었을 거예요." 웨이드가 말했다. 그리고 거의 혼잣말인 것처럼 덧붙였다. "어떤 게 저렇게 줄지어 있을까?"

"전봇대?" 프랜시가 제안했다.

웨이드가 고개를 저었다. "전봇대는 도로와 평행하게 이어지지, 저렇게 직각으로 가로지르지 않죠. 송전선도 그렇고요." 그리고 전봇대로 보기에도 대체로 너무 높았다. 그들이 불빛에 가까이 다가갈수록 점점 더 높아 보이더니, 이제는 캠핑카보다 훨씬 위에 있었다.

몇몇 불빛은 빠르게 깜빡이며 꺼졌다가 켜지고, 어떤 불빛은 한 번에 거의 1분 가까이 꺼진 상태로 있기도 했다. 프랜시는 불빛들을 관찰해서 패턴을 파악하려 했지만, 전혀 찾을 수 없었다. 저 불빛들이 모스 부호 같은 것을 깜빡이는 거라면 모를까.

"공항의 착륙 신호등일 수도 있지 않을까요?" 프랜시가 과감히 말했다.

"아뇨. 착륙 신호등이라면 파란색과 흰색이었을 테고, 활주로를 환하게 밝혔을 거예요. 저런 불빛으로는 착륙할 수 없어요."

"외계인의 착륙 신호등인지도 모르죠."

"나도 그런 생각이 들었어요." 웨이드가 가라앉은 말투로 말했다.

"라일은 모뉴멘트 밸리에서 빛나는 붉은 구체의 형태가 목격됐다고 했어요." 프랜시가 목소리를 차분하게 내려 노력하며 말했다.

"네, 하지만 여기는 모뉴멘트 밸리 근처가 아니잖아요."

"알아요. 그렇지만 조셉 아저씨의 말로는…."

"모뉴멘트 밸리는 움직이지 않아요."

"알아요, 그렇지만 외계인의 우주선은 움직일 수 있잖아요."

두 사람은 옆에서 자는 인디를 방해하지 않기 위해 계속 낮은 소리로 속삭였다. "하지만 저게 외계인이라면…." 프랜시가 조용히 말했다. "그리고 인디를 구하러 온 것이라면, 인디를 깨워야 하지 않을까요?"

"네, 인디를 구하러 왔다면 깨워야죠. 하지만 당신이 아까 말했던 것처럼 인디가 뭔가로부터 도망치고 있으며, 저게 바로 인디를 쫓아오는 거라면 어떡하죠? 우리는 인디를 곧장 저들에게 넘겨주게 될 거예요."

"그런데 저들이 인디를 뒤쫓고 있다면, 우리는 차를 돌려 도망쳐야 하지 않을까요?" 프랜시가 말했다. 자신도 모르게 목소리가 떨렸다.

"그러면 인디가 여기에 있다는 사실을 알리는 꼴이 되잖아요. 내가 차를 계속 몰고 인디는 계속 잔다면, 그들은 우리를 그저 지나가는 관광객이라고 생각해서 괴롭히지 않을 거예요."

"아니면, 라일이 말했던 것처럼 저 빨간 불빛들에 가려진 곳으로 우리를 끌어올려 신체 조사를 할 수도 있죠."

"그래요. 그래서 우리가 저기에 도착하기 전에 차를 돌릴 수 있는 샛길을 찾아야 해요."

프랜시가 그때부터 샛길을 찾기 시작했지만, 전혀 보이지 않았다. 농장으로 이어지는 흙길조차 없었다. 그리고 불빛들이 점점 가까워지고 있었다. 심지어 차를 따라 움직이기 시작했다. 심지어 불빛 몇 개는 줄에서 분리되어 더 가까이 다가왔다. "봐요!" 프랜시는 두려움을 채 감추지 못한 목소리로 말했다. "불빛들이 움직이고 있어요."

"아니에요. 움직이지 않았어요." 웨이드가 불빛을 가리키며 말했다. "움직이는 건 우리예요." 그러자 프랜시는 한 줄의 불빛처럼 보였던 것이 실제로는 불빛으로 가득 찬 들판이었고, 한 줄 뒤에 한 줄로 계속되는 불빛들이 서로 엇갈려 있어서 멀리서는 한 줄처럼 보였다는 사실을 깨달았다.

빨간 불빛 중 하나가 꺼졌다가 켜지더니, 곧 다시 꺼졌는데, 이번에는 훨씬 오래 꺼져 있었다. 그리고 그 왼쪽에 있는 두 번째 불빛도 똑같이 꺼졌다가 켜졌다. '저 불빛들은 깜박이는 게 아니야.' 프랜시가 생각했다. '불빛 앞에 무언가가 움직이고 있어.' 뭔가 거대한 것이었다. "웨이드." 프랜시가 이름을 부르며, 웨이드의 팔로 손을 뻗었다.

"알아요." 웨이드가 운전대를 꽉 움켜잡으며 말했다. "잠깐만요. 속도를 내서 빠져나갈 수⋯."

웨이드가 말을 하다 멈췄다. 불과 몇 미터 떨어진 곳에서 또 다른 불빛이 사라졌는데, 이번에 프랜시는 불빛 앞을 휙 지나가는 하얗고 구부러진 무언가를 봤다. 프랜시는 심장이 두근거리며 웨이드가 가속할 것에 대비하고 있었는데, 웨이드가 캠핑카의 속도를 늦췄다.

"가요!" 프랜시가 재촉했다. "대체 왜 속도를⋯?"

"이게 뭔지 알겠어요. 풍력 발전 단지예요. 보세요." 웨이드가 말했다. 그리고 가장 가까운 불빛이 꺼지자, 프랜시는 불빛들을 배경으로 굽어진 하얀 윤곽이 보였다. 이번에는 그게 무엇인지 알고 있었기 때문에, 이제 불빛 앞을 지나가는 거대한 곡선의 프로펠러 날개의 윤곽을 선명하게 볼 수 있었다. 그리고 오랫동안 어두웠던 불빛들도 꺼진 게 아니었다. 그 불빛들은 앞에 있는 거대한 기둥들에 가려져 있던 것이었다.

"그렇다면 저 불빛들은 항공기 경고등인 거네요." 프랜시가 안심하며 말했다.

"네. 풍력 터빈 위에 달려 있어요." 웨이드가 말했다. 프랜시는 그의 목소리에 담긴 안도감을 느낄 수 있었다. "풍력 발전을 떠올렸어야 했어요. 이 근처에는 저런 시설이 많잖아요."

그런데 이제 회전하는 날개만이 아니라, 키가 큰 흰색 기둥들까지 식별할 수 있을 정도로 가까워졌음에도, 프랜시의 심장은 여전히 두근거리다가 그 지역을 완전히 벗어난 후에야 가라앉기 시작했다

프랜시가 고개를 돌려 그 모습을 바라봤다. 불빛들이 엇갈리게 늘어선 모습이 또다시 무서웠다. 그리고 몇 분이 지난 후 사이드미러를 통해 보자, 프랜시가 처음에 봤던 그 불길한 한 줄의 붉은 구체들처럼 보였다.

"아무것도 아닌 일로 겁을 줘서 미안해요. 논리적인 설명이 있을 거라는 생각을 떠올렸어야 했어요." 웨이드가 사과했다.

"당신이 겁을 준 건 아니에요. 나 스스로 겁을 먹은 거예요. 라일의 말에 귀를 기울인 탓이에요."

잠시 침묵이 흐른 후 웨이드가 말했다. "있잖아요, 그의 말이 맞아요."

"라일이요?"

"아, 침략이나 외계인의 신체 조사처럼 말도 안 되는 이론들 말고요. 하지만 우리가 이 일을 제대로 진지하게 받아들이고 있지 않다는 라일의 지적은 옳아요. 인디가 E.T.처럼 행동하고 우리에게 해를 끼치지 않는다 해도, 인디의 종족도 그럴 거라고 생각해서는 안 돼요. 설령 그 종족이 우리에게 우호적이라고 하더라도, 우리가 인디를 납치했다고 성급하게 결론을 내리고는 먼저 총을 쏜 후 물어보기로 마음먹을 수도 있잖아요. 어쩌면 우리는 이 모든 것들을 처음부터 다시 생각해야 할지도 몰라요. 내가 하려는 말은, 이제 우리는 조셉 아저씨와, 율라 메이 할머니도 걱정해야 한다는 거예요."

"그래서 인디를 경찰에게 넘기자는 건가요? 경찰이야말로 먼저 쏜 후에 물어볼 가능성이 더 큰 사람들 아닌가요?"

웨이드는 아무 말도 하지 않았다.

"아, 알겠어요." 프랜시가 말했다. "그러면 당신은 '프랜시를 주유소로 보내고 빨리 차를 몰아 달아나자' 계획으로 돌아가서 라일과 할머니, 아저씨까지 버리고 가겠다는 거군요. 그건 되지 않을 거예요. 설령 인디가 우리를 보내준다고 해도(물론 보내주지 않겠지만), 조셉 아저씨는 소중한 캠핑카를 버리지 않을 거예요. 서부 영화도요. 그리고 난 인디를 버릴 생각이 없어요. 인디는 내 목숨을 구해줬으니까요. 난 인디가 가야 하는 곳이라면 어디든 갈 수 있도록 도와줘야 할 빚이 있어요."

"그렇다면 우리가 진짜 외계인을 만나기 전에, 인디를 어디로 데려다줘야 할지 알아내야겠네요."

"맞아요." 프랜시가 인디를 내려다보며 말했다. "그때까지, 이 차를 운전하는 방법을 보여줄래요? 그래야 당신이 졸리기 시작할 때 내가 대신 운전할 수 있잖아요."

"그럴 일은 없을 거예요." 웨이드가 말했다. "아까 거기를 지날 때 아드레날린이 솟구쳐서 잠이 다 깼어요. 덕분에 밤새 깨어 있을 것 같아요."

"어떤 기분인지 알아요. 나도 아직 심장이 두근거려요." 프랜시가 말했다.

"그래요. 저기요, 좀 더 자는 게 어때요? 또 풍력 발전기나 외계인이 나타나면 깨워줄게요."

프랜시도 더 이상 잠이 오지 않았다. 웨이드와 마찬가지로 아드레날린이 혈관을 타고 흐르고 있었기 때문이었다. 그러나 아무튼 조금이라도 잠을 자야 내일 아침에 인디와 소통 문제를 해결하기에 충분한 에너지를 얻을 수 있을 거라 마음을 굳히며, 푹신한 의자에 몸을 기대고 눈을 감았다….

"프랜시." 웨이드의 부드러운 목소리에, 프랜시가 눈을 번쩍 떴다. 그리고 벌떡 일어나 똑바로 앉았다.

"무슨 일이에요?" 프랜시가 반사적으로 인디를 내려다보며 놀란 얼굴로 말했다. 인디는 아직도 잠들어 있었는데, 덩굴손 하나가 프랜시의 손목과 손에 느슨하게 감겨 있었다. "또 불빛이 나타났나요?"

"아니요." 웨이드가 말했다. "미안해요. 놀라게 할 생각은 아니었어요." 웨이드가 앞유리창을 통해 앞쪽의 하늘을 가리켰다. "당신이 이 모습을 보고 싶어 할 것 같아서요."

'이 모습'은 어슴푸레한 새벽하늘을 배경으로 그들 앞에 넓게 펼쳐진 회색빛이 도는 연자주색 구름이었다.

"예쁘지 않아요?" 웨이드가 말했다.

"예뻐요."

"잘 보고 계세요. 더 예뻐질 거예요." 웨이드가 말했다. 그리고 구름이 회색빛이 도는 연자주색에서 연분홍색으로, 그리고 불타는 주황색으로 변하는 광경을 보며 미소를 지었다. "봤죠? 내가 뭐랬어요."

"아름다워요." 웨이드가 앞으로 몸을 내밀어 구름을 바라보는 모습을 바라보며, 프랜시가 말했다.

프랜시는 웨이드가 어떤 사람인지 알 수가 없었다. 웨이드는 사기꾼이었지만 사기꾼처럼 행동하지 않았고, 세리나가 빠져드는 경향이 있는 남자들과도 달랐다. 그 남자들은 참을 수 없을 정도로 약삭빠르고 능글맞았으며, 모든 걸 아는 듯한 아우라(주술사의 경우 문자 그대로의 아우라)와 오로지 세리나 같은 사람이나 속을 법한 뱀 장수 같은 매력을 가지고 있었는데, 주술사와 유령 사냥꾼과 은하 진리 교회 목사 등 그들 모두에게는 하나의 목표가 있었다. 목표로 삼은 사람에게 그들의 활동이 정당하다고 속여서 돈을 갈취하는 것이었다.

웨이드는 UFO 덕후들에게 납치 방지 보험증서를 팔았다는 이야기를 한 적은 있어도, 그런 사기꾼들처럼 행동하지 않았다. 웨이드는 프랜시와 만나자마자 거의 곧바로 자신이 사기꾼이라고 밝혔고, 인디를 진짜로 걱정했으며, 프랜시가 방울뱀에게 물렸다고 생각했을 때는 진심으로 걱정한 것 같았다. 그리고 모든 일을 다 알고 있다는 듯이 행동하지 않았다. 웨이드는 인디가 그들을 어디로 데려가는 것인지, 그리고 지구에서 뭘 하려는 건지 모른다고 솔직하게 인정했다.

"봤죠?" 웨이드가 앞유리창을 향해 고갯짓하며 말했다. "더 예뻐질 거라고 했잖아요."

그랬다. 구름이 장미색으로 짙어지면서 두 사람과 캠핑카 운전석이 진한 분홍빛으로 물들었다. "아름다워요." 프랜시가 나직이 말했다.

"그래요." 웨이드가 생각에 잠긴 말투로 말했다. "남서부 지역은 대부분의 시간 동안 건조하고 황량해 보이지만, 때때로 지금 같은 시간이나 초저녁에 그림자가 경치를 가로지르며 펼쳐지면…" 웨이드가 고개를 돌려 프랜시를 향해 미소를 지었다. "내가 지구에는 외계인이 여기까지 와서 볼 만한 게 없다고 말했던 것 기억나죠? 이 광경은 보러 올 만한 것 같아요."

"그러네요." 프랜시가 구름을 물끄러미 바라보며 말했다. 장밋빛은 광택이 나는 구릿빛으로 변해가고 있었다. "그렇다면 인디를 깨워서 저 광경을 보게 하는 게 낫지 않을까요?"

"너무 늦었어요." 웨이드가 말했다. 그의 말이 맞았다. 구릿빛 색조가 벌써 희미해져 가고 있었다.

"저 구름은 비가 올 수 있다는 뜻일까요?" 프랜시가 물었다.

"왜요? 라일의 말대로 인디가 물에 녹을까 봐 걱정되세요?"

"아뇨, 하지만 인디가 어떻게 반응할지 걱정되어서요. 내가 옷을 갈아입으려고 했을 때 인디가 얼마나 놀라는지 봤잖아요."

"인디를 깨우지 말아야 할 또 다른 이유가 있어요." 웨이드가 말했다. "그리고 저 구름은 비가 내린다는 뜻이 아니에요. 적운이 아니라, 권운이 잖아요. 한두 시간 후면 사라질 거예요."

프랜시는 웨이드를 다시 쳐다보며, 그가 어떻게 구름에 대해 그렇게 잘 아는지 생각했다. 웨이드는 UFO 목격 역사와 공군의 비밀 프로젝트, 그리고 텔레파시가 불가능한 이유에 대해서도 잘 알고 있었다. 그리고 어려운 어휘들을 익숙하게 말하고, 메두사와 희토류를 언급한 데다, 프랑스어와 독일어, 러시아어까지 말할 수 있는 것을 보면, 교육을 많이 받은 사람이 분명했다. 사기꾼에게는 거의 기대하기 힘든 모습이었다.

'그렇다면 왜…?' 프랜시가 궁금해할 때, 웨이드가 텔레파시라도 하는 양 말했다. "내가 어떻게 기상학에 대해 이렇게 많이 알고 있는지 궁금할 거예요. UFO 축제 기간이 아닐 때는 뉴멕시코와 애리조나에서 열리는 지역 농업 박람회에 가서 사람들에게 비를 내리게 할 수 있다고 구슬려요."

"그리고 가뭄 방지 보험을 파는군요, 그렇죠?"

"아니요, 토네이도 방지 보험을 팔아요."

"애리조나와 뉴멕시코에는 토네이도가 없잖아요."

"봤죠?" 웨이드가 웃으며 말했다. "효과가 있다니까요. 하나 살래요?"

"당신의 납치 방지 보험 정도의 효과라면 싫어요."

"좋은 지적이에요." 웨이드가 말했다. 그리고 잠시 후 덧붙였다. "고마워요."

"뭐가요?"

"당신이 나처럼 착한 사람이 왜 사람들에게 사기를 치는지 묻지 않고, 내게 범죄의 삶을 살기에는 너무 좋은 사람이라면서 정직한 일을 해야 한다고 말하지 않아서요."

"난 다른 사람의 삶에 간섭하지 않기로 결심했어요. 세리나의 결혼에 개입하려고 했는데, 지금 어떻게 됐는지 보세요." 프랜시가 말했다.

"아, 왜 그래요. 그렇게 나쁘진 않잖아요. 사실, 꽤 괜찮잖아요, 그렇지 않아요? 여기에 함께 앉아서 저 아름다운 사막의 일출을 보는 거 말이에요."

"네." 프랜시가 웨이드에게 미소를 지으며 대답했다. "그래요."

"프랜시, 있잖아요, 나는…." 웨이드가 하던 말을 멈췄다.

"네?"

"아니에요. 있잖아요, 친구 결혼식 때문에 걱정하는 거 알아요. 내일이죠?"

"네."

"음, 아직은 제시간에 도착해서 그 결혼식을 막을 가능성이 살아 있어요. 인디가 우리를 온갖 곳으로 끌고 다니고 있잖아요. 누가 알겠어요? 다음에는 우리를 로즈웰로 데려가기로 마음먹을지도 모르죠."

"그러면 좋겠네요." 프랜시가 말했다. "그냥 마음이 편치 않아요. 세리나는 내가 도와줄 거라 믿고 있는데 실망시켰어요. 그리고 외계인이 실제로 존재하는 것으로 밝혀졌더라도, 러셀이 미친놈이 아닌 건 아니에요…."

"맞아요. 그 사람은 미친놈이에요." 웨이드가 말했다.

"무슨 뜻이에요? 당신은 러셀을 모르잖아요."

"모르죠. 하지만 라일은 알잖아요. 러셀이라는 사람이 라일과 조금이라도 비슷하다면, 내 최악의 적이라도 그 사람과 결혼한다면 말릴 거예요. 그런데, 저기…, 당신과 세리나는 가장 친한 친구잖아요. 당신이 없는 상태에서는 그분이 결혼할 것 같지 않아요. 특히 당신이 실종되어 납치되었을 가능성이 있는 상황에서라면요."

"맞아요." 프랜시가 말했다. "하지만 러셀이 UFO가 추락한 기념일에 결혼하기로 결심했잖아요."

"UFO가 또 착륙했다는 사실을 잊으셨군요. 그 사람은 아마 그 우주선을 찾느라 바빠서 결혼식을 못 할걸요."

'아니면 러셀이 당장 결혼하자고 고집을 부려서, 둘이 신혼여행 기간에 우주선을 찾으러 다닐지도 모르지.' 프랜시가 일출을 바라봤다. 구름이 칙칙한 회색으로 변해가고 있었다.

"어쩌면 인디가 갑자기 말을 하기 시작할지도 모르죠. 그러면 인디에게 당신을 다시 돌려보내야 하는 이유를 설명해줄 수 있을 거예요."

"그러면 좋겠네요." 프랜시가 말했다. 그리고 인디에게 말을 하게 만드는 방법에 대해 생각했다. 인디가 과연 말을 할 수 있을까. 조셉이 수화에 대해 언급한 적이 있었다. 조셉의 서부 영화에서 사례를 찾아 인디에게 보여줄 수 있다면….

문득 프랜시가 깨달은 것은 창밖의 풍경이 햇살로 가득 찼다는 사실이었다. 그리고 베이컨 냄새와 조셉이 만든 카우보이 커피의 거룩한 향기가 났다. 구름은 사라졌고, 하늘은 티 없이 푸르렀다. "지금 몇 시예요?" 프랜시가 하품을 하며 물었다.

"일찍 일어났네요. 당신은 한 시간 정도밖에 안 잤어요." 웨이드가 말했다.

"정말 미안해요." 프랜시가 허둥지둥 지도를 펼쳤다. "내가 길 안내를 맡았는데…."

"괜찮아요." 웨이드가 말했다. "방금 표지판을 봤는데, 뉴멕시코 서부의 그란츠와 갤럽 사이 어디쯤인 것 같아요. 그런데 인디가 온갖 곳으로 돌아다니게 했어요. 당신이 다시 잠들자마자 인디가 깨어나서, 옆 창문에 몸을 찰싹 붙이고 지시를 내리기 시작했죠. 여기서 동쪽으로 돌려라, 남쪽으로 돌려라, 저 목장길로 가라, 소가 다니는 길로 가라. 그런데 이제 기름을 걱정하지 않아도 되어서 다행이에요. 밤새 주유소를 하나도 지나지 않았거든요. 만약 그런 길에서 기름이 떨어졌다면, 오랫동안 아무도 우리의 뼈조차 찾지 못했을 거예요."

"인디가 어디로 가려는 건지 단서를 줬나요?"

"아니요. 솔직히 내 의견을 말하자면, 인디는 어디로 가야 하는지 모르는 것 같아요."

그리고 웨이드의 의견을 확인해주기라도 하듯, 인디가 촉수로 웨이드의 발을 감싸 브레이크를 밟더니, 캠핑카가 멈추자마자 문 쪽으로 굴러갔다. 틀림없이 다시 방향을 찾으려는 게 분명했다.

"기다려, 인디." 프랜시가 인디를 뒤쫓아 뛰어가며 외쳤다.

조셉이 한 손에 주걱을 들고 가스레인지 앞에 서 있었다. "좋은 아침이요. 두툼한 팬케이크와 베이컨 어때요, 아가씨?"

"잠깐만요." 프랜시가 조셉과 펼쳐진 탁자 사이를 비집고 지나가며 말했다. 탁자의 한쪽 끝에는 아직 남서부 지역의 지도가 펼쳐져 있었고, 라일과 율라 메이가 다른 쪽 끝부분에 앉아 있었다. 라일은 베이컨과 달걀을 먹고 있었는데, 율라 메이는 솔리테어 게임을 하고 있었다. "인디, 기다려!"

프랜시는 문까지 겨우 몇 센티미터를 남겨두고 외계인을 따라잡았다. 프랜시가 문에 몸을 딱 붙여 막으며 말했다. "네가 밖으로 나가기 전에 몇 가지 물어볼 게 있어."

"당신이 하는 말을 알아듣나요?" 율라 메이가 물었다.

"어느 정도…." 프랜시가 대답했다. "그런 거 같아요. 인디, 이리 와."

인디가 웨이드를 지나 테이블 위로 굴러 올라갔다가 긴 의자로 갔다. 프랜시를 따라온 웨이드는 주방으로 가서 컵에 커피를 따랐다.

"확실히 당신의 말을 이해하는 것 같군." 조셉이 말하자, 율라 메이도 고개를 끄덕였다.

"그러길 바라자고요." 프랜시가 연필을 집어 들며 말했다. "인디, 이건 지도야. 어디에 뭐가 있는지 알 수 있어. 여기가 로즈웰인데, 너와 내가 처음 만난 곳이야." 프랜시가 지도에 표시된 도시를 연필로 가리켰다.

"인디가 그 촉수로 글을 쓸 수 있을 거로 생각하는 거요?" 조셉이 물었다.

"모르겠어요." 프랜시가 지도의 여백에 '쓰다'라고 휘갈겨 쓴 다음 인디에게 연필을 내밀며 말했다. "인디, 쓸 줄 알아?"

인디가 촉수를 조심스럽게 뻗어서 연필을 감싸 쥐더니, 율라 메이에게 건넸다.

"저건 '아니요'라는 말인 것 같네요." 웨이드가 말했다.

프랜시가 인디를 응시하며 다시 로즈웰을 가리켰다. "여기가 로즈웰이고, 이게 우리가 첫날 밤에 갔던 길이야." 프랜시가 손가락으로 고속도로의 선을 따라갔다. "이 검은 선들은 길이고, 이 점들이 도시야. 네가 어디로 가고 싶은지 지도 위에 보여줄 수 있어?" 프랜시가 인디의 촉수를 가리킨 다음 자기 손가락을 가리키며 물었다. "그 장소를 가리킬 수 있어?"

인디가 촉수를 뻗어 끝부분으로 프랜시의 손가락을 건드렸다. "E.T가

했던 거랑 똑같아요." 라일이 말했다. "인디가 당신의 생각을 읽고 있는 거예요."

프랜시는 라일의 말을 무시했다. "아니, 인디. 내 손가락이 아니라, 지도 말이야. 지도를 가리켜. 넌 어디로 가려는 거야? 51구역이야?" 프랜시가 네바다를 가리키며 물었다. "아니면 마파?" 프랜시가 가리켰다. "모뉴멘트 밸리? 네가 가고 싶은 곳을 보여줘."

이번에는 인디의 촉수가 애리조나의 툼스톤 위를 맴돌다가 율라 메이의 카드 스페이드 8에 똑바로 내려앉았다.

"아니, 아니야." 프랜시가 말했다. "할머니의 카드 위가 아니라, 지도 위를 가리키라고." 프랜시가 지도를 가리킨 후 인디를 가리켰다. "어디로 가고 싶어? 아즈텍? 콜로라도와 뉴멕시코, 유타, 애리조나가 만나는 네거리? 데블스 타워? 어딘지 가리켜봐."

인디가 촉수를 들어 지도 위에서 잠시 맴돌다가 촉수 끝을 스페이드 에이스에 똑바로 내려놓았다. 그리고 긴 의자에서 내려가 문밖으로 굴러나갔다.

"데드우드에 가고 싶다는 뜻일지도 모르겠네. 〈와일드 빌 히콕(Wild Bill Hickok)〉을 거기에서 찍었거든." 조셉이 말했다.

"〈와일드 빌 히콕〉이 대체 무슨 상관인가요?" 프랜시가 물었다.

"데드 맨스 핸드(Dead man's hand) 때문이지요. 포커에서 에이스 2개와 8짜리 2개가 있는 패를 데드 맨스 핸드라고 해요." 율라 메이가 말했다. "와일드 빌 히콕이 뒤에서 총을 맞았을 때 에이스와 8을 들고 있었어요." 웨이드가 호기심 가득한 눈으로 율라 메이를 쳐다보자, 할머니가 덧붙였다. "어젯밤에 우리가 봤던 서부 영화 중에 그 영화도 있었거든요."

"〈검은 언덕의 법(Law of the Black Hills)〉을 봤군요." 조셉이 말하며, 문으로 가서 인디를 내다봤다. "이번엔 얼마나 오랫동안 밖에 있을 것 같소?"

"모르겠어요. 인디가 가야 할 길을 알아낼 때까지 있겠죠."

"모든 사람이 먹을 팬케이크를 만들기에 충분한 시간이겠소?" 조셉이 주걱을 휘두르며 물었다. "라일이 베이컨과 달걀을 죄다 먹어버렸거든."

"그 정도는 될 거예요." 웨이드가 말했다. "인디가 방향을 먼저 잡아야 할 테니까, 시간이 좀 걸릴 겁니다. 자, 지금 화장실에 가야 할 분이 없다면, 제가 샤워하러 갈게요." 웨이드가 뒤쪽으로 가면서 셔츠 단추를 풀기 시작했다.

라일이 테이블에서 일어나 프랜시를 옆으로 끌어당겼다. "봤죠? 내 말이 증명됐어요. 웨이드는 렙틸리언이에요." 라일이 속삭였다.

"샤워를 하고 싶어 해서?" 프랜시가 말했다.

"맞아요. 렙티리언은 인간의 허물을 벗지 않고는 오래 버틸 수가 없거든요." 라일이 속삭였다. "웨이드는 사실 샤워실에서 낡은 허물을 씻어서 하수구로 흘려보내고, 새 피부를 입을 거예요."

"지난번엔 외계인에게 물이 유독하다고 했잖아?" 프랜시가 속삭였다.

"내 말을 듣지 않은 걸 후회하게 될 거예요." 라일이 말하더니, 조셉이 건넨 팬케이크 접시를 들고 쿵쾅거리며 뒤쪽으로 갔다. "오페라 하우스에서 서부 영화를 보고 있을 테니, 무슨 일이 생기면 알려줘요."

'아니면 웨이드가 버린 허물 표본을 증거로 구하러 가는 건지도 모르지.' 프랜시가 조셉이 건넨 팬케이크 더미를 받아 시럽을 부으며 생각했다. 그런데 프랜시가 거의 다 먹어갈 때쯤 인디가 굴러 들어와 앞쪽으로 굴러갔다.

"당신이 나 대신 요리를 해야 할 것 같소." 조셉이 프랜시에게 주걱을 건네주고 뒤쪽으로 가며 말했다. "웨이드에게 샤워를 마치자마자 와서 교대해달라고 전해주시오. 그때까지는 라일에게 길 안내를 해달라고 할 테니." 조셉이 침상을 지나 뒤쪽으로 성큼성큼 걸어가며 말했다.

"서두르시는 게 좋을 거예요. 인디는 계속 기다리는 걸 좋아하지 않거든요." 프랜시가 말했다.

"개가 꼬리를 두 번 흔들기 전에 돌아올 거요." 조셉이 말했다. 하지만 목소리만 들려올 뿐 조셉과 라일은 나타나지 않았다. 그래서 프랜시가 팬케이크를 퍼서 접시에 담은 후 조셉을 데리러 뒤쪽으로 갔다.

조셉과 라일은 안락의자에 앉아 있었다. 라일이 화면을 뚫어져라 바라봤다. 화면에는 기병대 병사들이 말 안장을 얹고 있었다.

"아저씨, 인디가…." 프랜시가 말했다.

"갈 거요." 조셉이 대답했다. "라일에게 다음 장면만 보여주고 갈 거요. 〈황색 리본을 한 여자(She Wore a Yellow Ribbon)〉요. 존 웨인과 해리 캐리 주니어 주연, 존 포드 감독. 다음 장면이 유명하거든. 그들이 기병대가 모뉴멘트 밸리를 통과하는 장면을 찍고 있었는데…."

"저기가 어디예요?" 라일이 물었다.

"글쎄, 그들이 정확히 말하지는 않았지만, 커스터 최후의 전투 바로 다음 장면이니까, 몬태나일 가능성이 클 거야. 어쨌거나, 그들은 기병대가 뭉툭하고 뾰족한 산들이 있는 계곡을 가로질러 달리는 장면을 촬영하고 있었는데, 뇌우가 그들을 향해 다가오기 시작했지. 카메라맨들은 짐을 싸서 철수하고 싶어 했소. 장비 때문에 벼락에 맞을 수도 있으니까…."

"아저씨, 정말로 지금 가보셔야 할 것 같아요…." 촉수가 지금이라도 휘몰아쳐 조셉을 안락의자에서 획 잡아당겨 운전석으로 끌고 갈 것 같아서 앞쪽을 불안하게 쳐다보며, 프랜시가 말했다. "인디가 가고 싶을 때는…."

"라일이 이 장면만 보면 갈 거요." 조셉이 프랜시에게 손을 흔들며 말했다. "그래서 카메라맨들은 짐을 싸고 싶었지만, 존 포드 감독이 계속 촬영하라고 지시해서 대규모 폭풍우와 커다란 무지개가 나오는 멋진 장면을 찍었지. 출연진과 제작진은 흠뻑 젖었지만, 그만한 가치가 있었어. 그리고 아카데미 촬영상을 받은 거야. 봐, 지금 나온다."

'그것만 나오는 게 아닐걸요.' 프랜시가 생각하며, 인디의 가죽 채찍이 날아올 사선에서 벗어나기 위해 옆으로 비켜섰다. 인디가 조셉을 잡으려 굴러오는 게 보였다.

인디가 조셉에게 굴러가더니 그의 손목에 촉수를 감았다. "어이, 안녕 래쉬." 조셉이 말했다. "금방 갈게. 먼저 라일에게 다음 장면을 보여주고 싶어서 그래." 조셉이 화면을 가리키자 인디가 그쪽으로 굴러갔다.

기병대가 요새의 성문을 열고 깃발을 휘날리며 달려 나가고 있었다. 인디가 조셉의 손목을 놓아주고, 두 안락의자 사이의 공간으로 굴러가 바닥에 자리를 잡았다.

"무슨 일이에요?" 웨이드가 머리가 젖은 채로 셔츠를 입으며 문에 나타났다.

"〈황색 리본을 한 여자〉라는 영화요." 조셉이 화면을 가리키며 말했다. 화면에서는 대열 앞에 서 있는 중위가 팔을 들어 출동 신호를 보냈다. 그리고 뭉툭하고 뾰족한 계피색과 오렌지색의 산들이 있는 모뉴멘트 밸리를 가로지르는 기병대의 장면이 길게 나왔다.

"뭐야…?" 조셉이 인디를 바라보며 갑자기 소리쳤다. 외계인이 온몸을 떨고 있었다. 인디가 촉수를 거칠게 휘두르기 시작했다.

"오, 맙소사! 외계인이 공격하고 있어!" 라일이 새된 소리로 비명을 지르며, 물리기라도 한 것처럼 자리를 박차고 일어나 뒤로 물러났다. 인디의 촉수들이 거칠게 빙빙 돌았다.

"인디, 무슨 일이야?" 프랜시가 인디를 향해 달려갔다. "뭐가 문제야?"

인디는 이제 제정신이 아니라서 프랜시의 말을 듣지 못했다. 인디가 촉수를 소용돌이치는 채찍처럼 휘둘러대서, 프랜시는 맞지 않으려고 양손을 들어 막아야 했다. 라일과 조셉은 뒤로 물러났다.

인디는 차 안에서 프랜시가 옷을 갈아입기 시작했을 때와 똑같이 행동했다. "인디, 진정해!" 프랜시가 소리치며 웨이드를 바라봤다. 웨이드는 아직 옷을 반쯤 입은 채로 멍하니 입을 벌리고 서 있었다. "셔츠 단추를 채워요!" 프랜시가 웨이드에게 지시했다. "인디는 옷이라는 개념을 이해하지 못한다고요."

웨이드는 셔츠 앞쪽을 더듬거리며 단추를 채우고, 청바지에 집어넣으려고 낑낑댔다.

"웨이드는 안 다쳤어! 그냥 옷을 갈아입는 거야!" 프랜시가 인디에게 소리쳤다. "내가 '옷'에 대해 어떻게 설명했는지 기억나? 봤지?" 프랜시가 이제 옷을 다 입은 웨이드를 손가락으로 가리켰다. "웨이드는 괜찮아." 하지만 인디는 계속 거칠게 채찍을 휘둘렀다.

"나 때문에 이러는 게 아닌 것 같아요." 웨이드가 말했다. 그리고 그의 말이 맞았다. 인디는 웨이드가 거기에 있다는 사실조차 인식하지 못하는 것 같았다.

그렇다면 무엇 때문에 이러는 걸까? 그들은 거기에 앉아 보고 있었다….

"텔레비전을 꺼요!" 프랜시가 지시했다.

조셉이 안락의자 팔걸이에 놓여 있는 리모컨을 머뭇거리며 잡으려다 다시 채찍질 반경 밖으로 물러났다.

"빨리요!" 프랜시가 인디의 촉수를 붙잡으려 애쓰며 말했다. "인디가 완전히 뒤엉켜서 묶이기 전에 빨리 끄세요!" 웨이드가 앞으로 돌진해서 리모컨을 집어 들고 텔레비전과 모뉴멘트 밸리를 가로지르며 달리는 기병대를 향해 겨눴다.

다행히 화면이 검게 변했다. "괜찮아." 프랜시가 달래며 말했다. "넌 안전해, 인디. 다 사라졌어." 그러자 마구 흔들리던 인디의 촉수가 서서히 멈췄다.

"뭐, 적어도 인디가 어디에 가기 싫어하는지는 알게 됐네요." 웨이드가 말했다.

"모뉴멘트 밸리 말이요?" 조셉이 빈 화면을 바라보며 말했다. "모뉴멘트 밸리 때문에 겁을 먹은 건가?"

"당연히 그렇죠." 라일이 말했다. "외계인들이 거기를 이리저리 옮긴다고 했잖아요. 인디는 아마 외계인들이 그걸 여기로, 바로 캠핑카 안으로 옮겼다고 생각했을 거예요."

"서부 마차…." 조셉이 중얼거렸다.

"가세요. 다들 가세요. 제가 인디를 진정시켜야 해요." 그러자 세 사람이 줄지어 나갔다. 인디의 촉수가 휘젓는 것에서 약하게 흔들리는 정도로 가라앉았지만, 라일은 계속 멀찌감치 거리를 유지했다.

"쉬쉬." 프랜시가 인디를 끌어당기며 작은 소리로 말했다. "쉬쉬, 괜찮아." 하지만 인디는 괜찮지 않았다. 엉망으로 엉켜 있었다. 거칠게 휘두른 탓에, 마트에서보다 촉수들이 훨씬 심하게 뒤엉켜 얽힌 상태였다.

프랜시는 나바호 깔개 위에 다리를 꼬고 앉아 엉킨 촉수를 풀기 시작했다. "그래, 진정해, 진정해. 두려워할 건 아무것도 없어. 그저 영화일 뿐이야. 저건 실제가 아니야. 가만히 있으면, 내가 매듭을 풀어줄게. 지금 네 촉수는 세리나가 아니메 덕후랑 사귀던 때 땋고 다니던 머리처럼 엉망으로 얽힌 상태야." 프랜시는 자기 목소리로 인디를 진정시킬 수 있기를 바라며 머릿속에 떠오르는 아무 말이나 계속 중얼거렸다. "나는 그때 코스튬의 일부로 세리나의 머리카락 전체를 가느다란 끈처럼 잘게 땋아야 했어. 세리나가 누군지 기억나지? 내가 이야기했었잖아. 내가 결혼식에 가야 한다고 말했던 거 기억해? 그래, 그게 세리나의 결혼식이야."

인디가 프랜시의 말을 이해했거나, 듣고 있다는 기미는 없었다. 인디는 진정됐지만, 그저 인디를 겁에 질리게 했던 영상이 사라졌기 때문일 수도 있었다. 인디가 겁을 먹은 영상이 뭐였을까? 라일의 말처럼 모뉴멘트 밸리일까? 아니면 군인들? 아니면 그들이 탄 말? 그것도 아니면 다른 무엇이었을까?

프랜시는 인디를 다시 놀라게 할까 봐 물어볼 수도 없었다. 인디는 정말로 프랜시의 말을 이해했을까? '어쩌면 웨이드의 말이 맞을지도 몰라. 우리가 대화를 나누고 있다고 내가 상상하는 것일 수도 있어.' 프랜시가 생각했다. "네가 무엇 때문에 놀랐는지 내게 말해줄 방법이 있으면 좋겠어. 네가 어디로 가고 싶은지도 말해주면 좋을 텐데." 그러자 인디가 촉수 끝을 프랜시의 손 위에 부드럽게 올렸다.

"너도 그러면 좋겠지? 아, 라일의 말처럼 외계인이 텔레파시를 할 수 있다면 얼마나 좋을까! 일이 훨씬 간단해질 텐데!"

아무런 반응이 없었다. 그리고 프랜시는 몇 분 더 매듭을 풀었다. 인디는 촉수들이 아직 몇 개가 엉켜 있었는데도 프랜시를 밀쳐내더니, 앞쪽을 향해 굴러갔다. 프랜시는 조셉에게 다시 운전을 시작하게 하려는 거구나 짐작했지만, 취사 마차에 갔더니 인디가 율라 메이 옆의 긴 의자에 앉아 있었다.

"기분이 좀 나아졌나, 래쉬?" 조셉이 말했다. "팬케이크 더 먹겠소, 프랜시? 처음에 만든 건 라일이 다 먹어버렸지만, 몇 개 더 반죽할 수 있소."

프랜시가 고개를 저었다.

"인디가 무엇 때문에 겁을 먹었는지 알아냈나요?" 웨이드가 물었다.

"아니요. TV 화면에 나온 어떤 모습 때문인 것 같아요."

"아까 그게 무슨 장면이었나요?" 웨이드가 조셉에게 물었다.

"기병대 군인들, 말, 소총, 기병도, 깃발. 성조기와 미국 기병대 깃발. 그 깃발들이 바람에 펄럭이고 있었지. 어쩌면 촉수가 펄럭이는 것처럼 보였을지도 모르겠소."

"그럴지도 모르겠네요." 웨이드가 말했다. "그것 외에는 또 뭐가 있었죠? 탁상지? 뭉뚝한 산? 모뉴멘…." 웨이드가 말을 멈추고 인디를 바라보더니 다시 이어갔다. "우리가 이야기했던 그 장소는 손모아장갑과 범선, 성당, 첨탑처럼 생긴 기암괴석이 가득하잖아요. 어쩌면 인디는 그중에 어떤 모습을 로켓 우주선처럼 보인다고 생각했을 수도 있어요."

"그중에 접시 모양이 있던 게 아니라면 그럴 리가 없어요." 라일이 말했다. "틀림없이 모뉴… 그 장소가 인디를 자극했을 거예요. 그 전에 요새가 나올 때까지는 괜찮았어요. 모뉴… 그 장면이 나온 후에 미쳐버렸어요."

"하지만 그 장면에는 많은 게 있었어." 웨이드가 말했다. "인디가 무엇에 겁을 먹었는지 정확히 알아내야 해. 아저씨, 기병대 병사만 나오는 장면을 찾을 수 있나요? 그리고 말만 나오는 장면과 모… 그 장소만 나오는 장면은요?"

"찾을 수 있고말고." 조셉이 들떠서 대답했다. "〈리오그란데(Rio Grande)〉와 〈위스키 전쟁(The Hallelujah Trail)〉에 기병대가 나올 거요. 〈메이저 던디 (Major Dundee)〉에는 기병대 깃발이 잘 나오지. 이걸 받아." 조셉이 라일에게 주걱을 건넸다. "저걸 뒤집어." 조셉이 뒤쪽으로 향했다. "안장을 씌운 말과 안 씌운 말 중에 어느 게 좋겠소?"

웨이드는 대답하지 않았다. 그는 방향을 가리키는 촉수의 끝으로 테이블을 두드리고 있는 인디를 바라보고 있었다. "지금 인디가 뭘 하는 거죠?"

"아마 솔리테어 게임 방법을 가르쳐달라고 하는 것 같아요." 율라 메이가 말했다.

"아니, 아니에요." 프랜시가 말했다. "인디는 지도를 다시 보고 싶다는 거예요. 할머니, 카드를 들어주세요. 라일, 접시 치워."

프랜시가 테이블 위에 지도를 펼쳤다. "인디, 이 지도 보여? 이건 장소가 어디에 있는지 가르쳐주는 그림 같은 거야." 프랜시가 웨이드를 바라봤다. "혹시 지금 여기가 어디인지 아나요?"

"이 근처예요." 웨이드가 손가락으로 지도에 원을 그리며 대답했다.

"인디, 우리가 있는 곳은 여기야." 프랜시가 그 지점을 가리키며 말했다. "우리는 여기에 있어." 프랜시가 연필을 집어 들고 그 자리에 '우리'라고 쓰면서 "우리"라고 다시 말했다. "그리고 여기는 네가 나를 방울뱀에게서 구해준 곳이야." 프랜시가 '방울뱀'이라고 지도에 썼다. "그리고 여기는 썬더버드 마트인데, 우리가 차를 세우고 조셉 아저씨와 율라 메이 할머니를 데리고 왔던 곳이야." 프랜시가 이름을 말할 때 한 사람씩 가리켰다. "그리고 여기는 로즈웰이야. 네가 나를 차 안으로 끌어당긴 곳이야. 기억하지? 로즈웰." 프랜시가 지도에 있는 지명에 손가락으로 밑줄을 쳤다.

지난번과 달리, 이번에는 인디가 주의를 기울이며 프랜시의 모든 움직임을 촉수로 따라갔다.

"로즈웰." 프랜시가 말하며, 손가락으로 지명에 밑줄을 긋고 글자를 따라 썼다. '로즈웰.'

인디가 촉수로 로즈웰을 가리키려다가 허공에 멈춰서 그대로 있었다.

"지금 인디가 뭘 하는 거예요?" 라일이 물었다.

"쉿." 프랜시가 말했다.

인디의 촉수가 로즈웰 위에 그대로 멈춰 있었는데, 잠시 후 색이 변하기 시작했다. 연한 녹색에서 연분홍으로 바뀌었다.

"발작을 하나 봐요." 율라 메이가 말했다.

"아니, 아니야." 라일이 말했다. "공격할 준비를 하는 거야!"

인디의 촉수가 떨리기 시작했다. 텔레비전을 보다가 몸부림치기 직전과 똑같았다. '마트 이야기를 하지 말았어야 했어. 내 피부가 벗겨지는 줄 알고 당황했던 곳이잖아.' 프랜시가 생각했다.

"인디, 괜찮아. 난 옷을 갈아입지 않을 거야." 프랜시가 달래기 시작했다. 하지만 인디는 떨리는 것을 멈추고, 다시 '로즈웰'이라는 단어를 가리켰다.

"그래, 맞아. 로즈웰." 프랜시가 말하자, 인디가 촉수의 창백한 안쪽 면을 프랜시의 얼굴 앞에 내밀었다. "뭐…?"

촉수에 글자 「로」가 초록색으로 나타났다. 그리고 이어서 「즈」가 나타났다.

"오, 맙소사!" 프랜시는 너무 놀라 숨이 막혔다.

창백한 촉수의 살갗에 「웰」이 나타나더니, 텔레비전 화면 하단에 글자들이 지나가는 것처럼 촉수를 따라 글자들이 흘러갔다. 「로즈웰 로즈웰 로즈웰」.

11장

"우리 말을 할 줄 아시오?"

— 제로니모, 영화 〈부러진 화살(Broken Arrow)〉

"오, 맙소사!" 프랜시가 말하며 입을 손으로 막았다. "인디가 말을 할 수 있어요!"

"뭘 할 수 있다고요?" 웨이드가 말했다.

"말이요." 프랜시가 말했다. "음, 말은 아니에요. 쓰기. 하지만 인디가 의사소통을 하고 있어요." 프랜시가 인디의 촉수를 잡아 안쪽을 웨이드 앞에 내밀었다. "봐요!" 프랜시가 인디의 촉수에 적힌 '로즈웰'이라는 글자를 가리켰다.

"맙소사!" 웨이드가 말했다.

"어머나, 세상에!" 율라 메이가 외치자, 조셉이 무슨 일인지 보려고 서둘러 다가왔다.

"어이쿠, 기절초풍하겠네!" 조셉이 허벅지를 때리며 말했다. "저것 좀 봐!"

"멋지네요." 라일이 중얼거렸다. "문자를 할 수 있는 외계인이라니. 지금쯤 모선에 우리 위치를 전송했을 테니, 이제라도 우리를 파괴하러 여기로 올 거예요."

"인디는 아무에게도 문자를 보내지 않아. 우리에게 말하고 있는 거야." 프랜시가 말했다.

"그런데 왜 이제까지 그러지 않았을까요?" 웨이드가 물었다.

"인디가 말과 글의 연관 관계를 몰랐기 때문이에요." 프랜시가 말했다. "인디는 성대가 없으니, 그의 종족은 글로만 의사소통하는데, 우리는 지금껏 말로만 했기 때문에 소통할 방법을 찾지 못한 게 틀림없어요."

"인디가 도로 표지판을 가리킬 때 소통할 방법을 찾고 있었던 거예요. 연관 관계를 파악하려는 거죠. 하지만 왜 '모텔'이나 '미술관'이라는 글자를 스크롤하지 않았을까요?"

"우리가 표지판을 읽는 게 아니라, 표지판에 대해 설명했기 때문에, 인디는 어느 글이 어떤 말과 연관되는지 몰랐을 거예요. 인디는 들으면서 동시에 단어를 봐야 했어요. '로즈웰'처럼요." 프랜시가 말했다.

「로즈웰」. 인디가 글자를 스크롤했다.

"맞아, 인디." 프랜시가 지도에서 로즈웰을 가리키며 말했다.

"로즈웰에서 네가 나를 납치했어." 프랜시가 지도에 '납치'라고 썼다. "네가 나를 차에 태운 곳이야."

「납치」. 인디가 스크롤하더니, 지도의 썬더버드 마트를 가리켰다. 「썬더버드 마트」.

프랜시가 고개를 끄덕였다. "맞아. 그리고 난 프랜시야." '프랜시'. 프랜시가 썼다.

인디는 프랜시가 앞서 보여줬던 고속도로의 장소를 가리키며 스크롤했다. 「우리」.

"그래!"

"정말로, 인디가 이해한 것 같아요." 웨이드가 말했다.

"어머나, 세상에. 그 영화랑 똑같네요." 율라 메이가 양손을 마주 잡으며 말했다. "있잖아요, 애니 설리번 선생이 헬렌 켈러에게 말하는 방법을 가르치는 영화 말이에요!"

"너를 어디로 데려다줄까, 인디? 그곳의 철자를 말해줄 수 있어?" 웨이드가 물었다.

인디는 웨이드의 질문을 무시했다. 앨버커키와 산타로사, 트루스오어컨시퀀스를 가리키며 프랜시에게 읽어달라고 조르느라 바빴다.

인디가 소코로를 가리켰다. "소코로." 웨이드가 말했다. "네가 가고 싶은 곳이 거기야?" 하지만 인디는 이미 로드스버그를 가리키는 중이었다.

"로드스버그." 프랜시가 읽었다. 그리고 라스크루시스와 웨건마운드도 똑같이 읽었다.

"인디가 정말로 의사소통을 하고 있는 게 맞나요?" 인디가 뉴멕시코의 거의 모든 도시를 가리킨 후 애리조나를 시작했을 때 웨이드가 물었다.

"그러게." 조셉이 말했다. "인디가 하는 일이라곤 당신이 말하는 걸 반복하는 것뿐이잖소. 그게 인디가 단어들의 의미를 안다는 증거가 될 수는 없지."

"난 그렇게 생각하지 않아요." 프랜시가 말했다. 하지만 그 사실을 증명해야 해야 할 것 같았다. "혹시 누구 종이를 가지고 있나요?" 프랜시가 물었다.

"작은 메모지가 있어요." 율라 메이가 토트백을 뒤적거리며 말했다. "내가 얼마나 따고 잃었는지 기록하려고 가져 다니지요. 그래야 내 한도를 넘지 않거든요." 할머니가 덧붙이며 계속 뒤졌다. "여기요."

율라 메이가 작은 종이철을 내밀었다. 메모지 첫 장에 일련의 글자와 숫자가 적혀 있었다. 할머니는 서둘러 그 종이를 찢어내고 종이철을 프랜시에게 건넸다.

"인디…" 프랜시가 인디를 가리키며 말하고, 메모지에 '인디'라고 썼다.

「인디 인디 인디」. 인디가 스크롤했다.

"맞아." 프랜시가 말했다. 이번에는 자기 가슴을 가리켰다.

"나라면 그렇게 하지 않을 거예요." 라일이 말했다. "인디가 영화 〈에이리언〉처럼 당신의 가슴에 촉수를 집어넣으라는 이야기로 알아들으면 어떡할래요?"

"닥쳐, 라일." 프랜시가 말하고, 다시 자신의 흉골을 가리켰다. "인디,

난 누구야?"

「프랜시」. 인디가 스크롤했다.

"네가 날 납치한 곳이 어디지?"

「로즈웰」.

"자, 봤죠?" 프랜시가 말했다. "이건 장난이 아니에요. 인디는 그 단어들이 뭘 의미하는지 알아요."

"당신 말이 맞네요." 웨이드가 말했다. "인디, 널 어디로 데려다줄까?"

대답이 없었다.

"우리가 이름을 알려준 장소들은 아니라는 뜻이에요." 프랜시가 말했다. 그래서 툼스톤과 유마, 아파치정션을 가리키며 알려주기 시작했지만, 인디는 관심이 없었다. 인디가 웨이드의 가슴을 가리켰다.

"웨이드." 프랜시가 말하며, 메모장에 적었다.

「웨이드」. 인디가 스크롤했다. 그리고 율라 메이를 가리키고, 곧 조셉과 라일을 가리켰다. 그리고 이어서 율라 메이의 모자와 모자에 장식된 주사위, 율라 메이의 카드, 토트백, 조셉의 카우보이모자, 라일의 티셔츠, 테이블, 창문, 문, 벽, 바닥, 매달아 놓은 랜턴, 전등 스위치, 커튼을 가리켰다.

메모지가 다 떨어져서, 글을 쓸 수 있는 다른 종이를 찾아야 했다. 조셉이 종이 냅킨 더미를 가져왔다. 그리고 프랜시가 냅킨에 글자를 다 쓰자, 웨이드가 뒤로 가서 납치 방지 보험증서를 들고 왔다. "이쪽 면은 비어 있어요."

"그걸 사용하면 안 돼요." 라일이 말했다. "만약 인디가 당신에게 증서에 쓰인 문구를 읽어달라고 하면 어떡할 거예요? 당신은 항상 인디에게 그런 아이디어를 주어선 안 된다고 했잖아요."

"인디가 우리를 납치할까 봐 걱정된다는 뜻이야?" 웨이드가 건조하게 말하며, 프랜시에게 증서를 내밀었다.

어휘 수업이 다시 시작되었다. 인디가 프랜시를 이끌고 캠핑카 구석구석을 데리고 다니며 물건의 이름을 물어보았다. 인디가 프랜시의 탱크톱과 반바지를 가리켰다. "옷." 프랜시가 말했다. 그리고 조셉의 옷장을 열어 카우보이 셔츠를 보여주며 인디가 메시지를 제대로 이해했는지 확인했다.

「옷(CLOTHES)」. 인디가 스크롤했다.

"맞아, 옷(CLOTHES)이야." 프랜시가 말하자, 인디가 데님 셔츠를 끄집어냈다.

「CLO」. 인디가 스크롤했다.

'CLO?' 프랜시가 생각했다. 곧 인디가 CLO를 CLOTHES의 단수로 생각한다는 사실을 깨달았다. 인디가 복수와 단수를 이해한다는 의미였다.

인디는 그저 단어들을 배우고 있던 게 아니었다. 언어를 배우고 있었다.

"그래." 프랜시가 말했다. 하지만 인디는 이미 침상과 벽에 걸린 롱혼 수소의 머리뼈, 소총, 박차, 마차 바퀴, 그림 속의 들소로 넘어간 뒤였다.

"그런 단어들은 인디가 우리를 버펄로 무리에 데려가려 할 때 많은 도움이 되겠지만, 인디가 우리를 어디로 데려가고 싶은지 알아내는 데는 전혀 도움이 안 돼요." 웨이드가 말했다.

"기본 어휘를 쌓는 게 언어 학습의 첫 단계잖아요." 프랜시가 방어적으로 말했다. "그다음에 그걸 기초로 추론해낼 수 있겠죠." 그래도 프랜시는 인디가 어디를 가고 싶은지 설명할 수 있게 되길 바라며 밖으로 데려가 눈에 보이는 모든 것들을 가르쳤다. "자갈⋯." "산쑥⋯." "바위⋯." "하늘."

하늘은 화창하고 구름 한 점 없이 푸르렀다. 프랜시는 '파란색'을 가르쳐야 할지 고민했지만, 그것은 너무 추상적이라고 판단했다. 프랜시는 이름에 집중할 필요가 있었다. "유카", "흙", "돌", "캠핑카."

"서부 마차." 웨이드가 말했다.

"닥쳐." 프랜시가 장난스럽게 말하며, 도로를 가리켰다. "도로."

「도로」. 인디가 스크롤했다.

"너는 도로에서 어디로 가고 싶어?" 웨이드가 묻자, 인디의 촉수가 텅 비었다.

"인디는 '가다'라는 단어를 몰라요." 프랜시가 말했다. 프랜시는 인디를 다시 캠핑카에 태워 마부칸으로 데려갔다. 웨이드가 프랜시의 뒤를 따랐다. 프랜시가 운전석에 앉아서, 인디가 평소에 그러듯이 대시보드 위에 팔을 걸치고, 인디의 촉수 끝처럼 집게손가락으로 앞쪽을 가리켰다. "가다."

프랜시가 말하고, 종이에 썼다. '가다'

「가다 가다 가다」. 인디가 스크롤하며, 촉수로 앞유리창을 가리켰다.

"그래, 가다." 프랜시가 말했다.

"어디로 가고 싶어?" 웨이드가 물었다. "네가 어디로 가고 싶은지 우리에게 말해줘야 해." 웨이드가 말했다. "로즈웰에 가고 싶어?"

"인디는 대답을 못 해요." 프랜시가 말했다. "인디는 '어디'라는 단어도 모르고, '예'와 '아니요'도 모르잖아요."

"뭐, 그렇다면 우리가 가르쳐줘야겠네요." 웨이드가 말했다.

"그게 과연 좋은 생각인지는 모르겠어요."

좋은 생각이 아니었다. 30분 동안 "예"와 "아니요"를 가르친 후, 뉴멕시코의 지도에서 모뉴먼트 밸리를 제외한 모든 지명을 하나씩 가리키자 인디가 「아니요」라고 대답했다. 프랜시가 말했다. "인디, 내가 좀 쉴 수 있게 잠시 중지해야겠어." 그러자 인디가 곧바로 스크롤했다. 「아니요 아니요 아니요 아니요 아니요 아니요 아니요 아니요 아니요」.

"그래도 최소한 이제는 우리가 제대로 질문하면 인디가 '예'라고 대답하게 됐잖아요." 웨이드가 유쾌하게 말하자, 프랜시는 그를 때려주고 싶었다.

"인디, 이 지도에 가고 싶은 곳이 있어?" 웨이드가 물으며 질문 내용을 글로 적었다.

대답이 없었다.

"네가 어디로 가고 싶은지 우리에게 말하도록 도와줄 수 있는 누군가에게 널 데리고 갈까?" 프랜시가 물었다.

"그게 대체 무슨…?" 웨이드가 묻기 시작했다.

프랜시가 손을 저어 말을 막았다. "우리 정부, FBI 말이야. 거기에는 다양한 언어를 하는 온갖 통역사와 전문가들이 있어. 네가 우리에게 하려는 말이 무엇인지 알아내는 데 도움을 줄 수 있을 거야."

실수였다. 인디가 촉수들이 퍼덕거리기 시작하고, 촉수 전체에 스크롤됐다. 「아니요 아니요 아니요 아니요 아니요 아니요 아니요 아니요 아니요」.

"미안해. 정부 사람을 여기로 데려오지 않을게, 인디." 프랜시가 말했다.

"맞아, 친구." 웨이드가 말했다. "FBI는 안 데리고 올게. 약속해." 하지만 인디를 완전히 진정시키는 데는 15분이나 걸렸다.

마침내 인디가 차분해지자 다시 물건들의 이름을 불러주기 시작했다. 그런데 몇 분이 채 지나지 않아, 웨이드가 자리에서 일어나 앞뒤로 서성이기 시작했다. "이럴 시간이 없어요. 기본적인 어휘를 가르치는 건 좋지만, 인디가 어디로 가고 싶은지 우리에게 말할 때 사용할 수 있는 단어들이 필요해요. '산', '협곡', '계곡'처럼 장소를 가리키는 단어들 말이에요. 그런데 사진이 없이는 그런 단어를 가르쳐줄 수 없죠. 조셉 아저씨, 혹시 서부 지역에 관한 책이 있나요? 되도록 사진이 있는 게 좋아요." 웨이드가 물었다.

"없소.《유명한 서부 영화 촬영지 150》이라는 책이 있는데, 그 책에는 사진이 하나도 없소." 조셉이 말했다.

"그럼 당신이 가진 영화들은 어때요?" 율라 메이가 제안했다. "거기엔 산들이 나오잖아요, 그죠?"

"물론입죠." 조셉이 곧바로 오페라 하우스로 향했다. "필요한 게 뭐요?"

"우선 로키산맥이 필요해요. 그리고 앨버커키 주변이 있는 것처럼 황량한 산들도요."

「앨버커키 앨버커키 앨버커키」. 인디가 스크롤했다.

"그런 후에 소코로 외곽 지역은 어때, 라일?" 웨이드가 말했다.

"사막과 암석, 언덕을 따라 리오그란데강이 흐르죠." 라일이 말했다.

"〈서부 개척사〉부터 시작합시다." 조셉이 흥겹게 말하며, 영화를 한 편 꺼냈다.

"안 돼요!" 프랜시가 말했다. "아까 아저씨가 그 영화에…" 프랜시가 조셉에게 다가가 그의 귀에 대고 속삭였다. "…모뉴멘트 밸리가 나온다고 했잖아요."

"그렇지." 조셉이 대답했다. "하지만 마지막 부분까지는 안 나와. 걱정하지 마시오. 그 부분은 인디에게 보여주지 않을 테니. 우리가 필요한 부분만 보여줄 거요."

프랜시가 가서 인디를 데려왔다. "의자에 앉아." 프랜시가 말하자, 인디가 안락의자로 굴러 올라갔다.

"이게 효과가 있을 거라고 확신하세요?" 웨이드가 안락의자 뒤에 서서 팔짱을 끼고 말했다.

"아뇨." 프랜시가 대답했다.

"걱정하지 마시오." 조셉이 말했다. "만일 〈서부 개척사〉가 잘 안되면, 다른 영화도 많으니." 그리고 지니 스튜어트가 강가에서 말을 타는 모습을 보여줬다.

프랜시의 예상대로 그 과정은 잘 진행되었다. 인디는 프랜시가 가리키는 강에 대해서는 별로 관심이 없었지만, 강가에 있는 미루나무, 지미 스튜어트가 탄 말, 안장, 담요, 고삐, 소총, 비버 가죽 등에는 관심을 보였다. 그런데 프랜시가 "수통"이라고 말하고, 그 단어를 쓰자, 인디가 참을성 없이 수통 영상을 계속 두드렸다.

"무슨 일이야?" 프랜시가 인디에게 물었다. "수통이 뭔지 보여줄까? 보여줘(Show)?"

「SHO」. 인디가 스크롤했다.

'물론, 'CLO'가 'CLOTHES'의 단수형이라면, 'SHOW'에 어울리는 철자는 'SHO'일 테지.' 프랜시가 생각했다. "아니야. '보여줘(SHOW)'라고 해야 해." 프랜시가 단어를 써주었다.

"그 단어는 무엇을 보여주거나 설명한다는 뜻이야. '수통'에 대해 설명해줄까?"

「예 예 예 보여줘」.

또 다른 실수였다. 인디는 그때부터 프랜시가 가르쳐주는 거의 모든 단어에 대해 「보여줘」를 요구했다.

"내가 괴물을 만들었어요." 인디가 프랜시에게 「무법자 보여줘」를 요구하고, 왜 캠핑카를 무법자라고 부르는지도 설명해달라고 한 후, 프랜시가 웨이드에게 말했다. "애니 설리번이 헬렌 켈러에게 말하기를 가르친 것을 후회한 적이 있을까요?"

"아마 있겠죠." 웨이드가 말했다. "최악의 부분은 인디가 어디로 가고 싶은지 아직 알아내지 못했는데, 인디가 그곳으로 가야 한다는 사실을 완전히 잊어버린 것 같다는 거예요."

사실이었다. 인디는 한 번도 웨이드나 조셉을 마부칸으로 끌고 가서 고집스럽게 앞유리창을 가리키지 않았으며, 밖으로 굴러 나가 가장 가까운 높은 자리로 올라가서 방향을 찾지도 않았다. 인디는 오로지 새로운 단어를 배우고 프랜시에게 설명을 듣는 일에만 집중했다.

"어쩌면 그게 인디가 지구에 온 이유인지도 모르지요." 율라 메이가 제안했다. "우리의 언어를 배우려고요. 그런데 지금 우리가 가르쳐주고 있으니, 다른 데 갈 필요가 없어진 거예요."

"맞아요." 라일이 코웃음을 쳤다. "인디는 언어를 배우러 온 거예요. 그래서 그의 종족이 인간인 척하면서 우리 행성에 침입하려는 거라고요."

"저렇게 생긴 외계인이 어떻게 인간인 척할 수 있지?" 점심을 준비하던 조셉이 물었다. "영락없이 회전초처럼 생겼잖은가."

"외계인들은 변신을 할 수 있어요." 라일이 대답했다. "어떤 모습으로든 위장할 수 있다고요. 외계인들은 오래전부터 그렇게 해왔고, 우리와 똑같이 보이도록 만들어서 우리 사이를 걸어 다녀요. 그래서 군대와 정부, FBI에도 침투했어요. 이 모든 게 그들의 침략 계획의 일부라고요."

「보여줘 침략 계획」. 인디가 스크롤했다.

"이제 네가 무슨 짓을 했는지 알겠지, 라일?" 프랜시가 말했다.

"그게 무슨 말이에요? '이제 네가 무슨 짓을 했는지 알겠지' 라니? 당신이 인디에게 가르쳐야 할 말은 '비밀 지하 기지'와 '침략 지휘 센터'와 '소 절단'이라고요. '요새'나 '술집', '마구간'이 아니라."

「보여줘 소 절…」. 인디가 스크롤을 시작했다.

"인디" 율라 메이가 끼어들었다. "이리 와서 내 옆에 앉으면, 카드의 이름을 가르쳐줄게."

인디가 얌전히 긴 의자로 굴러 올라가 앉았다. 그리고 율라 메이가 카드를 보여주고 단어를 써주자 「잭 퀸 킹 에이스」를 스크롤했다. 그리고 카드로 할 수 있는 다양한 게임의 이름을 적었다. 「솔리테어 파이브 카드 스터드 드로우 텍사스 홀덤」.

"이제야 정말 도움이 될 것 같네요." 웨이드가 말했다. 하지만 프랜시는 잠시 쉴 수 있어서 율라 메이가 인디에게 솔리테어 게임을 가르쳐주는 게 고마웠다. 덕분에 프랜시가 점심을 먹을 수 있었다.

하지만 프랜시가 조셉이 건네준 칠리 한 그릇을 다 먹자마자, 인디가 팔꿈치로 다가와 「카드 한 벌」과 「버리기」, 「섞기」, 「스페이드」에 대해 설명해달라고 요구했다.

웨이드도 편하지만은 않았다. 인디는 오후 내내 조셉에게 서부 영화에서 다리와 유령 마을, 개울, 마른 강바닥, 모뉴먼트 밸리가 아닌 지역에 있는 뭉툭한 산, 탁상지, 협곡, 계곡, 그리고 (〈미지와의 조우〉에 대한 그들의 대화를 기억하고 있는 듯) 데블스 타워를 찾아달라고 했다. 그런데 그중 어떤 것도 인디의 반응을 불러일으키지 못하자, 웨이드는 인디가 방향을 가리키는 단어를 모르는 게 문제라고 판단하고는 프랜시에게 '북쪽', '남쪽', '동쪽', '서쪽', '근처', '멀리', '어디?'를 설명할 수 있도록 도와달라고 요청했다. 하지만 웨이드가 인디에게 "네가 우리에게 데려달라는 곳이 여기야? 여기에서 북쪽이야?"라고 몇 번을 물어봐도, 인디의 촉수는 사람을 미치게 만들듯 텅 비어 있었다.

"서쪽?"

반응이 없었다. 그리고 "동쪽", "남쪽", 그리고 "저쪽"에도 반응이 없었다.

"우리가 잘못 생각했나 봐요." 프랜시가 말했다. "어쩌면 인디는 우리가 하는 말을 이해하지 못하는 건지도 몰라요." 그때 율라 메이가 솔리테어 게임을 하고 있는 곳으로 인디가 굴러가더니, 카드 두 장을 차례로 가리켰다.

「10」. 인디가 스크롤했다. 「잭」.

"이게 무슨 말이에요?" 율라 메이가 물었다.

"인디가 할머니에게 클럽 잭 위에 하트 10을 놓으라고 하는 거예요." 웨이드가 말하며 웃었다. "제가 솔리테어가 훌륭한 생존 전략이라고 말씀드렸잖아요. 매번 실패하는 법이 없죠."

"우리를 황야에서 벗어나게 해주지는 않는다는 사실만 제외하면요." 프랜시가 말했다.

"그렇죠. 하지만 인디가 우리가 하는 말을 이해한다는 증거예요. 그리고 인디가 말을 하고 있다는 사실도 증명이 되고요." 웨이드가 잠시 생각에 잠겼다. "인디가 우리를 데려가려는 곳이 장소가 아니라면 어떨까요?"

"무슨 뜻이죠?"

"만일 사물이라면?"

"잃어버린 금광이나 뭐 그런 걸 말하는 거요?" 조셉이 물었다. "〈시에라 마드레의 보석(The Treasure of the Sierra Madre)〉에서 주인공들이 찾던 게 그거요. 잃어버린 금광."

"바로 그거예요." 웨이드가 말하고, 조셉의 DVD를 찾으러 갔다.

"정말 고마워요." 프랜시가 조셉에게 말했다. 그리고 테이블에 자리를 잡고 앉았다. "제가 언제까지 이 일을 계속할 수 있을지 모르겠어요. 인디는 마치 살아 있는 시세 테이프* 같아요." 프랜시가 팔짱을 낀 팔을 베고 머리를 뉘었다. "너무 피곤해요."

조셉이 고개를 끄덕였다. "완전히 기진맥진한 것 같소. 내가 카우보이 커피 좀 끓여 드릴까?"

"커피는 괜찮아요." 프랜시는 간절한 눈빛으로 숙소를 돌아보며 말했다. "잠깐 눈을 붙여야겠어요."

인디가 프랜시에게 보험증서 한 장을 슬쩍 내밀고, 촉수로 연필을 집어 프랜시의 손에 밀어 넣었다.

"자, 내가 대신 해주리다." 조셉이 프랜시에게서 연필과 보험증서를 받아가며 말했다.

"고마워요." 프랜시가 말했다. "하지만 그런다고 문제가 해결되지는 않아요. 한 번에 하나씩 가리키며 적지 않고도 단어와 구절을 가르칠 수 있는 다른 방법이 있으면 좋을 텐데 말이죠. 휴대폰을 가지고 있었다면, 바벨이

---

* 1970년대까지 전신을 통해 주가 정보를 전송받아 주식 시세를 찍어주던 가느다란 종이테이프

나 로제타스톤 같은 언어 프로그램을 사용할 수 있겠지만…."

조셉이 고개를 끄덕였다. "그렇지. 인디에게 납치되기 직전에 쓰레기를 버린 게 너무 아쉽소. 인디에게 읽어줄 수 있는 옛날 신문들이 있었는데…"

조셉이 갑자기 말을 멈췄다. "왜 진작 그 생각을 못 했을까? 야호!" 조셉이 환호성을 질렀다. "바로 그거야!" 그리고 뒤쪽으로 달려갔다.

"무슨 일이에요? 인디가 찾는 게 뭔지 말해줬나요?" 웨이드가 말했다.

"아뇨. 아저씨가…." 프랜시가 말했다.

"웨이드, 〈시에라 마드레의 보석〉 찾았소?" 조셉이 물었다.

"아니요, 저는…."

"상관없소. 아무거나 괜찮아." 조셉이 영화 한 편을 집어 들고, 케이스에서 꺼내 DVD 플레이어에 꽂았다.

"〈페인트 유어 웨건(Paint Your Wagon)〉?" 프랜시가 케이스에 적힌 제목을 보며 말했다.

"그렇지." 조셉이 리모컨을 들고 TV를 가리키며 말했다.

"그렇지만 이미 이 영화에서 광산 마을을 보여줬잖아요." 프랜시가 말했다. "그 영화에 담긴 다른 지형을 생각해내신 건가요?"

"아니오." 조셉이 DVD 플레이어의 설정을 만졌다. 리모컨의 버튼을 눌러서 로고와 크레딧, 마차 사고, 장례식 장면을 빨리 돌렸다.

조셉이 플레이 버튼을 누르자, 수염을 기른 리 마빈이 한 남자의 손을 밟으며 말했다. "이 금광은 나와 단짝 친구에게 소유권이 있어."

"뭔지 잘 모르겠…." 프랜시가 말하기 시작했다.

"보시오." 조셉이 말하며, 화면 하단에 있는 글자를 가리켰다. "이 금광은 나와 단짝 친구에게 소유권이 있어."

"자막이네요." 프랜시가 말했다.

"그렇소." 조셉이 자랑스럽게 말했다. "이제 모든 단어를 적을 필요가 없어진 거요. 그냥 인디를 TV 앞에 앉혀놓으면 되는 거지."

"그러면 인디가 전체 문장을 배우게 되겠네요." 웨이드가 말했다. "인디가 언어를 배우고 있다는 당신의 생각이 맞는다면, 인디는 더 빨리 추론할 수 있는 지점에 도달할 거예요."

"그렇지만…" 프랜시가 앞으로 몸을 숙여 웨이드의 귀에 속삭였다. "모뉴멘트 밸리는 어떡하고요?"

"걱정하지 마시오. 그런 건 보여주지 않을 거요." 조셉이 말했다.

"하지만 서부 영화에는 총격전, 영역 분쟁, 커스터의 최후의 전투처럼 폭력적인 장면이 가득하잖아요. 인디가 인간이 끔찍하다는 생각을 갖게 될 거예요."

"혹은 인디에게 그런 아이디어를 줄 수도 있죠." 라일이 오페라 하우스로 들어오며 말했다. "우리를 학살하는 거라든가, 소를 절단하는 것에 대한 아이디어요."

"서부 영화에 소를 절단하는 장면은 나오지 않아." 웨이드가 지적했다.

"수소를 묶는 장면은 어때요? 불에 달군 쇠막대기로 낙인을 찍는 건요? 만일 인디가 우리를 다시 묶고 자신의 낙인을 찍겠다고 하면 어떡할 건가요? 아니면 그들이 버펄로를 학살했듯이 우리를 학살하면요?"

"인디는 우리를 학살하지 않을 거야." 프랜시가 말했다.

"걱정하지 마시오, 프랜시." 조셉이 말했다. "인디가 폭력적인 장면을 보지 못하도록 내가 지켜보겠소." 조셉이 꺼내기 버튼을 눌러 〈페인트 유어 웨건〉을 빼고 〈보안관(Support Your Local Sheriff)〉을 집어넣었다. 인디가 안락의자에 굴러 올라가 영화를 보기 시작했다.

"이 마을에 정말 금이 있을까?" 제임스 가너가 말했다.

「이 마을에 정말 금이 있을까?」. 인디가 스크롤했다.

"봤소?" 조셉이 말했다. "당신이 가서 눈을 좀 붙이는 동안 영화가 대신 인디를 가르쳐줄 거요. 이제 당신은 가시오."

그러나 프랜시가 침상에 웅크리고 누워 담요를 덮고 잠에 빠져들자마자, 인디가 쿡쿡 찌르며 스크롤했다. 「보여줘 게으른 개자식아」.

'〈보안관〉에서 뭔 일이 있었던 거지?' 프랜시가 졸려서 멍한 채로 생각했다.

인디가 다시 프랜시를 쿡쿡 찔렀다. 「보여줘 빌어먹을 개새끼야」.

'이건 확실히 〈보안관〉에 나오지 않는 말일 거야.' 프랜시가 생각했다. 생각보다 오래 잠을 잔 게 분명했다. 인디를 따라 오페라 하우스로 갔더니, 조셉은 잠들어 있었고, TV 화면에는 피비린내 나는 총격전이 진행 중이었으며, 바닥에는 DVD 케이스 하나가 열린 채로 놓여 있었다.

프랜시가 케이스를 집어 들었다. "조셉 아저씨! 일어나세요! 인디가 왜 〈와일드 번치(The Wild Bunch)〉를 보고 있는 거죠?"

"미안하게 됐네." 조셉이 하품하며 말했다. "인디가 DVD 플레이어 작동법을 혼자 알아낸 모양이오."

"이걸로 끝이에요. 더 이상 서부 영화는 안 돼요." 프랜시가 말했다.

하지만 말처럼 쉽지 않았다. 인디가 자막 보는 것을 좋아해서, 그들이 DVD를 떼어내고 연결 케이블을 숨겨도, 인디가 어떻게든 작동하게 만들었다. 그들은 결국 〈원스 어폰 어 타임 인 더 웨스트(Once Upon a Time in the West)〉와 〈퀵 앤 데드(The Quick and the Dead)〉와 〈장고: 분노의 추적자 (Django Unchained)〉와 〈석양의 무법자(The Good, the Bad, and the Ugly)〉와 모뉴멘트 밸리가 나오는 모든 영화를 숨기는 것으로 타협하고, 잘 되길 바랐다.

인디는 오후 내내 영화를 봤다. 그런데 다행스럽게도 인디가 대사를 듣기 위해 액션 장면들을 빠르게 넘기는 것을 보면, 인디는 화면을 보는 것에는 그다지 관심이 없고, 대사를 보고 듣는 데만 관심을 기울이는 것 같았다. 그런데 인디가 영화에 사로잡혀서 프랜시가 조금 잠을 청할 수 있었지만, 틈틈이 "쇄도", "위스키", "말을 매는 말뚝", "인디언의 전투용 치장" 같은 말들을 설명해줘야 했다.

"적어도 라일이 떠들어대는 '조사'나 '인류 박멸' 같은 말을 설명하는 것보다는 낫네요." 웨이드가 밀했다.

「보여줘 박멸」. 인디가 스크롤했다.

"더 좋은 생각이 있어." 프랜시가 말했다. "〈캣 벌루(Cat Ballou)〉를 보자." 그리고 인디를 뒤쪽으로 데려갔다. 인디의 주의를 돌리는 데는 성공했지만, 프랜시는 그 영화에 기차 강도와 몇 번의 총격, 공개 교수형이 나온다는 사실을 잊고 있었다. 프랜시는 "보안관"과 "총잡이", "곤드레만드레", "홀인더월"과 함께 그 장면들을 '보여줘'야 했다.

"저긴 무법자들이 도망칠 때 가는 곳이야." 프랜시가 설명했다.

「캣 벌루 고데스(GOTHES)」.

"고델스(Gothers)?" 프랜시가 당황해서 되물었다.

「아니요 아니요 아니요 고데스(GOTHES)」. 인디가 스크롤했다. 「캣 발루 고데스(GOTHES) 홀인더월 패거리 숨기다」.

아, '가다(goes)'. 인디는 'go'의 복수형을 'gothes'라고 생각한 것이다. 'CLOTHES'의 단수형이 'CLO'라고 생각했던 것을 떠올리면, 완벽하게 이해됐다. 인디는 'goes'가 글로 쓰인 것을 본 적이 없었다.

'인디가 진짜 철자를 알 수 있게 적어줘야겠어.' 프랜시가 생각했다. 하지만 인디는 "패거리"를 먼저 설명해주길 원했고, 그다음에는 "급여 지급 명부", 그리고 "틴토레토", 그리고 "할렐루야, 형제여!"를 설명해달라고 했다. 그리고 조셉이 와서 〈버지니안(The Virginian)〉을 봤다.

프랜시는 인디를 조셉에게 맡기고 잠깐 눈을 붙이려고 숙소로 갔지만, 이미 웨이드가 자고 있었고, 율라 메이는 부엌에서 평소처럼 솔리테어를 하고 있었다. '그렇다면 라일은 마부칸에 있겠네.' 프랜시가 생각했다. 하지만 아니었다. 율라 메이는 라일이 우주선을 보러 밖으로 나갔다고 했다.

'좋았어.' 프랜시가 생각했다. 그리고 마부칸으로 가서 조수석을 뒤로 완전히 젖히고 기대 누워 눈을 감았다. '딱 30분만 자자. 내가 원하는 것은 그것뿐이야.' 프랜시가 생각했다.

그것은 그저 바람으로 끝났다. 프랜시가 눈을 감자마자, 쿵 하는 소리와 함께 율라 메이의 비명이 들렸고, 여러 번의 쿵쾅거리는 소리, 그리고 조셉의 먹먹한 외침 소리가 들려왔다.

"대체 무슨…?" 프랜시는 조셉이 외치다 뚝 끊어지는 소리를 들었다.

프랜시가 뒤로 눕혀진 좌석에서 재빨리 기어나와 뒤쪽으로 달려가다 웨이드와 부딪힐 뻔했다.

"무슨 일이에요?" 웨이드가 놀라서 물었다.

"모르겠어요." 프랜시가 웨이드의 옆을 비집고 지나가 오페라 하우스로 향했다.

율라 메이가 출입구에서 벽에 등을 대고 토트백을 방패처럼 가슴에 꽉 움켜쥐고 서 있었다. 조셉이 리모컨을 잡으려 애쓰며 말했다. "자, 어이 거기, 방랑자! 진정해!" 인디는 완전히 통제 불능 상태로 다시 거칠게 채찍을 휘두르고 있었다.

"무슨 일이에요?" 프랜시가 물었다. "뭘 하고 있었는데요?"

"아, 아무것도 안 했어요." 율라 메이가 말했다. "우리는 〈버지니안〉을 보고 있었어요. 조셉 씨는 졸고 있었고, 영화에서는 소도둑을 묶으려고 했어요. 그런데 당신이 폭력적인 장면은 안 된다고 했잖아요. 그래서 내가 그 영화를 빼고 〈하비 걸(The Harvey Girls)〉을 넣었어요."

프랜시가 화면을 힐끗 봤더니, 화면에는 목깃이 높은 구식 드레스를 입은 주디 갈랜드가 기차 승무원실의 문에 기대어 노래를 부르고 있는 모습 외에는 아무것도 없었다. 자막에 따르면 주디 갈랜드가 부르는 노래의 가사는 "해가 지는 계곡에서…"였다.

"난 인디를 진정시키려고 했어요. 저건 그냥 영화 세트장이라고 설명하려 했지만…" 율라 메이가 말했다.

"내 잘못이오. 〈하비 걸〉에 그 장면이 나오는 걸 잊고…"

"무슨 장면이 있었는데요?" 프랜시가 물었지만, 이미 대답을 알고 있었다.

"그걸 인디에게 적어줬나요?" 프랜시가 율라 메이에게 물었다. "할머니가 설명했던 그거요." 하지만 프랜시는 이미 그 대답도 알고 있었다.

인디가 촉수를 사방으로 휘둘러댔는데, 그 모든 촉수에 선명하고 붉은 글씨로 스크롤됐다. 「모뉴멘트밸리모뉴멘트밸리모뉴멘트밸리모뉴멘트밸리」.

12장

벤: 사람들이 그 녀석을 재수 없는 윌리라고 부른대.
넌 에이스 다섯 장을 들고도 녀석을 못 이길 거야.
단짝: 아, 난 도박 안 해.
벤: 그 녀석도 안 해.

— 〈페인트 유어 웨건〉

"정말 미안하오." 조셉이 말했다. "나는 〈하비 걸〉을 갖고 있다는 사실조차 잊고 있었소. 저건 진짜 서부 영화가 아니고 뮤지컬이니까. 그런데 카우보이와 댄스홀 소녀들이 나와서⋯."

"알았어요. 그냥 꺼주세요." 프랜시가 단호하게 말했다.

"노력 중이오." 조셉이 무릎을 꿇고, 인디가 휘두르는 촉수를 막으며 말했다. "인디가 할머니의 손에 있던 리모컨을 쳐버렸소." 조셉이 안락의자 밑으로 손을 뻗었다.

"인디⋯." 프랜시는 인디가 사방에 휘두르며 프랜시와 조셉, 율라 메이, 그리고 서로 때려대며 몸부림치는 촉수들을 피하려 애쓰며 조금씩 다가갔다. "인디, 괜찮아. 내가 왔어. 괜찮아." 그러나 인디의 촉수에 단어들이 더욱 밝고 빠르게 스크롤됐다. 「모뉴멘트밸리모뉴맨트밸리모뉴멘트밸리」 영화의 장면은 서부의 한 마을과 기차역으로 바뀌었다.

"무슨 일이에요?" 웨이드가 문으로 와서 말했다. "아." 웨이드가 텔레비전을 가리켰다. "저거 꺼야 하지 않나요?"

"지금 *끄려는* 중이에요." 프랜시가 대답했다. "수동으로 *끄거나* 플러그를 뽑는다거나 뭐 그런 방법은 없나요?"

"없소." 조셉이 안락의자 아래에서 말했다. "그게… 찾았다!"

조셉이 다시 나타나 리모컨을 흔들며 TV를 가리켰다. 화면이 검게 변했다. "정말 미안하게 됐소." 조셉이 말했다. "내가…."

"괜찮아요." 프랜시가 말했다. 하지만 TV를 꺼도 인디가 펼치는 광란의 몸부림에는 별다른 영향을 미치지 못했다. "제가 인디를 진정시킬 테니 다들 나가주세요."

조셉과 율라 메이가 사과하며 자리를 떴다.

웨이드는 문 옆에서 미적거렸다. "뭐, 적어도 이제 인디가 모뉴멘트 밸리를 두려워한다는 사실은 알게 됐네요. 하지만 왜일까요?"

"인디가 진정된 후에 알아볼게요." 프랜시가 말했다. "당신도 나가요."

"그렇지만…."

"나가요." 프랜시가 문을 밀어 닫았다.

프랜시가 인디에게 돌아섰다. "쉬, 인디. 괜찮아. 모뉴멘트 밸리는 모두 사라졌어." 프랜시가 TV 화면을 두드리며 말했다. "모두 사라졌어."

「모두 사라졌어?」. 인디가 스크롤했다.

"그래." 프랜시가 단호하게 말하자 인디의 몸부림이 조금씩 잦아들었다. 하지만 프랜시가 인디를 무릎 위에 올려 엉킨 촉수를 풀 수 있을 정도로 안정되기까지는 10분이 더 걸렸고, 인디를 겁먹게 한 문제에 대해 감히 말을 꺼낼 수 있을 정도가 되기까지는 5분이 더 걸렸다.

"모뉴멘트 밸리에서 무슨 일이 있었어?" 프랜시는 인디가 다시 채찍을 휘두르기 시작할까 봐 촉수를 유심히 살펴보며 물었다. "네 우주선이 착륙한 곳이 거기야?"

「아니요 아니요 아니요」. 인디가 스크롤했다.

"네가 우리를 데려가고 싶은 곳이 거기야?" 프랜시가 묻자 모든 촉수에 밝은 오렌지색으로 스크롤됐다. 「아니요 아니요 아니요」. 그리고 다시 펄럭거리기 시작했다.

"거기로 데려가지 않을게, 약속해." 프랜시가 서둘러 말했다. "우리는 그 근처에도 안 갈 거야. 두려워할 필요 없어. 여기에서 멀리 떨어져 있으니까…"

「아니요 아니요 아니요 아니요 아니요!」. 인디가 스크롤했다.

이게 무슨 뜻이지? UFO가 얼마나 빨리 날아갈 수 있는지를 고려하면 여기서 그리 멀지 않다는 뜻일까? 아니면 은하계 차원의 거리로 보면 멀지 않다는 뜻일까?

프랜시는 그것을 어떻게 물어야 할지 생각이 떠오르지 않았다. "모뉴멘트 밸리에 네가 두려워하는 누군가가 있어?" 대신 프랜시가 다른 질문을 했다.

「예 예 예 패거리」.

패거리? "누군가가 너를 쫓고 있는 거야? 그들이 너를 쫓아와?"

「예 예 예」.

"그러면 그들이 모뉴멘트 밸리에 착륙했어?"

「아니요 아니요 아니요」.

"그들이 모뉴멘트 밸리로 가는 거야?"

「아니요 아니요 아니요 패거리」. '패거리'라는 단어는 마치 밑줄이라도 그은 것처럼 다른 단어보다 더 밝았다.

"그러면 그 패거리가 너를 쫓고 있어서, 그들에게 잡힐까 봐 두려운 거야?"

「예」.

"그렇다면 너는 그 패거리에게서 벗어나려고 애쓰고 있는 거네. 그래서 우리에게 차를 몰게 한 거고. 그들이 너를 찾을 수 없는 곳으로 데려가길 원하는 거구나."

「아니요 아니요 아니요」.

"그러면 우리가 너를 어디로 데려가면 좋겠어?"

막다른 골목이었다. 인디의 촉수는 비어 있었다.

'난 포기할래.' 프랜시가 생각했다. '인디가 그들에게서 도망치는 게 아니라면, 대체 뭐…?' 프랜시가 되는 대로 말했다. "인디, 그 패거리에게 잡히기 전에 어딘가로 가거나, 무언가를 하려는 거야?"

「예 예 예 예 예!」. 인디가 스크롤했다. 단어들이 밝은 녹색으로 표시되어, 인디의 안도감이 분명하게 느껴졌다.

당연히 그렇겠지. 인디가 절박했던 이유와, 왜 프랜시를 납치해서 차를 몰도록 했는지 이해가 됐다. 인디에게는 시간이 많지 않았다. "네가 해야 할 일이 뭔지 말해줄 수 있어?"

「도와줘」.

"누구를 도와? 우리를?" 프랜시가 물었다.

「아니요 아니요 아니요」.

"네가 도움을 받으러 어딘가로 가려는 거야?"

「아니요 아니요 아니요」.

"네가 누군가를 돕기 위해 어딘가로 가려는 거야?"

「예 예 예」.

"누구를 도와?"

촉수가 다시 깨끗하게 비워졌다.

'멋지네.' 프랜시는 다시 처음 시작했던 곳으로 돌아왔다. 그래도 뭔가 알아냈다. 그래서 프랜시는 조셉이 모뉴멘트 밸리 장면이 없다고 장담한 〈셰인(Shane)〉을 인디에게 틀어주고, 다른 사람들과 그 정보를 나눴다. 사람들은 테이블에 둘러앉아 커피를 마시고 있었다. 라일은 샌드위치를 먹었다.

"인디는 누군가를 도와주러 여기에 왔는데, 그게 누군지는 말을 못 했어요." 프랜시가 말했다. "하지만 그게 전부는 아니에요. 누군가가 인디를 쫓고 있어요. 인디는 패거리라고 했어요."

"패거리요?"

"네, 인디는 패거리에게 잡히기 전에 자신이 도우려는 누군가에게 가려고 애쓰는 중이에요."

"다른 외계인이 쫓아오는 거겠죠." 라일이 쿠키 꾸러미를 가지러 일어나며 말했다. "인디가 우리를 납치하는 바람에, 지구에 그들의 존재가 드러나

버렸잖아요."

"지난번엔 인디가 우리를 모선으로 데려가 조사한다고 했잖아?" 율라 메이가 말했다.

"맞아요." 라일이 말했다.

'모뉴멘트 밸리에 대한 인디의 반응도 충분히 이해가 돼.' 프랜시가 생각했다. "인디는 누군가를 혹은 무언가를 도와주려는 거라고 했어요." 프랜시가 사람들에게 말했다.

"하지만 그게 누구인지, 혹은 무엇인지는 말하지 않았다는 거죠." 웨이드가 프랜시에게 말했다. "왜 말하지 않을까요? 우리에게 말할 수 없는 비밀일까요, 아니면 그저 그걸 가리키는 단어를 모르기 때문일까요?"

"모르겠어요."

"그렇다면 이 모든 게 어떻게든 모뉴멘트 밸리와 관련이 있다는 거죠?" 웨이드가 생각에 잠긴 목소리로 물었다.

"네." 프랜시가 말했다. "하지만 제가 모뉴멘트 밸리는 여기에서 멀리 있으니까 걱정하지 말라고 했을 때, 인디는 계속 '아니요'라고 스크롤했어요."

"그럴 줄 알았어요. 아저씨가 말한 대로네요, 조셉 아저씨."

"나는 그저 농담으로…" 조셉이 말하기 시작했지만, 라일이 말을 끊었다.

"외계인들은 온갖 종류의 신비한 힘을 가지고 있어요." 라일이 말했다. "외계인은 사람들을 우주선으로 전송하고, 시간을 조작하고, 사람들의 생각을 읽을 수 있어요. 그런데 모뉴멘트 밸리는 움직일 수 없을까요?"

"외계인들이 대체 왜 모뉴멘트 밸리를 옮기는데?" 웨이드가 몹시 짜증이 난 목소리로 말했다.

"우선은 납치 피해자들을 미친 사람처럼 보이게 만들려고요. 그리고…"

"그냥 수사적으로 해본 질문이었어." 웨이드가 말했다. 그리고 프랜시에게 말했다. "아마도 언어적인 소통의 문제일 테니, 인디가 말을 더 배워서 잘하게 되면 다 이해가 될 거예요. 패거리 같은 단어처럼 말이에요. 인디가 패거리를 무슨 뜻으로 사용했는지 지금 우리가 어떻게 알겠어요? 당신은 인디와 계속 대화하면서 누구를 도와야 하는 건지 알아내야 해요. 그때까지

236

저와 조셉 아저씨는 서부 영화를 뒤져서, 인디에게 보여줄 수 있는 패거리를 찾아 소도둑이나 강도단 같은 게 아니라 정말로 어떤 뜻으로 그 단어를 사용한 건지 확인해볼게요. 아저씨, 패거리가 나오는 영화들 있죠?"

"농담하는 거요?" 조셉이 들뜬 표정으로 말했다. "1930년대 만들어진 거의 모든 20분짜리 무성 영화와 〈내일을 향해 쏴라(Butch Cassidy and the Sundance Kid)〉, 〈롱 라이더스(The Long Riders)〉, 하지만…."

"그 영화들에 모뉴맨트 밸리가 나오나요?" 프랜시가 물었다.

"아니오. 그건 문제없소." 조셉이 테이블을 둘러봤다. "문제는 우리가 여기에 계속 있을 수 없다는 거요."

웨이드가 고개를 끄덕였다. "우리가 한곳에 오래 머무를수록 누군가 와서 차가 고장 났는지 물어볼 가능성이 커지는데, 인디가 그들을 납치할까 봐 걱정하시는 거죠?"

"그게 아니오. 먹거리가 다 떨어졌소." 조셉이 말했다.

모두가 고개를 들었다. "하지만 우리가 끌려오기 직전에 식량을 쌓아놨다고 하지 않으셨나요?" 프랜시가 말했다.

"그랬지. 하지만 그건 다섯 명이 아니라 한 사람 몫이었고, 우리 중 일부는…." 조셉이 라일을 매섭게 쳐다봤다. 라일은 과자를 우걱우걱 먹고 있었다. "해가 뜰 때부터 질 때까지 먹어대고 있소. 빵과 우유, 고기 등 거의 모든 게 부족하오."

"알았어요. 그렇다면 식료품점을 찾아봐야겠네요." 웨이드가 말했다.

"그렇지만, 웨이드, 아무 곳에나 차를 세우면 안 된다고 하지 않았나요?" 프랜시가 말했다.

"뒤쪽에 차를 주차한 후 한 사람만 들여보내고, 현금을 사용하면 돼요. 다들 얼마나 가지고 있어요? 프랜시?" 웨이드가 물었다.

"없어요. 세리나의 차에 반짝이 전구를 가지러 갈 때 지갑을 안 가져갔어요. 그리고 마트에서 당신이 준 20달러는 인디가 나를 끌고 올 때 잃어버렸어요."

"넌 어때, 라일? 얼마나 있어?"

"휴대폰 케이스에 50달러가 있었는데…." 라일이 인디를 노려봤다. "인디가 덤불에 던져버렸고, 과자와 콜라를 사려고 챙겼던 10달러는 인디가 붙잡을 때 떨어뜨렸어요. 그래서 지금 가진 건 비자카드와 직불카드뿐이에요."

"카드는 안 돼." 웨이드가 말했다.

"그러면 나도 안 되겠네. ATM에 들를 게 아니라면." 조셉이 말했다.

"ATM도 안 돼요. 할머니는?"

"25센트 동전 묶음과 5센트 하나." 율라 메이가 토트백을 뒤적거리며 말했다. "12달러예요. 그리고 랍스터 뷔페 4달러가 있어요." 할머니가 동전들을 테이블 위에 올려놓았다.

"랍스터 4달러요?" 라일이 물었다.

"쿠폰이 있다는 말이야." 율라 메이가 미안한 표정을 지으며 라일을 바라봤다. "이제 대부분의 슬롯은 더 이상 현금을 받지 않아. 신용카드만 받지."

웨이드가 청바지 주머니를 뒤져 구겨진 지폐 몇 장과 동전을 꺼내 테이블 위에 놓았다. "5달러 18센트 있어요."

"10달러짜리 납치 방지 보험 판 돈은요?" 프랜시가 물었다.

"그걸 팔러 로즈웰로 가는 중이었잖아요, 기억나죠? 거기에서 오는 길이 아니라."

"흠, 인디도 돈을 가지고 오지 않았다고 가정하면, 우리에게는 총 21달러 16센트가 있는데, 점심은 고사하고 내일 아침도 사 먹기 힘들겠네요." 프랜시가 말했다.

"그래도 이걸로 사야 해요." 웨이드가 암울하게 말했다.

"꼭 그렇지는 않아요." 율라 메이가 말하자, 모두가 고개를 돌려 할머니를 바라봤다.

"무슨 뜻이세요? 저희에게 말하지 않은 돈을 따로 보관하고 있나요?" 웨이드가 물었다.

"아니요, 그런데… 그게 내가… 나는… 언제나 운이 좋을지 나쁠지 알 수 있는데, 오늘 밤에는 운이 좋을 것 같아요. 그리고 지금 여기가 당신이 말했던 그 지역이라면, 바로 근처에 카지노가 있어요…."

"카지노요?" 라일이 말했다. "그래서 우리가 가진 얼마 안 되는 돈으로 도박을 하자는 거예요? 적어도 우리가 가진 돈이면 땅콩버터와 빵은 살 수 있잖아요."

"내가 라일과 함께 가리다." 조셉이 말했다. 하지만 괴로운 표정이었다. "위험을 감수할 필요는 없을 것 같소. 월마트에 들러 우리가 가진 돈으로 땅콩버터와 빵을 최대한 많이 사자고."

"그리고 콜라도." 라일이 말했다. "거의 다 떨어졌어요. 그리고 도리토스도 다 떨어졌고요."

"왜 그게 다 떨어졌을까?" 조셉이 건조하게 말했다.

"할머니, 도와주고 싶은 마음은 잘 알아요." 프랜시가 말했다. "하지만 할머니가 돈을 잃으면…."

"잃지 않을 거예요." 율라 메이는 프랜시가 아니라 웨이드를 보며 말했다.

"장담할 수 있으세요?" 웨이드가 물었다.

"네."

"좋아요." 웨이드가 말하자, 프랜시가 놀란 표정으로 그를 뚫어져라 쳐다봤다. "할머니가 말씀하신 카지노가 어디에 있나요?" 웨이드가 물었다.

"여기요." 율라 메이가 지도에서 한 지점을 가리켰다. "아파치 버츠가 30킬로미터 정도 떨어져 있어요." 할머니가 웨이드에게 가는 경로를 보여 줬다.

"그 카지노가 열려 있다고 확신하시오? 지금은 시간이 좀 늦어서." 조셉이 물었다.

"카지노는 언제나 열려 있어요." 율라 메이가 자신 있게 말했다.

"좋습니다." 웨이드가 말했다. 그리고 동전 뭉치와 구겨진 지폐를 손으로 담아 율라 메이에게 건네주었다. "아파치 버츠로 가죠."

"뭐라고? 미친 거요?" 조셉과 라일이 말했지만, 율라 메이는 이미 가방에 돈을 넣었고, 웨이드는 마부칸으로 향했다.

"인디에게 계속 말을 가르쳐줘요, 프랜시." 웨이드가 마부칸으로 가면서 그들에게 외쳤다. "그리고 다른 분들은 돈이 더 있는지 찾아보세요. 소파 쿠션도 확인해보세요."

"잠깐만요, 당신이 그냥 그렇게…." 프랜시가 말하며 웨이드를 따라가기 시작했지만, 라일이 냉장고 문을 열어 길을 막아버렸다.

캠핑카가 출발해서 도로로 올라갔다. 프랜시는 균형을 잃고 테이블을 잡았다. 그리고 인디의 촉수가 앞쪽으로 날아가 웨이드를 멈추게 할 거라 예상하며 반사적으로 뒤쪽을 돌아봤다. 하지만 인디는 그러지 않았다. 프랜시가 조리대와 침상에 몸을 기대 중심을 잡으며 오페라 하우스로 돌아갔더니, 인디는 안락의자에 웅크리고 앉아 〈리오 브라보(Rio Bravo)〉를 보고 있었다.

'배신자.' 프랜시가 생각했다. 그리고 앞쪽으로 돌아가며, 마지막으로 남은 콜라를 들이켜고 있는 라일을 지나 율라 메이에게 말했다. "빨간색 카드 4 위에 검은색 카드 3을 올리면 돼요." 그리고 조셉을 봤는데, 그가 프랜시에게 말했다. "35센트를 찾았소."

"멋지네요." 프랜시는 웨이드에게 따지기 위해 마부칸으로 조용히 들어갔다.

"지금 뭐 하는 거예요?" 프랜시가 웨이드 옆자리에 털썩 앉으며 따졌다. "당신은 할머니가 우리 돈을 모두 잃어버릴 확률이 얼마인지 알잖아요."

웨이드는 아무 대답도 하지 않았다.

"이봐요, 만일 당신이 할머니를 카지노로 데려가 도망칠 기회를 주려는 거라면, 난 백 퍼센트 당신 편이에요. 할머니는 이 모든 일과 무관한 사람이니까, 난 할머니가 안전하게 빠져나가는 것을 보고 싶어요. 할머니는 조셉 아저씨와 다르잖아요. 아저씨는 스스로를 돌볼 수 있지만, 할머니는 그저 다정하고 자그마한 할머니일 뿐이니까요."

프랜시가 잠시 말을 멈췄지만, 웨이드는 여전히 아무 말도 하지 않았다. 그의 눈은 계속 길을 바라보고 있었다.

"하지만 이건 잘못된 방법이에요. 애초에 효과가 없을 거예요. 주유소에서, 그리고 마트에서 무슨 일이 있었는지 봤잖아요. 할머니가 조금이라도 도망치려는 움직임을 보이면, 인디가 수많은 사람이 보는 앞에서 낚아챌 거예요. 그러면 그 사람들이 모두 당국에 신고할 거라고요."

"인디는 할머니가 탈출할까 봐 걱정하지 않을 거예요. 우리는 인디에게 할머니의 손목에 밧줄을 묶도록 해서, 마트에서 우리를 감시했던 것처럼 계속 감시할 수 있게 할 거예요. 아무도 인디를 보지 못할 거예요."

"알았어요." 프랜시가 말했다. "하지만 그렇다고 해도, 할머니가 우리 식비를 모두 잃을 거라는 사실은 변하지 않아요."

"할머니가 이길 거라고 장담하셨잖아요."

"그래서 그 말을 믿어요?" 프랜시가 얼굴을 찡그리며 웨이드를 바라봤다. "당신은 내가 모르는 뭔가를 알고 있죠. 당신의 계획이 뭐예요?"

"나요? 아무것도 없어요."

"이봐요, 혹시 인디를 거기에 할머니와 함께 보내서 소매치기를 할 생각이라면 소용없어요. 카지노에는 사방에 보안 카메라가 있잖아요. 차라리 식료품점에서 조셉 아저씨의 신용카드를 사용하는 게 훨씬 덜 위험할 걸요. 경찰은 아저씨가 납치된 사실을 아직 파악하지 못했을 게 분명하니까, 그냥 남은 여행을 위해 식료품을 구입하는 것처럼 보일 거예요."

"아뇨. 우린 카지노로 갈 거예요. 그냥 날 믿어줘요, 알았죠?"

"알았어요." 프랜시가 마지못해 대답했다. "내가 여기에 남아서 길을 안내할까요?"

"아뇨, 어디로 가야 하는지 알 것 같아요. 당신은 인디와 함께 있어주세요. 인디가 도망치고 있는 그 '패거리'라는 게 뭔지, 또 왜 모뉴멘트 밸리를 그렇게 무서워하는지 알아내주세요. 그리고 라일에게 여기로 지도를 가지고 와달라고 해주세요."

"어디로 가는지 안다고 했잖아요."

"알아요, 그래도 라일에게는 말하지 말아요. 혹시라도 할머니가 돈을 잃을 경우에 대비해서, 라일이 마지막 남은 음식을 먹어치우게 못하게 하려는 거예요." 웨이드가 프랜시를 보며 싱긋 웃었다. "내가 라일에게 길 안내를 부탁했다고 전해줘요. 그리고 할머니에게 붉은색 킹을 옮기라고 전해주세요."

프랜시는 부탁받은 대로 했다(라일에겐 전하고, 할머니에게는 전하지 않았다). 하지만 오페라 하우스에 도착한 후에는 인디에게 패거리나 모뉴먼트 밸리에 관해 묻지 않았다. 인디가 누군가에게 쫓기고 있으며, 누군가를 도와야 한다는 사실까지는 파악했지만, 인디는 자신이 어디로 가야 하는지 말하지 않았다. 그래서 지난 며칠 동안 장소와 지형을 인디에게 보여줬어도, 제대로 된 장소를 찾지 못했다. 프랜시는 인디가 말하게 할 다른 방법을 생각해야 했다.

"인디…." 프랜시가 TV를 끄고, 인디를 숙소로 데려갔다. "너에게 몇 가지 물어볼 게 있어." 프랜시가 침상에 인디를 앉혔다. "네 이름이 뭐야?"

「인디」. 인디가 스크롤했다. 그리고 창문을 통해 도로 표지판을 가리켰다
.
「읽어」.

"가스 필립스 66." 프랜시가 읽었다. "아니, 우리가 너를 부를 때 사용하는 이름 말고, 너의 진짜 이름이 뭐야?" 프랜시가 물었지만, 고속도로로 접어들자 광고판이 줄지어 있어서, 인디가 읽어달라고 계속 우겼다. 월 드럭 1,500킬로미터, 아파치 버츠 카지노—남부에서 가장 확률이 높은 슬롯, 카스카벨 모텔 에어컨이 실치된 객실.

"고향에서 부르는 네 이름이 뭐야?" 마침내 광고판이 띄엄띄엄해지자 프랜시가 물었다. "고향에서는 사람들이 너를 뭐라고 불러?"

「보여줘 카스카벨」. 인디가 스크롤했다.

"스페인어로 '방울뱀'이라는 뜻이야." 프랜시는 도대체 왜 모텔 이름을 그렇지 지었는지 궁금해하며, 절대로 그곳에는 머물지 말아야겠다고 다짐했다.

「프랜시 구하다 인디 방울뱀」.

"그래, 그리고 인디도 프랜시를 방울뱀으로부터 구해줬어. 우리 둘 다 서로를 구했어. 네 이름이 뭐야?"

「보여줘 스페인어」.

"스페인어는 지구의 또 다른 언어야. 우리는 서로 다른 언어로 말을 해."

프랜시는 예를 들어 설명하려고 애썼다. "〈서부의 카우보이(Riders of the West)〉의 페드로처럼 말이야. 페드로는 스페인어로 말해. 나는 영어로 말하고. 그리고 너는 네 언어로 말하지. 이해돼?"

인디는 대답하지 않았다. 인디는 이미 피라미드와 에펠탑, 곤돌라, 해적선 사진이 있는 라스베이거스의 광고판을 가리키고 있었다. "멋지고 재미있고 환상적인 라스베이거스를 방문하세요!" 프랜시가 읽었다. "우리는 모든 게 있어요!"

「보여줘 라스베이거스」. 인디가 스크롤했다.

'못 보여줘. 설명할 방법이 없네.' 프랜시가 생각했다.

"라스베이거스는 스페인어로 '초원'을 뜻해." 프랜시가 말했다.

「페드로」. 인디가 스크롤했다.

"그래, 페드로처럼. 페드로는 스페인어를 하지. 너희 행성에서는 어떤 언어를 사용해?"

「보여줘 슬롯」.

"슬롯은 기계인데… 할머니가 너에게 '슬롯'을 설명해주실 거야."

실수였다. 인디가 그 즉시 침상에서 굴러 내려가기 시작했다. "안 돼, 여기에 있어." 프랜시가 말했다. "나중에 할머니에게 물어봐도 되잖아." 그때 캠핑카의 속도가 느려지기 시작했다.

"도착했어요." 율라 메이가 앞에서 외쳤다.

프랜시가 창밖을 내다봤다. 캠핑카가 넓은 주차장으로 들어가고 있는데, 주차장 중심부에 분홍색 벽돌로 지어진 카지노가 서 있고, 거대한 네온 사인이 켜져 있었다. 늦은 시간에도 불구하고(어쩌면 늦은 시간이기 때문에), 주차장이 거의 만원이었다.

웨이드가 주차장에서 가장 어두운 구석에 차를 세우자, 인디가 곧바로 캠핑카 앞쪽으로 굴러갔다. 프랜시가 인디를 따라가다가, 흰머리를 정돈하며 모자를 고쳐 쓰고 있는 율라 메이를 발견했다.

인디가 율라 메이에게 굴러가 스크롤했다. 「보여줘 슬롯」.

"고속도로 표지판을 읽고 있었어요." 프랜시가 설명했다.

"아, 슬롯은 돈을 넣고 바퀴를 돌리면 잭팟을 딸 수 있는 도박 기계야." 율라 메이가 말했다.

「설명해줘 잭팟」. 인디가 스크롤했다.

"할머니가 잭팟에 따낼 확률은 송아지가 퀵샌드에 빠졌다가 혼자 빠져 나올 확률과 비슷하지." 조셉이 말했다.

「설명해줘 퀵…」. 인디가 스크롤을 시작했을 때 웨이드가 나타나서 율라 메이에게 물었다. "준비되셨나요?"

"네." 율라 메이가 자리에서 일어나며 토트백을 집어 들었다.

"난 아직도 이게 몹시 안 좋은 아이디어라고 생각하오. 확률은 항상 카지노 편이잖소?" 조셉이 말했다.

그러자 라일이 말했다. "할머니가 돌아올지 어떻게 알아요? 우리 중 한 명이 같이 가야 할 것 같아요."

"걱정하지 마. 한 명이 같이 갈 거야." 웨이드가 말했다.

"안 돼요!" 율라 메이가 날카롭게 말했다.

"봐요, 내가 말했잖아요!" 라일이 말했다. "할머니는 우리를 내버려두고 도망갈 거라고요. 우리 돈을 가지고!"

"네 돈은 한 푼도 없어, 기억하지?" 웨이드가 말했다. 그리고 율라 메이에게 말했다. "도망가지 않으실 거죠?"

"안 도망가요." 율라 메이가 말했다. "하지만 다른 사람이 내 주의를 산만하게 하면 운이 좋지 않을 수도 있어요."

"인디는 할머니를 방해하지 않을 거예요. 할머니는 인디가 거기에 있다는 사실조차 알아채지 못할 거예요. 그럴 거지, 인디?"

"외계인이 나와 함께 간다고요?" 율라 메이가 말했다.

"아무도 인디를 못 볼 거예요." 웨이드가 안심시켰다.

프랜시가 설명했다. "썬더버드 마트에서 제가 할머니와 이야기하는 내내 인디의 촉수가 제 손목을 감싸고 있었어요." '거의 내내라고 할 수 있지, 뭐.' 프랜시가 생각했다. 하지만 그 이야기를 꺼내기에는 부적절한 순간인 것 같았다. "저는 그 사실을 인식조차 못 했어요." '인디가 손을 놓아줄 때도 몰랐어.' 프랜시가 속으로 덧붙였다.

웨이드가 옆문을 열고 뛰어내려 율라 메이를 위해 계단을 내리고, 할머니가 계단을 내려갈 때 손을 잡아주었다. 그러자 인디가 할머니를 따라 계단을 굴러가 포장도로로 내려갔다.

「가다 가다 가다」. 인디가 스크롤했다.

"안 돼, 인디, 넌 가면 안 돼." 웨이드가 주차장에 다른 사람이 있는지 걱정스럽게 주위를 둘러보며 말했다.

「예 예 예 가다」. 인디가 스크롤했다. 「슬롯」.

"그리고 네가 슬롯머신 게임을 하는 일은 없을 거야. 이봐, 인디, 넌 가면 안 돼. 사람들이 너를 볼 거라고." 프랜시가 말했다.

「아니요 아니요 아니요」. 인디가 스크롤하더니, 털실 뭉치만 한 크기로 몸을 감았다.

웨이드가 프랜시를 바라보며 물었다. "저렇게 할 수 있는 거 알았어요?"

"아뇨. 인디, 그래도 넌 못 가. 너는 웨이드와 나와 함께 여기에 있어야 해."

프랜시는 인디가 반박할 거라고 예상했다. 하지만 인디는 원래 크기로 돌아와 낚싯줄처럼 가느다란 촉수를 율라 메이의 손목에 감았다.

웨이드가 율라 메이를 바라보며 말했다. "할머니가 돌아와야 할 때는, 저희가 인디에게 그 줄을 잡아당기게 할 거예요. 그리고 혹시 할머니에게 문제가 생기면, 인디를 통해 저희에게 말하세요. 너의 다른 촉수로 전해줘, 인디. 카지노 안에서는 스크롤해선 안 돼. 알겠지?"

「예 예 예」. 인디가 스크롤했다.

"좋아." 웨이드가 말했다. 그리고 율라 메이에게 말했다. "가세요."

할머니가 주차장을 가로지르며 출발했고, 웨이드와 인디는 다시 캠핑카 안으로 들어왔다.

"이제 뭘 하죠?" 라일이 물었다.

"이제 할머니가 돌아오실 때까지 기다려야지." 웨이드는 테이블에 자리를 잡고 앉아 카드를 집어 들고, 율라 메이가 펼쳐놓은 솔리테어 패를 끝내기 시작했다.

"인디의 촉수가 저렇게 멀리까지 늘어날 수 있는 거요?" 조셉이 창밖을 바라보며 말했다.

"라일에게 물어보세요." 웨이드가 말했다.

"아주 재밌네요." 라일이 말하며 냉장고 문을 열기 시작했다.

"안 돼." 조셉이 말하며 다가와 냉장고의 문을 닫았다. "할머니가 돌아오실 때까지 취사 마차의 출입은 금지야. 앞으로 남은 식량은 배급해야 할 것 같군."

"할머니가 돌아온다면 말이죠. 아마 지금쯤 할머니는 FBI에 전화하고 있을걸요." 라일이 말했다. "그러면 FBI는 외계인들에게 우리가 있는 곳을 알려줄 테고, 외계인들은 우리를 모조리 증발시켜버리겠죠." 그리고 라일은 도착하는 우주선 전함을 찾으려는지 마부칸으로 쿵쾅거리며 걸어갔다.

프랜시는 인디가 문 옆에 앉아 율라 메이를 감시할 거라 생각했지만, 인디는 웨이드 옆의 긴 의자로 굴러 올라가 그에게 어떤 카드를 움직일지 이야기하기 시작했다. 그래서 프랜시는 인디를 숙소로 데려가 계속 대화를 진행하려 했다. 그러나 인디가 협조를 거부했다. 인디는 창문 옆에 자리를 잡고 앉아 프랜시에게 주차장에 정차해 있는 버스(골든 이어즈 나이트타임 버스, 블랙잭 익스프레스, 위 아워 어드벤처 투어)와 카지노 위에 우뚝 솟은 크고 밝은 조명의 광고판을 읽어달라고 했다.

그 광고판은 몇 분마다 바뀌는 비디오 표지판이어서, 프랜시는 계속 바뀌는 이미지를 읽고 '보여줘'야 했다. 성대한 블랙잭 8월 14일, 트리플 잭, 노인들은 금요일 무료 식사 제공.

10분이 넘어가자 영상이 반복되기 시작했다. 이때 프랜시는 왜 그런 일이 일어나는지 '보여줘'야 했다. '내가 인디와 이야기할 기회를 찾기 전에 할머니가 돌아오시겠다.' 프랜시가 생각했다. 하지만 할머니는 돌아올 기미가 없었다.

프랜시는 커튼을 닫고 다시 인디와 대화를 시도했다. "스페인어가 지구의 또 다른 언어라고 말해준 거 기억나지? 언어마다 사물에 대한 단어가 달라. 스페인어로 '방울뱀'을 뜻하는 단어가 '카스카벨'이고, '초원'을 뜻하는 단어가 '베가스'야. '가다'라는 단어는 '바모스'이고, '장소'를 뜻하는 단어는 '엘 루가르'야. 너희 언어로 네가 가고 싶은 곳에 대한 단어를 말해줄 수… 뭐야?" 문이 다시 열리자 프랜시가 폭발했다.

라일이었다.

'아, 지금은 안 돼.' 프랜시가 생각했다.

"아직 인디가 할머니에게 붙어 있나요?" 라일이 물었다.

프랜시가 인디를 흘끗 쳐다봤다. 인디가 율라 메이의 손목에 묶어둔 촉수는 여전히 팽팽하게 늘어져 있었다. "응."

"그런데 왜 아직도 안 돌아오는 거죠? 30분이나 지났는데."

라일이 프랜시 옆의 침상에 앉았다. "만약 둘 다 렙틸리언이라면 어쩌죠?" 라일이 속삭였다. "이 카지노에 가자고 했던 게, 실은 그들이 정보원과 연락을 취해서 다음 단계를 위한 명령을 받으려는 위장일 뿐이라면 어쩌죠?"

"무엇의 다음 단계?"

"침공이요! 지구를 완전하게 파괴하는 거요!"

"그렇다면, 웨이드가 허물을 벗거나 눈동자에서 레이저를 쏠지도 모르니까, 앞쪽으로 가서 눈을 떼지 말고 감시하는 게 낫지 않을까?" 프랜시가 말했다.

"재미없어요." 라일이 말했다. "웨이드가 본색을 드러내면 정말로 후회하게 될걸요." 그러고는 다시 앞쪽으로 쿵쾅거리며 걸어갔다.

「보여줘 완전하게 파괴」. 인디가 스크롤했다.

"내가 라일에게 하고 싶은 일이 그거야." 프랜시는 인디가 자신의 말을 진지하게 받아들일지도 모른다는 사실을 깨달았다. "그런 뜻으로 한 말은 아니야." 프랜시가 서둘러 덧붙였다. "그냥 은유적인 표현일 뿐이야." 그리고 은유라는 게 무엇인지 설명하는 데 한참을 소비해야 했다.

프랜시가 다시 스페인어와 번역으로 대화를 이어갈 수 있기까지는 15분이나 걸렸다. "우리가 〈코만치 요새(Fort Comanche)〉 봤을 때, 게이트우드 대위가 코만치 추장과 대화하던 장면 기억나?"

「그레이트 호크」.

"그래. 게이트우드 대위가 코만치 추장을 그렇게 불렀지만, 그게 그 추장의 본명은 아니었어. 그의 진짜 이름은 '이자-추'였어. 그레이트 호크는 추장의 코만치 이름을 영어로 번역한 거야. 너희 언어로 네 이름이 뭔지 말해줄 수 있어?"

인디의 촉수가 한참 동안 비어 있다가 스크롤하기 시작했지만, 그건 글자가 아니었다. 중국 한자와 이집트 상형 문자가 혼합된 듯한, 한 번도 본 적이 없는 기호였는데, 해석은커녕 따라 적기에도 너무 복잡했다. 프랜시는 다른 방법을 시도할 수밖에 없었다.

"이자-추도 그레이트 호크의 이름이 아니었어. 코만치는 다른 문자를… 뭐야?" 문이 또 열리자 프랜시가 폭발했다.

"이야기를 방해해서 미안하오." 조셉이 말했다. 그는 손에 카우보이모자를 들고 있었다. "난 그냥 궁금해서…."

"죄송해요. 라일인 줄 알았어요." 프랜시가 사과했다. "저한테 하실 이야기가 뭐예요?"

"한 시간이 넘었는데, 할머니가 아직 안 돌아왔소. 웨이드는 걱정하지 말라지만, 우리가 준 돈을 잃고는 우리에게 말하기가 겁나서 안에 숨어 있는 게 아닌가 걱정되오. 나도 카지노에 가본 적이 있지만, 저런 할머니가 슬롯에서 이길 방법 같은 건 없소. 그래서 우리 중에 누가 들어가서 그 불쌍한 할머니를 데려와야 하지 않을까 해서 말이오."

"웨이드는 뭐래요?"

"웨이드는 다 잘될 거라고, 조금 더 시간을 줘야 한다고…."

"그러면 그렇게 하는 게 나을 것 같아요." 프랜시가 말했다. "할머니는 곧 돌아오실 거예요." 실은 프랜시도 할머니가 곧 돌아오리라고는 생각지 않았다.

"당신이 대장이니 따라야지." 조셉이 말하고 문을 닫았다. 프랜시는 인디에게 돌아앉았다.

"이자-추는 그레이트 호크의 이름이 아니었어. 코만치 문자는 영어와 다르기 때문이야. 이자-추는 영어 문자로 쓰인 코만치 이름이었어."

그것은 사실이 아니었다. 코만치에게는 별도의 문자가 없었고, 프랜시와 인디는 글을 쓰는 게 아니라 말을 나누고 있었지만, 이게 프랜시가 할 수 있는 최선이었다. "코만치 추장이 했던 것처럼 할 수 있어? 네가 어디로 가고 싶은지 너희 언어로 하되 영어 문자로 말해줄 수 있어?"

"할머니가 온다!" 조셉이 외치자, 인디가 침상에서 굴러 내려가 주방으로 갔다. 프랜시도 바로 뒤따라갔다.

조셉과 라일이 창문에 딱 붙어 있었다. 웨이드는 여전히 솔리테어를 하고 있었다. 프랜시는 웨이드를 옆으로 밀고 밖을 내다봤다. 율라 메이가 한 손에는 토트백을, 다른 한 손에는 커다란 흰색 비닐봉지를 들고 주차장을 가로질러 오고 있었다.

이 거리에서는 주차장의 불빛만으로 율라 메이가 낙심했는지, 기뻐하고 있는지 알 수 없었다. 율라 메이는 느리게 걷고 있었지만, 실의에 빠져서라기보다는 나이 때문일 수도 있었다. 아니면 무언가가 가득 들어 있는 것처럼 보이는 흰색 봉지의 무게 때문일 수도 있었다.

"돈이 가득 차 있으면 좋을 텐데." 라일이 넌지시 말했다.

"누가 할머니를 마중 나가서 짐을 들어주면 안 되겠소?" 조셉이 말했다.

"안 됩니다." 웨이드가 조용히 카드를 넘기며 말했다. "할머니는 괜찮을 거예요."

"하지만 저 노인네가… 우리가 들키지 않기를 바라는 건 알겠지만 …."

"잠깐, 할머니가 어디로 가는 거죠?" 라일이 말했다. 그러자 조셉과 프랜시가 보려고 앞으로 갔다.

율라 메이는 그들 쪽으로 오다가 걸음을 멈추더니, 버스들이 있는 쪽으로 향했다.

라일이 말했다. "할머니가…."

"쉿." 프랜시가 말했다. 라일이 '할머니가 도망가잖아요.'라는 말을 하기 전에 말을 자른 것이었다. 그리고 인디를 쳐다봤는데, 인디와 웨이드는 전혀 신경 쓰지 않는 것 같았다. 인디가 묶은 촉수는 팽팽하지 않았으며, 테이블 위의 하트 킹 옆에 느슨하게 늘어져 있었다.

율라 메이가 버스 뒤편으로 가며 시야에서 사라졌다. 만일 할머니가 버스에 올라타고 운전사를 설득해 문을 닫게 된다면….

그러나 버스의 다른 승객들은 아직 카지노 안에 있으므로, 승객들이 모두 탑승하기 전에는 출발하지 않을 것이다. 그때쯤이면 인디는 할머니가 무엇을 하려는지 알아챌 것이다. 특히, 라일이 언제나 그러듯 "봐요!"라고 외치고 있었으니까.

프랜시가 봤다. 율라 메이의 모습이 다시 나타났다. 할머니는 북쪽으로 주차된 버스를 향해 걸어가고 있었는데, 버스의 문이 옆에 있었다. 버스에 가려서 카지노에서는 할머니가 보이지 않는 지점에 도착하자, 할머니가 갑자기 방향을 바꿔 빠른 걸음으로 캠핑카를 향해 곧장 걸어왔다.

'저 버스에 타는 것처럼 카지노의 감시 카메라를 속이려는 거였구나.' 프랜시가 속으로 감탄했다.

마침내 웨이드가 카드를 내려놓고, 문으로 가서 율라 메이를 위해 문을 열어주었다.

할머니가 계단을 올라와 캠핑카에 타며 숨을 헐떡였다. "어머나, 세상에, 주차장을 가로질러 오는데 너무 멀었어요." 할머니가 말했다. 그러자 조셉이 꾸짖는 눈빛으로 웨이드를 노려봤다. 웨이드는 전혀 미안해하는 기색이 없었다.

"그래요?" 라일이 조바심을 내며 물었다. "땄나요?"

"너무 늦어서 미안해요." 율라 메이가 짐을 테이블 위에 내려놓고, 비닐봉지를 열며 말했다. "오늘은 하와이식 연회 뷔페였어요." 할머니가 봉지에서 하얀 스티로폼 상자를 꺼내 라일에게 건넨다. "그리고 어떤 친절한 노신사가 뷔페 쿠폰을 줬는데, 3달러밖에 안 되는 쿠폰이라서, 그걸 이용해야겠다고 생각했죠. 보통은 현장에서 먹는 것만 가능하고 음식을 포장해서 가져 나올 수 없는데, 강아지를 어쩔 수 없이 버스에 두고 왔다고 말했어요. 이건 돼지고기와 차우멘이고…." 할머니가 라일에게 다른 상자를 더 건넸다. "그리고 그건 파인애플과 햄피자예요. 이건 계란말이예요."

"뭐, 비록 따지는 못했지만, 어쨌거나 음식을 좀 구해오셨네요." 라일은 상자들을 조셉에게 건넸고, 조셉이 냉장고에 집어넣었다. "하지만 이걸로는 우리가 다 먹기에 부족해요…."

"아, 땄어요." 율라 메이가 토트백을 뒤지며 말했다. "내가 오늘은 운이 좋은 날이 될 거라고 했잖아요. 역시 그랬어요." 할머니가 종이 냅킨으로 감싼 롤빵 몇 개와 동전으로 가득 찬 커다란 지퍼락 봉지를 꺼냈다. "정말 굉장했어요! 계속 잭팟이 터졌다니까요!"

율라 메이가 지퍼락 봉지를 웨이드에게 주었다. "25센트짜리 동전이라서 미안해요. 하지만 내가 그 동전을 모두 계산대에 가져가서 지폐로 바꾸면 의심받을까 봐 걱정되어서요. 그래도 식료품점에 가면 자동판매기에서 이용할 수 있을 거예요."

"그 봉지에 얼마나 들어있어요?" 라일이 물었다.

"대충 40달러 정도 되는 것 같아요."

"하지만 그건 우리가 할머니를 카지노에 보낼 때 준 돈보다 별로 많지 않잖아요. 그걸로 땄다고 하긴 힘들죠."

"아, 그게 전부가 아니에요." 율라 메이가 토트백을 더 뒤적이더니 20달러와 5달러, 1달러 지폐의 두툼한 다발을 꺼냈다.

"할렐루야!" 조셉이 외쳤다. "이게 다 얼마예요?" 라일이 지폐를 집어 들었다.

"내가 세어 보니 386달러였어요." 율라 메이가 라일이 손에 든 돈을 재빨리 빼앗아 웨이드에게 건네주며 말했다. "그리고 25센트 동전 40달러를 더하면… 이런, 내가 산수를 잘 못해서 …."

"426달러입니다." 웨이드가 조셉에게 돈을 넘겨주며 말했다.

"이걸로 충분하면 좋겠네요." 율라 메이가 말했다.

"충분이요?" 조셉이 말했다. "한 달 동안 원두와 커피를 마실 수 있을거요."

"그리고 콜라도." 라일이 조셉에게 상기시켰다.

"그리고 콜라도." 조셉이 말했다. "이렇게 운이 좋으셨다니 믿기지가 않아요!"

'나도 안 믿겨.' 프랜시가 웨이드를 쳐다봤다.

"인디가 행운의 부적이었던 것 같아요." 율라 메이가 말했다. "나는 내 친구 버니스가 준 작은 부적 팔찌를 가지고 다니곤 했는데, 그 팔찌를 차고 카지노에 가면 항상 운이 좋았지요. 오늘 인디를 손목에 차니까 그 팔찌 같은 느낌이 들더라고요."

"하지만 아직도 이해가 잘…." 라일이 말하기 시작했다.

"이 분위기를 깨고 싶지 않지만…." 웨이드가 말했다. "누가 우리를 알아보기 전에 여기서 나가야 해요. 아저씨, 먼저 운전하실래요? 그리고 라일, 네가 조수석에 타."

"좋소." 조섭이 청바지 주머니에 지폐를 쑤셔 넣으며 말했다. "어디로 갈 거요?"

"모르겠어요." 웨이드가 말했다. "인디?" 외계인을 쳐다봤지만, 인디는 동전 봉지를 만지작거리고 있었다. "일단은 식료품점이 있는 마을로 가는 게 어떨까요?"

"이 시간에 문을 연 가게를 찾을 수 있을지 모르겠소."

"아, 그렇네요. 그러면 밤을 보낼 수 있는 안전한 곳을 찾고, 내일 아침에 가장 먼저 식료품점으로 가죠."

조섭이 고개를 끄덕이고, 앞쪽으로 갔다. 라일이 뒤따라가다가 멈춰 서서 돼지고기와 차우멘 그릇을 집었다. 율라 메이는 테이블에 앉아 차분하게 솔리테어 게임을 시작했다.

"인디와는 어떻게 되어가요?" 캠핑카가 고속도로로 올라가 서쪽으로 가기 시작할 때, 웨이드가 프랜시에게 물었다. "혹시 인디가 어디로 가야 하는지 말해주던가요?"

"아니요."

"내가 시도해볼까요? 가자." 웨이드가 창가에 앉아 지나가는 표지판을 가리키고 있던 인디에게 말하자, 인디가 웨이드를 따라 오페라 하우스로 갔다.

프랜시도 그 뒤를 따라갔다.

"굳이 올 필요 없어요." 웨이드가 말했다. "당신은 몇 시간 동안 인디를 데리고 있었잖아요. 나도 당신처럼 인디에게 영화를 '보여줘' 할 수 있어요." 그리고 인디를 가리켰다. 인디는 리모컨을 들고 안락의자에 굴러 올라가 〈매버릭(Maverick)〉을 보고 있었다. "가서 파인애플 조각이나 햄피자 같은 걸 먹어요."

프랜시가 도전적인 자세로 팔짱을 꼈다. "당신이 뭐가 어떻게 된 건지 말해주기 전까지는 안 가요."

"어떻게 되다뇨?" 웨이드가 순진한 표정으로 눈을 동그랗게 뜨며 말했다. "무슨 말이에요?"

"할머니가 그냥 카지노에 걸어 들어가서 슬롯머신으로 4백 달러 이상 땄다는 게 말이 안 되잖아요."

"광고판 봤잖아요. 그 카지노에는 남부에서 가장 확률이 높은 슬롯이 있었어요." 웨이드가 말했다.

"그래요, 뭐, 하지만 그 정도로 확률이 높을 리가 없어요. 그리고 인디가 행운의 부적 팔찌라느니 하는 헛소리도 마세요. 난 진실을 알고 싶어요."

"알았어요." 웨이드가 프랜시를 지나쳐 가더니, 오페라 하우스의 문을 닫아 다른 사람들이 듣지 못하도록 막았다. "라일이 사람을 겉모습으로 판단해서는 안 된다고, 그 속은 렙틸리언일 수도 있다고 말했던 거 기억하죠?"

"할머니가 외계인이라는 말이에요?"

"아뇨." 웨이드가 대답했다. "사람들은 언제나 겉모습과 다르다는 라일의 말이 맞는다는 거예요. 저 할머니는 뷔페나 먹으러 카지노에 다니는 친근한 할머니가 아니에요. 실은 프로 도박꾼이고 타짜예요."

"그렇지만…" 프랜시가 말하다가 426달러가 떠올랐다. "당신은 그걸 어떻게 알아냈어요?"

"우선, '친근하고 자그마한 할머니'가 풍기는 분위기가 약간 지나치게 좋았어요. 인디가 할머니를 붙잡았을 때, 할머니의 반응이 완전히 예상 밖이었어요. 방금 외계인에게 납치되었는데, 오히려 할머니는 경찰이 나타날지도 모른다는 사실을 더 걱정했어요. 그래서 내가…."

웨이드가 뭔가 생각난 듯이 말을 잠시 멈추더니, 이어서 말했다. "할머니가 솔리테어 게임을 할 때 카드 한 벌을 섞은 후 펼치는 모습을 봤어요? 아마추어의 솜씨가 아니었어요."

프랜시도 생각해보니, 율라 메이가 가장 가까운 카지노가 어디에 있는지 정확히 알고 있었다는 사실이 떠올랐다.

"그리고 인디에게 카드 게임을 설명해줄 때, 할머니는 스터드 포커, 크랩스, 블랙잭의 모든 규칙을 알고 있었어요. 그리고 내가 의심한 건 할머니가 선택한 게임들이었어요. 그리고 수학을 못 하는 척했지만, 카드 카운팅에 능숙한 것 같았어요. 하지만 오늘은 그 기술을 쓰지 못했을 거예요. 그렇게 많이 따면 의심을 받게 되는 데다, 카드 카운팅은 불법이기 때문에 어쩔 수 없이 슬롯머신을 이용할 수밖에 없었을 거예요."

"하지만 할머니가 어떻게 그럴 수 있죠? 슬롯머신은 부정행위를 차단하도록 설계하지 않나요?"

"맞아요, 하지만 소스 코드를 해킹하는 장치와 동전통의 스위치를 작동시키는 전구 막대가 있어요. 할머니의 귀엽게 장식된 토트백에 그중 하나가 들어 있을 거예요."

"하지만 할머니가 그냥 카지노에서 시간을 많이 보내는 사람이 아니라, 전문적인 타짜라고 어떻게 확신할 수 있어요?"

"직감이죠." 웨이드가 말하며 프랜시에게 해맑은 미소를 지었다. "사기꾼은 다른 사기꾼을 알아볼 수 있거든요."

'아니면 당신이 토트백을 들여다봤겠지.' 프랜시가 생각했다. "그래서 내가…." 웨이드가 말하려다 중단했을 때, 그 말을 하려던 걸까? 하지만 설령 그랬다고 해도 슬롯머신용 전구 막대가 어떻게 생겼는지 웨이드는 어떻게 알았을까? 그 자신이 프로 도박꾼이 아니라면 말이다.

그런데 웨이드가 도박꾼이라면, 왜 자신이 카지노에 가지 않았을까? 그리고 왜 UFO 축제에서 납치 방지 보험 따위를 팔면서 시간을 낭비하고 있을까?

프랜시의 생각이 표정에 드러났던 게 틀림없었다. 웨이드가 심호흡을 하고, 이렇게 말한 걸 보면 말이다. "사실을 말하자면…"

"네?" 프랜시가 말했을 때, 인디가 촉수를 프랜시의 손목에 감고 다른 촉수를 팔에 올렸다. "무슨 일이야, 인디?" 프랜시가 물었다. "무슨 일 있어?"

「아니요 아니요 아니요 그레이트 호크」.

"그레이트 호크? 그게 누구예요?" 웨이드가 물었다.

"우리가 봤던 영화에 나온 코만치 추장이에요." 프랜시가 말했다.

「이자-추」. 인디가 스크롤했다.

"그래 맞아." 프랜시가 말했다. "우리가 이야기했던 것에 대해 생각해봤어? 코만치 단어를 영어 문자로 쓰는 것에 대해?"

「예 예 예」.

"이게 무슨…?" 웨이드가 말하기 시작했다.

"쉿, 웨이드." 프랜시가 말했다. "너를 어디로 데려다줄까, 인디?"

「추르리스포이니스」.

13장

"가망이 없는 일에 희망을 걸지 말라."

— 〈매버릭〉

"거봐요." 프랜시가 쾌활하게 말했다. "내가 인디는 가려는 곳을 알고 있을 거라고 했잖아요."

"네, 하지만 한 가지 문제가 있어요."

"뭔데요?"

"우리는 이 추르리스포이니스가 뭔지, 혹은 어디인지 몰라요."

"하지만 그게 시작이죠. 이제 그걸 가리키는 단어를 알게 되었으니, 무슨 뜻인지 물어볼 수 있을 거예요."

"알았어요. 인디, 추르리스포이니스가 뭐야?"

대답이 없었다. 인디의 촉수는 텅 비어 있었다.

"그게 장소야?"

여전히 비어 있었다.

"물건이야?"

대답이 없었다.

"추르리스포이니스가 어느 쪽이야?"

대답이 없었다.

"추르리스포이니스가 인디가 영화에서 들은 다른 아파치 단어가 아니라고 확신할 수 있나요?" 웨이드가 물었다.

"네." 프랜시가 대답하긴 했지만, 확신할 수는 없었다. "인디, 우리가 너를 데려다주길 원하는 곳이 추르리스포이니스야?"

「예 예 예 빨리」.

"그래, 그게 어디에 있는지 말해주면 훨씬 빨리 갈 수 있을 거야." 웨이드가 말했다. "영화에 등장하는 카우보이들이 강인하고 말이 없는 성격들이라서 너무 안타깝네요. 카우보이들에게 대사가 더 많았다면, 지금쯤 인디가 그 단어를 들었을 텐데 말이에요."

"당신은 도움이 안 돼요." 프랜시가 말했다. "가서, 조셉 아저씨가 밤을 지낼 곳을 찾는 거나 도와줘요. 내가 인디와 이야기를 나눌게요." 그리고 웨이드가 가자마자, 프랜시가 물었다. "인디, 너는 추르리스포이니스가 어디인지 알아?"

대답이 없었다.

"넌 그게 뭔지 알아?"

「예 예 예 인디 노테스(NOTHES)」.

'NOTHES는 안다(know)는 뜻일 거야.' 프랜시가 생각했다. "그게 뭔지 보여줄 수 있어?"

대답이 없었다.

"아직 우리가 너에게 그걸 보여준 적이 없어서 말해주지 못하는 거야?"

「예 예 예」.

그렇다면, 마을이나 산, 뭉뚝한 산, 산쑥, 광고판, 카드, 카지노, 식당, 모뉴멘트 밸리, 방울뱀은 아니었다. 그리고 그 외에 우리가 인디에게 보여줬던 다른 수십 가지도 아니었다. 하지만 여전히 가능성이 있는 수천 가지가 남아 있었다. 그건 조셉이 인디에게 계속 서부 영화를 보여줘야 한다는 의미였다. 프랜시는 그 문제에 접근할 다른 방법을 궁리해내야 했다.

"〈코만치 요새〉에서 게이트우드 대위가 추장과 이야기하던 거 기억하지?" 프랜시가 물었다. "대위가 추장을 이자-추라고 부를 때도 있고, 그레이트 호크라고 부를 때도 있었잖아?"

「예 예 예」.

"추장의 아파치 이름의 발음을 영어로 적으면 '이자-추'이고, 추장의 아파치 이름의 뜻을 영어로 적으면 '그레이트 호크'잖아. 혹시 추르리스포이니스가 영어로 무슨 뜻인지 말해줄 수 있어?"

인디의 촉수는 텅 빈 상태로 있었다.

'네가 그 문제에 대해 생각하고 있다는 뜻이길 바랄게.' 프랜시가 생각했다. '아까 내가 인디의 본명이 어떻게 소리 나는지 말해달라고 했을 때처럼 말이야. 인디가 언젠가 문득 스크롤할 거야.'

그러는 동안, 프랜시는 다른 방법을 시도했다. "왜 네가 추르리스포이니스에 가야 하는지 말해줄 수 있어?"

인디가 한참 동안 가만히 있다가 스크롤했다. 「도와줘 스렌놈」.

멋지네. 프랜시가 모르는 단어가 또 하나 생겼다.

"네가 추르리스포이니스에서 해야 할 일이 스렌놈이야?"

「아니요 아니요 아니요」.

"스렌놈이 장소야?"

「아니요 아니요 아니요」.

"스렌놈이 사과나 카드, 자동차 같은 물건이야?"

「아니요 아니요 아니요」. 이번에 인디는 그 질문이 모욕적이라는 듯 스크롤하는 글자에 붉은 색조가 옅게 배어있었다. 「스렌놈 프랜시 웨이드 조셉 인디」.

"스렌놈이 사람이야?"

「아니요 아니요 아니요 스렌놈 인디」.

"스렌놈이 너와 같은 누군가인 거야?"

「예 예 예」.

그렇다면 그는 외계인이고, 스렌놈은 그 외계인의 이름일 것이다. "스렌놈이 친척이야?"

「보여줘 친척」.

"친척은 가족을 이루는 구성원이야. 형제나 조카, 혹은…." 프랜시가 말을 더듬거리다 멈췄다. 인디에게는 어떤 종류의 친척이 있을까? 프랜시로서는 알 수 없었다. 어쩌면 인디에게는 가족이라는 개념조차 없을지도 모른다. 그리고 인디는 지구에 와서 가족을 만난 적이 없었다. "가족은 사람이나 외계인이나 생물의 집단으로서, 혈연으로…."

「보여줘 혈연」.

"그건… 으음…." 프랜시가 당황하며 멈췄다.

「메리언 조이 조」. 인디가 스크롤했다. 그런데 프랜시가 멍하니 쳐다보자, 인디가 덧붙였다. 「셰인」.

'셰인?' "아, 그래. 〈셰인〉에서 메리언과 조와 조이가 가족이었어. 스렌놈이 너에게 그런 거야? 네 가족이야?"

「아니요 아니요 아니요」.

좋아. 하나는 치웠다. 이번에는 프랜시가 어떻게 접근해야 할지 알고 있었다.

"스렌놈이 네 배우자야? 클레이 분과 캣 벌루처럼? 아니면…."

「프랜시 웨이드」.

"아니야!" 프랜시가 자신의 의도보다 더 격렬하게 대꾸했다. "웨이드와 난 그냥 친구일 뿐이야."

「보여줘 친구」.

"셰인과 메리언." 프랜시가 말하기 시작했지만, 곧 안 좋은 사례라는 생각이 들었다. 메리언은 분명히 셰인을 사랑했다. 프랜시는 셰인과 어린 소년을 이용하는 게 좋겠다고 생각했다. "셰인은 조이의…."

그때 문에서 노크 소리가 나더니, 웨이드가 고개를 내밀었다. "차를 세울 만한 좋은 장소를 찾았어요. 다들 잠 좀 자라고 말해뒀어요. 어떻게 되어가요?"

프랜시가 알아낸 사실을 웨이드에게 말했다.

"그렇다면 스렌놈은 자매나 여자친구가 아니고…."

"남자친구도 아니죠." 프랜시가 말했다. "남성이든 여성이든 인디의 친구인 게 틀림없어요."

"아니면 선생님이나 보호자, 혹은 가석방 담당관일 수도 있고요. 그것도 아니면 지구에는 없는 그런 관계일 수도 있죠. 그래서 어떻게 할 건가요?"

"계속 질문해야죠." 프랜시가 말했다. "인디가 스렌놈과 어떤 관계인지 알아낼 수 있다면 추르리스포이니스가 뭔지 알아내는 데 큰 도움이 될 거예요."

웨이드가 고개를 끄덕였다. "계속 영화도 보여줘야 할 것 같네요. 인디에게 아직 보여주지 않은 영화가 뭐가 있는지 조셉 아저씨에게 물어볼게요." 웨이드가 프랜시를 쳐다봤다. "자고 싶지는 않나요?"

"괜찮아요. 나중에 잘게요. 먼저 스렌놈과 인디가 어떤 관계인지 정말로 알아내고 싶어요."

웨이드가 고개를 끄덕였다. "아저씨에게 가서 이야기할게요." 웨이드가 말하고 문을 닫자마자, 프랜시가 중단했던 이야기를 다시 이어갔다.

"셰인은 조이의 친구야. 그리고 셰인은…."

「죽이다 나쁜 놈들」.

'아, 이런. 덜 폭력적인 친구의 예가 필요해.' 프랜시가 생각했다.

"내가 너에게 세리나에 대해 이야기한 거 기억해? 세리나는 내 친구야." 프랜시가 말했다.

「세리나 엄청나게 걱정해」. 인디가 스크롤했다.

'내가 첫날 밤에 그런 이야기를 했었는데….' 프랜시가 생각했다. '그렇다면 인디는 말을 못 할 때도 우리가 하는 말을 이해했었다는 뜻이야. 웨이드에게 말해야겠어….' 프랜시가 생각했다.

「친구 엄청나게 걱정해?」.

'친구가 외계인에게 납치되었을 때만 걱정하지. 아니면 친구가 미치광이와 결혼하려고 하는데 막지 못할 때나.' 프랜시가 생각했다.

'세리나의 결혼식이 내일인데, 로즈웰에서 수백 킬로나 떨어진 곳에 있으니, 제시간에 도착할 수 있을 거라는 희망도 없구나.' 인디에게 로즈웰로 돌아가자고 설득할 기회도 없었다. 인디가 자신을 쫓고 있는 패거리에 대해 계속 이야기하며 「빨리 빨리 빨리」를 스크롤할 때는 더욱 그런 기회를 찾기 힘들었다. 프랜시에게 유일하게 주어진 기회라고는, 추르리스포이니스가 어디 있는지 알아내어 몇 시간 내에 인디를 그곳으로 데려가는 것뿐이었다.

"그래." 프랜시가 말했다. "친구는 서로 걱정해주고, 함께 무엇인가를 하고, 함께 돌아다녀."

「프랜시 웨이드 율라 메이 조셉 라일」.

'그들은 기꺼이 어디든 갈 거야.' 프랜시가 생각했다. 곧 우정이라는 개념을 이해시키는 게 중요하다는 생각이 들었다. "그래, 웨이드와 율라 메이, 조셉, 라일은 내 친구야"

「인디 프랜시」.

"그래, 너와 나는 친구야."

「함께 돌아다녀」.

"그래." '네가 어디로 가고 싶은지 말해준다면.'

「죽이다 나쁜 놈들」.

'아니야!' 프랜시가 생각했다. 조셉이 인디에게 보여줄 영화 목록을 가지고 와서 끼어들었을 때 고맙다는 생각이 들었다.

프랜시는 남은 밤 동안 〈거대한 서부(The Big Country)〉, 〈닷지 시티(Dodge City)〉, 〈황야의 7인(Magnificent Seven)〉을 보거나, 인디가 그 영화들을 보는 동안 깨어 있으려 노력했다.

프랜시는 성공하지 못했다. 조셉이 문을 두드렸을 때, 프랜시는 안락의자에 기대어 깊이 잠든 상태였다.

"미안하오." 조셉이 말했다. "홀브룩으로 가는 길인데, 혹시 식료품점에서 필요한 게 있을까 해서 물어보러 온 거요."

프랜시가 하품하며 똑바로 앉았다. "지금 몇 시예요?"

"7시 30분." 조셉이 말했다. "그리고 벌써 밖은 지옥보다 더 뜨겁소. 오늘은 정말로 더울 거요. 그래서 가게에서 뭘 사다주면 좋겠소?"

"아뇨, 전 괜찮아요." 프랜시가 말하며, 인디에게 다시 질문을 시작하려고 돌아봤더니, 인디는 이미 앞쪽으로 굴러간 상태였다. 인디는 율라 메이 옆에 앉아 지나가는 모든 표지판을 읽어달라고 졸랐다. 캠핑카는 세이프웨이 주차장에 세웠다.

인디는 조셉과 함께 식료품점에 가고 싶어 했지만, 율라 메이가 세이프웨이의 창문에 있는 모든 표지판을 읽어주겠다고 약속하며, 조셉에게 촉수를 묶은 상태로 캠핑카에 남아 있으라고 설득했다.

라일을 설득하는 게 훨씬 더 어려웠다. "내가 식료품 나르는 걸 도와줄 수 있어요." 라일이 주장했다. "그리고 두 사람이 하면 더 빠르잖아요."

"그리고 두 사람이 가면 사람들이 두 배로 알아보겠지." 프랜시가 말했다.

"넌 아무 데도 못 가." 웨이드가 말했다. "네가 안에 들어가자마자 '외계에서 온 외계인이 있어요!'라고 소리 질러서 홀브룩의 선량한 사람들을 겁주는 건 용납할 수 없어."

"난 그러지 않을…."

"아니면 도망치겠지."

"절대로 도망가지 않아요. 지난번에 교훈을 얻었거든요. 인디가 바로 날낚아채겠죠…."

"그리고 넌 그런 과정에서 우리가 정체를 숨기기 위해 해왔던 모든 노력을 날려버릴 거야. 넌 못 가."

"그렇지만…."

"게다가, 난 네가 필요해. 네가 여기에 없으면, 인디가 우리를 어디로 데려가는지에 대한 괴상한 아이디어를 누가 생각해낼 수 있겠어? 걱정하지 마. 조셉 아저씨가 네가 먹을 콜라를 사다주실 거야."

"적어도 열두 팩은 사 와야 해요." 라일이 말했다. "그리고 도리토스도 좀. 그리고 오레오 두 팩도."

"여섯 팩 사다주마. 우리 돈에 여유가 있다면." 조셉이 말했다.

조셉은 충분히 여유가 있을 거라고 생각한 것 같았다. 그는 콜라 열두 팩과 치토스 한 봉지를 가져와 라일에게 과장된 몸짓으로 건네줬다. 그리고 다시 봉지를 뒤지더니, "이건 너를 위한 거야, 인디."라고 말하며, 리즈피스 초콜릿 한 봉지를 건네주었다.

「보여줘 리즈피스」. 인디가 스크롤했다.

"농담이야." 웨이드가 말했다.

「보여줘 농담」.

"정말 고마워요, 여러분. 이제 저는 인디에게 농담이 뭔지 설명해야겠네요." 프랜시가 말했다.

"미안하오." 조셉이 중얼거렸다.

"이제 어디로 갈까, 인디?" 웨이드가 물었다.

"그건 묻지 마세요." 프랜시가 말했다. "인디는 추르리스포이니스가 어디 있는지 몰라요, 기억하죠?" 그런데 인디가 리즈피스 봉지를 내려놓고 문으로 향했다.

프랜시와 웨이드가 둘 다 인디 앞으로 뛰어들었다. "후아!"

웨이드가 말했다. "여기서는 안 돼. 먼저 이 마을에서 벗어나야 해." 그리고 앞으로 가서 캠핑카에 시동을 걸어 마을을 빠져나갔다. 그동안 프랜시는 인디를 뒤쪽으로 데려가 추르리스포이니스에 대해 캐물었다.

"넌 추르리스포이니스가 어디에 있는지 알아?" 프랜시가 물었다. 하지만 인디가 스크롤한 것은 「보여줘 리즈피스 농담」뿐이었다. 프랜시가 영화 〈E.T.〉에 리즈피스 초콜릿이 나왔었다는 이야기를 마쳤을 때, 웨이드는 고속도로를 벗어나 북쪽으로 이어지는 울퉁불퉁한 길로 들어가, 메스키트 관목이 둘러쳐진 마른 강바닥 옆에 캠핑카를 세웠다.

눈에 보이는 언덕이 없었고 둔덕조차 없었지만, 인디는 문을 통해 차에서 내려가 바위가 흩뿌려진 겨자색의 사막으로 몇 미터 굴러가 자리를 잡고 앉았다.

프랜시도 신선한 공기를 마시고 비좁은 캠핑카와 다른 사람들에게서 벗어날 기회에 감사하며 밖으로 나갔다.

프랜시는 그 즉시 후회했다. 에어컨이 설치된 캠핑카에서 나왔더니, 열기가 토치램프의 불꽃처럼 얼굴을 때리는 것 같았다. 바깥은 섭씨 43도는 될 것 같았다. 이글거리는 태양으로부터 보호해줄 구름 한 점 보이지 않았고, 성층권을 교차하는 가느다란 비행운들만 보였다.

"저건 비행운이 아니에요." 프랜시가 비행운을 올려다보고 있을 때, 라일이 나와 옆에 서서 말했다.

"알아." 프랜시가 체념한 듯 말했다. "우리가 외계인의 존재를 인식하지 못하게 하려고 환각제를 떨어뜨리는 화학운이지."

"아니요." 라일이 말했다. "이건 그게 아니에요. 암호화된 외계인의 지도라고요. 인디를 모선으로 안내하러 온 거예요. 어떻게 한 지점으로 모이는지 보세요." 라일이 동쪽을 가리키며 말했다. "저기가 모선이 있는 곳이에요. 인디를 모선으로 곧장 안내하고 있어요."

"글쎄, 외계인들이 안내를 썩 잘하지 못하는 모양이네." 프랜시가 말했다.

인디가 캠핑카로 굴러들어온 후, 그들을 시골길의 서쪽으로 이끌었다가, 다시 몇 분 만에 멈추게 하더니, 밖으로 나가 방향 찾기를 반복하다가, 동쪽으로 돌아가게 하더니 다시 남서쪽으로 돌린 후, 흥미를 잃고 라일 옆에 앉아서 도로 표지판을 읽어달라고 했다.

"난 아침을 먹고 있잖아." 라일이 인디에게 거대한 스크램블드 에그와 소시지 접시를 가리키며 말했다. "그리고 난 우리 행성에 대한 어떤 정보도 너에게 알려줄 생각이 없어. 할머니에게 물어봐."

그러자 율라 메이가 바로 접시를 옆에 내려놓고, 표지판을 읽기 시작했다. "환상적인 유성 구덩이를 방문하세요. 왼쪽 차선 폐쇄. 라스베이거스에 모든 것이 있어요! 슬롯! 결혼식장! 쇼! 랩댄스…."

"이리 와." 프랜시가 말했다. "할머니는 아침 식사하시게 놔둬. 영화 보러 가자." 프랜시는 인디를 오페라 하우스로 데려가서 다시 질문을 이어갔다.

"우리가 친구에 대해 얘기했던 거 기억나?"

「예 예 예 셰인 조이 친구 황야의 7인」.

"맞아. 황야의 7인도 친구야."

「죽이다 나쁜 놈들」.

'아니요, 아니요, 아니요.' 프랜시가 생각했다. "친구는 나쁜 놈들을 죽이는 걸 좋아하지 않아. 셰인은 조이와 메리언과 조를 보호하기 위해 나쁜 놈들을 죽일 수밖에 없었어. 그리고 황야의 7인은 마을 사람들을 보호하기 위해 어쩔 수 없이 나쁜 놈들을 죽여야 했지만, 실은 아무도 죽이고 싶지 않았어. 친구는…."

「보여줘 보호」.

"친구는 다치지 않게 하고, 어리석은 실수를 하지 않도록 지켜주고, 어려운 상황에 처했을 때 구해주는 거야. 우리가 방울뱀을 봤을 때, 방울뱀이 나를 물지 못하도록 네가 막아줬던 거 기억해? 네가 날 보호해줬어."

「아니요 아니요 아니요 프랜시 보호 인디」.

"우리 둘 다 서로를 보호했어. 친구 사이라면 서로를 보호해야 할 의무가 있는 거야."

인디의 촉수가 한동안 빈 상태로 있다가 스크롤했다. 「벤」.

'벤?'

「내가 어디로 가고 있는지 모르겠어」.

아, 안 돼. 웨이드가 맞았다. 인디는 자기가 어디로 가는지 모르고 있었다.

「내가 어디로 향해 가는지 모르겠어 나는 꿈이 없어 소년이 노래를 불러 페인트…」.

"아, 영화 〈페인트 유어 웨건〉 말이구나." 프랜시가 문득 깨닫고 말했다. "벤 럼슨과 단짝 친구."

「예 예 예 나는 카드 도박도 하고 속임수도 쓰지만 내가 한 가지 안 하는 게 있어 절대로 단짝 친구는 속이지 않아 나처럼 하찮은 놈에게조차 신성한 게 하나 있는데 남자다운 단짝 친구지」.

"그래!" 프랜시가 말했다. "바로 그거야. 친구나 동료 사이라면, 서로를 돌보고, 해야 할 일을 하도록 도와줄 의무가 있어." '또는 친구에게 결혼하지 말라고 이야기해줘야 하지.' 프랜시가 생각했다. 그리고 바로 오늘이 결혼식이라는 사실을 깨닫고 가슴이 아팠다. "의무." 프랜시는 그 단어를 다시 반복했다. 인디가 「보여줘 의무」라고 스크롤할 거라 예상했다. 그 뜻을 설명하기는 거의 불가능했다. 그런데 인디가 다른 말을 스크롤했다. 「서부의 규칙」.

서부의 규칙? 인디가 봤던 서부 영화 제목이었던가, 아니면 조셉이 인디에게 말해준 내용인가?

「친구에게 당신이 필요할 때 곁에 있어줄 것」. 인디가 스크롤했다.

"그래!" 프랜시가 말했다. "네가 스렌놈을 위해 하려는 일이 그거야? 친구 곁에 있어주는 거?"

「예 예 예」.

"그래서 친구를 찾아야 하는 거야?"

「예 예 예 빨리 모뉴멘트 밸리」.

모뉴멘트 밸리? "추르리스포이니스가 모뉴멘트 밸리에 있어?"

「아니요 아니요 아니요」.

"추르리스포이니스 대신 모뉴멘트 밸리에 데려가라고?"

「아니요 아니요 아니요」.

"추르리스포이니스에 갔다가 모뉴멘트 밸리에 데려가라고?"

「아니요 아니요 아니요 패거리!」.

패거리. "너를 쫓아오는 사람들이 모뉴멘트 밸리에 있다고?"

「아니요 아니요 아니요」. 인디가 몹시 흥분한 상태로 스크롤했다. 그러나 프랜시가 인디의 말을 이해하는 데는 여전히 도움이 되지 않았다.

프랜시는 다시 스렌놈에 대한 질문으로 돌아갔다. "너는 스렌놈을 찾아서 도와주려는 거지?"

「예 예 예」.

"스렌놈이 너의 친구라서?"

「예 아니요 예 아니요 예」.

"네가 뭘 도와주려는 건데?"

인디의 촉수가 비었다.

프랜시는 이해가 되지 않았다. 그리고 인디에게 질문하는 것도 지쳤다. 조셉이 다시 끼어들어, 웨이드가 프랜시와 할 이야기가 있다는 말을 전해 줬을 때 안도감이 느껴졌다.

"금방 갈게요. 제가 웨이드와 이야기를 나누는 동안 인디를 좀 봐줄 수 있으세요?" 프랜시가 조셉에게 물었다.

"물론이오." 조셉이 말하며, 인디를 향해 걸어갔다.

"잠깐만요." 프랜시가 조셉을 숙소 쪽으로 당겼다.

"인디가 '서부의 규칙'에 대해 말했어요. 그게 영화인가요?"

"그렇소. 1947년에 나온 영화요. 제임스 워렌과 스티브 브로디가 주연했지. 하지만 거의 모든 서부 영화에는 그 규칙이 등장하오. 우리가 〈리버티 벨런스를 쏜 사나이(The Man Who Shot Liberty Valance)〉를 볼 때 내가 인디에게 이야기해줬소."

"그때 뭐라고 하셨어요?"

"서부의 규칙이 카우보이들이 살면서 지키는 규율이라고 했소. 절대로 먼저 쏘지 말라. 낯선 사람에게 친절하게 대하라. 동료에게 충실하라. 약속을 하면 반드시 지켜라."

'아, 다행이다.' 프랜시가 생각했다. '적어도 나쁜 놈을 죽이라는 말은 없었네.' 프랜시는 마부칸으로 갔다.

"그 추르리스포이니스가 뭔지, 혹은 그게 어디에 있는지 알아냈나요?" 프랜시가 녹초가 되어 조수석에 털썩 앉자 웨이드가 물었다.

"아직은 못 알아냈어요." 프랜시가 대답했다. "인디는 내가 물어본 내용을 처리하는 데 시간이 걸릴 때가 있어요." 그리고 인디가 말한 내용을 웨이드에게 모두 말해줬다.

"모뉴멘트 밸리요? 인디가 거길 죽도록 무서워하는 줄 알았는데." 웨이드가 말했다.

"맞아요. 인디는 모뉴멘트 밸리에 가기 싫어하고, 추르리스포이니스나 인디를 쫓는 이들이 그곳에 없다고 하지만, 분명히 뭔가가 관련되어 있어요."

"모뉴멘트 밸리가 무슨 관련이 있는지 물어봤나요?"

"네." 프랜시가 화난 말투로 말했다. "당신은 인디와 이야기하는 게 얼마나 어려운지 이해 못 할 거예요. 마치 지뢰밭에서 스무고개를 하는 것 같다니까요. 그리고 인디는 무언가를 물어볼 때마다 나한테 설명해달라고 해요. '보여줘 리즈피스', '보여줘 보호', '보여줘 의무' 정말 힘들어 미치겠어요!"

267

"이봐요···." 웨이드가 말했다. "화내지 마세요. 미안해요. 당신이 노력하는 거 잘 알아요. 하지만 우리에겐 시간이 얼마 없는데, 인디는 어디로 가야 할지 전혀 모르는 게 분명해요. 계속 뱅뱅 돌게 만들고 있잖아요. 인디가 막다른 길로 이끌고 가서 두 번이나 차를 돌려야 했어요. 그리고 그동안 절반 정도는 어느 방향으로 가야 하는지 지시하지도 않았고요. 어쩌면 인디에게 질문하는 건 중단하고, 지도를 다시 보는 게 나을지도 모르겠어요."

프랜시가 한숨을 내쉬었다. "알았어요." 그리고 일어서려다 멈췄다. "그런데 왜 우리에게 시간이 얼마 없다는 건가요?"

"네?" 웨이드가 깜짝 놀라며 말했다. "아, 아무것도 아니에요. 인디가 계속 '빨리 빨리 빨리'라고 말하고, 인디를 쫓아오는 사람들에 대해 말하는 걸 보면, 그들이 곧 우리를 따라잡을 거라는 뜻이었어요. 인디가 도망 다닌 게 벌써 사흘 반나절이나 지났잖아요."

"아, 어느 주부터 시작하면 좋을까요?"

"애리조나요. 당분간은 우리가 남서쪽으로 갈 것 같아서요."

"알았어요." 프랜시가 대답하고 일어나 출발하려는데, 조수석에서 채 빠져나가기도 전에 인디의 방향을 가리키는 촉수가 그들을 향해 날아와 앞유리창에 부딪히며 단호하게 앞쪽을 가리켰다.

"이제 인디가 어디로 가야 하는지 알아낸 모양이네요." 프랜시가 말했다.

"인디가 5분 후에 방향을 돌려서 반대 방향으로 가자고 하지만 않는다면 그렇겠죠."

그러나 인디는 그렇게 하지 않았다. 그리고 몇 분 후 그들이 I-40 도로에 도착하자, 주저하지 않고 서쪽으로 가라고 지시했다.

"당신의 말이 맞았네요." 웨이드가 말했다. "아마 추르리스포이니스가 어디에 있는지 인디가 알아낸 모양이에요. 그런데 이전과 뭐가 달라진 거죠?"

"모르겠어요." 프랜시가 말했다. "조셉 아저씨가 인디를 돌봐주고 있었어요. 내가 가서 알아볼게요."

프랜시가 주방으로 돌아갔다. 조셉은 아침 설거지를 하고 있었고, 라일은 식탁에 앉아 콜라를 마시며 오레오를 한 줌씩 먹고 있었다. 인디는 거기에 없었다.

"할머니가 돌보고 있소." 프랜시가 물어보자 조셉이 엄지손가락으로 뒤쪽을 가리키며 말했다.

"둘이 서부 영화를 보고 있나요?" 프랜시는 물었다. 그리고 뒤쪽으로 가면서 생각했다. '드디어 인디가 영화에서 추르리스포이니스를 본 모양이구나.'

하지만 율라 메이와 인디는 숙소의 침상 위에서 주사위를 굴리고 있었다. "인디에게 스터드 포커를 가르치려고 했는데…." 할머니가 밝게 말했다. "어떤 카드를 손에 들고 있는지 스크롤하면 안 된다는 사실을 이해시킬 수가 없어서, 대신 주사위로 진행하는 크랩스를 하는 방법을 가르치고 있었어요."

그 카드 게임이 계기가 되었을 것 같지는 않았다. "제가 앞쪽에 있는 동안 인디와 무슨 이야기를 하셨어요?" 프랜시가 물었다. "인디에게 지도를 보여줬나요?"

"아니요. 라일이 보여주려 했지만, 인디는 관심이 없었어요. 인디가 내게 고속도로 옆에 설치된 표지판들을 읽어달라고 했어요."

"표지판에 뭐가 적혀 있었어요?"

"잠깐만, 어머나, 세상에, 생각 좀 해볼게요." 율라 메이가 주사위를 내려놓으며 말했다. 그 즉시 인디가 주사위를 들고 주방으로 갔다.

"그랜드캐니언, 라스베이거스, 윌 드럭, 그리고 A&W 루트 비어 드라이브 인에 대한 광고판이 몇 개 있었고, 또 보자, 뭐가 있었더라? 아, 은행 광고가 있었어요. '웰스 파고 은행, 깃대, 30킬로미터 전방'이라고 적혀 있었어요. 그리고 그 아래에는 역마차 사진이 있었는데, 인디가 전처럼 당황하기 시작했어요. 그래서 인디에게 저건 영화 〈역마차〉에서 봤던 그 역마차가 아니고, 깃대도 모뉴멘트 밸리에 있는 게 아니며, 우리는 그 근처에 절대로 가지 않는다고 안심시켜야 했지요. 그때 인디가 내게 제이슨과 프루디에 관해 묻더라고요."

"제이슨과 프루디요?"

"〈보안관〉에 나와요. 제이슨은 보안관이고, 프루디는 시장의 딸이에요. 인디가 자막으로 언어를 배울 때 내가 함께 봤어요. 아주 좋은 영화지요. 대부분의 서부 영화처럼 총격전이 난무하지도 않아요. 그냥 멋지고 달콤한 사랑 이야기였어요."

"인디가 제이슨과 프루디에 대해 뭘 물어보던가요?"

"그들이 친구 사이인지 알고 싶어 했어요. 그래서 내가 두 사람이 부부가 되었다고 말해줬어요. 영화 끝부분에 둘이 결혼하거든요. 그랬더니 부부가 되는 게 뭔지 알고 싶다고 하더라고요."

'아, 이런.' "그래서 뭐라고 하셨어요?"

"'사랑에 빠지는 것'을 설명해주려고 했지만, 잘 설명하지 못한 것 같아요. 인디는 '결혼'과 '구출'을 계속 설명해달라고 했어요. 제이슨이 난폭한 카우보이 무리에서 프루디를 구출하거든요. 그리고 '키스'에 대해서도 물어봤어요." 할머니가 입을 꼭 오므리더니, 덧붙였다. "하지만 나는 섹스 이야기로 넘어갈 생각은 없었어요."

'그건 잘 판단하신 거예요.' 프랜시가 생각했다. 인디가 섹스에 대해 어떤 질문을 던질지 누가 알겠는가. "그 외에 다른 이야기는 안 하셨어요?"

"네. 유성 구덩이 이야기 외에 다른 이야긴 안 했어요."

"유성 구덩이요?" 프랜시가 오늘 아침 일찍 인디에게 유성 구덩이에 대한 표지판을 읽어줬었다.

"네. 라일이 지도에서 그걸 보여줬거든요." 율라 메이가 말했다.

"그래서 할머니는 인디에게 유성 구덩이에 대해 뭐라고 하셨나요?"

"그냥 유성으로 생긴 구덩이라고 했어요. 내가 아는 거라곤 그거밖에 없으니까요."

"라일은 뭐라고 했어요?"

"모르겠어요." 율라 메이가 말했다. "그때 난 뒤로 가서 화장실을 사용했거든요. 라일에게 물어보세요."

프랜시가 라일에게 물었다.

"왜요?" 라일이 즉시 관심을 보이며 되물었다. "인디가 거기로 가고 싶다고 했나요?"

"아니, 하지만 인디가 가고 싶은 곳을 알아낸 것 같은데, 웨이드는 인디가 지난 몇 분 동안 듣거나 본 것 중에 그런 생각을 떠올리게 한 게 있는지 알고 싶어 해. 인디에게 유성 구덩이에 대해 정확히 뭐라고 말했어?"

"1948년에 유성 구덩이 위로 눈부신 녹색 빛이 지나갔는데, 호피족은 거기가 푸른 별의 예언이 이뤄지고 세상이 멸망할 장소라고 믿어요."

"지난번에는 푸른 별이 아니라 녹색 별이라고 하지 않았어?"

라일이 프랜시를 노려봤다. "중요한 건 그 유성 구덩이에 1955년, 1971년, 2012년 등 수년 동안 수십 차례 UFO가 목격됐다는 사실이에요. 어떤 사람들은 그 구덩이가 유성이 아니라, 거대한 비행접시가 추락해서 생긴 것이고, 외계인들이 그 조각들을 회수하려는 거라고 생각하지만, 난 거기가 외계 이송 지점이라고 생각해요. 외계인들이 지구에 고립되어 고향으로 돌아가기 위해 타고 갈 게 필요할 때 가는 곳이죠."

프랜시가 이야기를 전하자, 웨이드가 말했다. "유성 구덩이는 〈스타맨(Starman)〉이라는 영화에서 외계인이 지구에 고립되었을 때 갔던 곳이에요. 그런데 우리는 이미 한참 전에 유성 구덩이를 지났어요."

"인디가 다른 경로를 거쳐 거기로 돌아가는 모양이죠. 서쪽으로 갔다가 남쪽으로 갔다가…."

웨이드가 고개를 저었다. "인디는 지금 우리를 북쪽으로 데려가는 중이에요. 방금 93번 고속도로로 가라고 했어요. 지도에서 우리가 어디로 가고 있는지 확인해보세요."

프랜시는 그럴 필요가 없었다. 프랜시가 지도를 펼쳐 93번 고속도로를 찾기 위해 사람들에게 접시를 치워달라고 부탁하자, 율라 메이가 말했다. "인디가 우리를 라스베이거스로 데려가고 있어요!"

"아뇨, 아니에요. 인디는 우리를 51구역으로 데려가는 거예요." 라일이 말했다.

프랜시가 그런 내용을 전달해주자 웨이드가 말했다. "51구역으로 데려가는 건 아니에요. 그런 건 존재하지 않아요. 라일에게 여기와 라스베이거스 사이에서 UFO가 목격된 적이 있는지 물어보세요."

"물어봤어요. 라일은 킹맨 북쪽과 모하비 호수, 넬슨, 파나카 상공에서 신비한 불빛이 있었고, 드레이크와 칼리엔테에 비밀 지하 기지가 있다고 했어요. 만일 인디가 다시 동쪽으로 방향을 돌린다면, 세인트 조지와 카나브, 그랜드캐니언의 북쪽 가장자리에서 목격된 적이 있고요."

그러나 인디는 동쪽으로 가지 않았다. 웨이드와 조셉이 오전 내내 93번 고속도로를 타고 북서쪽으로 운전하는 동안 라일은 그들이 어디로 가는지에 대한 자신의 이론을 마음껏 펼쳤다. "51구역일 수밖에 없어요."

"51구역은 존재하지 않아." 웨이드가 참을성 있게 말했다.

"당연히 존재해요. 정부도 그건 인정했어요." 라일이 말했다.

"정부는 그곳에 공군 시설이 있다고 인정했지. 그곳은 실험용 항공기를 시험하는 일급비밀 공군 기지야." 웨이드가 말했다.

"그리고 정부는 아직도 거기에서 비밀리에 첨단 핵무기를 실험하고 있어요." 라일이 말했다.

웨이드는 라일의 말을 무시했다. "공군은 거기에서 U-2 비행기를 시험했어요." 웨이드가 프랜시에게 설명했다. "그리고 X-15와 스텔스 폭격기도 시험했죠. UFO에 대한 소문은 스텔스 폭격기 때문에 시작됐어요."

"그러면 공군이 그런 기술을 어떻게 생각해냈을 것 같아요?" 라일이 물었다. "그들이 사로잡은 비행접시에서 역설계한 거라고요."

"그들이 외계인들과 함께 일한다면 군이 역설계를 할 필요가 있을까? 그냥 외계인이 설명해주면 되잖아?"

라일은 그 말을 무시하고 프랜시에게 말했다. "그들은 로즈웰의 추락 사고 이후 비행접시와 그 안에 있던 외계인들을 51구역에 보관하고 있는데, 인디가 그 외계인들을 구출하러 온 거예요."

"만일 정말로 그렇다면, 인디가 조금 늦게 온 것 같네, 그렇지?" 웨이드가 인디를 바라보며 말했다. "추락은 70년 전에 일어났잖아."

"외계인에게는 시간이 다르게 흘러요." 라일이 유창하게 말했다. "인디가 그 외계인들을 구하러 가고 있는 거예요. '도와줘 스렌놈'을 스크롤했을 때, 인디는 바로 그 뜻으로 한 말이라고요. 스렌놈은 분명히 '로즈웰 외계인'을 의미해요. 모르겠어요? 스렌놈(Srennom)이 로즈웰(Roswell)의 철자 순서를 바꾼 말이잖아요."

"m과 n 두 개는 빼야겠네." 프랜시가 말했다.

"아마 그들의 언어에 그런 글자가 없기 때문일 거예요."

"그래, 뭐, 스렌놈(Srennon)이 '멍청이(moron)'를 뜻하는 외계어인지도 모르지. s와 e를 빼면."

라일은 그 말을 무시했다. "잘 봐요, 인디가 우리를 라스베이거스로 곧장 데리고 갈 거예요." 라일이 손가락으로 지도의 경로를 따라갔다. "그리고 거기에서 93번 도로를 타고 북쪽으로 가면 '외계인 고속도로'가 나와요."

"외계인 고속도로?" 프랜시가 말했다.

"본래는 375번 주도로예요. 주지사가 홍보용으로 이름을 그렇게 붙였어요." 웨이드가 설명했다.

라일이 격렬하게 고개를 가로저었다. "주지사는 그 도로가 51구역과 그룸 레이크, 검은 우편함으로 이어지기 때문에 그렇게 이름을 붙인 거라고요."

"검은 우편함이라니?"

"알라모와 레이첼 중간쯤에 검은 우편함이 있는데, 51구역의 UFO들이 날아오는 지점을 표시한 거예요. 외계인 사냥꾼들이 거기에서 야영하면서 사진도 찍고 외계인에게 보내는 메시지를 우편함에 남기죠. 그래서 인디가 우리를 거기로 데려가서 침략 함대에 자신의 위치를 알리는 메시지를 남기려는 건지도 몰라요."

"인디는 우리를 검은 우편함으로 데려가지 않아."

"그러면 51구역으로 데려가는 게 틀림없어요. 그쪽으로 가면 51구역밖에 없어요. 거기가 틀림없어요. 일리로 우리를 데려가는 게 아니라면 말이에요. UFO가 일리의 철로에 추락했던 적이 있거든요. 아니면 레이니어산으로 갈 거예요."

"레이니어산이라니?" 웨이드가 폭발했다. "워싱턴주에 있는 레이니어산? 인디가 뭐 하러 우리를 레이니어산으로 데려가?"

"왜냐하면 그곳이 최초로 UFO가 목격되었던 장소니까요."

"로즈웰이 최초 아니었어?" 프랜시가 말했다.

"아뇨, 로즈웰은 두 번째 목격이었어요. 레이니어산의 UFO 목격 사건은 로즈웰보다 2주 전인 6월 24일에 일어났어요. 추락한 비행기의 잔해를 찾던 조종사가 밝은 섬광과 함께 시속 3천 킬로미터로 날아가는 비행접시 아홉 대를 목격했죠."

"인디는 우리를 레이니어산으로 데려가지 않아." 웨이드가 말했다.

"라일, 워싱턴주보다는 가까운 곳일 거야." 프랜시가 말했다.

라일이 잠시 생각하더니 말했다. "어쩌면 우리를 52구역으로 데려가려는 건지도 몰라요."

"52구역이라니?" 프랜시가 물었다. "그런 일급비밀 구역이 대체 몇 개나 있는 거야?"

"우리가 아는 건 세 곳이에요. 라이트―패터슨 공군기지, 51구역, 52구역." 라일이 말했다. "52구역은 51구역에서 북서쪽으로 112킬로미터 떨어진 파이우테 탁상지 아래에 있어요. 그곳에는 2만 5천 명의 병력을 수용할 수 있는 거대한 지하 공간이 있어요. 원자 폭탄을 터뜨려서 만들었는데…."

"잠깐만…." 프랜시가 말했다. "원자 폭탄을 터뜨렸다고? 방사능은 어떡하고?"

"전혀 없었어요." 라일이 말했다. "깨끗한 원자 폭탄이었어요. 외계인이 전수해준 기술이었죠."

'당연히 그러시겠지.' 프랜시가 생각했다.

"일부 UFO 학자들은 51구역이 실은 외계인과 로즈웰 비행접시가 있는 52구역을 감추기 위한 위장막일 뿐이라고 생각하기도 해요."

"벅스 버니와 대피 덕 같은 거죠." 웨이드가 말했다. "고전 영화 〈루니 툰: 백 인 액션(Looney Tunes: Back in Action)〉의 주인공들이에요."

"아니에요." 라일이 씩씩거리며 말했다. "지하의 격납고 건설을 도왔던 시멘트 트럭 운전사가 그곳에 52구역이 있다고 증언했어요. 그리고 자신이 본 것을 말해준 후 수수께끼처럼 사라져버렸어요."

"놀랍지도 않네." 웨이드가 말하며 냉장고에서 사과를 꺼내 프랜시 옆에 앉았다. "인디와는 진전이 있었나요?"

"아니요." 프랜시가 말했다. "인디는 할머니와 하는 크랩스 게임에만 관심이 있어요."

"할머니가 인디를 라스베이거스로 가게 했다고 생각하나요? 베네치안 카지노에서 슬롯머신을 하려고? 아니면 골든 너겟 카지노?"

"왜요? 당신은 인디가 라스베이거스로 데려가고 있다고 생각하나요?"

"그런 것 같아요. 인디가 갑자기 네바다 서치라이트로 방향을 바꾸자고 하지 않는다면 말이죠."

캠핑카가 오후에 서치라이트의 표지판을 지날 때나, 볼더시티에 들러 조셉이 웨이드와 운전 교대를 할 때도 인디의 촉수는 거의 움직임이 없었다. 그런데 다시 출발한 직후, 인디가 크랩스 게임을 중단하고, 프랜시에게 와서 라스베이거스에 가까워지며 도로 양쪽을 가득 메운 광고판들을 읽어달라고 했다. "라스베이거스! 하늘이 한계인 곳! 재미있게 놀 준비를 하세요! 라스베이거스 35킬로미터 전방. 거의 다 왔어요! 키노! 블랙잭! 슬롯! 쇼…."

"오, 세상에." 프랜시는 인디를 율라 메이에게 넘겨주고, 마부칸으로 달려가서 웨이드에게 말했다. "방금 생각이 났어요. 조금 전에 지나간 라스베이거스 광고판에 '쇼'라고 적혀 있었어요. 오늘 아침 일찍 할머니가 읽은 다른 광고판에도 '쇼!'라고 적혀 있었고요."

"그래서요?"

"그런데 인디는 '쇼(show)'를 '설명하다'라는 뜻으로 생각해요. 그래서 계속 '보여줘(show)'라고 하잖아요. 그런데 내가 인디에게 추르리스포이니스가 무슨 뜻인지 보여줄 수 있냐고 물었더니 안 된다고 하더라고요."

"아직 잘…."

"광고판 중에는 '라스베이거스에 모든 것이 있어요'라고 적힌 것도 있었어요. 인디가 그 모든 것에 '설명'이 포함된다고 생각했다면 어떨 것 같아요? 쇼(Show)!" 웨이드가 여전히 이해하지 못하자, 프랜시가 계속 말했다.

"만약 인디가 '쇼(show)'와 '보여줘(show)'를 혼동한다면요?"

"라스베이거스에 모든 게 있다면, 인디가 추르리스포이니스도 거기에 있을 거라고 생각할 가능성이 더 클 것 같아요." 웨이드가 말했다. "그런데 인디는 우리가 니들스에 거의 도착할 때까지도 어디로 갈지 결정을 못 내린 상태였어요."

"종종 인디가 듣거나 본 것을 처리하는 데 시간이 걸릴 때도 있어요."

"그렇게까지 오래 걸리지는 않을 거예요. 걱정하지 말아요. 인디가 우리를 라스베이거스로 데려간다면, 할머니가 그렇게 시켰을 가능성이 커요. 하지만 인디가 우리를 라스베이거스로 데려갈 것 같지는 않아요. 그리고 51구역으로 데려가는 것도 아닌 것 같아요. 거긴 정부 기지로 알려져 있는데, 우리가 당국에 신고하자고 제안했을 때, 인디가 어떻게 반응하는지 봤잖아요. 인디는 그 근처에도 가고 싶지 않을 거예요."

"그러면 인디는 어디로 가려는 걸까요?"

"모르겠어요. 후버 댐?"

"아니면 라스베이거스 그 자체를 보러 가는 건지도 몰라요." 프랜시가 말했다. "당신이 지구에는 외계인이 이 멀리 떨어진 외진 곳까지 올 정도로 독특한 게 없다고 했지만, 라스베이거스가 독특하다는 사실은 인정해야 해요."

"네. 앞으로는 그런 말을 하지 않을게요." 웨이드가 말했다. "하지만 인디가 어디로 가려 하든, 우리의 일은 모뉴멘트 밸리에서 오는 그 패거리가 우리를 따라잡기 전에 인디를 거기에 데려다놓는 거예요. 저기 봐요." 웨이드가 앞을 가리켰다. "우린 라스베이거스로 들어가고 있어요. 지도를 확인해보세요. 시내 한복판을 지나가지 않고 라스베이거스를 통과할 방법이 있나요?"

프랜시는 지도들을 뒤지며 라스베이거스의 약도를 찾으려 애썼다.

"있어요." 프랜시가 말했다. "라스베이거스를 돌아가는 고속도로가 있어요. I-215. 가장자리를 돌아가는 순환도로예요."

"좋습니다. 여기를 통과해서 인디가 우리를 데려가려는 곳으로 최대한 빨리 가고 싶어요."

"왜요? 할머니가 스트립 근처에 가는 게 두려워요?"

"네, 그리고 인디에게 블루 맨 그룹에 대해 설명해야 하는 것도 걱정되고요."

"자유의 여신상이나 에펠탑 같은 것들이 여기서 뭘 하고 있는지는 말할 것도 없고요. 저것들도." 프랜시는 쇼와 카지노, 뷔페, 누드 댄스를 선전하는 끝없이 늘어선 광고판들을 향해 손을 흔들며 말했다.

"특히 누드 댄스." 웨이드가 말했다.

"네, 반복해서 말하지 말고, 설명하지도 말아요…." 프랜시가 상반신 노출! 하반신 노출! 모든 주요 신용카드 사용 가능, 그리고 라스베이거스 최고의 랩 댄스를 광고하는 두 번째 광고판을 가리켰다.

"또 섹스와 관련된 어떤 것도 인디에게 말하지 마세요."

"그건 왜 안 되나요? 인디가 '보여줘'라고 스크롤할까 봐 걱정하는 거죠?" 웨이드가 웃으며 물었을 때, 인디가 프랜시의 무릎 위로 굴러 올라왔다.

"인디, 여기서 뭘 하는 거야? 할머니와 함께 있는 줄 알았는데." 프랜시가 말했다.

「율라 메이 말했다 프랜시 가다 표지판 읽어 부탁해」. 인디가 스크롤했다.

"그러셨겠지." 프랜시가 말했다. "이리 와, 조셉 아저씨 찾으러 가자. 너에게 영화를 보여주고 싶으시대."

「영화 아니요 아니요 아니요 표지판」. 인디가 옆 창문으로 굴러가, 창문에 촉수 두 개를 붙이더니 대여섯 개를 더 붙였다. 하지만 아무 말도 하지 않았다.

'아마 수많은 단어와 이미지 때문에 정보 과부하에 걸렸을 거야.' 프랜시가 G스트링 한 장 외에는 아무것도 입지 않은 쇼걸의 실물보다 큰 사진을 보며 생각했다. '그랬길 바라자.'

「보여줘 랩 댄스」. 인디가 스크롤했다.

"지금은 안 돼, 인디." 웨이드가 말했다. "프랜시 씨는 바빠." 그리고 프랜시에게 말했다. "도로표지판 찾는 것 좀 도와줘요. 그 도로가 어디였죠? I-215이었나요?"

"네." 프랜시가 표지판의 숲을 내다보며 말했다. "저기에 있네요."

프랜시가 가리켰다. "바로 앞에. 오른쪽 차선으로 들어가세요. 저기 그 도로로 나가는 곳이 있어요."

웨이드가 방향 지시등을 켜고 사이드미러를 힐끗 본 다음 오른쪽 차선으로 이동하기 시작하더니, 다시 왼쪽으로 돌려 출구를 지나쳤다.

"뭐 하는 거예요?" 프랜시가 물었다.

"내가 뭘 하냐고요?" 웨이드가 자기 손과 오른쪽 다리를 가리켰다. 둘 다 인디의 촉수가 감겨 있었다.

"아." 프랜시가 말하며, 지도를 움켜잡았다. 그리고 지도를 확인한 뒤 고개를 앞으로 내밀며 표지판들을 뚫어져라 쳐다봤다. "아직 괜찮아요. I-15 도로를 타면 돼요. 라스베이거스 대로 바로 앞에서 돌리세요. 저 대로가 라스베이거스의 중심가인 스트립이에요. 스트립으로 들어가면 시내를 통과해서 북쪽으로 가게 돼요."

하지만 인디는 I-15 도로로 가는 것도 허용할 생각이 없는 게 분명했다. 인디가 허용한 유일한 경로는 스트립으로 들어가는 길이었다. 다른 모든 사람과 함께. 스트립으로 들어가자마자 교통 체증 때문에 거의 옴짝달싹 못 하는 상황에 빠져버렸다.

"인디가 스트립을 보고 싶은 모양이네요." 프랜시가 말했다.

"확실해요. 할머니를 여기로 데려와주세요." 웨이드가 말했다.

"지도는 어떡하고요? 내가 지도를 안 봐줘도 괜찮아요?"

"굳이 볼 필요가 있을까요? 어차피 우린 아무 데도 못 가요."

웨이드의 말이 맞았다. 차량 흐름은 완전히 멈춘 상태였고, 반바지와 '언제 계속할지 접을지 알아야 한다'라고 적힌 티셔츠와 탱크톱을 입고, 분홍색 플라스틱 컵에 마이타이를 들고, 힙색을 두른 관광객들이 캠핑카 옆으로 줄지어 지나갔다.

신부 들러리인 게 분명한 깃털 목도리와 분홍색 티셔츠를 입은 젊은 여성들이 수다를 떨며 지나갔고, 그 뒤로는 성인용 보행기 앞에 '라스베이거스가 아니면 죽음을!'을 붙인 대머리 남성이 지나갔다. 관광객들이 멈춘 차들 사이로 끼어들어 이리저리 누비며 다니고, 멈춰 서서 사진을 찍어대는 통에 캠핑카가 앞으로 나가는 건 사실상 불가능한 상태였다.

프랜시는 조수석에서 빠져나와 율라 메이를 데리러 갔다. 할머니는 창가에 앉아 라일과 조셉에게 창밖의 무언가를 가리키며 말하고 있었다. "봐요, 포시즌스 호텔이 있어요. 만달레이 베이도 있네요."

"웨이드 씨가 할 말이 있대요." 프랜시가 율라 메이에게 말했다. 그리고 셋이 함께 자리에서 일어나 앞쪽으로 서둘러 갔다.

무법자는 반 블록 정도 나아간 상태였다. "우린 하루 종일 여기에 죽치고 있을 거예요." 웨이드가 화난 목소리로 말했다. "할머니가 인디에게 이렇게 하라고 했나요?"

"이렇게라뇨?"

"스트립으로 들어가 라스베이거스를 가로질러 가는 거요."

"아니요. 하지만 이왕 이렇게 왔으니, 우리 식비를 좀 더 벌면 좋을 것 같아요. 주차하기에 가장 좋은 곳은 룩소르 카지노예요." 율라 메이가 이집트 피라미드를 가리키며 말했다. "저기엔 아직도 수동 슬롯이 있거든요."

"우리는 룩소르에 정차하지 않을 겁니다."

"하지만 룩소르에서는 마르가리타를 무한리필 해줘요." 율라 메이가 말했다. "그리고 룩소르와 뉴욕뉴욕 호텔에서는 내가 무료 스위트룸을 쉽게 구할 수 있어요…."

"우리는 아무 데도 멈추지 않을 겁니다." 웨이드가 그렇게 말했지만, 캠핑카는 이미 앞뒤로 꽉 막혀서 옴짝달싹하지 못하는 상황이었다. "라일, 라스베이거스에서 UFO가 목격된 적은 없어?"

"있어요. 미라지와 플래닛 할리우드 상공과 스카이빔 주변에서요."

"스카이빔?" 프랜시가 물었다.

"예, 룩소르 피라미드에서 곧게 뻗어 나오는 빛줄기를 스카이빔이라고 해요. 낮에는 안 보이고, 밤에만 볼 수 있죠. 관광객을 룩소르 카지노로 이

끄는 표지등이라고 하지만, 실은 외계인 우주선에 보내는 신호예요."

"그건 외계인 우주선에 보내는 신호가 아니야." 웨이드가 말했다.

"네, 그러면 왜 우주에서도 볼 수 있을 정도로 밝게 쏘는 걸까요? 그들은…."

"또 다른 곳은?" 웨이드가 물었다.

"시내에서 '라스베이거스 빅' 광고판 위에 떠다니는 게 목격됐어요. 그거 있잖아요, '안녕! 라스베이거스에 오신 것을 환영합니다'라고 하면서 손을 흔드는 네온사인 카우보이요. 그리고 카지노 안에서 목격됐어요."

"카지노에서?"

"네, 여러 카지노 안에서 외계인이 도박꾼과 관광객들과 어울려 다니는 모습을 목격했다는 신고가 수백 건은 돼요. 외계인들은 인간과 똑같이 변장할 수 있거든요."

"인간과 똑같은데, 어떻게 외계인을 목격할 수 있어?" 프랜시가 물었다.

"외계인의 깜박막이 들킨 거죠."

"어느 카지노야?" 웨이드가 말했다.

"그냥 일반적인 카지노들이요. 왜요?"

"인디가 이곳 스트립에서 뭔가를 찾고 있는 게 분명하니까. 그렇지 않다면 우릴 여기까지 데려오지 않았을 거야." 룩소르와 작은 탑이 있는 엑스칼리버 호텔의 성 옆을 느릿느릿 지나며 웨이드가 말했다. "할머니, 인디에게 스트립에 대해 정확히 뭐라고 하셨어요?"

"아무 말도 안 했어요. 여기 오는 길에 인디가 읽어달라는 표지판들을 읽어줬지요."

"어떤 표지판들이었어요?"

"정확히 기억은 안 나요. '아름다운 벨라지오에 머무르세요!'와 '지금 플라밍고에 출연합니다. 웨인 뉴튼!'"

"그리고 '섹시한 아가씨들이 직접 찾아갑니다!'" 라일이 말했다.

"닥쳐, 라일." 웨이드가 말했다. "인디가 스트립에 대해 무엇을 읽거나 봤는지 알아야겠어요."

인디가 웨이드의 눈앞에 촉수를 던졌다. 「멈춰」. 인디가 스크롤했다. 그리고 오른쪽을 가리켰다.

"인디가 뭘 가리키는 거죠, 프랜시?" 웨이드가 물었다.

"모르겠어요." 프랜시가 대답했다. "저쪽에는 트로피카나 호텔이 있고, MGM 그랜드도 있는데…."

「가다 트로피카나」. 인디가 스크롤했다.

14장

잭: 스트레이트 플러시가 뭔지 알아요? 그건… 무적 같은 거예요.

벳시: '무적 같은 것'은 무적이 아니에요.

잭: 이봐요, 이제 나도 알겠어요, 됐죠?

— 〈허니문 인 베이거스(Honeymoon in Vegas)〉

"할머니, 인디에게 트로피카나 광고판 읽어주셨어요?" 웨이드가 물었다.

"네, 하지만 인디에게 거기로 가자는 말은 안 했어요. 발리스가 훨씬 짭짤하니까요. 골든 너겟처럼 시내에 있는 게 좋죠."

"알았어요. 음, 우리는 거기에서 정차하지 않을 거예요. 어디에도 멈추지 않을 겁니다. 인디, 우리는 추르리스포이니스를 찾으러 가야 해."

"그게 여기에 있는지도 모르죠. 말했잖아요, 외계인들이 변장하고 카지노에 자주 온다니까요." 라일이 말했다.

"그리고 트로피카나가 살짝 추르리스포이니스처럼 들리기도 하는군." 조셉이 말했다.

"인디." 프랜시가 물었다. "추르리스포이니스가 트로피카나 호텔에 있어?"

「아니요 아니요 아니요」. 인디가 스크롤했다. 그리고 촉수를 웨이드의 눈앞에 들이밀었다. 「멈춰 멈춰 멈춰」.

"인디에게 촉수로 얼굴 앞을 막으면, 내가 운전할 수 없다고 말해줘요." 웨이드가 프랜시에게 말했다. "그리고 길 한가운데에서 멈출 수 없다고 말해줘요."

"저기에 주차장이 있어요." 라일이 도움을 주기 위해 말했다.

웨이드가 라일을 노려봤다. "무법자는 크기가 안 맞아서 못 들어갈 거야. 프랜시, 인디에게 멈출 수도 없고, 주차할 곳도 없다고 설명해주세요."

「돌려 돌려 돌려」. 인디가 스크롤하며, 촉수 두 개로 운전대를 감쌌다. 그래서 웨이드로서는 차를 세우는 것 외에 달리 방법이 없었다.

넓은 주차장에는 트로피카나 호텔의 높고 하얀 건물과 야자수, 동영상 광고판을 멍하니 구경하며 휴대폰으로 사진과 셀카를 찍는 관광객들이 가득했다.

"인디에게 사람들이 많아서 주차할 수 없다고 하세요." 프랜시가 말했다. 하지만 웨이드는 관광객들을 보고 있었다. 그리고 관광객들의 흐름에 틈새가 생기자마자 빈자리로 들어가 주차했다.

"뭐 하는 거예요?" 프랜시가 물었다. "최대한 빨리 라스베이거스를 빠져나가고 싶다면서요?"

"인디가 트로피카나에 가고 싶다잖아요." 웨이드가 말했다. "그러면 트로피카나로 가는 거죠."

「예 예 예」. 인디가 스크롤하고, 굴러갔다.

"잠깐, 인디." 프랜시가 외치며 사람들을 제치고 뛰어가 문으로 향하는 인디를 막았다. "너 혼자 들어가면 안 돼." 그러나 인디는 캠핑카의 뒤쪽으로 굴러갔다.

"인디를 카지노에 데려가면 안 돼요. 사람들이 너무 붐비잖아요." 프랜시가 취사 마차로 따라온 웨이드에게 말했다. "누가 인디를 보면 어쩌죠? 무법자에는 카지노에 가득 찬 사람들을 수용할 공간이 없어요."

"사람들은 인디를 보지 못할 거예요. 우리가 숨길 테니까요." 웨이드가 대답했다.

"더플백에 넣어서 데려가게요?" 라일이 눈살을 찌푸리고 웨이드를 바라보며 물었다.

"아니, 그건 너무 커." 웨이드가 말했다. "할머니, '오늘 밤 행운의 아가씨가 되세요' 토트백에 넣으면 어때요?" 웨이드가 제안하자, 율라 메이가 카드로 장식된 토트백을 가져왔다.

"하지만 입구에서 가방을 검사하지 않나요?" 프랜시가 말했다.

"괜찮을 거예요." 율라 메이가 가방에서 물건들을 꺼내 자신의 주머니에 넣으며 말했다. "이 가방은 바닥이 이중으로 되어 있거든요."

"이리 와, 인디." 웨이드가 부르자, 인디가 뒤쪽에서 프랜시의 들러리 드레스를 끌고 왔다.

"뭐야…?" 프랜시가 말하자, 인디가 드레스를 프랜시에게 밀었다.

「입어 트로피카나」. 인디가 스크롤했다.

"안 돼." 프랜시가 말했다. 그 드레스는 지금 입고 있는 탱크톱, 반바지보다 훨씬 눈에 띄었다. 프랜시는 인디에게 그 이유를 설명하기 시작했지만, 인디는 막무가내로 프랜시에게 드레스를 밀었다.

「입어 트로피카나」.

"미안해, 친구." 웨이드가 인디에게서 드레스를 빼앗으며 말했다. "카지노 안에서는 드레스를 입으면 안 돼. 이제 너는 아파치 버츠 카지노에서 그랬던 것처럼 몸을 말아서 가방 안으로 들어가."

「아니요 아니요 아니요」. 인디가 스크롤했다. 그리고 촉수를 채찍처럼 뻗어 드레스를 낚아채려 했다.

"알았어." 웨이드가 드레스를 토트백에 넣으며 말했다. "네가 가져가도 돼." 그러자 인디가 골프공만 한 크기로 몸을 동그랗게 말아 토트백 안으로 쏙 들어갔다. "자, 거기에 계속 있겠다고 약속해." 웨이드가 말했다. "그리고 너를 들고 가는 사람 외에는 우리 중 누구에게도 촉수를 묶으면 안 돼."

"그 말은 우리가 모두 카지노에 들어간다는 뜻인가요?" 프랜시가 물었다. 웨이드는 라일이 조셉과 함께 식료품점에 가는 것조차 허락하지 않았었다. 대체 웨이드는 무슨 생각을 하는 것인가?

"네, 모두 함께 갈 거예요." 웨이브가 말했다.

"하지만 저 안에는 곳곳에 감시 카메라가 있지 않나요? 경비원도 있고요?"

"그건 괜찮아요." 웨이드가 말했다. "그렇게 오래 있지 않을 거라서요.

게다가, 라스베이거스에서 저지른 일은 라스베이거스에 남는다잖아요." 웨이드가 활짝 웃으며, 율라 메이를 돌아봤다. "할머니?"

율라 메이는 가짜 바닥을 다시 제자리에 놓고, 사람들에게 토트백을 열어서 보여주었다. 가방은 비어 있는 것처럼 보였다.

"자, 잘 들어요." 웨이드가 말했다. "우리는 단 한 가지 이유, 오직 한 가지 이유로 저기에 들어가는 겁니다. 인디가 저 안에 있다고 생각하는 것을 찾기 위해서죠. 그걸 찾자마자 바로 나올 거예요."

"뭐 좀 먹으면 안 되나요?" 라일이 광고판을 가리키며 말했다. "바닷가재와 스테이크 뷔페가 있다는데."

"안 돼." 웨이드가 말하며 프랜시에게 토트백을 건넸다. "자, 모두 나가세요."

조셉과 라일이 서둘러 계단을 내려가고, 밀짚모자를 찾으러 갔던 율라 메이가 그 뒤를 따랐다. 프랜시가 토트백을 팔에 걸치자, 인디가 촉수를 뻗어 프랜시의 손목에 감았다. 프랜시는 문으로 가다가, 그 자리에 그대로 서 있는 웨이드를 돌아봤다. "안 가세요?"

"잠깐만요." 웨이드가 말했다. "에어컨이 꺼졌는지 확인해야 해요. 먼저 가세요. 금방 따라갈게요."

프랜시는 고개를 끄덕이고, 계단을 내려가 다른 사람들에게 갔다.

"웨이드는 어디 있소?" 조셉이 물었다.

"에어컨 끄러 갔어요." 프랜시가 대답하며 주차장을 가로질러 카지노를 향해 갔다. "곧 따라오겠다고 했어요."

"에어컨은 내가 껐소. 웨이드에게도 말해줬는데…." 조셉이 말했다.

"어차피 차를 주차했는데, 왜 여기에서 먹으면 안 된다는 건지 아직도 이유를 모르겠어요." 라일이 끼어들었다. "배고파 죽겠어요. 이 카지노에는 정말로 싼 뷔페가 있다니까요."

"우리에겐 싸지 않네." 조셉이 말했다. "우리에게 남은 돈은 식료품 살 돈으로 아껴야 해."

"문제없어요." 율라 메이가 말했다. "내가…."

"아니요." 웨이드가 그들을 따라잡으며 살짝 숨이 찬 말투로 말했다. "도박은 안 돼요. 먹지도 말고. 그리고 돌아다니지도 마세요. 그리고 눈에 띄는 행동은 하지 마세요. 중요한 것은 '눈에 띄지 않는다'예요."

"내 가슴에 달린 모조 다이아몬드 UFO와 카드로 장식된 분홍색 토트백, 그리고 언제 스크롤을 시작할지 모르는 이 외계인 팔찌가 없다면, 그 목표를 훨씬 쉽게 달성할 수 있을걸요." 프랜시가 짜증 나는 투로 말했다.

"농담하세요? 지금 당신한테 딱 어울려요." 웨이드가 말하며, 고갯짓으로 주차장을 가로질러 카지노로 가는 사람들을 가리켰다. 연두색과 주황색 하와이안 셔츠에 자주색 체크무늬 반바지를 입은 덩치 큰 남성과 노란색 비키니 상의에 '운이 좋은 느낌?'이라고 엉덩이에 적힌 핫핑크 반바지를 입은 금발의 여성도 있었다.

"아무도 우리를 알아채지 못할 거예요." 율라 메이가 말했다. "다들 카드를 보거나 슬롯머신 릴이 돌아가는 걸 보느라 바쁘거든요."

"아니면 휴대폰을 보거나." 웨이드가 말하며, 고갯짓으로 문자를 주고받느라 바쁜 금발의 여성을 가리켰다.

"카지노에서는 그러지 않아요. 사람들은 휴대폰을 안 볼 거예요. 거긴 신호가 안 닿거든요." 율라 메이가 말했다.

웨이드가 걸음을 멈췄다. "카지노 안에서는 휴대폰이 안 된다고요?"

"안 되죠." 율라 메이가 말했다. "사람들이 휴대폰을 사용해서 카드 카운팅을 하지 못하게 하려는 거예요. 왜요?"

"그냥요." 웨이드가 말했다. "사실, 그게 좋죠. 인디가 갑자기 채찍을 휘두르고, 카지노를 가로질러 누군가를 던져버릴까 봐 걱정했거든요. 프랜시, 인디를 꽉 붙잡으세요. 그리고 여러분 모두 눈에 띄지 않게 행동하세요."

그건 말처럼 쉬운 일이 아니었다. 카지노에 들어가기 위해서는 금속 탐지기를 통과해야 했을 뿐만 아니라, 반짝거리는 빨간색 컨버터블 자동차와 거대한 룰렛 휠과 '쇼걸 스핀'이라고 쓰인 반짝이는 스팽글 광고판이 올려져 있는 외부 무대를 스치듯 지나가야 했다.

금색 라메 정장을 입은 중년 남성이 컨버터블 자동차 옆에 서서 외쳤다. "쇼걸 스핀으로 들어오세요! 완전 무료입니다. 바퀴를 돌리고 자동차를 타세요! 맛있는 스테이크 저녁 식사를 타세요!"

"저 소리 들었어요? 공짜 스테이크 저녁 식사에 당첨될 수 있대요!"

"안 돼. 넌 당첨되지 않을 거야." 율라 메이가 말했다. "너는 자동차에도 당첨되지 않아. 저 바퀴를 돌리는 사람은 모두 진짜 쇼걸 스핀 쇼를 보는 입장권에만 당첨될 뿐이야. 저건 카지노에 들어가서 두 시간에 한 번씩만 열리는 스핀 쇼를 기다리는 동안 바에 앉아 술을 사 마시게 만들려는 거야."

"그렇지만…" 라일이 대꾸하기 시작했다.

"안 돼." 웨이드가 말하며, 라일과 율라 메이를 컨버터블 자동차를 지나 카지노 안으로 밀어 넣었다. 조셉이 그 뒤를 따랐다.

프랜시도 그들을 쫓아갔지만, 보석이 달린 머리 장식과 형광 오렌지색 깃털 목도리를 두른 여성들이 재잘거리며 앞에 끼어들었다. '처녀 파티구나.' 프랜시는 씁쓸하게 세리나를 떠올렸다. 오늘이 세리나의 결혼식이다. 그런데 아무것도 하지 못한 채 여기에 있다.

"짧은 반바지를 입은 손님!" 남자가 불렀다. 프랜시가 고개를 돌렸더니, 남자가 자신을 가리키고 있었다. "스팽글이 달린 토트백! 자동차에 당첨되고 싶지 않으세요? 아니면 세계적으로 유명한 트로피카나의 새 공연 〈기막힌 장난〉의 티켓은 어떠신가요?"

'토트백에 외계인이 들어 있는 상태에서는 안 돼.' 프랜시가 생각했다. "아뇨, 됐어요." 프랜시는 작게 말하고, 무대를 지나쳐 가기 시작했다.

"자, 부끄러워하지 마세요! 이름이 뭐예요?"

프랜시가 미소를 지으며 고개를 저었다.

"오, 알겠어요. 라스베이거스에 온 사실을 남자친구에게 알리고 싶지 않은 거군요. 이런, 우린 말 안 할 겁니다. 여러분, 그렇죠?" 남자가 관중에게 묻자, 그들이 소리쳤다. "네!" 그리고 휴대폰을 들어 프랜시의 사진을 찍어 댔다.

"그렇습니다! 라스베이거스에서 저지른 일은 라스베이거스에 남습니다!

올라와서 바퀴를 돌리세요!" 남자가 손을 내밀어 프랜시가 무대로 올라오도록 도와주려 했다. "모든 숫자에 상금이 있습니다. 절대로 질 수가 없는 게임이에요!"

'그건 당신 생각이고.' 프랜시가 생각하며 뒤로 물러섰다.

"자, 여러분, 저 여성분에게 조금만 격려를 해주세요!" 남자가 말하자, 구경꾼들이 박수치고 휘파람을 불었다. 그리고 더 많은 사람들이 무슨 일인지 보기 위해 모여들었다. "어서요, 모두 당신이 바퀴를 돌리는 걸 보고 싶어 합니다. 안 그래요, 여러분?"

더 많은 환호와 휘파람 소리가 들렸다. "가방이 걱정되신다면, 바퀴를 돌리는 동안 제가 들어드릴게요."

'안 돼!' 프랜시가 생각했다.

남자가 손을 내밀었다. "이리 올라와요. 여자분이 당첨되는 모습을 보고 싶으신가요? 〈기막힌 장난〉 공연 티켓? 100달러 칩?"

"쇼걸!" 관중에서 한 남자가 외쳤다. 그리고 프랜시가 고개를 돌리자, 웨이드가 사람들을 밀치며 무대로 다가오는 모습이 눈에 들어왔다. "여러분이 쇼걸 스핀을 외쳤으니, 쇼걸을 만날 수 있을까요?"

관중이 웃음을 터뜨렸다.

"유감스럽지만, 아닙니다." 남자가 말했다. "하지만 카지노 안으로 가면 진짜 〈기막힌 장난〉의 쇼걸이 진행하는 쇼걸 스핀 티켓 두 장을 받을 수 있습니다! 어떠세요?"

웨이드가 고개를 저었다. "난 진짜 살아 있는 쇼걸을 당첨으로 받고 싶어요. 저기 그렇게 적혔잖아요." 웨이드가 광고판을 가리키며 말했다. "쇼걸 스핀." 그러자 관중의 모든 시선이 이제 웨이드에게 향했다. 프랜시는 그 기회를 놓치지 않고 카지노로 들어갔다. 요란한 빛과 소리의 불협화음 속으로. 스피커에서는 팝 음악이 터져 나오는데, 끊임없이 울리는 종소리, 휘파람 소리, 사이렌 소리, 동전 부딪히는 소리 때문에, 음악 소리가 툭툭 끊어졌다. 그리고 눈 앞에 펼쳐진 거대한 공간은 마치 소음을 시각적으로 표현한 것 같았다. 사방에 거울이 있고, 빨간색, 파란색, 금색 조명이 켜진 슬롯머신이 줄지어 있었으며, 제각각 고유한 음향 효과와 번쩍거리는 LED 조명, 움직이는 트레이서 조명, 애니메이션 모니터(행운의 바퀴와 황금 항아리, 보물 상자, 나무 늑대, 유니콘, 드래곤, 기관차가 주홍색과 자주색, 녹색으로 번쩍거렸다)가 요란했다.

관광객들도 대체로 다채로웠다. 불빛이 번쩍거리는 선글라스와 '파티다!'와 '여기에서 저지른 일은 여기에 남아'라고 적힌 티셔츠를 입은 중년 남성들, 프랜시보다 더 짧은 홀터톱과 반바지를 입은 젊은 여성들, 꽃무늬 카프리 팬츠를 입은 중년의 여성들. 그리고 여름용 드레스와 사롱과 카프탄 등 웨이드가 인디에게 카지노 안에서 입을 수 없다고 말했던 드레스들을 입은 여성이 많았다. 한 손에 부케를 들고 다른 손으로 슬롯머신을 돌리는, 긴 흰색 웨딩드레스를 입은 빨간 머리의 여성도 있었다.

'세리나는 지금쯤 러셀과 결혼식을 올리고 있겠지.' 프랜시가 생각했다. '세리나, 실망시켜서 정말 미안해.' 그리고 그때 생각이 떠올랐다. '인디에게 신부를 보여주지 않는 게 좋겠어. 나에게 들러리 드레스를 입으라고 요구할 거야.'

그러나 온갖 혼란스러운 상황이 펼쳐진 덕분에 인디가 신부를 알아채지 못한 것 같았다. 신부가 면사포를 쓰고, 갓 결혼했다는 메모를 등에 붙이고 있었지만, 다른 사람들도 전혀 알아보지 못하는 것 같았다.

율라 메이의 말이 맞았다. 사람들은 눈앞에 있는 슬롯머신 외에는 아무것도 쳐다보지 않았다. 슬롯머신들이 눈이 닿는 저 멀리까지 줄지어 배치되었는데, 끝에 있는 거울에 반사되어 슬롯머신이 두 배로 많아 보였다. 다양한 연령대의 사람들이 슬롯머신 앞에 앉아 버튼을 누르고 있었고, 카펫이 깔린 통로에는 양산이 장식된 칵테일을 손에 들고 빈 슬롯머신을 찾느라 분주히 움직이는 사람들이 가득했다.

프랜시는 군중 속에서 율라 메이와 조셉, 라일을 찾았지만, 어디에서도 보이지 않았다. 그래서 통로 한가운데에 어정쩡하게 서서 카지노 안을 훑어보면서 그들을 어떻게 찾을지 고민했다.

「가다 가다 가다」. 인디가 스크롤하며, 화려한 슬롯머신 줄을 가리켰다.

'이 일의 배후에 할머니가 있었던 거야. 다음에는 인디가 게임을 하자 그러겠지.' 프랜시가 생각했다.

"우리는 다른 사람들을 먼저 찾아야 해." 프랜시가 속삭였다. "혹시 사람들이 어디에 있는지 알아?"

「여기」. 인디가 스크롤했다. 그리고 프랜시가 고개를 돌렸을 때, 바로 옆에 웨이드가 서 있었다.

웨이드가 말했다. "다들 어디에 있어요? 다 같이 붙어 있으라고 했잖아요." 그리고 프랜시에게 작은 골판지 조각을 건넸다.

"이게 뭐예요?" 프랜시가 물었다.

"저기에 있는 바에서 쇼걸 스핀 티켓 두 장을 살 수 있는 전표예요. 거기에서 빠져나오려면 바퀴를 돌려야 했거든요." 웨이드가 프랜시의 손목에 감긴 촉수를 내려다보며 말했다. "라일의 말이 맞았어요. 카지노에 외계인이 있네요."

"정말 재미있는 농담이었어요." 프랜시가 말했다.

"미안해요. 인디가 찾는 게 뭔지 알아냈나요?"

"아뇨." 프랜시가 말했다. "다른 사람들이 어디에 있는지도 모르겠어요." 그때 슬롯머신 앞에 서 있는 사람들이 프랜시의 눈에 들어왔다.

율라 메이가 라일에게 슬롯머신이 어떻게 작동하는지 설명하고 있었다. "이제 슬롯머신에는 아래로 당기는 손잡이가 없어. 대신 버튼을 누르면 돼."

"손잡이가 없어지면, '외팔이 강도'라는 슬롯머신의 별명은 어떻게 되나요?" 라일이 말했다.

"내 말을 믿게, 신참. 쟤들은 여전히 강도일세." 조셉이 말했다. "유일한 차이점이 있다면, 이 방법이 자네에게서 돈을 훨씬 빨리 분리해낼 수 있다는 거야. 그리고 이것도 마찬가지지." 조셉이 옆에 있는 슬롯머신을 가리키며 말했다. "이건 동전을 넣을 필요도 없어. 신용카드를 넣기만 하면 돼. 자동으로 비용이 계산되지."

'그래서 자신이 얼마나 많은 돈을 잃었는지 전혀 알 수 없어.' 프랜시가 생각했다.

"어디 있었어요?" 율라 메이가 웨이드에게 물었다. "우리에게 뭉쳐 다니라고 하지 않았나요?"

"그랬죠." 웨이드가 대답했다. "나는 여기에서 급하게 떠나야 할 경우를 대비해서 출구 상황을 확인하러 갈게요."

"출구는 하나뿐이에요. 카지노는 가능한 한 사람들이 떠나기 어렵게 만들고 싶어 하거든요." 율라 메이가 말했지만, 웨이드는 이미 군중 속으로 사라져버린 후였다.

"자, 그럼, 이제 우린 뭘 하면 좋겠소?" 조셉이 물었다.

"웨이드 씨가 돌아올 때까지 기다려야죠. 그리고 의심스러운 사람으로 보이지 않도록 노력하세요." 프랜시가 말했다.

"그러면 슬롯머신을 해야겠네요." 율라 메이가 말했다. "카지노에서 그냥 서 있는 것보다 의심스러운 행동은 없어요." 그러고는 고갯짓으로 그들에게 다가오고 있는 경비원을 가리켰다.

프랜시가 고개를 저었다. "웨이드 씨가 도박은 안 된다고 했잖아요."

"할머니가 하는 방식은 도박이 아니오." 조셉이 말했다. 율라 메이가 덧붙였다. "몇 분만 시간을 주면, 내가 여러분에게 신용카드를 만들어줄게요."

"그리고 우리 모두 체포되는 건가요? 안 돼요." 프랜시가 단호하게 말했다.

"알았어요." 율라 메이가 마지못해 중얼거리며, 주머니에서 25센트짜리 동전 뭉치를 꺼냈다.

"그건 어디서 난 건가요?" 조셉이 물었다. "내가 식료품을 사러 갈 때 상금을 다 넘겨주기로 했잖습니까?"

"그랬죠. 이것만 빼고요. 판돈을 위해 조금 남겨놓는 게 좋겠다는 생각이 들었어요."

"저 슬롯머신들은 돈을 받지 않는다면서요." 라일이 말했다.

"이것들은 안 받지. 우린 저렴한 슬롯머신이 필요해. 아니면, 비디오 포커 머신이 더 좋겠지." 율라 메이가 말했다. 그리고 프랜시가 말리기 전에, 통로를 따라 저 멀리 벽에 기계가 줄지어 있는 곳으로 향했다.

경비원이 곧장 프랜시 쪽으로 왔다. 프랜시는 인디가 감싼 손을 옆구리에 붙이고, 서둘러 통로를 따라가다 첫 번째 열로 들어간 후, 다시 통로로 나와 빈 슬롯 앞에 서서 토트백을 더듬는 시늉을 했다.

경비원이 프랜시에게 다가왔다. "잔돈이 필요하신가요?" 경비원이 물었다.

"아뇨. 비자 카드 있어요." 프랜시가 말했다.

경비원이 고개를 끄덕이고 지나갔다. 프랜시는 다른 일행을 찾아 주위를 둘러봤다. 어디에서도 보이지 않았다. 프랜시는 까치발로 서서 일행이 지나갔던 통로를 살펴보고, 다시 앞쪽을 바라봤다. 입구에는 사람들이 엄청나게 많았다. 쇼걸 스핀이 여전히 진행 중인 게 틀림없었다. 그런데 그 무리의 가장자리에 서 있는 사람이 웨이드 같았다.

아니, 그럴 리가 없었다. 그 남자는 전화를 하고 있었다. 프랜시가 더 잘 보이는 곳으로 움직이기 직전에 인디가 프랜시의 손목을 꽉 조이며 스크롤했다. 「가다」. 그리고 카지노 뒤쪽을 가리켰다.

"뭘 찾는 거야?" 프랜시가 인디에게 물었다. "왜 여기에 오려고 했어?"

「브브흐비니이츠」. 인디가 스크롤했다. 그리고는 토트백에서 두 번째 촉수를 꺼내 카지노 뒤쪽을 가리켰다. 「가다 가다 가다」.

"알았어." 프랜시가 대답하고, 중앙 통로를 따라 걷기 시작했다. 그리고 곧 인디가 가리키는 방향을 따라 교차 통로를 지나며, 인디가 무엇을 찾고 있는지 알아내려 노력했다.

많은 슬롯머신에 우주 전투, 외계인 공격, 화성인 침공, UFO 전쟁처럼 외계인과 비행접시의 모습이 떠 있었지만, 인디는 그중 특정한 슬롯머신에 가자고 가리키지 않았다. 꽃무늬 카프탄 바지를 입은 여성이 잭팟을 터뜨려서 윙윙 빨간 사이렌이 번쩍거리고 접시에 동전이 시끄럽게 쏟아져 나올 때도 인디는 한눈을 팔지 않았다.

프랜시가 크랩스 테이블을 지나고, 키노 게임실과 라일이 말했던 레스토랑을 지날 때도 인디는 여전히 관심이 없었다. 인디의 촉수는 이쪽을 가리켰다가 다음에는 다른 방향을 가리키기를 반복하며, 블랙잭 테이블, 칩을 현금으로 교환해주는 계산대, 스포츠 배팅 구역, 바 등 카지노 전체를 지그재그로 돌아다녔다.

무엇을 찾는 것일까? 라일은 인간으로 위장한 외계인들이 카지노에서 목격됐다고 했다. 인디가 찾는 게 그 외계인들일까? 살짝 이상한 사람? 여기에 그런 사람들은 무수히 많았다. 탈색한 금발 머리에, 코바늘 뜨개질로 만든 레이스 반바지를 입고, 하이힐 샌들을 신고 걸을 때 어색하게 흔들거리는 건장한 40대 여자. 아니었다. 그 여자는 이상한 게 아니라 술에 취한 것뿐이었다. 스타트렉 유니폼에 수영복 반바지를 입고 등산화를 신은 금발의 남자. 짙은 청록색 사리를 입고, 반짝이는 주사위로 만든 목걸이를 한 비쩍 마른 여자. 감청색 원피스에 흰 장갑을 끼고, 작은 베일이 달린 모자를 쓰고, 25센트 동전이 가득 담긴 커피캔을 손에 든 백발의 여자.

그러나 프랜시가 보기에 그들 중 깜박막이 있는 사람은 아무도 없었다. 그리고 인디는 그 사람들에게 전혀 관심을 비추지 않았다. 어쩌면 자신과 같은 외계인이 숨어 있을지도 모르는, 그들이 어깨에 메거나 팔에 걸치고 있는 토트백에도 관심이 없었다.

인디가 갑자기 프랜시의 손목을 두드렸다. 「가다」.

"가라고?" 프랜시가 속삭였다. "어디로 가?"

인디가 카지노 건너편을 가리켰다. 그곳에는 그들이 들어왔던 입구가 있었다.

'오, 안 돼. 설마 쇼걸 스핀 때문에 여기에 온 건 아니겠지?' 프랜시가 생각했다. "커다란 바퀴와 빨간 차가 있는 밖으로 돌아가자는 거야?"

「아니요 아니요 아니요 가다」. 인디가 급하게 스크롤했다. 「무법자」.

"카지노에서 나가고 싶다고?"

「예 예 예 가다」.

"왜? 추르리스포이니스가 여기에 없어?"

인디는 그 질문에 대답하지 않았다. 그저 「가다」만 계속 스크롤했다.

"가야 하는 이유가 뭐야?" 프랜시가 말했다. '모뉴멘트 밸리 사람들이 너를 쫓아오고 있어?'라고 묻고 싶었지만, 인디가 카지노 한복판에서 흥분할까 봐 물어볼 수 없었다.

프랜시는 외계인이나 맨 인 블랙을 찾기 위해 사람들을 살펴봤지만, 프랜시와 인디에게 조금이라고 관심을 보이는 사람은 아무도 없었다. 그 사실과 무관하게, 인디는 카지노를 떠나기로 결심했다. 「가다 가다 가다」. 인디가 스크롤했다. 글자들은 이제 밝은 주황색이었다. 「가다 가다 가다 가다 가다!」.

"알았어. 하지만 먼저 다른 사람들을 찾아야 해." 프랜시가 속삭였다.

프랜시는 카지노 내부를 훑어보며 율라 메이의 밀짚모자와 조셉의 카우보이모자를 찾았지만, 어디에서도 그들이 보이지 않았다. 그리고 슬롯머신에서 계속 울려 퍼지는 쨍그랑 소리와 종소리 때문에 아무 소리도 들을 수 없었다.

'잭팟 소리를 따라가야 할 것 같아. 할머니가 거기 계실 거야.' 프랜시가 생각했다. 그리고 지나는 모든 통로를 살펴보며 잭팟 소리에 귀를 기울이기 시작했다.

그때 프랜시 옆에 갑자기 웨이드가 나타났다. "어디에 있었어요?" 웨이드가 씩씩거리며 말했다.

"내가 있었던 곳은… 당신은 어디에 있었어요?"

"말했잖아요. 출구를 확인하러 간다고. 이것 봐요." 웨이드가 다급하게 말했다. "우리는 가야 해요. 혹시 인디에게 캠핑카로 돌아가자고 설득할 수 있겠어요?"

"설득할 필요 없어요. 인디가 나가고 싶대요."

"아, 잘됐네요." 웨이드가 말하며, 프랜시의 팔을 잡고 카지노 정문 쪽으로 데려갔다.

"그런데 왜 가야 하는 건가요?" 프랜시가 물었다. "누가 인디를 발견했나요? 아니면 할머니를?"

"아뇨." 웨이드가 말했다. 그는 이제야 다른 사람들이 없다는 사실을 알아차린 듯했다. "다른 사람들은 어디 있어요?" 웨이드가 물었다. "함께 붙어 있으라고 했잖아요." 그리고 프랜시가 대꾸하기도 전에 말했다. "정문으로 가세요. 내가 사람들을 모아서 갈게요." 그리고 웨이드는 블랙잭 테이블로 향했다.

「가다」. 인디가 스크롤했다. 「지금」.

"갈 거야. 네 촉수를 토트백 안에 집어넣어." 프랜시가 지시하자, 인디가 그 즉시 촉수를 집어넣었다. 프랜시는 가방의 지퍼를 끝까지 닫고 앞쪽으로 걸어가며, 눈으로 율라 메이를 계속 찾았다.

율라 메이는 통로 맨 끝에 있는 비디오 포커 기계의 접시에서 양손으로 동전을 퍼서 주머니에 담고 있었다.

"아이고, 깜짝이야! 정말 신나네요." 25센트짜리 동전들이 기계에서 쏟아져나오자, 율라 메이가 옆자리에 있는 여자에게 말했다. "믿기지 않아요! 평생 처음 당첨되는 거예요!"

프랜시가 율라 메이의 팔꿈치를 잡았다. "가야 해요. 어디에…." 프랜시가 말했다.

율라 메이가 프랜시의 말을 끊었다. "이쪽은 내 손녀 수잔이에요." 할머니가 옆자리의 여성에게 말했다. "수잔은 내가 재미있는 꼴을 못 봐요. 수잔, 네가 나한테 가망이 없는 일에 희망을 걸지 말라고 했던 거 기억나지? 글쎄, 내가 그런 희망을 품었지 뭐야. 그리고 이걸 봐!" 율라 메이가 두 줌의 25센트를 내밀었다. "이걸 네 토트백에 좀 넣을 수 있을까?"

"절대로 안 돼요. 조셉 아저씨는 어디 있어요?"

율라 메이가 어깨를 으쓱했다. "조셉과 라일은 뷔페를 확인해보고 싶다고 했어. 그 두 사람은 내 재택 간병인이에요." 율라 메이가 옆자리 여성에게 말했다. "그 사람들도 도통 재미가 없지요."

"두 사람을 찾아서 나가야 해요." 프랜시가 말했다. "지금요."

"당첨금을 놔두고 갈 수는 없잖니." 율라 메이가 토트백을 붙잡고 동전을 퍼넣으며 말했다.

프랜시가 토트백을 다시 붙잡아 당기며 말했다. "아뇨, 갈 수 있어요. 어서요."

"그래, 알았다." 율라 메이가 말했다. "여기요." 그리고 남은 동전을 퍼서 옆자리 여자의 접시에 담았다. "내가 선물하는 행운의 부적이에요." 율라 메이는 프랜시가 끌고 가는 대로 따라갔다.

"대체 왜 그런 거예요?" 옆자리 여자의 시야에서 벗어나자마자, 율라 메이가 프랜시에게 물었다. "난 행운의 연속이었다고요."

"그래서 잭팟을 터뜨리셨나요?" 프랜시는 통로를 따라 정문 쪽으로 할머니를 끌고 가면서 건조한 말투로 말했다. "웨이드 씨가 도박하지 말랬잖아요."

"난 그저 눈에 띄지 않으려고 노력한 것뿐이에요." 율라 메이가 프랜시를 따라잡기 위해 종종걸음으로 걸어가며 말했다. "카지노에 와서 도박을 하지 않으면 얼마나 의심스러워 보이는지 알아요? 게다가 상금을 놓고 가다니요? 난 그저 사람들 사이에 섞여 들어가려고 노력한 거예요."

"그러시겠죠." 프랜시가 말했다. 정문 쪽을 보니, 다행히 웨이드가 조셉과 라일을 데리고 있었다. 조셉은 양산을 꽂은 음료를 마시고 있었고, 라일은 랍스터 다리를 씹고 있었으며, 웨이드는 프랜시와 율라 메이를 향해 집요하게 손짓하고 있었다.

"어서요." 프랜시가 말했다. 그리고 율라 메이를 재촉해 그들에게 서둘러 갔다. "모두 여기 모였네요."

"인디도 있나요?" 웨이드가 물었다.

"네, 물론이죠." 프랜시가 대답하며 토트백의 지퍼를 조금 열었다.

그 즉시 인디의 촉수가 프랜시의 손목을 감으며 스크롤했다. 「가다」.

"좋은 생각이야." 웨이드가 말했다. 그리고 모두 서둘러 정문으로 나가 쇼걸 스핀을 지났다. 다행히 사회자가 처녀 파티에 온 사람들을 무대에 올려 결혼식 농담을 하느라 이쪽을 쳐다보지 않았다. 그들은 주차장으로 갔다.

주차장으로 나가자, 웨이드가 일행을 떠나 무법자를 향해 달려갔다. 그리고 그들이 주차장의 절반도 채 가로지르기 전에 캠핑카를 몰고 와서 그들을 맞이했다. 일행이 캠핑카에 올라타자, 웨이드가 왔던 길로 재빨리 차를 몰았다. 주차장의 옆문으로 나가 두 블록을 내려간 후, 여전히 차들이 꾸물꾸물 움직이고 있는 스트립으로 돌아갔다. 프랜시는 인디와 토트백을 라일에게 건네주며 말했다. "인디를 꺼내줘." 그리고 마부칸으로 갔다. "무슨 일이에요?" 프랜시가 웨이드에게 물었다. "카지노에서 무슨 일 있었어요?"

"아니요." 웨이드가 눈으로는 교통 상황을 보며 대답했다. "그냥 카지노에서 나가는 게 낫겠다고 생각했을 뿐이에요. 인디가 뭘 찾고 있는지 말해줬나요?"

"아뇨. 그냥 가고 싶다고만 했어요."

"그렇군요. 인디가 찾는 게 다른 카지노에 있다고 생각한다는 의미가 아니길 바라자고요. 여기엔 카지노가 수백 개 있잖아요." 그 순간 인디가 콘솔 위로 굴러 올라와, 대시보드에 촉수를 올려놓고, 캠핑카가 조금씩 앞으로 가는 동안 촉수를 좌우로 움직이기 시작했다. 그리고 무언가를 찾는 듯 광고판과 간판, 표지판을 가리켰다. 프랜시는 인디가 다시 멈추라고 요구할까 봐 캠핑카가 베네치아와 시저의 궁전을 지날 때 초조한 눈빛으로 지켜봤다.

웨이드도 같은 생각을 하고 있었던 게 틀림없었다. 그가 말했다. "최대한 스트립에서 벗어나야 해요. 아저씨에게 네바다 지도를 가지고 여기로 와달라고 전해주세요."

프랜시가 서둘러 조셉을 데리러 갔다.

라일이 조셉을 따라왔다. 웨이드가 말했다. "아저씨, 지도에서 넬리스 공군기지를 찾을 수 있는지 보세요. 라스베이거스 북동쪽에 있을 거예요."

"넬리스 공군 기지요?" 라일이 흥분하며 말했다. "옛날 네바다 시험장이잖아요! 거긴 꿈의 나라예요. 그럴 줄 알았어! 인디가 우리를 51구역으로 데려가는 거예요!"

"쟤 말은 무시하세요." 웨이드가 백미러를 힐끗 보며 말했다. "넬리스 공군 시험장을 찾아보세요. 안 보이면 레이첼을 찾으세요."

"레이첼?"

"마을 이름이에요."

"레이첼이라…." 조셉이 중얼거렸다. "여기 있네. 375번 국도요."

"외계인 고속도로예요." 라일이 말했다. "그럴 줄 알았어! 인디는 로즈웰 외계인들을 탈출시키려는 거예요!"

"아저씨, 여기서 가는 길을 찾았나요?" 웨이드가 물었다. 그리고 프랜시는 웨이드가 다시 백미러를 힐끗거리는 것을 알아차렸다.

"93번 도로를 타고 히코 방면으로 가다가, 375번 도로를 타고 북서쪽으로 가면 되오."

"거기로 가는 다른 길이 있나요?" 웨이드가 물었다.

"흐음, 어디 보자." 조셉이 지도와 씨름하며 말했다. "95번 도로를 타고 북서쪽으로 가서 토노파까지 간 후, 다시 6번 도로를 타고 동쪽으로 가서, 375번 도로를 타고 남쪽으로 갈 수 있지만 훨씬 더 멀군."

"그럼, 95번 도로까지는 어떻게 가나요? 스트립에서 계속 머무는 방법 말고요."

"맨 인 블랙 때문이죠, 그렇지 않나요?" 라일이 말했다. "그래서 스트립에서 벗어나고 싶은 거죠. 그들이 우리를 쫓아오고 있으니까."

"지금 여기서 꼼짝도 못 하잖아. 그래서 스트립에서 벗어나려는 거야." 웨이드가 꽉 막힌 도로를 향해 손짓하며 말했다. "지금 시간이 늦었어요. 인디가 우리를 북쪽 어딘가로 데려간다면, 날이 밝았을 때 그곳에 도착하고 싶어요. 아저씨, 우리가 갈 수 있는 다른 길을 찾았나요?"

"이스턴 대로나 메릴랜드 대로로 가면 될 것 같소. 둘 다 여기서 동쪽이오." 조셉이 말했다. 웨이드가 곧바로 우회전했다.

프랜시는 인디가 스트립에서 나가는 것에 반대할 거라고 짐작했지만, 인디는 반대하지 않았다. 인디의 촉수는 앞유리창과 옆유리창을 쉴 새 없이 돌아다니며 뭔가를 찾고 있었다.

웨이드가 한 블록 지난 후 다시 북쪽으로 방향을 돌렸다. 이 도로는 전혀 혼잡하지 않아서, 스트립에서 3미터를 가는 데 걸렸던 시간 동안 세 블록을 지나갔다. '좋네. 라스베이거스를 금방 통과하겠구나.' 프랜시가 생각했다. 그때 갑자기 인디가 웨이드의 코앞에 촉수를 내밀더니 스크롤했다. 「멈춰 멈춰 멈춰」.

"멈추라고?" 웨이드가 당황한 얼굴로 주변을 돌아보며 말했다. 현재 지나고 있는 블록에는 한쪽에 술집과 결혼식장, 그리고 또 술집(이 술집은 랩 댄스를 광고하고 있었다!)이 있고, 건너편에 볼링장과 카지노가 있었다.

「멈춰 멈춰 멈춰」. 인디가 스크롤하더니, 촉수로 변속기를 감싸서 세게 잡아당겼다. 캠핑카가 급정거해서 지도를 보고 있던 조셉과 라일이 부딪혔다.

"이봐!" 조셉이 지도와 씨름하며 말했다. "그러다간 기어 박살 나!"

"왜 멈춘 거예요?" 율라 메이가 카드를 손에 들고 뒤에서 다가오며 물었다.

"저도 모르겠어요." 웨이드가 말했다. "인디, 우리는 다른 카지노에 들를 시간이 없어."

「아니요 카지노 아니요」. 인디가 스크롤했다.

"그러면 뭔데?" 웨이드가 물었다. "볼링 하러 갈 거야?"

「아니요 아니요 아니요」. 인디가 스크롤했다. 「결혼식」. 그리고 캠핑카 창문 밖의 결혼식장을 가리켰다. 그 결혼식장에는 하얀 첨탑과 '사막의 교회, 라스베이거스에서 가장 오래된 결혼식장, 매일 24시간 영업'이라고 적힌 네온사인이 켜져 있었다.

"결혼식장에 가고 싶다고?" 웨이드가 물었다.

「예 예 예」. 웨이드가 스크롤했다. 「프랜시」. 그러자 웨이드가 프랜시를 돌아봤다.

"당신이 인디에게 결혼식장에 가자고 했나요?" 웨이드가 물었다.

"아뇨."

"그러면 누가 그랬어요?" 웨이드가 다른 사람들을 비난하듯 노려봤다.

"왜 우리가 인디에게 결혼식장에 가자고 했겠소?" 조셉이 말했다.

"아마 나 때문인 것 같아요." 율라 메이가 방어적으로 말했다. "I-40 도로에 '카지노─결혼식장─여러분 모두 뷔페를 먹을 수 있어요'라고 적힌 광고판이 있었어요. 내가 그걸 읽어줬더니, 인디가 결혼식장이 뭐냐고 물어서, 결혼식을 하는 곳이라고 말해줬거든요. 하지만 내가 결혼식장에 가자고 한 건 절대로 아니에요…."

「아니요 율라 메이 결혼식」. 인디가 스크롤했다. 「프랜시 결혼식 가다 필요해」.

"아, 이런." 인디가 스크롤하는 말을 보며, 프랜시가 말했다. "이건 내 잘못인 것 같아요. 인디가 처음에 날 납치했을 때, 인디에게 나를 계속 붙잡고 있으면 안 된다고, 가야 할 결혼식이 있으니 다시 데려다달라고 했거든요. 내가 인디에게 결혼식장에 가야 한다고 했었어요. 인디는 결혼식이 행사가 아니라 장소라고 오해한 것 같아요."

"그래서 트로피카나 호텔에도 들렀던 모양이네요." 율라 메이가 말했다.

"네?"

"우리가 시내에 들어올 때 다른 광고판이 있었어요. 트로피카나 호텔 광고였죠. '트로피카나 결혼식장에서 결혼하겠다고 말하세요. 결혼식을 위한 완벽한 장소'라고 적혀 있었어요. 그래서 인디가 거기에 가자고 우겼나 봐요."

"인디가 카지노를 계속 둘러봤던 이유가 그거였네요." 프랜시가 말했다. "결혼식장을 찾으려던 거였어요. 그리고 그게 방금까지 어디로 가야 할지 방향을 잡지 못하는 것처럼 보였던 이유였는지도 몰라요."

"맙소사." 웨이드가 말했다. "지금까지 줄곧 인디가 찾으려던 게 세리나의 결혼식이었다는 말인가요?"

"아뇨." 프랜시가 말했다. "그럴 리가 없어요. 내가 인디에게 그 사실을 말한 건 나를 납치한 후였는데, 인디는 나를 처음 붙잡았을 때 어디로 가고 싶은지 분명히 알고 있었어요." 프랜시가 인디에게 고개를 돌려 물었다. "추르리스포이니스가 결혼식이야?"

「아니요 아니요 아니요」. 인디가 즉시 스크롤했다.

"흐음, 적어도 그 사실은 확인했네요." 웨이드가 말했다. "인디, 들어봐, 지금 우리에게는 결혼식에 갈 시간이 없어. 먼저 추르리스포이니스를 찾아야 해."

「아니요 아니요 아니요」. 인디가 스크롤했다.

"이봐, 먼저 추르리스포이니스를 찾은 후에 바로 여기로 돌아와 결혼식에 가자. 내가 약속할게. 추르리스포이니스 먼저." 웨이드가 마지막에 인디의 엉성한 영어로 바꿔서 말했다. "그 후 결혼식."

「아니요 아니요 아니요」. 인디가 스크롤했다. 「결혼식」. 그러고는 강물에 낚싯줄을 던지는 어부처럼 예리하고 짧은 동작으로 촉수를 캠핑카 뒤쪽으로 쭉 뻗었다. 조셉의 지도와 율라 메이가 들고 있던 카드를 아슬아슬하게 스쳤다.

「결혼식」. 인디가 스크롤했다. 「프랜시」 그리고 촉수 끝에 프랜시의 들러리 드레스를 꽉 움켜쥐고 돌아왔다. 인디가 프랜시의 무릎 위에 드레스를 화려하게 펼쳤다.

"지금 인디가 뭘 하는 건가요?" 웨이드가 화난 목소리로 말했다.

"내가 인디에게 저 드레스가 결혼식에 입고 갈 옷이라고 말했거든요." 프랜시가 말했다.

인디가 드레스를 가리키고, 이어서 창문 밖의 결혼식장을 가리켰다. 「결혼식」.

"프랜시, 인디에게 이럴 시간이 없다고 말해주세요." 웨이드가 화를 내며 말했다. "결혼식은 장소가 아니라 행사라고 설명할 수 없나요?"

"그러면 인디가 방향을 돌려서 로즈웰로 우리를 데려갈까요?" 프랜시가 작게 말했다. "우리가 그곳에 도착하면 결혼식이 이미 끝났을 거라는 설명도 당연히 하고요? 여기가 우리가 가야 할 곳이라고 생각하게 놔두는 게 차라리 쉽고 빠를 거예요. 내가 인디에게 결혼식장을 구경시켜주면 떠날 수 있을 거예요."

"알았어요. 하지만 빨리 해주세요." 웨이드가 말했다.

"그럴게요." 프랜시가 대답했다. "할머니, 토트백을 다시 주세요." 율라 메이가 25센트 동전들을 꺼내고 프랜시에게 가방을 건넸다.

"인디, 들어가." 프랜시가 말하며 가방을 열었다. "카지노에서 했던 것처럼."

「아니요 아니요 아니요」. 인디가 스크롤했다. 그리고 들러리 드레스를 낚아채서, 썬더버드 마트 주차장에서 그랬던 것처럼 프랜시에게 가져다 댔다.

"인디는 당신이 그 드레스를 입어주길 바라는 거요." 조셉이 조언했다.

"아, 젠장!" 웨이드가 폭발했다.

"인디는 내가 결혼식에 갈 때 이 드레스를 입어야 한다고 생각해요." 프랜시가 설명했다.

"하지만 우리에겐 그럴 시간이 없어요." 웨이드가 말했다. "인디, 프랜시는 결혼식에서 그런 거 입을 필요 없어." 하지만 인디는 힘으로 드레스를 붙일 수 있다는 듯 계속 프랜시에게 눌렀다.

"알았어. 입을게." 프랜시가 대답했다. 그리고 웨이드에게 말했다. "금방 입을게요."

프랜시가 드레스를 들고 뒤로 달려갔지만, 화장실에 들어갈 시간조차 없었다. 프랜시는 옷을 벗고 드레스로 쏙 들어가 지퍼를 최대한 올린 후 다른 사람들에게 서둘러 돌아갔다. "좋아요, 난 준비가 됐어요." 프랜시가 웨이드에게 등을 돌리고 머리를 치켜들자, 웨이드가 드레스의 지퍼를 끝까지 올려줬다. "인디, 토트백에 들어가. 그러면 내가 결혼식에 데려갈게."

「아니요 아니요 아니요」. 인디가 스크롤했다. 「모두 가다」. 그리고 라일과 율라 메이와 조셉을 문으로 밀기 시작했다.

"아, 제기랄!" 웨이드가 말했다. "이러다간 한도 끝도 없어요! 인디, 모두 갈 수는 없어."

"괜찮아요." 프랜시가 서둘러 말했다. "우리는 인디에게 결혼식장을 둘러보게 해주고 바로 올 거예요. 자, 여러분." 그럴 필요가 없었다. 인디가 이미 사람들을 문밖으로 몰아서, 계단을 내려가 거리로 나가고 있었다.

"인디, 들어가." 프랜시가 인디에게 명령하며 토트백을 열자, 외계인이 어쩔 수 없이 가방 안으로 굴러 들어갔다.

"최대한 빨리하세요. 우리에게는…." 웨이드가 말했다.

"가야 해요." 프랜시가 말했다. "알아요." 프랜시가 고개를 돌려 웨이드를 바라보며 말했다. "정말 아무 문제 없는 거 맞나요? 트로피카나 호텔에서 경찰이 우리를 알아봤나요?"

"네?" 웨이드가 말했다. "당연히 그런 일은 없었어요. 인디가 다른 곳에 또 가야 한다고 마음먹기 전에 라스베이거스를 벗어나고 싶은 것뿐이에요. 라스베이거스는 완전히 지뢰밭이에요."

"당신 말이 맞아요. 최대한 빨리 돌아올게요." 프랜시가 말하고 문으로 가기 시작했다.

인디가 촉수로 문을 가로막아 프랜시를 멈춰 세우고, 다른 촉수로 웨이드의 허리를 감았다. 「아니요 아니요 아니요 웨이드 가다」.

"아, 젠…." 웨이드가 말했다. "나는 못 가. 여기에 남아서 캠핑카를 지켜야 해."

「웨이드 가다」. 인디가 고집스럽게 스크롤했다.

"어쩔 수 없어요. 당신이 차를 주차하고 들어와야 할 것 같아요." 프랜시가 말했다. "인도 옆에 차를 세우고 들어오면…."

"안 돼요." 웨이드가 말했다. 프랜시가 놀라서 웨이드를 쳐다보자, 그가 설명했다. "여기에 주차하는 게 합법인지 모르겠고, 우리가 나왔을 때 캠핑카가 견인되어버린 상태면 큰일이잖아요. 모퉁이에 주차하고 따라갈게요." 그러자 인디가 웨이드의 말을 이해했는지, 그 즉시 웨이드의 팔목에 촉수를 꽉 감았다.

"아." 웨이드가 말했다. "프랜시, 인디에게 여기에 주차하면 안 된다고 설명해주세요."

"인디, 무법자는 너무 커서 길거리에 주차할 수 없어. 웨이드가 트로피카나 호텔의 주차장 같은 곳에 차를 세우러 오겠다고 했잖아, 기억하지?"

「아니요 아니요 아니요 가다 결혼식」. 인디가 스크롤했다. 그리고 웨이드의 손목에 또 다른 촉수를 감았다.

"웨이드는 금방 올 거야."

"약속할게." 웨이드가 말하자 인디가 손목을 놓아주었다.

「웨이드 무법자 주차 결혼식 가다」. 인디가 스크롤했다.

"그럴 거야." 프랜시가 말했다. 그리고 인니가 뭔가를 더 요구하기 전에 캠핑카에서 내렸다. "웨이드…."

그러나 웨이드가 이미 문을 닫은 뒤였다. 그는 둔중한 무법자를 이끌고 인도 옆에서 벗어나 도로를 따라가다 모퉁이를 돌아 사라졌다.

15장

클레이 분: 난 너와 결혼도 할 수 있어.

캣 벌루: 나랑 결혼한다고?

클레이 분: 뭐, 내 말을 들었잖아. 진심이야.
너를 구하기 위해 내가 해야 할 일이 결혼이라면 할 거야.

—〈캣 벌루〉

프랜시가 웨이드와 캠핑카를 초조하게 바라보고 서 있는데, 인디가 손목을 감싸며 스크롤했다. 「가다 결혼식」.

"예, 예, 결혼식." 프랜시가 말했다. "이제 내가 괜찮다고 할 때까지 토트백 안에 그대로 있어야 해. 여긴 카지노와 똑같아. 아무도 너를 보면 안 돼. 무슨 말인지 알겠지?"

「예 예 예」. 인디가 스크롤했다. 그리고 트로피카나 호텔에서 그랬던 것처럼 프랜시의 손목에 촉수를 감았다.

"우리 말고는 누구에게도 네가 스크롤하는 모습을 보여주면 안 돼." 프랜시가 인디에게 충고했다. "다른 사람이 네가 말할 수 있다는 사실을 알면 안 돼, 알겠지?"

「예 예 예」.

"무슨 일이 있어도, 네가 모르는 사람에게 스크롤을 하면 안 되고, 우리 말고 다른 사람이 주변에 있으면 스크롤을 시작하지 마."

「예 가다 가다 가다」.

"알았어." 프랜시가 가방의 지퍼를 거의 닫고, 인디의 촉수를 위해 몇 센티미터만 남겨놓았다. 그리고 뾰족탑이 있는 건물 앞에 서 있는 다른 사람들에게 가기 위해 도로를 건넜다.

"좋아요. 우리는 그냥 잠깐 둘러볼 거예요." 프랜시가 하얀 나무문에 손을 대며 말했다. "결혼식이 진행되고 있을지도 모르니 다들 조용히 해주세요."

정말로 결혼식이 진행되고 있었다면 완벽했을 것이다. 뒤에서 몰래 결혼식을 지켜보다가, 인디에게 "결혼식에 갔다"고 말하면, 몇 분도 걸리지 않아 끝날 테니까. 라스베이거스의 결혼식은 짧기로 악명이 높았다. "쉿." 프랜시가 손가락을 입술에 대고 문을 열었다.

문 뒤에는 예식장이 아니라, 허름한 모텔의 사무실처럼 보이는, 소나무로 벽을 장식한 작은 접객 공간이 있었고, 그 너머 복도에 '사랑의 정원', '촛불', '큐피드 예식장' 같은 명패가 달린 문들이 있었다.

일행이 사무실로 몰려 들어가 접수대로 갔다. 접수대에는 금전 등록기와 종업원을 부를 때 쓰는 구식 벨, 꽃다발 조화, 그리고 결혼식이라고 적힌 분홍색 플라스틱 서류철이 있었다.

접수대 뒤쪽 벽에는 이 예식장에서 진행했던 것으로 짐작되는 결혼식 사진들이 붙어 있었다. 다른 벽들과 그 너머의 긴 복도에는 1950년대 라스베이거스의 사진들이 액자에 담겨 줄지어 붙어 있었다. 샌즈 호텔의 간판, 시내의 카지노들 위로 우뚝 솟은 라스베이거스 빅의 카우보이 네온사인, 그리고 룰렛 휠과 수영장과 거대한 버섯구름 앞에 서 있는 쇼걸과 '라스베이거스로 오세요! 끝내줍니다!'라는 문구가 적힌 광고 포스터가 있었다.

접수대 옆에 슬롯머신이 있었는데, 율라 메이가 곧장 그 앞으로 갔다. "슬롯머신은 안 돼요." 프랜시가 말했다. "시간이 없어요." 프랜시는 복도를 쳐다보며 사람이 있는지 살폈지만, 아무도 없었다. 아마 결혼식을 진행하고 있는 모양이었다.

"벨을 누르는 게 좋겠소?" 조셉이 벨 위에 손을 올리며 물었다.

"아니요." 프랜시는 결혼식이 진행되는 예식장 뒤쪽으로 몰래 들어가 인디에게 예식을 살짝 보여주고, 그게 결혼식이라고 설득할 수 있기를 바랐다. 그래서 프랜시는 어느 예식장이 사용 중인지 소리를 들으려 귀를 쫑긋세우고 복도로 걸어가기 시작했다.

"이봐요, 이리로 와봐요!" 라일이 접수대에서 소리쳤다.

"쉿." 프랜시가 서둘러 돌아왔다. "무슨 일이야? 웨이드가 오고 있어?"

"아니요." 라일이 말했다. "이것 좀 봐요." 라일이 분홍색 서류철을 열어 비닐로 덮인 페이지들을 주르륵 펼쳤다. "여기서 할 수 있는 결혼식의 종류가 얼마나 많은지 보세요. 흡혈귀와 좀비, 해변 파티 빙고, 무법자 조폭…."

'라스베이거스에 어울리네.' 프랜시가 생각했다. 그리고 자신과 웨이드가 이런 결혼식을 인디에게 어떻게 설명해줘야 할지 고민했다. 그런데 웨이드는 어디 있는 걸까? 그는 모퉁이에 주차하러 간다고 했었다.

"떠들썩한 20대…." 라일이 계속 페이지를 넘기며 말했다. "리버라체…."

갑자기 슬롯머신에서 동전이 튕겨 나오는 소리가 들렸다.

"미안해요." 율라 메이가 작은 소리로 말하며, 쏟아져 나오는 동전을 주워 담았다. "실수로 부딪혔더니 동전이 쏟아지지 뭐예요."

"설득력 있는 이야기군요." 조셉이 말하고, 동전을 모으고 있는 율라 메이를 도와주러 갔다.

"〈스타트렉〉과 〈스타워즈〉 결혼식도 있어요." 라일이 아직도 페이지를 훑어보면서 말했다. "그리고 원자 결혼식이라는 것도 있어요. 이것 좀 들어봐요." 라일이 설명을 읽기 시작했다. "네바다의 원자 폭탄 실험 당시의 복고풍 결혼식. 방사능 방지 작업복과 고글, 방사능 계수기가 완비되어 있다. 정말 끝내줘요!"

"쉿." 프랜시가 말했다. 인디에게 '원자 폭탄'에 대해 설명하고 싶지 않았다.

"그리고 이거 봐요." 라일이 말했다. "〈반지의 제왕〉 결혼식: 마법사와 호빗, 그리고 신랑 신부는 여행용 망토와 사우론의 반지를 착용해요."

「보여줘 사우론의 반지」. 인디가 스크롤했다.

"쉿, 누가 오고 있어." 프랜시가 말했다. 뭔가 불안해 보이는 남자가 검은 가죽 재킷과 오토바이 핸들을 들고 사무실로 허겁지겁 들어왔다.

"정말 죄송합니다." 남자가 접수대에 재킷과 핸들을 내려놓으며 말했다. "들어오시는 소리를 못 들었습니다. 오늘은 정신없이 바빠서요. 오늘 벌써 오전에 결혼식이 세 건이나 있었고, 오후에 두 건, 게다가 저녁엔 6시와 7시 30분에 한 건씩 예약되어 있거든요. 덕분에 어떻게 돌아가는 건지 모를 정도로 정신이 없네요. 너무 오래 기다리지 않으셨길 바랍니다."

"별로 안 기다렸어요." 프랜시가 말했다. "저희는…."

"샌즈 호텔이 개장하고, 이곳에서 북쪽으로 몇 킬로미터 떨어진 곳에서 최초의 원자 폭탄이 실험된 바로 그 해 1952년에 설립된, 라스베이거스에서 가장 유서 깊은 결혼식장 '사막의 교회'에 오신 것을 환영합니다. 우리 예식장은 쾅 소리와 함께 멋지게 시작했다고 말씀드리고 싶습니다." 남자가 활짝 웃으며 말했다. "저는 네바다주에서 정식으로 면허를 취득한 결혼식 주례자이자 '사막의 교회' 주인인 머레이 목사입니다."

"저는 프랜시 드리스콜입니다." 프랜시가 말했다. "우리는…."

"결혼하러 오신 거죠. 물론, '사막의 교회'는 결혼식에 딱 맞는 장소입니다. 당신이 아리따운 신부시겠군요." 목사가 프랜시가 입고 있는 들러리 드레스를 가리키며 말했다. 드레스가 구겨지고 지저분하게 얼룩져있는 상태라는 사실은 모른 척했다. 그리고 조셉을 돌아보며 말했다. "그리고 당신이 신랑인 모양이군요."

"아니요." 프랜시가 대답하자, 머레이 목사가 라일을 호기심에 찬 눈으로 쳐다봤다. 라일은 아직도 분홍색 서류철을 뒤적이고 있었다. "그렇다면 틀림없이 당신이…."

'맙소사, 안 돼!' 프랜시가 생각했다. 그때 조셉이 부드럽게 말했다. "신랑은 아직 안 왔소. 주차할 곳을 찾아야 해서."

"금방 올 거예요." 율라 메이가 말했다.

"그러면 결혼식에 참석할 분이 다섯 분인가요?" 머레이 목사가 물었다.

'여섯.' 프랜시가 무의식적으로 손목에 찬 촉수를 흘끗 내려다보며 생각했다. "네, 다섯이에요. 그렇지만…."

"아, 좋습니다." 머레이 목사가 말했다. "오늘 저녁 대형 예식장들은 예약이 완료됐지만, 큐피드 예식장이 사용 가능한데, 여러분처럼 소규모의 결혼식을 올리기에는 완벽합니다. 어떤 종류의 결혼식을 원하시나요?"

"UFO를 주제로 한 결혼식이 있나요?" 라일이 물었다.

프랜시가 라일을 죽일 듯이 쏘아봤는데, 머레이 목사가 침착하게 받아넘겼다.

"유감스럽게도 없습니다." 목사가 말했다. "저희가 UFO 결혼식도 갖춰야 한다는 건 잘 알고 있습니다. 아주 많은 분이 요청했었든요. 그렇지만 〈스타트렉〉 결혼식이 준비되어 있습니다." 목사가 접수대로 들어가 라일에게 페이지를 펼쳐 보여줬다. "〈스타트렉〉 결혼식에는 두 가지 버전이 있습니다. 오리지널 버전과 리부트 버전이죠."

"사실…." 프랜시가 말했다. "저희는…."

"신랑이 올 때까지 기다리고 싶으시다고요?" 목사가 말했다. "완벽하게 이해합니다. 그동안 서류철을 살펴보고 싶으실 거예요." 그리고 오토바이 핸들과 가죽 재킷을 집어 들며 말했다. "저는 이것들을 할리 데이비슨 결혼식에 가져다 놓겠습니다. 7시 30분에 진행될 예정이거든요. 신랑이 도착하면 벨을 누르세요."

"할리 데이비슨이요?" 율라 메이가 물었다.

"네, 가장 인기 있는 결혼식이랍니다. 신랑과 신부는 오토바이 헬멧과 검은 가죽 재킷을 입어요. 그런 결혼식에 관심이 있나요?"

"아니요." 프랜시가 단호하게 말했다. "사실, 저희는 예식장을 구경시켜주실 수 있는지 궁금합니다."

「아니요 아니요 아니요」. 인디가 스크롤했다. 프랜시는 목사의 눈을 피하기 위해 허겁지겁 손으로 손목을 가렸다. "여기서 제공해주시는 것을 볼 수 있을까요?"

"비교 쇼핑을 하시는군요, 그죠?" 머레이 목사가 말했다. "제가 장담하건대, 라스베이거스 전체에서 여기보다 고급스럽고 저렴한 결혼식장은 없을 겁니다. 저희는 1952년부터 이곳에 있었고, 명성이···."

머레이 목사가 홍보 연설을 시작했지만, 프랜시는 듣지 못했다. 웨이드가 뭘 하고 있는지와 손목을 꽉 움켜쥔 인디를 걱정하느라 정신이 없었다. 「아니요 구경」. 인디가 스크롤했다. 「결혼식」 그리고 「프랜시 ㅂㅂㅎ ㅂ니이츠」.

"저희는 라스베이거스 결혼식장 협회로부터 별을 다섯 개 받았고, 라스베이거스 예식장 상공회의소로부터 표창을 받았습니다. 제 말을 믿으실 필요는 없습니다. 저희 웹사이트에 다 나와 있어요. 주소가···."

웨이드가 가쁜 숨을 몰아쉬며 문을 박차고 들어왔다.

"미안해요. 몇 킬로미터 떨어진 곳에 주차해야 했어요." 웨이드가 그들이 지났던 길 방향을 가리키며 말했다. "어떻게 되어가고 있어요?"

"당신의 결혼식에 대해 이야기를 나누고 있었습니다." 머레이 목사가 말했다.

"우리 결혼식이요?" 웨이드가 말했다. 그때 머릿결이 풍성한 중년 여성이 한 손에 오토바이 헬멧, 다른 손에 휴대폰을 들고 들어왔다. "방해해서 죄송하지만, 할리 데이비슨 결혼식에 우리 오토바이 대신 자신들의 오토바이 가져와도 되냐고 하네요. 그리고 6시 결혼식에 사용할 드라큘라 성의 배경막을 못 찾겠어요." 여자가 말했다.

"이쪽은 제 비서인 체리 양입니다." 머레이 목사가 말했다. "제가 이 문제를 처리해야 해서요. 금방 돌아오겠습니다. 그때까지 저희 결혼식 목록을 보시고, 어떤 게 여러분에게 맞을지 결정하세요." 목사가 체리 양과 함께 복도를 걸어가면서 물었다. "촛불 예식장은 확인했나요? 엔터프라이즈호 갑판 뒤에 말이에요."

"결혼식 목록이라니 무슨 이야기에요?" 웨이드가 속삭이자, 프랜시가 손목을 보여줬다.

"인디가 구경에 만족하지 않고 있어요. 결혼식을 해야 한대요."

"그러면 그냥 드라큘라 결혼식을 보면 안 되나요?"

"그건 6시까지 시작하지 않아요. 당신이 급하다고 했잖아요. 그리고 어쨌든 인디는 그걸로 만족하지 않을 것 같아요." 프랜시가 손목을 들자, 인디가 스크롤했다. 「결혼식 프랜시 웨이드」.

"인디 때문에 피가 안 통해요." 프랜시가 말했다. "인디가 결혼식을 못 보면, 머레이 목사와 드라큘라 결혼식 하객 전체를 납치할까 봐 걱정돼요."

"맙소사." 웨이드가 말했다. "강제 결혼이라니. 왜 인디가 '결혼식 프랜시 웨이드'라고 하는 건가요?"

「브브흐비니이츠」. 인디가 스크롤했다.

"브브흐비니이츠?" 웨이드가 말했다. "이 결혼식이 추르리스포이니스와 뭔가 관련이 있다는 뜻이군요. 그래서 당신을 납치한 건 아니겠죠? 인디는 자신을 어딘가로 태워다줄 누군가가 필요했던 게 아니라, 당신이 결혼식에 갈 옷을 입고 있었기 때문에 납치했던 걸까요?"

프랜시는 그런 생각을 해본 적이 없었다. "그런데 왜 인디에게 결혼식이 필요할까요?" 프랜시가 물었다.

"그건 나도 모르죠. 하지만 인디에게 필요한 건 분명해요. 그렇다면 우리가 결혼식을 해줘야 한다는 뜻이죠."

"그럼, 여기에 남아서 6시에 진행될 결혼식에 갈까요?"

"아뇨. 그렇게 오래 기다릴 여유가 없어요."

"그럼 어떻게…?"

"우리가 결혼해야죠." 웨이드가 말했다. 그때 머레이 목사가 다시 나타났다.

"두 분께서 결혼식 목록은 보셨나요?" 목사가 물었다.

"아니요." 웨이드가 대답했다. "저기요, 저희는 그냥 단순한 게 좋습니다. 그리고 빨리 진행되는 걸로요. 저희가 일정이 빡빡해서요."

머레이 목사가 생각에 잠긴 표정을 지었다. "저희의 엘비스 결혼식이 정말 멋집니다." 목사가 접수대로 가서 분홍색 서류철을 꺼내며 말했다.

"엘비스 노래 세 곡과 엘비스 성대모사 주례…."

"아니요. 그냥 기본적이고 간단한 결혼식을 하고 싶어요." 웨이드가 말했다. "있잖아요, 꽃과 촛불…."

"저희에게 딱 맞는 게 있습니다. 구식 정원 결혼식. 향초와 장미로 덮인 격자 구조의 정자, 그리고 비디오 일몰이 함께 제공되는데, 설치하려면 몇 시간이 걸릴⋯."

"엘비스가 좋겠습니다." 웨이드가 말했다.

"아주 좋습니다. 자, 저희에게는 선택할 수 있는 패키지가 여러 개 있습니다. 블루 하와이, 군인 엘비스, 교도소⋯."

"가장 빠른 게 뭔가요?"

"비바 라스베이거스입니다. 앞서 큐피드 예식장에서 결혼식을 진행한 부부가 그 주제를 선택했었기 때문에, 지금 바로 갈 수 있습니다."

"좋아요. 그걸로 할게요."

"아주 좋습니다. 이제 이쪽으로 오시면 필요한 서류를 작성해드리겠습니다." 머레이 목사가 말하며 복도로 서둘러 갔다.

웨이드가 목사를 쫓아가기 시작했다.

프랜시가 웨이드의 팔을 잡았다. "뭐 하는 거예요?" 프랜시가 속삭였다. "우린 결혼할 수 없어요."

"우리는⋯." 웨이드는 프랜시의 팔목에 감긴 촉수를 힐끗 쳐다보고 목소리를 낮췄다. "우리는 결혼하는 게 아니에요. 인디를 위해 결혼식을 연출하는 거죠."

"그렇지만⋯."

"이건 진짜가 아니에요. 우린 가짜 이름을 줄 거예요."

"하지만 벌써 머레이 목사에게 내 이름을 말했는걸요."

"그러면 내가 목사에게 가짜 이름을 댈게요."

"하지만 그건 불법 아닌가요?"

"우리에겐 법적인 문제보다 더 중요한 문제가 있어요." 웨이드가 말했다. "보세요, 인디는 우리가 결혼식을 마칠 때까지 여기서 못 떠나게 할 거예요. 그러니까 결혼식을 해야 해요. 그래야 인디에게 결혼식을 보여주죠. 혹시 더 좋은 아이디어가 있나요?"

프랜시가 자기 손목을 내려다봤다. 인디가 스크롤하고 있었다. 「결혼식 프랜시 웨이드 엘비스」.

"아니야." 프랜시가 말했다.

"그럼, 갑시다." 웨이드가 말하며 프랜시의 팔을 잡았다. "여기들 계세요." 웨이드가 다른 사람들에게 지시했다.

"그리고 더 이상 슬롯머신은 하시면 안 돼요." 프랜시가 덧붙이고, 웨이드와 함께 복도를 따라 걸어갔다.

머레이 목사가 〈스타트렉〉 제복과 좀비 의상, 하와이 셔츠와 화환을 두른 결혼식 부부들의 사진으로 뒤덮인 작은 사무실에서 기다리고 있었다. 목사는 두툼한 서류 뭉치가 쌓여 있는 책상 뒤에 앉아 있었다.

목사가 그들에게 앉으라고 손짓했다. "비바 라스베이거스 결혼식이라고 하셨죠?" 목사가 긴 양식의 맨 위 칸에 써넣으며 말했다. "이제 입장 행진곡으로 '러브 미 텐더(Love Me Tende)'나 '캔트 헬프 폴링 인 러브(Can't Help Falling in Love)' 중 하나를 선택해주세요."

"'잇츠 나우 오어 네버(It's Now or Never)'는 어떤가요?" 웨이드가 묻자, 프랜시가 테이블 아래로 그를 찼다.

"'캔트 헬프 폴링 인 러브'로 해주세요." 프랜시가 말하자, 목사가 빈칸에 적었다.

"자, 결혼식 주례는 전통적인 '흰색 점프슈트 엘비스'와 '금색 라메 턱시도 엘비스' 중 어느 쪽이 좋으세요?"

"전통적인 쪽이요." 프랜시가 대답했다.

"그럼, 결혼식 축가는요? 저희한테는 '아이 원트 유, 아이 니드 유, 아이 러브 유(I Want You, I Need You, I Love You)', '얼웨이즈 온 마이 마인드(Always on My Mind)', 아니면…."

"축가는 필요 없습니다. 그냥 멋지고 기본적인 예식으로 하고 싶어요." 웨이드가 말했다.

"그러시겠죠. 자, 미스 드리스콜, 부케는 진짜 꽃으로 할까요, 아니면 미리 만들어놓은 아름다운 비단 부케로 할까요?"

미리 만들어진 게 빠를 것 같았다. "비단이요." 프랜시가 말했다.

"아주 좋습니다." 머레이 목사가 말하고, 다른 서류철을 집어 들었다. "저희에게 여러 가지 부케가 있는데요, 장미와 데이지, 카네이션….."

"장미요." 프랜시가 말했다. 그리고 더 빨리 진행하게 하려고 덧붙였다. "분홍색이요." 하지만 아무 소용이 없었다.

"베일은 긴 걸로 할까요, 짧은 걸로 할까요?" 목사가 말했다. 그리고 프랜시가 "짧은 것."이라고 대답하자, 목사가 물었다. "보석이 달린 머리 장식, 화관, 머리띠?"

"이것 보세요." 웨이드가 참을성 없이 말했다. "우린 어떤 장식도 추가로 원하지 않아요….."

"아, 하지만 이건 추가 장식이 아닙니다." 목사가 대답했다. "결혼반지, 샴페인 건배, 사진 촬영과 함께 모두 비바 라스베이거스 웨딩 패키지에 포함된 겁니다."

"사진 촬영은 필요 없어요." 웨이드가 폭발했다. "샴페인 건배도 필요 없습니다. 그냥 예식만 진행해주세요. 짧은 예식."

"그래도 제가 비용을 청구할 수밖에 없다는 건 이해하시죠?"

"네." 웨이드가 엄한 표정으로 말했다. "좋아요. 우리는 그냥…?"

"물론입니다." 목사가 말했다. "이제, 여러분의 혼인 증명서를 봐야….."

"혼인 증명서요?" 웨이드가 멍하니 말했다.

"당신이 우리에게 주는 거 아닌가요?" 프랜시가 머레이 목사에게 물었다.

"아니요, 아닙니다. 결혼식장에서는 예식만 치를 수 있고, 혼인 증명서는 발급할 수 없습니다. 혼인 증명서를 받으려면, 클라크가에 있는 결혼 허가 사무소에 가셔야 합니다."

"발급받으려면 얼마나 걸리나요?" 웨이드가 물었다.

"아, 보통 한두 시간 정도면 됩니다."

'우리에게는 한두 시간이 없어.' 프랜시가 생각했다. "그러면 온라인이나 다른 방법으로 양식을 작성하면 안 되나요?"

"안 됩니다. 네바다 주법에 따라 직접 방문하셔야 합니다. 인증서와 운전면허증 또는 기타 법적 신분증이 필요할 겁니다."

'난 안 가지고 있는데.' 프랜시가 생각했다. '웨이드가 가짜 이름을 사용하겠다던 계획도 물 건너갔네.'

"혼인 증명서 없이는 제가 결혼식을 진행할 수 없습니다." 목사가 말했다. "법을 어기는 결혼식장에 대한 처벌이 매우 엄하거든요. 차라리 내일로 결혼식 일정을 잡는 게 낫겠군요… 뭔가요, 체리 양?" 체리 양이 문으로 고개를 삐죽 들이밀자 목사가 말했다.

"흡혈귀의 박쥐를 못 찾겠어요." 체리 양이 말했다.

"혹시 거기… 아, 됐어요. 내가 찾아볼게요. 그동안 두 분은 어떻게 하실지 결정해주세요." 목사가 웨이드에게 양식을 건네고 체리 양과 함께 서둘러 나갔다.

"들어봐, 인디." 그들이 나가자마자 프랜시가 말했다. "우리가 결혼식을 올릴 수 있을지 모르겠어. 서류를 제대로 준비하지 못했거든. 혼인 증명서가 있어야 하는데, 지금 우리에겐 없어. 그러니까 먼저 추르리스포이니스에 가고, 그다음에 결혼하자."

「아니요 아니요 아니요 결혼 추르리스포이니스」.

"왜?" 웨이드가 물었다.

「브브흐비니이츠」. 인디가 스크롤했다.

"이건 우리가 인디를 설득할 수 없다는 뜻이에요." 프랜시가 말했다. "그럼, 이제 어쩌죠? 그냥 기다렸다가 드라큘라 결혼식에 갈까요?"

「아니요 아니요 아니요 결혼 드라큘라」. 인디가 스크롤했다. 「결혼 프랜시 웨이드」.

"하지만 우린 결혼을 할 수가 없어." 프랜시가 말했다.

"해야만 해요." 웨이드가 말했다. "보세요, 당신은 체리 양을 찾아서, 베일이 필요하다고 하세요. 나머진 제가 알아서 할게요."

"그게 무슨 뜻이에요? 인디를 시켜서 머레이 목사를 묶고, 우리를 결혼시켜 달라고 강요하려는 건 아니죠?"

"당연히 아니죠." 웨이드가 말했다. 하지만 프랜시는 확실히 하기 위해 토트백을 챙겨서 가져갔다.

프랜시는 사랑의 정원에서 흡혈귀의 박쥐와 나무 말뚝을 매달고 있는 체리 양을 발견하고, 머레이 목사가 결혼식을 진행하기로 해서 베일이 필요하다고 말했다.

"그렇군요." 체리 양이 대답하고, 프랜시를 탈의실로 데려갔다. 그리고 잠시 후 부케와 베일을 들고 돌아왔다. "제가 남아서 도와드려야겠지만…." 체리 양이 미안한 표정으로 말했다. "드라큘라 결혼식 준비를 마쳐야 해서요…."

"완벽하게 이해합니다." 프랜시가 말했다. "일하세요. 전 괜찮아요."

"고맙습니다." 체리 양이 말했다. "큐피드 예식장은 오른쪽 마지막 문이에요."

체리 양이 나가자, 인디가 즉시 토트백에서 나와 스크롤했다. 「가다 결혼식 프랜시 웨이드」.

"그래, 결혼식에 갈 거야." 프랜시가 말했다. '그러면 좋겠다.' 프랜시는 웨이드의 의도가 궁금했다. 율라 메이가 슬롯머신에서 딴 돈으로 머레이 목사에게 뇌물을 주려는 것일까? 하지만 머레이 목사는 뇌물을 거부하거나, 더 심할 경우 경찰을 부른다면….

「가다 결혼식 가다 결혼식」. 인디가 스크롤하며, 베일을 프랜시에게 밀었다.

"그래." 프랜시가 속삭였다. 프랜시는 베일을 쓰고, 드레스에 묻은 얼룩을 물티슈로 가볍게 두드려 닦았다. "하지만 예식장에 들어간 후에는 토트백 안에 들어가서 완전히 조용히 있어야 해. 스크롤도 절대 하지 마. 할머니에게 가방을 들게 할 거야. 그러면 너도 볼 수…."

「아니요 보다 가방 가다 프랜시 결혼식」.

"너는 나와 같이 갈 수 없어. 목사가 너를 보게 될 거야. 조셉 아저씨에게 네 앞에 앉으라고 할게. 그러면 네가 촉수를 뻗어서…."

「아니요 아니요 아니요」. 인디가 스크롤했다. 그리고 부케로 굴러갔다. 그리고 프랜시가 제대로 쳐다보기도 전에, 부케 가운데로 쏙 들어가, 장미와 안개꽃 사이에서 촉수를 꼬아 포도나무 덩굴의 크기와 색으로 바꾸더니,

밝은 주황색으로 스크롤했다. 「보다 결혼식 예」.

"알았어." 프랜시가 말했다. "하지만 내가 너를 다시 토트백에 넣기 전까지 스크롤하면 안 돼. 그리고 절대로 움직이지 마." 프랜시는 갑자기 꿈틀거리는 부케가 주례를 보는 머레이 목사에게 어떤 영향을 미칠지 상상이 되었다.

'우리가 거기까지 갈 수 있을지나 모르겠다.' 프랜시가 생각했다. 하지만 프랜시가 예식장의 문을 열었을 때(인디에게 한 번 더 속삭이며 경고한 후), 체리 양이 웨이드의 데님 셔츠에 카네이션을 꽂고 있었다. "오, 세상에, 정말 사랑스러운 신부가 되셨네요!" 체리 양이 말했다. "나머지 하객들을 데려오고, 머레이 목사님께도 준비됐다고 알려드릴게요."

"어떻게 된 거예요?" 체리 양이 나가자마자 프랜시가 물었다.

"머레이 목사에게 지금 결혼식을 올리고, 나중에 혼인 증명서를 받자고 설득했어요."

"그건 불법이라고 하지 않았나요?"

"맞아요. 머레이 목사는 정상 참작할 만한 사정이 없는 한 그런 행사를 하지 않는다고 했어요. 이건 약혼식인 거예요. 결혼식과 비슷하지만, 혼인 신고를 해야만 합법적인 결혼식이 되죠⋯."

"머레이 목사에게 어떤 정상 참작 사유가 있다고 했어요?"

"나중에 이야기해줄게요. 중요한 건 이 결혼식이 절대로⋯."

프랜시는 웨이드가 "진짜 결혼식이 아니라는 거예요."라고 말하기 전에 그의 이야기를 끊었다. 프랜시는 인디에게 그 말을 들려주고 싶지 않았다. "있잖아요, 인디가 거절⋯."

"여깁니다." 체리 양이 조셉과 라일을 이끌고 와서 말했다.

그리고 율라 메이도 왔는데, 사무실에 있는 슬롯머신을 하지 말라던 프랜시의 지시를 무시한 게 틀림없었다. 할머니의 주머니가 의심스러울 정도로 부풀어 있었다. "어머나, 세상에." 율라 메이가 예식장을 둘러보며 말했다. "멋지지 않아요?"

프랜시는 "멋지다."라는 말은 하고 싶지 않았다. 예식장 앞쪽에 스트립거리의 야경이 담긴 대형 사진이 걸렸는데, 금색 스팽글 장식 글자로 '비바 라스베이거스'라고 적혀 있었고, 그 옆에는 기타 모양의 촛대 위에 금색 양초가 두 개 놓였다.

"당신은 이게 정말로 좋은 생각이라고 확신하는 거요?" 조셉이 프랜시에게 속삭였다. "내가 봤던 서부 영화에서는 결혼하는 척하는 모든 사람이 결국 마지막 장면에서 진짜로 결혼하더라고."

"신랑 들러리 있나요?" 체리 양이 웨이드에게 물었다. "혼인 증명서에 서명할 두 번째 증인이 필요해요."

'라일만 아니면 누구든 괜찮아.' 프랜시가 속으로 말했다. 웨이드도 같은 생각을 했던 모양이었다. "조셉 아저씨, 괜찮으세요?" 웨이드가 물었다.

조셉이 고개를 끄덕였다.

"자, 여기에 서 계시면⋯." 체리 양이 사람들의 자리를 정해주었다. 프랜시는 그 기회를 이용해 율라 메이에게 토트백을 건네줬다. 아직도 인디가 안에 있는 것처럼 지퍼를 살짝만 열어둔 상태였다. '부디 할머니가 확인하려고 들여다보지 않아야 할 텐데.' 프랜시가 기도했다.

율라 메이는 보지 않았다. 그저 프랜시에게 고개를 끄덕이며 토트백을 받고, 금박을 입힌 좌석의 두 번째 줄에 앉으며 가방을 옆자리에 올려놓으며, 라일에게 가방이 제단에서 보이지 않도록 그 앞자리에 앉으라고 지시했다.

"이제 뒤쪽으로 가셨다가 통로로 걸어오시면 됩니다." 체리 양이 프랜시에게 말하고, 통로를 따라가서 문까지 안내했다. "아, 좋습니다. 이제 예식을 시작할 준비가 된 것 같네요."

프랜시는 웨이드와 조셉, 그리고 흰색 모조 다이아몬드가 박힌 점프슈트를 입고 검은색 퐁파두르 머리를 해서 거의 알아보기 힘든 머레이 목사를 바라봤다.

"제가 입장 행진을 시작할게요." 체리 양이 말했다.

"그 부분은 그냥 건너뛰면 안 될까요?" 율라 메이가 당장에라도 인디가 가방 안에 없다는 사실을 알아채고 "인디가 사라졌어! 도망갔어!"라고 소리칠까 봐 걱정스럽게 바라보며, 프랜시가 말했다.

"아, 안 돼요. 입장 행진은 패키지에 포함되어 있어요." 체리 양이 말하며 예식장 밖으로 피했다.

프랜시는 율라 메이를 바라보다가 손에 든 부케를 내려다봤다. 일단은 움직임이 없고, 조용했다. 하지만 '캔트 헬프 폴링 인 러브'가 시작되자마자, 프랜시는 라일이나 율라 메이가 일어날 틈도 없이 통로를 달려 앞으로 갔다.

체리 양이 다시 나타나서 프랜시 옆에 자리를 잡자, 머레이 목사가 "앉으셔도 좋습니다."라고 말한 다음 예식을 시작했다.

"헤이, 리틀 마마!" 목사가 과장된 엘비스 성대모사로 느릿느릿 말했다. "그리고 대디오, 그리고 밖에 계신 모든 리틀 마마와 대디오 여러분, 우리는 이 두 사람을 결혼시키기 위해 이 자리에 모였습니다. 이 결혼에 반대하는 사람이 있으면 지금 말하거나 영원히 입을 다무세요."

이 모든 게 인디의 발상이었음에도, 프랜시는 반사적으로 부케를 내려다봤다. 고맙게도 아직 조용히 있었다.

"그럼, 좋습니다." 머레이 목사가 말했다. "아무도 반대하지 않으신다면, 이 쇼를 시작하겠습니다. 반지를 준비했나요?"

"아니요." 웨이드가 깜짝 놀란 표정으로 말했다. "저희는…." 그러자 체리 양이 앞으로 고개를 숙이며 속삭였다. "패키지에 포함되어 있어요." 그리고 조셉에게 금반지를 건네주었다. 조셉이 반지를 웨이드에게 건네주자, 체리 양이 프랜시의 부케를 받으려고 손을 뻗었다.

"안 돼요…." 프랜시가 부케를 움켜쥐며 말했지만, 이미 늦었다. 체리 양이 벌써 부케를 가져가 옆으로 물러난 후였다.

"걱정하지 마세요." 머레이 목사가 웃으며 말했다. "돌려줄 거예요. 이제 저를 따라 해보세요. '나 프랜시 드리스콜은 엄숙히 서약합니다….'"

프랜시는 머레이 목사의 말을 흘려들으며 서약을 따라 했다. 머레이 목사가 "웨이드, 프랜시를 신부로 맞이하겠습니까?"라고 말했을 때도, 웨이드의 대답이나 자신의 대답에도 거의 귀를 기울이지 않았다. 그리고 자기 손가락에 반지가 끼워질 때도 거의 알아채지 못했다. 오직 몸을 돌려 체리 양을 쳐다보고 싶은 압도적인 충동을 억제하는 데 모든 주의를 기울이고 있었다.

프랜시는 온몸이 긴장한 채 체리 양의 비명을 기다렸고, 온 정신을 쏟아서 인디가 그대로 있기를 바라는 생각에 집중하고 있었다. 그래서 머레이 목사가 "저는 이제 여러분을 남편과 아내로 선언합니다."라고 했을 때 깜짝 놀랐다.

'짧게 진행해달라는 웨이드의 부탁을 들어준 모양이구나. 이제 끝났다. 이제 체리 양이 인디를 보기 전에 여기에서 나가기만 하면 돼.' 프랜시가 체리 양에게서 부케를 받으려고 몸을 돌렸다.

"잠시만요…." 머레이 목사가 말했다. "뭐 잊은 거 없나요?" 목사가 웨이드를 향해 말했다. "신부에게 키스하세요."

"아…." 프랜시가 말했다. "죄송합니다." 그리고 앞으로 몸을 기울였다.

웨이드가 프랜시에게 키스했다.

16장

아무도 믿지 마라.

— 〈엑스 파일〉

웨이드의 키스를 받은 프랜시는 완전히 무장해제 되어버렸다. 웨이드가 결혼식 내내 몹시 서둘렀기 때문에, 프랜시는 그가 입술로 뽀뽀 정도만 할 거라 예상했는데, 웨이드는 마치 세상의 시간을 다 가진 사람처럼, 그리고 키스 외에는 아무런 생각도 없는 것처럼 프랜시에게 키스했다.

사랑스럽고, 당황스럽고, 시간이 멈춘 순간, 프랜시는 모든 일을 잊어 버렸다. 인디와, 이 우스꽝스러운 결혼식 광대극과, 서둘러야 한다는 모든 사실을 잊고, 웨이드와 다시 키스하고 싶다는 생각만 들었다. 그리고 그 순간이 영원히 계속되길 바랐다.

"와우, 저기요, 두 분." 저 멀리 어딘가에서 머레이 목사의 목소리가 들려왔다. "신혼여행을 위해 좀 남겨둡시다." 그러자 웨이드가 프랜시만큼이나 아득한 얼굴로 프랜시를 놓아주었다.

체리 양과 조셉과 라일이 박수를 터뜨렸고, 율라 메이는 손수건으로 눈을 톡톡 두드렸다. "어머나, 세상에, 정말 사랑스러운 결혼식이었어요! 완벽했어요!"

'완벽했어.' 프랜시가 생각했다. 그리고 곧이어 생각했다. '인디도 그렇게 생각하길 바라자.' 또 '오, 맙소사, 인디!' 그리고 체리 양이 들고 있던 부케를 움켜쥐었다.

다행히 인디는 여전히 움직이지 않고 조용히 있었지만, 이 상황이 얼마나 오래 지속될지 누가 알겠는가? 프랜시는 인디가 무슨 짓을 벌이기 전에 안전하게 다시 토트백에 넣어야 했다. "고맙습니다." 프랜시가 말하고, 웨이드의 손을 잡았다. 그리고 총총걸음으로 통로를 따라 걸어가며 율라 메이가 가지고 있던 토트백을 낚아챘다.

"저기, 잠깐 기다리세요, 두 분." 머레이 목사가 아직도 엘비스의 목소리로 말했다. "당장이라도 신혼여행을 떠나고 싶은 마음은 알겠지만, 아직 안 끝났어요. 여러분이 서명해야 할 서류가 있습니다."

"알아요." 프랜시가 대답했다. "금방 돌아올게요. 저는 그냥…." 그리고 탈의실로 향했다.

시간을 딱 맞췄다. 프랜시가 문을 닫는 순간, 인디의 촉수가 부케에서 터져나와 격렬하게 몸부림치며 열광적으로 스크롤했다. 「결혼식 결혼식 결혼식 프랜시 웨이드」 그리고 「가다 추르리스포이니스」.

천만다행이었다. 인디가 결혼식에서 필요했던 게 무엇이었든, 그것을 얻은 게 분명했다. 이제 그들은 떠날 수 있었다. "추르리스포이니스로 갈 거야." 프랜시는 베일을 벗고, 토트백을 집어 들며 약속했다. "그렇지만 먼저 혼인 증명서에 서명해야 하니까, 여기 들어가서 아주 아주 조용히 있어."

프랜시는 인디가 반대할까 봐 걱정했지만, 인디는 즉시 장미와 안개꽃에서 몸을 떼어내 토트백 안으로 올라갔다. "움직이지 마." 프랜시가 가방의 지퍼를 닫으며 말했다. "그리고 스크롤도 하지 마."

프랜시는 지퍼를 끝까지 닫으려 했지만, 벌써 인디가 촉수를 뻗어 프랜시의 손목에 감고 있었다. 그리고 밖에서 체리 양이 물었다. "준비되셨나요?"

"네." 프랜시가 대답하며 문을 열었다. 체리 양에게 베일과 부케를 건넸다.

"오, 아니요, 이런, 부케는 가지셔도 됩니다. 패키지에 포함되어 있거든요." 체리 양이 말했다. 그리고 머레이 목사 사무실로 프랜시를 안내했다.

그곳에서 웨이드는 이미 허리를 굽혀 증명서를 보고 있었다.

프랜시가 들어갈 때 웨이드가 고개를 들었다. 프랜시는 숨이 막혔지만, 웨이드는 완벽하게 침착한 모습이었다. 그리고 웨이드가 사무적인 말투로 물었다. "어디에 서명해야 하나요?" 머레이 목사가 줄을 가리키자, 웨이드가 고개를 끄덕이고 서명했다.

"이제, 여기에 서명하기만 하면 됩니다." 머레이 목사가 프랜시에게 말하며 서명할 줄을 가리켰다. 그리고 프랜시에게서 증명서를 가져가 체리 양에게 주었다. 곧 조셉이 그 증명서에 서명했다. 그들이 서명을 마치자, 목사가 증명서를 다시 가져가 서명하고 공증했다.

"이건 그냥 결혼식 증명서인 거 아시죠?" 머레이 목사가 증명서를 접어 웨이드에게 건네며 말했다. 프랜시는 목사가 "당신들의 결혼은 혼인 증명서를 받을 때까지 합법이 아닙니다."라고 말할까 봐 걱정했다. 만일 그랬다면 인디가 허가 사무소에 가자고 우겼을 것이다. 그러나 목사가 한 말은 이 것뿐이었다. "열흘 안에 혼인 증명서를 신청해야 합니다. 안 그러면 이 결혼식 증명서는 무효가 됩니다."

웨이드가 고개를 끄덕이며 접힌 증명서를 받아 셔츠 주머니에 찔러 넣었다. 그리고 조셉에게 체리 양을 따라 사무실 밖으로 나가달라고 손짓했다.

"이제…?" 웨이드가 질문하기 시작했는데, 머레이 목사가 손을 내밀었다. "당신과 함께 일할 수 있어서 즐거웠습니다." 목사는 엘비스의 말투를 버리고 말했다. "결혼을 계획하고 있는 친구들에게 저희를 소개해주시면 감사하겠습니다." 목사가 자리에서 일어났다. "이제, 실례하겠습니다. 이렇게 서둘러서 죄송하지만, 6시 결혼식에 맞춰 옷을 갈아입어야 해서요. 나가는 길은 아시죠?" 그리고 목사는 드라큘라 망토와, 드라큘라로 유명한 배우 벨라 루고시의 억양 등 다음 결혼식에 필요한 것들을 준비하기 위해 서둘러 나갔다.

"알겠습니다." 웨이드가 말했다. "저는 이만…."

체리 양이 샴페인 한 병과 잔 두 개를 들고 돌아왔다. "샴페인 건배에 대한 마음을 바꾸진 않으셨죠? 이건 패키지에…."

"체리." 머레이 목사가 복도에서 불렀다. "내 송곳니 어디에다 뒀어요?"

"갑니다." 체리 양이 말하며 미소를 지었다. "두 분이 오래 행복하게 결혼 생활을 이어갈 거라 믿어요!" 그리고 종종걸음으로 떠났다.

체리 양이 떠나는 모습을 바라보는 웨이드를 보면서, 프랜시는 우울해졌다. '이건 결혼이 아니야.'

"자, 두 사람은 사랑의 정원 예식장으로 갔어요." 웨이드가 말했다. "그러면 다들 입구의 사무실에서 저를 기다리시면 되겠네요. 저는 가서 무법자를 가져와 정문에 댈 테니, 제가 없는 동안 인디에게 결혼식과 추르리스포이니스의 연관성이 뭔지 알아보세요."

"노력해볼게요." 프랜시가 약속했다.

웨이드가 달려 나갔다. 프랜시가 복도를 따라서 로비로 걸어가자, 라일과 조셉, 율라 메이 모두 분홍색 리본으로 꾸민 작은 꾸러미를 들고 따라왔다. "웨이드가 너무 빨리 떠나서, 우리가 깜짝 행사를 할 시간조차 없었네요." 율라 메이가 아쉬워하며 말했다.

"무슨 깜짝 행사요?" 프랜시가 미심쩍은 눈으로 꾸러미들을 보며 말했다. "그게 뭐예요? 쌀?"

"아니요, 비눗방울이에요!" 율라 메이가 말하며, 포장을 열어 작은 병을 보여줬다.

"이것도 결혼식 패키지에 포함된 거요." 조셉이 설명했다. 그러자 율라 메이가 프랜시를 향해 작고 알록달록한 비눗방울을 불었다.

"겨우 그렇게밖에 못 부세요?" 라일이 더 큰 방울을 불며 말했다. 조셉도 동참했다. 프랜시는 혼란한 틈을 타 토트백을 들고 복도로 가서, 지퍼를 몇 센티미터 열고 인디에게 이야기했다. "왜 우리가 추르리스포이니스에 가기 전에 결혼식을 진행해야 했는지 말해줘."

「브브흐비니이츠」. 인디가 스크롤했다.

"브브흐비니이츠가 뭔지 말해줘야 해." 프랜시가 말했지만, 인디는 듣지 않았다. 인디가 그들 앞에 있는 액자 사진으로 촉수를 뻗었다. 샌즈 카지노의 간판을 찍은 오래된 사진에는 '프랑크 시나트라, 새미 데이비스 주니어'라고 적혀 있었다.

「보여줘」. 인디가 스크롤했다.

"그건 간판이야. 샌즈 카…." 프랜시가 멈칫했다. '카지노'라고 말하고 싶지 않았고, 카지노와 관련된 어떤 생각도 주고 싶지 않았다. 그래서 대신 "샌즈 호텔"이라고 말했다. 인디가 다음 사진으로 넘어갔다. '라스베이거스 빅' 사진이었다. 인디는 이 복도에 있는 모든 사진을 보려는 것일까?

"인디, 우리에겐 시간이 없어…." 프랜시가 말하기 시작했지만, 인디가 한 사진을 집요하게 두드렸다. 그 사진은 카우보이모자를 쓰고 체크무늬 셔츠, 그리고 빨간 스카프를 두른 네온사인 카우보이가 담배를 피우며 방문객들을 환영하는 인사가 쓰여 있었다. "안녕 단짝 친구들."

"저건 라스베이거스 빅이야." 프랜시가 말했다. "라스베이거스에 오는 사람들을 환영하는 표지판이지."

인디가 사진을 두드렸다. 「추르리스포이니스」.

"라스베이거스 빅이 추르리스포이니스라고?"

「아니요 아니요 아니요」.

라스베이거스 시내를 뭐라고 부르더라? "반짝이는 협곡이 추르리스포이니스라고?"

「아니요 아니요 아니요」. 인디가 스크롤하며, 사진의 가운데를 두드렸다.

거기에는 푸른 하늘과 뭉게구름 외에는 아무것도 없었다.

"하늘?" 프랜시가 말했다. 그리고 멈춰서 구름을 들여다봤다. 그건 이상한 풍선 모양이었고, 그 아래에 하얀 기둥이 있었는데, 그건 마치….

'오, 맙소사.' 그건 구름이 아니었다. 원자 폭탄에서 나온 버섯구름이었다.

프랜시는 공포에 온몸을 떨었다. '라일이 맞았어. 인디는 핵무기를 손에 넣어 우리에게 사용하려는 거야.' 프랜시가 생각했다. 웨이드는 네바다의 옛 실험장이 51구역의 일부라고 했고, 라일은 그곳에서 첨단 핵무기가 여전히 비밀리에 실험되고 있다고 했다. 인디는 그 핵무기들을 훔칠 계획인 걸까? 아니면 더 나쁜 계획이 있는 걸까?

'난 그런 생각을 믿지 않아.' 프랜시가 생각했다. '인디는 그런 외계인이 아니야. 뭔가 다른 이유가 있을 거야. 어쩌면 다른 걸 가리킨 건지도 모르잖아. 버섯구름이 아닐 수도 있어.' 프랜시가 고개를 숙이고 사진 아래 설명을 살펴봤다. '1955년 라스베이거스에서 목격한 원자 폭탄 실험'이라고 적혀 있었다.

프랜시는 그 상황을 받아들여야 했다. 추르리스포이니스는 '원자 폭탄'을 의미했다. 하지만 인디가 노리는 것이 원자 폭탄이었다면, 왜 로즈웰에 착륙해서 그들에게 뉴멕시코 전역을 돌아다니게 했을까?

'인디는 원자력 연구소가 모여 있는 로스앨러모스나, 최초의 핵실험 장소인 트리니티를 찾고 있었던 거야.' 프랜시가 생각했다.

하지만 그곳들은 로즈웰 서쪽에 있는데, 인디는 프랜시에게 북쪽으로 운전하도록 지시했었다. 프랜시는 인디에게 붙잡힌 날 밤에 로즈웰 북쪽 교차로에서 멈춰 서서 어디로 가야 할지 알려주는 지표를 찾는 듯 사방을 둘러본 후 프랜시에게 북쪽으로 운전하게 했던 일을 떠올렸다. 그때 인디는 버섯구름을 볼 수 없었을 것이다. 북동쪽에서 다가오는 뇌우를 버섯구름으로 착각했던 건 아닐까? 프랜시도 처음에 사진 속의 버섯구름을 일반적인 구름으로 착각했었다. 어쩌면 인디도….

프랜시는 멈춰 서서 머릿속에 마구 떠오르는 십여 가지의 이미지를 멍하니 응시했다. 그날 밤 동쪽으로 이동하던 뇌우의 번개와 다음 날 지평선 위에 떠 있던 구름의 선, 교차하는 비행운, 웨이드가 빙빙 돌고 있다고 불평하던 날의 구름 없는 하늘, 하얀 뭉게구름이 줄지어 그려진 조지아 오키프 미술관의 광고판, 주유소를 지난 후 인디가 갑자기 동쪽으로, 저 멀리 흩어져 있는 구름을 향해 가자고 주장했던 일.

'추르리스포이니스는 원자 폭탄이 아니야. 뇌우였어!' 프랜시가 생각했다.

지도에서 추르리스포이니스를 찾을 수 없었던 것도 놀랄 일이 아니었다. 구름을 찾을 때마다 방향이 바뀌니, 인디가 어디로 가야 할지 알 수 없었던 것도 당연했다. 그리고 하늘에 구름이 없거나, 비행운처럼 사방에 있을 때, 인디는 먼저 한 방향으로 갔다가 다른 방향으로 가면서 구름을 찾으려 했던 것이다.

하지만 인디가 사람들과 소통하는 방법을 배운 뒤에는 왜 그냥 구름을 가리키며 「추르리스포이니스」라고 스크롤하지 않았을까?

'구름이 없었으니까.' 프랜시가 생각했다. 그 후로 하늘은 완벽하게 맑았다.

아니, 그건 사실이 아니었다. 웨이드가 프랜시를 깨워 보여줬던 분홍색 구름과 영화 〈황색 리본을 한 여자〉의 모뉴멘트 밸리 장면에서 뇌우가 있었다. 하지만 인디는 모뉴멘트 밸리의 풍경에 너무 기겁해서 그 사실을 알아채지 못했다.

'웨이드가 내게 분홍색 구름을 보여줬을 때는 인디가 발작한 상태가 아니었어.' 프랜시가 생각했다. 그렇다면 왜 인디는 그 구름을 보고 「추르리스포이니스」라고 스크롤하지 않았을까?

'인디가 자고 있었으니까.' 프랜시는 인디가 자신에게 몸을 웅크린 채 촉수를 축 늘어뜨리고 있던 모습이 떠올랐다.

'인디를 깨웠어야 했어. 만일 그랬다면, 어제 아침에 추르리스포이니스가 뭔지 알 수 있었을 거야.' 프랜시가 생각했다. 인디는 93번 고속도로에 도착하기 직전 북쪽에서 구름을 본 게 틀림없었다. 그랬기 때문에, 북쪽으로 가자고 고집했던 것이다. 라스베이거스도 아니고, 51구역도 아니었다.

프랜시는 인디가 왜 뇌우로 가야 하는지 궁금했다. '그건 중요하지 않아. 중요한 건 이제 추르리스포이니스가 뭔지 알아냈다는 사실이야.' 프랜시가 생각했다.

'내 생각이 맞는다면 그렇단 거지. 내가 추르리스포이니스가 버섯구름일 거라는 생각을 견딜 수 없어서 뇌우에 집착하고 있는 게 아니라면.' 프랜시가 생각했다. "이리 와, 인디." 프랜시가 말했다. "너에게 보여줄 게 있어." 그리고 인디를 토트백에 태우고 복도 끝으로 빠르게 가서 '라스베이거스로 오세요! 끝내줍니다!' 포스터로 갔다.

프랜시가 버섯구름을 가리켰다. "추르리스포이니스?"

「아니요 아니요 아니요」. 인디가 스크롤했다. 프랜시의 마음이 한결 가벼워졌다.

하지만 프랜시는 확실히 해야 했다. 다시 줄지어 있는 사진을 따라가며 구름을 찾으면서, 드라큘라 결혼식 하객들이 도착해서 인디를 가방에 가둬야 하는 일이 발생하지 않기를 기도했다.

샌즈 호텔 간판 사진이나 스푸트니크 바와 로비, 엘 모로코의 사진 배경에는 구름이 없었다. '남서부 지역의 하늘은 너무 맑아.' 프랜시가 생각하며, 계속 사진들을 확인했다. 벅시 시걸과 그의 동료 조폭들이 플라밍고 앞에 서 있는 모습, 줄지어 서 있는 폴리스 쇼걸, '신장개업'이라는 광고판이 화려하게 장식된 '사막의 교회'가 선인장과 조슈아 나무가 가득한 공터 위에 서 있는 모습 등의 사진이 있었다.

프랜시가 찾던 게 있었다. 야자수가 줄지어 있는 수영장과 원피스 수영복과 수영모를 쓴 여성들이 있고, 그 위로 파란 하늘과 높이 솟은 적란운이 있었다.

프랜시가 인디에게 물어볼 필요도 없었다. 인디가 벌써 구름을 가리키고 유리를 두드리며 스크롤했다. 「추르리스포이니스 추르리스포이니스 추르리스포이니스」.

'웨이드에게 말해야 해.' 프랜시가 생각했다. "인디, 가방으로 들어가야 해." 프랜시가 말했다. "당장." 그리고 인디가 촉수를 집어넣자마자, 프랜시는 토트백의 지퍼를 완전히 닫았다.

프랜시가 사무실로 달려가니, 율라 메이는 누가 가장 크게 거품을 불수 있는지 내기를 하고 있었다. "이거 가지고 있어." 프랜시가 토트백을 가장 가까이에 있는 라일의 품에 밀어 넣으며 말했다. "웨이드에게 할 말이 있어."

"하지만 웨이드가 여기에 있으라고 했잖아요." 율라 메이가 말했다. "그리고 아직 부케를 던지지도 않았잖아요."

"여기요." 프랜시가 부케를 율라 메이에게 던지고 문으로 달려갔다.

"하지만 당신은 웨이드가 어디에 주차했는지 모르잖소." 조셉이 말했다.

"찾을게요." 프랜시가 문을 열었다.

"웨이드가 금방 돌아온댔는데." 조셉이 말했다. "조금만 기다리면⋯."

"안 돼요." 프랜시가 결혼식장 밖으로 뛰어나가 인도로 갔다. 그리고 검은 양복에 넥타이를 하고 선글라스를 낀 남자의 품에 곧장 안겼다.

남자는 프랜시가 소리를 지르거나, 다른 사람에게 경고하거나, 무슨 일이 일어났는지 미처 깨닫기도 전에, 프랜시의 입을 손으로 막고 다른 손으로 프랜시의 손을 등 뒤로 잡아당겨 수갑을 채워 제압한 다음, 몸부림치는 프랜시를 인도 옆에 대기하고 있던 검은색 밴으로 거칠게 끌고 갔다.

그 차는 뒷문이 열려 있었고, 검은색 정장에 선글라스를 낀 남자 두 명이 차 옆에 서 있었다. 그들에게는 배지도 없고, 밴에 아무런 글자가 없었지만, 프랜시는 그들이 누구인지 정확히 알았다. 그들은 라일이 말했던 괴상한 맨 인 블랙 같은 게 아니었다. 그들은 FBI였고, 인디를 쫓고 있었다.

웨이드가 서둘러 카지노를 떠났던 이유도, 조셉에게 시내를 빠져나갈 다른 길이 있는지 물어봤던 것도 바로 그들 때문이었다. 웨이드가 트로피카나 호텔에서 그들을 봤던 게 틀림없었다. 그리고 인디가 결혼식장에서 멈추라고 요구했을 때….

밴 옆에 서 있던 남자들이 프랜시를 붙잡은 남자에게서 프랜시를 인계받기 위해 앞으로 걸어왔다. 그리고 프랜시를 번쩍 들어서 밴 뒤쪽에 밀어넣고 문을 쾅 닫았다.

차 안은 깜깜했다. "여기서 내보내줘!" 프랜시가 소리를 지르고, 뒷문을 어깨로 부딪혔다.

소용이 없었다. 안쪽에는 손잡이가 없었다. 그리고 프랜시는 손이 등 뒤로 묶여 있어서, 손을 뻗어 두드릴 수도 없었다. 프랜시는 문에 어깨를 다시 부딪치며 외쳤다. "라일! 조셉! 율라 메이! 도망쳐! FBI야!"

조용했다. 몸부림치는 소리도, 비명을 지르다 막히는 소리도 없었다. 아무 소리도 나지 않았다. '아마 내 소리를 듣고 뒤쪽으로 도망쳤을 거야.' 프랜시가 생각했다. 혹은 FBI가 문을 열고 나오는 그들을 미처 소리를 지르기도 전에 한 명씩 붙잡았을 수도 있었다. 프랜시가 붙잡혔을 때처럼.

'라일 대신 조셉 아저씨에게 인디를 맡겼더라면 좋았을 텐데.' 프랜시가 생각했다.

조셉은 그들이 들이닥쳤을 때 토트백을 접수대 뒤에 보이지 않게 숨기거나, 지퍼를 열어 인디를 내보낼 수 있을 정도로 침착한 사람이었다. 토트백을 몇 센티미터만 열어도 인디가 채찍을 휘둘러 그들의 손과 발에 족쇄를 채우고 손에서 총을 빼앗기에 충분할 것이다.

'그들이 인디에게 총을 쏘기 전에 가능했을까?' 프랜시가 생각하며, 문에 귀를 대고 총소리에 귀를 기울였지만, 여전히 아무 소리도 들리지 않았다. 그리고 그들이 차 문을 열어 라일이나 다른 사람들을 프랜시와 함께 넣지도 않았다. 또한 프랜시는 다른 차의 문이 열리거나 닫히는 소리도 듣지 못했다.

'아마 FBI는 그들이 나올 때까지 기다리지 않았을 거야.' 프랜시가 생각했다. 어쩌면 FBI는 사무실로 쳐들어가서 그들을 붙잡아놓고, 웨이드가 캠핑카를 가지고 돌아올 때 기습하기 위해 기다리고 있을지도 모른다. '그러면 웨이드는 함정 속으로 곧장 걸어 들어가게 돼.'

'웨이드에게 경고해야 해.' 프랜시가 생각했다. 하지만 그러면 웨이드라는 존재를 FBI에 알려주게 된다. 어쩌면 FBI가 아직 웨이드에 대해 알지 못할 수 있다. 혹시 FBI가 웨이드에 대해 알더라도, 빠져나갈 기회가 있을지도 모른다.

차 문이 쾅 닫히는 소리가 들리더니, 목소리가 먹먹하게 들려왔다. "외계인은 체포했나?"

"네, 그렇습니다."

프랜시의 가슴이 철렁했다.

"그리고 다른 세 명도?"

"네, 체포했습니다."

'다른 세 명이라니.' 그건 FBI에서 웨이드를 모른다는 뜻이었다. 이는 웨이드가 아직 돌아오지 않았으며, 그가 밴과 요원들을 보고 무슨 일이 일어났는지 알아챘다는 의미였다. 그렇다면 모두 잃어버린 것은 아니었다. 웨이드는 그들을 구할 방법을 찾을 것이다.

또 다른 차의 문이 쾅 닫혔다. 방금 질문했던 그 목소리가 또 들려왔다.

"헤이스팅스 요원은 아직 안 왔나?" 그러나 대답은 들을 수 없었다.

'헤이스팅스.' 프랜시가 첫날 밤에 전화하려 했던 FBI 요원의 이름이었다. 결국 그가 프랜시의 메시지를 받았던 모양이었다. 그리고 그 후 프랜시를 쫓았던 게 틀림없었다. '아, 왜 이제야 우리를 따라잡은 거지? 인디를 추르리스포이니스로 데려가려는 바로 이때? 이제는 제시간에 인디를 거기로 데려가지 못할 거야.'

그런데 헤이스팅스는 세리나와 러셀을 잘 알고 있다. 그러므로 인디를 추르리스포이니스로 데려가야 한다고 설명하면, 프랜시의 말에 귀를 기울여줄지도 모른다. 프랜시가 헤이스팅스에게 말을 할 기회가 주어진다면 말이다.

"내보내줘!" 프랜시가 다시 문에 어깨를 부딪치며 소리쳤다. "헤이스팅스 요원과 이야기하게 해줘!"

아무 반응이 없었다. 하지만 몇 분 후 다른 목소리가 들렸다.

"출발할 준비를 마쳤다. 헤이스팅스 요원은 아직 안 돌아왔나?"

"네. 그들이 납치한 캠핑카가 주차된 곳을 와카무라 요원에게 보여주러 갔습니다."

'아, 안 돼.' 프랜시가 생각했다. 'FBI가 캠핑카에 대해 알고 있구나. 그렇다면 웨이드를 잡았다는 뜻일까?'

"그들이 어떻게 캠핑카에 타게 됐는지 헤이스팅스가 말해줬나?"

"아닙니다. 그들 사이로 위장 잠입한 기간에 대해 보고할 시간이 없었습니다."

'위장 잠입한 기간?'

"그렇군. 자네가 보고받으면, 그들이 여기서 대체 뭘 하고 있었는지, 그리고 왜 헤이스팅스가… 그런데 헤이스팅스가 사용한 가명이 뭐라고 했지?"

"웨이드입니다." 첫 번째 목소리가 말했다. "웨이드 피어스."

17장

"그들이 그를 감옥에 가뒀어요."

— 〈보안관〉

프랜시는 그 후 이틀?(사흘?) 동안 이곳에서 저곳으로 옮겨 다녔다. 밴을 타고 어딘가로 몇 시간 이동한 후 테이블과 의자, 간이침대가 있는 잠긴 방에서 하룻밤을 보내고, 다시 비행기에 타고 다른 곳으로 이동해서 또 다른 잠긴 방에 갇혔다.

어디일까? 라이트 패터슨 공군 기지인가? 콴티코 기지? 아부 그라이브 수용소?

프랜시로서는 알 길이 없었다. SUV의 창문은 검게 칠해져 있었고, 프랜시와 운전석 사이는 막혀 있었으며, 이동할 때마다 눈을 가리고 헤드폰을 씌웠다.

하지만 그렇게까지 하지 않았더라도, 프랜시는 너무 어리벙벙한 상태라서 그들이 어디로 데려가는지 신경 쓰지 못했을 것이다. 프랜시는 누군가가 삽으로 머리를 내려친 것처럼 뇌진탕에 걸린 느낌이었고, 마음이 아팠다. 웨이드가(정정, 헨리 헤이스팅스 요원이) 프랜시를 배신했다.

'그 사람이 우리 모두를 배신했어.' 특히 율라 메이는 아마 최소 열두 개주에서 수배 중인 상태였을 것이다. 지금 웨이드는 오랜 기간 피해왔던 법의 심판대에 할머니를 넘겨주었다. 그리고 지금껏 웨이드를 믿고 추르리스 포이니스로 데려가던 인디를 배신했다.

'우리는 모두 그 사람을 믿었어.' 프랜시가 씁쓸하게 생각했다. '그런데 우리 모두를 속였어.' 신용카드를 사용하지 않고, 정부가 추적할 수 있으니 아무에게도 전화해선 안 된다던 그의 이야기들. 그런데 그 모든 시간 동안 웨이드는 몰래 FBI와 연락해서, 일행이 어디에 있는지, 인디에게서 무엇을 알아냈는지, 그리고 언제 접근할지 알려주었다. '라일이 옳았어.' 프랜시가 씁쓸하게 생각했다. '웨이드는 렙틸리언이야.'

프랜시는 웨이드가 FBI와 어떻게 소통했는지 궁금했다. FBI의 첨단 장비로? 아니면 로즈웰에 추락한 기상 풍선 같은 음파 탐지 장비로?

'아니야. 웨이드는 그런 장치가 필요 없었어.' 프랜시가 생각했다. 웨이드에게는 전화기가 있었다. 그래서 프랜시가 그 가방을 열었을 때 그렇게 방어적인 태도를 보였고, 프랜시가 차에서 가방을 가져왔다는 사실을 알려줬을 때 그렇게 고마워했던 것이다.

'내가 가방을 가져왔다고 했을 때, 웨이드는 나를 포옹하며 좋아했었어.' 프랜시는 그 일이 떠올라 몹시 화가 났다. '그때 뭔가 수상하다는 사실을 알아차렸어야 했어. 바로 그때 그 자리에서 가방을 들여다봤어야 했다고.'

그들이 무법자에 타고 있을 때 라일이 가방을 살펴봤지만, 웨이드는 그때 이미 전화를 치운 게 분명했다. 그 후 캠핑카 어딘가에 숨겨두었을 것이다. 프랜시는 웨이드가 트로피카나 호텔에서 금방 따라가겠다며 잠시 뒤에 머물렀던 일이 떠올랐다. '그래서 숨겨두었던 곳에서 휴대폰을 꺼냈던 거야.' 프랜시가 생각했다. '그리고 할머니가 웨이드에게 카지노 안에 들어가면 통화가 안 된다고 말했었지.'

'그래서 웨이드가 전화를 걸기 위해 밖에 나갔던 거야. 출구 쪽을 확인하러 간 게 아니고.' 프랜시가 생각했다. 프랜시가 봤던, 쇼걸 스핀 옆에서 전화를 걸던 사람이 바로 웨이드였다. '우리가 있는 곳을 FBI에 알려서 불러들이려던 거였어.'

그런데 왜 카지노에서 사람들에게 빨리 나가자고 했을까? 그리고 왜 조셉 아저씨에게 라스베이거스를 빠져나갈 다른 경로를 물어봤을까? 그리고 결혼식장에 들르는 문제를 놓고 인디와 말다툼을 했을까?

'그건 모두 연기였어.' 프랜시가 생각했다. 웨이드는 사람들이 많은 트로피카나 호텔에서 자기네 요원들이 우리 일행을 체포하는 상황을 원치 않았을 것이다. 사람들의 눈에 띄지 않는 곳에서 체포하길 바랐던 것이다.

하지만 그렇다면, 왜 드라큘라 결혼식 하객들과 맞닥뜨릴 수 있는 예식장을 선택했을까? 왜 우리 일행이 사막으로 돌아가서, 주변에 아무도 없고 도망갈 곳도 없는 51구역으로 갈 때까지 기다리지 않았을까?

어쩌면 그게 본래 계획이었고, 웨이드는 트로피카나를 떠나 가능한 한 빨리 눈에 띄지 않게 시내를 빠져나가라는 명령을 받았는데, 인디가 결혼식장에 멈추자고 고집을 부리는 바람에 계획을 망친 것일 수도 있다. 계획이 틀어졌다면, 인디와 다른 사람들은 도망쳤을 수도 있었다. '여기'가 어디인지 모르겠지만, 여기까지 오는 동안 일행이 있다는 징후가 전혀 없었다.

어쩌면 늘 경찰을 경계하던 율라 메이가 뭔가 잘못되었다는 사실을 알아채고, 모두를 촛불 예식장으로 몰아서 비상구로 빠져나갔을지도 모른다. 그리고 요원들이 체포했다는 '세 명'은 사실 머레이 목사와 드라큘라 결혼식을 하던 신랑과 신부일지도 모른다. 그리고….

프랜시는 웨이드(정정, 헤이스팅스 요원)에 대해 잊고 있었다. 그는 FBI가 누구를 연행할지, 그리고 인디가 무엇을 할 수 있는지 알고 있었다. 그리고 설령 라일이 어떻게든 인디를 풀어줬다고 해도, 인디는 웨이드를 공격하지 않았을 것이다. 인디는 그를 믿었으니까.

'내가 그를 믿었던 것처럼.' 프랜시가 암울하게 생각했다. 어리석게도 웨이드를 믿었다. 그리고 그 결과로 FBI가 인디에게 무슨 짓을 할지 모르는 상태로, 모두 여기 이처럼 아무것도 없는 방에 갇혀 있다.

프랜시는 FBI가 인디를 해치지 않을 것이라고, 인디가 지구에 왜 왔는지, 그리고 그의 종족이 오고 있는지 알아내야 할 거라고 스스로에게 말하려 애썼다. 그리고 FBI는 기름 없이 어떻게 자동차를 달리게 할 수 있는지도 알아내야 할 것이다.

그런데 인디가 말을 할까? 프랜시는 결혼식장에 들어가기 전 인디에게 다른 사람이 주변에 있을 때는 스크롤하지 말라고 철저히 주입했다. 인디가 계속 침묵을 유지한다면….

프랜시는 웨이드를 계속 잊고 있었다. 웨이드가 FBI에 인디가 말을 할 수 있고, 어떻게 하는지 보고했을 것이다. 더 나쁜 일은, 웨이드가 인디에게 다른 요원들과 이야기해도 괜찮다고 했을 것이라는 사실이다.

하지만 그들은 아직 추르리스포이니스가 뭔지 모른다. 프랜시는 인디에게 추르리스포이니스에 해당하는 영어 단어가 '뇌우'라고 가르쳐주지 않았다. 웨이드에게 말해주려는 마음이 너무 급했던 탓이었다. '너희가 너무 일찍 함정을 팠기 때문이야. 너희가 5분만 기다렸다면, 내가 헤이스팅스 요원에게 다 털어놨을 거야.' 그러지 않아서, 그리고 너무 마음이 급해 다른 사람들에게 그 사실을 말하지 않아서 다행이었다.

하지만 FBI는 프랜시가 추르리스포이니스가 무엇인지 알아냈다는 사실을 알아냈을 것이다. 프랜시가 갑자기 웨이드를 찾아 달려 나갔다는 사실 때문에, 조셉과 라일과 율라 메이가 눈치챘을 게 틀림없었다.

만약 프랜시가 알고 있다는 사실을 FBI가 알게 됐다면, 전신마취제 펜토탈 나트륨이나 소위 '강화된 신문' 같은 것으로 정보를 빼낼 수 있으리라는 것은 의심의 여지가 없지만, FBI가 그 정보로 무엇을 할지는 프랜시에게 완전히 상상의 영역일 수밖에 없었다.

FBI는 추르리스포이니스가 '뇌우'를 의미한다고 믿지 않을 것이다. FBI는 인디가 가리킨 버섯구름에 주목하고, 외계인이 핵무기를 손에 넣어 지구를 공격하기 위해 사용하려 하므로, 그들이 성공하기 전에 죽여야 한다고 결론을 내릴 것이다.

그렇다면 프랜시는, 여기가 어디든, 그들이 신문하기 전에 이곳에서 빠져나가야 했다.

하지만 조셉이 좋아하는 서부 영화에 등장하는 수완 좋은 카우걸들과는 달리, 프랜시는 악당들로부터 탈출하는 방법에 대해 아무것도 몰랐다. 프랜시는 문의 비밀번호를 풀거나 자물쇠를 푸는 방법도 몰랐다.

천장은 영화에서 보던 패널 방식이 아니라 견고한 천장이었고, 그것조차 방에 있는 접이식 의자에 올라가도 손에 닿지 않을 정도로 높았다. 그리고 통풍구는 너무 작아서 온몸은커녕 한 손을 집어넣기도 힘들었다.

프랜시에게는 가짜로 사람 모양을 만들 베개나 담요도 없었고(아침 식사를 가져다줄 때, 베개와 간이침대를 가져갔다), 밧줄이나 덕트 테이프, 스위스 군용칼도 없었다. 심지어 머리핀조차 없었다. 프랜시의 결혼식 베일에 부착되어 있던 조화에는 고정하는 철사가 있었을지 모르지만, FBI가 처음에 데려간 곳에서 압수해가서 돌려줄 기미가 없었다.

그래서 프랜시에게는 들러리 드레스만 남았다. 프랜시가 치마를 찢어 빛나는 채찍으로 땋는 방법을 고민하고 있을 때 문이 열렸다.

프랜시를 신문하러 온 요원이 아니었다. 다행히 웨이드도 아니었다. 그저 프랜시에게 점심?(저녁?)을 쟁반에 담아 가져다주는 경비원일 뿐이었다.

"전화를 사용하고 싶어요." 프랜시가 말했다.

경비원이 쟁반을 내려놓았다.

"미란다 원칙을 알고 있어요. 전화는 한 번만 할게요. 변호사에게 연락할 수 있게 해주세요."

경비원이 고개를 저었다. "전화는 안 됩니다."

"나를 언제까지 여기에 가두어둘 건가요?" 프랜시가 따졌다. "적어도 그 정도는 알 권리가 있잖아요."

경비원은 대답하지 않았다. 그리고 밖으로 나가며 문을 닫았다.

프랜시는 한참 동안 문을 두드리며 소리쳤다. "납치와 불법 체포로 고소할 거야!" 그리고 쟁반에 무기로 사용할 수 있는 물건이 있는지 확인하러 갔다.

아무것도 없었다. 샌드위치와 감자칩, 사과, 요구르트 그릇에 있는 납작한 나무 숟가락, 그리고 물병뿐이었다.

쟁반은 골판지라서, 문 뒤에 서서 경비원이 다음번에 들어올 때 머리를 내려치는 용도로 사용할 수 없었다.

사과를 던질 수 있겠지만, 그러면 상대를 화나게 만들기만 할 것 같았다. 그래서 프랜시는 사과와 샌드위치와 감자칩을 먹고, 오늘이 무슨 요일인지 알아내려 애썼다.

'화요일이야.' 프랜시는 그렇게 결정했다. 세리나는 이미 신혼여행 중이고, 프랜시는 친구를 완벽하게 실망시켰다는 뜻이었다.

프랜시는 인디도 실망시켰다. 인디에게 추르리스포이니스에 갈 수 있도록 도와주겠다고 약속했지만, 실패했다. 인디를 쫓아오는 게 누구인지, 무엇인지 몰라도, 여하튼 인디가 잡히기 전에 추르리스포이니스에 도착할 가능성은 시간이 갈수록 희박해지는데, 프랜시가 할 수 있는 일은 아무것도 없었다. 아마도 지금 인디는 두려움 때문에 스스로 온몸을 꽁꽁 묶고 있을 텐데, 프랜시는 그 매듭조차 풀어줄 수 없었다.

그리고 최악의 부분은, 이 모든 게 프랜시의 잘못 때문이라는 사실이었다. 'FBI에 전화해서 헤이스팅스 요원에게 메시지를 남긴 게 나였잖아.' 프랜시가 생각했다. '그 사람과 FBI를 불러들여 너를 공격하게 한 사람이 나였어. 정말 미안해, 인디.'

'내가 그 전화를 하기 전에 인디가 내 손에서 전화를 빼앗았더라면 좋았을 텐데.' 프랜시가 생각했다. 하지만 그것은 인디의 잘못이 아니었다. 프랜시의 잘못이었다.

프랜시는 너무 어리석었다. 웨이드가 단순한 히치하이커가 아니었다는 단서는 충분히 많았다. 웨이드는 자신이 외계인에게 납치되었다는 사실을 깨달았을 때도 거의 놀라지 않았다. 웨이드는 무슨 일이 벌어지고 있는지 알아내기 위해 묻거나, 어떻게 도망칠지 이야기하지 않고, 즉시 인디가 어디로 프랜시를 데려가고 있었는지, 인디가 말을 할 수 있는지, 프랜시가 하는 말을 인디가 이해할 수 있는지 묻기 시작했었다. UFO 덕후들을 속여서 납치 방지 보험에 가입시켜 생계를 유지하는 사기꾼치고는 너무 지적인 질문들이었다.

'웨이드는 사기꾼이라는 사실 외에는 아주 유능했어.' 프랜시가 생각했다.

이제 웨이드가 하는 사기가 정확히 무엇인지 완벽하게 명확해졌다. 웨이드는 프랜시를 주유소에 남겨두고 인디를 데려가 신문하려 했지만, 인디가 그 계획을 무산시켰다. 그리고 마트에서 그 계획을 다시 시도하기 전에, 웨이드는(정정, 헤이스팅스 요원은) 프랜시가 인디와 소통할 수 있다는 사실을 알아채고는, 프랜시가 유용할 수 있다고 판단해서, 인디를 당국으로부터 숨겨주고 추르리스포이니스를 찾는 일을 도와주자는 이야기를 지어냈다.

그리고 그들이 인디가 말을 하도록 하는 데 성공해서, FBI와 소통할 수 있을 정도로 어휘를 가리키자, 웨이드가 스톰트루퍼를 불러들였다. 그리고 FBI는 프랜시와 다른 사람들이 입을 열지 못하도록, 그리고 외계인이 착륙했다는 사실을 대중에게 알리지 못하도록 이곳에 가두고 있다. 그렇다면 프랜시는 결국 신문을 받지 않을 것이다.

하지만 프랜시가 그런 결론을 내리자마자, 경비원이 들어와서 신문을 받을 위층으로 프랜시를 데려갔다.

경비원은 프랜시를 창문이 없는 방으로 안내했다. 그 방에는 금속 테이블 양쪽에 의자 두 개가 서로 마주 보고 있었는데, 경비원은 프랜시에게 그 의자 중 하나에 앉으라고 손짓했다.

"내 변호사에게 전화하고 싶어요." 프랜시가 말했다.

"산체스 요원에게 말해보세요." 경비원이 말했다. 프랜시는 웨이드가 자신을 신문하지 않을 것이라는 소식에 큰 안도감을 느꼈다.

당연히 웨이드가 신문할 리가 없었다. 웨이드는 자신이 한 짓을 생각하면 프랜시를 마주하고 싶지 않을 것이다. 그러나 웨이드가 배신했다는 사실에도 불구하고, 프랜시는 마치 자신이 뭔가 잘못한 사람인 양 그를 다시 본다는 생각만으로도 심장이 움찔거렸다.

'내가 그랬어.' 프랜시가 생각했다. '내가 그 사람을 믿었어. 그를 좋아했지. 그리고 그가 내게 키스했을 때, 나는…'

문이 열리고, 산체스 요원이 들어왔다. 길고 검은 머릿결에 커다란 갈색 눈을 가진 요원은 놀랍도록 예뻤다. 요원이 가져온 노트북 컴퓨터와 서류철 몇 개를 테이블 위에 내려놓았다.

"안녕하세요, 드리스콜 씨." 요원이 손을 내밀었다. "산체스 요원입니다."

'그리고 자신이 헤이스팅스 요원의 약혼녀라고 말하겠지.' 프랜시가 씁쓸하게 생각했다.

산체스 요원은 프랜시의 맞은편 의자에 앉아 노트북 컴퓨터를 열었다. "몇 가지 물어보고 싶은 게 있어요. 당신이 무서운 경험을 했다는 사실은 알고 있지만…."

"내 변호사에게 전화하고 싶어요." 프랜시가 말했다.

"유감스럽지만, 전화 통화는 허용되지 않습니다. 이건 극비 사항이라서요."

"난 통화를 한 번 할 수 있어요. 법이 그렇잖아요." 프랜시가 말했다.

"그건 체포된 경우에만 적용됩니다. 당신은 체포된 게 아니에요. 당신은 납치되어서…."

"당신들이 납치했죠."

"외계인이 납치했습니다." 산체스 요원이 동요하지 않고 계속 말했다. "정말 끔찍했을 겁니다. 로즈웰에서 납치되었다고 들었습니다. 정확히 무슨 일이 있었는지 말씀해주시겠습니까?"

"왜 나를 납치했는지 말해주기 전에는 말하지 않을래요." 프랜시가 말했다. "그리고 내가 체포된 게 아니라면 왜 붙잡고 있는지도."

"당신은 격리 중인 겁니다." 산체스 요원이 말했다. "당신은 외계 질병에 노출되었을 수도 있습니다. 내가 알아야…."

"내가 체포된 게 아니라면 왜 전화를 걸 수 없는 거죠? 내 친구들이 몹시 걱정하고 있을 거예요."

"상황의 극비성 때문에 외부와의 접촉은 허용되지 않습니다." 산체스 요원이 말했다. "당신이 친구의 차에 뭔가를 꺼내러 갔을 때 외계인에게 납치된 것으로 알고 있습니다."

"친구들에게 내가 무사하다는 메시지조차 보낼 수 없는 건가요?"

"외계인이 당신을 강제로 차에 태웠나요?" 산체스 요원이 물었다. 프랜시는 산체스 요원이 자백 약물을 투약하도록 만들지 않으려면 질문에 대답하는 게 낫겠다는 생각이 들었다. 적어도 이것은 프랜시가 추르리스포이니스에 대해 아무런 정보도 주지 않고 대답할 수 있는 질문이었다. 인디가 모뉴멘트 밸리에 대해 계속 이야기했었다는 사실과도 무관했다. FBI가 그 사실을 알게 된다면 인디를 그곳으로 데려갈 수도 있는데, 인디가 그런 사실을 알아채면 공황 상태에 빠져 죽을지도 모른다.

"네." 프랜시가 대답했다.

"그때 외계인은 무엇을 했나요?" 산체스 요원이 물었다.

프랜시는 뇌우나 다음 날 아침 지평선의 구름에 대해 언급하지 않도록 조심하면서 그날 밤에 있었던 일을 이야기했다.

"그것이 착륙 지점을 준비한다는 징후가 보였나요?" 산체스 요원이 물었다. "아니면 신호용 기지라던가?"

'라일이 이 사람들에게 그렇게 말했을 거야.' 프랜시가 생각했다. "아뇨. 그는 아무것도 하지 않았어요. 그냥 거기 앉아만 있었어요."

"그것이 당신에게 촉수들을 이용해 방향을 가리키며 어디로 운전해야 하는지 알려줬다는 건가요?"

"네, 아니, 촉수는 하나만 썼어요."

산체스 요원이 그 대답을 적었다. "그것이 가리키는 것 외에 다른 의사소통 수단을 사용하지는 않았나요?"

'뭐라고?'

산체스 요원의 다음 질문을 보면, 프랜시의 놀란 표정을 '아니요'로 받아들이는 게 분명했다. "그것이 의사소통을 시도하는 어떤 행동도 하지 않았나요? 소리는? 꽥꽥거리는 소리? 몸짓?"

"하지 않았어요." 프랜시가 말하며 생각했다. '이들은 인디가 스크롤하는 것을 모르는구나.' 인디는 프랜시가 말한 대로 침묵을 유지하고 있는 게 분명했다. 아니면 너무 충격을 받아서 스크롤할 수 없는 것인지도 모른다.

"그것이 말하는 것처럼 끙끙거리기나 쉭쉭거리거나 딸깍거리는 소리를 내지 않은 게 확실한가요?"

"확실해요." 프랜시가 솔직하게 대답했다. "아무 소리도 내지 않았어요."

"텔레파시는 어떤가요?"

"텔레파시요?"

"네." 산체스 요원이 말했다. "우리에게는 외계인들이 마음과 마음을 직접 소통할 수 있는 능력을 개발했다고 믿을 만한 근거가 있습니다."

'분명히 라일이 이 사람들에게 그렇게 말했을 거야.' 프랜시가 생각했다.

"외계인으로부터 텔레파시 메시지를 받지 않았나요?" 산체스 요원이 끈질기게 물었다. "그것이 당신의 마음을 읽고 있다는 생각이 드는 어떤 징후도 알아채지 못했나요?" 프랜시가 고개를 가로젓자, 산체스 요원이 계속 말했다. "이 외계인과 소통 방법을 찾는 것이 매우 중요합니다. 당신이 잡혀 있는 동안 의사소통을 시도하는 것 같은 행동을 보거나 들은 적이 있습니까?"

'이들은 인디가 말을 할 수 있다는 사실을 몰라!' 프랜시가 생각했다. '웨이드가 이들에게 말하지 않았어.' 그리고 고통스러울 정도로 강렬한 희망이 느껴졌다. 겉으로 보이는 상황과 달리 웨이드는 일행을 배신하지 않았을지도 모른다.

프랜시는 카지노를 떠나야 한다던 웨이드의 갑작스러운 다급함, 그리고 결혼식 예식이 지체되는 것에 대한 그의 불안감, 그리고 그날 아침 일출을 보며 "프랜시, 있잖아요, 나는….."이라고 했던 그의 말이 떠올랐다. 웨이드는 프랜시에게 자신이 누구인지 말하려 했던 걸까? 그럴지도 모른다….

"드리스콜 씨?" 산체스 요원이 말했다. "당신이 납치되어 있던 동안 외계인과 의사소통을 시도한 적이 있는지 물었어요."

"내가 외계인에게 왜 나를 납치했는지, 그리고 나를 어디로 데려가는지 물어봤어요. 그리고 집으로 데려다달라고 부탁했어요."

"그리고 외계인이 당신의 말을 이해한다는 징후가 있었나요?"

프랜시는 어떻게 대답해야 할지 고민하며 머뭇거렸다. 아니라고 하면 이들은 인디가 지적인 생물이 아니라고 결론을 내릴 수도 있다. 하지만 프랜시가 있었다고 대답하면….

"다른 방식으로 물어보죠." 산체스 요원이 말했다. "당신이 그것에게 하는 말을 얼마나 이해했다고 생각하세요?"

"모르겠어요." 프랜시가 말했다. 그리고 그건 사실이었다. 프랜시는 자신이 말한 내용을 인디가 얼마나 이해했는지, 어떻게 해석했는지 몰랐다.

산체스 요원은 프랜시를 30분 정도 더 신문한 후, 경비원에게 프랜시를 다시 감방으로 데려가라고 지시했다. 그리고 프랜시가 신문실에서 나갈 때 말했다. "외계인과 소통할 수 있는 단서가 될 만한 게 떠오르면, 그게 무엇이든 괜찮으니까, 경비원에게 나와 이야기하고 싶다고 말하세요."

"그럴게요." 프랜시는 거짓말했다. 그리고 다시 잠긴 방에 갇힌 후, 접이식 의자에 앉아 방금 알아낸 사실들에 대해 생각했다.

그들이 인디의 스크롤에 대해 몰랐다는 사실은 오직 한 가지를 의미했다. 웨이드가 그들에게 보고하지 않았다. '웨이드는 그들을 위해 일하지만, 그들과 함께하지 않아.' 프랜시가 생각했다.

아니면 프랜시가 그렇게 생각하도록 FBI가 바라는 것일까? 산체스 요원이 프랜시에게 인디와 의사소통할 수 없냐고 물었던 것은, 프랜시가 웨이드를 오해했으며 여전히 자기편이라고 믿게 만들어서, 웨이드가 프랜시에게 대화하러 왔을 때, 자신이 알고 있는 모든 것을 말하게 하려는 의도일까? 추르리스포이니스에 대해서도?

'만일 그런 계획이라면, 다음에는 웨이드가 오겠네.' 프랜시가 생각했다. 그리고 잠시 후 문이 열리는 소리가 들렸다.

'제발 웨이드가 아니길 바라자.' 프랜시가 기도했다. '제발 산체스 요원이길. 아니면 음식을 좀 더 가져다주기 위해 온 경비원이거나. 제발 경비원이길.'

경비원이었다. 경비원이 문을 조금 열더니 말했다. "드리스콜 씨는 여기 있습니다, 헤이스팅스 요원." 그리고 문을 당겨 완전히 열었을 때, 웨이드가 거기 서 있었다.

18장

"애야, 프레드를 꽉 잡아. 기병대가 온다."

— ⟨스모키 밴디트(Smokey and the Bandit)⟩

황홀하고 가슴이 떨리는 순간이었다. 웨이드가 정장과 배지를 착용하고 어떤 공문을 내려다보고 있었음에도, 프랜시가 생각했다. '웨이드는 우리를 배신하지 않았어. 나를 구하러 여기 온 거야.'

그리고 그때 웨이드가 고개를 들어 프랜시를 힐끗 쳐다보더니, 산체스 요원과 똑같이 사무적이고 비인간적이며 짜증스러운 표정을 지었다. 마치 프랜시가 처리해야 할 사소하고 성가신 존재인 것처럼.

프랜시는 다시 한번 온몸이 분노에 휩싸였다. "이런, 헤이스팅스 요원이 아니었으면 좋았을 텐데." 프랜시가 말했다. "산체스 요원이 나한테서 아무것도 알아내지 못하니, 당신을 보낸 모양이네. 글쎄, 그냥 포기해. 난 당신에게 아무것도 말해주지 않을 거야. 이제 당신이 어느 편인지 알아. 그 사실은 당신네 깡패들이 나를 FBI 밴에 밀어 넣을 때 고통스럽게 명확해졌어. 그건 그렇고 당신이 캠핑카를 가지러 떠난 사이 우릴 붙잡게 해서, 당신과 그들이 한패라는 사실을 알아채지 못하게 한 건 정말로 영리했어. 실제로 난 당신이 무슨 일이 일어나고 있는지 알아차리고 도망치길 바라기까지 했다니까. 그게 믿어져? 애초에 그 납치 자체가 당신의 계획이었으니, 굳이 그 상황을 알아챌 필요도 없다는 사실을 난 몰랐었어, 베네딕트 아놀드[*] 같은 놈."

웨이드가 이런 사실을 부인하고 변명할 것이라고 프랜시가 기대했다면 크게 착각한 것이었다. 그는 예의상으로도 죄책감을 내비치지 않았다. "당신을 신문하러 온 게 아닙니다." 그가 차갑게 말했다. "난 당신을 이송하러 왔어요. 당신은 이송될 겁니다."

'이송이라고?' 프랜시는 두려움이 몰아쳤다. 그들이 프랜시를 다른 시설로 이송한다면, 인디를 구할 기회는 사라질 것이다. "어디로 이송되는데?" 프랜시가 공격적으로 따졌다. "관타나모로 데려가 물고문이라도 할 거야?"

"이럴 시간이 없습니다." 웨이드가 말하며 프랜시의 팔을 잡았다.

프랜시는 뒤로 물러났다. "난 아무 데도 안 가. 당신들 마음대로 날 이송시킬 수는 없어."

"그건 당신 생각이고." 웨이드가 말하며, 수갑을 꺼냈다. 그리고 프랜시의 팔을 잡아 수갑을 손목에 채웠다.

"첫날 당신이 내 차 앞으로 튀어나왔을 때, 치고 지나가버렸어야 했어." 웨이드가 프랜시의 다른 손목으로 손을 뻗자 프랜시가 말했다. "넌 뱀이야, 그거 알아?"

"말하지 마세요." 웨이드는 프랜시의 팔을 앞으로 해서 수갑을 채우고, 팔을 붙잡아 문 쪽으로 향했다.

프랜시가 저항하며 뒤로 물러섰다. "넌 방울뱀이야."

"한 번만 더 그러면, 발목에도 족쇄를 채울 겁니다." 웨이드가 험악하게 말하며, 프랜시를 문 쪽으로 잡아당겼다.

"계속 이들과 연락하고 있었지, 아니야?" 프랜시가 말했다. "이 사람들

---

[*] 베네딕트 아놀드는 미국 독립 전쟁 당시 독립군으로 참여했다가 영국군으로 변절한 장군으로서, 미국에서는 배신자의 대명사다.

에게 우리가 어디 있는지, 우리가 뭘 하는지, 우리가 어떻게 가르치는지…."

웨이드가 프랜시의 팔을 고통스럽게 움켜쥐었다. "말하지 말라고 했잖아. 안 돼. 말하지 마. 빈말이 아니야." 그리고 문을 두드리며 내보내달라고 했다.

경비원이 문을 열었다. 웨이드(정정, 헤이스팅스 요원)가 경비원에게 공문을 보여줬다. 경비원은 공문을 읽으며 고개를 끄덕인 후, 웨이드에게 다시 건네주었다. 웨이드는 프랜시를 데리고 복도를 따라 걷다가, 문을 통과한 후 계단으로 들어갔다. 웨이드가 프랜시에게 내려가라고 손짓했다.

프랜시가 난간을 붙잡았다. "난 아무 데도 안 가." 프랜시가 난간을 꽉 움켜쥐며 말했다. "인디가 어디에 있는지 말해주기 전에는 안 가."

"아, 그건…." 웨이드가 말하며, 프랜시의 손가락들을 억지로 들어 올리려 했다. "갑시다."

"안 가." 프랜시는 죽으라고 매달렸다. "당신이 인디에게 무슨 짓을 했는지 말하기 전에는 안 가. 당신이 인디를 해쳤다면…."

"인디를 해친다고요?" 웨이드가 말하며, 프랜시의 손가락을 놓아주었다. 프랜시의 비난에 진심으로 충격과 상처를 받은 것 같은 목소리였다. 그때 웨이드의 목소리는 프랜시에게 인디를 돕고 싶다고 말했을 때, 그리고 결혼 서약을 따라 했을 때만큼이나 설득력 있게 들렸다.

"난 절대로 인디를 해치지 않아요." 웨이드가 주장했다. "인디를 도우려는 거예요. 그리고 당신도요."

"아, 그래? 어떻게? 우리를 FBI에 넘겨서?"

"아뇨. 당신을 여기서 내보내서요." 웨이드가 말했다.

"당신이…?"

"당신을 탈출시키려는 거예요." 웨이드가 말했다. "이건 탈출 시도라고요, 이 멍청한 사람아. 당신과 인디를 구출해서 추르리스포이니스로 데려가는 거예요. 그러니까 갑시다. 그리고 조용히 하세요."

프랜시가 난간을 놓았다. 웨이드는 프랜시를 재촉해서 재빨리 계단을 내려가 경비원이 있는지 다시 조심스럽게 살펴본 후, 사무실들이 늘어선 복도로 들어갔다. 하지만 복도는 텅 비어 있었다. 그리고 웨이드가 프랜시를 데려간 두 번째 계단도 비어 있었다. 의심스러울 정도로.

웨이드가 프랜시를 이끌고 그 계단으로 내려가자, 프랜시가 다시 난간을 잡았다.

"이게 또 다른 함정이 아닌지 내가 어떻게 알 수 있죠?" 프랜시가 말했다. "그날도 우연히 히치하이크하게 된 것처럼 연기했잖아요. '안녕하세요, 부인, 얼간이들에게 사기를 치려고 로즈웰에 가는 길이에요.' 실제로는 당신이 FBI와 한편이라서 도망치는 척하는 걸 수도 있잖아요? 이게 또 나를 속여서…?" 프랜시는 말을 하다가 '추르리스포이니스에 대해 말하게 하려는 건지 어떻게 알죠?'라는 말을 할 뻔했다는 사실을 깨닫고 멈췄다. 그래서 급히 말을 바꿨다. "말하게 하려고요? 납치 방지 보험처럼 당신의 또 다른 사기가 아닌지 내가 어떻게 알아요?"

"그들이 우리를 붙잡으면 5분 이내에 알게 될 거예요." 웨이드가 작게 말했다. "이봐요, 그냥 내 말을 믿어줘요."

"당신의 말을 믿으라고? 그것참 재밌네. 왜 편리하게도 이 주변에 경비원들이 없는지, 그리고 왜 이런 곳에서 이렇게 쉽게 '탈옥'할 수 있는 건지, 당신이 정말로 뭘 하려는 건지 말해주지 않으면 아무 데도 안 갈 거예요."

"이럴 시간이 없어요." 웨이드가 화가 치민 목소리로 말했다. "나중에 다 말해줄게요. 하지만 지금은 안 돼요." 웨이드가 프랜시의 손을 잡고 난간에서 떼어놓으려 했다. "어서, 놔요."

프랜시가 더 꽉 붙잡았다. "내가 왜 당신이 하는 말을 믿어야 하는 건지 말해주기 전에는 안 가."

"내가 인디를 데리고 있으니까요."

"당신이…?"

"넵." 웨이드가 넥타이를 풀고 셔츠 단추를 풀어서, 그의 가슴에 달라붙어 있는 인디를 보여주었다. 붕대 그물처럼 십자형으로 웨이드의 가슴을 감싸고 있는 촉수가 스크롤했다. 「프랜시 프랜시 프랜시」.

"인디, 안 돼." 웨이드가 말했다. "내가 말했던 거 기억하지? 내가 허락할 때까지는 스크롤하면 안 돼." 그러자 인디의 촉수가 순식간에 텅 비었다. 하지만 웨이드의 가슴에서 촉수 하나를 풀어 프랜시의 손목을 감쌌다.

프랜시가 촉수 위에 부드럽게 손을 얹었다. "인디! 만나서 정말 반가워! 괜찮아?" 프랜시가 고개를 들어 웨이드를 쳐다봤다. "어떻게 인디를 빼냈어요?"

"나중에 말해줄게요. 지금 당장은 여기에서 나가야 해요. 인디, 다시 안으로 들어가."

촉수가 물러나 다시 웨이드의 가슴을 감쌌다. 웨이드가 셔츠의 단추를 다시 채우고 넥타이를 조였다. "어서요." 그가 말하며 프랜시를 재촉해 계단을 마저 내려갔다.

"율라 메이 할머니와 조셉 아저씨와 라일은요?" 그들이 층계참을 돌아 내려갈 때 프랜시가 물었다. "그 사람들도 데리고 나올 건가요?"

"시간이 없어요. 그리고 그들은 지금 교란 작전 중이에요." 웨이드가 말했다.

"교란 작전이요? 어떤 교란 작전이요?" 프랜시가 물었다.

"할머니와 아저씨가 우리에게 건물을 빠져나갈 시간을 벌어주려 애쓰고 있다는 정도만 말할게요."

"이제 어떻게 할 거예요?"

"이제 인디가 어디로 가고 싶은지 알아내서 그곳으로 가야죠. 하지만 먼저 차를 찾아야 해요."

프랜시가 잠깐 멈췄다. "도주할 차를 먼저 구하지 않고 탈출을 계획했다는 말이에요?"

"아뇨, 물론 아니죠." 웨이드가 셔츠 주머니에서 키 링을 꺼내 프랜시에게 흔들며 말했다.

"그럼, 왜…."

"쉿." 웨이드가 문을 살짝 열어 밖을 내다보며 말했다. "여기서 기다려요." 그가 속삭였다. 그리고 살그머니 빠져나가며 문을 닫았다.

'이제 어떻게 되는 거지?' 프랜시는 긴장한 상태로 계단 위를 올려다보며, 누가 오는 소리가 들리는지 귀를 기울였지만, 복도에서 들려오는 것은 짤막한 비명뿐이었다. '인디구나.' 프랜시가 생각했다. 그리고 웨이드가 문을 열어 나오라고 손짓했을 때, 묶여 있는 경비원을 보게 되리라 예상했지만, 복도는 텅 비어 있었다.

"빨리." 웨이드가 속삭이며, 복도 끝에 출구라고 적힌 문으로 향했다. 웨이드가 프랜시의 팔을 단단히 붙잡았다. "이제, 당신은 내 죄수라는 사실을 잊지 말아요." 웨이드가 경고했다. 그리고 프랜시를 재빨리 문으로 데려가 문을 열었다.

프랜시는 갑자기 밝은 햇살과 주변의 건물들 때문에 눈을 깜빡였다. 그들의 오른쪽에는 번화한 거리에 초록색과 보라색의 현수막이 걸려 있었다. '진실은 바로 여기에! UFO 축제에 오신 것을 환영합니다!'

"여긴 로즈웰이잖아!" 프랜시가 깜짝 놀라 말했다.

"네." 웨이드가 말했다. "다행이죠. 우리가 그전에 있던 곳이었다면, 내가 당신을 절대로 꺼내줄 수 없었을 거예요."

"거기가 어디였는데요?"

"쉿, 당신은 내 죄수라는 건 기억하죠?"

웨이드가 프랜시를 데리고 빠른 걸음으로 주차장을 가로질러 검은색 밴이 줄지어 늘어선 곳으로 갔다. 그리고 끝에 있는 밴을 향해 리모컨을 누르고, 조수석에 프랜시를 태운 다음 문을 닫았다.

웨이드는 운전석 쪽으로 가서 차에 올라탄 후 문을 거의 닫았다. "다행히 본부장이 우리에게 착륙 지점에 가장 가까운 곳으로 가라고 했어요." 그가 말하며 셔츠의 단추를 풀기 시작했다.

"잠깐만요…." 프랜시가 말했다. "무슨 착륙 지점이요?"

"나중에 말해줄게요." 웨이드가 다른 단추를 풀며 말했다. 그가 자기 가슴을 내려다봤다. "좋아, 인디, 이제 그들을 놓아줘도 돼." 그러자 프랜시가 보지 못했던 대여섯 개의 가느다란 실 같은 게 그들이 방금 나온 문에서 빠른 속도로 반짝거리며 돌아왔다. 아까 프랜시가 들었던 비명 소리가 이해됐다. 그리고 경비원이 없었던 사실도.

가느다란 실들이 휙 날아와 웨이드의 가슴을 감쌌다. "으윽!" 웨이드는 침착을 되찾고 문을 닫은 다음, 재빨리 셔츠 단추를 채우기 시작했다.

"인디를 내보내지 않을 건가요? 그리고 내 수갑도 안 풀어주나요?" 프랜시가 수갑이 채워진 손을 내밀며 물었다.

웨이드가 고개를 가로저었다. "일단 여기서 나가야 해요." 그는 시동을 거는 대신 밴의 리모컨을 키 링에서 빼서 재킷 주머니에 집어넣었다. 그리고 키를 시동 장치에 넣어 시동을 걸고, 주차장에서 빠져나가 중심도로에서 북쪽으로 향했다.

"어디로 가는 거죠?" 프랜시가 물었다.

웨이드는 대답하지 않았다. 그는 다가오는 차량을 살펴보더니 창문을 내렸다. 픽업트럭 한 대가 반대 차선으로 지나가자 리모컨을 트럭 뒤로 던졌다. 그리고 이번에는 같은 방향 차선에서 앞에 가고 있는 다른 픽업트럭을 향해 속도를 올리더니, 그 트럭의 왼쪽 차선으로 갔다.

신호등이 빨간색으로 바뀌었다. 웨이드가 바지 주머니를 더듬어 휴대폰을 꺼내더니 수갑이 채워진 프랜시의 손에 쥐여주었다. "신호가 바뀌고 트럭이 출발하기 시작하면…." 웨이드가 픽업트럭을 가리키며 말했다. "짐칸으로 던져요."

프랜시가 시키는 대로 했다. "잘했어요." 웨이드가 말했다. "적어도 잠시 동안은 우리가 어디로 가는지 알아내지 못할 거예요."

"어디로 가는 건가요?" 프랜시가 물었다. "착륙 지점에 가까이 가라고 했다는 게 무슨 말이에요? 인디를 쫓는 외계인들을 말하는 건가요?"

"아니면 그들을 쫓는 다른 외계인들일 수도 있죠." 웨이드가 도로를 바라보며 말했다. "아니면 침략군일 수도 있고요. 그들이 도착할 때까지는 알 수 없어요."

"하지만 그들이 벌써 착륙했다고 하지 않았나요?"

"네, 음, 그게 문제예요." 웨이드가 좌회전해서 주택가를 따라가기 시작했다. "우리는 그들이 착륙했는지 안 했는지 몰라요. 여러 척의 우주선이 착륙했다는 확실한 징후가 있었어요. 여러 개의 목격 동영상과 고주파 무선 전송, 동작 및 적외선 센서 판독. 그리고 거기에 더해 인디가 시시각각 겁을 먹고 있고, 끊임없이 스크롤하며 '모뉴멘트 밸리'…."

웨이드가 말을 중단하고, 가슴을 움켜쥐었다. "아야!" 그가 소리쳤다. "그만 해, 인디. 날 죽도록 쥐어짜고 있잖아! 우리는 모뉴멘트 밸리에 가지 않을 거야. 네가 말한 내용을 프랜시에게 전하려는 것뿐이야. 우린 거기 안 갈 거야, 약속해." 그리고 곧 차분하게 말했다. "알아, 친구. 괜찮아, 괜찮아. 놈들이 너를 잡지 못하게 할게."

"고마워 인디." 웨이드의 말을 들으니, 인디의 촉수가 풀린 게 확실했다. 웨이드가 프랜시를 바라봤다. "맙소사, 인디는 꼭 비단뱀 같아요. 내가 어디까지 이야기했죠?"

"인디가 계속… 그곳에 대해 스크롤한다는 이야기까지 했어요." 프랜시가 웨이드의 가슴을 걱정스럽게 바라보며 말했다.

"아, 그랬죠. 내가 인디를 데리고 나온 이후 줄곧 '모밸'을 스크롤하고, 또 '여기 가다 가다 가다'를 스크롤했어요. 그들이 누구인지 모르겠지만, 여기에 있는 건 분명해요. 다만 우리가 그곳이 어디인지 정확히 모를 뿐이죠."

"당신들이 어떻게 그들이 있는 장소를 모를 수가 있죠?"

"우리는 그것도 몰라요. 라일의 말처럼 그들에게 은폐 장치가 있는지도 모르죠. 아니면 인디처럼 회전초 같이 생겼을 수도 있고요. 아니면 산쑥이나 광고판처럼 보일지도 모르죠."

"라일의 말이 맞을지도 몰라요." 프랜시가 말했다. "그들이 지하 기지를 가졌을 수도 있잖아요?"

"모르겠어요." 웨이드가 다시 북쪽으로 방향을 틀었다. "내가 아는 건 추르리스포이니스가 어디인지 알아내서, 빨리 인디를 그곳으로 데려가아 한다는 사실뿐이에요." 웨이드가 백미러를 힐끗 쳐다봤다. "누가 우리를 따라오고 있나요?"

프랜시가 사이드미러로 들여다보다가, 아예 고개를 뒤로 돌려 뒷창문을 바라보고 확인했다. "아니요."

그런데 왜 따라오는 사람이 없는 걸까? 인디가 묶어두었던 경비원들을 풀어주는 순간, 경비원들은 인디가 도망쳤다는 경보를 울렸을 것이다.

마치 프랜시가 그 생각을 말로 한 듯, 웨이드가 말했다. "당신을 지키던 경비원 외에는 아무도 나를 못 봤어요. 그래서 그들은 우리가 아니라 인디를 찾고 있을 거예요. 그리고 그들은 인디가 운전을 못 한다는 사실을 알고 있으니, 건물 내부와 주변부터 찾을 거예요."

"인디를 지키고 있던 요원들은요? 당신이 인디를 데리고 나올 때 그들이 당신을 보지 않았나요?"

"내가 인디를 빼낸 게 아니에요. 인디가 스스로 탈출했어요. 그들이 인디를 집어넣었던 레이저빔 보안 감옥에서 탈출해서 잠긴 문 아래로 미끄러져 나와 나를 찾아왔어요."

그럴듯하게 들렸다. 하지만 프랜시와 인디는 탈출한 게 아니고, 추르리스포이니스가 무엇인지 웨이드에게 말하게 하려고 꾸민 또 다른 함정일 수도 있었다.

'하지만 웨이드는 내가 안다는 사실을 모르잖아.' 프랜시가 생각했다.

'내가 안다는 사실을 인디가 웨이드에게 말해줬을 수도 있어.' 프랜시가 속으로 반박했다. '그래서 웨이드가 나에게 자신을 믿도록 해서 말하게 만들려고 그런 구출쇼를 준비했는지도 몰라.' 프랜시의 의심이 얼굴에 비친 모양인지, 웨이드가 이렇게 말했다. "당신은 아직도 날 안 믿는군요. 그 온갖 일을 겪었으니 당신을 탓할 생각은 없어요." 웨이드가 잠깐 말을 멈췄다가 계속 말했다. "저기요, 난 위장 활동 중이었잖아요. 그래서 당신에게 내가 누군지 말할 수 없었어요. 지금 우리 뒤에 아무도 없나요?" 그가 물었다.

프랜시가 뒤를 돌아봤다. "없어요." 프랜시가 대답하자, 웨이드가 골목으로 들어갔다.

"뭐 하는 거예요?" 프랜시가 물었다.

웨이드는 대답하지 않았다. 그는 골목길을 따라 반쯤 가다가 차를 멈췄다. "손을 줘요."

"그래서 내 눈을 지긋이 바라보며 진실을 말하고 있다고 맹세라도 할 건가요?" 프랜시가 매서운 말투로 말했다.

"아뇨. 수갑을 풀어주려고요." 웨이드가 프랜시의 손목을 잡았다. "만일 그들이 우리를 따라오고 있다면, 당신이 도망칠 기회를 조금이나마 주고 싶어요." 웨이드가 수갑을 풀고, 프랜시에게 수갑과 열쇠를 건넸다. "아니면 나를 운전대에 수갑으로 채운 후에 인디를 데리고 헤어지든가요. 당신은 이 모든 게 일종의 함정이라고 생각하는 것 같으니까…."

"내가 왜 의심을 안 하겠어요?" 프랜시가 말했다. "당신이 나를, 우리를 속이고 인디를 도와주려 한다고 믿게 만들더니, 우리가 인디와 의사소통하는 방법을 알아내니까, 더 이상 우리가 필요 없어져서 FBI에 넘긴 거잖아요."

"내가 그랬다고 생각하는 거예요? 맙소사."

웨이드가 백미러를 통해 골목 입구 너머의 도로를 흘끗 쳐다보더니, 앞쪽으로 차를 몰아서 차고로 들어가는 진입로까지 갔다.

웨이드는 골목을 들여다보는 사람이 밴을 볼 수 없을 정도로 진입로에 깊이 들어가 차를 멈추고 말했다. "난 당신을 FBI에 넘기지 않았어요. 그리고 인디를 도우려 했어요. 인디는 추르리스포이니스를 찾아야 하는데, 그게 뭔지는 몰라도, 내가 규정을 따르면 인디가 절대로 제시간에 그걸 찾을 수 없다는 사실을 알 수 있었어요. 그래서 나는 내 방식대로 할 수 있도록 허용해달라고 요청하고, 인디와 소통하는 방법을 파악하는 데 진척이 있다고 본부장을 설득해서, 그렇게 하라는 동의를 받았어요. 그런데 또 다른 대규모 착륙의 징후가 보이기 시작하자, 긴장한 본부장이 내게 더 이상 기다릴 수 없으니 즉시 인디를 데려와야 한다고 했죠.

나는 그들에게 그러면 모든 걸 망칠 거라고, 그리고 우리가 거의 접근했으니 내게 몇 시간만 더 달라고 말하려 했어요. 그게 내가 트로피카나 호텔에서 했던 일이에요. 그들에게 조금만 더 기다려달라고 말하려 했죠. 하지만 본부장이 안 된다고 했을 때…."

"도망치려고 했군요." 프랜시가 말하고, 생각했다. '그래서 웨이드가 우리에게 빨리 떠나야 한다며 서둘렀고, 조셉 아저씨에게 시내를 벗어날 다른 경로가 있는지 물어봤던 거야.'

"네, 난 라스베이거스를 벗어나려 했어요." 웨이드가 말했다. "그리고 가능했었어요. 내가 그들에게 벨라지오 호텔에 있다고 말했거든요. 그리고 우리가 트로피카나 호텔을 떠날 때, 트레저 아일랜드로 간다는 관광객의 가방에 내 휴대폰을 떨어뜨렸어요. 그런데 그때 인디가 그 빌어먹을 결혼식장에 들러야 한다고 우겨서 일을 망쳤죠."

그래서 웨이드가 그들에게 즉시 안으로 들어가라고 했던 것이고, 캠핑카를 그렇게 멀리 주차했던 것이었다. 쫓기고 있었기 때문에.

"거기서 멈추자는 걸 거부했어야 하는데. 하지만… 잠시만요." 웨이드가 차에서 내려 골목으로 조심스럽게 걸어가더니 양쪽을 살펴본 후, 다시 돌아와 차를 몰고 도로로 나가서 다음 도로로 갔다.

"그때 차를 세우지 말았어야 했어요." 그들이 안전하게 다시 도로로 나왔을 때, 웨이드가 계속 말했다. "하지만 난 결혼식장에서 우리가 안전할 것이고, 그들이 우리를 찾으러 그곳으로 오지는 않을 거라고 판단했죠. 그리고 설령 그들이 우리의 위치를 알아내 도로를 봉쇄하더라도, 내가 당신에게 상황을 설명할 시간이 있을 거로 생각했어요. 하지만 두 계획이 모두 잘못됐죠. 내가 돌아왔을 때는 이미 너무 늦어서 인디가 스크롤하지 못하도록 막고, 구출할 방법을 알아낼 때까지 인디가 스크롤할 수 있다는 사실을 그들이 알지 못하도록 하는 것 외에는 아무것도 할 수 없었어요."

"그리고 나도 구출했죠." 프랜시가 말했다.

"아니요, 그건 인디의 생각이었어요. 나는 인디만 데려갈 생각이었거든요. 우리 둘만 빠져나가는 게 훨씬 빠르고, 인디에게 마감 시간이 얼마 남지 않았거나, 인디를 쫓는 누군가가 있는 게 분명했으니까요. 둘 다일 수도 있었고요. 인디를 설득해서 내 몸을 감싸게 해서 숨기지 않았다면, 지금쯤 엉켜서 엉망이 되었을 거예요. 하지만 인디는 당신 없이는 절대로 가지 않겠다고 했어요. 그리고 계속 '프랜시 노테스(NOTHES)'라고 스크롤했어요. 그게 대체 무슨 뜻인지는 모르겠지만." 웨이드가 프랜시를 바라봤다. "혹시 그게 무슨 말인지 아세요?"

'알아요. 그건 '프랜시가 안다(knows)'라는 뜻이죠.' 프랜시가 생각했다.

"그런데 결혼식장과 이 모든 게 무슨 관련이 있는지 알아냈나요?" 웨이드가 물었다. "인디가 결혼식장에서도 계속 그렇게 스크롤하더라고요. 혹시 생각나는 거 없어요?"

'있어요.' 프랜시가 속으로 말했다. '인디는 '내가 결혼식장에서 프랜시에게 말했어.'라고 말하려던 거야.'

'나는 웨이드에게 말해야 해.' 프랜시가 생각했다. '하지만 이 사람을 믿을 수 있을지 어떻게 알지? 웨이드는….'

"잠시만요." 웨이드가 말했다. 그리고 차의 속도를 올리더니 갑자기 다른 길로 방향을 틀어서, 그 길을 따라 기어가듯 천천히 달렸다.

"뭘 하는 거예요?" 프랜시가 물었다.

"다른 차를 찾아야 한다고 말했잖아요. 이 차는 '우리 여기 있다! 와서 우리를 잡아라!'라는 신호를 보내며 돌아다니고 있어요. GPS 모니터와 실시간 추적 장치, 위치 센서, 위치 기반 서비스 지오 펜싱까지 모든 게 다 달려 있어요. 시내에서 10킬로미터도 벗어나기 전에 그들이 우리를 따라잡을 거예요."

"FBI가 우리에게 탈출을 허락한 게 아니라면 그렇겠죠." 프랜시가 말했다. "인디가 감옥에서 탈출한 게 아니라, 외계인들에게 안내하도록 만들기 위해 풀어준 것일 수도 있잖아요. FBI는 외계인들이 인디를 쫓고 있다는 사실을 알고 있으니까, 인디를 미끼로 사용하는지도 모르죠. 외계인들이 인디를 쫓아가게 하려고 풀어준 거예요. 그리고 FBI는 우리를 추적해서 외계인들 찾는 거죠."

웨이드가 그 말에 대해 생각했다. "그럴 수도 있겠네요. 그런 경우라면 우리에게는 그들이 추적할 수 없는 차가 반드시 필요해요."

"설마 인디에게 다른 차를 또 탈취하게 만들려는 건 아니죠?"

"네. 무고한 구경꾼을 이 일에 또 끌어들이는 건 절대 안 돼요. 내 말은 차를 훔치자는 거예요. 그런데 키를 차 안에 둔 차를 발견할 수 있을지 의문이기 때문에, 인디나 내가 전선을 이용해 시동을 걸 수 있는 차여야 해요." 웨이드가 주차된 차들을 주의 깊게 살펴보며 말했다. "즉, 구형 모델이어야 해요. 그리고 주인이 금방 찾지 않을 차이길 바라야겠죠."

"나한테 차가 있어요." 프랜시가 말했다.

"차가 있다니, 무슨 말이에요? 내비게이터는 아직 썬더버드 마트에 있잖아요."

"아뇨, 그건 세리나 차였어요, 기억나죠? 내가 로즈웰에 오려고 차를 한 대 대여했었거든요. 아직 견인 같은 게 되지 않았다면, 주차해둔 곳에 있을 거예요."

"사랑해요, 프랜시." 웨이드가 말했다. "그래서 그게 어디예요? UFO 박물관 앞?"

"아니요. UFO 축제 때문에 주차할 곳이 없어서 샛길에 세워둘 수밖에 없었어요."

"제발 어느 도로인지 기억한다고 말해줘요."

프랜시가 고개를 끄덕였다. "펜실베이니아로였어요. UFO 박물관에서 남쪽으로 네 블록 떨어진 곳이에요." 프랜시가 말하자, 웨이드가 즉시 유턴해서 시내로 향했다.

"키를 차에 두고 내렸나요?" 웨이드가 물었다.

"아뇨. 그리고 문을 잠갔어요." 프랜시가 말했다.

"그건 걱정하지 마세요. 인디가 촉수를 미끄러져 넣어서 문을 열 수 있어요." 웨이드가 말했다. "시동을 거는 게 문제가 될 수 있겠네요. 키는 어디에 있어요? 세리나의 내비게이터에 갈 때 놔두고 갔나요?"

"아뇨. 세리나가 준 차 키와 함께 키 링에 걸어뒀어요. 즉, 그 키는 마트에 있는 내비게이터의 시동 장치에 꽂혀 있을 가능성이 크다는 뜻이죠."

"아뇨, 그렇지 않아요." 웨이드가 의기양양하게 청바지 주머니에서 키를 꺼냈다. "요원들이 캠핑카 키는 압수했지만, 내 키는 가져가지 않았어요. 여기가 펜실비니아로예요. 당신 차가 어떻게 생겼나요?"

"지프 랭글러요." 프랜시는 도로를 바라보며, 차가 아직 그 자리에 있기를 바랐다.

그 자리에 있었다. "저기요." 프랜시가 차를 가리키며 말했지만, 웨이드는 멈추지 않았다. 그는 지프를 그대로 지나 다음 블록으로 차를 몰고 갔다.

"왜 그래요?" 프랜시가 물었다.

"난 그들이 이 차와 당신 차를 연결 짓지 못하게 하려는 거예요. 내가 그 블록 근처에 당신을 내려줄 테니까, 우리를 태우러 오세요." 웨이드가 도로 앞쪽의 상가를 가리켰다. "저 주차장에 있을게요."

웨이드는 다음 도로에서 차를 돌려 지프가 주차된 곳으로 갔다. 그리고 차를 지나 교회로 갔다. 교회에는 '일요일 설교: 착한 사마리아인'이라는 안내판이 붙어 있었다. 프랜시가 의아한 눈빛으로 웨이드를 쳐다보자, 그가 말했다. "당신이 잊어버렸을까 봐 말하는데, 지금 신부 들러리 드레스를 입고 있어요."

"신부 대표 들러리예요."

"뭐가 됐든, 여기에서 내리는 게 조금이나마 위장이 될 거예요."

프랜시가 고개를 끄덕이고, 웨이드가 건네준 키를 받고 차에서 내린 후 망설였다. 여기서 두 사람이 헤어진다면, 웨이드는 추르리스포이니스가 뭔지 모르게 된다. "먼저 당신에게 할 말이 있어요…."

"나중에 말해줘요." 웨이드가 말했다. "어서 가요. 누가 오기 전에." 웨이드가 차 문을 닫고, 창문을 내렸다. "아, 그리고 혹시 우리가 잡히면, 당신은 그냥 침착하게 차를 몰고 번화가로 돌아가서 이 도시를 빠져나가세요."

프랜시는 일부러 교회 정문까지 걸어갔다. 그리고 무언가를 잊어버린 것처럼 멈췄다가, 빠른 걸음으로 도로를 건너 지프로 가서 차 문을 열고 운전석에 앉았다.

앞유리창은 며칠 동안 그곳에 서 있던 탓에 더러웠고, 앞유리창 와이퍼 아래에 접힌 종이가 끼워져 있었다. '그냥 두자.' 프랜시가 속으로 말했다. 하지만 혹시 저게 주차 위반 딱지라면, 경찰이 지프의 제조업체와 모델, 번호판 번호를 갖고 있어서, FBI의 밴만큼이나 쉽게 추적할 수 있을 것이라는 걱정이 들었다.

프랜시가 백미러와 사이드미러를 힐끗 보며 다가오는 사람이 아무도 없다는 사실을 확인한 후 슬그머니 차에서 내려 종잇조각을 낚아채 차 안으로 다시 뛰어들었을 때, 뒤쪽에서 차 한 대가 이쪽으로 방향을 틀었다. 다행히 그 차에 타고 있는 사람이 누구든 너무 멀어서 프랜시의 드레스는 보지 못했을 것이다.

프랜시는 확인하기 위해 시간을 지체할 수 없었다. 얼른 시동 장치에 키를 꽂고, 급하게 차를 출발시켰다. 그 차는 아직 반 블록 떨어져 있었다. 그리고 몇 블록을 달려가며 그 차가 따라오지 않는지 확인했다.

그 차는 두 블록 후에 도로에서 벗어났다. 프랜시는 한 블록을 더 지난 후 골목길로 들어가 지프를 세우고 종잇조각을 펼쳤다.

그건 주차 딱지가 아니었다. UFO 축제 전단지였다. '당신만의 근접 조우를 하러 오세요.'라고 적혀 있었다.

'난 이미 했어, 고마워.' 프랜시가 생각하며, 중심가를 향해 돌아갔다. '내가 그 차를 찾을 수 있어야 할 텐데. 그리고 웨이드가 아직 거기에 있어야 할 텐데.'

그 주차장에 웨이드는 없었다. 어디에서도 밴이 보이지 않았다. '오, 안돼.' 프랜시는 밴이 있는지 확인하려고 모퉁이를 돌았다.

없었다. '그들이 웨이드를 잡아갔구나.' 프랜시는 상가의 주차장을 빠져나가며 생각했다. '내 잘못이야. 내가 여기로 바로 왔으면….' 프랜시가 그 생각을 마치기 전에, 웨이드가 덤불 뒤에서 튀어나와 조수석으로 뛰어들었다.

"대체 어디 있었어요? 나를 놔두고 떠난 줄 알았잖아요." 웨이드가 말했다.

"이제 당신도 그 기분이 어떤지 알겠군요. 운전할래요?" 프랜시가 말했다.

웨이드가 고개를 저었다. "자리를 바꿀 시간이 없어요. 가세요."

프랜시가 중심가를 빠져나와 북쪽으로 차를 몰았다. "밴은 어디에 뒀어요?"

"주류 판매점 뒤의 하역장에 뒀어요. 그리고 그 앞에 상자를 잔뜩 쌓고, 최대한 내가 아는 모든 추적기를 비활성화시켰어요." 웨이드가 재킷을 벗어 뒷좌석에 던지고, 셔츠 소매를 걷어 올리며 말했다. "내가 다 찾았는지는 모르겠지만, 적어도 거기에 숨겨두면 지역 경찰이 발견하지 못할 거예요. 우리를 쫓는 사람과 외계인은 지금도 충분히 많잖아요. 좌회전하세요."

"어디로 가는 거예요?"

"인디가 우리에게 가라는 곳이면 어디든 가야죠. 인디가 말해준다면요. 시내를 벗어나 인디를 내보내도 안전한 곳까지 가면, 당신이 인디에게 추르리스포이니스가 뭔지, 그게 어디에 있는지 물어보세요. 인디는 당신을 믿잖아요."

"웨이드…."

"알아요. 시간이 촉박하지만, 여기 로즈웰이잖아요, 잊지 않았죠? 외계인 목격의 본거지예요. 누군가가 인디를 목격하고는 어떤 차에 외계인이 타고 있는지 사람들에게 알려줄 위험을 감수할 수는 없어요. 두 블록 가서 다시 좌회전하세요. 우리가 시내를 벗어나는 게 가장 급한 일이지만, 가능하다면 큰길을 이용하고 싶지 않아요. 교차로에서 동쪽으로 380번 고속도로와 연결되는 도로를 찾을 수 있길 바랍시다."

"나한테 지도가 있어요." 프랜시가 말했다. "조수석 수납함에."

"진짜요?" 웨이드가 앞으로 몸을 숙여 수납함을 열며 말했다. "지도와 차. 당신은 다 가졌네요!" 그가 지도를 집어 들고 펼쳤다. "로즈웰… 로즈웰… 좋았어. 노스앳킷슨로를 따라가면 105번 고속도로로 갈 수 있을 것 같아요. 동쪽으로 쭉 가세요."

"다음 도로가 중심도로예요." 프랜시가 말하자, 웨이드가 고개를 들었다.

"언젠가는 중심도로를 가로지를 수밖에 없어요." 웨이드가 말했다. "신호등이 없는 교차로를 찾을 수 있는지 알아볼게요. 그러면 신호가 바뀌기를 기다리며 주저앉은 오리처럼 멈출 필요가 없을 거예요."

프랜시가 고개를 끄덕이고, 두 블록을 간 후 교차로에 멈춰서 자동차 한 대와 세미트레일러 두 대가 지나가는 동안 영원처럼 느껴지는 시간을 기다린 후, 중심도로를 가로실러 아직도 그대로 있는 UFO 축제 광고판들과 외계인 머리 모양의 가로등을 지나 창고와 공장들이 있는 지역으로 나아갔다.

"동쪽으로 가세요." 웨이드가 지도를 보며 말했다. "노스앳킨슨로와 고속도로로 연결되는 도로를 찾아야 해요. 그리고 인디의 추르리스포이니스가 도시 동쪽 어딘가에 있어서 285번 도로와 교차로를 건널 필요가 없기를 바라야죠. 여기서 돌아요." 웨이드가 가리키며 지시했다.

프랜시가 그 도로로 방향을 돌려 낮고 커다란 사일로와 몇 개의 낮은 건물 몇 채를 지나 시내의 가장자리를 향해 동쪽으로 나아갔다.

웨이드는 아직도 지도를 자세히 들여다보고 있었다. "만일 추르리스포이니스가 여기에서 서쪽에 있는 장소로 밝혀지면, 우리는 2번 고속도로를 타고 남쪽으로 가다가 13번 고속도로를 타고 거기에서 남쪽으로 82번 고속도로를 타면 돼요."

'웨이드에게 추르리스포이니스가 뭔지 말해줘야 해.' 프랜시가 생각했다. '우리가 FBI나 외계인, 혹은 둘 다에게 잡히기 전에.'

프랜시가 웨이드를 바라봤다. 그는 여전히 지도에 집중하고 있었다.

인디의 촉수가 셔츠 단추 하나를 풀더니, 가슴에서 떨어져 나와 웨이드의 팔을 두드렸다. 「오다! 빨리 빨리 빨리!」. 글자가 선명한 빨간색으로 격렬하게 스크롤됐다.

"우리도 노력 중이야. 그게 어디인지 네가 우리에게 말해줘야 해." 웨이드가 말했다.

「프랜시 노테스(NOTHES)」.

"그래, 하지만 봐, 우린 노테스가 무슨 뜻인지 몰라."

"안다." 프랜시가 말했다. "그건 '안다(know)'는 뜻이에요."

"뭐라고요?" 웨이드가 멍하니 말했다.

"안다." 프랜시가 반복해서 말했다. "인디는 당신에게 '프랜시가 알고 있다'고 말하려는 거예요."

"뭘 알아요?" 웨이드가 여전히 얼떨떨한 눈빛으로 말했다.

"추르리스포이니스가 뭔지."

"뭐라고요?" 웨이드가 프랜시를 노려봤다. "언제부터 알았어요?"

"내가 당신네 깡패들에게 잡히기 2분 전부터요."

"오, 맙소사! 그들에게 말하지 않았죠, 했나요?"

"당연히 안 했죠."

"라일과 할머니와 아저씨는요? 그들에게 말해줬나요?"

"아뇨. 내가 인디와 토트백을 라일에게 건네주며 당신과 이야기해야 한다고 말했지만, 그게 무슨 이야긴지는 하지 않았어요. 그리고 그들 중 누구도 나와 인디가 뭘 하고 있었는지 볼 수 있을 만큼 가까이 있지 않았어요."

"그게 뭐였어요?"

"복도에 걸려 있던 라스베이거스 사진들 기억나세요? 그중 하나는 50년대 라스베이거스 시내를 찍은 사진이었는데, 앞쪽에 라스베이거스 빅 간판이 있고, 저 멀리 버섯구름이 있었어요. 인디가 구름을 두드리며 스크롤했죠. '추르리스포이니스'"

"버섯구름이…? 맙소사!"

"아뇨, 아니에요." 프랜시는 인디가 버섯구름이 아니라 그냥 구름을 가리켰다는 사실을 어떻게 알아차렸는지, 그리고 그 사실을 다른 사진으로 어떻게 확인했는지 웨이드에게 설명했다. "추르리스포이니스는 뇌우인 게 확실해요. 인디가 나를 납치했던 첫날 밤에 로즈웰 북쪽에 뇌우가 있었어요. 당시 나는 알아채지 못했지만, 인디는 그쪽으로 가려고 했어요." 그리고 FBI가 인디를 잡으러 온 날 아침의 비행운과 조지아 오키프 미술관의 광고판 등에 대해 설명했다.

"그날 인디가 왜 그렇게 혼란스럽게 행동했는지 이해되네요." 웨이드가 말했다. "구름이 사방에 있었기 때문이죠. 그리고 인디가 왜 계속 방향을 바꾸었는지, 인디가 어디로 가려는지 우리가 알 수 없었던 것도 설명이 되네요. 인디는 그냥 우연히 구름이 보이면 뭐든지 따라갔던 거였어요. 하지만 잠깐만요, 내가 당신을 깨워서 일출을 보여줬던 그날 아침은 어땠나요? 그때 인디는 그 구름을 따라가려고 하지 않았잖아요."

"인디는 그때 자고 있었어요, 기억나죠? 인디는 늦게까지 잠들어 있었고, 일어났을 때는 구름이 우리 뒤에 있었어요. 그리고 인디가 다시 방향을 잡으러 나갔을 때는 구름이 사라진 뒤였죠. 그리고 인디가 다음에 본 구름은 북쪽에 있었고요."

"그게 라스베이거스 방향이었어요." 웨이드가 말했다. "하, 뇌우였군요.

그런데 인디는 그 단어를 몰랐기 때문에 우리게 말할 수 없었던 거고요."
그가 얼굴을 찌푸렸다. "잠깐만요. 인디가 발작했던 영화에도 뇌우가 있지
않았나요? 한 영화는 모뉴…."

"쉿." 프랜시가 손가락으로 그의 가슴 쪽을 가리키며 경고했다.

"…기병대가 나오던 영화요." 웨이드가 말을 이었다. "어쩌면 인디가 영
화에서 뇌우를 봤는데, 우리에게 말하려 해도 우리가 이해하지 못하니까
흥분했던 건지도 모르겠군요. 그런데 인디가 그 뇌우로 뭘 하려는 건지 당
신에게 말했나요?"

"아뇨. 내가 아는 거라곤 추르리스포이니스가 뇌우라는 사실 뿐이에요.
인디가 가려는 데가 거기라는 것하고요."

"하지만 이제 어디에서 뇌우를 찾아야 하죠? 젠장, 휴대폰을 버리지 말
았어야 했는데. TV가 있는 곳을 찾아야 날씨 채널을 확인해서, 어느 방향
으로 갈지 알 수 있어요."

"아뇨, 그럴 필요 없어요." 프랜시가 동쪽을 가키리며 말했다. 그들은
로즈웰의 끝자락을 나타내는 마지막 창고 건물과 축사를 막 지났는데, 지
평선을 따라 하늘이 내려준 선물처럼 완전히 자라난 뇌운이 있었다.

19장

부치 캐시디: 몇 명이나 우리를 따라오고 있어?

선댄스 키드: 전부 다.

— 〈내일을 향해 쏴라〉

뇌우는 벌써 동쪽으로 멀리 떨어져 있었다. 그들에게서 너무 멀어서 수천 미터 높이의 흰 구름 무더기, 그리고 특유의 평평한 모루 같은 상단과 똑같이 평평한 하단, 그리고 그 아래 짙은 청회색의 비 커튼이 시골 마을을 덮고 있는 모습까지 전부 보였다.

"완전히 자라난 적란운이네요." 웨이드가 말했다. "우리에게 딱 필요한 거예요."

"따라잡을 수만 있다면요. 우리에게서 멀어지고 있어요." 프랜시가 말했다.

"네. 남서쪽으로 가는 것 같네요." 웨이드가 말했다.

"뇌우가 얼마나 빨리 움직이죠?"

"글쎄요. 시속 30킬로미터? 50킬로미터?"

"좋았어요. 그러면 따라잡을 수 있을 거예요." 프랜시가 말하며, 차의 속도를 높였다. "적어도 우리는 조셉 아저씨의 캠핑카가 아니잖아요."

"서부 마차." 웨이드가 반사적으로 말했다. "하지만 우리에겐 여전히 문제가 있어요. 이게 스렌놈이 있는 뇌우라는 걸 어떻게 알 수 있죠?"

"우린 모르죠. 하지만 인디가 나를 납치했던 밤 이후로 뇌우를 본 적이 없고, 일기 예보에 따르면 앞으로 열흘 동안 비가 오지 않을 거라고 했으니까, 스렌놈이 찾을 수 있는 뇌우도 저것뿐이길 바라자고요."

"그리고 〈미지와의 조우〉에서처럼 모선이 갑자기 나타나지 않기를 바랍시다."

"당신은 영화를 너무 많이 봐요." 프랜시가 말했다.

웨이드가 프랜시를 바라보며 활짝 웃었다. 프랜시가 말하는 동안, 웨이드가 셔츠의 단추를 풀어 인디를 내보냈다. 인디는 웨이드의 가슴에서 촉수를 풀고, 몸을 흔들어 평소의 회전초 모양으로 돌아갔다. 그리고 방향을 가리키는 촉수를 대시보드 위에 올리더니 말을 쏟아내기 시작했다. 「추르리스포이니스 추르리스포이니스」. 인디가 밝은 주황색과 빨간색으로 스크롤하더니, 빛나는 보라색으로 스크롤했다. 「스렌놈 가다」.

"가는 중이야." 프랜시가 말하며, 가속 페달을 세게 밟았다.

"조심해요." 웨이드가 말했다. "제한 속도가 100킬로미터예요. 고속도로 순찰대에 잡히면 안 돼요."

"무슨 뜻이죠?" 프랜시가 백미러를 흘끗 보며 물었다. 뒤에 아무것도 없었고, 어느 방향에도 다른 차가 보이지 않았다. 그들의 앞뒤의 도로 수 킬로미터가 텅 빈 상태로 뻗어 있었다. 도로 옆에도 산쑥과 갈색 풀만 있었고, 순찰차가 숨을 수 있는 나무나 도로 표지판 같은 것도 없었다. 아무것도 없었다. "고속도로 순찰대가 담당하는 도로가 수천 킬로미터에 달하는 드넓은 주라고 했었잖아요?"

"네, 뭐, 그거요. 그건 정확한 사실이 아니에요. 당신이 나를 차에 태워 줬던 첫날, 내가 상황을 파악하자마자 본부에 연락해서 지명 수배를 철회하고 경찰들을 철수시키라고 했어요. 그리고 당신은 무사하며, 내가 당신과 외계인을 가두고 상황을 통제하고 있으니, 간섭하지 말고 우리를 안전하게 지나가도록 해달라고 요구했죠."

'당연히 그랬겠지.' 프랜시가 생각했다. 그래서 아무도 그들의 차를 멈춰 세우지 않았던 것이다. 심지어 인디가 라일을 납치해서 그의 차가 버려진 채로 발견되었는데도 말이다. '진작 깨달았어야 했어.'

"당신은 내내 FBI와 연락을 했단 말이네요." 프랜시가 말했다.

"네. 아니요, 우리는 엄밀히 말하면, 기술적으로 그 부서의 일원이긴 하지만 FBI 요원은 아니에요."

"그러면 뭐예요?"

"말해줄 수 없어요." 웨이드가 당황해하며 말했다. "기밀이라서요."

프랜시가 입을 쩍 벌리고 웨이드를 쳐다봤다. "오, 맙소사. 라일이 계속 떠들어대던 그 초비밀 정부 기관이죠. 당신이 맨 인 블랙 요원이었어요."

"네, 하지만 우리는 18번 격납고에 죽은 외계인을 보관하지 않고, 51구역에서 외계인 기술을 몰래 연구하지도 않아요. 그건 그렇고, 그들이 당신을 처음 잡았을 때, 모두를 데려간 곳이 바로 51구역이었어요."

"그렇다면 라일의 말이 맞았네요. 51구역은 실제로 존재했어요. 그러면 비밀 지하 기지도 있겠네요."

"아뇨." 웨이드가 말했다. "그리고 정부는 외계인과 비밀리에 공모하지 않아요. 우리는 인디를 만나기 전까지 외계인을 본 적도 없어요. 3개월 전 SETI에서 이상 신호를 포착하기 시작하고, 이어서 UFO 착륙을 여러 번 목격하고, 또 당신이 납치되었다는 전화 메시지를 남기기 전까지는 그들이 진짜 외계인지조차 확신하지 못했어요."

"그래서 당신은 그 전부터 인디를 추적하고 있었기 때문에, 내 메시지를 받았을 때 당신이 해야 할 일이라곤 사기꾼 복장으로 갈아입고 납치 방지 보험증서를 인쇄하기만 하면 됐다는 건가요?" 프랜시가 말했다.

"사실, 보험증서는 이미 프린트해놓은 상태였어요. 두 달 전에 일주일 동안 로즈웰에 머물면서 목격담들에 대한 자료를 수집하고, 지역의 UFO 단체들과 이야기를 나눴거든요."

"세리나의 약혼자를 포함해서요?"

"네. 우리는 그 목격담들이 가치가 없다고 확신했어요. 하지만 만일에 대비해, 이번에는 납치 방지 보험 판매원으로 위장해서 UFO 축제에 다시 나가 뭔가 알아낼 수 있는지 확인해볼 계획이었죠. 그런데 마침 당신의 룸메이트 약혼자가 결혼식에 나를 초대했기 때문에, 거기에 참여하는 게 더 나은 계획 같았어요. 피로연에 UFO 덕후들이 많이 모일 거라는 생각이 들었거든요."

"제대로 파악했네요." 프랜시가 말하며, 이미 오래전에 끝나버렸을 결혼식을 떠올렸다. 그리고 그 결혼식을 막기 위해 아무것도 할 수 없었다는 죄책감이 들었다. "하지만 난 아직도 이해가 안 돼요. 당신은 어떻게 그렇게 빨리 로즈웰에 왔어요? 세리나 말로는 당신이 비행편을 바꿔서 야간 비행기를 타야 한다고 했어요. 어떻게 한 거예요? 내 메시지를 받고 다시 비행편을 바꿨나요?"

"아뇨, 그럴 필요가 없었어요. 난 이미 로즈웰에 있었거든요. 월요일에 로즈웰 서쪽에서 목격된 사건을 조사하기 위해 돌아와 있었어요."

"그러면 세리나에게 전화해서 당신이 늦어져 나중에 비행기를 타야 한다던 말도 거짓말이었나요?"

"유감이지만, 그렇죠." 웨이드가 말했다. "실은 당신이 전화했을 때, 나는 모두가 목격했다고 주장하는 로즈웰 서쪽의 추락 현장에 있었어요. 내가 해야 할 일은 외계인이 당신을 데려간 장소를 알아내고, 보험증서를 챙기고, 파트너에게 당신을 가로막을 수 있는 곳으로 데려다달라고 부탁하는 것뿐이었죠."

"그들이 당신을 헬리콥터로 데려다줬군요." 프랜시가 그날 아침 얼핏 들었던 헬리콥터 소리를 떠올리며 말했다.

"아뇨, 우리는 먼저 당신의 휴대폰 GPS로 위치를 알아냈어요."

"하지만 난 휴대폰이 없었어요. 인디가 그걸 던져서…."

"그 후에 헬리콥터가 당신을 눈으로 확인해서 어느 방향으로 가고 있는지 알려줬고, 나와 함께 일하는 쿠퍼 요원이 나를 당신이 있는 장소에서 북쪽으로 몇 킬로미터 떨어진 지점의 길가에 내려줬죠."

"그리고 당신은 나를 불러 세워 거짓말을 한 다발 늘어놓은 거군요."

"이봐요, 내가 받은 명령은 상황을 평가하는 것이었어요." 웨이드가 말했다. "그리고 외계인이 위험한지, 혹은 전염성이 있는지, 그리고 여기서 뭘 하고 있는 건지, 지구에 실수로 불시착한 건지, E.T.처럼 길을 잃은 건지, 혹은 침략을 위한 사전 정찰인지 파악하는 것이었어요. 그리고 내가 다른 뭔가를 하기 전에 우선 시민들을 안전하게 보호해야…."

"알아요." 프랜시가 끼어들었다. "그래서 그 주유소에 날 버리려 했던 거죠?"

"물론 그랬죠. 인디가 무슨 짓을 할지 전혀 알 수 없었고, 특히 채찍 스턴트를 약간 경험한 후에는 당신을 위험에서 벗어나게 하는 게 최선이라고 생각했어요…."

"그래야 당신이 상황을 평가할 수 있을 테니까요." 프랜시가 건조하게 말했다.

"그렇죠. 하지만 인디가 그 계획을 받아들이지 않았죠. 그리고 인디가 음모론의 제왕 라일을 납치한 후에는 내 정체를 밝힐 수가 없었어요. 내가 요원이라는 사실을 밝히면, 라일이 무슨 짓을 할지 알 수 없었으니까요. 그리고 인디가 어찌할지도 알 수 없었고요. 또 인디는 내가 당국에 신고하는 것을 원하지 않았는데, 신고했을 경우 우리에게 그랬던 것처럼 그들에게 채찍을 휘두를까 봐 두려웠어요. 그러면 그들이 인디를 쏠 테니까요. 그리고 설령 그들이 총을 쏘지 않더라도, 인디를 가두고 신문하면 제시간에 추르리스포이니스에 갈 수 없을 것 같았죠."

"그래서 당신은 우리 모두에게 모든 사항에 대해 계속 거짓말을 하는 게 최선의 계획이라고 판단했던 거군요."

"모든 사항에 대해 거짓말을 하진 않았어요. 다만…."

"당신이 한 거짓말이라고는 무슨 일이 벌어지고 있는지, 당신이 누구인지, 그 길에서 무엇을 하고 있었는지, 당신이 누구를 위해서 일하는지 그리고…."

"알았어요, 알았어. 무슨 말인지 알겠어요. 그렇지만…."

"그리고 당신 이름에 대해서도 거짓말했죠." 프랜시가 하던 말을 마저 했다. "그러면 이제 당신을 뭐라고 불러야 하나요? 헤이스팅스 요원? 헨리? 비열하고 더러운 거짓말쟁이 독사?"

"웨이드라고 계속 부르는 게 좋을 것 같아요. 다른 이름은 인디만 혼란스럽게 만들 테니까요." 그가 말했다.

"그냥 궁금해서 그러는데요. 그동안 당신이 했던 말 중에 진실이 하나라도 있었나요?"

"네." 웨이드가 대답했다. "첫째, 난 인디를 도와주고 싶었어요. 그리고 둘째…"

「말하지 마」. 인디가 스크롤하며, 프랜시의 눈앞에 촉수를 내밀어 도로의 시야를 가렸다. 「가다 추르리스포이니스!」.

"인디, 앞이 안 보이면 운전을 못 해." 프랜시가 말했다. "웨이드!"

"괜찮아, 친구." 웨이드가 인디의 촉수를 프랜시의 시야 밖으로 내리면서 말했다. "우리가 널 추르리스포이니스로 데려다줄게."

「빨리 빨리 빨리」.

"우리도 빨리 가고 있어." 프랜시가 말했다. 그리고 웨이드가 고속도로 순찰대에 대해 말했음에도 불구하고, 프랜시는 시속 110킬로미터로 속도를 올렸다.

"왜 우리가 서둘러야 하는 거야, 인디?" 웨이드가 외계인에게 물었다. "왜 네가 추르리스포이니스에 가야 하는데? 스렌놈은 거기에서 뭘 하고 있어?"

인디가 여러 개의 촉수에 글자로 가득 채워서 대답했다.

"인디가 뭐래요?" 프랜시가 힐끗 쳐다보며 말했다.

"모르겠어요." 웨이드가 말했다. "한 단어도 못 알아보겠어요."

"라일은 외계인들이 자기 행성에 없는 것을 찾으러 온다고 했잖아요." 프랜시가 생각에 잠긴 표정으로 말했다. "어쩌면 그들에게 뇌우가 없는지도 몰라요."

"그렇다면 스렌놈이 폭풍 추적자라고 생각하세요?"

"그럴지도 모르죠. 세리나가 그런 남자와 약혼했던 적이 있어요."

"물론 그랬겠죠."

"그리고 그 남자는 사람들이 토네이도를 보러 온갖 나라에서 여행을 온다고 했어요. 오스트레일리아, 남아프리카공화국, 일본. 그러니까 아마 다른 행성에서 온 사람도 있을 거예요."

"젠장, 지금 우리에게 그런 사람이 필요해요. 우리를 토네이도 속으로 곧장 데려다줄 폭풍 추적자."

프랜시가 고개를 저었다. "토네이도를 찾기엔 계절이 잘못됐어요. 하지만 그들이 뇌우를 찾는 데는 다른 이유가 있을 거예요. 뭔가 그들에게 필요한 게 있을지도 몰라요."

"예를 들면, 빗방울? 우박? 날아다니는 소?"

"아뇨…."

갑자기 번개가 번쩍거리며 구름의 안쪽을 비추자, 구름이 쌓인 모양의 윤곽이 드러났다. "스렌놈이 쫓는 건 번개일 거예요." 프랜시가 말했다. "에너지의 원천이잖아요. 어쩌면 우주선에 동력을 공급하기 위해 필요한 건지도 몰라요."

웨이드가 고개를 저었다. "그들이 지구까지 올 정도로 발전한 문명이라면, 전기도 충분히 이용할 수 있을 거예요. 인디가 뇌우에서 동력을 얻을 필요는 없을 겁니다."

"하지만 인디의 발전 장치가 추락 사고로 손상되어서 다른 곳에서 전기를 공급받아야 할 수도 있잖아요. 아니면 인디 자신의 에너지를 공급하기 위해 필요한 건지도 모르고요."

"그렇다면 인디는 왜 자동차 배터리에 연결하지 않았을까요?"

"뇌우에만 있는 특별한 종류의 전기가 필요한가 보죠."

"전기는 다 똑같아요. 그러면 스렌놈은 그 가설들 중 어디에 맞을까요?"

"모르겠어요. 아마…." 프랜시는 말을 멈추고, 앞에 있는 뇌우를 멍하니 바라봤다. "방금 생각났는데요, 인디가 나를 납치했던 날 로즈웰로 가는 길에 뇌우를 봤어요. 285번 고속도로 서쪽의 본 근처였어요."

"그게 언제였죠?" 웨이드가 물었다.

"오후 4시쯤이었어요. 인디가 나를 납치하기 세 시간 전이에요. 인디가 뇌우를 찾는 이유가 스렌놈이 뇌우 속으로 착륙하거나 착륙을 시도하는 모습을 봤기 때문이라면 어떨까요? 뇌우는 옆바람과 하강 기류로 악명이 높잖아요. 인디가 스렌놈이 추락하는 모습을 보고, 나를 납치해서 추락 장소를 찾으려고 하는 거라면? 그래서 인디는 내게 뇌우가 있는 북쪽으로 가라고 했던 거예요."

"오, 맙소사." 웨이드가 말했다. "그게 무슨 뜻인지 아세요? 뇌우가 움직이거나 흩어진다는 사실을 인디가 몰랐다는 의미예요. 그리고 일시적인 현상이라는 것도요. 인디는 뇌우가 산이나 강처럼 고정된 물체라고 생각했기 때문에, 뇌우를 찾을 수 없게 되자 자신이 길을 잘못 들어섰다고 생각했던 거예요. 그래서 우리를 여기저기로 끌고 다녔던 거죠. 인디는 그렇게 확신했어요. 그리고 스렌놈이 어딘가에 반드시 있을 거라고 믿었죠. 하지만 만일 스렌놈이 추락했다면, 스렌놈과 그의 우주선은 예전에 뇌우가 있던 곳에 있지, 이 뇌우에 있을 리가 없어요."

"그러면 우리가 엉뚱한 길로 가고 있는 거네요." 프랜시가 말했다.

「아니요 아니요 아니요 아니요 아니요」. 두 사람의 대화를 모른 척하고 있던 인디가 갑자기 스크롤했다. 「맞는 길 스렌놈 추르리스포이니스」.

프랜시가 웨이드에게 눈길을 던졌다. "인디, 스렌놈이 추르리스포이니스, 즉 뇌우에 착륙하는 걸 봤어?"

「아니요」.

"스렌놈이 추락했니?"

「아니요 아니요 아니요 스렌놈 여기 인디 가다」.

"네가 가고 있는 건 알아." 웨이드가 조급하게 말했다. "스렌놈이 여기에 있는 걸 네가 어떻게 알아?"

"인디가 말하는 건 그런 뜻이 아니에요." 프랜시가 말했다. "인디, 스렌놈이 여기에 있어서 네가 온 거야?"

「예 예 예 스렌놈 추르리스포이니스 인디 오다 찾아」.

"왜 스렌놈을 찾으러 왔어?" 프랜시가 물었다.

「스렌놈 치니비타이 인디 도와줘 경고 진흙(CLAY) 경고 고양이(CAT)」.

"이런, 무슨 말인지 전혀 모르겠네요." 웨이드가 말했다.

"쉿." 프랜시가 웨이드에게 말하고, 인디에게 물었다. "영화 〈캣 벌루〉에서 클레이 분이 캣 벌루에게 보안관과 패거리가 온다고 경고했던 것처럼, 네가 스렌놈을 찾아 경고해주려는 거야?"

「예 예 예」. 인디가 스크롤했다. 그리고 잠시 후 덧붙였다. 「모뉴멘트 밸리」

'모뉴멘트 밸리?' 프랜시가 생각했다. "그게 무슨 뜻이야, 인디?" 하지만 인디는 그 질문에 대답하지 않고, 계속 스크롤했다. 「추르리스포이니스 빨리 스렌놈 빨리」.

"내 짐작에는 인디가 모뉴멘트 밸리와 뇌우를 같은 것으로 생각하는 것 같아요. 영화에서 뇌우가 모뉴멘트 밸리에 있었으니까요." 웨이드가 말했다.

'그럴 리가 없어.' 프랜시가 생각했다. 인디는 모뉴멘트 밸리에 가기 싫어했지만(인디는 모뉴멘트 밸리의 모습을 보고 기겁했었다), 뇌우에는 가고 싶어 하기 때문이다. "인디, 뭐…." 프랜시가 말하기 시작하자, 외계인이 프랜시의 얼굴 앞에 촉수를 내밀며 스크롤했다. 「빨리 빨리 빨리」.

"빨리 가고 있어." 프랜시가 말하며, 웨이드를 바라봤다. "내가 더 빨리 달려도 될까요?"

"그래요, 밟아요."

"정말요? 고속도로 순찰대는 어떡하고요?"

"순찰대가 우리를 막으면, 우리에겐 인디가 있잖아요." 웨이드가 말했다. 프랜시는 가속 페달을 세게 밟았다.

"걱정하지 마, 친구. 우리가 데려다줄게." 웨이드가 말했다.

'그럴 수 있으려나.' 프랜시는 아직도 멀리 앞서고 있는 폭풍우를 바라보며 생각했다. 프랜시가 속도를 높였음에도, 전혀 따라잡지 못하는 것처럼 보였다.

프랜시가 연료 계기판을 흘끗 쳐다봤다. 연료탱크의 8분의 3이 조금 넘었지만, 폭풍은 아직 저 멀리 있었다. "차를 세우고, 인디에게 차를 연료가 필요 없는 형태로 바꾸라고 해야겠어요."

"아뇨, 그럴 시간이 없어요." 웨이드가 말하며 다시 뒤를 힐끗 쳐다봤다. "우리가 조셉 아저씨의 캠핑카를 타고 있지 않아 다행이에요."

"서부 마차." 프랜시가 반사적으로 말했다. "아저씨 이야기가 나와서 말인데, 아저씨와 할머니가 우리가 도망칠 수 있도록 교란 작전을 펼친다고 했잖아요. 어떤 교란 작전을 한 거예요?"

"할머니는 트로피카나에서 슬롯머신을 해킹했던 방법을 요원들에게 보여줬어요. 그리고 아저씨는 회사 변호사들을 풀어서 불법 감금과 불법 재산 몰수, 폭행 등 온갖 혐의로 고소하겠다고 협박했죠. 아저씨는…."

"잠깐만요, 조셉 아저씨가 어디에서 회사 변호사들을 구해요?"

"변호사들이 아저씨 밑에서 일해요. '카우보이 조'는 그냥 나이 많은 은퇴자가 아니었어요. 아저씨가 J.P. 팽본이었어요."

"J.P…. 스튜디오 파노라마 대표요?"

"넵. 포브스 선정 억만장자 순위 4위죠."

"하지만 캠핑카를 사기 위해 집을 팔아야 했다고…."

"서부 마차." 웨이드가 반사적으로 정정했다. "조셉 아저씨는 그렇게 말한 적이 없어요. 할머니가 그렇게 짐작한 거죠. 산체스 요원에 따르면, 아저씨는 베벌리 힐스와 햄프턴, 토스카나, 홍콩, 케이맨 제도에 저택을 가지고 있대요. 그리고 라일이 말한 렙틸리언조차 겁을 먹을 만한 변호사팀이 있죠. 소송과 상원의 조사, 협박이 이어질 게 뻔했기 때문에, 요원들은 적어도 당분간 인디가 아니라 자신의 일자리를 지키는 일에 집중할 거예요."

"그렇다면 세 사람 모두 자신이 누구인지 거짓말을 하고 있었던 거네요." 프랜시가 말했다. "라일은 어때요? 라일도 보이는 모습과 달랐나요? 라일은 뭐였어요? 유명한 UFO 폭로자?"

"그랬으면 좋았겠지만…." 웨이드가 말했다. "불행하게도, 라일은 우리가 차에 태운 이후 줄곧 하고 싶은 말을 다 쏟아낸 열광적인 UFO 광신자 그 자체였던 걸로 보여요."

"아, 안 돼! 당신이…?"

"라일을 막았냐고요? 농담하세요? 라일이 자신의 이론을 정부에 말하기 위해 기다린 세월이 몇 년인데요."

"하지만 라일도 교란 작전을 펼치고 있다고 그러지 않았나요?"

"하고 있어요. 다만 라일 자신이 그걸 모를 뿐이죠. 걱정하지 마세요. 라일은 이미 산체스에게 외계인의 침공 계획과 레이 라인의 이송 구역에 대해 말했고, 내가 떠날 때는 외계인의 비밀 지하 기지에 대해 시작하고 있었어요. 그리고 그들이 여러분을 데려갈 때, 내가 라일에게 무슨 일이 있어도 렙틸리언에 대해서는 말하지 말라고 했어요." 웨이드가 활짝 웃었다. "51구역에 있는 회색인에 대해서도요."

'그렇다면 라일이 인디가 글자를 스크롤한다는 사실과 추르리스포이니스에 대해 말해도 그들은 믿지 않겠구나.' 프랜시가 생각했다.

"운이 따른다면, 산체스는 몇 시간 동안 바쁘게 보낼 거예요."

"우리도 바쁘게 보내야 할 것 같아요. 여전히 저 폭풍을 따라잡지 못하고 있잖아요."

「모뉴멘트 밸리 빨리 빨리 빨리」. 인디가 스크롤했다.

"이미 시속 130킬로미터로 달리고 있어." 프랜시가 중얼거리며, 지프의 속도를 시속 145킬로미터까지 올렸다. 그러자 점차 폭풍을 따라잡기 시작했다. 그들 위로 우뚝 솟은 구름은 햇빛을 받아 눈부시도록 하얗게 빛났다. 너무 높아서 더 이상 상단 부분이 보이지 않았다. 그리고 바람이 거세져서 흙먼지가 고속도로를 가로질러 날아다녔다.

"폭풍이 남쪽으로 이동하고 있어요." 웨이드가 앞유리창을 통해 뇌우를 응시하며 말했다. "샛길로 빠져야겠어요." 그리고 약 8백 미터 앞에 오른쪽으로 난 흙길을 가리켰다.

"그게 좋은 아이디어라고 생각하세요?" 프랜시가 물었다. "비가 오면 진흙탕이 될 거예요."

「가다 가다 가다!」. 인디가 스크롤하며 그 길을 가리켰다.

"그래, 네가 대장이다." 프랜시가 말하고, 흙길로 방향을 돌렸다. 그리고 차가 1킬로미터도 채 나아가기 전에 하늘에 구름이 덮이고 기온이 급격하게 떨어지기 시작했다. 프랜시가 지프의 헤드라이트를 켰다.

몇 킬로미터 더 나아가자, 젖은 산쑥의 산뜻하게 톡 쏘는 냄새가 나고, 비가 앞유리창에 튀기 시작했다. "좋아. 폭풍이 몰아치는 곳에 도착했어. 이제 어디로 갈까?" 프랜시가 물었다.

「스렌놈」. 인디가 촉수로 앞을 가리키며 스크롤했다. 프랜시가 계속 나아가자, 한 방울씩 떨어지던 빗방울이 빗줄기로 바뀌더니 곧 폭우가 되었다. 번개가 번쩍거리며 구름의 아랫부분과 비에 납작하게 눌린 풀밭을 비췄다.

웨이드가 앞으로 고개를 내밀며 앞쪽의 사막을 살펴봤다.

"뭐가 좀 보이나요?" 프랜시가 웨이드에게 물었다.

"아뇨. 인디, 스렌놈이 어디에 있어?"

「추르리스포이니스」. 인디가 스크롤했다.

"여기가 추르리스포이니스야. 저기에서 어느 부분에 스렌놈이 있는 거야?" 웨이드가 물었다.

「추르리스포이니스」.

"이게 무슨 뜻이죠?" 프랜시가 진흙탕 길과 거세게 몰아치는 바람을 뚫고, 점점 더 강해지는 폭우를 헤쳐 나가기 위해 고군분투하며 물었다. 그리고 차 지붕을 두들기며 점점 커지는 빗소리 너머로 귀를 기울였다.

"인디도 모른다는 뜻이에요." 웨이드가 소리쳤다.

"그러면 어떻게 해야 하죠?"

"폭풍의 중심으로 가야죠."

"그게 어디인데요?"

"나도 몰라요. 폭우가 가장 심하게 내리는 곳이 아닐까요?" 웨이드가 말했다. 그들의 바로 앞으로 번개가 지그재그로 비를 뚫고 지나가더니, 이어서 거의 곧바로 천둥이 요란한 소리를 냈다. "그리고 번개가 가장 많이 치는 곳이요."

프랜시가 길에서 잠시 눈을 떼어 믿을 수 없다는 표정으로 웨이드를 뚫어져라 쳐다봤다. "농담하는 거죠?"

"아뇨. 걱정하지 마세요. 차 안에 있으면 완벽하게 안전해요. 자동차는 패러데이 새장처럼 작동하거든요. 전류가 차량의 외부를 따라 흘러가기 때문에 내부에 있으면 모두 안전해요. 날 믿으세요. 그냥 번개가 때리고, 비가 가장 심하게 쏟아지는 곳으로 가세요."

"그게 여기일 거예요." 프랜시가 쏟아지는 비를 바라보며 말했다. 더 이상 길이 보이지 않았다. 웨이드가 앞유리창 안쪽을 손으로 닦았지만, 몇 미터 더 나아가자 비가 앞유리창을 가로질러 강물처럼 흐르며 완전히 덮어버리기 시작했다.

"아무것도 안 보여요." 프랜시가 소음을 뚫고 소리쳤다. "차를 세워야겠어요."

「아니요 아니요 아니요 아니요 아니요!」. 인디가 스크롤하고, 촉수를 휘둘렀다.

눈부신 섬광이 번쩍하더니, 곧이어 바로 머리 위에서 귀가 아플 정도의 천둥소리가 차를 흔들었다. "미안해, 인디." 프랜시가 소리쳤다. 그리고 길가이기를 바라며 차를 세웠다. "조금 잠잠해질 때까지 기다려야 해."

인디는 사방에서 쾅쾅거리는 천둥소리 너머로 프랜시의 목소리를 들을 수 있었지만, 그 말을 듣지 않았다. 「스렌놈!」. 인디가 스크롤하더니, 웨이드의 손을 잡고 강제로 시동을 걸게 하려는 듯 프랜시 쪽으로 밀어붙였다. 「가다 가다 가다 가다 가다!」.

"갈 수 없어." 프랜시가 말했다. "우리는…" 그러자 인디가 갑자기 웨이드의 손을 놓고, 운전석 창문을 가리켰다. 하지만 비 외에는 아무것도 보이지 않았다.

「저기 저기 저기」. 인디가 신경질적으로 스크롤했다.

"어디?"

「저기!」. 그리고 인디가 문밖으로 나가 들판을 가로질러 굴러갔다.

"인디!" 프랜시가 소리치며 인디를 따라 쏟아지는 빗속으로 뛰어들었지만, 인디가 어느 방향으로 갔는지 알 수 없었고, 앞을 볼 수 없을 정도로 사방에서 쏟아지는 빗속에서 아무것도 보이지 않았다. "인디!" 프랜시가 젖은 머리카락을 쓸어내려 애쓰며 소리쳤다. "어디 있니? 돌아와!"

"프랜시!" 웨이드가 갑자기 프랜시의 옆으로 와서 소리쳤다. 그는 완전히 젖은 상태로, 흠뻑 젖은 셔츠가 팔과 가슴에 달라붙었고, 머리카락과 얼굴에 빗물이 줄줄 흘러내렸다. "차에 다시 타세요. 우리는 여기에 있으면 안 돼요!"

"인디를 찾아야 해요!" 프랜시가 외쳤다. "인디는 번개가 뭔지 모르잖아요. 번개에 맞아 죽을 수도 있다는 걸 몰라요!"

"우리도 번개에 맞아 죽을 수 있다고요!" 웨이드가 소리치며 프랜시의 팔을 잡고 차 쪽으로 끌어당겼지만, 프랜시는 차가 보이지 않았다. "번개의 전압이 얼마나 높은지 알아요? 우리는…."

"아뇨!" 프랜시가 몸을 당기며 말했다. "인디를 찾아야 해요." 그때 갑자기 인디가 보였다. 아니, 회색 빗줄기를 배경으로 네온사인처럼 밝은 주황색으로 빛나는, 촉수 위에 적힌 글자들이 보였다. "저기 봐요!" 프랜시가 소리치며, 빨간색과 주황색의 글자들을 가리켰다.

"인디!" 웨이드가 인디를 향해 철벅 철벅 걸어가며 소리쳤다. "차로 돌아와!"

"폭풍이 가라앉을 때까지 기다려야 해, 인디!" 프랜시가 외쳤다. "번개는 위험해!" 그러자 프랜시가 촉수에 쓰인 글자를 읽을 수 있도록 인디가 한참 동안 멈춰 있었다. 한 촉수에는 빨간색으로 「스렌놈」 그리고 다른 촉수에는 형광 주황색으로 「찾다!」가 스크롤됐다. 그러더니 다시 굴러갔다. 인디의 촉수들이 주황색과 빨간색으로 흐릿하게 뒤섞이며 돌았다.

"안 돼!" 프랜시가 이제 진흙탕이 된 풀밭을 철벅거리며 소리쳤다. "번개가 널 죽일 거야! 번개는 방울뱀 같은데, 더 빨라. 너보다 빠르다고!"

"너보다 훨씬 더 빨라!" 웨이드의 외침이 프랜시의 바로 뒤에서 울려 퍼졌다. 그 말을 증명이라도 해주듯, 그들과 몇 미터 떨어지지 않은 곳에 번개가 지그재그로 떨어졌다. 너무 가까워서 지글거리는 소리와 날카로운 오존 냄새가 나고, 번개 불빛의 보라색 잔상이 보였다.

"봤지?" 웨이드가 소리쳤지만, 고막을 찢을 듯한 천둥소리에 묻혀버렸다. "다음 번개는 우리 머리 위로 떨어질 거예요." 웨이드가 경고하자, 프랜시가 두려운 표정으로 고개를 들었다.

"오, 맙소사!" 프랜시가 중얼거렸다.

20장

"하늘을 조심해!"

— 〈괴물(The Thing from Another World)〉

프랜시가 손으로 자기 입을 막았다. 회전초가 쏟아지는 비를 맞으며 뿌연 공중에 떠 있었다. 촉수를 사방으로 채찍처럼 뻗은 채 거칠게 휘두르고 있었다.

"인디!" 프랜시가 소리치며, 인디가 빗속에서 굴러가고 있던 곳을 내려다봤다. 프랜시는 인디가 바람에 연처럼 휩쓸려 날아갔을까 봐 걱정되었지만, 인디는 저 멀리 땅바닥에 앉아 아직도 스크롤하고 있었다.

프랜시가 다시 고개를 들어 공중에 있는 회전초를 바라봤다. 프랜시의 짐작이 틀렸다. 그 촉수들은 인디가 공황 상태에 빠졌을 때처럼 맹목적으로 마구 휘두르지 않았다. 마치 베를 짜거나, 키보드를 치는 것처럼 재빠르고 단호하게 움직이고 있었다. 그리고 프랜시는 그 촉수들의 말린 끝부분에 뭔가 반짝이는 것을 쥐고 있다는 사실을 알아챘다.

"인디!" 프랜시가 인디를 부르며 공중에 있는 회전초를 가리켰다. 하지만 인디는 이미 그 회전초를 보고, 프랜시의 옆으로 굴러오는 중이었다.

인디가 프랜시에게서 몇 미터 떨어진 곳에 멈추더니, 아직도 스크롤하고 있는 촉수들을 하늘 위로 쏘아서 공중에 떠 있는 회전초의 촉수 중 하나를 감싸 쥐었다. 그리고 프랜시가 머릿속에 떠올렸던 비유처럼, 마치 어린아이가 띄운 연의 줄을 잡아당기듯 인디가 그 회전초를 아래로 끌어내렸다.

스렌놈이었다. 그것은 스렌놈일 수밖에 없었다. 스렌놈이 내려오지 않으려 저항했다. 프랜시는 무슨 뜻인지 알아볼 수 없었지만, 밝은 녹색의 뭔가를 스크롤하는 그 모습은 분노에 가득 찬 것처럼 보였다. 그리고 곧 누가 자신을 잡아당기는지 깨닫고는 땅으로 끌어 내려와 진흙탕을 튀겼다. 인디가 스렌놈을 붙잡았고, 스렌놈이 다시 인디를 붙잡았다. 그리고 그들은 서로를 끌어안았다. 그들의 촉수는 한 가닥으로 땋은 머리카락이 통제 불능이 된 것처럼 꼬이고 얽혔으며, 둘이 너무 빨리 스크롤해서 프랜시는 알아볼 수 없었다. 특히, 어느 때보다 심하게 쏟아지는 이런 빗속에서는 불가능했다. 그러나 그들은 외계인 언어로 이렇게 이야기하는 게 분명했다. "여기서 뭐 하는 거야?" 그리고 "사방으로 너를 찾아 다녔어!" 그리고 "서둘러, 그 패거리가 여기 오기 전에 떠나야 해!" 그러나 이번에는 스렌놈이 저항하고 반론하고 설명하면서, 아직 다 마치지 못했다고 말했다.

"이 폭풍우에서 빠져나가지 못하면, 우리 모두 끝장이야!" 웨이드가 인디에게 소리쳤다. "번개가…."

「아니요 아니요 아니요」. 인디가 스크롤했다. 그리고 다시 스렌놈과의 대화로 돌아갔다. 이번에는 스렌놈에게 웨이드와 프랜시가 누구이며, 그들이 여기서 뭘 하고 있는지 말해주는 게 분명했다.

"그런 것들은 나중에 설명해도 돼!" 프랜시가 사방에 번쩍거리는 번갯불을 초조하게 바라보며 말했다. "우린 가야 해!"

「아니요 아니요 아니요」. 인디가 스크롤했다. 「스렌놈 마쳐야 해」.

"폭풍이 지나간 뒤에 할 수 있을 거야." 프랜시가 말했다.

「아니요 아니요 아니요」. 인디가 스크롤했다. 「스렌놈 치니비타이 브브흐비니이츠」.

"여기에 서서 논쟁하지 마." 웨이드가 소리쳤다. "우리가 여기에 있는 시간만큼 죽을 확률이 올라간다고."

「아니요 아니요 아니요」. 인디가 스크롤했다.

"예, 예, 예." 웨이드가 말했다. "너는 이해를 못 해. 번개는 위험해! 번개가…."

웨이드는 말을 다 끝내지 못했다. 너무 밝아서 눈이 아플 정도의 청백색 섬광이 그들 근처에서 폭발하고, 프랜시가 바닥에 쓰러졌다.

'끝이다.' 프랜시가 생각했다. '우리가 번개에 맞았어.' 그리고 곧 닥쳐올 살인적인 충격과 타는 듯한 고통에 대비해 몸을 움츠렸다.

그런 고통은 오지 않았다. 그리고 나노초 후에 천둥소리가 났을 때, 멀리서 우르릉거리는 소리처럼 들렸다. "뭐지…?" 프랜시는 천둥 때문에 귀가 먹은 게 아닌지 궁금했다. 그리고 자신이 더 이상 비를 맞고 있지 않다는 사실을 깨달았다.

프랜시가 고개를 들었다. 프랜시는 비를 막아주는 투명한 덮개 아래에 있었다. 그게 천둥소리도 막았다. 아니, 우산이나 텐트 같은 게 아니었다. 투명한 소재가 사방으로 펼쳐져 프랜시를 감싸고 있었다.

프랜시의 손과 발 아래의 진흙과 풀은 젖어 있었지만, 지금 손과 발이 닿는 곳은 완전히 마른 상태였다. 그리고 힘겹게 몸을 일으켰을 때, 자신이 일종의 투명한 거품에 완전히 둘러싸여 있다는 사실을 깨달았다.

그리고 혼자였다. 다른 사람들은 어디에 있을까? "인디! 웨이드!" 프랜시가 거품 옆을 내다보며 그들을 보려고 했지만, 번개의 불빛이 희미해지면서, 차의 앞유리창이 물줄기로 덮였던 것처럼 거품의 옆으로 흘러내리는 빗줄기만 보였다.

'그런데 이건 앞유리창을 닦을 와이퍼가 없어.' 프랜시가 생각했다. 그때 멀리서 웨이드가 부르는 소리가 들렸다. "프랜시! 어디 있어요?"

"여기요." 프랜시가 대답했다. "난 일종의…."

"거대한 비눗방울 안에 있어요?" 웨이드의 목소리가 먹먹하게 들렸다. 프랜시가 목소리 방향으로 시선을 돌리자, 3미터 정도 떨어진 곳에 있는 웨이드의 모습을 간신히 알아볼 수 있었다. "내 생각이 틀렸어요. 인디가 번개보다 빨랐어요."

프랜시는 웨이드의 말을 거의 알아들을 수 없었다. "뭐라고요?" 프랜시가 손을 모아 귀에 대며 말했다.

"인디가 더 빠르다고 했어요." 웨이드가 소리쳤다. "번개보다 빨라요." 그리고 거품을 가리켰다. "이건 인디가 방울뱀을 처리하던 방법을 거대한 크기로 만든 것 같아요."

"우리가 인디의 촉수 안에 있다는 말인가요?"

"그게 아니라면, 우리는 오즈에 떨어져서 착한 마녀 글린다가 띄워준 거품들 안에 있는 거겠죠." 웨이드가 말하며, 자신의 거품을 프랜시의 거품에 더 가깝게 이동시키려고 뒤뚱거리다가 넘어질 뻔했다. "하지만 솔직히 말해서, 글린다의 눈에는 이 외계인들이 어떻게 보일지 모르겠네요."

웨이드는 거품의 벽을 두드리며 살펴보고 천장을 올려다봤다. "아무튼 이것도 패러데이 새장인 것 같아 다행이에요. 그렇지 않았다면, 말 그대로 우린 토스트가 됐을 테니까요."

"하지만 이게 당신 말대로 인디가 방울뱀을 처리했던 방법을 다시 쓰는 것이라면…." 프랜시는 인디가 어떻게 촉수 일부분을 확장해서 뱀을 에워쌌는지를 떠올리며 말했다. "그렇다면 번개가 내려쳤을 때 인디는 여전히 빗속에 있었을 거예요."

"그건 문제가 되지 않는 게 확실해요." 웨이드가 말했다.

"무슨 말이에요, 그게 문제가 아니라니? 번개는…."

"인디와 스렌놈은 번개에 특별히 영향을 받지 않는 것 같다는 거예요." 웨이드가 어정어정 발을 끌며 프랜시의 거품으로 다가와, 프랜시의 뒤쪽을 가리켰다.

프랜시가 고개를 돌렸다. 쏟아지는 빗줄기 너머로 프랜시의 거품에서 몇 미터 떨어진 곳에 인디와 스렌놈이 나란히 앉아 활발하게 토론하는 모습이 보였다. 인디는 선명한 빨간색으로, 스렌놈은 형광 녹색으로 스크롤하고 있었다.

번개 한 줄기가 그들을 덮쳤다.

"오, 안 돼!" 프랜시가 말을 제대로 못 하고, 손을 입에 댔다. 하지만 그들은 촉수에 스파크가 튀며 가장자리를 따라 지글거리는 것도 모른 채 곧바로 대화를 이어갔다. 그리고 이어서 따라온 귀가 먹먹할 정도의 천둥소리에도 꿈쩍하지 않았다.

그들은 인디의 언어로 말하고 있었지만, 가끔 인디의 촉수를 따라 영어 단어가 번쩍였다. 「가다」 그리고 「지금 지금 지금」 그리고 「빨리」.

"인디는 스렌놈을 설득해서 여기서 떠나게 하려는 거예요." 프랜시가 웨이드에게 말했다. "하지만 스렌놈은 가지 않으려 해요."

"왜 안 간다는 거예요?"

"모르겠어요. 인디!" 프랜시가 시끄러운 비와 천둥소리를 뚫고 소리쳤다. "왜 스렌놈은 우리와 함께 안 가려는 거야?"

「아니요 했다」. 인디가 스크롤했다.

"스렌놈이 하려던 일을 아직 끝내지 못했다는 뜻이야?"

「예 예 예」.

"스렌놈이 뭘 하고 있었는데?" 웨이드가 묻자, 인디가 동굴 벽화와 이집트 상형 문자를 뒤섞어놓은 듯한 이해할 수 없는 기호들을 스크롤했다. 전혀 도움이 되지 않았다.

"스렌놈이 일을 마치려면 얼마나 걸려?" 프랜시가 물었다.

「둘(TWO)」. 인디가 스크롤했다.

"두 시간?" 웨이드가 물었다.

「아니요 아니요 아니요」. 인디가 스크롤했다. 「둘 오래 폭풍 고데스 (TWO LONG STORM GOTHES)」. 프랜시는 폭풍이 계속 움직여서 스렌놈이 하던 일을 마치려면 너무 오래(too long) 걸린다는 말이라고 짐작했다. 하지만 폭풍이 움직이는 조짐은 전혀 보이지 않았다. 비는 여느 때처럼 세차게 내리고, 번개가 내려치는 횟수는 오히려 더 늘어났다.

하지만 스렌놈은 아마 알고 있을 것이다. "네가 스렌놈이 하는 일을 도와줄 수 있겠어?" 프랜시가 인디에게 물었다.

「예 아니요 예 아니요」.

"저게 대체 무슨 뜻이에요?" 웨이드가 소리쳤다.

"쉿." 프랜시가 웨이드를 조용히 시켰다. "네가 도와줄 수 있지만, 충분하지는 않다고?" 프랜시가 인디에게 물었다. 인디가 「예」를 연달아 스크롤하기 시작하자, 프랜시가 열성적으로 물었다. "우리는 어때? 우리도 그 일을 도와줄 수 있을까?"

「예」. 인디는 프랜시가 한 번도 본 적 없는 화사한 분홍색으로 스크롤했다. 「예 예 예 고마워 고마워 고마워!」.

"괜찮아." 프랜시가 말했다. "우리가 뭘 해야 할지만 말해줘."

인디가 스렌놈을 바라보며 촉수를 따라 위아래로 상형 문자를 활발하게 스크롤했다. 그리고 두 촉수에 크리스마스 반짝이처럼 보이는 것을 잔뜩 들고서 프랜시에게 돌아왔다. 스렌놈이 공중에 떠 있었을 때, 프랜시는 그의 촉수들이 반짝이는 것을 봤었는데, 그 물체인 게 틀림없었다.

"거품을 없애지 않고 저걸 우리에게 어떻게 주려는 걸까요?" 웨이드가 불안한 얼굴로 하늘을 쳐다보며 물었다. 하지만 인디가 웨이드의 벽을 건드리자 양쪽이 약간 두꺼워지며 그 사이에 좁은 틈이 생겼다. 인디가 촉수에 들고 있던 반짝이들을 그 틈으로 통과시켜 웨이드에게 건네주고, 프랜시에게도 똑같이 했다.

"우리가 이걸로 뭘 해야 해?" 프랜시가 물었다.

「올가미」. 인디가 스크롤했다. 무슨 의미인지 전혀 알 수 없었다.

"이렇게 하라는 거야?" 프랜시가 말했다. 그리고 그 가느다란 띠를 머리 위에서 밧줄처럼 휘둘렀다.

「아니요 아니요 아니요」. 인디가 스크롤했다. 인디가 틈으로 촉수를 뻗이 프랜시에게서 반짝이 띠를 하나 가져가서, 가느다란 반짝이의 한쪽 끝을 쥐고 다른 부분을 거품의 벽에 축 늘어뜨렸다. 그리고 다시 프랜시에게 건네주며 스크롤했다. 「보다?」.

프랜시는 완벽하게 이해하지는 못했지만, 고개를 끄덕였다. 인디가 촉수를 빼고 다시 스렌놈에게 가서 수십 개의 촉수에 반짝이를 가득 쥐고 스크롤했다.「준비」.

"응." 프랜시가 말했다.

"우리가 그렇게 큰 도움이 될 수 있을지 모르겠네요." 웨이드가 말했다.

"이 거품 때문에 움직이기가 너무 번거로워서. 우리…." 웨이드가 갑자기 공중으로 솟았다.

"어디…?" 프랜시가 말하기 시작했을 때, 프랜시의 거품도 하늘로 솟았다. 프랜시는 균형을 잃고 넘어졌다. 곧 양팔을 벌리고 중심을 잡으며 일어나려 애썼다. 자세가 안정되었다.

프랜시가 넘어질 때, 그만 반짝이들을 떨어뜨렸다. 몸을 구부려 둥그스름한 바닥에 떨어진 반짝이들을 그러모았다. 그리고 천천히 몸을 곧게 펴고 발을 끌며 거품 벽으로 가서, 가느다란 반짝이 한 줄기를 빼서 그 끝을 조심스럽게 거품에 대자 반짝이가 인디의 촉수처럼 엄청나게 길어지며 엄청나게 빠르게 거품의 옆 벽을 뚫고 폭풍 속으로 튀어 나갔다.

깜짝 놀란 프랜시가 반짝이를 놓쳤지만, 그게 튀어 나가며 수축해서 단단한 나선형으로 말려들기 직전에 다른 손으로 그 끝을 잡을 수 있었다.

프랜시는 그 반짝이를 주머니에 넣고, 다른 반짝이를 벽에 댔다. 그리고 그게 튀어 나갈 때 떨어뜨리지 않도록 손에 감았다. 그리고 다른 반짝이를 꺼내 그대로 했다. 그리고 또 다른 반짝이도.

땅에서는 대단히 부피가 크고 성가시게 느껴졌던 거품이 공중에서는 우아하게 떠 있었다. 바람이 이리저리 휘몰아치고 쏟아지는 빗줄기와 눈부신 번개에도 프랜시가 쓰러지지 않도록 해주는 것을 보면, 프랜시의 움직임에 맞추는 것 같았다.

놀랍게도, 전혀 무섭지 않았다. 폭풍 속의 물보라와 안개 사이를 떠다니며, 가끔 바닷속 문어처럼 우아하게 헤엄치면서 반짝거리는 은색 리본들을 달고 이리저리 움직이는 외계인들이 스쳐 지나가는 모습을 보는 것은 의외로 재미있었다. 외계인들은 몇 초마다 폭풍 속으로 반짝이를 쏘았다.

웨이드의 거품이 지나가서 프랜시가 외쳤다. "우리가 뭘 하는 거죠?"

"모르겠어요." 웨이드가 대답했다. "빗방울 표본을 채집하는 걸까요?

아니면 오존?"

"그들에게 그게 왜 필요할까요?" 프랜시가 물었다.

"나도 몰라요. 하지만 이걸 조종하는 방법을 알아냈어요. 가고 싶은 방향에 손을 펴서 대고, 위로 가고 싶으면 위로 올리면 돼요."

"내려가고 싶을 때는 어떻게 해야 하나요? 거품의 바닥에 손을 대야 하나요?" 프랜시가 물었지만, 웨이드의 거품은 이미 멀리 날아간 뒤였다.

프랜시가 몸을 숙여 거품 바닥에 손을 대다가, 자신이 얼마나 높이 떠 있는지 보고는 숨이 턱 막혔다. "웨이드!" 프랜시는 갑작스럽게 현기증을 느끼고, 잡히지 않는 거품의 벽을 움켜잡으려 애쓰며 울부짖었다.

그 즉시 촉수마다 반짝이들을 쥔 인디가 프랜시의 옆에 나타났다. "떨어질 것 같아 무서워!" 프랜시가 인디에게 말했다. "내려줘!"

「아니요 아니요 아니요 빨리 빨리 빨리」. 인디가 스크롤했다. 「꽉 붙잡고 있어, 카우보이. 너를 내던지지 못하게 해!」. 프랜시는 그것을 격려하는 말로 받아들였다. 설령 그게 아니라고 하더라도, 인디는 프랜시가 반짝이를 다 쓸 때까지 내려주지 않을 게 분명했다. 프랜시는 최대한 빨리 은빛 띠를 차례로 거품 가장자리에 가져다 댔다. 그리고 타고 있는 거품이 폭풍의 중심부까지 치솟았다가 갑자기 롤러코스터처럼 다시 내려갈 때 당황하지 않으려 노력했다.

프랜시가 모든 띠를 쓰자마자, 인디에게 소리쳤다. "난 다 떨어졌⋯." 하지만 프랜시가 말을 마치기도 전에, 인디가 한 묶음 더 건네주며 스크롤했다. 「빨리 빨리 빨리 추르리스포이니스 가다」.

이번에는 인디가 무슨 말을 하는지 프랜시가 알아챘다. 폭풍의 이쪽 부분에 비가 조금씩 잦아들고, 서쪽 구름에 좁은 틈이 보였기 때문이었다. 폭풍의 중심부가 이동하고 있는 게 분명했다.

인디와 스렌놈은 속도를 높여 은빛 화살 다발을 쏘듯 폭풍우를 향해 반짝이 띠들을 연달아 쏘아댔다. 프랜시도 똑같이 하려 했지만, 그 정도로 빠르게 할 수는 없었다.

"여기요⋯." 웨이드가 거품을 프랜시 옆에 대며 말했다. "나한테 몇 개

넘겨요."

"어떻게요?" 프랜시가 묻자, 웨이드가 거품 표면을 뚫고 손을 밀어 넣었다.

"당신이 그렇게 할 수 있는지 몰랐어요." 프랜시가 웨이드에게 띠의 절반을 건네며 말했다.

"나도 몰랐어요." 웨이드가 말하며 손을 뺐다. 그리고 수영 선수가 수영장 가장자리를 박차고 나가듯 프랜시의 거품을 밀어냈다. 웨이드는 그 힘에 밀려 두 사람을 둘러싸고 있는 구름층으로 거의 들어갈 뻔했는데, 인디가 방금 번개가 내려친 중심부로 다시 데려왔다.

'이걸로 오존 표본을 채취하거나, 번개의 전기량을 측정하는 게 분명해.' 프랜시가 생각했다. 그래서 다른 번개를 향해 거품을 움직였는데, 인디가 프랜시의 머리 위에서 촉수를 휘두르며, 다시 본래 있던 장소로 끌어다 놓았다.

폭풍의 서쪽 가장자리는 이제 정말로 부서져나가기 시작했다. 구름의 틈새가 더 크고 길게 울퉁불퉁 찢겨나갔고, 그 양쪽으로 더 작게 찢겨나간 틈새들이 있었다. 폭풍 속은 여전히 모든 것이 회색으로 흐릿하고, 계속 비가 내리고 있었지만, 그 틈새 사이로 밝은 푸른 하늘과 높게 쌓인 하얀 구름을 엿볼 수 있었다.

프랜시는 다시 반짝이가 다 떨어졌다. "인디…." 프랜시가 주위를 둘러보고 찾으며, 인디를 불렀다. 하지만 인디와 스렌놈은 보이지 않았다.

"웨이드!" 프랜시가 부르자, 웨이드의 거품이 프랜시의 옆에 나타났다. "인디와 스렌놈은 어디 있어요?"

"바닥에 있어요." 웨이드가 아래를 가리키며 말했다. "아마 반짝이가 다 떨어진 모양이에요."

"아, 잘됐네요." 프랜시가 말했다. "그러면 우리도 내려가도 될까요?"

"잠시만요." 웨이드가 손으로 자신의 거품 벽을 뚫더니 프랜시의 거품 벽을 뚫고 프랜시의 팔을 잡았다. 그리고 프랜시를 자신의 거품으로 끌어당겼다.

"이리 와요." 웨이드가 말하며 자유로운 손으로 거품의 천장을 세게 눌렀다. 거품이 폭풍 속으로 곧장 올라갔다. 그 속도가 너무 빨라서 웨이드가 팔로 프랜시를 감싸지 않았다면 떨어질 것만 같았다.

위쪽에서는 구름이 빠르게 갈라지고 있었다. 그 틈 사이로 햇빛이 비쳐 파스텔 색조와 분홍색, 복숭아색, 라일락색 빛으로 안개를 씻어내고, 착한 마녀 글린다처럼 오팔색의 광택으로 거품의 표면이 물들었다. "꽤 멋지지 않아요?" 웨이드가 자유로운 손으로 그 광경을 가리키며 말했다.

"이 광경을 보여주려고 저를 여기 데려온 건가요?"

"아뇨." 웨이드가 말했다. "다른 한 가지에 대해 말해주려고 데려온 거예요."

"다른 한 가지라뇨?"

"진실이었던 다른 한 가지요." 웨이드가 말했다. "내게 당신에게 말했던 이야기 중에 진실이 있었는지 물었잖아요. 내가 그중 한 가지는 인디를 돕고 싶은 것이었다고 대답했는데, 다른 한 가지가 무엇인지 말하기 전에 방해를 받았어요." 프랜시의 심장이 두근거리기 시작했다.

찢어진 구름 조각들이 물러나고, 햇빛이 쏟아져 들어와 여전히 떨어지고 있는 빗방울에서 굴절되며 백만 개의 반짝이는 프리즘으로 바뀌어, 인디가 스크롤할 때처럼 선명한 색색으로 반짝이며 진홍색과 주황색, 황금색으로, 그리고 에메랄드, 사파이어, 자수정 그리고 남색으로 공기 전체를 무지개로 가득 채웠다.

"그게 뭐였어요?" 프랜시가 작게 속삭였다. "당신이 말했던 다른 한 가지 진실이?"

"이거예요." 웨이드가 말하며 프랜시를 향해 몸을 굽혔는데, 갑자기 엘리베이터가 급강하하듯 거품이 아래로 곧장 떨어져서, 두 사람이 함께 바닥에 쓰러졌다.

거품이 땅에서 몇 센티 위에서 멈췄을 때 프랜시가 비명을 지르고 웨이드가 소리쳤다. "대체 뭐야?"

「가다 가다 가다」. 인디가 그들 옆에 서서 스크롤했다. 그리고 촉수에 둘둘 말린 반짝이들을 잔뜩 쥔 스렌놈이 지프를 향해 굴러가기 시작했다. 「문제 패거리」.

"알아." 웨이드가 말했다. "내게 1분만 시간을 줘. 프랜시에게 할 말이 있어." 웨이드가 거품의 천장에 손바닥을 가져다 댔다.

거품이 두 사람 주위로 무너져 내렸다. 그리고 여전히 내리고 있는 빗속에 그들을 남겨둔 채 쪼그라들어 촉수 모양이 되더니, 다시 예전처럼 불규칙하게 뻗어나갔다. 「빨리 가다 필요」.

"아주 고마워, 인디." 웨이드가 프랜시를 부축하며 말했다. "미안해요. 다음 기회로 미뤄야겠네요." 그가 떨어지는 비를 올려다보며 덧붙였다. "말 그대로, 인디를 쫓아오는 누군가가 지금 당장 우리를 붙잡기 전에, 인디와 스렌놈을 그들의 우주선에 안전하게 태워 지구를 벗어나게 해야 해요."

「예 예 예」. 인디가 프랜시의 손목을 붙잡으며 스크롤했다.

"그게 누구야, 인디?" 프랜시가 물었다. "누가 너를 쫓아오는 거야?"

「패거리」.

"그건 알아. 그들이 누구야?"

「모뉴멘트 밸리」.

인디가 '모뉴멘트 밸리'를 말할 때, 뇌우를 가리키는 거라는 이론은 폐기할 때가 됐다. "그 사람들이 모뉴멘트 밸리에 있어?" 프랜시가 물었다.

「아니요 아니요 아니요」.

"그들이 모뉴멘트 밸리에 착륙했어?"

「아니요 아니요 아니요!」. 인디가 스크롤했다. 그 글자들이 너무나 선명한 걸 보니, 프랜시가 길을 잘못 든 게 분명했다.

"네가 거기에 착륙했어?"

「아니요」.

"스렌놈이 거기에 착륙했어?"

「아니요 아니요 아니요 모뉴멘트 밸리 가다 가다 가다!」. 인디가 거대한 붉은 글씨로 스크롤했다. 그리고 프랜시를 지프 쪽으로 끌고 갔다. 거기에서 스렌놈이 반짝이 더미를 앞에 쌓아놓고 기다렸다. 스렌놈이 자신의 회전초 몸뚱이의 공간에 반짝이들을 집어넣었다.

그들이 스렌놈이 있는 곳에 도착했을 때는 반짝이들이 모두 사라지고 없었다. 프랜시는 만일 스렌놈이 반짝이들을 먹었다면, 뇌우가 어떤 형태의 영양분을 공급할 거라던 웨이드의 생각이 맞는지 궁금했다. 그런데 인디가 '반짝이들을 어디에 넣었어?'라는 뜻의 상형문자를 스크롤한 게 분명했다. 스렌놈이 촉수를 자신의 속에 집어넣었다가, 반짝이 하나를 꺼내 인디에게 보여주고 다시 집어넣은 걸 보면 말이다.

인디가 차의 뒷문을 열었다. 스렌놈이 굴러 들어갔다. 프랜시가 스렌놈을 자세히 살펴봤더니, 인디와는 약간 다르게 생겼다는 사실을 알 수 있었다. 스렌놈은 좀 더 크고, 촉수가 연한 녹색이었으며, 완두콩의 덩굴손처럼 촉수를 따라 곱슬곱슬한 곁가지들이 있었다.

인디가 프랜시와 웨이드에게 앞쪽에 타라고 몸짓하고, 자신은 스렌놈이 있는 뒤쪽으로 굴러갔다. 인디가 좌석 사이로 방향을 가리키는 촉수를 뻗어 웨이드의 얼굴에 들이밀었다. 「가다!」.

"어디로?" 웨이드가 시동 장치에 키를 꽂고 시동을 걸며 물었다.

「서쪽」. 인디가 스크롤했다.

"그게 정말 좋은 생각이라고 확신해?" 웨이드가 물었다. "너를 쫓아오는 놈들의 품으로 곧장 뛰어들 수도 있잖아."

「서쪽」. 인디가 밝은 분홍색으로 스크롤했다. 「모뉴멘트 밸리」. 그리고 웨이드의 창문을 가리켰다. 「돌아 돌아 돌아」.

"차를 돌려 우리가 왔던 길로 돌아가라는 거예요." 프랜시가 말했다. "그리고 이 단어들의 색으로 봐서는, 당신에게 속도를 내라는 뜻이에요."

그것은 부드럽게 표현한 것이었다. 웨이드가 충분히 빠르게 반응하지 않자, 인디가 덩굴손으로 웨이드의 발과 발목을 감싸서 세게 밀었다.

지프의 바퀴가 젖은 진흙탕에서 헛돌면서 물이 사방으로 튀었다. "이봐!" 웨이드가 말했다. "여기서 운전하는 사람은 나야. 우리가 이 길에서 벗어나게 해줘야 해." 웨이드가 프랜시를 힐끗 쳐다봤다. "인디에게 메시지를 전달해줘요. 빨리 가고 싶겠지만, 운전은 내가 해야 한다고요."

인디가 촉수를 느슨하게 풀었지만, 치우지는 않았다.

"난 진지하게 말하는 거야." 웨이드가 말하자, 인디가 즉시 촉수를 빼더니, 다시 프랜시의 얼굴 앞에 펼쳤다. 「빨리 빨리 빨리」. 이제 글자가 선명한 붉은색으로 바뀌었다.

"웨이드도 서두르고 있어." 프랜시가 인디에게 말했다.

웨이드가 지프를 몰아 그들이 왔던 흙길로 돌아갔다. 지금은 완전히 웅덩이 천지였다. 지프는 그 길을 따라 그들이 빠져나왔던 고속도로로 향했다. "인디에게 '서쪽'보다 더 구체적인 뭔가를 알려달라고 해볼래요?" 웨이드가 프랜시에게 지시했다.

프랜시가 고개를 끄덕였다. "인디, 어디로 데려다줄까?" 프랜시가 물었다. "네 우주선으로? 스렌놈의 우주선으로?"

「아니요 아니요 아니요 모뉴멘트 밸리 빨리」.

"모뉴멘트 밸리로 데려다주라고?"

「아니요 아니요 아니요」. 그리고 마치 모든 걸 설명해주는 말이라는 듯이 스크롤했다. 「모뉴멘트 밸리!」.

"이해를 못 하겠어. 그게 무슨 뜻이야? 모뉴멘트 밸리가 뭔데?" 프랜시가 물었다. 인디의 스크롤에서 좌절감을 읽을 수 있었다. 「문제 빨리 가다 가다 가다!」. 프랜시는 계속해서 다른 방식으로 질문을 던지며 캐물었지만, 인디에게서는 더 이상의 정보를 얻을 수 없었다.

지프가 고속도로에 도착했다. 「서쪽」. 인디가 웨이드의 창문 왼쪽을 가리키며 스크롤했다.

"우리가 갈 수 있는 다른 길은 없니?" 프랜시가 물었다. "FBI가…." 하지만 프랜시가 말을 마치기 전에, 인디가 북쪽의 좁은 포장도로로 가도록 지시했다.

프랜시가 창밖으로 이제 동쪽에 있는 뇌우를 바라봤다. 뇌우는 흰색에서 옅은 분홍색으로 변했고, 프랜시가 지켜보는 동안 저녁 하늘을 배경으로 장미색으로, 그리고 연어색으로 점점 짙어졌다.

「서쪽」. 인디가 스크롤했다. 「돌아」.

"어디로?" 웨이드가 물었다. "들판밖에 없는데?"

하지만 도로가 있었고, 오히려 더 좋은 길이었다. 화살처럼 곧게 뻗어나간 2차선 고속도로였다. 그리고 차가 한 대도 보이지 않았다. 웨이드가 가속 페달을 밟았다.

날이 점점 어두워졌다. 프랜시가 뒤따라오는 차가 있는지 고개를 돌려 뒤쪽을 봤지만, 불빛이 전혀 보이지 않았다. 적란운은 장미색에서 밝은 자색을 띤 청색으로 희미해졌고, 그 위와 주변의 하늘은 황혼의 보라색과 파란색으로 바뀌며 어두워졌다. 프랜시는 별을 몇 개 볼 수 있었지만, 우주선일지도 모를 불빛은 보이지 않았다.

그들이 쫓기고 있지 않다는 가장 확실한 증거는 인디였다. 인디는 「빨리 빨리 빨리」라고 스크롤하거나, 앞유리창을 다급하게 가리키지 않았다. 인디는 스렌놈에게 차분하게 스크롤하며, 그들이 서로를 마지막으로 본 이후 무슨 일이 있었는지 말해주는 것 같았다.

'다행이야.' 프랜시가 생각했다. 그리고 다시 앞으로 고개를 돌리며 말했다. "우리 뒤에는 아무도 없어요." 프랜시가 웨이드에게 말했다. 그리고 앞의 어두워지는 풍경을 바라봤다. "라이트를 켜야 하지 않을까요?"

"네. 그래야 할 것 같네요." 웨이드가 말하며 헤드라이트를 켰다.

하지만 쫓기고 있다는 사실을 인디가 잊고 있을 거라는 프랜시의 판단은 틀렸다. 촉수 하나가 튀어나와 라이트를 끄고, 다른 촉수를 웨이드의 얼굴을 향해 들이밀며 스크롤했다. 「아니요 아니요 아니요」.

웨이드가 브레이크를 밟아 차가 급정거했다. "이봐." 웨이드가 인디를 향해 고개를 돌리고 말했다. "나는 불빛 없이 운전하거나, 서둘러 갈 수 있어. 하지만 한 번에 둘 다를 할 수는 없어. 어느 쪽을 선택할래?"

잠시 가만히 있다가, 인디가 방향 지시등 레버를 촉수로 감싸더니 라이트를 다시 켰다.

"좋았어." 웨이드가 말했다. "내가 거기에 데려다줄게. 약속해. 하지만 네 우주선이 어디에 있는지 내게 말해줘야 해. 사람들이 추락을 목격했다고 알려준 로즈웰 서쪽이야?"

인디는 대답하지 않았다. 그리고 스크롤했다. 「서쪽 빨리 가다!」.

"가고 있어." 웨이드가 말하고, 가속 페달을 밟았다.

"UFO가 어디에 추락했는지 알아요?" 프랜시가 물었다.

"네, 그리고 아니요." 웨이드가 대답했다. "우리 직원들이 어디에서 추락을 목격했다고 보고했는지는 알고 있어요. 하지만 우리는 그곳이나 그 근처에서 아무것도 발견하지 못했고, 어디로 떨어졌을지 계산해봐도 아무것도 나오지 않았어요." 웨이드가 백미러를 흘끗 쳐다봤다. "우리 뒤에 아무도 안 보이죠?"

프랜시가 사이드미러를 흘끗 쳐다보며 말했다. "네. 왜요?"

웨이드가 엄지손가락으로 뒷좌석을 가리켰다. "저들은 우리가 쫓기고 있다고 생각하는 것 같아서요."

웨이드의 말이 맞았다. 스렌놈과 인디의 촉수가 모두 뒷유리창에 붙어 있었는데, 스렌놈의 촉수가 마구 흔들렸다. "무슨 일이야, 인디?" 프랜시가 꿈틀거리는 촉수 사이로 뒤쪽을 보려고 애쓰며 물었다. 프랜시가 볼 수 있는 것은 어둠뿐이었다. 마을을 의미하는 멀리 보이는 불빛이나, 여기저기 흩어져 있는 목장의 불빛조차 전혀 보이지 않았다.

아니, 잠깐만, 뒤쪽 멀리에서 빛이 반짝거렸다. 뇌우가 있던 곳이었다. 그러자 스렌놈이 총이라도 맞은 것처럼 더욱 격렬하게 몸부림치기 시작했다.

"번개일 뿐이야." 프랜시가 스렌놈에게 말했다. "우리가 폭풍 속에서 봤던 거랑 같아. 번개라고. 스렌놈에게 괜찮다고 말해줘, 인디."

인디가 스렌놈에게 상형문자를 조금 스크롤했다. 그러자 마침내 스렌놈이 진정되었다. 적어도 프랜시가 스렌놈 너머의 창밖을 내다볼 수 있을 정도로 차분해졌다. 뒤쪽에는 어둠만 가득했고, 불빛 하나 깜빡이지 않았다.

"번개였던 게 확실해요." 프랜시가 웨이드에게 말했다. "혹시 그게 아니었다면, 그게 누구였든 우리가 따돌린 거예요." 프랜시가 작은 소리로 속삭이며 덧붙였다. 그리고 마치 대답이라도 하듯, 인디가 프랜시 앞에 다른 촉수를 내밀어 웨이드에게 다시 방향을 바꾸라고 했다. 그리고 서두르라고 했다.

인디는 몇 분마다 이 행동을 반복하며, 웨이드에게 좁은 포장도로 또는 더 좁은 자갈길이나 흙길로 방향을 틀게 했고, 때로는 북쪽으로, 때로는 남쪽으로 천천히 나아가다가, 가끔은 아예 동쪽으로 몇 킬로미터를 역주행한 다음 다시 서쪽으로 향하라고 지시했다. 인디가 그들을 어딘가로 이끌고 가는 건지, 혹은 회피 기동을 하는 건지는 알 수 없었다.

만일 회피 기동이라면, 인디는 잘하고 있었다. 지그재그, 지그재그로 진행한 지 30분이 지나자, 프랜시는 그들이 어느 방향으로 가고 있는지 전혀 알 수 없었다.

"여기가 어디인지 알아요?" 마침내 프랜시가 웨이드에게 물었다. "아니면 인디가 우리를 어디로 데려가는지?"

"아니요." 웨이드가 말했다. "하지만 그건 중요하지 않을지도 몰라요. 우리 뒤를 봐요." 프랜시가 사이드미러를 힐끗 쳐다봤다. 저 멀리 뒤쪽 도로에 빨간 불빛이 있었다.

"순찰차에요?" 웨이드가 물었다.

"모르겠어요. 불빛이 깜빡이는 건 안 보여요. 아, 잠깐만요, 맞아요." 프랜시가 흰색과 파란색이 빨간색과 섞인 익숙한 깜빡임을 확인하고 말했다. "확실히 순찰차예요. 아니면 FBI이거나." 프랜시가 말했다. "아니면 당신이 어떤 일은 하는 사람인지는 모르겠지만, 당신들의 차에는 어떤 색의 점멸등을 쓰나요?"

"안 써요." 웨이드가 대답했다. "그들이 고속도로 순찰대에 지명 수배를 했을 거예요. 한 대 이상인가요?"

프랜시가 좌석에서 고개를 돌려 보려다, 인디의 촉수에 얼굴을 맞았다. 인디는 그 촉수로 프랜시의 목을 감아쥐고, 두 번째 촉수를 프랜시의 눈앞에 들이밀었다. 그리고 미친 듯이 스크롤했다. 「가다 가다 가다!」.

"인디, 이거 놔!" 프랜시가 목에 감긴 촉수를 잡아당기며 소리쳤다. "내가 보려는 거야!"

불가능했다. 뒷좌석은 꿈틀거리는 촉수들로 엉망이었고, 뒷유리창의 시야를 완전히 가리고 있었다. 그래서 프랜시가 사이드미러로 보려고 하자, 인디가 프랜시의 얼굴에 촉수를 내밀었다. 「빨리 빨리 빨리!」. 그리고 다른 촉수를 웨이드의 얼굴에 내밀었다.

웨이드는 참지 못하고 촉수를 옆으로 밀어냈다. "서두르고 있어." 웨이드가 촉수를 바닥에 내려놓으며 말했다. 그리고 곧이어 "젠장!"

"왜요?" 프랜시가 물었다. 심장이 두근거렸다.

"앞쪽에요. 또 하나가 있어요." 웨이드가 그들의 앞 왼쪽에 있는 빨간 불빛을 가리켰다.

"저건 순찰차가 아니에요." 프랜시가 말했다. "너무 높잖아요. 아마 휴대폰 기지국이나 무선 송신탑일 거예요."

"그러면 왜 깜빡이지 않죠?" 웨이드가 물었다. "순찰차가 아직 뒤쪽에 있나요?"

프랜시가 사이드미러를 들여다봤다. 뒤에는 불빛이 없었다. "아니요." 프랜시가 웨이드에게 말했다. "아마 당신이 따돌린 것 같아요."

"아닐걸요." 웨이드가 엄지손가락으로 뒷좌석 쪽을 가리키며 말했다. "봐요."

스렌놈이 다시 히스테리를 일으켜 촉수를 사방으로 휘두르고, 밝은 녹색의 상형문자를 스크롤했다. 그리고 인디는 「가다」와 「빨리」를 빠르게 스크롤했다. 하지만 프랜시는 그들 뒤로 불빛이 전혀 보이지 않았다.

앞쪽의 불빛은 여전히 그 자리에 있었다. "철도 신호일 수도 있어요. 아니면 우리가 지나갔던 풍력 발전 단지에서 본 것처럼 풍력 발전기에 달린 항공기 경고등일 수도 있고요."

"그래요, 하지만 우리가 오는 길에 철로나 풍력 발전소를 본 기억이 없어요. 그리고 만일 그렇다면 왜 저들이 미쳐가는 걸까요?" 웨이드가 고갯짓으로 외계인들을 가리키며 물었다.

이제 인디와 스렌놈은 모두 옆 창문에 달라붙어, 인디가 모뉴멘트 밸리를 볼 때 그랬던 것처럼 격렬하게 몸부림쳤다. 그들의 촉수는 공포에 휩싸여 걷잡을 수 없이 엉키고 매듭으로 얽혔다. "괜찮아, 인디." 프랜시가 헛되이 인디를 안심시키려 애쓰며 말했다. "저건 그냥 철도 신호야."

"아닌 것 같아요." 웨이드가 왼쪽을 가리키며 말했다. 프랜시가 고개를 돌려 봤더니 왼쪽에 또 다른 빨간 불빛이 보였다. 그 불빛은 가까이 있었기 때문에, 만일 순찰차였다면 분명히 파란색과 흰색이 깜빡이는 모습을 볼 수 있었을 것이다. 하지만 빨간 불빛은 깜빡이지 않고 계속 켜져 있었다.

"풍력 발전소네요." 프랜시가 안도하며 말하자, 인디가 프랜시의 목을 움켜잡았다.

「돌아!」. 인디가 프랜시에게 들이댄 촉수에 미친 듯이 빛나는 보라색 글씨가 스크롤됐다. 「달려!」.

인디가 프랜시의 목을 거의 조르다시피 했다. "인디가 차를 돌리래요!" 프랜시가 웨이드에게 헐떡이며 말했다. 웨이드는 이해가 안 된다는 표정으로 차의 속도를 늦췄다.

"그건 별로 좋은 생각이 아닌 것 같은데요." 웨이드가 고갯짓으로 뒤쪽을 가리켰다.

"왜 안 돼요? 인디, 이것 놔!" 프랜시가 소리를 지르고, 촉수를 풀면서 뒤쪽 창밖을 바라다봤지만, 아직도 퍼덕거리는 촉수들 때문에 흐릿하게 보였다. "스렌놈, 진정해!"

프랜시가 외계인들을 한쪽으로 밀어냈다. 그리고 자동차의 뒤와 주변에, 그리고 프랜시가 볼 수 있는 가장 먼 곳까지 줄줄이 늘어선 빨간 불빛들이 보였다.

21장

"넌 나무 쪽을 맡아, 난 덤불 쪽을 맡을게."

— 〈내일을 향해 쏴라〉

"저게 경찰일 리는 없겠죠?" 프랜시가 침울하게 말했다. "아니면 당신네 요원들이거나?"

"네." 웨이드가 대답했다. "사실, 지금쯤 그들이 나타나면 딱 좋을 텐데."

"그럼, 이제 우린 어쩌죠?"

"모르겠어요."

"인디, 어떻게 해야 해?" 프랜시가 외계인에게 물었지만, 스렌놈이 촉수를 너무 심하게 휘둘러대서 인디를 거의 볼 수 없었다. 프랜시가 촉수들을 간신히 떼어냈을 때, 인디는 너무 단단하게 엉켜서 뭐라고 스크롤하는 건지 도저히 읽을 수가 없었다.

"차를 돌릴 수 있겠어요?" 프랜시가 웨이드에게 물었다.

"아뇨." 웨이드가 백미러를 힐끗 보며 말했다. "그들이 아직 우리 뒤에 있어요." 그가 옆 창문을 내다봤다. "우린 완전히 포위됐어요."

프랜시가 이제 거의 서로 닿을 듯이 늘어선 빨간 불빛들을 바라봤다.

"가속 페달을 제대로 밟으면, 저들이 누구든 뚫고 지나갈 수 있지 않을까요?"

"그럴 것 같지 않아요." 웨이드가 말했다. 하지만 가속 페달 위에 발을 올렸다.

차가 몇 미터 움직이다가 털털거리며 멈춰 섰다. "저들이 그런 거예요?" 프랜시가 물었다.

"저들이 그랬거나, 지프에 기름이 떨어졌거나 둘 중 하나겠죠." 웨이드가 불빛들의 행렬을 바라봤다. 불빛들이 차를 향해 움직이는 것처럼 보였다.

"이쪽으로 오고 있어요." 프랜시가 속삭였다.

"알아요." 웨이드가 뒤쪽을 향해 속삭였다. "인디, 저들이 누구야…?" 웨이드가 불빛을 손짓으로 가리키며 물었다. "왜 저들이 너를 쫓는 거야?"

「치지디」. 프랜시는 인디가 무릎으로 기어 들어와 절망적으로 프랜시의 허리를 촉수로 감싸며 옭아맬 때 스크롤된 글자들을 알아볼 수 있었다.

「아우글로스바이 칠라오 문제」. 인디가 프랜시를 꽉 움켜잡으며 스크롤했다.

"큰일 났다네요." 프랜시가 웨이드에게 말했다.

"네. 그건 나도 알겠어요." 웨이드가 손을 이마에 대서 빛줄기를 가리고 불빛들을 응시하며 말했다. "저기에 뭐가 있는지, 혹은 누가 있는지 보이나요?"

"아니요." 프랜시가 불빛 너머에 무엇이 있는지 보려고 눈을 가늘게 뜨며 말했다. 뭔가가 있긴 한 건가. 프랜시는 사람들이 본 외계인의 모습이 빛나는 구였다는 라일의 이야기를 떠올렸다.

프랜시가 눈을 가늘게 뜨고 불빛들을 바라보고 있을 때, 동그란 빨간 불빛 대여섯 개가 행렬에서 벗어나 그들을 향해 다가오기 시작했다. 인디가 프랜시를 더욱 세게 움켜잡았다.

"괜찮아." 프랜시가 인디에게 중얼거렸다. 하지만 분명히 괜찮지 않았다. 프랜시는 인디의 촉수의 매듭을 풀려고 애썼다.

불빛들이 계속 앞으로 다가왔다. "문을 잠가요." 웨이드가 프랜시에게 지시했다. 하지만 인디가 공황 상태에 빠져서, 프랜시의 가슴 위로 올라가 양팔과 목을 촉수로 감싸는 바람에, 프랜시는 아무것도 할 수 없었다. 그리고 어쨌거나 문을 잠갔더라도 아무 소용이 없었을 것이다.

움직일 수도 없고 비명도 지를 수 없는 악몽을 꾸는 것처럼, 빨간 불빛들이 소리도 없이 자동차 쪽으로 꾸준히 움직였다.

"잘 들어요. 혹시 우리가 서로 헤어지게 되더라도 당황하지 말아요."

"헤어지다뇨?" 프랜시가 물었다. "무슨 뜻이에요? 뭘 하려는 거예요?"

"그들이 당신에게 질문을 하면, 영웅이 되려고 하지 마세요." 웨이드가 프랜시의 질문을 무시하며 말했다. "그냥 당신이 한 일에 대해 솔직하게 말하고, 그들이 묻는 말에 대답해요. 우리의 유일한 희망은 소통하려는 시도에 달렸어요."

불빛이 계속 조용히 그들을 향해 다가왔다. "더 다가오다간, 차 안까지 들어오겠어요." 프랜시가 말했다.

"알아요." 웨이드가 말했다. "여기에 있어요." 그리고 갑자기 차 문을 열고, 차에서 내리며 배지를 꺼냈다. "나는 미국 정부를 대표합니다." 그가 불빛을 향해 말했다. "FBI의 헤이스팅스 요원입니다."

아무런 반응이 없었다.

"지구에 오신 것을 환영합니다." 웨이드가 말했다. "그리고 뉴멕시코에 오신 것을 환영합니다. 나는 우리 정부로부터 여러분과 협상할 수 있는 권한을 받았습니다. 원하는 게 뭔가요?"

여전히 아무런 반응이 없었다. 그들이 아무리 끔찍하게 생겼더라도, 눈에 보이거나 소리라도 났다면 이렇게 무섭지는 않았을 것이다. 하지만 프랜시는 불빛 외에는 아무것도 볼 수 없었다. 그사이 불빛들이 웨이드에게 다가가 그를 에워쌌다. 조금만 더 있으면, 불빛들이 웨이드를 삼켜버릴 것 같았다.

"인디, 날 놔줘." 프랜시가 말했다. "차에서 내려야 해."

「아니요 아니요 아니요 아니요 아니요 아니요!」. 인디가 스크롤했다.

"가야 해. 놓으라고." 프랜시가 말했다. 그리고 인디가 촉수를 풀자, 프랜시가 문을 열고 차에서 내렸다. 웨이드에게 다가가던 불빛들이 즉시 멈추더니, 프랜시를 향해 돌아섰다.

"프랜시, 차에 타세요." 웨이드가 소리쳤다.

"아니요." 프랜시가 말하며 차 문을 쾅 닫았다.

하지만 조금 늦었다. 차 문이 닫히기 전에 인디가 프랜시의 품으로 뛰어들어 프랜시를 감싸 안으며 스크롤했다. 「아니요 아니요 아니요!」.

불빛이 인디에게 집중됐다. "안 돼! 당신들은 인디를 데려갈 수 없어!" 프랜시가 인디를 꼭 끌어안으며 말했다. "절대로 못 데려가!"

"나도 안 돼!" 웨이드가 소리를 지르며, 프랜시와 불빛 사이로 들어왔다.

'그러면 이제 우리 모두가 증발하는 순간인 건가.' 프랜시가 생각했다.

하지만 불빛 중 일부가 영화 촬영용 아크등이나, 영화 〈미지와의 조우〉에 나왔던 눈부신 빛처럼 강렬한 흰색으로 변한 것 외에는 아직 아무런 반응이 없었다. 프랜시는 늘 영화 제작자들이 특수 효과에 돈을 쓰지 않기 위해 매우 밝고 확산되는 조명을 사용한다고 생각했었다. 하지만 이제 그들이 제대로 된 조명을 사용했다는 생각이 들었다. 그 조명 너머로 아무것도 보이지 않았다. 웨이드가 양손을 들어 밝은 빛을 가렸고, 프랜시도 인디의 촉수를 풀고 싶은 충동을 참으며 웨이드와 같은 자세를 취해야 했다. 프랜시는 눈을 가늘게 뜨고 그들이 무엇을 하고 있는지 보려고 노력했다. 그들이 차의 문을 열고 있었다.

그들이 차 문을 반쯤 열었을 때, 인디가 갑자기 프랜시를 꽁꽁 묶고 있던 촉수를 풀고 차로 뛰어들었다. 차 안에 있던 스렌놈이 비명을 질렀다. 스렌놈의 밝은 스크롤이 뭔가를 나타낸다면 그렇다는 뜻이다.

인디가 촉수를 납작하게 만들어 문들을 가로막고 단단히 닫은 다음 스크롤했다. 「아니요 아니요 아니요 아니요 아니요!」. 그리고 자주색과 빨간색 상형문자가 흘러가는 사이사이에 영어 단어들이 흩뿌려져 있었다. 「스렌놈 아우디니이흐 치니비타이」. 인디가 스크롤했다. 아마도 그들에게 더 이상 안 된다고 말하는 것이겠지만, 프랜시와 웨이드는 전혀 의미를 알 수 없는 상형문자들이 이어졌다.

프랜시는 눈이 부셔 가늘게 뜬 채 다시 불빛을 향해 고개를 돌렸다. 불빛 사이로 뭔가가 차를 향해 움직이는 모습이 보였다.

"인디!" 프랜시가 외쳤다. "조심해!" 프랜시가 인디와 그것 사이에 뛰어들려고 몸을 움직였지만, 빠르지 못했다. 인디가 그 모습을 보고, 무슨 이유에선지 차에서 촉수를 떼고, 더 이상 스크롤하지 않는 촉수를 문의 손잡이로 뻗어 문을 열었다. 스렌놈이 굴러 나와 인디에게 갔다.

"저들이 뭘 하는 거죠?" 프랜시가 웨이드에게 속삭였다.

"모르겠어요." 웨이드가 말했다. "아마 차에서 내리라는 경찰의 명령에 따르고, 손을 머리 위로 올린 게 아닐까요?"

인디의 촉수가 꿈틀거리고 펄럭이며 매듭으로 엉키려 했고, 스렌놈은 신경질적으로 스크롤하고 있었다. 상형문자가 너무 빨리 지나가는 바람에 서로 겹쳐서 읽을 수 없는 지경에 이르렀다.

「아니요 아니요 아니요 스렌놈 쉿」. 인디가 스크롤했다. 「괜찮아 아무도 널 해치지 않아 쉿」. 프랜시는 그 말이 차 안에서 드레스를 벗었을 때 인디를 진정시키기 위해 사용했던 말이라는 사실을 알아차렸다. 「쉿 괜찮아」. 그러나 스렌놈은 인디에게서, 그리고 거대한 덩굴처럼 생긴 촉수에서 나오는 눈부신 빛을 피해 뒤로 물러났다.

커다랗고 보아뱀만큼이나 거대한 것이 곧장 다가오는데도 프랜시는 그 전보다 덜 무서웠다. 웨이드의 말이 맞았다. 눈에 보이는 것은 상상하는 것보다 무섭지 않았다. 렙틸리언이나 모뉴멘트 밸리 외계인이 아니라, 제발 아니길, 인디와 같은 종이었기 때문이었다.

"이들은 인디와 같은 종족이네요." 프랜시가 웨이드에게 속삭였다.

"네." 웨이드가 말했다. "하지만 인디나 스렌놈을 매우 반가워하는 것 같지는 않네요."

"어쩌면 우리도요." 프랜시가 속삭였다.

촉수가 위로 올라갔다. 프랜시는 〈잭과 콩나무〉에 나오는 콩나무 줄기 밖에 떠오르지 않았다. 그 줄기에 꼬불꼬불한 덩굴손들이 달려 있었다. 그 콩나무 줄기가 두 사람의 머리를 가렸다. 그리고 짙은 녹색 상형문자를 스크롤했다.

「프랜시」. 인디가 스크롤했다. 「웨이드 치니비타이」.

다른 상형문자 하나가 스크롤됐다. 이것은 '설명'을 의미하는 게 분명했다. 인디가 선명한 빨간색 상형문자를 스크롤한 것을 보면 말이다.

"인디가 지금 뭐라는 거예요?" 프랜시가 속삭였다.

"누가 알겠어요." 그러자 콩나무 줄기 같은 촉수가 튀어나와 인디의 촉수를 감싸며, 인디의 스크롤을 짧게 끊더니 한 글자를 표시했다.

인디가 상형문자를 길게 스크롤한 다음, 「인디가 지금 뭐라는 거예요?」 그리고 더 많은 상형문자가 지나간 후 스크롤했다. 「누가 알겠어요」.

"인디가 이들에게 우리가 방금 말한 내용을 통역해주나 봐요." 프랜시가 추측했다.

"다행이네요." 웨이드가 대답했다. 그가 한 걸음 앞으로 나아가, 앞서 했던 말을 반복했다. "환영합니다. 저는 헤이스팅스 요원입니다. 우리 정부로부터 우리 행성을 방문한 여러분을 환영할 권한을 받았습니다." 하지만 그 촉수는 웨이드에게 전혀 관심을 기울이지 않았다.

그 촉수가 짧은 상형문자를 출력하자, 인디가 두 개의 촉수를 나란히 세워 외계인 상형문자와 영어를 나란히 스크롤하기 시작했다. 「오 맙소사 넌 외계인이구나 난 운전할 수 없어 키가 없어 시동을 걸려면 키가 있어야 해」.

"저건 인디가 나를 납치한 첫날 밤에 내가 했던 말이에요." 프랜시가 말했다. "저들에게 그동안 무슨 일이 있었는지 설명하는 모양이에요."

안개 속에서 두 번째 촉수가 나타났다. 이번 촉수는 인디의 촉수와 비슷했다. 그리고 더 많은 지시 사항을 스크롤했다. 인디는 스크롤하는 촉수의 수를 네 개로 늘렸다가 여덟 개로 늘렸다. 프랜시는 지나가는 문구만 살짝 볼 수 있을 정도로 빠르게 스크롤됐다.

「난 결혼식장에 가야 하는데 차 뒤에서 통화 중이에요 당신이 당국에 신고해야 해요」.

"저건 첫날 밤에 당신에게 걸었던 전화 소리예요." 프랜시가 웨이드에게 속삭였다. "인디가 우리와 소통하는 방법을 알아내기 전에도 우리가 하는 말을 알아들었다는 뜻이에요."

"네. 그리고 인디의 청력이 우리가 생각했던 것보다 훨씬 좋다는 뜻이기도 하죠." 웨이드가 단어들을 가리키며 말했다. 「혹시 인디가 당신과 소통하려고 시도했었나요? 수화 추바카 음정 근접 조우?」.

'오, 안 돼.' 프랜시가 생각했다. '우리가 했던 어떤 말을 또 들었을까?'

「우리를 모두 죽여 침략 오 맙소사 나를 조사하려고 해」. 인디가 스크롤했다. 그리고 곧 단어들이 무더기로 너무 빠르게 지나가 프랜시는 해독하기 힘들었다. 그리고 선명한 빨간색으로 스크롤됐다. 「인디 조심해 독이 있어 뱀에는 송곳니가 있어 방울뱀이 너를 물었어 내 목숨을 구해줘서 고마워 당신이 인디를 구했죠」.

콩나무 줄기에서 또 다른 지시가 떨어지자, 인디의 스크롤 속도가 더욱 빨라져서 가끔 단어나 문구 이상을 알아보기 힘들었다. 「썬더버드… 마파의 불빛… 에이스 위로… 네거리… 커피 5센트… 무법자… 칠리… 어이 진정해 방랑자… 외계인 고속도로… 트로피카나… 기상 풍선」.

인디의 종족이 그 말들을 어떻게 이해할지는 신만이 아실 것이다. 블랙잭 규칙과 라일의 음모론, 그리고 인디가 봤던 서부 영화 대사가 뒤죽박죽 섞여 있었다. 프랜시는 결혼식과 쇼걸 스핀 남자가 한 말, 인디에게 큰 소리로 읽어줬던 광고판의 파편들을 알아봤다. 라일의 미친 UFO 이론들은 말할 것도 없었다. 「화학운… 절단… 마인드 콘트롤… 외계인 인간 교배종… 비밀 지하 기지… 조사… 렙틸리언」. 글자들이 달리고 있을 때 프랜시가 알아봤다. 그리고 「아이스크림 10센트… 단짝 친구… 근접 조우… 엘비스… 인디가 말할 수 있어… 가서 밴을 주차해… 회색인… 이 반지로… 바로… 완전히 조용해… 내가 말하라고 할 때까지는 말하지 마… 당신은 뭐… 놔줘」.

"이게 재판이라고 생각하는 건 아니죠?" 프랜시가 웨이드에게 속삭였다.

"그리고 인디가 우리에게 불리한 증언을 하고 있다는 뜻일까요?" 웨이드가 속삭였다.

웨이드가 잠시 스크롤을 지켜봤다. "아뇨, 그런 것 같지는 않아요. 저들은 인디가 우리와 나눴던 말을 이용해 우리의 언어를 배우려는 것 같아요.

그런 경우라면 저들과 의사소통을 할 수 있을 거예요. 여기서 살아나갈 수
도 있을지 몰라요."

인디가 계속 스크롤했다. 「리즈피스⋯ 여기에 날 신문하러 왔나요⋯ 트
로피카나⋯ 페인트 유어 웨건⋯ 쇼걸 스핀⋯ 탈출⋯ 자동차⋯ 뇌우⋯ 밟
아⋯ 우리가 그들을 따돌린 것 같아요」.

단어들이 나오고 있는 도중에, 갑자기 콩나무 줄기의 촉수가 뻗어 나와
인디의 촉수 하나를 잡으며 스크롤을 멈추게 했다. 그리고 그 촉수의 주인
인 생물이 정확히 뱀과 같은 움직임으로 눈부신 빛 속에서 앞으로 미끄러
져 나왔다. 프랜시는 몸을 돌려 도망가지 않기 위해 모든 용기를 다 써야
했다.

외계인이 웨이드와 프랜시 앞에 멈춰 서더니 똑바로 몸을 일으켰다. 프
랜시는 자기 생각이 처음으로 옳았다는 사실을 깨달았다. 이 외계인은 두
꺼운 줄기와 꼬불꼬불한 덩굴손을 가진 콩나무 줄기였다.

콩나무 줄기가 스크롤할 때 사용하던 촉수를 웨이드 쪽으로 펼치더니,
그의 눈앞에서 옆으로 돌려 거기에 적힌 것을 보여주었다. 「프랜시?」. 콩나
무 줄기가 스크롤했다.

"우리 이름을 알고 싶나요?" 웨이드가 말했다. "나는 헤이스팅스 요⋯."
하지만 콩나무 줄기는 이미 촉수를 프랜시 앞에 대고 다시 묻고 있었다.
「프랜시?」.

"네." 프랜시는 목소리가 떨리지 않도록 애쓰며 대답했다. "내 이름이 프
랜시예요."

「요화타아흐」. 콩나무 줄기가 자신을 가리키며 스크롤했다.

"요화타아흐." 프랜시가 반복했다. "그게 당신의 이름이군요."

「아니요 아니요 아니요」. 콩나무 줄기가 스크롤했다. 그가 다른 외계인
을 건드리자, 그 외계인이 앞으로 굴러왔다. 인디와 비슷해 보였지만, 거대
한 메스키트 덤불처럼 생겼으며 인디보다 크고 잎이 많았다.

콩나무 줄기가 그 외계인을 가리키더니, 이어서 자신을 가리켰다. 「요
화타아흐」.

"아, 당신 종족의 이름이군요." 프랜시가 말했다. "우리는…." 프랜시가 주저하며 웨이드를 바라봤다.

"지구인이요." 웨이드가 말했다.

"네." 프랜시가 웨이드와 자신을 가리키며 말했다. "지구인."

「렙틸리언?」. 콩나무 줄기가 스크롤했다.

"아니요, 아니요, 아니요." 웨이드가 고개를 격렬하게 저으며 말했다. "우린 렙틸리언이 아닙니다."

「회색인?」.

"아뇨. 우린 회색인도 아닙니다." 웨이드가 말했다. "회색인이나 렙틸리언은 없어요. 라일이 그냥 지어낸 말입니다."

「라일 거짓말하는 독사?」.

"네." 웨이드가 대답했다.

'인디가 그토록 두려워했던 외계인은 어떨까? 모뉴멘트 밸리?' 프랜시는 궁금했다. 하지만 콩나무 줄기가 다시 웨이드에게 말을 걸었다.

「지구인」. 콩나무 줄기가 웨이드의 가슴을 가리키며 말했다. 「사람들」. 그리고 외계인을 가리켰다. 「요화타아흐」.

「요화타아흐 프랜시 납치 인디 문제」. 콩나무 줄기가 스크롤했다. 그리고 거의 검은색에 가까울 정도로 짙은 초록색으로 스크롤했다. 「범죄」.

"뭐, 뭐라고요?" 프랜시가 말을 더듬으며 생각했다. '이들은 인디가 말한 내용을 잘못 이해했어. 웨이드가 틀렸어. 이들은 언어를 배운 게 아니었어.'
"아뇨, 아뇨. 난 인디를 납치하지 않았어요. 인디가 나를 납치한 거죠."

「예 예 예」. 콩나무 줄기가 스크롤했다. 「범죄」.

프랜시가 난감한 표정으로 웨이드를 바라봤다. "인디가 나를 납치하도록 내버려뒀기 때문에 내가 범죄를 저질렀다는 뜻인가요?"

"모르겠어요." 웨이드가 말했다. "요화타아흐." 웨이드가 물었다. "프랜시를 납치한 사건에서 누가 범죄를 저지른 건가요?"

콩나무 줄기가 인디를 가리켰다. 「문제 요화타아흐 미안 미안 미안」.

"그들은 당신을 비난하는 게 아니라, 사과하는 거예요." 웨이드가 말했다.

"아, 다행이네요." 프랜시가 말했다. 그리고 외계인들에게 말했다. "괜찮아요." 그리고 그들이 이해할 수 있도록 확실히 하기 위해 덧붙였다. "당신의 사과를 받아들일게요."

「요화타아흐 대단히 감사합니다 부인」. 콩나무 줄기가 스크롤했다. 그리고 메스키토 덤불이 웨이드 앞으로 굴러왔다.

「헤이스팅스 요원?」. 메스키트 덤블이 스크롤했다.

"네." 웨이드가 대답했다.

「미안 미안 미안」.

"나도 당신의 사과를 받아들일게요." 웨이드가 진지하게 말했다. "미국 정부도 마찬가지입니다."

「대단히 감사합니다 부인」. 메스키트 덤불이 스크롤했다. 그리고 프랜시 앞으로 굴러갔다. 「웨이드?」.

"저 사람이 웨이드예요." 프랜시가 웨이드를 가리키며 말했다.

「아니요 아니요 아니요 헤이스팅스 요원」.

"저 사람이 둘 다예요." 프랜시가 말했다. "웨이드이면서 헤이스팅스 요원이죠."

메스키트 덤불이 웨이드를 향해 스크롤했다. 「미안 미안 미안」. 그리고 프랜시를 돌아봤다. 「조셉?」.

"그 사람은 여기에 없어요." 프랜시가 말했다.

「라일?」.

"그 사람도 여기에 없어요." 웨이드가 말했다. "라일과 율라 메이와 조셉은 로즈웰에 있어요."

콩나무 줄기와 메스키트 덤불이 앞뒤로 스크롤하며 대화하는 동안 조용한 순간이 길게 지나갔다. 그 후 메스키트 덤불이 웨이드에게 스크롤했다. 「미안 이후」. 그리고 프랜시를 돌아보며 스크롤했다. 「그들이 목매달아 죽는 것을 보고 싶어?」.

"뭐라고요?" 프랜시가 한 발짝 뒤로 물러나며 말했다. "라일과 율라 메이를?"

「아니요 아니요 아니요 아니요 아니요」. 그 외계인이 스크롤했다. 「인디」. 그리고 인디를 가리키더니 스렌놈을 가리켰다. 「스렌놈 그들이 목매달아 죽는 걸 보고 싶어?」.

"'목매달아 죽는 걸'은 무슨 뜻으로 한 말인가요?" 웨이드가 물었다.

「목을 매다는 린치 교수형 사형하다」.

"사형시킨다고? 안 돼." 프랜시가 말했다. "당연히 난 그들이 사형당하는 걸 보고 싶지 않아요!"

메스키트 덤불이 튀어나와 인디와 스렌놈의 촉수를 하나씩 잡고 불빛 너머의 보이지 않는 곳으로 데려가기 시작했다.

"안 돼, 안 돼, 안 돼." 프랜시가 울부짖었다. "내 말은 사형당하는 모습을 보고 싶지 않다는 뜻이 아니에요. 사형당하게 하고 싶지 않다는 뜻이었어요! 그들을 교수형시키면 안 돼요! 그들은 어떤 범죄도 저지르지 않았어요!"

「불법 입국 금지된 접촉 가축 도둑질」.

'가축 도둑질?' 프랜시가 생각했다.

「학대하다 사유재산」.

"당신의 휴대폰을 말하는 것 같아요." 웨이드가 속삭였다.

"하지만 인디는 스렌놈을 찾기 위해 내가 필요했고, 우리 법을 몰랐기 때문에, 내가 다른 사람에게 연락하지 못하게 막았을 뿐이에요! 당신들은 인디를 처벌하면 안 돼요. 인디가…."

메스키트 덤불이 인디의 촉수를 가로질렀던 것처럼 굵은 덩굴손으로 프랜시의 손목을 가로질렀다. 프랜시에게 말을 중단하라고 명령하는 게 분명했지만, 프랜시는 그 촉수를 털어 냈다. "인디를 목매달면 안 돼! 스렌놈도! 그렇게 놔두지 않을 거야!"

메스키트 덤불이 프랜시의 얼굴 앞에 또 다른 촉수를 들이밀었다. 「말하지 마」. 메스키트 덤불이 스크롤했다. 그리고 웨이드의 얼굴 앞으로 굴러가 스크롤했다. 「말하다 미국 보안관」.

"미국 보안관?" 웨이드가 멍하니 말했다.

"그건 '지도자'라는 뜻이에요." 프랜시가 말했다. "인디가 봤던 서부 영화의 용어를 사용하고 있어요. 미국 보안관."

「미국 보안관」. 메스키트 덤불이 스크롤했다. 「이 동네 보안관 대장」.

"내가 책임자입니다." 웨이드가 말했다. "그리고 우리가 인디라고 부르는 외계인을 여러분이 해치는 것을 용인하지 않을 겁니다."

"스렌놈도." 프랜시가 말했다.

"스렌놈도."

「인디 스렌놈 무단침입 지구인」. 메스키트 덤불이 스크롤했다. 「근접 조우 범죄 요화타아흐 속죄 필요하다 무법자 처벌하다」.

"그들은 무법자가 아니에요!" 프랜시가 외쳤다. "인디는 그냥 스렌놈을 도우려던 거라고요." 프랜시가 인디를 붙잡고 있는 메스키트 덤불이 있는 곳으로 다가갔다. "인디, 네가 뭘 하려고 했는지 이들에게 말해."

「찾다 스렌놈」. 인디가 스크롤했다. 「추르리스포이니스」.

메스키트 덤불이 프랜시와 인디 사이로 촉수를 밀어 넣더니 상형문자와 영어 단어를 스크롤했다. 「말하지 마」.

"그렇지만…." 프랜시가 말하기 시작했다.

「말하지 마」. 이번에는 빛나는 녹색으로 스크롤했다. 그것은 위협이 분명했다.

웨이드가 그들 사이로 걸어 들어갔다. "인디와 스렌놈이 무법자든 아니든, 그들을 사형하는 것은 속죄하는 방법이 아닙니다." 웨이드가 말했다.

「요화타아흐 법」.

"네, 뭐, 요화타아흐 법이 뭐라고 하는지는 관심 없습니다. 이 행성의 법에 따르면 당신들은 그렇게 할 수 없습니다. 그저 누군가를 도와주려던 사람을 처형하는 건 범죄입니다. 이곳의 책임자로서, 나는 금지…." 갑자기 어두운 지평선에 빨강, 파랑, 흰색 불빛이 번쩍이고, 사이렌이 울려 퍼졌다.

"아, 젠장." 웨이드가 작게 말했다.

「누구?」. 콩나무가 스크롤하며 불빛을 가리켰다.

"당신네 요원들인가요?" 프랜시가 물었다.

"그런 것 같아요." 웨이드가 말했다. "거기에 더해 FBI와 고속도로 순찰대, 군대도 바로 뒤에 있는 것 같네요. 가장 최악의 순간에 나타났어요."

"우리가 그들에게 가서 설명하면…." 프랜시가 묻기 시작했다.

웨이드가 고개를 가로저었다. "우리가 뭔가 말도 꺼내기 전에, 우리를 체포해서 밴의 뒤에 던져버릴 거예요."

"아닐 수도 있죠." 프랜시가 말했다. "우리에겐 지원이 있잖아요." 프랜시가 외계인들을 가리켰다.

"그들에게도 있어요." 웨이드가 말했다. "그리고 그다음엔 우리가 〈우주 전쟁〉을 일으켰다는 사실을 깨닫게 될 거예요."

사이렌을 울리는 경찰차들이 외계인의 불빛 고리를 둘러싸며 다가오고 있었다. 머리 위로 헬리콥터의 다다다 소리가 들렸다. 그러자 콩나무 줄기와 메스키트 덤불이 서로 너무 빠르게 스크롤해서, 프랜시는 그들이 어떤 언어를 사용하는지조차 알 수 없었다.

"이들이 무슨 말을 하는 것 같아요?" 프랜시가 웨이드에게 물었다.

"아마 공격받으면 어떻게 할지 의논하는 것 같아요." 웨이드가 말했다. "그게 곧 일어날 일이에요! 젠장, 휴대폰이 있었다면 본부장에게 전화해서 부하들을 철수시키라고 말할 수 있을 텐데! 혹시 내가 가면…." 웨이드가 한 발짝 내딛기도 전에, 콩나무 줄기가 촉수로 웨이드의 허리를 움켜쥐었다.

불빛이 번쩍이는 방향에서 서치라이트가 눈부시게 비추더니, 확성기를 통해 목소리가 울려 퍼졌다. "여러분을 체포합니다. 손 들고 나오세요!"

"젠장, 젠장, 젠장." 웨이드가 중얼거리며, 항복의 몸짓으로 양손을 들었다. "쏘지 마세요!"

"인디!" 프랜시가 소리쳤다. "방울뱀 기억나? 저 사람들에게도 똑같이 할 수 있어?" 프랜시가 경찰차들을 가리켰다.

"들판에 던지는 건 말고, 그냥 둘러싸는 것만. 저들을 다치게 하고 싶지 않거든."

「아니요 아니요 아니요 근접 조우 문제」. 인디가 스크롤했다.

"알아. 하지만 네가 그렇게 하지 않으면, 요화타아흐와 스렌놈에게 나쁜 일이 생길지도 몰라. 그리고 나에게도.”

「구해 생명 프랜시?」.

“이게 마지막 기회다.” 스피커의 목소리가 외쳤다.

“그래.” 프랜시가 말했다. “프랜시를 살려줘.”

“우리가 들어간다!” 스피커 소리가 울려 퍼졌다. “즉시 나오지….”

스피커의 목소리가 갑자기 끊어지고, 헬리콥터의 날갯소리도 끊어졌다. 하지만 불빛들은 그렇지 않았다. 인디가 그들을 감싸고 있는 투명한 거품을 통해 빨갛고 하얗고 파랗게 번쩍이는 불빛은 아직 보였다.

프랜시가 위를 올려다봤다. 헬리콥터도 거품에 둘러싸였다. 그리고 날개를 계속 돌리면서 천천히 아래로 내려와 거품들 사이의 지상에 착륙했다. 인디는 각 경찰차와 밴, 각 집단의 사람들을 제각각 거품으로 둘러쌌다. 사람들이 매우 당황했다.

프랜시가 인디를 봤다. 인디의 모든 촉수가 완전히 펼쳐진 상태였다.

인디를 둘러싸고 격렬하게 스크롤하고 있는 콩나무 줄기와 메스키트에 맞서 자신을 방어할 수 있는 촉수가 하나도 남아 있지 않았다. 그들이 순식간에 달려들어 인디를 막으면, 다시 원점으로 돌아가게 될 것이다.

“하지 마세요!” 프랜시가 그들 사이를 오가며 말했다. “내가 인디에게 이렇게 하라고 했어요. 저 밖에 있는 사람들은 우리 책임자의 친구들이에요.” 프랜시가 그들이 스크롤할 때처럼 빠르게 말했다. “저들은 여러분을 만나 여러분에 대해 알기 위해 왔고, 우리는 저들이 그렇게 하기를 원합니다. 하지만 너무 일찍 왔어요. 저들이 여러분과 접촉, 근접 조우를 하기 전에, 우리가 여러분의 언어와 법을 배워야 하고, 여러분도 우리의 언어와 법을 배워야 해요.”

“그리고 우리가 이런 내용들을 우리 사람들에게 전달해야 합니다.” 웨이드가 끼어들었다. “그래야 저들이 여러분을 만날 준비가 될 것입니다.”

“이런 일이 끝나면….” 프랜시가 말했다. “여러분이 저들과 접촉, 즉 근접 조우를 할지 여부를 결정할 수 있어요. 하지만 우리는 이런 일들은 비공개로 진행해야 해요. 다른 이들이 개입하는 상태에서는 할 수 없어요.” 프랜시가 번쩍이는 불빛을 손짓으로 가리켰다. "그래서 여기 책임자와 내가 인디에게 저희의 비밀을 보호해달라고 부탁한 거예요."

콩나무 줄기가 인디에게 뭔가 스크롤하자, 인디가 그들의 언어와 영어로 스크롤했다. 「프랜시 브브흐비니츠 해야 했다」.

「아니요 아니요 아니요 아니요」. 콩나무 줄기가 스크롤했다.

아, 안 돼. 콩나무 줄기가 받아들이지 않았다.

「멈춰」. 콩나무 줄기가 스크롤하자, 그 즉시 인디가 촉수를 접으며 거품을 제거했다.

사이렌 소리가 다시 울리기 시작하고, 경찰이 시동을 걸자 굉음이 울려 퍼졌다.

"저들이…" 프랜시가 말하기 시작했을 때, 메스키트 덤불의 촉수 중 하나가 소닉붐 같은 굉음을 내며 튀어 나가 프랜시를 스쳐 지나갔다. 사이렌 소리가 끊겼다. 그리고 프랜시는 이제 차와 사람들이 하나의 거대한 거품에 둘러싸여 있는 모습을 봤다.

"저들은 저기에서 빠져나오려고 할 거예요." 웨이드가 말했다.

「아니요 아니요 아니요 아니요 아니요 보다」. 콩나무 줄기가 스크롤했다. 그래서 프랜시가 봤더니, 그들의 무기가 분리되어 별도의 거품들에 싸여 있었다. 군인들이 무기에 다가가기 위해 미친 듯이 버둥거렸다.

"우리가 무엇을 하고 있는지 설명하기 위해 내가 저들과 이야기해야 합니다. 내가 할 수 있는 방법이 있을까요?" 웨이드가 물었다.

「예 예 예」. 콩나무 줄기가 스크롤했다. 그리고 웨이드에게 거품으로 다가가라고 했다. 웨이드가 거품에 다가가자 막이 얇아지면서, 프랜시는 사이렌 소리를 다시 희미하게 들을 수 있었다.

웨이드가 거품으로 곧장 걸어가 소리쳤다. "산체스 요원과 이야기하고 싶습니다."

산체스가 다가왔다. "어떻게 되어가는 거예요?" 산체스가 웨이드 뒤쪽의 눈부신 빛을 가리키며 물었다.

"우리가 외계인들을 찾았어요. 본부장님이 여기 계시나요?" 웨이드가 말했다.

"아니요. 하지만 전화로 연결할 수 있습니다. 여기에서 전화가 아직 작동한다면요."

"아마 될 겁니다." 다른 요원이 확인했다.

"좋습니다." 웨이드가 말했다. "본부장님에게 우리가 외계인을 찾았고, 그들과 소통하고 있으니, 최대한 빨리 여기로 와서 그들과 대화하라고 전해주세요. 그리고 그때까지는 우리를 방해하거나, 협상을 망치지 못하도록 해주세요. 사이렌을 끄고, 저들에 대한 발포나 지원 요청, 드론, 공중 엄호를 요청하지 마세요. 그들이 무엇을 할 수 있는지 봤잖아요." 웨이드가 거품의 막을 두드렸다. "내 말을 믿어요. 이건 빙산의 일각에 불과해요."

"본부장님과 전화가 연결됐습니다." 다른 요원이 소리쳤다.

"좋습니다. 휴대폰을 스피커폰으로 전환하세요. 에반스 본부장님? 이쪽으로 오십시오. 최초의 접촉입니다. 그리고 군대와 고속도로 순찰대를 철수시키세요. 그들은 아직 외계인을 못 봤을 테니, 본부장님이 빨리 행동하시면, 이 일을 비밀로 유지할 수 있을 겁니다."

"혹시 협박을 받아 이렇게 말하는 건가?"

"아니요. 외계인들은 친절한 것 같습니다. 실은, 그들이 우리 행성의 공간을 침범한 것에 대해 사과하고 보상하겠다고 제안하는 것 같습니다. 적어도 제 생각에는 그렇게 말하는 것 같았어요."

"그들과 대화하고 있다고?"

"네, 하지만 아직 언어 문제는 해결해야 할 부분이 남아 있습니다. 그러니 긴장을 풀고, 저희에게 시간을 주세요. 그리고 최대한 빨리 언어학자를 여기로 불러주십시오."

바로 그때 경찰차의 사이렌이 짧게 울렸다가 끊어지는 바람에, 프랜시는 본부장의 대답을 들을 수 없었지만, 웨이드가 고개를 돌려 프랜시에게 말했다. "본부장님이 오신대요. 시간을 좀 번 것 같아요."

웨이드가 요화타아흐에게 걸어갔다. "우리가 이야기를 나눌 수 있도록 차단해줘서 고맙습니다."

그들이 몇 분 동안 웨이드에게 스크롤했다. 그런 후 웨이드가 프랜시에게 돌아와 말했다. "외계인들은 우리와 따로따로 이야기하길 원해요. '속죄'에 대해 나와 대화해야 하고, 인디에 관해 당신과 대화해야 하는데, 일종의 마감 시간이 있는 게 분명해요. 그래서 저들은 우리를 떼어놓아야 빨리 진행할 수 있다고 생각해요. 문자 그대로가 아니라, 은유적으로요. 내가 당신에게 물어보기 전에 확실히 그 점을 확인했어요. 자, 어떻게 생각하세요?"

"인디와 스렌놈을, 혹은 우리를 목매달기 위해 우리를 분리해놓으려는 속임수가 아닌지 어떻게 알 수 있죠?

"우리에 대한 질문을 마칠 때까지는 인디와 스렌놈에 대해 어떤 조치도 취하지 않겠다고 약속했어요." 웨이드가 말을 잠시 멈췄다가 계속했다. "그들은 당신이 동의해준다면 '대단히 감사합니다, 부인'이라고 하겠다고 했어요."

"좋아요."

"좋습니다. 외계인들이 당신에게 무엇을 물어볼지 모르겠지만, 대답할 때 폭력과 화학전, 원자 폭탄에 대한 인간의 성향에 관해서는 피하는 게 좋을 것 같아요. 특히 원자 폭탄이요. 무엇을 하든, 결혼식장에서의 핵실험 구름 사진은 언급하지 마세요. 하지만 거짓말을 하지는 마세요. 우리는 인디가 이미 무슨 말을 했는지 모르고, 우리가 거짓말하는 것을 그들이 알아챌 수 있는지도 모르니까요."

"대단하네요." 프랜시가 말했다.

"알아요. 그냥 최선을 다하면 돼요." 웨이드가 외계인들에게 돌아갔다. "프랜시가 당신들과 따로 만나는 것에 동의했어요." 웨이드가 말하자, 콩나무 줄기의 촉수가 프랜시를 향해 날아왔기 때문에, 프랜시는 이들이 인디와 같은 종족이라는 사실을 떠올려야 했다. 그리고 프랜시는 갑자기 구부러진 벽과 스테인리스 스틸로 이음쇠가 된 창문 없는 오두막에 들어와 있었다. '이 신문이 어디에서 진행될지 미리 확인했어야 했는데.' 프랜시가 생각했다. 그리고 여기가 그들의 고향 행성이나 우주 어딘가가 아니길 바랐다.

알아낼 방법이 없었다. 벽에는 창문이나 현창이 없었고, 앉을 곳도 없었다. 가구도 전혀 없었다. 요화타아흐는 가구를 사용할까? 만일 사용한다면 어떤 모습일까?

그런데 그들은 어디에 있는 걸까? 웨이드 말로는 그들이 프랜시에게 질문하고 싶다고 했다지만, 아무도 보이지 않았다. '51구역의 텅 빈 방에서 나에게 신문하러 올 사람을 기다릴 때랑 똑같네.' 다른 점이 있다면, 거기에는 앉을 수 있는 의자가 있었다. 그리고 문이 열렸을 때 일어날 수 있는 최악의 상황은 FBI 요원이 들어오는 것이었다. 거대한 콩나무 줄기가 아니라.

'차라리 메스키트 덤불이 들어오면 좋을 텐데.' 프랜시가 생각했다. 그리고 바닥에 앉을지 고민하고 있을 때, 뒤쪽 벽에서 문이 열리며 외계인 세 명이 굴러 들어왔다. 그들은 지금까지 본 외계인들이나 인디처럼 생기지 않았다. 한 명은 유카 나무를 닮았고, 두 번째는 실뭉치처럼 생겼으며, 세 번째는 양배추 같았다.

유카가 창처럼 생긴 잎으로 벽의 한 지점을 콕 찌르자, 윗부분이 오목한 스테인리스 스틸 블록 두 개가 바닥에서 솟아올랐다. 실뭉치와 양배추가 그 안으로 굴러 들어갔다.

유카가 다시 창으로 벽을 찌르자, 허리 높이의 벽에서 스테인리스 스틸로 만든 좁고 평편한 판이 나와서 방의 한가운데로 펼쳐졌다. 그것은 라일이 납치에 대해 허황된 이야기를 할 때 묘사했던 수술대와 정확히 똑같았다. 외계인이 납치된 사람을 조사하는 데 사용한 수술대 말이다.

22장

"때가 왔습니다." 바다코끼리가 말했다.
"많은 것들을 이야기할 때가,
신발과 배와 밀납과
양배추와 왕에 대해⋯."

— 루이스 캐럴

'저 수술대 위에 올라갈 생각은 없어.' 프랜시가 생각했다. 하지만 프랜시는 그 문제에 대해 어떤 선택권도 없었다. 양배추가 벌써 프랜시를 들어서 그 위에 앉혀 놓았다. 그는 양배추 잎처럼 생겼지만, 콩나무 줄기의 촉수만큼이나 억센 촉수를 펼쳐서 프랜시를 들었다.

'알았어.' 프랜시가 생각했다. '하지만 눕지 않을 거야.' "당신들이 나를 굴복시켜서⋯."

하지만 양배추는 프랜시가 아래로 늘어뜨린 다리를 보고 있었다. 「미안미안 미안」. 그가 스크롤하더니, 촉수를 뻗어 반대편 벽에 댔다.

양배추 옆의 바닥에서 또 다른 금속 블록이 튀어나왔다. 양배추가 금속 블록을 프랜시에게 밀어주며, 그 위에 발을 올려놓으라고 몸짓했다.

"고마워요." 프랜시가 말했다.

양배추는 아무 반응도 하지 않았다. 양배추는 실뭉치 옆으로 굴러가 다시 벽을 만지더니, 바닥에서 튀어나온 그릇 모양의 의자에 앉았다.

"나를 어디로 데려온 거예요?" 프랜시가 물었다. "여기가 어디예요? 우주예요?"

「아니요 아니요 아니요 아니요 아니요」. 양배추가 말하며 벽의 다른 부분을 만졌다. 벽이 미끄러지며 올라갔다. 그러자 프랜시는 바깥의 빨간 불빛과 아크등을 볼 수 있었다. 하지만 경찰차의 번쩍이는 불빛은 없었다. 그리고 그 불빛들 너머로, 풍력 발전기로 짐작되는 크고 어두운 윤곽선을 알아볼 수 있었다. 다행이다. 아직 지상에 있었다. 그리고 빨간 불빛들, 혹은 적어도 그중 일부는 풍력 발전 단지의 불빛이었다.

「프랜시 우주로 가고 싶어?」. 유카가 스크롤했다. 그리고 실뭉치가 스크롤했다. 「프랜시 우주로 가고 싶으면 데려다가 대단히 감사합니다 부인 목숨을 구했다」. 그리고 그들의 언어로 인디의 이름으로 추정되는 상형문자가 적혀 있었다.

"인디가 내 목숨도 구해줬어요." 프랜시가 말했다. "그리고 인디는 내가 탈출할 수 있도록 도와…" 프랜시는 외계인과 협상하면서 FBI에서 탈출했다는 말을 할 수는 없었다. "인디는 내가 탈출하는 걸 도와줬어요." 프랜시가 말을 짧게 끝냈다. "여러분이 정말로 '대단히 감사합니다 부인'이라면, 인디를 풀어주세요."

「보여줘 풀어주세요」. 유카가 스크롤했다.

「보여줘 탈출」. 실뭉치가 스크롤했다.

「아니요 아니요 아니요」. 양배추가 스크롤했다. 다른 이들이 즉시 글자들을 지운 것을 보면, 양배추가 책임자인 모양이었다.

「시작 근접 조우」.

'내 신체에 대한 조사를 시작하겠다는 의미는 아니길 바라자.' 프랜시가 생각했다.

「프랜시 시작 근접 조우」.

아, 프랜시의 근접 조우를 말한 것이었다. 그들은 프랜시가 처음부터 말해주길 바라는 것이다. 프랜시는 그런 뜻이길 바랐다.

"난 친구 세리나의 결혼식에 들러리를 서기 위해 로즈웰에 왔는데, 세리나가 결혼식에 필요한 조명을 가져오라고 나를 보냈어요. 세리나가 조명을 차에 뒀거든요."

「보여줘 조명」. 양배추가 스크롤했다.

프랜시가 천장을 올려다보며 가리킬 수 있는 조명기구가 있는지 봤지만, 아무것도 없었다. 빛은 사방에서 오는 것 같았다. "그건 장식이에요. 결혼식을 멋지게 보이도록 만들어주죠." 그리고 '장식'에 대해 설명해달라고 요구하지 않기를 바랐다.

양배추는 요구하지 않았다. 그가 스크롤했다. 「보여줘 로즈웰」.

"로즈웰은 뉴멕시코주에 있는 도시예요. 여러분의 우주선 한 척이 거기에 추락했을 거예요." 프랜시가 대답했다.

「아니요 아니요 아니요 아니요」. 양배추가 스크롤했다.

'아니라잖아, 라일.' 프랜시가 생각했다. '우리가 외계인은 로즈웰에 착륙하지 않았다고 했었잖아.'

「보여줘 멕시코」. 유카가 스크롤했다.

「보여줘 왔는데」. 실뭉치가 스크롤했다.

'이런 식이라면 무슨 일이 있었는지 이야기하는 데 몇 년은 걸릴 거야.' 프랜시가 생각했다. 그래서 그들의 질문을 무시하기로 결정했다. "세리나가 조명을 가져오라고 나를 보냈어요." 프랜시가 말했다. "내가 차에 도착했을 때, 인디가 차 안에 있었어요." 그러자 즉시 세 명이 모두 스크롤했다. 「보여줘 인디」.

"인디는 여러분들이 찾던 그 외계인이에요." 프랜시는 갑자기 어떻게 설명해야 할지 몰라 당황했다. "다른 외계인 스렌놈이 아니고, 나를 납치한 그 외계인이 인디예요. 인디아나 존스가 휘두르는 채찍처럼 빨라서, 우리가 인디라고 불렀어요." 이제 그들은 인디아나 존스가 누구냐고 물을 것이다. 그러면 프랜시는 어떻게 설명해야 하지? 다행히, 그럴 필요가 없었다. 양배추가 도와주었다. 그가 스크롤했다. 「인디 인간 이름 클리이하이」. 그리고 이어서 청록색 상형문자가 나타났는데, 프랜시는 그게 요화타아흐 문자로 인디의 이름일 거라고 짐작했다. 실뭉치가 스크롤했다. 「클리이하이 세리나 차」. 프랜시는 그 말을 그다음에 일어난 일을 말해달라는 뜻으로 생각했다.

"나는 차 문을 열고 그 장식을 찾았어요. 그리고 그때 내가 앞좌석에 있는 인디(클리이하이)를 봤어요. 인디가 나를 붙잡아 차 안으로 끌어당겼어요." 프랜시가 말했다.

그들이 모두 정신없이 서로에게 스크롤했다. 그리고 잠시 후 양배추가 선명한 빨간색 글자로 프랜시에게 스크롤했다. 「미안 미안 미안」.

"하지만 인디는 나를 해치지 않았어요." 프랜시가 서둘러 말했다. "인디는 스렌놈을 찾을 수 있도록 내가 자신을 데려가게 하고 싶었는데, 그 내용을 어떻게 내게 전달해야 할지 몰랐어요." 프랜시가 덧붙였다. 그러자 그 즉시 「미안」이 밝은 글자로 더 길게 이어지며 스크롤됐다.

'오, 안 돼. 내가 상황을 더 악화시키고 있어.' 프랜시가 생각했다. 그리고 손에서 휴대폰을 빼앗은 일이나, 운전석에 묶어둔 것에 대해서는 언급하지 않는 게 좋겠다고 판단했다. 프랜시는 웨이드의 납치에 대해서는 별일 아닌 것처럼 말했다. "웨이드가 우리를 멈춰 세웠어요. 그가 히치하이크를 하고 있었거든요." 그리고 인디가 방울뱀에 물리지 않게 해줘서 자신의 생명을 구했다고 말했다. 하지만 그들의 질문을 들으니, 인디가 그 사람들을 납치해서 동행하게 했다는 사실에 경악한 것 같았다. 그건 별도의 범죄였다. 인디가 프랜시를 세리나의 결혼식에 가지 못하게 한 것도 역시 별도의 범죄였다.

"하지만 인디(클리이하이)는 나를 결혼식에 데려가려고 애썼어요." 프랜시가 말했다. "그런데 결혼식에 참석하는 게 뭔지 이해하지 못했어요. 그래서 내가 결혼식을 해야 하는 거라고 생각했죠. 그래서 나를 결혼식장에 데려갔던 거예요." 프랜시가 결혼식에 가야 한다고 말한 것을, 웨이드와 결혼하고 싶다는 뜻으로 오해한 인디의 생각을 설명하려다 완전히 수렁에 빠져버렸다.

「프랜시 원하다 결혼 웨이드?」. 유카가 물었다.

'네.' 프랜시가 생각했다. 하지만 프랜시는 그 상황을 외계인들에게 설명할 의사가 없었다. "아니요." 프랜시가 대답했다. 그리고 그들이 다시 스크롤하기 시작한 걸 보니, 인디의 범죄 목록에 그 일을 추가하는 게 틀림없었다.

"인디는 내가 말한 대로 나를 도와주려 했을 뿐이에요." 프랜시가 말했다. "그저 우리의 언어를 잘 이해하지 못한 거예요."

「보여줘 결혼식장」. 그들이 말했다. 프랜시가 최선을 다해 설명하자 그들이 요구했다. 「보여줘 엘비스 프레슬리 보여줘 메일 보여줘 혼인 증명서」.

프랜시는 개념 하나하나, 단어 하나하나를 최선을 다해 설명했지만, 때때로 이들이 대답의 내용에는 관심이 없고, 인디가 지나가는 광고판을 읽어달라고 요구했을 때처럼 그저 어휘를 늘리려고만 한다는 느낌을 받았다. 양배추가 「보여줘 명예(HONOR)」라고 스크롤했을 때처럼, 가끔 프랜시가 출처를 이해할 수 없는 질문을 하기도 했다.

"명예요?" 프랜시가 말했다. 언제 명예를 언급했었지? "그건 옳은 일을하려고 노력하는 것을 의미해요. 인디가 저를 결혼식에 데려가려고 하는 것처럼요. 그리고 인디가 스렌놈을 찾도록 우리가 도와주려는 것도요. 돈이나개인적 이익이 아니라, 의무이기 때문에 하는 거죠. 그게 옳은 일이니까요."

「고용 하인(SERVANT) 옳은 일?」.

"하인이요?" 프랜시가 어리둥절하게 말했다.

「하인(SERVANT)」. 양배추가 스크롤했다. 「하녀(MAID)」.

"하녀요?" 프랜시는 완전히 길을 잃은 채 그 말을 반복했다. "아, 내가세리나의 들러리(maid of honor)가 된 것을 말하는 거였군요. 들러리는 하녀가 아니에요. 신부를 도와주는 사람이에요. 신부가 어떤 여성에게 자신의들러리가 되어달라고 부탁하는 것은, 부탁받는 여성이 신부에게 특별한 사람이라는 뜻이에요. 그게 '명예(honor)' 부분의 의미예요. 그리고…" 프랜시는 올바른 단어를 생각해내려고 애쓰며 머리를 굴렸다. "이것은 신부에게그 친구가 어떤 의미인지를 보여주는 표시이자 헌사예요."

「보여줘 헌사」. 실뭉치가 스크롤했다.

「보여줘 표시」. 유카가 스크롤했다.

「들러리 아니요 노력 옳은 일?」. 양배추가 스크롤했다.

"들러리도 옳은 일을 하려고 노력해요. 그래서 신부에게 들러리가 되겠다고 말하는 거예요. 들러리는 신부에게 의무가 있으니까…."

「보여줘 의무」. 셋이 모두 스크롤했다.

그때 웨이드가 나타났다. 프랜시는 웨이드가 그 질문에 대한 대답에서 구해줘서 매우 고마웠다. 웨이드가 세 외계인에게 프랜시와 단둘이 이야기할 수 있는지 물었다.

그들이 스크롤했다. 「예 예 예」. 그리고 모두 굴러나가자, 웨이드가 수술대로 다가왔다.

"무슨 일이에요?" 프랜시가 수술대에서 내려오며 물었다. "인디와 스렌놈이 얼마나 곤란한 상황이에요?"

"아주 많이요." 웨이드가 암울하게 말했다. "인디와 스렌놈만이 아니라, 호스비타이 종족 전체가 곤란한 상황이에요."

"호스비타이요? 난 저들이 요화타아흐인 줄 알았는데요."

"아뇨. 요화타아흐는 은하계의 모든 외계인을 통틀어 부르는 이름인 게 확실해요. 이 특정한 행성의 사람들은 호스비타이예요. 하지만 행성 간 동맹이나 연방의 일원이기도 해요."

"라일이 말했던 은하 연합이네요." 프랜시가 말했다.

"그렇죠. 그리고 그들이 어긴 게 요화타아흐의 법이에요. 지금까지 파악한 바로는, 그건 연방법에 해당하는데, 인디와 스렌놈, 더 나아가 호스비타이 종족이 지구에 오고, 또 우리와 접촉하면서 그 법을 많이 어겼어요." 웨이드가 말했다. "저기요, 당신이 나를 차에 태우기 전에 무슨 일이 있었는지 알아야 해요. 당신이 인디에게 납치되는 상황을 본 사람이 있나요?"

"아뇨."

"확실해요?"

"네. 도움을 요청할 수 있는 사람을 찾기 위해 사방을 둘러봤지만, 길이 완전히 텅 비어 있었어요."

"시내를 지나고, 고속도로를 달릴 때는 어땠어요? 당신을 지나간 사람은 없었나요?"

프랜시가 고개를 저었다. "없었어요. 내가 봤던 유일한 차량은 우리 앞에 가고 있던 픽업트럭뿐이었어요."

"그럼, 그들이 인디를 봤을 가능성은 없나요?"

"없어요. 그 트럭은 우리보다 훨씬 앞에 가고 있었거든요."

"다음 날 아침에 나를 태우기 전에는요? 길에서 다른 사람과 마주치지 않았나요?"

"네."

"내가 떠난 후에 결혼식장에서는 어땠어요?" 웨이드가 물었다. "머레이 목사는 인디를 봤나요? 체리 양은? 드라큘라나 할리 데이비드슨 결혼식에 온 사람들은요?"

"아무도 못 봤어요." 프랜시가 대답하자, 웨이드가 안심한 표정을 지었다.

"그러면 인디를 본 사람이 아무도 없는 게 확실해요? 썬더버드 마트나 트로피카나에 있는 사람은? 쇼걸 스핀 남자는요?"

"못 봤어요."

"확실하죠?" 프랜시가 고개를 끄덕이자, 웨이드가 한숨을 내쉬었다. "다행이다! 4단계 상호작용이 여섯 건밖에 없다는 뜻이니, 호스비타이의 사법권 내에서 처리할 수 있어요."

"4단계 상호작용이요?"

"네. 요화타아흐는 외계인 접촉에 대해 라일이 말했던 근접 조우 단계와 비슷한 체계가 있는데, 훨씬 더 복잡해요. 1단계는 보는 것, 2단계는 만지는 것, 3단계는 상호작용하는 것, 4단계는 의사소통하는 것, 5단계는 강제로 무엇을 시키거나 어딘가로 가게 하는 것인데, 모두 불법이에요."

프랜시의 입에서 웃음이 터져 나왔다. "납치가 그 법을 어겼다는 거죠?"

"네. 하지만 재미는 없어요. 인디는 심각한 상황이에요."

"알아요." 프랜시가 반성하는 표정으로 말했다. "난 그냥 라일이 생각나서 그랬어요. 외계인이 사람을 납치할 수 없다는 사실을 라일이 알게 되면, 아마 숨이 넘어갈걸요. 인디는 얼마나 곤란한 상황인가요?"

"일곱 번 상호작용을 위반한 것보다는 나아요. 만일 그랬다면 호스비타이 종족의 손에서 벗어나, 요화타아흐의 심판을 받을 수밖에 없거든요."

"심판이요? 인디를 재판에 넘긴다는 뜻인가요? 그리고 목을 매다나요? 당신도 그들이 하는 말을 들었잖아요."

"진정하세요. 일곱 건 미만의 위반은 관련 행성 간에 협상과 가해자의 속죄를 통해 현지에서 처리할 수 있거든요."

"인디는 어떻게 되나요?"

웨이드가 침울한 표정으로 말했다. "모르겠어요. 난 우리가 인디와 스렌놈을 석방시키거나, 적어도 그들의 형량을 줄이는 협상을 할 수 있기를 바라고 있어요. 아니면 그걸 속죄의 조건으로 삼거나."

"속죄라니, 무슨 뜻이에요?"

"아직 확실히는 모르겠어요. 우리 생각에는 피해자에 대한 구제를 의미하는 것 같아요."

"구제요?"

"어떤 종류의 피해와 개인적 사과. 그래서 외계인들이 율라 메이와 조셉과 라일을 만나고 싶어 하는 거예요."

"라일이요? 그게 좋은 생각일까요?" 프랜시가 말했다.

"아마 아니겠죠. 하지만 그건 요청이 아니라 명령이었어요."

프랜시가 뭔가를 떠올렸다. "잠깐만요, 인디는 우리 다섯 명만 납치했잖아요. 여섯 번째는 누구죠? 인디가 나를 발견하기 전에 다른 사람을 납치하려 했었나요? 아니면 스렌놈이 누군가와 접촉했나요?"

"둘 다 아니에요. 스렌놈은 일종의 은폐 장치가 달린 지상 차량을 가지고 있었어요. 라일이 그 사실을 알게 되면 무척 기뻐하겠죠. 그리고 스렌놈은 그 차를 타고 지난 일주일 동안 혼자 사막에서 뇌우를 찾아다녔어요."

"그럼, 여섯 번째는 누구예요? 우리가 탈출할 때, 인디가 올가미를 씌운 경비원? 그런데 우리가 구금되어 있을 때 인디가 '상호작용'한 사람은 그 경비원뿐이 아니었잖아요. 51구역이나 우리가 감금되어 있던 곳에서 얼마나 많은 사람이 인디를 신문했나요?"

"그건 중요하지 않아요. 우리는 요원들이 공무원이고, 호스비타이의 위법 행위에 대응하기 위해 파견된 공식 대표단의 일원이기 때문에, 그리고 우리는 기밀로 분류된 상황의 특성상 비밀을 지켜야 하므로, 접촉자에 포함되지 않는다고 호스비타이를 설득했어요."

"그런데 그들이 포함되지 않는다면, 여섯 번째 접촉자가 누구예요?"

"당신을 물려던 방울뱀이요."

"아." 프랜시가 몸을 부르르 떨었다. "그들도 방울뱀은 만나고 싶지 않겠죠?"

"우리가 그들에게 사과는 적절한 속죄의 형태가 아니고, 차라리 생쥐를 보내는 게 더 효과적이라고 설득했어요."

"아, 다행이네요." 프랜시가 말했다. "하지만, 잠깐만요. 인디는 방울뱀을 두 마리 더 들판에 던졌어요. 그 뱀들도 접촉자에 포함되지 않나요?"

"난 호스비타이 종족에게 그 뱀들에 대해서는 말하지 않았어요. 당신도 말하지 마세요. 그러면 상호작용 한계인 일곱 명을 넘기게 되어서, 인디가 정말로 위험한 상황에 빠질 테니까요. 설마 그 뱀들에 대해 뭔가 말한 건 아니죠?" 웨이드가 걱정스럽게 물었다.

"안 했어요." 프랜시가 말했다. "하지만 방울뱀이 접촉에 포함된다면, 인디가 접촉한 산쑥이나 유카 나무, 메스키트 덤불은 다 어떻게 되는 거죠?"

웨이드가 고개를 저었다. "우리 생물학자들은 호스비타이 종족이 본래 식물에서 진화했다고 생각하긴 하지만, 그들은 우리 식물에 의식이 있다고 생각하지 않아요. 호스비타이가 처음 지구에 착륙했을 때, 선인장에 의사소통을 시도했지만, 결과는 짐작대로 그다지 좋지 않았대요. 인디도 당신을 납치하기 전에, 30분 동안 조슈아 나무를 붙잡고 추르리스포이니스로 데려다달라고 설득했었대요. 그래서 호스비타이는 식물이 진화 단계에서 너무 멀리 떨어져 있다고 판단했어요. 내 생각에 그들은 자기편에게 실망해서 짜증이 난 것 같았어요."

"그래서 인디가 임계 접촉자 수를 넘지 않으면, 호스비타이 종족 자체는 곤란한 상황에 빠지지 않는다는 뜻인가요?"

"그건 알 수 없어요." 웨이드가 말했다. "그들은 행성계 내의 상호작용 뿐만 아니라 다른 행성들과의 상호작용에 관해 그들만의 법체계를 따로 가지고 있는 것 같기도 한데, 모든 게 연결되어 있을지도 모르죠. 우리 언어학자들이 이 모든 걸 정리하기 위해 최선을 다하고 있지만…" 웨이드가 고개를 절레절레 흔들었다. "한 가지 분명한 것은 호스비타이는 이 모든 것을 우리 탓으로 돌리지 않는다는 거예요."

"그 말은 그들이 인디를 비난한다는 뜻이죠. 인디의 잘못이 아니라, 그저 스렌놈을 도우려던 것뿐이라고 그들에게 말했나요?"

"나도 노력은 해봤지만, 그런 말로는 호스비타이의 감정이 풀리지 않아요. 하지만 아무튼 이건 지역적인 문제예요. 은하 연합의 법원인지 재판소인지 모르겠지만, 아무튼 그곳에서는 감정 요인을 전혀 고려하지 않는다는 느낌을 받았어요." 웨이드가 프랜시에게 몸을 가까이 기울이고 말했다. "그러니까 혹시라도 다른 근접 조우가 떠오르면, 속으로만 생각하세요." 웨이드가 프랜시의 귀에 속삭였다.

웨이드가 떠날 자세를 취했다. "호스비타이 종족에게 접촉자 수를 알려주러 가봐야 해요." 웨이드가 프랜시의 손을 꽉 쥐며 말했다. "걱정하지 마세요. 지금 잘하고 있어요."

'그건 당신 생각이고.' 프랜시가 떠나는 웨이드를 바라보며 생각했다.

웨이드가 사라지자, 외계인들이 굴러들어와, 다시 프랜시를 테이블 위에 올려놓았다. "여러분은 인디가 나를 납치했다고 생각하겠지만, 인디는 그러지 않았어요." 프랜시가 그들에게 말했다. "인디는 단지 내게 스렌놈에게 데려다달라고 한 것뿐인데, 우리 말을 할 줄 몰라서, 내게 어떻게 요청해야 하는지 몰랐고, 인디가 요청했더라도 내가 이해하지 못했을 거예요. 그래서 인디가 할 수 있는 거라곤 나를 차에 태워서 가고 싶은 곳을 가리키는 것뿐이었어요. 그건 납치가 아니었어요. 그러니 인디가 곤경에 처하면 안 돼요."

「위반 방해하다 인간 활동」. 양배추가 스크롤했다. 「결혼」.

"웨이드와 내 결혼식을 말하는 거라면, 우린 진짜 결혼한 게 아니에요.

그냥 예식이었어요. 그리고 세리나의 결혼식을 말하는 거라면, 인디는 그 결혼식을 막지 않았어요. 세리나가 결혼할 때는 내가 없어도 돼요."

「세리나 결혼했다?」.

"네." 프랜시는 확실하게 알지 못했지만, 그렇게 대답했다.

그리고 그게 사실이 아니길 바랐다. "세리나는 결혼했어요. 어떤 간섭도 하지 않았기 때문에 위반하지 않았어요."

세 외계인이 몇 분 동안 서로 논의한 후, 양배추가 스크롤했다. 「인디 거짓말하는 독사」.

"네?" 프랜시가 말했다.

「인디 말하다 프랜시 말하다 나는 결혼식에 가야 해 인디 거짓말하는 독사」.

"아니요, 인디는 거짓말하지 않았어요. 내가 인디에게 결혼식에 가야 한다고 말하긴 했지만, 세리나가 결혼식을 하기 위해 꼭 내가 필요한 건 아니었어요. 내가 결혼식에 가려던 것은 내가 세리나에게 빚을 졌기 때문이었어요."

「보여줘 빚」.

"그건 내가 세리나에게 신세를 졌다는 뜻이에요." 프랜시가 말했다. 그리고 그들이 다음에 「보여줘 신세」라고 물어볼 거라는 생각이 들어서 덧붙였다. "책임과 서약. 의무." 프랜시는 그 즉시 세리나에게 미안해졌다. 하지만 결국 '의무'가 무엇인지 정의해줘야 했다.

「브브흐비니이츠?」. 양배추가 스크롤했다.

인디가 스렌놈에 대해 이야기할 때 그 단어를 사용한 적이 있었다.

"네, 브브흐비니이츠. 내겐 세리나에게 의무가 있었어요."

「들러리」.

"아니, 내가 세리나의 들러리였기 때문이 아니에요. 오히려 그 반대였어요. 세리나가 내게 들러리를 서달라고 부탁했던 건, 우리가 친구이기 때문이었어요. 세리나는 대학 때 내 룸메이트였어요." 그리고 곧 프랜시는 후회했다. 이제 그들은 룸메이트가 무엇인지 알고 싶어 할 것이다. 그리고 대학도.

　대신 유카가 이렇게 스크롤했다. 「보여줘 친구」.

　"두 사람이 서로를 알고, 서로 좋아하며, 서로를 위험으로부터 지키고 싶어 하는 것을 의미해요. 인디와 나처럼요. 인디가 내 목숨을 구해줬어요. 인디가 방울뱀을 집어 들판으로 던지지 않았다면, 내가 방울뱀에 물려 죽었을 거예요."

　세 명 사이에 스크롤의 돌풍이 불었다. 프랜시는 마침내 인디에게 도움이 될 만한 말을 했기를 바랐다. 하지만 잠시 후 실뭉치가 스크롤했다. 「인디 거짓말하는 독사 인디 말하다 프랜시 구하다 생명」.

　"인디의 말이 맞아요." 프랜시가 말했다. "그건 거짓말이 아니에요. 내가 인디의 목숨을 구했어요. 인디에게 뱀에 대해 경고했어요. 만일 내가 경고하지 않았다면, 인디는 뱀 위로 바로 굴러가서, 뱀에게 물렸을 거예요. 우리 둘 다 서로의 목숨을 구했어요."

　그 말은 외계인들에 감동을 주지 않았다. 「인디 노출시키다 프랜시 위험」. 실뭉치가 스크롤했다. 인디가 또 다른 범죄를 저지르게 된 것이 분명했다.

　"하지만 인디는 그럴 의도가 아니었어요." 프랜시가 항의했다. "인디는 바위에 뱀이 있는 줄 몰랐어요. 그리고 뱀이 있다는 것을 보자마자, 나를 뱀으로부터 보호해줬어요."

　「인디 프랜시 데려가다 바위」. 양배추가 무자비하게 스크롤했다.

　"아뇨, 그러지 않았어요. 우리의 기름이 떨어져서 거기에 멈춘 거예요." 하지만 그들은 그 문제에 관한 판단이 끝났다고 여기는 게 분명했다.

　「보여줘 룸메이트」. 유카가 물었다.

　"그건 같은 생활 공간에 함께 사는 친구예요…"

　「프랜시 웨이드」.

　"아니요." 프랜시는 그들이 무법자 안에서 함께 살았다고 생각했지만, 그렇게 대답했다. "생활 공간을 공유하는 것은 일부일 뿐이에요. 룸메이트가 된다는 것은, 서로를 돌보고 서로의 문제를 해결하며 함께 모험한다는 뜻이기도 해요."

「프랜시 웨이드」.

"아니…." 프랜시가 말을 시작하다가 멈췄다. 외계인의 말이 맞았다. 프랜시와 웨이드는 그 정의에 완벽하게 부합했다.

「결혼」. 유카가 현명하게 스크롤했다.

"아니요. 룸메이트는 결혼하지 않아요." 프랜시가 말했다. "그건…." 그리고 만일 "결혼할 수도 있어요."라고 말하면 완전히 새로운 문제가 생길 수도 있다는 사실을 깨달았다. "룸메이트는 대학에서 생활 공간을 공유하는 지구인이에요."

그래서 그 대답은 '대학'에 이어 '학교'를 설명하는 것으로 이어졌다. 하지만 어떤 룸메이트는 결혼도 한다는 것을 설명하려 애쓰는 것보다는 나았다. 그 말을 했다면 그들을 다시 「프랜시 웨이드」라고 말했을 것이다. "학교는 젊은 지구인들이 배우러 가는 곳이에요." 프랜시가 설명했다.

「학교」. 유카가 스크롤했다. 「치니비타이」. 그러자 다른 외계인들도 그 단어를 반복했다.

"아니에요." 인디가 그 단어를 사용하는 것을 본 적이 있지만, 프랜시는 인디에게 룸메이트를 언급했던 적이 없었다. 그들은 뭔가 잘못 생각하는 것 같았다. "아니에요." 프랜시가 다시 말했다. "룸메이트. 서로를 보호하고 어리석거나 위험한 일을 하지 않도록 노력하는 사이죠."

「인디 근접 조우 방울뱀」.

"네." 프랜시가 말했다. "나는 방울뱀으로부터 인디를 보호해줄 의무가 있었어요. 인디가 내 목숨을 구해줬으니까요."

「프랜시 의무 가다 세리나 결혼식」.

"네." 프랜시가 말했다. 세 외계인이 다시 몇 분 동안 서로에게 격렬하게 스크롤하기 시작했다. 그리고 이어서 양배추가 커다란 형광 녹색 글자로 스크롤했다. 「위반 간섭 브브흐비니이즈」.

'오, 안 돼.' 프랜시가 세리나에 대한 자신의 의무에 대해 설명하려 했던 모든 노력이 인디에게 또 다른 범죄 혐의만 추가시켰다. 글자의 크기와 밝기로 보면, 그건 중범죄였다. "아니요, 아니요, 아니요." 프랜시가 말했다. "나는 세리나의 결혼식에 가야 할 의무가 있었지만, 인디를 데리고 뇌우 (추르리스포이니스)에 가서 스렌놈을 찾아야 할 의무도 있었어요. 인디가 방울뱀으로부터 나를 구해줬으니까요. 그리고…."

「추르리스포이니스 추르리스포이니스 추르리스포이니스」. 유카가 선명한 빨간색으로 스크롤했다. 그리고 프랜시가 다른 외계인들을 봤더니, 격렬하게 그들의 언어로 스크롤하고 있었다. '오, 안 돼.' 프랜시가 생각했다. '내가 또 그랬어. 설마 뇌우로 가는 게 행성 간 법률을 위반한 건 아니겠지?'

「스렌놈 추르리스포이니스 왜?」. 양배추가 스크롤했다.

"난… 난 모르겠어요." 프랜시가 말을 더듬었다. "스렌놈은 작은 은색 띠를 가지고 있었어요. 아주 길었어요." 프랜시가 양손으로 대략적인 길이를 보여주었다. "스렌놈은 그 띠를 폭풍(추르리스포이니스) 속으로 던졌어요. 그리고 그 띠가 돌아왔을 때는, 이렇게 말려 있었어요."

프랜시가 시범을 보이자, 화가 난 듯 보이는 스크롤이 쇄도했다.

"혹시 여러분이 걱정하는 게 근접 조우라면, 스렌놈은 근접 조우를 한 적이 없어요. 우리 네 명 외에는 거기에 아무도 없었거든요. 그리고 추르리스포이니스는 의식이 없어요. 그냥 수증기 덩어리일 뿐이에요."

그들은 프랜시의 말을 무시했다. 양배추가 벽의 한 지점을 누르자 문이 열리며 스렌놈이 나타났다.

스렌놈이 굴러들어오자, 외계인들이 그 즉시 질문을 들이붓기 시작했고, 스렌놈이 대답했다. 그리고 한 번은 수학 공식처럼 보이는 것을 그들에게 스크롤했고, 또 한 번은 영어 단어들을 스크롤했다. 「미안 미안 미안」.

"뇌우에 가는 게 위법일 수는 없어요." 프랜시가 말했다. "뇌우는 누구의 소유물이 아니에요. 그냥 기상현상이잖아요." 하지만 외계인들은 프랜시의 말에 관심을 기울이지 않고, 점점 더 겁에 질린 것처럼 보이는 스렌놈에게 계속 대답을 요구했다. 스렌놈이 스크롤하지 않고 있던 촉수들이 거칠게 꿈틀거리며 서로 엉키기 시작했다.

"당신들 때문에 겁을 먹었잖아!" 프랜시가 울면서 수술대에서 내려가려 했지만, 실뭉치의 촉수가 튀어나와 프랜시를 수술대 위로 다시 올려 꼼짝 못 하게 했다.

좀 더 스크롤하더니, 유카가 갑자기 촉수를 쏘아서 스렌놈이 펄럭거리는 촉수 한가운데를 찔렀다.

"오, 안 돼!" 프랜시가 울부짖으며 그들을 향해 돌진했다. "스렌놈을 죽이지 마!" 프랜시가 애원했지만, 유카는 반짝이 하나를 가져갔을 뿐이었다.

외계인들이 반짝이로 모여들었다. 그들은 반짝이를 조사하면서, 프랜시 일행이 호스비타이 종족에게 처음 잡혔을 때 인디가 그랬던 것 같이 속 사포처럼 빠르게 스크롤했다. 그리고 곧 그들의 관심을 스렌놈에게 돌렸다. 스렌놈에게 누구의 도움으로 반짝이를 모았는지 캐묻는 게 분명해 보였다.

스렌놈이 스크롤했다. 「치니비타이 클리이하이 인디」.

'웨이드와 나도 도왔어.' 프랜시는 그렇게 말하고 싶었지만, 인디와 스렌놈이 더 큰 곤경에 빠질까 봐 걱정됐다.

세 외계인은 잠시 계속 스크롤하더니, 실뭉치가 촉수를 스렌놈에게 감았다. 마치 소포를 묶는 것처럼 스렌놈을 감더니, 방 밖으로 밀어냈다.

"잠깐만!" 프랜시가 수술대에서 뛰어내리며 울부짖었다. "스렌놈에게 무슨 짓을 하려는 거예요?" 하지만 문이 이미 닫힌 뒤였다.

"당신들이 스렌놈과 인디를 해치게 놔두지 않을 거야." 프랜시가 말하며, 양배추의 잎 같은 촉수를 붙잡고 그의 주의를 끌었다. "인디가 스렌놈을 보호하는 게 의무(브브흐비니이츠)였던 것처럼, 그들을 보호하는 게 내 의무니까요. 인디가 한 일은 뇌우(추르리스포이니스)를 찾아서, 문제가 생기기 전에 스렌놈을 고향으로 데려다주려던 게 전부였어요."

외계인들이 갑자기 스크롤을 멈추고, 프랜시를 향해 굴러왔다.

'아, 안 돼. 이번에는 내가 뭐라고 말한 거지?' 프랜시가 생각했다.

유카가 칼처럼 생긴 촉수를 프랜시에게 들이밀고 스크롤했다. 「프랜시 브브흐비니이츠 인디」.

"네." 프랜시는 그들이 이해할 수 있는 말, 인디가 그 긴 진술에서 그들에게 했을 법한 말을 생각해내려 미친 듯이 머리를 굴렸다. "인디는 내 조수이자, 의형제이고, 내 동료, 즉 단짝 친구예요!"

「보여줘 단짝」. 양배추가 스크롤했다. 하지만 유카가 창처럼 생긴 촉수를 양배추의 촉수 위에 올렸다.

「서부의 규칙」. 유카가 스크롤했다. 그러자 양배추가 스크롤했다. 「페인트 유어 웨건」.

"네, 맞아요." 프랜시가 말했다. "벤 럼슨과 단짝 친구는 동료였어요. 그들은 서로의 편에 서서, 서로의 전투에 함께 싸웠어요. 그들은 서로의 빚을 갚아주고, 서로에게 한 약속을 지켰죠. 그리고 무슨 일이 있어도 서로의 곁을 지켰어요."

유카가 다시 칼처럼 생긴 촉수를 내밀어 스크롤했다. 「브브흐비니이츠」.

"네, 브브흐비니이츠." 프랜시가 대답했다. 그런데 유카가 문을 향해 굴러가고, 곧바로 문이 열린 것을 보면, 잘못된 대답을 한 게 틀림없었다.

"멈춰요! 잠깐만요!" 프랜시가 그들을 쫓아 달려가 촉수를 움켜잡고 울부짖었다. "내가 설명할게요!" 하지만 외계인들은 마치 프랜시가 존재하지 않는 것처럼 지나쳐 굴러갔다.

"인디와 스렌놈은 아무 잘못도 하지 않았어요!" 프랜시가 울부짖었지만, 문은 이미 닫혀 벽 속으로 흔적도 없이 사라져버렸다.

프랜시가 문이 있던 자리를 두드리며 소리쳤다. "절대로 인디와 스렌놈을 해치지 마! 내가 허용하지 않을 거야!" 그리고 "내 변호사와 상담을 요구한다!" 그리고 외계인들이 사용했던 벽으로 가서 여기저기를 눌러봤지만, 얻어낸 것이라곤 창문이 닫혀서 밖을 볼 수 없게 된 것뿐이었다. 프랜시가 밀고 찌르며 온갖 시도를 해봐도 창문은 다시 열리지 않았다.

프랜시는 문이 있던 공간으로 돌아가 한 번 더 두드려본 다음, 그 벽에 기대어 앉아 자신이 했던 어떤 말 때문에 그들이 갑자기 나간 건지 생각했다.

프랜시가 인디에게 의무가 있다고 했던 것? 외계인과 유대감을 형성하는 것도 은하계 법을 위반하는 것일까? 아니면 로즈웰이나 룸메이트, 들러리 같은 다른 사안이 얽힌 문제였을까? 아니면 엘비스 프레슬리? '차라리 내가 버섯구름에 대해 말하는 게 더 나았을 거야.' 프랜시가 생각했다. 그때 등 뒤에서 문이 열려 프랜시가 뒤로 넘어졌다.

프랜시는 웨이드의 부축을 받으며 일어났다.

"아, 와줘서 다행이에요." 프랜시가 말하기 시작하다가, 웨이드의 표정을 보고 멈췄다. 웨이드가 방 안으로 들어오자 문이 순식간에 닫혔다.

"외계인들에게 뭐라고 했어요?" 웨이드가 비난하듯 따졌다.

"모르겠어요. 무슨 일이 있었나요?"

"그들이 언어학자와 나를 내쫓고, 미친 듯이 스크롤하며 심각한 비밀회의를 시작했어요. 내가 알아본 유일한 단어는 추르리스포이니스였어요. 혹시 그들에게 뇌우를 찾아갔던 이야기를 했나요?"

"네." 프랜시가 괴로운 표정으로 말했다. "하지만 이미 인디가 얘기한 줄 알았어요. 인디가 다른 것들은 다 말했더라고요. 그래서 난 뇌우는 의식이 없기 때문에, 상호작용이 될 수 없다고 말하려고 했어요."

"스렌놈과 인디가 그곳에 있는 동안 수집한 것에 대해 말했나요?"

"네. 아까 말했듯이, 인디가 이미 이야기했을 거라고 짐작했어요."

"글쎄요, 인디는 하지 않은 게 분명해요. 뭘 수집했는지 말했나요?"

"아뇨. 나도 뭘 수집했는지 몰랐으니까요. 하지만 그게 무엇이든, 누구의 소유물도 아니라고는 했어요."

"아뇨, 주인이 있어요." 웨이드가 말했다. "그건 우리 행성에 속하며, 주민이 거주하는 행성에서 식물과 암석 표본, 의식이 있거나 없는 생물을 가져가는 행위는 행성 간 법을 위반하는 거예요. 그건 약탈로 간주되며, 연방 범죄에 해당하죠. 그것은 인디가 요화타아흐에서 재판을 받아야 한다는 뜻이에요." 웨이드가 잠시 말을 멈추고, 생각에 잠긴 표정을 지었다. "우리가 실제로는 그들이 뭔가를 가져가는 모습을 보지 못했다고 말할 수 있을 거예요. 증거가 없으니까, 그들이…."

프랜시가 고개를 저었다. "그들이 스렌놈에게서 반짝이를 하나 가져갔어요."

"맙소사." 웨이드가 손으로 입술을 문지르며 말했다. "이제 그들은 증거를 가졌네요. 그건 우리가 말했던 중범죄예요."

"오, 안 돼! 우리가 수집한 거라고 하면 어떨까요?"

웨이드가 고개를 가로저었다. "아까 당신은 그들이 스렌놈에게서 찾아냈다고 했잖아요. 설령 우리가 그걸 수집했다고 설득하더라도, 스렌놈이 그걸 우리에게서 가져갔다는 뜻이 되잖아요. 내가 알아본 바로는, 그건 훨씬 더 심각한 범죄예요."

"그럼 어쩌죠?"

"당신이 그들에게 말한 내용을 내게 정확히 말해주세요. 우리가 이용할 수 있는 허점을 찾을 수 있을지도 모르니까요."

프랜시는 그 대화를 머릿속에 떠올리면서, 자신이 사용했던 정확한 단어들을 기억해내려 노력하며, 들러리 일과 의무에 관한 대화에 대해 웨이드에게 말해주었다. "그들은 인디가 나를 세리나의 결혼식에 가지 못하게 막은 사실과, 인디가 세리나에 대한 내 의무(그들은 브브흐비니이츠라고 하더라고요)를 방해했다는 사실에 대해 정말 화가 난 것 같았어요."

"브브흐비니이츠요? 그들이 그 단어를 사용한 게 확실한가요?"

"네. 왜요?"

"우리 언어학자들에 따르면 브브흐비니이츠는 단순히 의무를 의미하는 게 아니에요. 그 단어는 '거룩한 여정'을 의미하며, 그들의 사회에서는 신성한 거죠. 그것은 다른 모든 법을 초월하고, 이를 방해하는 것은 가장 큰 범죄예요."

프랜시의 얼굴이 하얗게 질렸다. "그러니까 내가 세리나의 결혼식에 가는 걸 인디가 방해한 행위가 거룩한 여정을 방해한 게 된다면…, 하지만 나는 그들에게 인디가 나를 결혼식에 데려가려고 노력했지만, 인디가 내 말을 제대로 이해하지 못했을 뿐이라고 했어요. 분명히 우리가 그들에게 설명하면…."

"그들이 우리에게 기회를 줄 것 같지는 않아요." 웨이드가 말했다. "여기에서 나를 나가게 해줄지도 모르겠어요." 하지만 웨이드가 문이 있던 곳을 두드리자 문이 열렸다. 웨이드가 나갔다.

"나도 같이 가고 싶어요." 프랜시가 말했다. "내가 인디를 그 지경에 빠트렸으니, 내가 해결해야 해요. 내가 설명할 수만 있다면…." 프랜시가 다시 말을 멈췄다.

웨이드의 표정이 분명하게 말하고 있었다. '당신은 이미 충분히 설명했어요.'

"정말 미안해요." 프랜시가 말했다. 하지만 문이 이미 닫혀 있었다.

이번에는 프랜시가 문을 두드리려고 시도하지 않았다. 다시 수술대로 가서 그 위로 올라가 웨이드가 돌아오기를 기다렸다.

웨이드는 돌아오지 않았다. 그리고 양배추와 그의 친구들이 호스비타이 방식으로 프랜시에게 수갑을 채워 끌고 가지도 않았다.

몇 시간으로 느껴지는 시간이 지난 후, 프랜시는 테이블에 태아처럼 웅크리고 누워, 라일이 말하던 조사를 좋아하는 회색인들이 와서 자신에게 끔찍한 뭔가를 해주기를 바랐다. 이 기다림보다는 뭐라도 나을 것 같았다.

하지만 영겁의 시간이 지난 후 마침내 문이 열렸을 때 나타난 사람은 회색인도 아니고 호스비타이도 아니었다. 웨이드였다. 창백하고 충격을 받은 얼굴이었다.

23장

프랜시는 무슨 일이 있었는지 물어보기 두려웠지만, 물어볼 수밖에 없었다. "그들이 인디와 스렌놈을 목매달아 죽였나요?" 프랜시가 목멘 소리로 물었다. "내가 한 말 때문에?"

"아니요." 웨이드가 여전히 놀란 얼굴로 대답했다.

"그러면 그들이 뭘 했나요? 인디와 스렌놈을 해체했나요? 요화타아흐에 보내 재판을 받게 했나요? 그들이 인디와 스렌놈에게 무슨 짓을 한 거죠?"

"아무 짓도 안 했어요."

"아무 짓도 안 하다니, 그게 무슨 말이에요?"

"인디와 스렌놈은 더 이상 곤란한 처지가 아니에요. 사실, 인디와 스렌놈은 이제 이 시대의 영웅으로 바뀐 것 같아요. 호스비타이에게 어깨가 있었다면, 그 둘을 어깨에 둘러업고 다닐 거예요."

"하지만 신성한 의무를 방해하면 사형에 처한다면서요?" 프랜시가 당황한 얼굴로 물었다. "약탈이 연방 범죄라는 것은요? 우리가 그들의 말을 잘못 이해했던 건가요?"

"아뇨. 약탈은 정당한 목적일지라도 연방 범죄가 분명하고, 인디도 그 사실을 알고 있었어요. 그래서 스렌놈이 뇌우에 대한 데이터를 얻기 전에, 그를 찾아서 막으려고 필사적으로 노력했던 거예요."

"데이터라뇨?" 프랜시가 말했다. "난 스렌놈이 물 표본을 수집하는 줄 알았어요. 그가 폭풍에 대한 정보만 수집하고 있었다면, 그건 약탈이 아니라는 뜻인가요?"

"아뇨. 사실 데이터가 더 나빠요. 요화타이흐는 행성 간의 정보 교환을 종족 간의 직접적인 만남보다 훨씬 더 위험하다고 생각하는데, 그건 아마 사실일 거예요. 예상치 못한 온갖 종류의 결과를 초래할 수 있는 거대한 변수를 도입하는 것이기 때문이죠. 그래서 엄격하게 금지되어 있어요."

"하지만 그들은 정보를 공유한 게 아니에요. 그냥 수집했을 뿐이잖아요."

"둘 다 마찬가지로 적용돼요. 그리고 설령 좋은 의도로 저지른 일이라고 할지라도 중범죄에 해당해요. 지금 이 사건도 당연히 그렇고요. 스렌놈은 자기 행성의 생존에 필수적인 폭풍 역학에 대한 정보를 얻으려고 했거든요." 웨이드가 프랜시를 향해 얼굴을 찡그리며 말했다. "알아요, 말이 안 되죠. 행성을 구할 수 있는 정보를 얻으려고 시도하는 것조차 허용되지 않는다는 것이니까요."

"하지만 그렇다면, 어떻게 스렌놈과 인디가 곤란한 상황에서 벗어난 거죠?"

"완벽하게 확실하지 않지만, 현재 상황은 이런 것 같아요. 스렌놈은 인디의 치니비타이예요. 그건 인디가 스렌놈을 도와야 할 거룩한 의무, 브브흐비니이츠가 있다는 뜻인데…."

"잠깐만요, 치니비타이가 무슨 뜻인지 알아낸 거예요?"

"네. 직역할 수 있는 한도 내에서요. 우리 번역가들 말로는 가장 가까운 뜻이 '룸메이트'인 것 같다고 하네요."

"룸메이트라고요!" 프랜시가 말했다. "내가 진작 알았어야 했어요. 룸메이트만이 그런 미친 짓을 할 수 있고, 곤경에서 빼내기 위해 멀리 떨어진 외딴곳까지 따라갈 거라고요!"

"어쨌거나…." 웨이드가 말했다. "인디에게는 스렌놈을 도와야 할 의무가 있는데, 브브흐비니이츠, 즉 거룩한 여정은 법 위에 있죠. 거룩한 여정을 방해하는 것은 약탈보다 더 나쁜 범죄라는 점을 제외하면, 인디와 스렌놈은 곤경에서 빠져나올 수 있어요. 호스비타이 종족에게는 거룩한 여정을 방해하는 게 대량 학살이나 반역죄와 동급이에요."

"그리고 그들은 인디가 세리나의 결혼식에 내가 참석하지 못하게 해서 나의 신성한 의무를 방해했다고 생각하죠?"

"그렇죠, 당신의 말이 맞아요. 그들은 정확히 그렇게 생각해요."

"당신이 그들에게 인디가 의도적으로 방해한 게 아니라고 말했나요? 인디는 나를 결혼식에 데려가려 했지만, 인디는 결혼식에 데려가는 게 무슨 뜻인지 이해하지 못했다고…."

"네, 하지만 그건 중요하지 않아요. 호스비타이 법에서는 의도가 정상 참작 사유에 해당하지 않아요. 의사소통 실패도 해당하지 않죠. 오로지 중요한 것은, 당신의 여정을 인디가 방해했는데도 불구하고, 당신이 인디를 보호하고 그의 신성한 여정을 완수할 수 있도록 추르리스포이니스에 데려다줘야 한다고 생각했다는 것, 그리고 당신이 세리나에 대한 의무에 관해 설명했을 때, 그들은 당신이 자신들의 브브흐비니이츠와 같은 것을 이야기하고 있으며, 우리에게도 그런 신성한 의무가 있다는 것을 알아챘다는 사실이에요. 그런데 당신이 동료 인간에 대한 의무를 다하지 못하게 방해한 인디를 기꺼이 용서했기 때문에, 당신의 의무가 인디의 의무보다 훨씬 신성해요. 이는 인디의 간섭과 우리를 납치한 일, 그 외 모든 일을 상쇄하고, 그 모든 과정을 거룩한 여정, 즉 브브흐비니이츠의 우산 아래 놓는다는 의미예요."

"그래서 그게 무슨 뜻이죠?"

"인디와 스렌놈이 곤경에서 벗어났고, 호스비타이는 데이터를 가질 수 있게 됐어요. 그들은 매우 '대단히 감사합니다, 부인'이라며 정신이 없어요. 그들은 지난 30분 동안 인디와 스렌놈을 도와주고, 데이터를 갖게 해준 우리에게 무한한 감사를 표하며, 어떻게 하면 보답할 수 있을지 물어보더라고요." 웨이드가 프랜시에게 미소를 지었다. "당신이 해냈어요. 라일의 그 온갖 SF 영화처럼 행성을 구했어요. 다만, 이 경우에는 인디의 행성이죠. 그리고 당신이 인디를 살렸어요."

'내가 해냈어.' 프랜시가 생각했다. 안도감으로 몸에서 힘이 빠지는 게 느껴졌다. 프랜시는 인디를 죽게 만들지 않았다.

"그들은 우리에게 감사하기 위해 무엇을 할 수 있을지 알고 싶어 해요." 웨이드가 말했다. "그러니 당신이 몇 가지 제안을 생각해보세요."

"당신이 원했던 기름이 필요 없는 자동차 엔진 기술은 어때요?"

"유감이지만 그건 안 돼요. 요화타아흐 법이 정보 교환을 금지하고 있잖아요, 기억하죠? 그 정보에는 기술도 포함돼요. 특히 기술이 문제죠. 그들은 우리에게 물건만 줄 수 있고, 정보는 줄 수 없어요."

"하지만 무법자를 이용해서 어떻게 작동하는지 알아낼 수 없나요? 역설계하면 되지 않아요? 라일이 51구역에서 UFO를 역설계하고 있다고 했던 것처럼요."

웨이드가 고개를 저었다. "그들이 이미 엔진을 디젤로 다시 바꿨어요."

"그러면…." 프랜시가 웨이드에게 가까이 다가와 속삭였다. "세리나의 차는 어때요? 그 차는 아직 썬더버드 마트에 있잖아요. 그들이 떠날 때까지 거기에 그냥 뒀다가…."

"우리도 그 생각을 해봤어요. 하지만 틀림없이 인디가 무법자를 납치하기 전에 다시 바꿔놓았을 거예요."

"뇌우를 찾으러 가는 길에 지프를 세우고, 인디에게 엔진을 바꾸라고 해야 했는데." 프랜시가 말했다. "하지만 그랬다면, 그들이 이미 그것도 다시 돌려놨겠죠." 프랜시가 잠시 생각했다. "그들이 내게 정말 고마워한다고 했잖아요. 내가 그들에게 물어보면…?"

웨이드가 고개를 저었다. "그래도 그들은 당신에게 그 기술을 줄 수 없어요. 법을 피할 방법이 있다면, 그들이 그렇게 할 것 같기도 하지만(그들은 정말로 감사하고, 우리를 돕고 싶어 하거든요), 그 일은 그들의 손에서 벗어난 문제예요. 그건 요화타아흐 법의 문제인데, 정보 공유라는 사안에 대해서는 전혀 모호하지 않고 단호해요. 하지만 괜찮아요, 그들이 뇌우에서 얻은 데이터를 우리에게 줄 텐데, 그건 적어도 지구 온난화 문제에 부분적으로나마 도움이 될 겁니다. 그리고 거기에 더해 헬륨 5백 톤과 스칸듐 1백 톤, 코발트 20톤, 그리고 네오디뮴 다량을 우리에게 주기로 했어요. 그리고 우리 다섯 명이 원하는 건 뭐든지 주겠대요. 특별히 원하는 게 있나요? 다이아몬드 2톤 정도?"

"난 인디와 스렌놈에 대한 모든 기소가 취하되길 원해요."

"이미 그렇게 됐어요. 말했잖아요. 인디와 스렌놈은 도망 다니는 무법자에서 이 시대의 영웅이 되었다니까요."

"네, 그렇지만 그들이 지구에 있는 동안 다른 법을 어긴 게 밝혀지면 어떡하죠? 스크롤만이 아니라, 서면이든 뭐든 호스비타이 종족에게 그와 비슷한 수준의 방법으로 두 사람 모두를 완전히 사면해줘야 해요."

"알겠어요. 또 어떤 걸 원하나요?" 웨이드가 물었다.

"우리 정부가 그들에 대해 완전히 사면해주기를 원해요. 그리고 우리도 사면해주고요." 프랜시는 그들이 탈옥해서 FBI 밴을 훔친 일을 생각하며 말했다.

"이미 그렇게 처리했어요." 웨이드가 말했다. "거기에 더해서, 율라 메이 할머니에 대한 모든 도박 및 사기 혐의를 취하하도록 했고, 조셉 아저씨는 변호사들을 철수시키는 대신 무법자를 즉시 돌려주기로 했어요. 소송은 까다로울 수 있어서요. 특히, 아저씨의 변호사들이 증거개시 신청을 하게 되면 말이죠. 대신, 그들은 우리의 작은 모험을 비밀로 유지하기로 약속했어요."

"라일은 어때요? 라일도 이 사실을 비밀로 지키기로 동의했나요?"

"아니요. 하지만 본부에서 이 모든 사항이 기밀이므로, 만일 누설한다면 종신형에 처할 수 있다는 점을 명확하게 고지했어요."

"하지만 그 정도로 라일을 막을 수 있을까요? 특히, 로즈웰에 외계인이 착륙했다는 사실과 은하 연방과 수술대에 대한 라일의 이야기는 옳았던 것으로 밝혀졌으니…"

"그리고 모뉴멘트 밸리도요." 웨이드가 말했다.

"네? 외계인이 모뉴멘트 밸리를 이동시킨다고요?"

"아니요, 하지만 언어학자들은 호스비타이 언어와 나바호족의 언어 사이에 매우 유사한 점이 있다고 하거든요. 그건 언젠가 두 언어가 접촉한 적이 있다는 뜻이죠."

"그럼, 라일의 말이 전부 맞았다는 거네요." 프랜시가 역겨운 표정을 지으며 말했다.

"아니요. 그들이 우리를 침략하기 위해 지구에 왔다는 라일의 주장이 틀렸다는 사실을 잊지 마세요. 그리고 나는 그들이 텔레파시를 할 수 없을 거라고 확신해요. 만일 텔레파시를 할 수 있었다면, 내가 인디와 스렌놈을 풀어내려고 노력하는 동안 생각했던 것 때문에, 지금쯤 감옥에 갇혔을 거예요."

"난 진지하게 하는 말이에요." 프랜시가 말했다. "라일은 징역형을 받든 안 받든 자신의 음모론이 사실이었다고 모든 사람에게 말해버리기로 결심했을 거예요. 라일이 정부의 은폐에 얼마나 집착하는지 알잖아요."

"맞아요." 웨이드가 생각에 잠긴 표정으로 말했다. "기밀 이야기가 나와서 말인데, 당신이 서명해야 할 서류가 많아요. 석방과 정보 보안 동의서요. 그리고 호스비타이가 자신들의 행성을 구해준 것에 대해 무한한 감사를 표하기 위해 당신과 다시 이야기를 나누고 싶어 해요. 뭘 원하는지 생각해봐요. 당신만의 '무법자'나 롤스로이스." 웨이드가 프랜시의 들러리 드레스를 손짓하며 말했다. "새 옷을 조금 달라던가…"

"아주 재밌네요." 프랜시가 대답했다. 웨이드가 떠난 후, 프랜시는 다시 수술대 위로 올라가 호스비타이 종족을 기다렸지만, 다시 문이 열렸을 때는 그들이 아니었다. 산체스 요원이었다.

"헤이스팅스 요원이 당신을 데려오라고 보냈어요." 요원이 말했다. 그리고 프랜시를 이끌고 스테인리스 스틸로 된 복도를 따라 밖으로 나갔다.

프랜시는 아직도 밤이라는 사실에 깜짝 놀랐다. 그 방에서 며칠을 보낸 것 같았기 때문이었다. 프랜시는 호스비타이가 어떤 우주선을 가졌는지 보려고 뒤를 돌아봤지만, 아무것도 보이지 않았다. 눈부신 흰색 불빛은 여전히 켜져 있었고, FBI가 설치한 이동용 아크 조명과 여러 줄의 현장 조명에 의해 이제 더욱 밝아졌다. 프랜시는 너무 눈이 부셔서 자신이 어디로 가고 있는지도 알 수 없었다. "전깃줄을 조심하세요." 프랜시가 걸려 넘어진 후 산체스 요원이 말했다.

두 사람은 수많은 차량과 이동용 텐트 사이를 헤치고 FBI 밴으로 향했다. 웨이드가 밴의 열린 뒷문 옆에 서 있었다.

"당신과 이야기를 나누고 싶어 하는 사람이 있어요." 웨이드가 말했다. "세리나."

"세리나가 여기 왔어요?" 프랜시가 열심히 주위를 둘러봤다.

"아니요. 세리나는 이 일에 대해 아무것도 몰라요." 웨이드가 프랜시에게 밴의 뒷부분으로 들어가라고 손짓하더니, 프랜시를 따라 올라왔다.

"세리나는 당신이 탈옥한 죄수에게 납치된 줄 알아요. 그래서 당신도 그 이야기를 계속 유지해야 해요."

웨이드가 프랜시에게 자리에 앉으라고 손짓했다. "세리나는 스카이프를 사용하고 있어요." 웨이드가 노트북을 집어 들고 타이핑을 시작했다. "당신은 FBI 본부에서 연락하는 거예요."

그래서 밴 안에서 전화를 걸도록 했을 것이다. 그래야 세리나가 밖에서 무슨 일이 일어나고 있는지 볼 수 없을 테니까. "나를 납치한 죄수에 대해 자세히 물어보면 어떡하죠?" 프랜시가 물었다. "당신들이 세리나에게 무슨 말을 했는지 나한테 알려줘야 하지 않나요?" 하지만 웨이드는 이미 프랜시에게 노트북을 건네주고, 어떤 키를 눌러야 하는지 알려주고는 떠난 후였다. 하지만 어쨌거나 프랜시는 그 문제를 걱정할 필요가 없었다. 모든 이야기는 세리나가 다 했다.

"괜찮아?" 세리나가 말했다. "그동안 엄청 걱정했어! 자정이 다 되어서야 네가 사라진 걸 알았어. 네가 차로 가자마자 러셀이 와서 자기와 함께 UFO를 찾으러 가자고 우기더라고. 그래서 내가 너에게 전해줄 메시지를 P.D.에게 남겼는데, 그 사람도 UFO를 찾으러 가버렸어. 너에게 전화를 걸려고 했는데, 거기에서는 전파가 닿지 않더라. 러셀에게 신호가 잡히는 곳으로 데려다달라고 했는데, 거절당했어. 그리고 UFO가 로즈웰 동쪽에 착륙했다고 믿는 사람들과 함께 차를 타야 했어. 그 사람들이 내 차가 있는 곳까지 태워다줬는데, 차가 없더라고. 그래서 난 네가 모텔로 가져간 줄 알았어. 그러다 다음 날 아침이 되어서야 네가 납치된 걸 알아챘어. 경찰에 신고했더니, 24시간이 지나야 실종신고를 할 수 있다면서, 아마 네가 축제에 갔거나 다른 사람들처럼 UFO를 찾으러 갔을지도 모른다고 하더라. 그래서 어떻게 해야 할지 몰랐어!"

세리나가 쉴 새 없이 말을 쏟아내더니, 이제 뭔가 프랜시에게 하고 싶지 않은 말이 있는 듯 주저했다.

'세리나는 내가 없는 상태에서 결혼식을 치렀어.' 프랜시가 생각했다. 프랜시는 내내 그렇게 될 거라고 확신했고, 스스로 체념했다고 생각했었지만, 지금 다시 속이 메슥거렸다. 프랜시는 세리나를 실망시키고 말았다.

"그래서 삼촌의 차를 빌려서 러셀을 찾으러 나갔어." 세리나가 말했다. "내가 있었던 일을 러셀에게 말했더니, 러셀은 네가 외계인에게 납치되었을지도 모른다는 거야. 만약에 네가 정말로 납치된 거라면, 외계인에 대한 모든 가설이 사실이었다는 것이 증명되어서 우리가 유명해질 거래! 그러고는 'UFO 공동 네트워크' 사람들에게 전화하고 싶다더라. 믿기지가 않더라니까! 뭐 이런 얼간이가 있어! 그 인간의 관심은 오로지 그 멍청한 UFO뿐이었어! 네가 어떻게 됐는지는 전혀 관심도 없더라니까. 그래서 러셀에게 다시는 보고 싶지 않다고 했어!"

'천만다행이다!' 프랜시가 생각했다. '세리나는 러셀과 결혼하지 않았어!'

"그래서, 아무튼, 내 말을 들어줄 사람이 아무도 없었어. 내가 너에게 말했던 그 FBI 요원에게 전화를 걸려고 했지만, 연결이 되지 않았어. 그래서 어떻게 해야 할지 몰랐어. 그러고 있는데, 경찰에서 전화가 와서, 네가 납치되었는데 FBI가 사건을 담당하고 있으며, FBI에서 요원을 보내 나와 이야기를 나눌 거라고 했어. 그리고 네 안전을 위태롭게 할 수도 있으니까, 아무에게도 말하지 말라고 했어. FBI 요원이 왔길래, 내가 아는 것들을 다 이야기해줬어. 네가 입고 있었던 옷이며 차, 아는 대로 전부 다. 그리고 그 사람과 함께 일하면서 너를 찾으려고 노력했어…." 그리고 다시 불편한 얼굴로 주저하다가 말했다. "그 탈옥범이 너에게 해를 끼치지는 않았어?"

"난 괜찮아." 프랜시가 대답했다. 그리고 그 죄인은 그저 탈옥에만 관심이 있었다고 덧붙여도 좋을지 궁금했다. 하지만 세리나가 죄인이 프랜시를 어디로 데려갔는지 물어볼지 모르는데, 프랜시는 FBI가 이야기를 어떻게 꾸며냈는지 모르는 상태였다.

프랜시가 무슨 말을 해야 할지 고민하고 있을 때, 세리나가 말했다. "세상에! 네 드레스 좀 봐! 완전 더러워!"

"알아. 미안해." 프랜시가 말하기 시작했다. "그게…."

"괜찮아. 그건 걱정하지 마." 세리나가 말했다. "네가 며칠 동안 같은 옷만 입고 지냈을 테니, 입을 옷이 조금 필요할 것 같다는 생각이 들어서, 너에게 가방을 가지고 갔는데, 그들이 면회를 허락해주지 않았어. 그들은 네가 고소장을 제출하고 증언을 마칠 때까지 면회를 할 수 없다고 했지만, 쿠퍼가 너에게 옷을 줄 수 있는지 확인해보겠다고 했어."

"쿠퍼?"

"아까 이야기했던 그 FBI 요원 말이야." 세리나는 프랜시가 그의 이름을 알고 있어야 한다는 듯이 말했다. 하지만 그건 중요하지 않았다. 마침내 이 정떨어지는 드레스를 벗고, 깨끗한 옷을 입을 수 있게 된 것이다. 웨이드가 사다주었던 끔찍한 탱크톱과 반바지보다는 나을 것이다.

"그래, 내가 너를 사랑하는 이유가 있다니까, 세리나!" 프랜시가 외쳤다. "내게 옷이 필요하다는 사실을 알아준 사람은 너뿐이야. 고마워!"

"오래된 룸메이트가 뭐겠니?" 세리나가 말했다. "그리고 정말로 그 드레스에 대해서는 걱정하지 마. 아무튼 내가 다른 색의 드레스를 입어야 할 것 같거든."

'다른 색이라니? 방금 러셀을 다시는 보고 싶지 않다고 했잖아. 제발, 러셀을 용서하고 결국 다시 결혼하기로 했다고 말하지 말아줘.'

"핫핑크 어때?" 세리나가 물었다. "음, 연보라색은? 내가 주름 장식이 줄줄이 달리고, 치마받이 틀이 달린 연보라색 들러리 드레스를 발견했는데, 너한테 딱 어울릴 것 같아."

'당연히 그렇게 생각했겠지.' 프랜시가 생각했다. 하지만 흉측한 드레스는 세리나가 러셀과 결혼한다는 사실에 비하면 아무것도 아니었다.

"하지만 아까 네가 말했잖아…."

"내가 러셀을 다시는 보고 싶지 않다고 했던 거? 안 볼 거야. 그런데…." 세리나가 다시 이상하게 주저했다. "내가 FBI 요원이랑 같이 일했다고 했잖아. 뭐랄까, 우린 함께 많은 시간을 보냈어. 네가 무슨 말을 하려는지 알아. 내가 쿠퍼와 안 지 며칠밖에 안 됐으니까, 누군가와 사랑에 빠지기엔 너무 짧은 시간이라고 하겠지. 특히 러셀과 헤어진 직후라면서. 하지만 내가 러셀을 정말로 사랑하지 않았다는 걸 깨달았어. 그리고 때때로 사람들은 위기를 함께 보내면, 정말 단시간에 가까워질 수도 있잖아, 알지?"

'그래. 나도 알아.' 프랜시가 생각했다.

"그이가 동부에서 기밀 프로젝트를 맡게 되어서 우린 당장 결혼해야 해. 무리한 부탁인 건 알아. 특히 네가 겪은 일을 생각하면 더욱 그렇지. 하지만 내 결혼식의 들러리를 서줄 수 있겠니? 이번 주 토요일에 결혼식을 진행할 거야. 꼭 오겠다고 말해줘. 네가 없으면 결혼할 수 없어."

"나를 빼놓고 결혼하는 건 꿈도 꾸지 마." 프랜시가 말했다. 그리고 생각했다. '뭐, 적어도 이번에는 UFO 덕후가 아니라 이성적인 사람이잖아.' 몇 분 후 쿠퍼 요원이 검은 양복에 넥타이를 매고, 프랜시의 가방을 들고 왔다. 그는 지극히 정상적인 사람으로 보였다.

"옷 가지고 왔습니다." 쿠퍼가 프랜시에게 가방을 건네주며 말했다.

"고마워요." 프랜시가 말해다. "옷을 갈아입을 곳이 있나요?"

"물론이죠." 쿠퍼가 말했다. "이쪽으로 오세요." 그리고 프랜시를 이끌고 전기선과 케이블들이 얽혀 있는 곳을 가로질러 갔는데, 몇 미터를 채 가기 전에 웨이드가 가로막았다. "여기 있었군요. 찾았어요. 호스비타이 종족이 당신과 이야기를 나누고 싶답니다." 웨이드가 프랜시의 가방을 받아 쿠퍼에게 건넸다. "이것 좀 들어줘요."

"네, 알겠습니다." 쿠퍼가 말하고, 자리를 떴다.

"웨이드, 아는 사람이에요?" 프랜시가 물었다.

"쿠퍼? 알죠. 여기에서 같이 일한 요원이에요. 왜요?"

"세리나랑 결혼할 거래요."

"진짜요? UFO 덕후는 어쩌고요?"

프랜시가 웨이드에게 상황을 이야기해줬다. "쿠퍼는 평범한 사람이죠? 내 말은, FBI 요원이든, 아니면 당신이 소속된 거기에 있든, 비교적 착실한 사람이냐는 뜻이에요. 그리고 제정신이죠?"

"그건 상황에 따라 달라요. 본부에서 쿠퍼의 별명이 폭스(Fox)예요."

"여우요?"

"아뇨. 폭스 멀더. 있잖아요. 〈엑스 파일〉 주인공. '진실은 저 너머에 있다.'"

"아, 안 돼!"

"하지만 괜찮은 종류의 미치광이죠. 그리고 인정하자고요. 세리나 씨는 결코 완전히 이성적인 남자와는 결혼하지 않을 거예요. 갑시다. 호스비타이 종족이 기다리고 있어요." 웨이드가 호스비타이 종족이 가득한 커다란 텐트로 들어가는 덮개문을 들어 올렸다.

그들은 마치 빽빽하게 나무가 심어진 정원처럼 보였다. 프랜시는 양배추와 유카를 알아봤지만, 실뭉치는 안 보였다. 그들이 처음으로 이야기를 나눴던 콩나무 줄기와 메스키트 덤불도 거기에 있었다. 하지만 포도나무와 팜파스 갈대, 십여 그루의 회전초, 담쟁이덩굴, 가시가 나고 늑골 모양의 팔이 달린 오르간 파이프 선인장도 그곳에 있었다. 모두가 스크롤했다.

「대단히 감사합니다 부인」. 그리고 「프랜시 프랜시 프랜시」.

"팬들에게 맡길게요." 웨이드가 텐트 밖으로 나갔다.

회전초 하나가 앞으로 굴러와 스크롤했다. 「풀어주고 단어들 가르치다 방울뱀 고마워 고마워 고마워」. 그리고 가지로 프랜시를 힘차게 감싸 안았다.

'틀림없이 인디의 어머니나 가족일 거야.' 프랜시가 생각했다. 하지만 포도나무와 담쟁이덩굴도 똑같이 했다. 프랜시는 오르간 파이프 선인장도 그럴까 봐 두려웠는데, 몇 센티미터 떨어진 곳에 멈춰 서서 스크롤했다. 「마을 전체가 보안관에게 감사하고 있습니다」.

"저도 그렇게 할 수 있어서 기뻤어요. 인디를 사랑해요." 프랜시가 말했다.

그런 말을 하면 안 되는 거였다. 텐트 안의 모든 촉수가 스크롤하기 시작했다. 「보여줘 사랑」. 그리고 프랜시는 '좋아함', '애정', '유대감', '상냥함'을 보여주느라 한 시간을 보냈다.

마침내 웨이드가 프랜시를 구하러 왔을 때, 프랜시는 '애착'을 설명하려 애쓰는 중이었다.

"죄송합니다." 웨이드가 담쟁이덩굴에게 사과했다. "잠시 프랜시를 빌려 가야겠습니다." 그리고 프랜시에게 말했다. "그들이 율라 메이 할머니를 앨버커키로 데려가기 전에, 할머니가 작별 인사를 하고 싶대요."

"할머니를 데려왔어요?" 프랜시가 물었다. "할머니가 여기 계신 줄도 몰랐어요."

"호스비타이 종족이 감사 인사를 할 수 있도록 데려와달라고 했어요." 웨이드가 말했다. 그리고 고개를 돌려 양배추에게 말했다. "제가 프랜시를 데려가도 될까요?"

「예 예 예 미안 미안 미안 너무 많이 감사 계속」. 양배추가 스크롤하며, 고개를 숙여 인사하듯 잎이 많은 촉수로 쓸어내리는 몸짓을 했다.

그러자 다른 외계인들도 그렇게 했다. 「고마워 고마워 고마워」.

프랜시도 고개를 숙였다. "제가 더 감사합니다." 그리고 웨이드를 따라 텐트 밖으로 나갔다.

별은 많지 않았지만, 아직도 어두웠다. 그리고 프랜시는 조명 너머 동쪽 하늘에 떠 있는 희미한 불빛을 볼 수 있었다. 하지만 형체를 알아볼 수 있을 정도로 밝지는 않았다.

"왜 그들이 할머니를 앨버커키로 데려가는 거죠?" 프랜시가 웨이드를 따라가며 물었다. "FBI가 할머니에 대한 기소를 취하했다고 하지 않았나요?"

"그랬어요. 할머니는 똑바로 살기로 했어요."

"똑바로요?"

"네." 웨이드가 전기선이 엉킨 곳을 지나 안내하며 말했다. "내가 도박 감시국의 고문으로 고용하도록 본부에 제안했어요. 할머니는 라스베이거스 사무실에서 일하시게 될 거예요."

동쪽 하늘이 조금 더 밝아져 푸른 벨벳처럼 부드러운 파란색으로 바뀌었다. 여전히 외계인들의 우주선을 볼 수 있는 정도로 밝지는 않았지만, 그 뒤에 있는 풍력 발전소 기둥의 모양과 빨간 항공기 경고등을 흐릿하게 알아볼 수 있었다.

프랜시는 그들이 빨간 불빛을 보고 UFO라고 생각했던 첫날 밤, 그리고 웨이드가 일출을 보여주기 위해 프랜시를 깨우던 새벽을 떠올렸다. "웨이드…." 프랜시가 말했다.

"할머니에게 작별 인사를 하고 나면, 당신이 어디로 갈지, 어떻게 연락할 것인지에 대한 몇 가지 서류를 더 작성하게 될 거예요. 그 후에 당신도 떠날 수 있어요." 웨이드가 말했다.

'떠난다고?'

"내가 당신의 상사에게 전화해서, 당신이 FBI 수사를 돕고 있어서 여기에 일주일 더 머물러야 한다고 말해뒀어요. 그러니까 당신은 집으로 갔다가 세리나 씨의 결혼식에 참석하기 위해 다시 돌아올 필요는 없어요. 그리고 당신을 로즈웰로 데려다주기 위해 와카무라 요원을 대기시켜놨어요. 내가 데려다주고 싶지만, 워싱턴으로 돌아가서 상황을 보고하고, 다시 돌아와 호스비타이 종족이 마감 시간을 맞출 수 있도록 준비해줘야 해요."

"마감이요?"

"네. 그들이 특정한 행성에 머무를 수 있는 기간과 원주민과 접촉할 수 있는 횟수에는 제한이 있어요. 우리가 파악하기로는, 그들의 하루와 우리의 하루의 길이를 고려했을 때, 그들에게는 총 6개월의 시간이 있어요. 인디와 스렌놈, 그리고 이 우주선, 그들이 여기에 있었던 시간을 더하면 두 달이 조금 안 되니, 속죄를 협상하고, 선물 이전을 하기 위해서는 충분한 시간이라고 생각했는데, 우리의 계산이 틀렸거나 언어 문제가 있어서인지, 그들은 금요일까지 모든 일을 마무리하고 모두 지구를 떠나야 한다고 하네요. 그러지 않으면 요화타아흐와 심각한 문제가 생길 거라고. 지금부터 이틀 후에요. 그래서 마감이 정말 촉박해요."

'그래서 당신은 그들이 마감 내에 마칠 수 있도록 돕는 일에 집중하기 위해 나를 밀어내려는 거군요.' 프랜시가 생각했다. "괜찮아요." 프랜시가 말했다. "로즈웰까지 데려다줄 필요 없어요. 내가 운전해서 갈 수 있어요."

"아뇨. 안 돼요."

"왜 안 돼요?"

"당신의 지프에 기름이 거의 떨어졌는데, 기름을 여기로 가져올 때까지 당신이 여기에 머물고 싶어 하지는 않을 테고, 세리나 씨와 들러리 임무로 돌아가고 싶어 할 것 같아서, 와카무라 요원이 당신을 데려다주기로 했어요. 지프는 내가 나중에 가져다줄게요. 혹시 로즈웰에서 다른 차를 빌리고 싶으면, 본부에서 누군가가 앨버커키까지 지프를 가져가 반납해줄 거예요. 원하는 대로 하세요."

'내가 원하는 건….' 프랜시가 씁쓸하게 생각했다. '호스비타이 종족이 줄 수 없을 거야.'

"인디가 그 들판에서 버린 휴대폰을 대신할 새 휴대폰을 포함해 모든 경비는 본부에서 보상해줄 거예요. 그리고 당신 드레스도요. 세리나 씨에게는 본부에서 교체 비용을 지불할 거라고 하세요. 당신이 이 옷을 계속 입고 싶다면 할 수 없지만요."

"세리나가 이번 결혼식에서는 신부 들러리에게 다른 드레스를 입히기로 결정했어요. 연보라색에 주름 장식이 있고 치마받이 틀이 달린 드레스로요." 프랜시가 말했다.

"윽." 웨이드가 얼굴을 찡그리며 말했다. "뭐, 그래도 좀비 결혼식을 하지는 않는군요. 아무튼, 새 드레스가 무엇이든 본부에서 비용을 지불할 거예요. 우리가 당신에게 겪게 했던 일들에 대해 우리가 할 수 있는 최소한의 보상이에요. 그리고 렌터카 비용도 전부 보상해줄 거예요. 연료비도 포함해서요." 웨이드가 덧붙였다. "안타깝지만 지구인은 앞으로도 계속 연료비를 써야 할 테니까요."

"엔진 기술을 구하지 못해서 아쉽네요." 프랜시가 말했다.

"네. 뭐, 원하는 걸 얻지 못하는 때도 있는 거죠."

'아니야.' 프랜시가 슬픈 눈으로 웨이드를 바라보며 생각했다. '그렇게 말하지 말아요.' "아마 세리나가 내게 차를 빌려줄 수 있는 사람을 알고 있을 거예요. 세리나가 아는 사람이 없더라도, 내가 알아서 할게요. 당신은 걱정할 필요 없어요."

"알았어요." 웨이드가 말했다. "나는…."

"프랜시!" 율라 메이가 뒤에서 소리쳤다. 그리고 프랜시가 고개를 돌리자, 율라 메이가 다가와 프랜시를 끌어안았다. "떠나기 전에 못 볼까 봐 걱정했어요. 라일도 보고 싶어질 것 같아요."

"라일이 떠났나요?" 프랜시가 소리쳤다.

"엡." 조셉이 성큼성큼 걸어오며 말했다. "꽁지 빠지게 도망쳤소. FBI가 라일에게 기밀 유지 동의서에 서명을 받으려고 했는데, 라일은 '나는 정부 은폐에 가담하지 않을 거야! 전 세계가 이 사실을 알아야 해!'라고 외치며, 밖으로 뛰쳐나가 차를 타고 떠나버렸소."

"오, 세상에!" 프랜시가 말했다. "라일을 막아야 해요! 어느 쪽으로 갔어요?"

"저쪽으로 갔소." 조셉이 도로 쪽을 가리키며 말했다. "하지만 너무 늦었어. 벌써 가버렸소."

"우리가 잡을 수 있을 거예요." 프랜시가 말했다. "웨이드, 지프 키 가지고 있어요? 어서요, 경찰보다 우리가 먼저 잡아야죠." 그러다 웨이드가 차분하게 그대로 서 있다는 사실을 깨달았다. "라일을 놓아준 거군요." 프랜시가 이해가 안 된다는 듯 말했다.

웨이드가 고개를 끄덕였다. "우리가 어떤 협박을 해도 라일을 조용히 시킬 방법은 없었어요…."

"그래서 라일이 기밀 정보를 배포하도록 둬서 감옥에 가게 만들려는 건가요?"

"아뇨. 우리는 라일이 말하더라도 아무도 그 말을 안 믿을 거라고 판단했어요. 라일이 무슨 말을 하겠어요? 외계인에게 납치되어 51구역에 갇혀서 정부의 은폐에 참여하도록 강요당했다?"

"하지만 라일이 인디나 외계인의 우주선이 어떻게 생겼는지 사람들에게 말하면…."

"라일은 그런 이야기를 할 수 없어요. 외계인의 우주선도 못 봤고, 호스비타이도 못 봤거든요. 라일에게 질문을 했던 요원들이 라일에게 여기가 레이 라인 이송 지점이며, 인디가 외계인 지배자들에게 침공을 시작하라는 신호를 보내기 위해 마파로 가고 있었는데, 라일 덕분에 요원들이 가로채서 구금하고 18번 격납고로 보냈다고 말해줬어요. 라일의 책 제목이 벌써 눈에 선하네요.《UFO 침략―내가 어떻게 혼자의 힘으로 지구를 구했나》. 또한 요원들이 라일에게 인디의 외모는 사실 화학운과 크롭 서클의 주문에 의한 환각이며, 실제로는 렙틸리언이라고 말해줬어요."

"그리고 당신은 라일이 쉽게 도망치라고 지프에 키를 놔두고 갔군요."

"아뇨. 말했잖아요. 지프는 기름이 거의 떨어졌다니까요. 그래서 본부의 차에 키를 두고 왔죠." 웨이드가 활짝 웃으며 말했다.

"차 이야기가 나와서 말인데, 나는 이만 가봐야겠어요. 몬토야 보안관이 나를 기다리고 있어서요." 율라 메이가 말했다. 할머니가 경찰차와 FBI 밴이 주차된 곳을 향해 손짓으로 대충 가리켰다.

그들이 이야기를 나누는 동안 하늘이 계속 밝아지고 있었다. 프랜시는 여전히 풍력 발전기의 우뚝 솟은 첨탑의 윤곽 외에는 아무것도 알아볼 수 없었다. 풍력 발전기의 붉은 불빛은 더 이상 보이지 않았다. '새벽에 꺼지도록 설정돼 있는 모양이네.' 프랜시가 생각했다. 하지만 아직 동이 트지 않았다. 외계인의 눈부신 조명의 불빛은 여전히 켜져 있었지만, 하늘이 남색으로, 그리고 연자주색으로 옅어지자 하나씩 꺼지기 시작했다.

"몬토야 보안관에게 카드 카운팅 방법을 가르쳐주면, 나를 앨버커키 공항까지 데려다주기로 했어요." 율라 메이가 말하고, 시계를 쳐다봤다. "어머나, 세상에. 벌써 늦었네요. 라스베이거스에 오면 꼭 나를 찾아와요. 그러면 큰돈을 따게 될 거예요." 그리고 차를 향해 서둘러 갔다.

"할머니가 올바른 길로 가신 건 줄 알았는데요." 프랜시가 웨이드에게 말했다.

"네." 웨이드가 말했다. "나한테는 그렇게 이야기했어요⋯."

"나도 가봐야 할 것 같소." 조셉이 끼어들었다. "그들이 무법자에 기름을 채워서 출발할 준비를 해뒀다고 하는데, 지금 출발하면 저녁 식사 시간에 갤럽에 도착할 수 있을 거요."

"거기가 가시는 곳이에요?" 프랜시가 물었다. "갤럽?"

"그렇소. 〈라레도 거리(Streets of Laredo)〉를 촬영할 때 배우들이 묵었던 엘란초 호텔이 거기에 있소. 그 후 〈부러진 화살〉을 찍었던 세도나에 들렀다가 모뉴멘트 밸리로 갈 생각이오."

"그럼, 즐겁게 보내세요." 프랜시가 말했다. "보고 싶을 거예요." 그리고 조셉을 안으려고 다가갔는데, 그는 관심이 없었다.

조셉은 프랜시 너머 뒤쪽을 바라보고 있었다. "이런 젠장." 조셉이 말했다. "저것 좀 보겠소?"

"뭘요?" 프랜시가 고개를 돌렸다.

프랜시가 헉 소리를 냈다.

태양이 떠올랐다. 하늘은 연보라색에서 분홍색으로 변했지만, 조셉이 보고 있는 것은 하늘이 아니었다. 조셉은 그들의 바로 앞에 있는 것을 바라보고 있었는데, 그들에게서 얼마 떨어지지 않은 거리에 주황색과 붉은색의 뾰족하고 뭉툭한 산봉우리들, 그리고 밑바닥의 붉은 모래에서 수직으로 솟아오른 뾰족탑이 불가능한 장관을 이루고 있었다.

"말도 안 돼." 프랜시가 속삭였지만, 정말로 거기에 있었다. 주홍색 바위 더미와 그 옆에는 손모아장갑처럼 생긴 뾰족탑이 서 있었고, 그 너머에 적갈색의 뭉툭한 산봉우리가 줄지어 서 있었다. "모뉴멘트 밸리다."

"아뇨, 저건 모뉴멘트 밸리가 아니에요." 웨이드가 말했다. "보세요." 그리고 발치에 있는 붉은 모래를 가리켰다.

모래가 아니었다. 붉은 타일처럼 보이는 표면이었다. 그리고 프랜시가 뾰족한 바위산에 좀 더 가까이 가서 살펴보니, 손잡이나 계기판처럼 보이는 돌출부들이 눈에 들어왔다. 이것이 프랜시가 들어갔던 우주선이었다. 그리고 손모아장갑 모양의 바위는 옆에 받침대가 달린 사령탑이었으며, 뾰족한 산과 뾰족탑은 버팀대와 안테나로 보였다. 하지만 그 모습은 영락없이 〈황색 리본을 한 여자〉에서 뇌우 장면에 나왔던 뾰족하고 뭉툭한 산과 탁상지처럼 보였다. 인디가 그 장면을 보고 기겁했던 것도 놀랍지 않았다. 당국을 피해 도망치고 있던 인디에게 그들이 갑자기 눈앞의 화면에 나타났으니 말이다.

세 사람은 한참 동안 그 모습을 바라보고 서 있었다. 그러다 조셉이 말했다. "기절초풍하겠네. 외계인들이 모뉴멘트 밸리를 이동시킨다고 라일이 말했잖소. 라일의 말이 맞았소."

"라일은 틀렸어요." 웨이드가 말했다. "호스비타이 종족의 우주선이 우연히 모뉴멘트 밸리처럼 생긴 것뿐이에요."

"아니면 일부러 모뉴멘트 밸리처럼 보이도록 위장한 것일 수도 있죠." 프랜시가 생각에 잠긴 얼굴로 말했다. "당신네 요원들이 이들을 못 찾아냈다고 했잖아요. 아마 호스비타이 종족은 풍경의 일부처럼 보이는 게 발견되지 않는 가장 좋은 방법이라는 사실을 깨달았을 거예요. 내가 여기 온 첫날 공항에서 누군가가 UFO가 혼도 외각의 붉은 바위 근처에 추락했다고 말하자, 다른 누군가가 거기엔 붉은 바위가 없다고 했어요."

"그렇다면 이들이 예전에 지구에 왔을 수도 있겠네요." 웨이드가 말했다. "그래서 인디와 스렌놈이 지구에 얼마나 있었는지 그렇게 걱정했던 거예요. 그랬기 때문에 그렇게 서둘러서 떠나려는 거죠…."

"다른 방문에서 시간 할당량을 다 써버렸으니까." 프랜시가 말했다.

"그렇죠."

프랜시가 뭔가 떠올랐다. "그건 이들이 1947년에 로즈웰에 추락했었다는 뜻일까요?" '아.' 프랜시는 역겨운 생각이 들었다. '만일 라일이 그 문제에 대해서도 옳았다면….'

"아뇨. 내가 호스비타이 종족에게 그 문제를 물었더니 아니라고 했어요. '추락'한 것은 기상 풍선이고, 자신들도 그 사건을 알고 있다고 했어요. 인디의 말로는 스렌놈이 로즈웰에 착륙한 것은 기상 조건이 맞을 거라고, 즉, 뇌우가 있을 거라고 판단했기 때문이래요."

"하지만 호스비타이 종족이 그게 기상 풍선이었다는 걸 안다는 사실은, 그들이 이전에 여기 왔었다는 뜻이에요."

"그리고 영화 스텝들이 텍사스와 애리조나 남부에서 그들의 우주선을 보고는…." 조셉이 말했다. "이걸 모뉴멘트 밸리라고 생각해서 〈역마차〉와 〈수색자〉에 이 우주선을 등장시켰을 거요."

"글쎄요. 제 생각엔 그렇지 않을 것 같지만…." 웨이드가 말했다. "왜 모뉴멘트 밸리에서 외계인이 많이 목격되는지는 이해할 수 있을 것 같아요."

"어느 쪽이든, 난 갤럽은 건너뛰고 곧장 모뉴멘트 밸리로 올라가서 뭘 찾을 수 있을지 봐야겠소." 조셉이 말했다. "래쉬 라루에게 내 작별 인사를 대신 전해주시오." 그리고 캠핑카를 향해 출발했다.

"나도 인디에게 작별 인사를 하고 싶어요." 프랜시가 말했다. "어디에 있나요?"

"호스비타이 종족과 함께 있어요. 감사의 인사를 받고 있죠." 웨이드가 말했다. "있잖아요, 프랜시. 와카무라 요원이 당신을 로즈웰로 데려간다는 거요. 내가…."

"헤이스팅스 요원." 쿠퍼가 그들 쪽으로 다가오며 불렀다. "방해해서 죄송하지만, 우주선에서 요원을 찾습니다." 그리고 프랜시를 돌아보며 말했다. "와카무라 요원이 통신 텐트에서 몇 가지 서류에 서명해달랍니다." 그는 다시 웨이드를 보며 말했다. "산체스 요원이 비상 상황이라고 전해달랍니다."

"무슨 비상 상황이요?" 웨이드가 즉시 긴장하며 물었다.

"어떤 상황인지는 말하지 않았습니다." 쿠퍼 요원이 말했다. "배신한 외계인 두 명에 관해 뭔가가…."

"젠장." 웨이드가 말했다. "있잖아요, 프랜시…."

"가야 한다는 거죠. 알아요. 나도 그래요." 프랜시는 몸을 돌려 와카무라 요원이 기다리고 있는 통신 텐트로 빨리 걸어갔다.

"이걸 끝내자마자, 로즈웰로 모셔다드리겠습니다." 와카무라 요원이 말했다.

'끝났어. 이게 맞는 말이야.' 프랜시가 생각했다. '끝났어. 이게 세상이 끝나는 방식이지. 쾅 하고 터지는 게 아니라, 집으로 돌아가며 끝나는 거야.

뭐, 이게 아니면 어떻게 될 거라고 생각한 거야? 다른 역마차 승객들과 애틋한 작별 인사를 나누고, 웨이드와 함께 석양 속으로 사라질 줄 알았어? 너도 라일과 똑같아. 넌 영화를 너무 많이 봤어.

너희 둘은 며칠을 함께 보냈고, 인디를 추르리스포이니스에 데려다주었고, 인디의 행성을 구하고, 어쩌면 우리 행성까지 구했어.' 프랜시가 스스로에게 엄숙하게 말했다. '그리고 이제 다 끝났고, 웨이드는 맨 인 블랙으로 돌아가고, 인디는 고향으로 가고, 너는 세리나에게 좀 더 이성적인 들러리 드레스를 입자고 설득하러 가야 해. 그리고 세리나가 마침내 올바른 남자를 찾았기를 바라자.'

"제가 서명해야 할 서류가 더 있지 않나요?" 프랜시가 와카무라 요원에게 물었다.

"네." 요원이 프랜시에게 펜과 서류 더미를 건네주며 대답했다. 프랜시는 서류들을 훑어본 후 정보 보안 서약과 그 외 열두 개의 기밀 유지 서약, 새 휴대폰 교환 영수증, 세리나가 보내준 가방을 받았다는 확인서에 서명했다. "내 가방은 어디에 있죠?" 프랜시가 와카무라 요원에게 물었다.

"밴에 있습니다." 요원이 대답했다. "떠나기 전에 옷을 갈아입고 싶으시면 가져다드리겠습니다."

"고맙습니다." 프랜시가 대답했다. 그리고 와카무라 요원이 가방을 가져왔다. 프랜시는 자동차 뒤에 몸을 가리고 7부바지와 세리나가 지난 크리스마스에 선물했던 자수 장식이 된 멕시코 블라우스로 갈아입었다.

"준비됐나요?" 와카무라 요원이 프랜시에게 물었다.

프랜시가 고개를 끄덕이자, 요원이 프랜시의 가방을 들고 텐트 밖으로 나갔다.

"밴은 이쪽입니다."

"잠시만요." 프랜시가 말했다. "헤이스팅스 요원이 제가 떠나기 전에 인디를 볼 수 있다고 했거든요." 와카무라 요원이 멍한 얼굴로 서 있자, 프랜시가 설명했다. "저를 납치했던 외계인이에요. 회전초처럼 생겼죠."

"확인해보겠습니다." 요원이 대답하고 통화하더니 말했다. "그 외계인은 지금 본부장과 호스비타이 종족을 만나고 있는데, 아무도 들어갈 수 없습니다. 극비라서요. 그 외계인을 우주선으로 데려가기 위한 준비를 하고 있습니다."

'그래야 기한 전에 지구를 떠날 수 있겠지.' 프랜시가 생각했다.

"그 외계인에게 전할 말이 있나요?" 와카무라 요원이 물었다. "제가 메시지를 전해줄 수 있을 것 같습니다."

"아뇨, 괜찮아요." 프랜시가 말했다. '난 그저 작별 인사를 하고 싶었던 거예요.' "중요한 건 아니에요." 프랜시가 억지 미소를 지었다. "차가 어디에 있다고 하셨죠?"

"밴입니다." 와카무라 요원이 말했다. "저기에 있습니다." 요원이 가리켰다. "그 온갖 소동을 겪은 후, 이제 집으로 돌아가 일어났던 일들을 잊을 수 있어서 기쁘시겠네요." 요원이 결혼식장 밖에 세워두었던 것과 같은 FBI의 밴으로 프랜시를 이끌며 말했다. "지난 며칠은 진짜 악몽이었을 겁니다. 그렇죠?"

"네." 프랜시가 말했다. '그리고 이번에는 마지막 순간에 기병대가 구하러 오지 않겠지. 그들은 이미 라스베이거스와 모뉴멘트 밸리로 떠났어. 그리고 워싱턴으로.'

"이 차입니다." 와카무라 요원이 밴의 뒷문을 열고 가방을 집어넣으며 말했다.

요원은 뒷문을 닫고 앞문을 열어 프랜시를 태운 다음 운전석으로 돌아가 탔다.

와카무라 요원이 시동 장치에 키를 꽂았다. 프랜시는 숨을 들이쉬며, 촉수가 튀어나와 요원의 손목을 감아 그를 막아주길 간절히 바랐다. 하지만 아무런 일도 일어나지 않았다. 요원이 키를 돌려 밴의 시동을 걸었다.

'〈역마차〉의 링고 키드는 이미 안장에 올라타 국경으로 향했겠지.' 프랜시가 생각했다.

"금방 로즈웰로 모셔다드리겠습니다." 와카무라 요원이 말하며 밴에 기어를 넣었다.

"잠깐만!" 웨이드가 소리치며, 들판을 가로질러 그들을 향해 뛰어왔다. "프랜시, 가면 안 돼요!"

24장

프루디: 자, 제가 왜 그래야 하죠?

제이슨: 여자들은 보통 남편이 있는 곳으로 가니까.

프루디: 아, 당신이 그런 식으로 말씀하시면, 보안관이….

— 〈보안관〉

"당신이 떠나기 전에 잡아서 다행이에요." 웨이드가 헐떡이며 말했다. 그리고 양손으로 프랜시의 옆유리창 테두리를 붙잡았다. "문제가 생겼어요."

'오, 안 돼.' 프랜시가 생각했다. '그들이 방울뱀이 더 있었다는 사실을 알아챈 거야.' "무슨 일이에요?"

"인디가 호스비타이 종족에게 자기 우주선의 위치를 말하지 않아요."

"뭐라고요?" 프랜시가 안도하면서도 혼란스러운 표정을 지으며 말했다. "인디가 말하지 않는다니, 무슨 뜻이에요? 인디는 왜 그런대요?"

"누가 알겠어요? 인디가 본래 좀 그렇잖아요, 기억하죠?"

"하지만 호스비타이 종족이 인디에게 말하게 하면 안 되나요?"

"보통은 그렇게 하겠지만, 인디와 스렌놈이 방금 그들의 행성을 구했기 때문에, 호스비타이가 명령할 수 있는 입장이 아니에요."

"그렇지만… 호스비타이는 우주선을 찾을 수 있는 탐지 장치를 가지고 있지 않나요?"

"있어요. 그런데 인디가 위장을 정말 잘한 모양이에요. 그리고 그들에겐 시간이 부족하잖아요. 이틀 안에 지구를 떠나야 하니까요, 기억하죠? 속죄의 세부 사항을 해결하고, 우리에게 선물을 전달하는 것만으로도 시간이 빡빡해요. 게다가 그들이 정말로 피하고 싶어 하는, 지구 원주민과의 추가적인 접촉을 초래하게 될까 봐 걱정하고 있어요. 한 명만 더 접촉하게 되면…."

"알아요. 그러면 요화타아흐의 재판에 넘겨지겠죠." 프랜시가 말했다. "그래서 나보고 인디에게 우주선이 어디에 있는지 말하도록 하라는 건가요?"

"아뇨. 그들은 당신이, 아니 우리가 인디를 그 우주선으로 데려다주길 원해요."

"인디를 거기로 태워다준다고요?"

"네."

"그렇지만 당신은 워싱턴에 보고하러 가야 하잖아요?"

"이게 훨씬 더 중요해요." 웨이드가 말했다. "인디는 당신과 내가 운전하지 않으면, 지구를 떠나지 않겠다고 했어요. 그러면 모든 게 요화타아흐의 손으로 넘어가게 되죠."

"하지만 인디도 그걸 알잖아요." 프랜시가 말했다. "그런데 인디는 왜…?" 프랜시가 미심쩍은 듯 눈을 가늘게 떴다. "인디와 스렌놈이 뭔가 일을 꾸미고 있는 건가요? 다른 뇌우에서 슬쩍 데이터를 챙기는 짓 같은 거?"

"아니에요. 스렌놈은 이미 자신의 우주선과 지상 차량이 어디 있는지 그들에게 말했어요. 그래서 그것들은 이미 가지러 떠났고, 스렌놈을 우주선에 태웠어요. 스렌놈은 아마 지금쯤 지구를 떠났을 거예요. 이건 인디가 혼자 생각해낸 것 같아요."

"아니, 왜요?"

"모르겠어요. 인디는 우리에게 꽤 애착이 크거든요. 특히 당신에게요. 당신과 시간을 더 보내고 싶어서, 작별 인사를 최대한 미루려는 건지도 몰라요."

"만일 그렇다면, 우리가 인디를 거기에 데려갔을 때, 우리가 그의 고향 행성으로 함께 가지 않으면 지구를 떠나지 않겠다고 할지도 모르잖아요?"

"그건 호스비타이 종족에게 이미 물어봤어요." 웨이드가 말했다. "인디의 우주선은 한 사람, 혹은 외계인 한 명만 탈 수 있는 크기래요. 당신이 이 모든 걸 과거로 잊고 로즈웰로 돌아가서, 세리나 씨에게 주름 장식이 달린 자홍색 드레스를 맞추지 말라고 설득하고 싶어 하는 건 알아요….”

“연보라색이요.” 프랜시가 말했다.

“그래요, 연보라색. 당신은 민간인이기 때문에, 우리가 당신에게 이렇게 하라고 강요할 수 없어요. 하지만 당신이 이 일에 동의해준다면 정말로 도움이 될 거예요. 그리고 호스비타이 종족은, 그들의 말투로 하자면, ‘더욱 대단히 감사합니다, 부인’이라고 할 겁니다.”

‘물론, 나는 그 일을 할 거야. 여기에 작별 인사를 미루고 싶은 사람이 인디만 있는 건 아니니까.’ “하지만 이해가 안 돼요. 우주선이 위장된 상태라면, 호스비타이는 그냥 인디를 자신들의 우주선에 태워서 고향으로 데려가고, 인디의 우주선은 여기 놔두면 안 되나요?”

“호스비타이에게는 근접 조우를 한 번 더 할 수 있는 여유가 없기 때문이에요. 그리고 당신은 추락 목격자들에 대해서는 잊고 있어요. 지금 이 순간에도 수천 명의 UFO 덕후들이 그 우주선을 찾고 있어요. 라일이 떠들어대기 시작하면, 그 수가 더 늘어나겠죠. 그들 중 누군가가 우연히 발견할 수 있어요.”

“하지만 우리가 인디를 데려가다가 UFO 덕후들과 만나게 될 수도 있잖아요.” 프랜시가 말했다. “호스비타이가 그건 걱정하지 않나요?”

“걱정하죠. 하지만 우리가 거대한 양배추보다는 덜 눈에 띌 거라고 생각하는 게 분명해요. 특히 우리는 UFO를 쫓아다니는 사람으로 위장할 수도 있고, 만일의 경우에는 인디를 내 셔츠 속에 숨길 수도 있으니까요. 그리고 지프가 모뉴멘트 밸리보다 덜 눈에 띌 거예요.”

“지프에 기름이 거의 다 떨어졌다고 하지 않았나요?” 프랜시가 물었다. “혹시 호스비타이가 기름이 필요 없는 기술을 제공해주기로 마음을 바꿨다는 뜻인가요?”

“아뇨.” 웨이드가 대답했다. “쿠퍼 요원이 지금 FBI SUV에서 기름을 빼고 있다는 뜻이죠. 자, 그래서 할 건가요?”

"네." 프랜시가 대답하며, 밴에서 내렸다. "언제 출발해요?"

"그들이 지프에 기름을 채우고, 내가 이 옷을 갈아입는 대로요." 웨이드가 프랜시를 위아래로 훑어봤다. "당신은 벌써 갈아입었군요. 아주 예쁘네요. 하지만 'UFO 추적자' 탱크톱이 더 좋을 것 같아요. 혹시 가방에 그 옷이 있지는 않나요?"

"없어요." 프랜시가 대답했다. "이제는 더 이상 탱크톱을 입지 않을 거예요." 하지만 웨이드는 벌써 텐트를 향해 성큼성큼 걸어가며 어깨 너머로 프랜시에게 소리쳤다. "거기에 있어요. 금방 올게요."

웨이드는 거의 곧바로 지프를 몰고 돌아왔다. 그리고 밴 옆에 지프를 세우고 뛰어내렸다. "인디는 오고 있어요."

웨이드는 청바지와 앞면에 '51'이라고 적힌 회색과 흰색의 야구 셔츠를 입었다. 웨이드가 뒤로 돌아서 프랜시에게 보여주었다. 셔츠 뒷면에는 '로즈웰 외계인'이라고 적혀 있었다. "쿠퍼에게 빌린 거예요. 아, 다행이네요. 저기 와요."

프랜시가 돌아봤다. 인디가 엉킨 전깃줄을 가로질러 그들을 향해 굴러오고 있었다. 양배추와 실뭉치가 함께 왔다.

프랜시가 인디에게 손을 흔드는데, 갑자기 왈칵 눈물이 쏟아졌다. 그리고 프랜시는 자신이 그 순간까지 인디가 무사하다는 사실을 믿지 않고 있었다는 사실을 깨달았다. 그들이 인디를 목매달아놓고 거짓말하는 게 아니었다.

인디와 함께 굴러온 두 외계인이 프랜시와 웨이드 앞에 다가오더니 스크롤했다. 「프랜시 매우 대단히 감사합니다 부인 도와줘 인디 우주선」. 그러더니 갑자기 스크롤을 멈추고, 인디를 향해 선명한 자주색 글씨로 스크롤했다. 「아니요 아니요 아니요 헤이스팅스 요원 프랜시 아니요!」. 그리고 형광색 상형문자를 쏟아냈다.

"무슨 일이야? 뭐가 잘못됐어?" 웨이드가 물었지만, 인디는 대답하지 않았다. 인디는 두 호스비타이인에게 그들의 언어로 스크롤했다. 그들에게 뭔가 설명하는 게 분명했다. 프랜시가 상형문자 사이에 영어 단어 'CLO'를 알아봤다.

"아." 프랜시가 말했다. "웨이드, 우리가 이 옷을 입고 있어서, 그들이 우리를 알아보지 못하는 거예요."

프랜시가 호스비타이인들을 바라보며 말했다. "아니요, 아니요. 우린 여전히 우리예요. 프랜시." 프랜시가 자신의 가슴을 가리키며 말했다. 그리고 웨이드의 가슴을 가리켰다. "헤이스팅스 요원. 우리는 다른 옷을 입은 것뿐이에요." 프랜시가 블라우스의 넓은 자수 소매를 붙잡아 그들이 만져볼 수 있도록 내밀었다.

"봤죠? 옷이에요." 하지만 그들은 인디가 몇 분 더 스크롤하고, 프랜시의 블라우스와 웨이드의 셔츠를 만져보며 조사한 후에야 차분해졌다. 그리고 원래의 목적에 맞게 「인디 우주선」을 가지러 가는 데 도움을 준 프랜시에게 감사 인사를 했다.

"우리도 인디를 데려다주게 되어 기뻐요." 프랜시가 말했다. 그리고 그들은 아직도 옷의 개념을 완벽하게는 이해하지 못한 듯 조심스럽게 프랜시를 껴안은 후 굴러갔다.

"좋았어요." 웨이드가 말했다. "이제 쇼를 시작해보죠." 그리고 지프를 향해 걸어갔다.

프랜시가 웨이드의 뒤를 따랐다. "가자, 인디."

「아니요 아니요 아니요」, 인디가 스크롤했다.

"아니라니, 그게 무슨 말이야?" 웨이드가 짜증을 내며 물었다. "우리에게 너를 우주선으로 데려다달라고 했잖아. 우리가 데려다줄게. 차에 타."

「아니요」, 인디가 스크롤했다. 그리고 프랜시에게 다가가 블라우스의 끄트머리를 잡고 7부바지에서 빼냈다.

"뭐 하는 거야?" 프랜시가 인디를 떼어내려 애쓰며 말했다.

"아마 인디도 옷을 이해하지 못하는 모양이네요."

"말도 안 돼. 인디가 방금 호스비타이 종족에게 설명했잖아요. 인디, 그만해!" 인디가 블라우스를 잡아당겨, 프랜시의 배가 드러났다. "웨이드, 도와줘요!" 프랜시가 블라우스를 당기며 소리쳤다.

"그만해, 인디." 웨이드가 도와주려 했지만, 인디는 블라우스를 머리 위로 벗기려고 마음을 굳힌 것 같았다.

「아니요 아니요 아니요」. 인디가 계속 스크롤했다. 「옷 결혼식」.

"옷 결혼식? 내 들러리 드레스 말하는 거야?" 프랜시가 물었다.

「예 예 예」. 인디가 스크롤했다. 「어디 어디 어디?」.

"걱정하지 마. 아직 가지고 있어." 프랜시가 말했다. "밴에 있어. 내 가방 안에." 그러자 웨이드가 밴으로 달려가 창문으로 손을 집어넣어 가방을 꺼내 가져왔다.

"여기요." 웨이드가 드레스를 꺼냈다.

인디가 드레스를 잡더니, 썬더버드 마트에서 그랬듯이 프랜시의 가슴으로 밀었다. 마치 힘으로 드레스를 붙일 수 있을 것처럼.

"당신이 드레스를 입어주길 바라는 모양이에요." 웨이드가 말하자, 프랜시가 그를 노려봤다.

"인디가 뭘 원하는지는 나도 알아요." 프랜시가 인디와 드레스를 붙잡고 싸우며 말했다. "너무 눈에 띄어서 입을 수 없다고 말해줘요."

「보여줘 눈에 띄어서」.

"아무도 우리를 보지 않길 바란다는 뜻이야." 웨이드가 말했다. "너는 더이상 접촉하면 안 되잖아, 기억하지? 드레스는 우리가 가져갈게, 알겠지?" 웨이드가 지프를 가리키며 말하자, 놀랍게도 인디가 그 대답에 만족하는 것 같았다. 인디는 드레스와 프랜시의 가방을 촉수로 들어서 지프 뒷좌석에 내려놓고, 그 옆으로 기어서 들어갔다.

"고마워요." 프랜시가 웨이드에게 말하며, 블라우스를 다시 바지에 집어넣고, 차에 올라탔다. 그 즉시 인디가 프랜시에게 굴러가 콘솔박스 위에 자리를 잡았다.

"어디로 갈까?" 웨이드가 물었다. 그러자 인디가 대시보드 위에 촉수를 받치고 서쪽을 가리켰다.

"예전 그대로네." 웨이드가 말하며, 시동을 걸고 FBI가 세워둔 경계선 밖으로 차를 몰고 나갔다.

FBI 밴들로 세워놓은 바리케이드와 '차단 구역, 출입 금지'라고 적힌 대형 표지판을 지프가 지날 때, 요원들이 손을 흔드는 것을 보면 그들을 통과시키라는 지시가 내려간 모양이었다.

"와우, 라일이 여길 탈출할 때 정말 좋아했을 거예요." 프랜시가 말했다. "정말로 영화 〈미지와의 조우〉 같은 느낌이네요."

"네. 그렇게 보이도록 설계된 거예요." 웨이드가 말했다. "쿠퍼의 아이디어죠."

"세리나에게 딱 맞는 사람인 것 같아요." 그들이 마지막 울타리를 통과할 때 프랜시가 말했다.

그들은 서쪽으로 향했다. 불과 몇 킬로미터 달리지 않았을 때, 인디가 스크롤했다. 「돌아 돌아 돌아」. 그리고 낮은 언덕을 지나는 비포장도로를 가리켰다.

"농담이지?" 프랜시가 말했다. "네 우주선이 바로 코앞에 있었다고?"

인디가 계속 앞을 가리켰다. 좁은 비포장도로는 남쪽으로 8백 미터쯤 직진하다 노간주나무로 뒤덮인 언덕 너머에서 동쪽으로 급격하게 꺾였다. "인디, 네 우주선이 여기에 있어?" 프랜시가 물었다.

인디는 대답하지 않고, 계속 앞만 가리켰다. 그들은 또 8백 미터쯤 나아가며 언덕을 지나 잡초가 드문드문 자란 낮은 평지로 갔다가, 갈색 바위들이 흩어져 있는 곳으로 갔다.

「멈춰 멈춰 멈춰」. 인디가 스크롤했다. 그리고 웨이드가 차를 세우자마자, 인디가 문을 열고 밖으로 굴러나갔다.

"저게 인디의 우주선은 아니겠죠?" 프랜시가 바위들을 가리키며 물었다.

"모르겠어요. 아마 아니겠죠." 웨이드가 말했다. "아니면 인디가 방향을 찾으려는 것일 수도 있어요. 그리고 그런 경우라면 저 바위들에서 멀리 떨어져야 해요. 더 이상 접촉을 할 여유가 없으니까요."

"인디, 돌아와!" 프랜시가 차에서 내리며 소리쳤다. "방울뱀이 있을지도 몰라!"

하지만 인디는 바위나 들판으로 향하지 않았다. 덩굴손을 흔들며 차 주위를 빙글빙글 돌다가 잠시 후 차 밑으로 굴러 들어갔다.

"인디가 뭘 하는 거예요?" 프랜시가 물었다.

"모르겠어요." 웨이드가 쪼그려 앉으며 말했다. 하지만 웨이드가 차 밑을 들여다보기도 전에, 인디가 작은 물체를 들고 다시 나타났다. 인디는 그 물체를 잠시 만지작거리더니 들판으로 던졌다.

"저게 뭐였어요?" 프랜시가 물었다.

"FBI가 차에 장착한 GPS 추적기인 것 같아요." 웨이드가 말했다. "인디는 우리가 어느 방향으로 가는지 호스비타이가 알게 되면, 자기 우주선이 어디에 있는지 그들이 알아낼 수 있을 거라고 생각한 게 분명해요."

「쉿 쉿 쉿」. 인디가 스크롤하더니, 차의 뒷문을 열었다. 그리고 차에 굴러 올라가 실내등으로 촉수를 뻗더니, 물건을 당겨서 웨이드에게 보여줬다. 「보여줘」. 인디가 스크롤했다.

"마이크야." 웨이드가 말하자, 인디가 첫 번째 물건처럼 들판으로 던졌다. 그리고 다시 촉수를 뻗어 뒷유리창 가장자리로 움직였다. 작고 동그란 녹색 물체를 꺼내 웨이드에게 건넸다.

"몰래카메라야." 웨이드가 말했다. 인디가 그 물건을 웨이드에게 받아 들판으로 멀리 날려 보냈다.

"저 물건들이 방울뱀에 부딪히면, 그것도 다른 접촉으로 간주되나요?"

"아니길 바라야죠." 웨이드가 말했다. 인디가 차 앞으로 굴러가 보닛을 열려고 했다.

"인디는 그들이 GPS 장치를 여기에도 심어놓았다고 생각하는 게 분명해요." 웨이드가 인디를 위해 보닛을 열어 받쳐주며 말했다. 인디가 그릴 뒤로 촉수를 집어넣더니, 다른 추적기를 꺼내서 들판으로 던졌다.

"잘했어." 웨이드가 말했다. 그리고 지지대를 풀어 보닛을 내리기 시작했지만, 인디는 다시 엔진 주변을 뒤적이고, 흡입구 분기관과 라디에이터, 엔진 아래와 주변을 촉수로 감았다.

"이제 다 찾은 것 같아, 친구." 웨이드가 말했다.

「아니요 아니요 아니요」. 인디가 스크롤했다. 그리고 잠시 후 단추 모양의 은색 물체를 가지고 나타났다. 인디가 그 물체를 웨이드의 손에 떨어뜨렸다.

"이게 뭐야?" 웨이드가 말하자, 인디가 웨이드에게서 그 물건을 받아 들판으로 던져버리고는, 웨이드에게 보닛을 닫으라고 몸짓했다. 그리고 다시 차에 탔다.

"좋았어." 웨이드도 차에 탔다. "이제 아무도 보거나 듣지 않아, 어디로 갈까?" 프랜시가 인디의 촉수를 쳐다봤지만, 인디는 아무것도 스크롤하지 않았다. 그저 그들이 왔던 비포장도로를 가리킬 뿐이었다. 그들이 고속도로에 도착하자 서쪽을 가리켰다.

"그럼, 로즈웰로 돌아가는 거야? 네 우주선이 거기에 있어?" 웨이드가 물었다.

인디는 대답이 없었다. 그저 앞유리창을 두드릴 뿐이었다.

"인디는 감시 장치를 다 제거하지 못했을까 봐 걱정하는 모양이에요." 웨이드가 프랜시에게 말했다. "좋아, 인디, 갈 길을 알려 줘."

인디는 그렇게 했다. 그들은 오전 내내 달려서 로즈웰 서쪽까지 거의 다 갔다. 그리고 카운티 도로를 타고 북쪽으로 돌아가다가, 서쪽으로 틀어서 좁은 비포장도로로 들어갔다. "이건 J.B. 포스터 목장으로 가는 길이에요. 최초로 기상 풍선이 추락했던 곳이죠." 웨이드가 말했다. "혹시 인디가 우주선을 그곳에 착륙시켰다면…."

"UFO가 실제로 그곳에 착륙했다는 뜻이 되죠." 프랜시가 말했다. "꽤 아이러니하지 않아요?"

"'아이러니'라는 단어는 내가 선택할 단어가 아니에요." 웨이드가 단호하게 말했다. "오히려 분노에 가깝죠. 라일이 우리를 렙틸리언이라고 생각해서 다행이에요. 그러지 않았다면 우리를 두고두고 놀렸을 거예요." 하지만 인디는 다음 카운티 도로에서 다시 북쪽으로 방향을 돌렸다가, 포탈레스에 거의 도착할 때까지 동쪽으로 가더니, 다시 서쪽으로 돌려 로즈웰을 지나쳤다.

"인디는 아직도 우리가 추적당하고 있다고 생각해서, 일종의 회피 기동을 하는 게 틀림없어요." 웨이드가 말했다.

"아니면, 우주선이 어디에 있는지 전혀 모르는데, 호스비타이 종족에게 우주선을 잃어버렸다는 사실을 인정하고 싶지 않은 건지도 모르죠." 프랜시가 말했다. "그래서 추적기들을 없애버리려고 애를 썼던 거예요. 인디, 네가 어디로 가고 있는지 알아?"

「예 예 예」. 인디가 스크롤했다. 그리고 다음 교차로에서 남쪽으로 차를 돌리도록 가리키더니, 몇 킬로미터 진행한 후 다시 북쪽으로 돌렸다.

"이건 말도 안 돼." 웨이드가 말했다. "너무 서쪽으로 가고 있어요. 이미 혼도와 캐리조조를 지났잖아요. 인디가 당신을 납치했던 게 몇 시였죠?"

"정확하게는 모르겠어요. 해가 질 무렵이었어요."

"일몰은 저녁 8시쯤이었어요." 웨이드가 말했다. "인디의 우주선은 6시가 조금 넘었을 때 처음으로 목격되었고요. 그때부터 로즈웰에 나타날 때까지 한 시간 반이 걸렸다는 거네요. 여기서부터 그 시간 안에 로즈웰까지 굴러갈 수는 없었을 거예요."

"인디도 스렌놈처럼 지상 차량을 가지고 있었는데 고장이 났거나 잃어버린 건지도 모르죠. 어쩌면 그래서 호스비타이 종족에게 알리기 싫었던 걸 수도 있어요."

"그게 사실이라면, 인디의 우주선은 어디든 있을 수 있어요." 웨이드가 생각에 잠긴 말투로 말했다. 몇 분 후, 인디가 다시 서쪽으로 방향을 돌리자, 웨이드가 말했다. "모뉴멘트 밸리에 착륙한 건 아닐까요?"

「모뉴멘트 밸리?」. 인디가 선명한 붉은색으로 스크롤하더니, 촉수를 쏘아서 뒷유리창을 내다봤다.

"아무도 우리를 따라오지 않아." 프랜시가 말했다. "네가 추적기들을 없앴잖아, 기억하지? 그들은 우리가 어디에 있는지 몰라." 그러자 인디가 스크롤을 멈추고, 다시 한 시간 동안 앞유리창을 가리켰다.

"혹시 여기가 어디인지 알아요?" 인디가 멈출 기미가 없자, 웨이드가 프랜시에게 물었다.

프랜시가 조수석 수납함에서 도로 지도를 꺼내 펼쳐 보았다. "이 도로가 280번 국도 맞죠?" 프랜시가 물었다. 웨이드가 고개를 끄덕이자, 프랜시가 말했다. "I-25 도로에서 서쪽으로 약 8킬로미터, 앨버커키에서 남쪽으로

120킬로미터 떨어진 곳인 것 같아요."

"내가 걱정하던 게 그거예요." 웨이드가 말했다. 그리고 고속도로 갓길에 차를 세웠다.

「아니요 아니요 아니요」. 인디가 스크롤했다. 「가다」.

"네가 우리를 어디로 데려가는 건지 말해주기 전에는 안 가." 웨이드가 시동을 끄며 말했다. "아니면, 프랜시의 생각대로 네 우주선이 어디에 있는지 모르는 거야?"

「아니요 아니요 아니요 인디 노테스」.

"그러면 말해." 웨이드가 말했다. "우리는 계속 돌아다닐 수 없어. 기름이 떨어질 거야."

「아니요 아니요 아니요」. 인디가 스크롤했다. 그리고 연료 계기판을 두드렸다.

"너는 더 이상 접촉을 하면 안 돼. 기억해둬. 그리고 우리가 기름을 사기 위해 멈추면…" 웨이드가 설명했지만, 인디는 계속 연료 계기판을 집요하게 두드렸다.

"그럴 필요는 없을 거예요." 프랜시가 말했다. "그렇지, 인디?" 그리고 웨이드가 의아한 표정으로 프랜시를 쳐다보자, 프랜시가 말했다. "아까 인디가 감시 장치들을 찾는다고 우리가 생각했을 때, 인디는 세리나의 차와 무법자에 그랬던 것처럼 엔진을 개조하고 있었던 거예요."

"프랜시의 말이 맞아?" 웨이드가 인디에게 물었다. "정말로 그랬어?"

「예 예 예」.

프랜시가 웨이드를 바라봤다. "우리에게 기술을 넘겨주는 건 금지되어 있다고 했잖아요."

"맞아요. 내 추측으로는, 그래서 인디가 먼저 감시 장치들을 제거해서, 자신이 한 짓을 그들이 알지 못하게 했을 거예요. 하지만 그들이 알게 된다면…"

「아니요 아니요 아니요」. 인디가 스크롤했다. 「비밀 이별(SECRET LEAVE)」.

"비밀 이별이라니?" 웨이드가 말했다. "그게 뭐야?"

"아니, 비밀스러운 이별이 아니라, 비밀을 그냥 놔두라는 뜻이에요. 며칠

후면 호스비타이 종족이 떠날 테니, 그들이 떠날 때까지 비밀로 지켜야 한다는 말이죠. 그렇지만, 인디, 우리가 비밀을 지킬 수 있을지는 모르는 거잖아."

웨이드가 고개를 끄덕였다. "우리를 위해 네가 곤란한 상황에 빠지는 위험을 감수할 수는 없어."

「아니요 아니요 아니요」, 인디가 스크롤했다. 「아니요 문제 인디 노테스」. 인디가 조급하게 앞유리창을 두드렸다. 「가다」.

"그런데 저게 무슨 뜻이죠?" 웨이드가 말했다. "인디는 자신이 호스비타이 종족을 따돌릴 수 있다는 걸 안다는 뜻인가요?"

"혹은, 그들이 알아차려도 곤란한 상황에 빠지지 않을 거라는 사실을 안다는 뜻이겠죠." 프랜시가 말했다.

"자신이 그들의 행성을 구했으니까?"

"아마도요." 프랜시가 인디의 스크롤을 보며 말했다. "아니면 호스비타이 종족이 이미 이걸 알고 있다는 말인지도 몰라요. 그들도 이 기술이 지구를 어떻게 구할지 알고 있으며, 그들의 손이, 아니, 촉수가 묶여 있는 상황만 아니었다면, 우리에게 이 기술을 넘겨줬을 거라고 했다면서요. 이게 그들이 규칙을 우회하는 방법이라면 어떨까요?"

"그래서 그들이 인디에게 이런 일을 시켰다고요? 인디, 그래서 그들이 우리에게 너를 우주선으로 데려가게 한 거야?"

「예 아니요」. 인디가 스크롤했다.

"그게 도대체 무슨 말이야?" 웨이드가 말했다.

"인디가 엔진을 고친 이유가 그것 때문만은 아니라는 뜻이죠. 인디, 우리를 어디로 데려가려는 거야?" 프랜시가 말했다.

「라스베이거스에서 저지른 일은 라스베이거스에 남는다」. 인디가 스크롤했다.

"어디로 가는지 비밀이기 때문에, 우리에게 말을 안 해주겠다는 건가요?" 웨이드가 말했다.

"아니요." 프랜시가 단호하게 말했다. "우리를 라스베이거스로 데려가겠다는 말이에요.”

「예 예 예」. 인디가 스크롤하고, 앞유리창을 가리켰다. 「가다 라스베이거스 끝내줍니다!」.

“라스베이거스라니!” 웨이드가 말했다.

“인디, 우리는 너를 라스베이거스로 데려갈 수 없어.” 프랜시가 말했다. “가는 데 하루가 꼬박 걸리고, 오는 데도 하루가 더 걸릴 거야. 네가 이미 우리를 이리저리 데리고 다니느라 하루를 거의 낭비했잖아. 네가 지구를 떠나야 하는 날이 이틀밖에 안 남았어. 게다가 내가 세리나의 결혼식 준비를 도와주려면 내일까지 로즈웰에 가야 해.”

「예 예 예 결혼식」. 인디가 스크롤했다. 「가다 라스베이거스」.

“인디는 모든 결혼식이 라스베이거스에서 열리는 줄 아는 모양이에요, 웨이드.” 프랜시가 말했다. “그래, 인디, 네 말이 맞아. 나는 세리나의 결혼식에 참석해야 해. 하지만 그 결혼식은 라스베이거스가 아니라, 로즈웰에서 열려.”

「아니요 아니요 아니요 세리나」. 인디가 스크롤했다. 「결혼식 라스베이거스 브브흐비니이츠」.

‘거룩한 의무?’ 프랜시가 생각했다. “인디, 무슨 말인지 모르겠어⋯.”

웨이드가 외계인을 신중하게 쳐다봤다. “인디, 누구 결혼식 이야기하는 거야?”

「프랜시 웨이드」.

“하지만 우리는 이미 결혼했잖아.” 프랜시가 말했다. “큐피드 예식장과 부케, 엘비스 프레슬리 기억나지?” 그리고 인디가 「예」를 연이어 스크롤하자, 프랜시가 말했다. “그게 그 결혼식이었어.”

「아니요 아니요 아니요 마감」.

“맞아.” 웨이드가 말했다. “너에겐 마감 날짜가 있어. 이틀 남았지. 그때까지 우리가 너를 지구에서 떠나보내지 않으면⋯.”

「아니요 아니요 아니요 10일」.

“10일?”

「예 예 예」. 인디는 세리나가 프랜시의 들러리 드레스로 염두에 두고 있는 연보라색으로 스크롤했다. 「유효하지 않은」. 인디가 잠시 멈췄다가 이어갔다. 「증명서」. 다시 멈췄다. 조금 후 인디가 다른 글꼴로 스크롤했다. 「10일 이내에 직접 방문해야 합니다」.

"아, 맙소사." 프랜시가 말했다. "인디는 우리의 혼인 증명서에 대해 말하는 거예요. 머레이 목사가 결혼 허가 사무소에 가서 혼인 증명서를 받아야 우리의 결혼이 유효하다고 말했던 거, 기억나죠?"

"열흘 이내에." 웨이드가 말했다. "인디가 목사의 말을 들은 모양이네요."

"인디, 넌 이해 못 해." 프랜시가 말했다. "혼인신고를 하려면 결혼식을 했다는 증명서가 있어야 하는데, 우린 그게 없잖아." '설사 있다고 해도, 웨이드는 자신의 본명으로 서명하지 않았어.' 프랜시가 생각했다.

「아니요 아니요 아니요 아니요 아니요」. 인디가 스크롤했다. 그리고 웨이드의 뒷주머니에 촉수를 넣어서 종이 한 장을 꺼냈다.

"그걸 가져왔어요?" 프랜시가 물었다.

"네. 우리를 막는 누군가가 UFO를 쫓는 사람들이라는 말을 믿지 않을 때, 우리가 눈이 맞아 달아나는 중이라고 말할 수 있을 것 같아서요."

「증명서」. 인디가 스크롤하며, 시동 장치를 가리켰다. 「라스베이거스 허가서」.

"그럼, 누가 인디에게 그 증명서가 유효하지 않다고 설명해주면 좋을까요? 당신이 할래요, 아니면 내가 할까요?" 프랜시가 물었다.

"사실은…." 웨이드가 편치 않은 표정으로 말했다. "유효해요."

"하지만 당신의 본명으로 서명하지 않았잖아요…."

"했어요. 본명으로. 그때 머레이 목사가 우리에게 증명서를 주지 않겠다고 완강히 거부했잖아요. 그런데 본부에서 우리 뒤를 쫓고 있는 상황에서 목사와 논쟁할 여유가 없었어요. 그래서 목사에게 내 배지를 보여주며 결혼식이 함정수사의 일환이라고 말했어요. 목사가 내 이름을 봤기 때문에, 증명서의 양식에 내 이름을 쓸 수밖에 없었고요."

"하지만 결혼식에서는 목사가 당신을 웨이드라고 불렀잖아요…."

"목사에게 함정수사용으로 사용하는 이름이 웨이드라고 말했거든요. 하지만 그건 어쨌든 중요하지 않아요. 네바다 법에 따르면, 어떤 이름으로 서명했든 그 결혼은 유효해요. 서로를 가짜 이름을 부르는 예비 신랑 신부가 많은 모양이에요."

"그러면 우리 결혼한 거예요?"

"혼인 증명서를 받을 때까지는 아니에요." 웨이드가 말했다. 그러자 인디가 스크롤했다. 「라스베이거스 가다 가다 가다!」. 그리고 웨이드의 손을 시동 장치 쪽으로 밀었다.

"아냐, 잠시만." 프랜시가 말했다. "이건 그냥 증명서를 받는 문제가 아니야. 인디. 너는…."

「인디 노테스」. 인디가 스크롤했다. 그리고 뒷좌석으로 촉수를 뻗어 프랜시의 들러리 드레스를 의기양양하게 꺼냈다.

"아냐, 아냐." 프랜시가 말했다. "내가 말하려는 건 그게 아니야. 두 사람이 결혼하려면, 서로를 사랑해야 해."

「보여줘 사랑」. 인디가 스크롤했다.

'오, 안 돼, 또 시작이네.' 프랜시가 생각했다. 그리고 인디에게 무슨 말을 해야 할지 생각하고 있을 때, 인디가 다시 스크롤했다.

「프랜시 사랑 세리나」.

"그래, 난 세리나를 사랑해. 세리나는 내 친구니까. 하지만 세리나와 사랑에 빠지진 않아. 그건 다른 거야…."

「프랜시 사랑에 빠졌다 웨이드」.

'그래.' 프랜시가 생각했다. '하지만 불행히도 웨이드는 내게 사랑에 빠지지 않았어.' "말했잖아. 나는 친구에 대해 말한 게 아니라고. 내가 말하려는 건…."

「단짝」. 인디가 스크롤했다.

"아냐. 난 동료에 대해 말하는 것도 아니라고. 이건 친구나 동료와 다른 거야. 두 사람이 서로에게 사랑에 빠지면, 평생을 함께 보내고 싶어 해."

「치니비타이」. 인디가 스크롤했다.

"아냐. 룸메이트가 아니야. 언제나 함께 있고 싶어 하고, 헤어지는 상황을 견디지(bear) 못하는 두 사람을 의미해."

「곰(bear)?」. 인디가 스크롤했다. 프랜시는 뒤늦게 인디가 봤던 서부 영화 중 한 편에서 회색곰이 광부를 찢어 죽이는 장면이 있었다는 사실을 기억해냈다.

"아니, 그런 종류의 bear를 말한 게 아니야." 프랜시가 서둘러 말했다. "여기에서 bear의 뜻은… 웨이드, 뭐 하는 거예요?"

웨이드가 시동 장치에 키를 돌리고 있었다. "당신과 인디를 라스베이거스로 데려가려고요."

"하지만 그러면 안 돼요. 인디가 우리를…."

"혼인 증명서를 받게 하겠죠. 그리고 그게 우리가 할 일이에요."

"하지만…."

"보세요, 인디를 지구에서 내보내야 할 시간이 이틀밖에 안 남았는데, 당신이 설명하는 속도로는 '사랑에 빠졌다'는 고사하고 bear가 무슨 뜻인지 절반도 설명하지 못할 것 같아요. 과연 설명해줄 수 있을지도 모르겠고요. 우리가 아는 한, 호스비타이 종족은 식물이거나, 성별이 아홉 가지이거나, 완전히 다른 방식으로 번식해요. 그리고 설령 당신이 인디를 이해시킨다 해도, 우리에게 혼인 증명서를 받게 하려는 생각을 바꿀 거라는 보장이 없어요. 인디의 말을 봤잖아요. 인디는 이걸 브브흐비니이츠라고 여겨요. 그래서 난 우리가 라스베이거스로 가서, 혼인 증명서를 받고, 인디를 안전하게 지구에서 떠나게 한 다음에…." 웨이드가 인디를 힐끗 쳐다봤다. "세부적인 처리는 나중에 걱정하자고요."

'혼인 무효를 말하는 건가.' 프랜시가 멍하니 생각했다. "당신 말이 맞아요. 그게 최선이네요." 프랜시가 건조하게 사무적으로 말했다. "인디가 떠난 다음에 상황을 바로잡을 수 있을 거예요." 프랜시가 인디에게 고개를 돌려 물었다. "우리가 라스베이거스로 가서 혼인 증명서를 받으면, 우리를 네 우주선으로 데려가기로 약속하는 거지?"

「예 예 예」.

468

"더 이상 시간 끌기나 돌아가지 않을 거지?"

「보여줘 시간 끌기」.

"넌 시간 끌기가 뭔지 완벽하게 잘 알잖아." 프랜시가 말했다. "네가 지금 하고 있는 짓이야. 약속하지?"

「예 예 예」.

"좋았어." 웨이드가 말했다. 그리고 차를 출발시키더니, 곧 얼굴을 찌푸리며 시동을 껐다.

「아니요 아니요 아니요 아니요」. 인디가 스크롤했다. 「가다 라스베이거스   」.

"잠시만…." 웨이드가 말했다. "우리가 못 할 수도 있어요…." 웨이드가 의미심장하게 쳐다봤다. 인디는 웨이드에게 키를 돌리게 하려고 애쓰는 중이었다. "세부 사항을 지금 처리해야 해요. 우리는 기름 없이 작동하는 방식을 파악할 수 있도록 이 차를 본부로 가져가야 해요. 인디가 이 기술을 우리에게 주었다는 사실을 호스비타이 종족이 알아채고 빼앗아 가기 전요."

"하지만 호스비타이 종족이 우리에게 이 기술을 주고 싶어 했던 것으로…."

"설령 그들에게 그런 생각이 있다고 해도, 요화타아흐는 그렇지 않아요. 우리는 당장…."

"라일이 말했던 것처럼 이 기술을 역설계해야죠."

"그래요." 웨이드가 씁쓸한 표정으로 말했다. "그래서 그 일을 마칠 때까지 우리는… 있잖아요… 그런데 그것만이 문제가 아니에요. 인디의 말을 봤잖아요? 우릴 결혼시키는 것을 브브흐비니이츠라고 생각해요. 만일 우리가… 결혼을 취소한 걸 알게 되면, 인디가 다시 지구로 달려올 수도 있어요…."

"그리고 우리를 다시 결혼시키겠죠."

웨이드가 고개를 끄덕였다. "그러면 그 과정에서 추가로 근접 조우가 발생하는 것은 물론이고, 인디가 체류 일수 제한을 위반할 수도 있어요. 그러면 모든 게 요화타아흐의 손에 넘어가게 될 거예요."

"그리고 인디를 목매달겠죠."

"맞아요."

"그렇다면 당신은 인디가 안전하게 고향으로 돌아간 이후까지 기다려야 한다고 생각하세요? 그게 얼마나 걸릴까요?" 프랜시가 말했다.

"잘 모르겠어요. 호스비타이 행성은 약 800광년 떨어져 있어요."

"800년이요?"

"800광년이요." 웨이드가 그 말을 정정했다. "하지만 그렇게 오래 걸리지 않을 거예요. 그들은 빛보다 빠른 여행이나 워프 드라이브 같은 걸 가지고 있는 게 분명해요. 6개월, 혹은 1년 정도면 안전할 거예요. 하지만 내가 걱정하는 건 그게 아니에요. 인디가 자기 행성으로 돌아간 후에 알게 될까 봐 걱정이에요."

"네? 어떻게요?"

"스렌놈은 오기 전부터 우리에 대해 다 알고 있었어요. 그래서 지구에 오기로 결심한 거죠. 우리에게 뇌우가 있다는 사실을 알았기 때문이에요. 내가 당신에게 그들은 1947년 로즈웰 추락이 UFO가 아니라는 사실을 알고 있었다고 말해줬던 거 기억하죠? 그게 기상 풍선이었다고 했던 거?"

프랜시가 고개를 끄덕였다.

"그럼, 그들이 그 사실을 어떻게 알았을까요? 그리고 우리가 뇌우에 있었다는 사실을 어떻게 알았을까요? 그리고 그 특정한 도로로 돌아가고 있었다는 사실은? 그들이 거기로 온 것은 우연이 아니었어요." 웨이드가 프랜시를 진지한 눈빛으로 바라보며 계속 말했다. "라일이 말했던 것처럼 외계인들이 텔레파시를 할 수 있어서, 우리가 무슨 생각을 하는지 알고 있다면 어떨까요?"

「예 예 예」. 인디가 스크롤했다. 「노테스」.

"너 텔레파시할 수 있어?" 프랜시가 물었다.

「예 예 예 웨이드 사랑에 빠졌다 프랜시」.

"자, 봤죠, 증명됐어요. 인디는 텔레파시를 할 수 있어요." 웨이드가 갑자기 심각한 표정을 지었다. "난 당신을 사랑해요."

"정말요?" 프랜시의 심장이 두근거리기 시작했다.

「예 예 예」. 인디가 스크롤했다.

"여기서 빠져, 인디." 웨이드가 말했다. "네. 당신의 차를 세우려 했을 때, 당신이 나를 거의 칠 뻔했던 그 순간부터. 당신은 어때요? 프랜시 사랑에 빠졌다 웨이드?"

「예 예 예」. 인디가 스크롤했다.

"인디, 닥쳐." 프랜시가 웨이드를 바라보며 말했다. "예, 예, 예."

"다행이네요." 프랜시가 말했다. "왜냐면 내가… 어떻게 표현할 방법이 없어서."

"헤어지는 걸 견디지 못하겠다고요?"

"맞아요." 웨이드가 말했다. 그리고 프랜시에게 키스하기 위해 고개를 숙였다.

「아니요 아니요 아니요 아니요」. 인디가 스크롤했다. 「라스베이거스 빨리 빨리 가다」.

"잠시만…" 웨이드가 말했다. "내 아내에게 키스를 마치자마자 갈게."

「아니요 아니요 아니요」. 인디가 두 사람 사이로 비집고 들어왔다. 「필요해 증명서」.

"아냐, 필요 없어." 프랜시가 말했다. 그리고 웨이드와 키스를 하려 했다. 인디가 두 사람이 키스하고 숨을 고를 때까지 인내심을 가지고 기다렸다가 「가다 라스베이거스 지금?」이라고 스크롤한 것을 보면, 인디는 정말로 텔레파시를 할 수 있는지도 모르겠다.

"그래." 웨이드가 말하며, 시동 장치로 손을 뻗었다.

"잠시만요." 프랜시가 말했다. "만일 외계인들이 텔레파시가 가능하다면, 그들은 왜 지금 인디가 어디에 있는지, 무슨 일을 하려는지 모르죠? 왜 그들은 그냥 서로의 마음을 읽지 않는 거예요?"

「아니요 아니요 아니요」. 인디가 스크롤했다. 「위반」.

"대답이 나왔네요." 웨이드가 말했다. "내 짐작으로, 그들에게는 근접 조우의 목록에 여섯 번째 단계가 있는데, 다른 누군가의 마음을 읽는 것은 정말로 나쁜 짓이에요. 맞아, 인디?"

「예 예 예 상호작용 문제 문제 문제」.

"그래도 인디가 우리의 생각을 읽는 걸 막아주지는 못하는 것 같아요." 프랜시가 말했다. "인디, 우리 마음을 읽는 것은 절대로 금지야, 알겠어?"

「예 예 예 가다 라스베이거스 지금?」.

"예, 예, 예." 웨이드가 말하며 차의 시동을 걸었다. "어느 쪽으로 갈까요, 프랜시?"

"이 도로를 쭉 따라가다가 I-25 도로를 만나면, 앨버커키가 나올 때까지 북쪽으로 가세요."

"알겠습니다." 웨이드가 말했다. 그리고 고속도로로 올라가 서쪽으로 출발했다. 인디가 그들 사이의 익숙한 자리에 자리를 잡았다. 그리고 대시보드 위에 촉수를 올려놓고 앞유리창을 가리켰다.

"예전 그대로네." 웨이드가 말했다.

"예, 예, 예." 프랜시가 사막과 푸른 하늘을 바라보며, 행복하게 말했다.

"이제 라스베이거스에만 도착하면 모든 문제가 해결되는 거예요." 웨이드가 말했다. "앨버커키로 가려면 어느 방향으로 가야 하나요?"

프랜시가 지도를 살펴봤다. "내 생각에 가장 좋은 경로는 I-40 도로를 타고 킹맨까지 간 후 지난번처럼 I-93 도로로 가는 거예요."

「아니요 아니요 아니요」. 인디가 스크롤했다. 「I-15 북쪽 세인트 조지 89 서쪽 카나브 160 카이엔타」.

"뭐라고?" 프랜시가 말했다. "지도에서는 그런 길을 찾을 수도 없어. 정말 라스베이거스로 가는 거 맞아?"

「아니요 아니요 아니요 라스베이거스 모뉴멘트 밸리」.

"모뉴멘트 밸리?" 웨이드는 화를 내고, 프랜시가 말했다. "우리는 모뉴멘트 밸리로 가지 않을 거야. 넌 우회하지 않기로 약속했잖아, 기억하지?"

「아니요 아니요 아니요」.

"아뇨, 인디는 약속 안 했어요. 아니면 혹시 우회하는 경로가 아닌 걸까요?" 웨이드가 물었다.

"모르겠어요." 프랜시가 말했다. "인디, 네 우주선이 모뉴멘트 밸리에 있어?"

「아니요 아니요 아니요」.

"거기에 이송 구역이 있어?" 웨이드가 물었다. "아니면 지하 비밀 기지?"

「아니요 아니요 아니요」.

"그러면 왜 거기로 가고 싶어?" 프랜시가 물었다.

「보다 이동」.

"이동이라니?"

「예 예 예 조셉 말하다 모뉴멘트 밸리 이동 가다 라스베이거스 다음에 모뉴멘트 밸리」.

"조셉 아저씨가 농담했던 거야." 웨이드가 말했다. "그리고 우리는 모뉴멘트 밸리로 못 가. 너에겐 지구를 떠날 시간이 이틀밖에 안 남았어. 모뉴멘트 밸리에 갈 시간이 없다고."

「예 예 예 인디 고치다」. 인디가 스크롤했다.

"차를 더 빨리 달리게 고칠 수 있다는 말이야?" 웨이드가 물었다.

「아니요 아니요 아니요」. 인디가 스크롤했다. 「시간」.

"아니, 우리에겐 시간이 없어." 프랜시가 말했다. "넌 마감일이 있고, 나는 세리나의 결혼식을 도와주어야 하니까, 제시간에 돌아와야 해. 내가 그 결혼식에 가는 게 브브흐비니이츠야. 그리고 모뉴멘트 밸리는 라스베이거스에서 650킬로미터나 떨어져 있어."

「인디 고치다」.

"넌 고칠 수 없어." 프랜시가 말했다. "내가 말해줬잖아. 조셉 아저씨는 그냥 농담한 거야. 모뉴멘트 밸리는 이동하지 않아."

「아니요 아니요 아니요」. 인디는 주황색 글자로 그들이 이해하지 못하는 것에 대한 좌절감을 드러냈다. 「고치다 시간!」.

〈끝〉

감사의 말

로즈웰에 함께 갔던 남편과 딸,
무한한 인내심을 보여준 에이전트와 편집자와 모든 친구들,
그리고 책을 쓰는 동안 아이스 차이를 제공해주고
흥미로운 외계인들을 관찰할 수 있게 해준
스타벅스에 감사드립니다.

옮긴이 **최세진**

SF 전문번역가. 옮긴 책으로 《크로스토크》, 《베스트 오브 코니 윌리스》(공역), 《리틀 브라더》, 《홈랜드》, 《별의 계승자 2: 가니메데의 친절한 거인》, 《별의 계승자 3: 거인의 별》, 《별의 계승자 4: 내부우주》, 《별의 계승자 5: 미네르바의 임무》, 《우주복 있음, 출장 가능》, 《별을 위한 시간》, 《온도의 임무》, 《계단의 집》, 《마일즈 보르코시건: 바라야 내전》, 《마일즈 보르코시건: 남자의 나라 아토스》, 《SF 명예의 전당 2: 화성의 오디세이》(공역), 《SF 명예의 전당 3: 유니버스》(공역), 《제대로 된 시체답게 행동해!》(공역) 등이 있다.

로즈웰 가는길

초판 1쇄 발행   2024년 2월 12일

지은이   코니 윌리스
옮긴이   최세진
펴낸이   박은주
디자인   김선예, 이수정
마케팅   박동준

발행처   (주) 아작
등록   2015년 9월 9일 (제2023-000057호)
주소   07236 서울특별시 영등포구 의사당대로 38
102농 1309호
전화   02.324.3945-6   **팩스**   02.324.3947
이메일   arzaklivres@gmail.com
홈페이지   www.arzak.co.kr
ISBN   979-11-6668-773-0 03840